HEYNE
BÜCHER

W0016526

Von Clive Barker sind als
Heyne-Taschenbücher erschienen:

Das Tor zur Hölle »Hellraiser« · Band 01/8362
Cabal · Band 01/8464

CLIVE BARKER

JENSEITS DES BÖSEN

Roman

Aus dem Englischen
von Joachim Körber

WILHELM HEYNE VERLAG
MÜNCHEN

HEYNE ALLGEMEINE REIHE
Nr. 01/8794

Titel der Originalausgabe
THE GREAT AND SECRET SHOW

Printed in Germany 1993
Umschlaggestaltung: Atelier Ingrid Schütz, München
Satz: (1546) IBV Satz- und Datentechnik GmbH, Berlin
Druck und Bindung: Ebner Ulm

ISBN 3-453-06435-6

Erinnerungen, Prophezeiungen und Fantasiegespinste,
Vergangenheit, Zukunft
und der Augenblick des Traums dazwischen
– sie alle schaffen ein Land, das einen einzigen,
unsterblichen Tag lang existiert.

Das zu wissen, ist Weisheit.

Es sich nutzbar zu machen, ist die ›Kunst‹.

Inhalt

Erster Teil

Der Bote

I

Homer machte die Tür auf.

»Kommen Sie herein, Randolph.«

Jaffe haßte die Art, wie er *Randolph* sagte; ein leiser Hauch Verachtung klang in dem Wort mit, als würde er jedes verfluchte Verbrechen kennen, das Jaffe jemals begangen hatte, vom ersten, dem unbedeutendsten, angefangen.

»Worauf warten Sie?« fragte Homer, der Jaffes Zaudern sah. »Sie haben zu arbeiten. Je früher Sie anfangen, desto früher kann ich Ihnen neue Arbeit geben.«

Randolph betrat das Zimmer. Es war groß und im selben galligen Gelb und Schlachtschiffgrau wie alle anderen Büros und Flure des Hauptpostamts von Omaha gestrichen. Nicht, daß man viel von den Wänden gesehen hätte. Auf beiden Seiten war bis hoch über ihre Köpfe Post gestapelt. Säcke, Taschen, Kisten und Wägelchen voll Post, die teilweise bis auf den kalten Betonboden überquoll.

»Irrläufer«, sagte Homer. »Sachen, die nicht einmal die gute alte US-Post zustellen kann. Toller Anblick, was?«

Jaffe war fassungslos, bemühte sich aber, es nicht zu zeigen. Er bemühte sich stets, überhaupt nichts zu zeigen, besonders Klugscheißern wie Homer gegenüber.

»Das gehört alles Ihnen, Randolph«, sagte sein Vorgesetzter. »Ihre kleine Ecke des Himmelreichs.«

»Was soll ich damit machen?« fragte Jaffe.

»Sortieren. Aufmachen und nach wichtigen Sachen suchen, damit wir nicht letztlich gutes Geld in den Ofen werfen.«

»Ist Geld darin?«

»In manchen«, sagte Homer grinsend. »Vielleicht. Aber größtenteils handelt es sich um Plunder. Sachen, die die Leute nicht wollen und einfach wieder ins System zurückführen. Auf manchen steht eine falsche Anschrift; die werden hin und her geschickt, bis sie schließlich in Nebraska landen. Fragen Sie mich nicht, warum, aber jedesmal, wenn sie nicht wissen, was sie mit diesem Mist anfangen sollen, schicken sie ihn nach Omaha.«

»Das ist die Mitte des Landes«, bemerkte Jaffe. »Tor zum Westen. Oder zum Osten. Je nachdem, aus welcher Richtung man kommt.«

»Dies ist nicht der Mittelpunkt«, konterte Homer. »Aber wir bekommen den Mist trotzdem. Und es muß alles sortiert werden. Von Hand. Von *Ihnen.*«

»Alles?« sagte Jaffe. Vor ihm lagen zwei, drei, vier Wochen Arbeit.

»Alles«, sagte Homer und bemühte sich nicht einmal, seine Genugtuung zu verbergen. »Und Sie werden es bald heraus haben. Wenn der Umschlag das Siegel der Regierung trägt, legen Sie ihn auf den Stapel zum Verbrennen. Machen Sie sich nicht die Mühe und öffnen ihn. Scheiß drauf, richtig? Aber den Rest machen Sie auf. Sie machen sich keine Vorstellung, was wir alles finden werden.« Er grinste verschwörerisch. »Und was wir finden, das *teilen* wir«, sagte er.

Jaffe arbeitete erst neun Tage für die US-Post, aber das war lange genug, eindeutig lange genug, um zu wissen, daß viel Post von den bezahlten Überbringern veruntreut wurde. Pakete wurden aufgeschnitten, ihr Inhalt geklaut, Schecks wurden eingelöst, über Liebesbriefe wurde gelacht.

»Ich werde in regelmäßigen Abständen herkommen«, mahnte Homer. »Also versuchen Sie nicht, etwas vor mir zu verbergen. Ich habe einen Riecher für so etwas. Ich weiß, wann Geldscheine in einem Brief sind, und ich weiß, wann ein Dieb im Team ist. Haben Sie verstanden? Ich habe einen sechsten Sinn. Also versuchen Sie keine Mätzchen, Kumpel, weil ich und die Jungs darauf ungemütlich reagieren. Und Sie wollen doch zum Team gehören, oder nicht?« Er legte Jaffe eine schwere, gespreizte Hand auf die Schulter. »Zu gleichen Teilen, verstanden?«

»Verstanden«, sagte Jaffe.

»Gut«, antwortete Homer. »Also...« Er breitete die Arme aus und deutete auf die gestapelten Säcke. »Gehört alles Ihnen.« Er schnupperte, grinste und ging.

Zum Team gehören, dachte Jaffe, nachdem die Tür ins Schloß gefallen war, das würde er niemals. Nicht, daß er Homer das gesagt haben würde. Er würde sich herablassend von dem Mann behandeln lassen; den willigen Sklaven spielen. Aber in seinem Herzen? In seinem Herzen hatte er andere Pläne, andere Ambitionen. Das Problem war, er war heute noch so weit davon entfernt, diese Ambitionen in die Tat umzusetzen, wie er es mit zwanzig gewesen war. Heute war er siebenunddreißig und ging auf die Achtunddreißig zu. Er gehörte nicht zu den Männern, die Frauen mehr als einmal ansehen. Keine Persönlichkeit, die die Leute besonders charismatisch fanden. Sein Haar wurde schütter wie das seines Vaters. Wahrscheinlich mit vierzig kahl. Kahl, ohne Frau und nie mehr als Kleingeld in der Tasche, weil er eine Stelle nie länger als ein Jahr behalten hatte, höchstens einmal achtzehn Monate, und daher hatte er es im Dienstgrad auch nie weiter als bis zum Gefreiten gebracht.

Er versuchte, nicht allzu angestrengt darüber nachzudenken; denn wenn er darüber nachdachte, brannte er immer darauf, Schaden zuzufügen, und meistens sich selbst. Es wäre so einfach. Eine Pistole im Mund, die ihn im Rachen kitzelte. Aus und vorbei. Kein Abschiedsbrief. Keine Erklärung. Was hätte er auch schon schreiben sollen? *Ich habe mich selbst umgebracht, weil ich nicht König der Welt sein konnte?* Lächerlich.

Aber... das wollte er sein. Er hatte nie gewußt, wie er es bewerkstelligen sollte, aber das war eine Ambition, die von Anfang an in ihm genagt hatte. Auch andere Männer kamen vom Nichts an die Spitze, oder nicht? Erlöser, Präsidenten, Filmstars. Sie zogen sich aus dem Dreck empor wie damals die Fische, als sie beschlossen hatten, an Land zu gehen. Sie hatten sich Beine wachsen lassen, Luft geatmet, waren mehr geworden, als sie gewesen waren. Wenn verdammte Fische das konnten, warum dann er nicht? Es mußte bald geschehen. Bevor er vierzig wurde. Bevor er kahl wurde. Bevor er tot und begraben war und niemand sich an ihn erinnerte, es sei denn als das namenlose Arschloch, das im Winter 1969 drei Wochen in einem Zimmer mit Irrläufern der Post verbracht und verwaiste Post auf der Suche nach Dollarscheinen geöffnet hatte. Schöner Nachruf.

Er setzte sich und betrachtete den Berg, der sich vor ihm auftürmte.

»Scheiß drauf«, sagte er und meinte Homer. Meinte die Masse dummen Zeugs, die sich vor ihm stapelte. Aber in erster Linie meinte er sich selbst.

Anfangs war es trostlos. Die Hölle, Tag für Tag die Säcke durchzuwühlen.

Die Stapel schienen nicht kleiner zu werden. Tatsächlich wurden sie sogar mehrmals von einem höhnischen Homer aufgeschichtet, der ein Heer Untergebener mit neuen Postsäcken hereinführte, damit sie den Vorrat auffüllten.

Zuerst trennte Jaffe die interessanten Umschläge – vollgestopft, klirrend, parfümiert – von den langweiligen; dann private Korrespondenz von offizieller und Gekritzel von Getipptem. Nachdem er diese Entscheidungen getroffen hatte, fing er damit an, die Umschläge aufzumachen, in der ersten Woche mit den Händen, bis die Finger schwielig wurden, und danach mit einem kurzen Messer, das er sich eigens zu diesem Zweck gekauft hatte. Er angelte den Inhalt heraus wie ein Perlenfischer auf der Suche nach Perlen, fand meistens nichts, nur manchmal, wie Homer gesagt hatte, Geld oder einen Scheck, was er pflichtschuldigst seinem Boß ablieferte.

»Sie sind gut«, sagte Homer nach der zweiten Woche. »Sie sind wirklich gut. Vielleicht sollte ich Sie ständig darauf ansetzen.«

Randolph wollte sagen, Scheiß drauf, aber das hatte er schon zu oft zu Vorgesetzten gesagt, die ihn in der nächsten Minute gefeuert hatten, und er konnte es sich nicht leisten, diesen Job zu verlieren: Die Miete war fällig, und es kostete ein verdammtes

Vermögen, seine Ein-Zimmer-Wohnung zu heizen, solange Schnee fiel. Außerdem geschah etwas mit ihm, während er einsame Stunden im Zimmer der irregeleiteten Post verbrachte, etwas, das er erst Ende der dritten Woche genoß und erst Ende der fünften begriff.

Er saß am Kreuzweg von Amerika.

Homer hatte recht gehabt. Omaha, Nebraska, war nicht der geografische Mittelpunkt der USA, aber soweit es die Post betraf, hätte er es durchaus sein können.

Die Kommunikationslinien kreuzten und überkreuzten sich und warfen schließlich ihre Waisen hier aus, weil niemand in einem anderen Staat sie haben wollte. Diese Briefe waren von einer Küste zur anderen geschickt worden und suchten jemand, der sie aufmachte, aber sie hatten keine Abnehmer gefunden. Schließlich landeten sie bei ihm: bei Randolph Ernest Jaffe, einem kahl werdenden Niemand mit unausgesprochenen Ambitionen und nicht ausgedrückter Wut, dessen kleines Messer sie aufschlitzte, dessen kleine Augen sie überflogen, und der – da er am Kreuzweg saß – das geheime Antlitz der Nation zu erkennen begann.

Da waren Liebesbriefe; Haßbriefe; Lösegeldbriefe; Bittschreiben; Zettel, auf die Männer den Umriß ihres Ständers gezeichnet hatten; Valentinsgrüße mit Schamhaarlocken, Erpresserbriefe von Ehefrauen, Journalisten, Huren, Anwälten und Senatoren; Scherzbriefe und Abschiedsbriefe von Selbstmördern; verlorengegangene Romane; Kettenbriefe; nicht zugestellte Geschenke; abgelehnte Geschenke; Briefe, die wie Flaschenpost von einer Insel in der Hoffnung losgeschickt worden waren, Hilfe zu finden; Gedichte; Drohungen und Rezepte. So viele. Aber diese Masse war das wenigste. Obwohl er manchmal bei den Liebesbriefen ins Schwitzen kam und er sich bei Lösegeldforderungen fragte, ob die Absender, wenn sie unbeantwortet blieben, ihre Geiseln ermordet hatten, berührten ihn die Geschichten von Liebe und Tod, die sie erzählten, nur am Rande. Weitaus faszinierender, weitaus bewegender war eine andere Geschichte, die nicht so leicht artikuliert werden konnte.

Da er am Kreuzweg saß, wurde ihm allmählich klar, daß Amerika ein geheimes Leben hatte; ein Leben, das er vorher nicht einmal ansatzweise gesehen hatte. Von Liebe und Tod wußte er. Liebe und Tod waren die großen Klischees; die verschwisterte Besessenheit von Songs und Seifenopern. Aber es gab noch ein anderes Leben, auf das jeder vierzigste oder fünfzigste oder hundertste Brief hinwies und das jeder tausendste mit wahnsinniger Offenheit aussprach. Wenn es offen dastand, war es nicht die Wahrheit, aber es war ein Anfang, und jeder Briefeschreiber hatte seine eigene wahnsinnige Art, etwas auszusprechen, das beinahe unaussprechlich war.

Es lief auf folgendes hinaus: Die Welt war nicht so, wie sie zu sein schien. Nicht einmal *entfernt* so, wie sie zu sein schien. Mächte – Regierung, Religion, Medizin – verschworen sich, um zu vertuschen und alle zum Schweigen zu bringen, die diese Tatsache mehr als nur ansatzweise begriffen hatten, aber sie konnten nicht jeden einzelnen knebeln oder verschwinden lassen. Es gab Männer und Frauen, die durch das Netz schlüpften, wie weit es auch ausgeworfen wurde; die auf Nebenstraßen reisten, wo ihre Verfolger sich verirrten, und sichere Unterkünfte unterwegs aufsuchten, wo sie von ähnlichen Visionären Speise und Trank bekamen, und die auch die Spürhunde in die Irre leiteten, wenn sie kamen. Diese Leute trauten *Ma Bell* nicht, daher benützten sie keine Telefone. Sie riskierten es nicht, sich in größeren als Zweiergruppen zu treffen, weil sie keine Aufmerksamkeit auf sich lenken wollten. Aber sie *schrieben.* Manchmal war es, als *müßten* sie schreiben, als wären alle Geheimnisse, die sie hüteten, so heiß, daß sie sich einen Weg nach draußen brannten. Manchmal weil sie wußten, daß ihnen die Jäger auf den Fersen waren und sie keine andere Möglichkeit hatten, sich selbst die Welt zu beschreiben, bevor sie geschnappt, unter Drogen gesetzt und eingesperrt wurden. Manchmal drückte das Gekritzel eine subversive Wonne aus, wenn Briefe absichtlich mit falschen oder unleserlichen Adressen losgeschickt wurden – in der Hoffnung, daß sie einem Unschuldigen, der sie durch Zufall bekam, den Verstand raubten. Einige der Irrläufer waren wirr wie ein innerer Monolog geschrieben, andere waren präzise, mitunter sogar klinische Beschreibungen, wie man die Welt auf den Kopf stellen konnte – durch Sex-Magie oder den Verzehr von Pilzen. Manche benützten die albernen Vergleiche von Artikeln des *National Enquirer*, um eine andere Botschaft zu verschleiern. Sie sprachen von UFO-Sichtungen und Zombie-Kulturen; Nachrichten von Aposteln von der Venus und Hellsehern, die per Fernseher mit den Toten in Verbindung traten. Aber nachdem er diese Briefe mehrere Wochen lang studiert hatte – und *studieren* war genau der richtige Ausdruck; er war wie ein Mann, der in der endgültigen Bibliothek eingesperrt ist –, sah Jaffe allmählich hinter dem Unsinn die wahren Geschichten. Er knackte den Kode; jedenfalls genügend, um gefesselt zu sein. Es erboste ihn nicht mehr, wenn Homer die Tür aufmachte und wieder ein halbes Dutzend Postsäcke hereintragen ließ; er freute sich über das zusätzliche Material. Je mehr Briefe, desto mehr Hinweise, und je mehr Hinweise er hatte, desto größer war die Hoffnung, daß er das Geheimnis eines Tages ergründen würde. Denn es waren, wie er mit zunehmender Gewißheit einsah, während Wochen zu Monaten wurden und der Winter seinen Abschied nahm, nicht mehrere Geheimnisse, sondern nur *ein einziges.* Die Briefschreiber, die vom Schleier sprachen und wie man ihn beiseite ziehen konnte, fanden ihren eigenen Weg zur Offenbarung; jeder einzelne hatte seine bestimmte Methode oder Metapher. Aber irgendwo inmitten dieser Kakophonie wartete ein einziger Psalm darauf, gesungen zu werden.

Es ging nicht um Liebe. Jedenfalls nicht so, wie die Sentimentalen sie verstanden. Und auch nicht um den Tod, wie ein Realist den Ausdruck verstanden haben würde. Es ging – ohne bestimmte Reihenfolge – um Fische und das Meer – manchmal das Meer der Meere; um drei Methoden, dort zu schwimmen; um Träume – jede Menge über Träume; um eine Insel, die Plato ›Atlantis‹ genannt hatte, obwohl er wußte, daß es sich um einen völlig anderen Ort handelte. Es ging um das Ende der Welt und damit wiederum um ihren Anfang. Und es ging um Kunst.

Besser gesagt, *die* ›Kunst‹.

Von allen Kodes war das derjenige, über den er sich am meisten den Kopf zerbrach und doch zu keinem Ergebnis kam. Von der ›Kunst‹ wurde auf mannigfaltige Weise gesprochen. Sie hieß *Das letzte große Werk.* Oder *Die verbotene Frucht.* Oder *Da*

Vincis Verzweiflung oder *Der Pfahl im Fleische* oder *Totengräbers Wonne.* Es gab viele Wege, sie zu beschreiben, aber nur eine ›Kunst‹. Und – das war ein Rätsel – keinen *Künstler.*

»Sie sind also glücklich hier?« sagte Homer eines Tages im Mai zu ihm.

Jaffe sah von seiner Arbeit auf. Rings um ihn herum waren Briefe verstreut. Seine Haut, die nie völlig gesund gewesen war, war so blaß und geätzt wie die Seiten in seiner Hand.

»Gewiß«, sagte er zu Homer, machte sich aber kaum die Mühe, von dem Mann Notiz zu nehmen. »Haben Sie noch mehr für mich?«

Homer antwortete zunächst nicht. Dann sagte er: »Was verheimlichen Sie, Jaffe?«

»Verheimlichen? Ich verheimliche nichts.«

»Sie verstecken Sachen, die Sie mit uns anderen teilen sollten.«

»Das tue ich nicht«, sagte Jaffe. Er hatte sich peinlich genau an Homers Erstes Gebot gehalten, daß alles aufgeteilt wurde, was in den Irrläufern zutage kam. Geld, Pornohefte, billiger Schmuck, den er ab und zu fand; alles ging an Homer, der es aufteilte. »Sie bekommen alles«, sagte er. »Ich schwöre es.«

Homer sah ihn voll unverhohlener Zweifel an. »Sie verbringen jede verdammte Stunde des Tages hier unten«, sagte er. »Sie sprechen nicht mit den anderen Jungs. Sie trinken nicht mit ihnen. Können Sie uns nicht riechen, Randolph? Ist das der Grund?« Er wartete nicht auf eine Antwort. »Oder sind Sie nur ein *Dieb?*«

»Ich bin kein Dieb«, sagte Jaffe. »Sie können sich selbst überzeugen.« Er stand auf und hob beide Hände, in denen er je einen Brief hielt. »Durchsuchen Sie mich.«

»Ich will Sie verdammt noch mal nicht anfassen«, lautete Homers Antwort. »Wofür halten Sie mich, eine elende Schwuchtel?« Er sah Jaffe unverwandt an. Nach einer Pause sagte er: »Ich lasse jemand anderen hierher versetzen, der Sie ablöst. Sie haben fünf Monate abgesessen. Das reicht. Ich werde Sie versetzen.«

»Ich will nicht...«

»Was?«

»Ich meine... ich wollte nur sagen, mir gefällt es hier unten. Wirklich. Meine Arbeit macht mir Spaß.«

»Ja«, sagte Homer, der eindeutig immer noch argwöhnisch war. »Ab Montag sind Sie weg vom Fenster.«

»Warum?«

»Weil ich es sage! Wenn Ihnen das nicht paßt, können Sie sich einen andern Job suchen.«

»Ich leiste gute Arbeit, oder etwa nicht?« sagte Jaffe.

Homer drehte ihm bereits den Rücken zu.

»Etwas stinkt hier«, sagte er, als er hinausging. »Etwas stinkt wirklich schlimm.«

Bei seiner Lektüre lernte Randolph ein Wort, das er bisher nicht gekannt hatte: Synchronizität. Er mußte sich ein Wörterbuch kaufen und nachschlagen, und er fand heraus, es bedeutete, daß manchmal Ereignisse zusammentrafen. Den Zusammenhängen, in denen die Briefschreiber es gebrauchten, konnte man entnehmen, es bedeute für gewöhnlich, daß die Art und Weise, wie Ereignisse aufeinander einwirkten, etwas Bedeutsames, Geheimnisvolles, vielleicht sogar Wunderbares hatte, als würde ein Muster existieren, das sich dem menschlichen Verständnis entzog.

Ein solches Zusammenwirken fand an dem Tag statt, als Homer seine Bombe platzen ließ, eine Abfolge von Ereignissen, die alles verändern sollten. Kaum eine Stunde nachdem Homer gegangen war, legte Jaffe sein kurzes Messer, das allmählich stumpf wurde, an einen Umschlag an, der schwerer als die meisten war. Er schlitzte ihn auf, und ein kleines Medaillon fiel heraus. Es fiel auf den Betonboden, ein lieblich klirrender Laut. Er hob es mit Fingern auf, die zitterten, seit Homer gegangen war. Es war keine Kette an dem Medaillon, und es hatte auch keine Öse zu diesem Zwecke. Es war nicht hübsch genug, den Hals einer schönen Frau als Schmuck zu zieren, und obwohl es die Form eines Kreuzes hatte, ergab näheres Hinsehen, daß es kein christliches Symbol war. Die vier Balken waren gleich lang, die gesamte Länge kaum mehr als drei Zentimeter. Auf dem Kreuz war eine menschliche Gestalt, weder männlich noch weiblich, die die Arme wie der Gekreuzigte ausgestreckt hatte, aber nicht festgenagelt war. Auf den Balken befanden sich abstrakte Muster, die allesamt in einem Kreis endeten. Das Gesicht war sehr einfach gestaltet. Es zeigte, fand er, die leise Andeutung eines *Lächelns.*

Er war kein Fachmann der Metallkunde, aber es war deutlich, daß das Ding weder aus Gold noch aus Silber bestand. Er bezweifelte, daß es je glänzen würde, selbst wenn man den Schmutz entfernte. Aber es hatte dennoch etwas ungeheuer Anziehendes an sich. Wenn er es ansah, verspürte er dasselbe wie manchmal am Morgen nach einem tiefempfundenen Traum, an dessen Einzelheiten er sich aber nicht mehr erinnern konnte. Dies war ein bedeutender Gegenstand, aber er wußte nicht warum. Kamen ihm die Symbole möglicherweise deshalb bekannt vor, weil er sie einmal in einem Brief gelesen hatte? Er hatte in den vergangenen Wochen Tausende und Abertausende gelesen, viele hatten knappe Skizzen enthalten, manchmal obszön, häufig unentwirrbar. Diejenigen, die ihm am interessantesten erschienen waren, hatte er aus dem Postamt herausgeschmuggelt, damit er sie nachts studieren konnte. Sie lagen gebündelt unter dem Bett in seinem Zimmer. Vielleicht konnte er den Traum-Kode des Medaillons entschlüsseln, wenn er besagte Briefe eingehend studierte.

Er beschloß, an diesem Tag zusammen mit den anderen Arbeitern essen zu gehen, weil er dachte, es wäre besser, wenn er Homer nicht noch weiter erboste. Das war ein Fehler. Unter den guten alten Jungs, die sich über Nachrichten unterhielten, die er seit Wochen nicht mehr gehört hatte, über die Qualität des Steaks von gestern abend, über den Fick, den sie nach dem Steak gehabt oder auch nicht gehabt hatten, und darüber, was der Sommer bringen würde, kam er sich wie ein vollkommen Fremder vor. Auch sie wußten es. Sie kehrten ihm halb die Rücken zu, während sie sich unterhielten, sprachen manchmal flüsternd darüber, wie unheimlich er aussah und wie wild seine Augen blickten. Je mehr sie ihn mieden, desto glücklicher war er, daß sie ihn mieden, denn sie *wußten* – sogar Dummköpfe wie sie *wußten* –, er war anders als sie. Vielleicht hatten sie sogar ein wenig Angst.

Er brachte es nicht fertig, um halb zwei wieder in das Zimmer mit den Postirrläufern zurückzugehen. Das Medaillon und seine geheimnisvollen Zeichen brannten ein Loch in seine Tasche. Er mußte *sofort* in seine Unterkunft zurück und dort anfangen, seine private Briefbibliothek zu durchforschen. Und genau das machte er auch, ohne sich erst die Mühe zu machen, Homer davon zu erzählen.

Es war ein strahlender, sonniger Tag. Er zog wegen des gleißenden Lichts die Vorhänge zu, schaltete die Lampe mit dem gelben Schirm ein und begann sein Studium in einer Art Fieber; er klebte Briefe mit Andeutungen von Illustrationen mit Klebeband an die kahlen Wände, und als die Wände voll waren, breitete er sie auf Tisch, Bett, Stuhl und Fußboden aus. Dann ging er von Blatt zu Blatt, von Zeichen zu Zeichen, und suchte nach etwas, das auch nur entfernte Ähnlichkeit mit dem Medaillon in seiner Hand hatte. Während er das tat, hatte er immer wieder denselben Gedanken: Er wußte, es gab eine Kunst, aber keinen Künstler, eine Praxis, aber keinen Praktizierenden, und daß *er* vielleicht dieser Mann war.

Der Gedanke mußte sich nicht besonders anstrengen. Binnen einer Stunde, während der er Briefe durchlas, nahm er in seinem Denken den ersten Rang ein. Das Medaillon war ihm nicht zufällig in die Hände gefallen. Er hatte es als Belohnung für seine geduldigen Studien erhalten und als Hilfsmittel, um die Fäden seiner Ermittlungen zu verknüpfen und allmählich einen Sinn darin zu erkennen. Die meisten Symbole und Skizzen auf den Seiten waren irrelevant, aber es gab viele – zu viele für einen Zufall –, die Ähnlichkeit mit den Symbolen auf dem Kreuz hatten. Es fanden sich aber nie mehr als zwei auf ein und demselben Blatt, und die meisten waren linkisch gezeichnet, weil keiner der Verfasser die vollständige Lösung in Händen hielt, so wie er; aber sie begriffen alle einen Teil des Puzzles, und ihre Beobachtungen über ihre eigene Rolle, ob in Haiku, obszöner Spache oder alchimistischen Formeln, halfen ihm, das System hinter den Symbolen besser zu verstehen.

Ein Ausdruck, der wiederholt in den einfühlsamsten Briefen auftauchte, war der *Schwarm*. Er hatte ihn einige Male gelesen und nicht weiter darüber nachgedacht. In den Briefen fanden sich zahlreiche biologische Fachausdrücke; er hatte angenommen, daß das Wort dazu gehörte. Jetzt wurde ihm sein Irrtum klar. Der Schwarm war ein Kult oder eine Art Kirche, und deren Symbol war der Gegenstand, den er auf der Handfläche liegen hatte. Es war damit keinesfalls klar, was dieser Gegenstand und die ›Kunst‹ gemeinsam hatten, aber sein lange gehegter Verdacht, daß es sich um *ein* Geheimnis handelte, um *eine* Reise, wurde hiermit bestätigt; und er wußte, mit dem Medaillon als Karte würde es ihm schließlich gelingen, den Weg vom Schwarm zur ›Kunst‹ zu finden.

Derweil hatte er dringendere Sorgen. Wenn er an die Meute seiner Mitarbeiter dachte, an deren Spitze Homer stand, erschauerte er bei dem Gedanken, daß einer von ihnen das Geheimnis teilen könnte, das er entdeckt hatte. Nicht, daß sie eine Chance gehabt hätten, echte Fortschritte beim Entschlüsseln zu machen; dazu waren sie zu dumm. Aber Homer war immerhin so argwöhnisch, daß er vielleicht in dieser Richtung herumschnüffelte; und die Vorstellung, daß irgend jemand – ganz besonders aber dieser Kotzbrocken Homer – seinen heiligen Boden entweihte, war unerträglich. Es gab nur einen Weg, diese Katastrophe zu vermeiden. Er mußte rasch handeln und sämtliche Beweise vernichten, die Homer auf die richtige Spur bringen konnten. Das Medaillon würde er selbstverständlich behalten; es war ihm von höheren Mächten, deren Gesichter er dereinst sehen würde, anvertraut worden. Außerdem würde er die zwanzig oder dreißig Briefe behalten, in denen die besten Informationen über den Schwarm standen; der Rest – ungefähr dreihundert – mußte verbrannt werden. Und die Sammlung im Zimmer der Postirrläufer, auch die mußte verbrannt werden. Komplett. Es würde Zeit erfordern, aber es ließ sich nicht vermeiden, je früher, desto besser. Er sortierte die Briefe in seinem Zimmer aus, bündelte die, die er nicht behalten mußte, und ging wieder zurück zum Postamt.

Es war mittlerweile Spätnachmittag, und er mußte gegen den Strom der Menschen gehen; er betrat das Postamt durch die Hintertür, um Homer nicht in die Arme zu laufen, obwohl er die Gewohnheiten des Mannes hinreichend kannte, um zu vermuten, daß er auf die Sekunde genau um halb sechs die Stechuhr gedrückt hatte und bereits irgendwo ein Bier kippte. Der Ofen war eine schwitzende, klappernde Antiquität, die von einer anderen schwitzenden, klappernden Antiquität, namens Miller, mit dem Jaffe kein einziges Wort gewechselt hatte, weil Miller stocktaub war, bedient wurde. Jaffe brauchte eine gewisse Zeit, bis er erklärt hatte, daß er den Ofen eine Weile anheizen würde, angefangen mit dem Päckchen, das er von daheim mitgebracht hatte und das er unverzüglich in die Flammen warf. Dann ging er hinauf ins Zimmer der Postirrläufer.

Homer war kein Bier kippen gegangen. Er wartete; er saß auf Jaffes Stuhl unter einer schmucklosen Glühbirne und ging die Stapel um ihn herum durch.

»Also, was ist los?« sagte er, sobald Jaffe durch die Tür eingetreten war.

Es war sinnlos, unschuldig tun zu wollen, das wußte Jaffe. Seine monatelangen Studien hatten das Wissen in sein Gesicht eingegraben. Er kam nicht mehr auf die naive Tour durch. Aber das wollte er auch nicht mehr, wenn er darüber nachdachte.

»Nichts ist *los*«, sagte er und verlieh der Verachtung, die er für die Kinderei des Mannes empfand, unverhohlen Ausdruck. »Ich habe nichts genommen, das Sie haben wollten. Oder brauchen könnten.«

»Das werde ich entscheiden, Arschloch«, sagte Homer und warf die Briefe, die er gelesen hatte, zu den anderen auf den Haufen. »Ich will wissen, was Sie hier unten getrieben haben. Außer wichsen.«

Jaffe machte die Tür zu. Es war ihm bisher noch nie aufgefallen, aber das Dröhnen des Ofens drang durch die Wände bis in dieses Zimmer. Alles bebte unmerklich. Säcke, Umschläge, die Worte auf den darin gefalteten Seiten. Und der Stuhl, auf dem Homer saß. Und das Messer, das Messer mit der kurzen Schneide, das auf dem Boden neben dem Stuhl lag, auf dem Homer saß. Das gesamte Zimmer bewegte sich ein wenig, als würde der Boden erzittern. Als würde die Welt gleich umgekippt werden.

Vielleicht wurde sie das. Warum nicht? Es hatte keinen Sinn, so zu tun, als wäre der *Status* immer noch *quo*. Er war ein Mann auf dem Weg zum einen oder anderen Thron. Er wußte nicht, zu welchem, und er wußte nicht, wo er sich befand, aber er mußte jeden Konkurrenten schnellstmöglich zum Schweigen bringen. Niemand würde ihn finden. Niemand würde ihm die Schuld geben, über ihn richten, ihn in die Todeszelle sperren. Er war jetzt sein eigenes Gesetz.

»Ich sollte erklären...«, sagte er mit einem beinahe schnippischen Tonfall zu Homer, »...worum es wirklich *geht.*«

»Ja«, sagte Homer und schürzte die Lippen. »Das sollten Sie tun.«

»Nun, es ist ganz einfach...«

Er ging zu Homer und dem Stuhl und dem Messer neben dem Stuhl. Seine Schnelligkeit machte Homer nervös, aber er blieb sitzen.

»...ich habe ein Geheimnis entdeckt«, fuhr Jaffe fort.

»Hm?«

»Möchten Sie wissen, was für eins?«

Jetzt stand Homer auf, und sein Blick zitterte wie alles andere ringsum. Alles, außer Jaffe. Das Zittern war aus seinen Händen, seinen Eingeweiden und seinem Kopf verschwunden. Er war stabil inmitten einer instabilen Welt.

»Ich habe keine Ahnung, was Sie hier treiben«, sagte Homer. »Aber es gefällt mir nicht.«

»Kann ich Ihnen nicht verdenken«, sagte Jaffe. Er sah nicht zu dem Messer. Das mußte er nicht. Er konnte es spüren. »Aber es ist doch Ihre Aufgabe«, fuhr Jaffe fort, »zu wissen, was hier unten los ist, oder nicht?«

Homer entfernte sich ein paar Schritte von dem Stuhl. Dahin war der naßforsche Gang, den er sonst anschlug. Er stolperte, als würde sich der Boden neigen.

»Ich war im Zentrum der Welt«, sagte Jaffe. »Dieses kleine Zimmer... hier spielt sich alles ab.«

»Tatsächlich?«

»Tatsächlich.«

Homer grinste kurz nervös. Er warf einen Blick zur Tür.

»Wollen Sie gehen?« fragte Jaffe.

»Ja.« Er sah auf die Uhr, ohne sie zu sehen. »Muß mich sputen. Bin eigentlich nur heruntergekommen, um...«

»Sie haben Angst vor mir«, sagte Jaffe. »Und das mit Recht. Ich bin nicht mehr der Mann, der ich einmal war.«

»Tatsächlich?«

»Sie wiederholen sich.«

Homer sah wieder zur Tür. Sie war fünf Schritte entfernt; vier, wenn er lief. Er hatte die halbe Strecke zurückgelegt, als Jaffe das Messer aufhob. Er hatte den Türgriff in der Hand, als er hörte, wie der Mann hinter ihm näher kam.

Er sah sich um, und das Messer zielte direkt auf sein Auge. Es war kein zufälliger Hieb. Es war Synchronizität. Das Auge leuchtete, das Messer leuchtete. Das Leuchten verschmolz, und im nächsten Augenblick schrie er, während er gegen die Tür stürzte und Randolph ihm folgte, um den Brieföffner aus dem Kopf des Mannes herauszuziehen.

Das Dröhnen des Ofens wurde lauter. Da er mit dem Rücken zu den Postsäcken stand, konnte Jaffe spüren, wie sich die Briefcouverts aneinander rieben, wie die Worte auf den Blättern durchgeschüttelt wurden, bis sie vorzüglichste Poesie waren. Blut, sagten sie; wie ein Meer; seine Gedanken wie Klumpen in diesem Meer, dunkel, geronnen, heißer als heiß.

Er streckte die Hand nach dem Griff des Messers aus und packte ihn. Er hatte in seinem Leben noch kein Blut vergossen, nicht einmal ein Insekt getötet, jedenfalls nicht vorsätzlich. Aber jetzt erzeugte seine Faust um den feuchten, heißen Griff ein wunderbares Gefühl. Eine Prophezeiung; ein Beweis.

Er zog das Messer grinsend aus Homers Augapfel und stieß es, bevor sein Opfer an der Tür hinabrutschen konnte, bis zum Heft in Homers Hals. Dieses Mal ließ er es nicht stecken. Er zog es heraus, sobald Homers Schreie aufgehört hatten, und stieß es dem Mann mitten in die Brust. Er stieß auf Knochen und mußte fest drücken, aber er war plötzlich sehr stark. Homer keuchte, und Blut quoll ihm aus dem Mund und der Verletzung am Hals. Jaffe zog das Messer heraus. Er stieß nicht noch einmal zu. Statt dessen rieb er das Messer mit seinem Taschentuch ab und drehte sich um, damit er seinen nächsten Zug überlegen konnte. Wenn er die Postsäcke zum Ofen schleppte, lief er Gefahr, entdeckt zu werden. Und obschon er sich in Hochstimmung befand und vom

Tod des Kotzbrockens Homer angetörnt war, war er sich der Gefahr, entdeckt zu werden, bewußt. Es wäre besser, den Ofen *hierher* zu bringen. Schließlich war Feuer ein bewegliches Element. Es war nur ein Streichholz erforderlich, und das besaß Homer. Er wandte sich wieder dem zusammengesunkenen Leichnam zu und suchte in den Taschen nach einem Päckchen Streichhölzer. Nachdem er eins gefunden hatte, nahm er es und ging zu den Postsäcken hinüber.

Als er die Flamme an die Irrläufer hielt, empfand er überraschenderweise Traurigkeit. Er hatte so viele Wochen hier verbracht – in einer Art Delirium versunken und trunken von Geheimnissen. Dies war das Lebewohl zu alledem. Danach – Homer tot, die Briefe verbrannt – war er ein Flüchtling, ein Mann ohne Vergangenheit, von einer ›Kunst‹ angezogen, über die er nichts wußte, die er aber sehnlicher als alles andere ausüben wollte.

Er knüllte ein paar Seiten zusammen, damit die Flammen erste Nahrung hatten. War es erst einmal in Gang, würde sich das Feuer selbst erhalten können, daran zweifelte er nicht: Im ganzen Zimmer befand sich nichts, das nicht brennbar gewesen wäre – Papier, Stoff, Fleisch. Nachdem er drei Papierhäufchen aufgeschichtet hatte, zündete er das Streichholz an. Die Flamme war hell; als er sie sah, wurde ihm erstmals bewußt, wie sehr er die Helligkeit haßte. Die Dunkelheit war soviel interessanter; voller Geheimnisse, voller Drohungen. Er hielt die Flamme an die Papierstapel und sah zu, wie das Feuer zu lodern anfing. Dann ging er zur Tür.

Dort lag selbstverständlich Homer, der aus drei verschiedenen Stellen blutete, und seine Masse war nicht leicht zu bewegen. Aber Jaffe, dessen Schatten von dem gewaltigen Freudenfeuer hinter ihm an die Wand geworfen wurde, legte sich mächtig ins Zeug. In der halben Minute, die er brauchte, um den Leichnam wegzuschaffen, stieg die Hitze exponentiell an, und als er wieder in das Zimmer sah, brannte es lichterloh von einer Seite zur anderen; die Hitze erzeugte ihren eigenen Wind, der seinerseits die Flammen wieder entfachte.

Erst als er sämtliche Spuren seiner selbst in dem Zimmer vernichtet hatte – und damit jeden Beweis auf Randolph Ernest Jaffe getilgt hatte –, bedauerte er, was er getan hatte. Nicht das Verbrennen – das war durchaus klug gewesen –, aber die Tatsache, daß er Homers Leichnam in dem Zimmer gelassen hatte, damit er zusammen mit den Irrläufern verbrannte. Ihm wurde klar, daß er eine weitreichendere Rache hätte üben sollen. Er hätte den Leichnam in Stücke hacken und verpacken sollen, Zunge, Augen, Hoden, Eingeweide, Haut, Schädel, er hätte alle Stücke abtrennen sollen – und sie dann Stück für Stück mit unleserlichen, sinnlosen Adressen in das System hinausschicken, damit der Zufall – oder die Synchronizität – die Schwelle bestimmen konnte, auf der Homers Fleisch landete. Der verschickte Postbeamte. Er nahm sich vor, derart ironische Möglichkeiten künftig nicht mehr zu übersehen.

Er brauchte nicht lange, um sein Zimmer auszuräumen. Er besaß wenig, und das meiste bedeutete ihm gar nichts. Aufs Wesentliche reduziert, existierte er so gut wie überhaupt nicht. Es war die Summe von ein paar Dollars, ein paar Fotos, ein paar Kleidungsstücken. Alles zusammen hätte man in einem kleinen Koffer untergebracht und immer noch Platz für mehrere Nachschlagewerke gehabt.

Um Mitternacht kehrte er, mit besagtem kleinen Koffer in der Hand, Omaha den Rücken und war bereit für eine Reise, die ihn in jede beliebige Richtung führen konnte. Tor zum Osten, Tor zum Westen. Ihm war es einerlei, welchen Weg er einschlug, so lange er nur zur ›Kunst‹ führte.

II

Jaffe hatte ein hausbackenes Leben hinter sich. Er war fünfzig Meilen von Omaha entfernt geboren worden, hatte seine Ausbildung dort erhalten, hatte seine Eltern dort begraben und hatte um zwei Frauen aus dieser Stadt geworben, aber keine war mit ihm vor den Traualtar getreten. Er hatte den Bundesstaat ein paarmal verlassen und sogar einmal daran gedacht, nach Orlando zu gehen, wo seine Schwester wohnte, aber sie hatte ihm das ausgeredet und gesagt, er würde nicht mit den Menschen oder der sengenden Sonne klarkommen. Und so war er in Omaha geblieben, hatte Jobs verloren und andere bekommen, hatte sich nie für lange etwas oder jemandem gewidmet, und deshalb hatte sich auch ihm niemand gewidmet.

Aber in der einsamen Abgeschiedenheit des Zimmers der Postirrläufer hatte er Horizonte gekostet, von deren Existenz er nie etwas gewußt hatte, und das hatte die Wanderlust in ihm geweckt. Als da draußen nur Sonne, Vororte und Micky Maus gewartet hatten, war es ihm einerlei gewesen. Weshalb sollte er sich die Mühe machen und nach so banalen Dingen suchen? Jetzt war er gescheiter. Es gab Geheimnisse zu entschleiern und Mächte beim Schopf zu packen, und wenn er König der Welt war, würde er die Vororte niederreißen – und die Sonne, wenn er konnte – und die Welt in einer heißen Dunkelheit neu erschaffen, in der ein Mann letztlich die Geheimnisse seiner eigenen Seele ergründen konnte.

Von *Kreuzwegen* war in den Briefen häufig die Rede gewesen, und diesen Ausdruck hatte er lange Zeit im engsten Sinne des Wortes verstanden und geglaubt, daß Omaha möglicherweise *an* diesen Kreuzwegen lag und er das Wissen um die ›Kunst‹ dort finden würde. Aber als er die Stadt hinter sich gelassen hatte und unterwegs war, wurde ihm der Irrtum dieser Denkweise bewußt. Als die Briefschreiber von Kreuzwegen gesprochen hatten, da hatten sie nicht gemeint, daß sich ein Highway mit dem anderen kreuzte; sie hatten Orte gemeint, wo sich Daseinsformen kreuzten, wo das menschliche System auf das fremde traf und beide sich verändert weitererstreckten. Im Strom und Strudel solcher Orte konnte er hoffen, die Offenbarung zu finden.

Er hatte selbstverständlich kaum Geld, aber irgendwie schien das nicht wichtig zu sein. In den Wochen nach der Flucht vom Schauplatz seines Verbrechens schien ihm alles, was er haben wollte, einfach zuzufallen. Er mußte nur den Daumen hochhalten, und ein Auto bremste mit quietschenden Reifen. Wenn ein Autofahrer ihn fragte, wohin *er*, Jaffe, denn wollte, brachte ihn der Fahrer genau dorthin. Es war, als wäre er gesegnet worden. Wenn er stolperte, war stets jemand zur Stelle, der ihn stützte. Wenn er hungrig war, gab ihm jemand Nahrung.

Eine Frau aus Illinois, die ihn mitgenommen und anschließend gefragt hatte, ob er die Nacht mit ihr verbringen wollte, bestätigte ihm seinen gesegneten Zustand.

»Du hast etwas Außergewöhnliches gesehen, nicht wahr?« flüsterte sie ihm mitten in der Nacht zu. »Man sieht es in deinen Augen. Nur wegen deiner Augen habe ich dich mitgenommen.«

»Und mir das angeboten?« sagte er und spielte zwischen ihren Beinen.

»Ja. Auch das«, sagte sie. »Was hast du gesehen?«

»Nicht genug«, antwortete er.

»Schläfst du noch einmal mit mir?«

»Nein.«

Auf seiner Reise von Bundesstaat zu Bundesstaat erhaschte er von Zeit zu Zeit einen Blick auf das, was ihn die Briefe gelehrt hatten. Er sah Geheimnisse herausragen, die es nur deshalb wagten, sich zu zeigen, weil *er* auf der Durchreise war und sie in ihm einen kommenden Mann der Macht erkannten. In Kentucky wurde er durch Zufall Zeuge, wie der Leichnam eines Heranwachsenden aus einem Fluß gezogen wurde; der Leichnam lag auf dem Gras, Arme ausgebreitet, Finger gespreizt, während eine Frau an seiner Seite heulte und schluchzte. Die Augen des Jungen waren offen, ebenso die Knöpfe seiner Hose. Er beobachtete alles aus kurzer Entfernung, der einzige Zeuge, der nicht von der

Polizei weggescheucht wurde – wieder die Augen –, und genoß es, wie der Junge ausgerichtet war – wie die Gestalt auf dem Medaillon nämlich –, und er wollte sich beinahe selbst in den Fluß stürzen, nur um den Kitzel des Ertrinkens zu erleben. In Idaho begegnete er einem Mann, der bei einem Autounfall einen Arm verloren hatte; als sie beisammensaßen und sich unterhielten, sagte er, daß er immer noch Empfindungen in dem verlorenen Glied hatte, was die Ärzte als Phantomschmerz bezeichneten; aber er wußte, das war sein Astralkörper, der auf einer anderen Daseinsebene noch unversehrt war. Er sagte, daß er sich mit der verlorenen Hand immer noch regelmäßig einen abwichste, und bot sich an, das vorzuführen. Es stimmte. Später sagte der Mann: »Du kannst im Dunkeln sehen, nicht wahr?«

Darüber hatte Jaffe noch gar nicht nachgedacht, aber jetzt, wo seine Aufmerksamkeit darauf gelenkt worden war, schien es tatsächlich so zu sein, als könnte er es.

»Wie hast du das gelernt?«

»Gar nicht.«

»Vielleicht Astralaugen.«

»Vielleicht.«

»Soll ich dir noch einmal den Schwanz lutschen?«

»Nein.«

Er sammelte Erfahrungen, stets nur eine, wenn er auf der einen Seite ins Leben von Menschen trat und es auf der anderen wieder verließ, so daß sie besessen oder weinend oder tot zurückblieben. Er folgte jeder Laune, folgte seinem Instinkt, und das geheime Leben wurde ihm in dem Augenblick offenbar, wenn er eine Stadt betrat.

Nichts deutete darauf hin, daß er von den Mächten des Gesetzes verfolgt wurde. Vielleicht war Homers Leichnam nicht in dem niedergebrannten Gebäude gefunden worden, und falls doch, hatte ihn die Polizei vielleicht nur als Opfer der Flammen betrachtet. Aus welchen Gründen auch immer, niemand war hinter ihm her. Er ging, wohin er wollte, und er tat, was sein Herz begehrte, bis er ein Übermaß an Begierden befriedigt und Bedürfnisse gestillt hatte und es Zeit wurde, die Grenze zu überschreiten. Er mietete sich ein Zimmer in einem verlausten Motel in Los Alamos, New Mexico, schloß sich mit zwei Flaschen Wodka ein, zog sich aus, zog die Vorhänge vor und ließ seinen Verstand wandern. Er hatte seit achtundvierzig Stunden nichts mehr gegessen, nicht weil er kein Geld gehabt hätte, denn das hatte er, sondern weil ihm das unbeschwerte Gefühl im Kopf gefiel. Nach Nahrung hungernd und vom Wodka aufgepeitscht, liefen seine Gedanken Amok, verschlangen einander gegenseitig und schissen einander aus und waren wechselweise barbarisch und barock. In der Dunkelheit kamen Küchenschaben aus ihren Löchern und wuselten über seinem am Boden liegenden Körper. Er ließ sie kommen und gehen, goß sich Wodka über die Lenden, wenn sie dort zu emsig waren und er steif wurde, weil das eine Ablenkung war. Er wollte nur denken. Schweben und denken.

Er hatte alle körperlichen Empfindungen erlebt, die er erleben mußte; heiß und kalt, triebhaft und geschlechtslos; war Ficker und Gefickter gewesen. Nichts davon wollte er noch einmal; jedenfalls nicht als Randolph Jaffe. Es gab eine andere Art zu sein, einen anderen Ort, wo man empfinden konnte, wo Sex und Mord und Kummer und Gier und alles wieder interessant sein mochten, aber erst dann, wenn er sein momentanes Dasein überwunden hatte; wenn er zum Künstler geworden war und die Welt neu erschaffen hatte.

Kurz vor der Dämmerung, als selbst die Küchenschaben träge wurden, spürte er die Einladung.

Er war von einer großen Ruhe erfüllt. Sein Herz schlug langsam und gleichmäßig. Seine Blase leerte sich aus eigenem Antrieb, wie die eines Babys. Ihm war weder zu kalt noch zu warm. Er war weder zu müde noch zu wach. Und an diesem Kreuzweg – der nicht der erste und nicht der letzte war – zog etwas tief in seinem Innersten und rief ihn.

Er stand sofort auf, zog sich an, nahm die verbleibende volle Flasche Wodka und ging hinaus. Der Ruf in seinem Inneren verstummte nicht. Er wurde weitergezogen, während sich die kalte Nacht hinforthob und die Sonne aufging. Er war barfuß gegangen. Seine Füße bluteten, aber sein Körper interessierte ihn nicht weiter, und er hielt die Schmerzen mit weiterem Wodka auf Distanz. Am Nachmittag, als er den letzten Rest getrunken hatte, war er mitten in einer Wüste und ging in die Richtung, in die er gerufen wurde, ohne richtig zu bemerken, wie er einen Fuß vor den anderen setzte. Er hatte keinen Gedanken mehr im Kopf, außer der ›Kunst‹ und wie sie zu erringen sei, und selbst diese Ambition kam und ging.

Wie schließlich die Wüste selbst. Irgendwann gegen Abend kam er an einen Ort, wo selbst die einfachsten Tatsachen – der Boden unter ihm, der dunkelnde Himmel über seinem Kopf – in Zweifel standen. Er war nicht einmal mehr sicher, ob er noch ging. Daß alles fehlte, das war angenehm, aber es dauerte nicht lange. Der Ruf mußte ihn weitergelockt haben, ohne daß er selbst den Sog bemerkte, denn die Nacht wurde plötzlich zum Tage, und er befand sich – wieder am Leben; wieder Randolph Ernest Jaffe – in einer Wüste, welche noch kahler als diejenige war, die er hinter sich gelassen hatte. Hier war es früher Morgen. Die Sonne stand noch nicht hoch, erwärmte die Luft aber bereits, der Himmel war makellos klar.

Nun empfand er Schmerzen und Übelkeit, aber der Sog in seinem Inneren war unwiderstehlich. Er mußte weiterstolpern, obwohl sein ganzer Körper ein Trümmerfeld war. Später erinnerte er sich, daß er durch eine Stadt gekommen war und einen Turm aus Stahl mitten in der Wüste stehen gesehen hatte. Aber erst, als seine Reise zu Ende war, vor einer schlichten Steinhütte, deren Tür sich vor ihm öffnete, als seine letzten Kraftreserven aufgebraucht waren und er über ihre Schwelle fiel.

III

Als er zu sich kam, war die Tür geschlossen, aber sein Verstand weit offen. Auf der anderen Seite eines prasselnden Feuers saß ein alter Mann mit leutseligen, etwas albernen Gesichtszügen, denen eines Clowns gleich, der fünfzig Jahre gegrinst und nun damit aufgehört hatte; seine Poren waren groß und fettig, das Haar war lang und grau. Er hatte die Beine über Kreuz. Während Jaffe versuchte, die Energie zum Sprechen aufzubringen, hob der Mann ab und zu eine Gesäßbacke und ließ lautstark einen fahren.

»Du hast den Weg hierher gefunden«, sagte er nach einer gewissen Zeit. »Ich dachte, du würdest vorher sterben. Viele sind gestorben. Es erfordert große Willenskraft.«

»*Wo* bin ich?« brachte Jaffe heraus.

»Wir sind in einer Schleife. Einer Schleife in der Zeit, die ein paar Minuten umfaßt. Ich habe sie als Zuflucht gefunden. Nur hier bin ich sicher.«

»Wer sind Sie?«

»Mein Name ist Kissoon.«

»Gehören Sie zum Schwarm?«

Das Gesicht jenseits des Feuers drückte Überraschung aus.

»Du weißt eine Menge.«

»Nein. Eigentlich nicht. Nur Bruchstücke.«

»Nur sehr wenige Menschen wissen vom Schwarm.«

»Ich weiß von einigen«, sagte Jaffe.

»Tatsächlich?« sagte Kissoon nachdenklich. »Ich wüßte gerne ihre Namen.«

»Ich besaß Briefe von ihnen...«, sagte Jaffe, verstummte aber, als ihm klar wurde, daß er nicht mehr wußte, wo er sie hatte, diese wertvollen Hinweise, die ihn durch Himmel und Hölle geführt hatten.

»Briefe von wem?« sagte Kissoon.

»Von Menschen, die... von der ›Kunst‹ wissen... oder etwas *ahnen.*«

»Wirklich? Und was schreiben sie darüber?«

Jaffe schüttelte den Kopf. »Ich bin noch nicht dahintergekommen«, sagte er. »Aber ich glaube, es existiert ein Meer...«

»Das existiert«, sagte Kissoon. »Und du wüßtest gerne, wo man es finden kann, wie man dorthin gelangt und wie man Kraft aus ihm schöpft.«

»Ja. Das wüßte ich gerne.«

»Und als Gegenleistung für dieses Wissen?« sagte Kissoon. »Was hast du zu bieten?«

»Ich habe nichts.«

»Laß mich das entscheiden«, sagte Kissoon und wandte den Blick zum Dach der Hütte, als würde er etwas in dem Rauch sehen, der sich dort staute.

»Okay«, sagte Jaffe. »Was immer ich habe, das Sie haben wollen. Sie können es nehmen.«

»Klingt fair.«

»Ich muß es wissen. Ich will die ›Kunst‹ beherrschen.«

»Natürlich. Natürlich.«

»Ich habe genug vom Leben«, sagte Jaffe.

Kissoon sah ihn wieder an.

»Wirklich? Das bezweifle ich.«

»Ich möchte... ich möchte...« (Was? dachte er. Was möchtest du?) *»Erklärungen«*, sagte er.

»Gut, wo soll ich anfangen?«

»Mit dem Meer«, sagte Jaffe.

»Ah, das Meer.«

»Wo ist es?«

»Warst du jemals verliebt?« antwortete Kissoon.

»Ja. Ich glaube schon.«

»Dann warst du schon zweimal in der Essenz. Zum ersten Mal in der ersten Nacht, in der du außerhalb der Gebärmutter geschlafen hast. Zum zweiten Mal in der Nacht, als du neben der Frau lagst, die du liebtest. Oder war es ein Mann?« Er lachte. »Wie auch immer.«

»Essenz ist das Meer.«

»Essenz ist das Meer. Und in diesem Meer sind Inseln, die Ephemeriden heißen.«

»Ich möchte dorthin«, hauchte Jaffe.

»Wirst du. Noch ein einziges Mal.«

»Wann?«

»In der letzten Nacht deines Lebens. Mehr wird uns nicht gewährt. Drei Ausflüge zum Meer der Träume. Weniger, und wir würden verrückt werden. Mehr...«

»Und?«

»Und wir wären keine Menschen mehr.«

»Und die ›Kunst‹?«

»Ah, ja... da gehen die Meinungen auseinander.«

»Beherrschen Sie sie?«

»Beherrschen?«

»Diese ›Kunst‹. Beherrschen Sie sie? Können Sie sie vollbringen? Können Sie sie mir beibringen?«

»Vielleicht.«

»Sie sind einer vom Schwarm«, sagte Jaffe. »Sie müssen sie beherrschen, richtig?«

»Einer?« lautete die Antwort. »Ich bin der letzte. Ich bin der einzige.«

»Dann weihen Sie mich ein. Ich möchte die Welt verändern können.«

»Welch *bescheidenes* Ziel.«

»Verarschen Sie mich nicht!« sagte Jaffe, der zur Überzeugung kam, daß er zum Narren gehalten wurde. »Ich werde nicht mit leeren Händen gehen, Kissoon. Wenn ich die Kunst beherrsche, kann ich in die Essenz eintauchen, richtig? So läuft das.«

»Woher hast du diese Informationen?«

»Ist es nicht so?«

»Ja. Und ich wiederhole: Woher hast du diese Informationen?«

»Ich kann die Hinweise zusammenzählen. Das mache ich immer noch.« Er grinste, während sich in seinem Kopf die Teile zusammenfügten. »Die Essenz liegt irgendwo *jenseits* dieser Welt, nicht wahr? Und mit der ›Kunst‹ kann man überwechseln, so daß man jederzeit dorthin gelangen kann. Der Finger im Kuchen.«

»Hm?«

»So hat sie jemand genannt. Der Finger im Kuchen.«

»Warum sich mit einem Finger begnügen?« bemerkte Kissoon.

»Richtig! Warum nicht meinen ganzen verdammten Arm?«

Kissoons Gesichtsausdruck war beinahe bewundernd.

»Welch ein Jammer«, sagte er. »Du könntest noch weiter *entwickelt* sein. In diesem Fall hätte ich dich in alles einweihen können.«

»Was wollen Sie damit sagen?«

»Ich will damit sagen, daß du zuviel von einem Affen hast. Ich kann dir die Geheimnisse in meinem Kopf nicht verraten. Sie sind zu mächtig, zu gefährlich. Du weißt nicht, was du mit ihnen anfangen solltest. Letztendlich würdest du die Essenz mit deinen infantilen Ambitionen verunreinigen. Und die Essenz muß erhalten bleiben.«

»Ich habe Ihnen gesagt... ich werde nicht mit leeren Händen von hier weggehen. Sie können von mir haben, was Sie wollen. Was immer ich habe. Aber unterrichten Sie mich.«

»Würdest du mir deinen Körper geben?« sagte Kissoon. »Würdest du das tun?«

»Was?«

»Mehr hast du nicht zum Handeln. Möchtest du mir das geben?«

Diese Antwort verblüffte Jaffe.

»Sie wollen Sex?«

»Gütiger Himmel, nein.«

»Was dann? Ich verstehe nicht.«

»Fleisch und Blut. Das Behältnis. Ich möchte deinen Körper bewohnen.«

Jaffe betrachtete Kissoon, der wiederum ihn betrachtete.

»Nun?« sagte der alte Mann.

»Sie können nicht einfach in meine Haut steigen«, sagte Jaffe.

»Doch, das kann ich. Sobald sie freigemacht worden ist.«

»Das glaube ich nicht.«

»Jaffe, Sie sollten niemals sagen: *Das glaube ich nicht.* Das Außergewöhnliche ist die Norm. Es gibt Schleifen in der Zeit. Wir sind gerade in einer. In unseren Köpfen sind Armeen, die nur darauf warten, zu marschieren. Und Sonnen in unseren Lenden und Fotzen am Himmel. In jedem Staat werden Sprüche gewoben...«

»Sprüche?«

»Eingaben! Beschwörungen! *Magie, Magie!* Sie ist überall. Und du hast natürlich recht, Essenz *ist* der Ursprung, und die ›Kunst‹ ist der Schlüssel dazu. Da findest du, es könnte mir schwerfallen, in deine Haut zu schlüpfen. Hast du denn *nichts* gelernt?«

»Nehmen wir an, ich willige ein.«

»Nehmen wir es an.«

»Was passiert mit mir, wenn ich meinen Körper verlasse?«

»Du würdest hierbleiben. Als Seele. Es ist nicht viel, aber es ist ein Zuhause. Ich komme nach einer Weile zurück. Und dein Fleisch und Blut würden wieder dir gehören.«

»Warum wollen Sie meinen Körper überhaupt?« sagte Jaffe. »Der ist doch völlig im Eimer.«

»Das ist *meine* Sache«, antwortete Kissoon.

»Ich muß es wissen.«

»Und ich habe beschlossen, es dir nicht zu sagen. Wenn du die ›Kunst‹ willst, solltest du tun, was ich sage. Du hast keine andere Wahl.«

Das Benehmen des alten Mannes – sein arrogantes, schmales Lächeln, das Achselzucken, wie er die Lider stets halb gesenkt hatte, als wäre es Verschwendung von Augenlicht, seinen Gast ganz anzusehen – das alles ließ Jaffe an Homer denken. Sie hätten zwei Seiten einer Medaille sein können; der erbärmliche Kotzbrocken und dieser überhebliche alte Bock hier. Als er an Homer dachte, dachte er unweigerlich an das Messer in seiner Tasche. Wie oft würde er Kissoons abgemagerten Kadaver schneiden müssen, bis der Schmerz ihn davon überzeugte, endlich zu reden? Würde er dem alten Mann sämtliche Finger abschneiden müssen, Stück für Stück? Wenn ja, er war dazu bereit. Vielleicht mußte er ihm die Ohren abschneiden. Vielleicht die Augen ausstechen. Was immer erforderlich war, er würde es tun. Es war zu spät, zimperlich zu sein; viel zu spät.

Er glitt mit der Hand in die Tasche und ergriff das Messer.

Kissoon sah die Bewegung.

»Du begreifst nichts, oder?« sagte er, und seine Augen schnellten plötzlich hektisch hin und her, als würde er mit größter Geschwindigkeit in der Luft zwischen ihm und Jaffe lesen.

»Ich begreife mehr, als Sie denken«, sagte Jaffe. »Mir ist klar, daß ich nicht *rein* genug für Sie bin. Ich bin nicht – wie haben Sie sich ausgedrückt? – *entwickelt.* Ja, entwickelt.«

»Ich sagte, du bist ein Affe.«

»Richtig.«

»Ich habe den Affen beleidigt.«

Jaffe umklammerte das Messer fester. Er wollte aufstehen.

»*Wage* es nicht«, sagte Kissoon.

»Es ist, als würde man ein rotes Tuch vor einem Stier wedeln«, sagte Jaffe, dessen Kopf kreiste, so sehr strengte ihn das Aufstehen an, »wenn man ›*Wage es nicht*‹ zu mir sagt. Ich habe Dinge gesehen... getan...« Er wollte das Messer aus der Tasche holen. »Ich habe keine Angst vor Ihnen.«

Kissoons Augen hörten mit den schnellen Lesebewegungen auf und sahen zu der Klinge. Sein Gesicht sah nicht überrascht aus, so wie das von Homer; aber er hatte eindeutig Angst. Der Kitzel des Vergnügens raste durch Jaffe, als er diesen Gesichtsausdruck sah.

Kissoon stand auf. Er war deutlich kleiner als Jaffe, beinahe untersetzt, und sämtliche Winkel waren leicht schräg, als wären ihm einmal alle Knochen gebrochen und in aller Hast neu zusammengesetzt worden.

»Sie sollten kein Blut vergießen«, sagte er hastig. »Nicht in einer Schleife. Es gehört zu den Grundregeln des Schleifen-Spruchs, niemals Blut zu vergießen.«

»Schwach«, sagte Jaffe und ging um das Feuer herum auf sein Opfer zu.

»Es ist die Wahrheit«, sagte Kissoon und schenkte Jaffe das seltsamste, falscheste Lächeln. »Es gehört zu meiner Ehre, daß ich niemals lüge.«

»Ich habe ein Jahr im Schlachthof gearbeitet«, sagte Jaffe. »In Omaha, Nebraska. Tor zum Westen. Ich habe ein Jahr lang nur Fleisch zerschnitten. Ich verstehe etwas von dem Geschäft.«

Jetzt hatte Kissoon große Angst. Er war zur Wand der Hütte

zurückgewichen und hatte beide Arme ausgestreckt, um sich zu schützen; er sah, fand Jaffe, wie die Heldin eines Stummfilms aus. Seine Augen waren nicht mehr halb offen, sondern groß und feucht. Und auch sein Mund – groß und feucht. Er brachte nicht einmal mehr Drohungen heraus, er stand nur da und schlotterte.

Jaffe streckte die Arme aus und legte dem Mann die Hand um den Truthahnhals. Er packte fest zu, Finger und Daumen gruben sich in Sehnen. Dann griff er mit der anderen Hand, in der er das stumpfe Messer hielt, an Kissoons linken Augenwinkel. Der Atem des alten Mannes roch wie der Furz eines Kranken. Jaffe wollte ihn nicht einatmen, aber er hatte keine andere Wahl; doch im selben Augenblick, als er das tat, merkte er, daß er angeschmiert worden war. Der Atem war mehr als säuerliche Luft. Er hatte etwas in sich, das aus Kissoons Körper ausgestoßen wurde und sich in seinen hineinfraß – oder es zumindest versuchte. Jaffe ließ den dürren Hals los und wich zurück.

»*Wichser!*« sagte er und spie und hustete den Atem aus, bevor er ihn übernehmen konnte.

Kissoon spielte weiterhin den Arglosen.

»Willst du mich nicht umbringen?« sagte er. »Bin ich begnadigt?«

Jetzt kam er näher; Jaffe wich zurück.

»Bleiben Sie weg von mir!« sagte Jaffe.

»Ich bin nur ein alter Mann!«

»Ich habe den Atem gespürt!« schrie Jaffe und schlug sich mit der Faust auf die Brust. »Sie versuchen, in mich hineinzugelangen!«

»Nein«, protestierte Kissoon.

»Verdammt, lügen Sie mich nicht an. Ich habe es gespürt.«

Er spürte es immer noch. Ein Gewicht in seiner Lunge, wo vorher kein Gewicht gewesen war. Er wich zur Tür zurück, weil er wußte, wenn er blieb, würde ihn der Wichser fertigmachen.

»Geh nicht«, sagte Kissoon. »Mach die Tür nicht auf.«

»Es gibt andere Wege, die zur ›Kunst‹ führen«, sagte Jaffe.

»Nein«, sagte Kissoon. »Nur ich. Die anderen sind alle tot. Niemand kann dir helfen, außer mir.«

Er versuchte sein gepreßtes Lächeln und verbeugte den mißgestalteten Körper, aber die Unterwürfigkeit war ebenso Schauspielerei, wie es die Angst gewesen war. Nur Tricks, sein Opfer in der Nähe zu behalten, damit er dessen Fleisch und Blut haben konnte. Jaffe würde kein zweites Mal auf die Nummer hereinfallen. Er versuchte, Kissoons Verführungen mit Erinnerungen zu verdrängen. Freuden, die er noch einmal erleben würde, wenn er nur lebend aus dieser Falle entkam. Die Frau in Illinois, der einarmige Mann in Kentucky, die Liebkosungen der Küchenschaben. Die Erinnerungen trugen mit dazu bei, daß Kissoon keinen Einfluß über ihn bekam. Er griff hinter sich nach der Türklinke.

»Nicht aufmachen«, sagte Kissoon.

»Ich verschwinde von hier.«

»Ich habe einen Fehler gemacht. Es tut mir leid. Ich habe dich unterschätzt. Wir können uns doch sicherlich einigen? Ich werde dir alles erzählen, was du wissen mußt. Ich werde dir die ›Kunst‹ beibringen. Ich selbst besitze die Fähigkeit nicht. Nicht in der Schleife. Aber *du* könntest sie haben. Du könntest sie mitnehmen. Dort hinaus. In die Welt zurück. Arm im Kuchen! Nur *bleib. Bleib*, Jaffe. Ich war so lange alleine hier. Ich brauche Gesellschaft. Jemanden, dem ich alles erklären kann. Mit dem ich es teilen kann.«

Jaffe drückte die Klinke. Als er das tat, spürte er, wie der Boden unter seinen Füßen bebte, und einen Augenblick schien jenseits der Tür blendende Helligkeit zu herrschen. Sie schien zu grell für bloßes Tageslicht, aber genau das mußte sie gewesen sein, denn nur die Sonne erwartete ihn, als er nach draußen trat.

»Verlaß mich nicht!« hörte er Kissoon schreien, und mit diesem Schrei spürte er, wie der Mann nach seinen Eingeweiden griff, wie er ihn hergezogen hatte. Doch der Zugriff war längst nicht mehr so stark wie zuvor. Entweder hatte Kissoon zuviel Energie beim Versuch vergeudet, seine Seele in Jaffe zu hauchen, oder seine Wut schwächte ihn. Was auch immer, der Zugriff war überwindbar, und je weiter Jaffe lief, desto schwächer wurde er.

Hundert Meter von der Hütte entfernt sah er hinter sich und glaubte, einen Flecken Dunkelheit zu erkennen, der sich am Boden entlang auf ihn zu bewegte, gleich einem Seil, das aufgerollt wurde. Er verweilte nicht, um herauszufinden, was der alte

Dreckskerl für einen neuen Trick auf Lager hatte, sondern lief immer weiter, seiner eigenen Spur am Boden nach, bis der Stahlturm zu sehen war. Er kündete von einem Versuch, diese Einöde zu bevölkern, der längst aufgegeben worden war. Weiter entfernt fand er, eine Stunde voller Schmerzen später, neuerliche Beweise für dieses Vorhaben. Die Stadt, durch die er auf dem Weg hierher gestolpert war, wie er sich vage erinnern konnte, deren Straßen nicht nur ohne alle Menschen oder Fahrzeuge waren, sondern die überhaupt keinerlei herausragende Merkmale aufwiesen, wie eine Filmkulisse, die noch für die Dreharbeiten dekoriert werden mußte.

Eine halbe Meile weiter deuteten Turbulenzen in der Atmosphäre darauf hin, daß er den Rand der Schleife erreicht hatte. Er stürzte sich nur zu bereitwillig in ihre Verwirrungen und kam durch eine Region übelkeiterregender Desorientierung, in der er sich nicht sicher war, ob er überhaupt ging. Plötzlich war er auf der anderen Seite draußen und wieder in einer stillen, sternenklaren Nacht.

Achtundvierzig Stunden später, als er betrunken in einer Gasse in Santa Fe lag, traf er zwei spontane Entscheidungen. Erstens, daß er den Bart behalten würde, der ihm in den vergangenen Wochen gewachsen war, und zwar als Erinnerung an seine Suche. Zweitens, daß er sein ganzes Streben, jegliches Wissen über das okkulte Leben Amerikas, das er erlangt hatte, jedes Jota der Macht, das ihm seine Astralaugen verliehen, dem Bemühen widmen würde, die ›Kunst‹ zu erlangen – Scheiß auf Kissoon; scheiß auf den Schwarm –, und daß er sein Gesicht erst, wenn er sie erlangt hatte, wieder unrasiert zeigen würde.

IV

Es fiel ihm nicht leicht, das Versprechen, das er sich selbst gegeben hatte, einzuhalten. Bot ihm doch die Macht, die er erlangt hatte, so viele einfache Freuden; Freuden, auf die er jahrelang verzichtet hatte, weil er fürchtete, sein bißchen Macht zu verlieren, bevor er größere erlangt hatte.

Sein oberstes Ziel war, einen anderen Suchenden zu finden; jemand, der ihn bei seiner Suche unterstützen konnte. Es dauerte zwei Monate, bis seine Ermittlungen Name und Ruf eines Mannes zutage förderten, der perfekt für diese Rolle geeignet war. Dieser Mann war Richard Wesley Fletcher, der – bis er vor kurzem in Ungnade gefallen war – einer der gefeiertsten und revolutionärsten Köpfe auf dem Gebiet der Evolutionsforschung gewesen war; Leiter mehrerer Forschungsprogramme in Boston und Washington; ein Theoretiker, dessen Bemerkungen – jede einzelne – von seinen Anhängern nach Hinweisen auf seinen nächsten Durchbruch hin durchleuchtet wurden. Aber sein Genie war von Drogen beeinträchtigt. Meskalin und seine Derivate hatten ihn zu Fall gebracht, sehr zum Wohlgefallen zahlreicher seiner Kollegen, die kein Hehl mehr aus der Verachtung machten, die sie für den Mann empfanden, nachdem sein geheimes Laster ans Licht gekommen war. Jaffe entdeckte in einem Artikel nach dem anderen denselben gönnerhaften Tonfall, wenn die akademische Gemeinschaft das gefallene Wunderkind verurteilte, seine Theorien als lächerlich und seine Moral als widerwärtig verdammte. Fletchers Moral hätte Jaffe nicht gleichgültiger sein können. Die Theorien des Mannes fesselten ihn, deckten sie sich doch in weiten Zügen mit seinen eigenen Ambitionen. Fletchers Forschungen hatten darauf abgezielt, die Kraft in lebenden Organismen, die sie dazu trieb, sich evolutionär zu entwickeln, zu isolieren und im Labor zu synthetisieren. Er glaubte, wie Jaffe, auch daran, daß man den Himmel stehlen konnte.

Es erforderte Beharrlichkeit, den Mann zu finden, aber die hatte Jaffe im Überfluß, und schließlich fand er ihn in Maine. Das Genie befand sich infolge seiner Verzweiflung in einer üblen Verfassung, am Rande eines völligen geistigen Zusammenbruchs. Jaffe war vorsichtig. Er kam nicht direkt auf sein Anliegen zu sprechen, sondern machte sich zuerst unentbehrlich, indem er Drogen von einer Qualität lieferte, wie Fletcher sie sich aufgrund seiner Armut schon lange nicht mehr leisten konnte. Erst als er das Vertrauen des Süchtigen gewonnen hatte, machte er Anspielungen auf Fletchers Arbeit. Anfangs war Fletcher alles andere als willfährig, aber Jaffe entfachte langsam, aber sicher das Feuer der Besessenheit, und schließlich loderten die Flammen hell. Und nachdem sie brannten, hatte Fletcher viel zu erzählen. Er berichtete, daß er seiner Meinung nach zweimal nahe daran gewesen war, die Substanz zu isolieren, die er *Nuncio*, den Boten, nannte. Aber der abschließende Prozeß war ihm nie gelungen. Jaffe trug ein paar eigene Beobachtungen zu dem Thema bei, die er bei seinen Studien des Okkulten aufgeschnappt hatte. Sie beide, deutete er vorsichtig an, waren Suchende. Wenngleich er, Jaffe, das Vokabular der Altvorderen benützte – das der Alchimisten und Magier – und Fletcher die Sprache der Wissenschaft, hatten sie doch beide dasselbe Ziel, nämlich die Evolution am Ellbogen zu packen; das Fleisch, und möglicherweise die Seele, mittels künstlicher Methoden weiterzuentwickeln. Anfänglich schüttete Fletcher seinen Hohn über diese Behauptungen aus, aber allmählich lernte er sie zu schätzen, und schließlich akzeptierte er, als Jaffe ihm die Einrichtung anbot, in der er seine Forschungen erneut beginnen konnte. Diesmal, versprach Jaffe, würde Fletcher nicht in einem akademischen Treibhaus arbeiten müssen, wo ständig von ihm verlangt wurde, daß er seine Arbeiten rechtfertigte, um seinen Etat nicht zu verlieren. Er sicherte seinem vom Dämon Droge besessenen Freund einen Ort zu, wo er ungestört und vor Neugierigen geschützt arbeiten konnte. Wenn der Nuncio isoliert und sein Wunder reproduziert worden war, konnte Fletcher aus der Wildnis zurückkehren und seine Widersacher in die Flucht schlagen. Das war ein Angebot, dem kein Besessener hätte widerstehen können.

Elf Monate später stand Richard Wesley Fletcher auf einem Granitfelsen an der Pazifikküste Kaliforniens und verfluchte sich selbst dafür, daß er Jaffes Verlockungen erlegen war. Hinter ihm, in der Misión de Santa Catrina, war die Große Arbeit – wie Jaffe sie zu nennen pflegte – vollbracht worden. Der Nuncio war Wirklichkeit geworden. Es gab sicher kaum einen weniger wahrscheinlichen Ort für Forschungen, die der größte Teil der Welt für gottlos gehalten hätte, als eine aufgegebene Jesuiten-Mission, aber das ganze Unternehmen war von Anfang an von Paradoxen geprägt gewesen.

Erstens die Liaison zwischen Jaffe und ihm. Zweitens das Zusammenspiel verschiedener Fachrichtungen, welches die Große Arbeit ermöglicht hatte. Und drittens die Tatsache, daß er jetzt, in der Stunde seines Triumphs, kurz davor war, den Nuncio zu vernichten, bevor er dem Mann in die Hände fiel, der seine Erschaffung finanziert hatte.

Wie bei der Erschaffung, so auch bei der Zerstörung: Systematik, Besessenheit, Schmerz. Fletcher war zu versiert in den Zweideutigkeiten der Materie, um sich dem Glauben hinzugeben, daß die völlige Vernichtung von etwas möglich war. Man konnte Entdeckungen nicht *un*entdeckt machen. Aber wenn die Veränderung des Beweises, die er und Raul durchführten, gründlich genug war, dann würde es – dies war seine feste Überzeugung – niemandem gelingen, die Experimente so leicht nachzustellen, die er in der Wüste von Kalifornien durchgeführt hatte. Er und der Junge – es fiel ihm immer noch schwer, Raul als Jungen zu betrachten – mußten wie perfekte Diebe sein, die ihr eigenes Haus plünderten, um jede Spur ihrer selbst zu vernichten. Wenn sie sämtliche Forschungsunterlagen verbrannt und jegliches Gerät zertrümmert hatten, mußte es so sein, als hätte der Nuncio nie existiert. Erst dann konnte er den Jungen, der immer noch emsig die Feuer in der Mission schürte, zum Rand der Klippe führen, damit sie Hand in Hand hinunterspringen konnten. Der Sturz war tief, die Felsen unten so scharfkantig, daß sie keine Überlebenschancen hatten. Die Flut würde ihre Leichen und das Blut in den Pazifik hinausspülen. Und damit würden Feuer und Wasser die Aufgabe vollbracht haben.

Was natürlich nicht verhindern konnte, daß ein künftiger Forscher den Nuncio von sich aus wiederentdeckte; aber das Zusammenwirken von wissenschaftlichen Disziplinen und Umständen, das die Entdeckung ermöglicht hatte, war sehr eigentümlich. Fletcher hoffte für die Menschheit, daß sie viele Jahre lang nicht wieder zusammentreffen würden. Diese Hoffnung war durchaus begründet. Ohne Jaffes seltsames, halb intuitives Wissen um okkulte Prinzipien, die seine eigene wissenschaftliche Methodik unterstützten, wäre das Wunder nicht möglich gewesen, und wie oft setzten sich Männer der Wissenschaft schon mit Männern der Magie – den Sprüche-Wirkern, wie Jaffe sie genannt hatte – zusammen, um ihre Künste zu vereinen? Es war gut, daß sie das nicht taten. Es gab soviel Gefährliches zu entdekken. Die Anhänger des Okkulten, deren Kodes Jaffe entschlüsselt hatte, wußten mehr über die Welt, als Fletcher je vermutet hätte. Unter ihren Metaphern, ihrem Gerede vom Bad der Wiedergeburt und dem von Vätern aus Blei erzeugten goldenen Nachfahren strebten sie nach denselben Zielen, die er sein ganzes Leben lang verfolgt hatte. Künstliche Methoden, den evolutionären Impuls voranzubringen: den Menschen über sich selbst hinauswachsen zu lassen. *Obscurum per obscurius, ignotium per ignotius,* sagten sie. Sollte das Obskure vom noch Obskureren erklärt werden, das Unbekannte vom Unbekannteren. Sie wußten, wovon sie schrieben. Fletcher hatte das Problem mittels ihrer und seiner Wissenschaft gelöst. Er hatte eine Flüssigkeit künstlich hergestellt, die das fröhliche Wirken der Evolution durch jeden lebenden Organismus tragen und – so Fletchers Überzeugung – noch die unwichtigste Zelle in ein höheres Dasein zwingen würde. *Nuncio* hatte er sie genannt: der Bote. Heute wußte er, daß der Name falsch war. Er war nicht der Bote der Götter, sondern der Gott selbst. Er hatte ein Eigenleben. Er hatte Energie und Ambitionen. Er *mußte* ihn vernichten, bevor er begann, die Schöpfungsgeschichte neu zu schreiben – mit Randolph Jaffe als Adam.

»Vater?«

Raul war hinter ihn getreten. Der Junge hatte wieder die Kleidung abgelegt. Da er jahrelang nackt gewesen war, konnte er sich nicht an ihre Behinderung gewöhnen. Und er hatte wieder das verdammte Wort benützt.

»Ich bin nicht dein Vater«, erinnerte Fletcher ihn. »Das war ich nie und werde es auch nie sein. Geht das denn nicht in deinen Kopf hinein?«

Raul hörte zu, wie immer. Seine Augen hatten kein Weiß und waren schwer zu deuten, aber der gelassene Blick erweichte Fletcher immer wieder aufs neue.

»Was willst du?« fragte er sanfter.

»Die Feuer«, antwortete der Junge.

»Was ist mit ihnen?«

»Der Wind, Vater...«, fing er an.

Der Wind hatte in den vergangenen Minuten zugenommen, er wehte direkt vom Meer herein. Als Fletcher Raul zur Vorderfront der Mission folgte, in deren Windschatten sie die Scheiterhaufen des Nuncio errichtet hatten, stellte er fest, daß die Unterlagen verweht, viele davon aber unversehrt und nicht vom Feuer berührt waren.

»Verdammt«, sagte Fletcher, der ebenso über seine eigene mangelnde Aufmerksamkeit wie die des Jungen erbost war. »Ich habe dir doch gesagt: Nicht zuviel Papier auf einmal nachlegen.«

Er ergriff Rauls Arm, der mit seidigem Haar bedeckt war, wie überhaupt sein ganzer Körper. Ein versengter Geruch war deutlich, wo Flammen emporgeleckt und den Jungen überrascht hatten. Er wußte, es erforderte beachtlichen Mut von seiten Rauls, seine Ur-Angst vor dem Feuer zu überwinden. Er tat es für seinen *Vater.* Er hätte es für keinen anderen getan. Fletcher legte Raul zerknirscht einen Arm um die Schulter. Der Junge klammerte sich an ihn, wie er sich in seiner früheren Inkarnation festgeklammert hatte, und vergrub das Gesicht im Geruch des Menschen.

»Wir sollten sie einfach davonfliegen lassen«, sagte Fletcher, der zusah, wie ein Windstoß Blätter vom Feuer wirbelte und wie die Seiten eines Abreißkalenders fortwehte, Tag für Tag Schmerz und Inspiration. Selbst wenn eine oder zwei gefunden werden würden, was an diesem einsamen Strandabschnitt unwahrscheinlich war, würde niemand ihren Sinn entziffern können.

Nur seine Besessenheit war dafür verantwortlich, daß er die Unterlagen vollkommen vernichten wollte. Und sollte nicht ausgerechnet er das besser wissen, war doch gerade seine Besessenheit eine der Eigenschaften gewesen, die mit verantwortlich dafür war, daß diese Verschwendung und Tragödie überhaupt erst entstanden waren?

Der Junge löste sich von Fletcher und drehte sich wieder zu den Feuern um.

»Nein, Raul...« sagte er. »...laß sie... laß sie fortwehen...«

Der Junge hörte nicht auf ihn; ein Trick, den er schon immer beherrscht hatte, schon vor den Veränderungen, die der Nuncio mit sich gebracht hatte. Wie oft hatte Fletcher den Affen gerufen, der Raul vorher gewesen war, nur damit das elende Tier ihn absichtlich mißachtete? Zu einem Großteil war eben diese Perversion dafür verantwortlich, daß Fletcher die Große Arbeit an ihm erprobt hatte: das Flüstern des Menschseins in dem Affen, aus dem der Nuncio ein Brüllen gemacht hatte.

Raul machte jedoch keinen Versuch, die verstreuten Blätter einzusammeln. Sein kurzer, untersetzter Körper war verkrampft, er hatte den Kopf geneigt. Er schnupperte in der Luft.

»Was ist?« fragte Fletcher. »Witterst du jemanden?«

»Ja.«

»Wo?«

»Er kommt vom Berg.«

Fletcher zweifelte nicht an Rauls Feststellung. Die Tatsache, daß er, Fletcher, nichts hören oder riechen konnte, war lediglich ein Beweis dafür, wie verkümmert seine Sinne waren. Er mußte auch nicht fragen, aus welcher Richtung ihr Besucher kam. Es führte nur ein Weg zur Mission. Eine Straße durch so feindseliges Gelände und dann den steilen Berg hinauf anzulegen, mußte selbst den Masochismus der Jesuiten auf eine harte Probe gestellt haben. Sie hatten eine Straße gebaut und die Mission, und dann hatten sie die Siedlung verlassen – vielleicht, weil sie Gott hier oben nicht gefunden hatten. Wenn ihre Gespenster noch hier umgingen, dachte Fletcher, würden sie heute eine Gottheit finden, drei Phiolen voll blauer Flüssigkeit. Ebenso wie der Mann, der jetzt den Berg heraufkam. Es konnte nur Jaffe sein. Sonst wußte niemand, daß sie hier oben waren.

»Der Teufel soll ihn holen«, sagte Fletcher. »Warum jetzt? Warum ausgerechnet jetzt?«

Es war eine alberne Frage. Jaffe hatte beschlossen, jetzt zu kommen, weil er wußte, daß eine Verschwörung gegen seine Große Arbeit im Gange war. Er konnte selbst an Orten präsent sein, wo er nicht leibhaftig war; ein spionierendes Echo seiner selbst. Fletcher wußte nicht, wie er das machte. Zweifellos einer von Jaffes *Sprüchen*. Die Art unbedeutender geistiger Tricks, die Fletcher früher als Bauernfängerei abgetan hätte, wie er vieles andere ebenso abgetan hätte. Jaffe würde noch ein paar Minuten brauchen, um ganz den Berg heraufzukommen, aber das würde bei weitem nicht ausreichen, daß Fletcher und der Junge ihre Aufgabe zu Ende bringen konnten. Es gab nur noch zwei Dinge, die er vollenden konnte, wenn er zielstrebig genug vorging. Beide waren lebenswichtig. Zuerst mußte er Raul töten und wegschaffen, da ein ausgebildeter Forscher in seinem Körper die Natur des Nuncio erkennen mochte. Und als zweites mußte er die drei Phiolen in der Mission vernichten.

Dorthin begab er sich nun durch das Chaos, das er mit Freuden über den Ort gebracht hatte. Raul folgte ihm, er schritt barfuß durch die zertrümmerten Instrumente und zersplitterten Möbel zum Inneren des Sanktuariums. Dies war das einzige Zimmer, in dem sich das Wirrwarr der Großen Arbeit nicht breitgemacht hatte. Eine kahle Zelle, in der sich nur ein Schreibtisch, ein Stuhl und eine veraltete Stereoanlage befanden. Der Stuhl stand vor einem Fenster mit Blick aufs Meer. Hier saßen Mann und Junge in den ersten Tagen nach Rauls Verwandlung, bevor die Erkenntnis, welche Ziele und Zwecke der Nuncio tatsächlich verfolgte, Fletchers Triumph zunichte gemacht hatte. Sie betrachteten den Himmel und hörten Mozart zusammen. Alle Geheimnisse, hatte Fletcher während einer der ersten Lektionen gesagt, waren Fußnoten der Musik. Musik kam vor allem anderen.

Von nun an würde es keinen erhabenen Mozart mehr geben, keine Himmelsbeobachtungen, keine liebevolle Ausbildung. Es blieb nur noch Zeit für einen Schuß. Fletcher holte die Pistole, die neben dem Meskalin in der Schreibtischschublade lag.

»Müssen wir sterben?« sagte Raul.

Er hatte gewußt, daß das kommen würde. Aber nicht so schnell.

»Ja.«

»Wir sollten hinausgehen«, sagte der Junge. »Zur Klippe.«

»Nein. Keine Zeit. Ich... ich muß noch einiges erledigen, bevor ich dir folge.«

»Aber du hast gesagt, gemeinsam.«

»Ich weiß.«

»Du hast es *versprochen,* gemeinsam.«

»*Mein Gott, Raul!* Ich habe doch gesagt: *Ich weiß!* Aber ich kann nicht anders. Er kommt. Und wenn er dich mir wegnimmt, tot oder lebendig, wird er dich benützen. Er wird dich auseinandernehmen. Um herauszufinden, wie der Nuncio in dir funktioniert!«

Er wollte mit seinen Worten angst machen, und das gelang ihm. Raul schluchzte und verzog das Gesicht vor Entsetzen. Er wich einen Schritt zurück, als Fletcher die Pistole hob.

»Ich folge dir bald«, sagte Fletcher. »Ich schwöre es. So schnell ich kann.«

»Bitte, Vater...«

»Ich bin nicht dein Vater! Ein für allemal, ich bin niemandes Vater!«

Sein Ausbruch löste jeglichen Einfluß, den er auf den Jungen hatte. Bevor Fletcher auf ihn zielen konnte, sprang Raul zur Tür hinaus. Er schoß dennoch, aber die Kugel schlug in die Wand ein; dann setzte er zur Verfolgung an und schoß ein zweites Mal. Aber der Junge war behende wie ein Affe. Er hatte das Labor durchquert und war draußen im Freien, bevor ein dritter Schuß abgefeuert werden konnte. Im Freien, dann fort.

Fletcher warf die Pistole weg. Wenn er Raul verfolgte, würde er die wenige Zeit vergeuden, die ihm noch blieb. Diese Minuten sollte er besser nutzen, den Nuncio wegzuschaffen. Es war erbärmlich wenig von der Substanz vorhanden, aber ausreichend, die Evolution in jedem Organismus, mit dem sie in Berührung kam, zum Amoklauf anzuregen. Er schmiedete schon seit Tagen und Nächten Ränke dagegen und überlegte sich die sicherste Methode, die Substanz wegzuschaffen. Er wußte, er konnte sie nicht einfach wegschütten. Was konnte sie anrichten, wenn sie in den Boden gelangte? Seine größte Hoffnung, entschied er – sogar seine *einzige* Hoffnung – war es, den Stoff in den Pazifik zu werfen. Diese Vorstellung hatte etwas erfreulich Abgerundetes an sich. Der lange Weg zur momentanen Evolutionssprosse der Rasse hatte im Meer angefangen, und dort hatte er auch – in den Myriaden Erscheinungsformen bestimmter Meerlebewesen – zum ersten Mal den Lebewesen eigenen Drang bemerkt, sich zu etwas anderem zu entwickeln. Indizien, deren Lösung die drei Phiolen mit dem Nuncio waren. Jetzt würde er die Antwort dem Element zurückgeben, welches sie inspiriert hatte. Der Nuncio würde buchstäblich zu Tropfen im Ozean werden, seine Macht so verdünnt, daß sie praktisch vernachlässigbar wurde.

Er ging zu dem Labortisch, wo die drei Phiolen noch auf ihrem Halter standen. Gott in drei Flaschen, milchig blau, wie ein Himmel von della Francesca. Es herrschte Bewegung in dem Destillat, als würde es seine eigenen internen Gezeiten erzeugen. Wenn es wußte, daß er kam, kannte es auch seine Absichten? Er wußte so wenig über seine eigene Schöpfung. Vielleicht konnte sie seine Gedanken lesen.

Er blieb wie angewurzelt stehen, weil er immer noch so sehr Mann der Wissenschaft war, daß ihn dieses Phänomen faszinierte. Er hatte gewußt, daß die Flüssigkeit von Macht erfüllt war, aber daß sie die Gabe der Selbstfermentierung besaß, die sie jetzt zur Schau stellte – sogar eine primitive Antriebskraft, schien es; *sie kroch an den Wänden der Phiole hinauf* –, erstaunte ihn. Seine Entschlossenheit geriet ins Wanken. Hatte er wirklich das Recht, der Welt dieses Wunder vorzuenthalten? War sein Begehr wirklich so ungesund? Schließlich wollte es nur den Ablauf der Dinge beschleunigen. Fell aus Schuppen machen. Fleisch aus Fell. Möglicherweise Seele aus Fleisch. Ein schöner Gedanke.

Dann dachte er an Randolph Jaffe aus Omaha, Nebraska, ehemals Schlachter und Student von Postirrläufern; Sammler anderer Leute Geheimnisse. Würde so ein Mann den Nuncio gut einsetzen? In den Händen eines milden und liebenden Mannes konnte die Große Arbeit ein neues Zeitalter einläuten und jedes Lebewesen in Kontakt mit dem Sinn seiner Schöpfung bringen. Aber Jaffe liebte nicht, noch war er milde. Er war ein Dieb, der Offenbarungen stahl, ein Magier, der sich nicht die Mühe machte, die Prinzipien seiner Kunst zu begreifen, dem es nur darum ging, durch sie Macht zu erlangen.

Wenn man das alles bedachte, stellte sich nicht die Frage, *ob er das Recht hatte, dieses Wunder zu vernichten*, sondern nur, *wie er es wagen konnte zu zögern.*

Er ging, von neuerlicher Überzeugung erfüllt, auf die drei Phiolen zu. Der Nuncio wußte, daß Fletcher ihm ein Leid zufügen wollte. Er reagierte mit hektischer Aktivität, kroch, so gut er konnte, an der Glaswand hinauf und brodelte in seinem Behältnis.

Als Fletcher nach dem Gestell griff, wurden dem Nuncio seine wahren Absichten klar. Er wollte nicht einfach nur entkommen. Er wollte seine Wunder an eben jenem Fleische erproben, das ihm schaden wollte.

Er wollte seinen Schöpfer neu erschaffen.

Diese Erkenntnis kam so spät, daß Fletcher nicht mehr entsprechend handeln konnte. Bevor er die ausgestreckten Hände zurückziehen oder sich abwenden konnte, barst eine der Phiolen. Fletcher spürte, wie Glas in seine Handfläche schnitt und der Nuncio dagegenspritzte. Er taumelte rückwärts und hob die Hände vors Gesicht. Er sah mehrere Schnitte, darunter einen besonders großen in der Mitte der Handfläche, der vor aller Welt so aussah, als hätte jemand einen Nagel hindurchgeschlagen. Die Schmerzen erzeugten ein Schwindelgefühl, aber das dauerte nur einen Augenblick – Schwindelgefühl und Schmerzen. Danach kam eine vollkommen andersartige Empfindung. Nein, keine Empfindung. Diese Beschreibung war zu trivial. Es war, als würde man sich auf Mozart konzentrieren; eine Musik, die an den Ohren vorbei direkt in die Seele drang. Nachdem er sie gehört hatte, würde er nie mehr der alte sein.

V

Randolph hatte den Rauch der Feuer vor der Mission gesehen, als er die erste Biegung der langen Straße den Berg hinauf hinter sich gebracht hatte; und dieser Anblick hatte den Verdacht bestätigt, der seit Tagen in ihm nagte: daß sein gedungenes Genie den Aufstand probte. Er überdrehte den Motor des Jeeps und verfluchte den Sand, der in Staubwolken unter den Reifen aufwirbelte und das Vorankommen zu einem mühsamen Kriechen machte. Bis heute war es sowohl ihm wie auch Fletcher recht gewesen, daß die Große Arbeit so fernab der Zivilisation durchgeführt wurde, wenngleich es jede Menge Überzeugungskraft erfordert hatte, ein Labor von dem Umfang, wie Fletcher es benötigte, an einem so abgelegenen Ort einzurichten. Aber heutzutage war Überzeugungskraft kein Problem. Der Ausflug in die Schleife hatte das Feuer in Jaffes Augen geschürt. Was die Frau in Illinois, deren Namen er nie erfahren hatte, zu ihm sagte: *Du hast etwas Außergewöhnliches gesehen, nicht wahr?* Das stimmte, jetzt mehr denn je. Er hatte einen Ort außerhalb der Zeit gesehen, und sich selbst dort, und seine Gier nach der ›Kunst‹ hatte ihn über die geistige Gesundheit hinausgetrieben. Das alles wußten die Menschen, obschon sie den Gedanken niemals hätten in Worte kleiden können. Sie sahen es ihm an, und sie machten entweder aus Ehrfurcht oder Angst, was er verlangte.

Fletcher jedoch war von Anfang an die Ausnahme dieser Regel gewesen. Seine Neigungen und seine Verzweiflung hatten ihn formbar gemacht, aber der Mann besaß immer noch einen eigenen Willen. Viermal hatte er Jaffes Angebot ausgeschlagen, aus seinem Versteck zu kommen und seine Forschungsarbeit wieder aufzunehmen, obwohl Jaffe ihm jedesmal klargemacht hatte, wie schwierig es gewesen war, das verschollene Genie aufzuspüren, und wie sehr er sich eine Zusammenarbeit zwischen ihnen wünschte. Er hatte jedes der vier Angebote damit versüßt, daß er bescheidene Mengen Meskalin mitgebracht und mehr versprochen hatte; und er hatte versprochen, daß er jedwede Gerätschaften bereitstellen würde, die Fletcher benötigte, wenn er ihn nur dazu bringen konnte, seine Forschungen wieder aufzunehmen. Schon als er Fletchers radikale Theorien zum ersten Mal gelesen hatte, hatte Jaffe gewußt, daß sich hier die Möglichkeit bot, das System zu überlisten, das zwischen ihm und der ›Kunst‹ stand. Er zweifelte nicht daran, daß der Weg zum Meer der Essenz mit Prüfungen und Tests übersät sein würde, die von hochgestochenen Gurus oder irren Schamanen wie Kissoon geschaffen worden waren, um Leute, die sie für minderwertig hielten, daran zu hindern, ins Allerheiligste vorzudringen. Das war nichts Neues. Aber mit Fletchers Hilfe konnte er die Gurus austricksen und die Macht hinterrücks erlangen. Die Große Arbeit würde seine eigene Evolution über das Dasein der selbsternannten weisen Männer hinaus vorantreiben, und dann würde die ›Kunst‹ in seinen Fingern singen.

Nachdem er das Labor gemäß Fletchers Weisungen eingerichtet und dem Mann seine Gedanken zum Problem mitgeteilt hatte, die er den Postirrläufern entnommen hatte, ließ Jaffe den Maestro allein und lieferte Waren – Seesterne, Seepferdchen; Meskalin, einen Affen –, wenn sie angefordert wurden, besuchte ihn aber nur einmal im Monat. Jedesmal verbrachte er vierundzwanzig Stunden mit Fletcher, trank und erzählte ihm Klatsch, den Jaffe aus der akademischen Gerüchteküche aufgeschnappt hatte, um Fletchers Neugier zu befriedigen. Nach elf solchen Besuchen spürte er, daß sich die Ereignisse in der Mission ihrem Ende näherten, und unternahm die Reise in regelmäßigeren Abständen. Er war jedesmal weniger willkommen. Einmal hatte Fletcher sogar versucht, Jaffe den Zutritt zur Mission völlig zu verwehren, und es war zu einem kurzen, ungleichen Kampf gekommen. Fletcher war kein Kämpfer. Sein gebückter, unterernährter Körper war der eines Mannes, der seit frühester Jugend über einen Schreibtisch gebeugt gewesen war. Nachdem er geschlagen war, hatte er Jaffe Zutritt gewähren müssen. Drinnen hatte er den Affen gefunden, den Fletchers Destillat, der Nuncio, in einen häßlichen, aber ohne jeden Zweifel menschlichen Jungen verwandelt hatte. Schon damals, im größten Triumph, hatte er Hinweise auf den Zusammenbruch gespürt, dem sich Fletcher, daran bestand für Jaffe kein Zweifel, ergeben hatte. Der Mann stand seiner Errungenschaft mit gemischten Gefühlen gegenüber. Aber Jaffe hatte sich so sehr gefreut, daß er nicht auf die Warnzeichen geachtet hatte. Er hatte sogar verlangt, den Nuncio hier und jetzt an sich selbst auszuprobieren. Fletcher hatte sich dagegen ausgesprochen; er hatte gesagt, daß noch monatelange weitere Studien erforderlich wären, bevor sich Jaffe diesem Risiko aussetzen konnte. Er legte dar, daß der Nuncio immer noch zu rätselhaft war. Er wollte erst herausfinden, wie er sich auf den Organismus des Jungen auswirkte, bevor er weitere Versuche unternahm. Angenommen, er erwies sich in einer Woche als tödlich für den Jungen? Oder in einem Tag? Dieses Argument reichte aus, Jaffes Tatendurst eine Weile zu dämpfen. Er überließ es Fletcher, die erforderlichen Untersuchungen durchzuführen, kam aber fortan wöchentlich wieder und stellte bei jedem Besuch Fletchers zunehmenden Verfall fest, ging aber davon aus, daß der Stolz des Mannes über seine Errungenschaft ihn daran hindern würde, ihr Schaden zuzufügen.

Jetzt, da Schwärme verbrannter Notizblätter am Boden auf ihn zugeweht wurden, verfluchte er seine Vertrauensseligkeit. Er stieg aus dem Jeep aus und schritt zwischen den verstreuten Feuern auf das Missionsgebäude zu. Dieser Ort hatte immer eine apokalyptische Aura gehabt. Der Boden war so trocken und sandig, daß er lediglich ein paar dürre Yuccapalmen ernähren konnte; die Mission selbst war so dicht an den Rand der Klippen gepfercht, daß der Pazifik sie zweifellos eines Winters verschlukken würde; die Seeraben und tropischen Vögel machten ein gewaltiges Getöse hoch droben.

Heute flatterten jedoch nur Worte durch die Luft. Die Mauern der Mission waren rußgeschwärzt, wo Feuer zu nahe bei ihnen entfacht worden waren. Die Erde war mit Asche bedeckt, die noch unfruchtbarer als der Sand war.

Nichts war mehr so, wie es gewesen war.

Er rief Fletchers Namen, als er durch die offene Tür trat, und die Befürchtungen, die er auf dem Weg bergauf gehegt hatte, waren mittlerweile beinahe Angst, allerdings nicht um sich selbst, sondern um die Große Arbeit. Er war froh, daß er bewaffnet gekommen war. Wenn Fletcher endgültig dem Wahnsinn anheimgefallen war, würde er vielleicht die Formel des Nuncio aus ihm herausquälen müssen. Es war nicht das erste Mal, daß er sich mit einer Waffe in der Hand auf die Suche nach Wissen machte. Das war manchmal erforderlich.

Das Innere lag in Trümmern; Instrumente im Wert von mehreren hunderttausend Dollar – die er durch Lockungen, Drohungen oder Verführungskünste von Akademikern erhalten hatte, die ihm gaben, was er verlangte, nur damit Jaffe den Blick von ihnen nahm – waren vernichtet, Labortische mit einer Armbewegung leergefegt worden. Sämtliche Fenster waren aufgerissen, der heiße und salzige Wind vom Pazifik wehte durch das Gebäude. Jaffe navigierte durch die Trümmer bis zu Fletchers Lieblingszimmer, die Zelle, die er einmal – high von Meskalin – den Stöpsel des Lochs in seinem Herzen genannt hatte.

Dort saß er, lebend, auf dem Stuhl vor dem aufgerissenen Fenster und sah zur Sonne empor; genau das, was ihn auf dem rechten Auge blind gemacht hatte. Er trug dasselbe schäbige Hemd und die zerschlissenen Hosen wie immer; sein Gesicht zeigte dasselbe verkniffene unrasierte Profil; der Pferdeschwanz ergrauenden Haares – sein einziges Zugeständnis an die Eitelkeit – war an Ort und Stelle. Selbst seine Haltung – Hände im Schoß, der Oberkörper eingesunken – hatte Jaffe schon zahllose Male gesehen. Und dennoch stimmte etwas an der Idylle nicht, und das reichte aus, daß Jaffe unter der Tür stehenblieb und sich weigerte, die Zelle selbst zu betreten. Es war, als wäre Fletcher *zu sehr* er selbst. Sein Erscheinungsbild war zu perfekt: der Versonnene, der den Himmel betrachtete; jede Pore und jede Falte verlangte die Aufmerksamkeit von Jaffes schmerzender Netzhaut, als wäre sein Porträt von tausend Miniaturmalern gemalt worden, und jeder hatte einen Zentimeter des Modells übernehmen dürfen, den sie alle mit einem aus nur einer einzigen Borste bestehenden Pinsel in übelkeiterregenden Einzelheiten ausgeführt hatten. Der Rest des Zimmers – Wände, Fenster, selbst der Stuhl, auf dem Fletcher saß – verschwammen, weil sie nicht mit der allzu gründlichen *Realität* dieses Mannes konkurrieren konnten.

Jaffe machte die Augen zu, damit er das Porträt nicht ansehen mußte. Es überlastete seine Sinne. Machte ihn schwindlig. Er hörte Fletchers Stimme in der Dunkelheit, so unmelodisch wie immer.

»Schlechte Nachrichten«, sagte er sehr leise.

»Warum?« sagte Jaffe, ohne die Augen aufzumachen. Aber auch so wußte er ganz genau, daß das Wunderkind zu ihm sprach, ohne Zunge oder Lippen zu benützen.

»Gehen Sie bitte«, sagte Fletcher. »Und die Antwort lautet: *ja.*«

»Die Antwort worauf?«

»Sie haben recht. Ich brauche meinen Hals nicht mehr.«

»Ich habe nicht gesagt...«

»Das ist auch nicht mehr nötig, Jaffe. Ich bin in Ihrem Kopf. Dort ist alles, Jaffe. Schlimmer, als ich gedacht habe. Sie müssen gehen...«

Die Lautstärke ließ nach, aber die Worte blieben. Jaffe versuchte, sie zu verstehen, aber die meisten entgingen ihm. Etwas wie *werden wir zu Himmel?* Oder nicht? Ja, das hatte er gesagt.

»*...werden wir zu Himmel?*«

»Wovon reden Sie?« sagte Jaffe.

»Machen Sie die Augen auf«, antwortete Fletcher.

»Es macht mich krank, Sie anzusehen.«

»Das beruht auf Gegenseitigkeit. Aber trotzdem... Sie sollten die Augen aufmachen. Sehen, wie das Wunder funktioniert.«

»Welches Wunder?«

»Sehen Sie.«

Er gehorchte Fletchers Drängen. Die Szene war noch genauso, wie sie gewesen war, bevor er die Augen zugemacht hatte. Das offene Fenster; der Mann, der davorsaß. Genau dasselbe.

»Der Nuncio ist in mir«, verkündete Fletcher in Jaffes Kopf. Er bewegte das Gesicht überhaupt nicht. Kein Zucken der

Lippen. Kein Blinzeln der Wimpern. Immer nur dieselbe schreckliche *Vollendung*.

»Sie meinen, Sie haben ihn an sich selbst erprobt?« sagte Jaffe. »Nach allem, was Sie mir gesagt haben?«

»Er verändert alles, Jaffe. Er ist die Peitsche auf dem Rücken der Welt.«

»Sie haben ihn genommen! Ich hätte ihn bekommen sollen!«

»Ich habe ihn nicht genommen. Er hat mich genommen. Er hat ein Eigenleben, Jaffe. Ich wollte ihn vernichten, aber das hat er nicht zugelassen.«

»Warum wollten Sie ihn überhaupt vernichten? Er ist die Große Arbeit.«

»Weil er nicht so funktioniert, wie ich mir das gedacht habe. Er interessiert sich nicht für das Fleisch, Jaffe, es sei denn als Fußnote. Er spielt mit dem Verstand. Er nimmt Gedanken als Inspiration und Triebkraft. Er macht uns zu dem, was wir gerne wären oder wovor wir Angst haben. Oder zu beidem. Wahrscheinlich zu beidem.«

»Sie haben sich nicht verändert«, stellte Jaffe fest. »Sie hören sich immer noch gleich an.«

»Aber ich spreche in Ihrem Kopf«, erinnerte Fletcher ihn. »Habe ich das vorher je getan?«

»Also liegt Telepathie in der Zukunft der Rasse«, antwortete Jaffe. »Das überrascht mich nicht. Sie haben den Prozeß einfach beschleunigt. Haben ein paar Jahrtausende übersprungen.«

»Werde ich Himmel sein?« sagte Fletcher noch einmal. »Das möchte ich gerne sein.«

»Dann seien Sie es«, sagte Jaffe. »Meine Ambitionen gehen weiter.«

»Ja. Ja, leider. Darum habe ich versucht, den Nuncio von Ihnen fernzuhalten. Damit er Sie nicht benützen kann. Aber er hat mich abgelenkt. Ich sah, wie das Fenster aufging, und konnte mich nicht zurückhalten. Der Nuncio hat mich so verträumt gemacht. Nun sitze ich hier und frage mich: Werde ich ... werde ich Himmel sein?«

»Er hat verhindert, daß Sie mich betrügen«, sagte Jaffe. »Er möchte benützt werden, das ist alles.«

»Mmmm.«

»Und wo ist der Rest? Sie haben nicht alles genommen.«

»Nein«, sagte Fletcher. Die Gabe der Täuschung war ihm genommen worden. »Aber bitte, *nicht*...«

»Wo?« sagte Jaffe, der nun das Zimmer betrat. »Haben Sie ihn bei sich?«

Er spürte Myriaden winziger Bewegungen auf der Haut, als er eintrat, als wäre er in eine dichte Wolke unsichtbaren Staubes getreten. Das Gefühl hätte ihn davor warnen sollen, sich mit Fletcher einzulassen, aber er war so versessen auf den Nuncio, daß er es gar nicht bemerkte. Er legte dem Mann einen Finger auf die Schulter. Kaum war der Kontakt hergestellt, schien die Gestalt auseinanderzufliegen, eine Wolke aus Splittern – grau, weiß und rot –, die wie ein Pollensturm gegen ihn brandeten.

Er hörte das Genie in seinem Kopf lachen, aber nicht auf seine Kosten, wie Jaffe wußte, sondern wegen des befreienden Gefühls, daß er endlich die Staubschicht abschütteln konnte, die sich seit der Geburt auf ihm angesammelt hatte und immer dichter geworden war, bis die letzten Spuren der Helligkeit verdeckt waren. Jetzt stob der Staub davon. Fletcher saß immer noch da wie zuvor. Aber jetzt leuchtete er.

»Bin ich zu hell?« sagte er. »Das tut mir leid.«

Er reduzierte seine Leuchtkraft.

»Das will ich auch können!« sagte Jaffe. »Auf der Stelle.«

»Ich weiß«, antwortete Fletcher. »Ich kann Ihr Verlangen spüren. Übel, Jaffe, übel. Sie sind gefährlich. Ich glaube, mir ist erst jetzt klar geworden, wie gefährlich Sie sind. Ich kann in Sie hineinsehen. Ihre Vergangenheit lesen.« Er verstummte einen Augenblick, dann gab er ein langes, schmerzvolles Stöhnen von sich. »Sie haben einen Menschen getötet«, sagte er.

»Er hatte es verdient.«

»Er stand Ihnen im Weg. Und der andere, den ich sehe... *Kissoon,* richtig? Ist er auch gestorben?«

»Nein.«

»Aber Sie hätten ihn gerne umgebracht, nicht? Ich kann den Haß in Ihnen spüren.«

»Ja, ich hätte ihn umgebracht, wenn ich die Möglichkeit gehabt hätte.« Er lächelte.

»Und mich auch, nehme ich an«, sagte Fletcher. »Haben Sie da ein Messer in der Tasche?« fragte er, »oder freuen Sie sich nur, mich zu sehen?«

»Ich will den Nuncio«, sagte Jaffe. »Ich will ihn, und er will *mich*...«

Er wandte sich ab. Fletcher rief hinter ihm her:

»Er beeinflußt den Verstand, Jaffe. Möglicherweise die Seele. Verstehen Sie denn nicht? Es gibt nichts *außen*, das nicht *innen* seinen Anfang hätte. Nichts Reales, das nicht zuerst geträumt würde. Ich? Ich wollte meinen Körper nie, bestenfalls als Behältnis. Ich wollte eigentlich überhaupt nie etwas, nur Himmel sein. Aber *Sie*, Jaffe. *Sie!* Ihr Verstand ist voller Scheiße. Denken Sie darüber nach. Denken Sie, was der Nuncio *verstärken* wird. Ich flehe Sie an...«

Die dringende Bitte, die in seinen Kopf gehaucht wurde, ließ Jaffe einen Moment innehalten und zu dem Porträt zurücksehen. Es war von seinem Stuhl aufgestanden, obwohl es, Fletchers Gesichtsausdruck nach zu schließen, eine Qual war, sich von dem Ausblick loszureißen.

»Ich flehe Sie an«, wiederholte er. »Lassen Sie sich nicht von ihm benützen.«

Fletcher streckte eine Hand nach Jaffes Schulter aus, aber dieser wich vor ihm zurück und betrat das Labor. Sein Blick fiel fast auf der Stelle auf den Tisch, wo die beiden restlichen Phiolen standen, deren Inhalt gegen die Glaswände brodelte.

»Wunderschön«, sagte Jaffe und ging auf sie zu. Der Nuncio sprang in den Phiolen empor, als er näher kam, wie ein Hund, der es nicht erwarten kann, seinem Herrn das Gesicht zu lecken. Seine Unterwürfigkeit strafte Fletcher Lügen. Er, Randolph Jaffe, war der Herr in dieser Runde. Der Nuncio der Untergebene.

Fletcher sprach in seinem Kopf weiterhin Warnungen aus:

»Jede Grausamkeit in Ihnen, Jaffe, jede Angst, jede Dummheit, jede Feigheit. Alles wird Sie überwältigen. Sie sind darauf vorbereitet? Ich glaube nicht. Er wird Ihnen zuviel zeigen.«

»*Zuviel* gibt es nicht«, sagte Jaffe, achtete nicht mehr auf die Einwände und griff nach der ersten Phiole. Der Nuncio konnte es nicht erwarten. Er zerschmetterte das Glas, der Inhalt schnellte Jaffes Haut entgegen. Wissen – und Entsetzen – kamen augenblicklich, denn der Nuncio vermittelte seine Botschaft beim Kontakt. In dem Augenblick, als Jaffe erkannte, daß Fletcher recht hatte, besaß er nicht mehr die Macht, seinen Fehler zu korrigieren.

Der Nuncio hatte wenig oder gar kein Interesse daran, die Ordnung seiner Zellen zu verändern. Wenn das geschah, dann lediglich als Folge einer grundlegenderen Verwandlung. Er betrachtete seine Anatomie als Einbahnstraße. Die geringen Verbesserungen, die er in dem Organismus vornehmen konnte, waren unter seiner Würde. Er vergeudete keine Zeit damit, Fingergelenke zu verbessern oder den Unterleib zu verwandeln. Er war ein Prophet, kein Schönheitschirurg. Der Verstand war sein Ziel. Der Verstand, der den Körper als Befriedigung benützte, selbst wenn diese Befriedigung dem Behältnis schadete. Denn der Verstand war der Ursprung der Gier nach Veränderung und deren emsiger kreativer Agent.

Jaffe wollte um Hilfe bitten, aber der Nuncio hatte bereits seine Stimmbänder übernommen und hinderte ihn daran, ein Wort zu sprechen. Gebete waren sinnlos. Der Nuncio war Gott. Vorher in einer Flasche, jetzt in seinem Körper. Jaffe konnte nicht einmal sterben, obwohl sein Körper so heftig schlotterte, daß es schien, als würde er bersten. Der Nuncio untersagte alles, außer seinem eigenen Wirken. Seinem ehrfurchtgebietenden, vervollkommnenden Wirken.

Als erstes legte er den Rückwärtsgang von Jaffes Erinnerungen ein und schoß ihn von dem Augenblick, als er in ihn eingedrungen war, sein ganzes Leben zurück, durchleuchtete jedes Ereignis, bis zurück in die Wasser des Mutterleibes. Ein Augenblick schmerzlichen Sehnens nach eben diesem Ort wurde ihm gewährt – seine Ruhe, seine Sicherheit –, dann zerrte ihn sein Leben wieder heraus und begann die Rückreise durch sein unbedeutendes Leben in Omaha. Vom Anfang seines bewußten Lebens an hatte er soviel Wut in sich. Gegen das Unbedeutende und das Politische; gegen die Streber und die Verführer, die Mädchen aufrissen und gute Noten bekamen. Er empfand alles erneut, aber viel intensiver: wie Krebszellen, die binnen eines Augenblicks dick und fett wurden und ihn verzehrten. Er sah seine Eltern dahinscheiden und sich selbst außerstande, sie zu halten oder – als sie nicht mehr waren – um sie zu trauern, aber dennoch wütend, weil er nicht wußte, warum sie gelebt oder ihn selbst in die Welt gesetzt hatten. Er verliebte sich wieder, zweimal. Er wurde zweimal abgewiesen. Nährte den Haß, schmückte die Narben, ließ die Wut größer und größer werden. Und zwischen diesen bemerkenswerten Tiefpunkten die ewige Tretmühle der Jobs, die er nicht behalten konnte, und Menschen, die Tag für Tag seinen Namen vergaßen; ein Weihnachtsfest nach dem anderen, und jedes nur dadurch gekennzeichnet, daß er wieder ein Jahr älter war. Er kam niemals dem Begreifen näher, *warum* er erschaffen worden war – warum *irgend jemand* erschaffen wurde, wo doch alles Betrug und Charade war und sowieso zu Nichts wurde.

Dann das Zimmer am Kreuzweg, vollgestopft mit Postirrläufern, und plötzlich hatte seine Wut ein Echo von einer Küste zur anderen, wilde, wütende Menschen wie er selbst, die auf ihre Verwirrung einstachen und hofften, einen Sinn zu erkennen, wenn sie blutete. Einigen war das gelungen. Sie hatten, wenn auch flüchtig, Geheimnisse erblickt. Und er bekam die Beweise dafür. Zeichen und Kodes; das Medaillon des Schwarms, das ihm in die Hände gefallen war. Einen Augenblick später hatte er das Messer in Homers Kopf gestochen und war, lediglich mit einem Bündel Hinweisen bewaffnet, auf dem Weg zu einer Reise, die ihn, mit jedem Schritt mächtiger werdend, nach Los Alamos und in die Schleife geführt hatte, und schließlich zur Misión de Santa Catrina.

Er wußte immer noch nicht, warum er erschaffen worden war, aber er hatte in seinen vier Lebensjahrzehnten soviel angehäuft, daß der Nuncio ihm eine vorläufige Antwort geben konnte. Wegen der Wut. Wegen der Rache. Damit er Macht bekam und von dieser Macht Gebrauch machte.

Er schwebte einen Augenblick über der Szene und sah sich

selbst unten auf dem Boden, inmitten von Glasscherben, wo er sich den Kopf hielt, als wollte er verhindern, daß dieser platzte. Fletcher trat ins Bild. Er schien auf den Körper einzusprechen, aber Jaffe konnte die Worte nicht hören. Zweifellos eine selbstgefällige Rede über die Vergeblichkeit menschlichen Strebens. Plötzlich lief er mit erhobenen Fäusten auf den Körper zu und schlug auf ihn ein. Er zerstob, wie das Porträt am Fenster. Jaffe heulte, als sein körperloser Geist in die Stofflichkeit am Boden zurückgezogen wurde, in seine vom Nuncio verwandelte Anatomie.

Er öffnete die Augen und sah zu dem Mann auf, der seine Kruste zertrümmert hatte, und erblickte Fletcher mit neuem Verständnis.

Sie waren von Anfang ein ungleiches Paar gewesen, und die fundamentalen Prinzipien beider hatten dem anderen mißfallen. Aber jetzt erkannte Jaffe die Mechanismen ganz deutlich. Jeder war des anderen Nemesis. Keine zwei anderen Wesen auf Erden standen in so krassem Gegensatz zueinander. Fletcher liebte das Licht, wie es nur ein Mann, der Todesangst vor dem Unbekannten hat, lieben kann; eines seiner Augen konnte die Oberfläche der Sonne nicht mehr betrachten. Und er selbst war der *Jaff*, der wahre und einzige, verliebt in die Dunkelheit, in der seine Wut Nahrung und ihren Ausdruck gefunden hatte. Die Dunkelheit, die den Schlaf brachte und die Reise zum Meer der Träume jenseits des Schlafes. So schmerzvoll die Ausbildung durch den Nuncio gewesen war, es war gut, daß er daran erinnert worden war, was er war. Mehr als erinnert – durch das Glas seiner eigenen Erinnerungen *vergrößert.* Nicht mehr *in* der Dunkelheit, sondern *ein Teil* von ihr, und befähigt, von der ›Kunst‹ Gebrauch zu machen. In seinen Händen juckte es ihn schon, das zu tun. Und dieses Jucken brachte das Begreifen mit sich, wie man den Schleier wegreißen und zum Meer der Essenz vordringen konnte. Er brauchte kein Ritual. Er brauchte weder Sprüche noch Opfer. Er war eine weiterentwickelte Seele. Seine Bedürfnisse ließen sich nicht leugnen, und er hatte Bedürfnisse im Übermaß. Aber indem er dieses neue Selbst erreicht hatte, hatte er unfreiwillig eine Kraft erschaffen, die ihn bei jedem Schritt bekämpfen würde, wenn er ihr nicht hier und jetzt Einhalt gebot. Er stand auf und mußte keine Herausforderung von Fletchers Lippen hören, um zu wissen, daß die Feindschaft zwischen ihnen vollkommen klar war. Er las den Ekel in der Flamme, die in den Augen seines Gegners leuchtete. Das Genie *sauvage*, der Drogendämon und die Zimperliese Fletcher waren aufgelöst und neu erschaffen worden: freudlos, verträumt und klug. Vor Minuten war er noch bereit gewesen, nur am Fenster zu sitzen und sich danach zu sehnen, Himmel zu werden, bis das Sehnen oder der Tod ihre Arbeit taten. Jetzt nicht mehr.

»Ich verstehe alles«, verkündete er und beschloß, die Stimmbänder zu benützen, da sie nun gleich und ebenbürtig waren. »Du hast mich dazu benützt, dich größer zu machen, damit du dir den Weg zur Offenbarung erschleichen konntest.«

»Und das werde ich auch«, antwortete der Jaff. »Jetzt bin ich unvermeidlich.« Er breitete die Arme aus. Kugeln reinster Energie, winzigen Kugellagern gleich, wurden aus den Händen ausgeschwitzt. »Siehst du? Ich bin ein Künstler.«

»Erst wenn du die ›Kunst‹ benützen kannst.«

»Und wer soll mich daran hindern? Du?«

»Ich habe keine andere Wahl. Ich trage die Verantwortung.«

»Wie? Ich habe dich einmal zusammengeschlagen. Ich kann es wieder tun.«

»Ich werde Visionen gegen dich beschwören.«

»Das kannst du versuchen.« Beim Sprechen kam dem Jaff eine Frage in den Sinn, die Fletcher zu beantworten begann, noch ehe er sie völlig ausformuliert hatte.

»Warum ich deinen Körper berührt habe? Ich weiß nicht. Der Nuncio hat es verlangt. Ich wollte nicht darauf achten, aber er hat danach geschrien.«

Er machte eine Pause, dann sagte er: »Vielleicht ziehen sich Gegensätze an, selbst in deinem Zustand.«

»Dann sage ich: Je früher du tot bist, desto besser«, sagte der Jaff und streckte die Arme aus, um seinem Gegner den Hals umzudrehen.

In der Dunkelheit, die vom Pazifik her über die Mission kam, hörte Raul den ersten Kampfeslärm. Er wußte durch die Echos in seinem eigenen, vom Nuncio verwandelten Körper, daß das Destillat hinter den Mauern im Einsatz war. Sein Vater, Fletcher, hatte sein eigenes Leben hinter sich gelassen und war zu etwas Neuem geworden. Und der andere Mann, dem er immer mißtraut hatte, schon als Worte lediglich wie böse Laute eines menschlichen Gaumens gewesen waren, ebenfalls. Jetzt begriff er die Bedeutung dieses Wortes; jedenfalls konnte er sie mit seiner eigenen animalischen Reaktion auf Jaffe erklären: Ekel. Der Mann war bis ins Mark hinein krank; wie eine von Fäulnis zerfressene Frucht. Dem Kampfeslärm drinnen nach zu schließen, hatte Fletcher beschlossen, gegen diese Verderbtheit vorzugehen. Die kurze, friedliche Zeit, die er mit seinem Vater gehabt hatte, war vorüber. Kein Unterricht in feinem Benehmen mehr; kein Am-Fenster-Sitzen, während »der erhabene Mozart« lief und sie zusahen, wie die Wolken ihre Form veränderten.

Als die ersten Sterne herauskamen, hörte der Lärm in der Mission auf. Raul wartete in der Hoffnung, daß Jaffe vernichtet worden war, aber er fürchtete, daß auch sein Vater nicht mehr sein würde. Nachdem er eine Stunde in der Kälte gewartet hatte, beschloß er hineinzugehen. Wo immer sie hingegangen sein mochten – Himmel oder Hölle –, er konnte ihnen nicht folgen. Er konnte lediglich seine Kleidungsstücke anziehen, die er immer verabscheut hatte – sie kratzten und engten ein –, die jetzt aber eine Erinnerung an die Lehren seines Meisters waren. Er würde sie immer tragen, damit er den guten Menschen Fletcher nie vergaß.

Als er an der Tür angekommen war, stellte er fest, daß die Mission nicht verlassen war. Fletcher war noch da. Und sein Gegner auch. Beide Männer besaßen noch Körper, die an ihre früheren Erscheinungen erinnerten, aber sie waren verändert. Über jedem schwebte ein Schemen: ein Kind mit riesigem Kopf über Jaffe; eine Wolke, in deren Kissen irgendwo die Sonne war, über Fletcher. Die Männer hielten mit den Händen gegenseitig ihre Hälse umklammert. Ihre Astralkörper waren ebenso verflochten. Vollkommener Gleichstand; keiner konnte einen Sieg erringen.

Rauls Eintreten machte diesen Gleichstand zunichte. Fletcher drehte sich um, sein gesundes Auge sah den Jungen an, und in diesem Moment nutzte der Jaff seinen Vorteil und schleuderte den Gegner quer durchs Zimmer.

»Hinaus!« schrie Fletcher Raul an. *»Geh hinaus!«*

Raul tat, wie ihm befohlen worden war, und raste zwischen den erloschenen Feuern vor der Mission hindurch, während unter seinen Füßen der Boden bebte, als hinter ihm neue Wutausbrüche entfesselt wurden. Ihm blieben gerade drei Sekunden Zeit, sich ein Stück den Hang hinabzuwerfen, bevor die Leeseite der Mission – Mauern, die erbaut worden waren, damit sie bis ans Ende des Glaubens überdauerten – unter einem Energieausbruch barst. Er bedeckte nicht die Augen. Und deshalb konnte er sehen, wie die Gestalten von Jaffe und dem guten Menschen Fletcher, Zwillinge, die im gegenseitigen Würgegriff gefangen waren, aus dem Zentrum der Explosion über seinem Kopf hinausflogen und in der Nacht verschwanden.

Die Wucht der Explosion hatte die Scheiterhaufen verstreut. Jetzt flackerten Hunderte kleinerer Feuer rings um die Mission herum empor. Das Dach war fast vollkommen zerstört worden. In den Wänden konnte man klaffende Wunden sehen.

Raul, der sich bereits einsam fühlte, hinkte zu seinem einzigen Zuhause zurück.

VI

In diesem Jahr wurde in Amerika ein Krieg ausgefochten, wahrscheinlich der erbittertste, sicherlich aber der seltsamste, der jemals auf, über oder in seinem Boden ausgetragen worden war. Es wurde kaum in Meldungen erwähnt, weil er unbemerkt blieb. Besser gesagt, seine Auswirkungen – zahlreich und häufig traumatisch – waren kaum als Folgen eines Krieges zu erkennen und wurden demzufolge ständig fehlinterpretiert. Aber es handelte sich schließlich auch um einen Krieg ohne Präzedenzfall. Nicht einmal die eingefleischtesten Propheten, die einmal jährlich den Weltuntergang vorhersagten, konnten das Beben in Amerikas Eingeweiden interpretieren. Sie wußten, etwas Außergewöhnliches war im Gange, und wäre Jaffe noch im Zimmer der Postirrläufer im Postamt von Omaha gewesen, hätte er zahllose Briefe gefunden, die hin und her geschickt wurden und voll von Theorien und Mutmaßungen waren. Aber keine kam der Wahrheit auch nur entfernt nahe – nicht einmal diejenigen der Leute, die auf indirekte Weise vom Schwarm und der ›Kunst‹ wußten.

Der Kampf war nicht nur ohne Präzedenzfall, auch seine Natur veränderte sich im Laufe der Wochen. Die Kämpfenden hatten, als sie die Misión de Santa Catrina verlassen hatten, ihr neues Dasein und die damit verbundenen Kräfte nur bruchstückhaft verstanden. Sie lernten jedoch sehr rasch, diese neuen Kräfte zu erkennen und einzusetzen, da die Notwendigkeiten des Konflikts ihre Erfindungsgabe zu Höchstleistungen anspornten. Fletcher beschwor eine Armee aus dem Fantasieleben der gewöhnlichen Männer und Frauen, denen er begegnete, während er Jaffe quer durch Amerika verfolgte und ihm keine Zeit ließ, seine Gedanken zu konzentrieren und die ›Kunst‹ einzusetzen, zu der er nun Zugang hatte. Er taufte diese visionären Soldaten *Halluzigenien*, nach einer rätselhaften Rasse, deren fossile Überbleibsel von ihrer Existenz vor fünfhundertdreißig Millionen Jahren kündeten. Eine Gattung, die, wie die nun nach ihr benannten Fantasiegebilde, keinerlei Vorläufer hatte. Die Lebensspanne dieser Soldaten war kaum länger als die eines Schmetterlings. Sie verloren ihre Stofflichkeit rasch und wurden dunstig und vage. Doch so trügerisch sie waren, sie errangen manchen Teilsieg über den Jaff und seine Legionen, die *Terata,* Ur-Ängste, die Jaffe nun, weil es in seiner Macht stand, aus seinen Opfern herausholen und ihnen für eine gewisse Zeit Substanz verleihen konnte. Die Terata waren nicht weniger flüchtig als die gegen sie gebildeten Bataillone. Diesbezüglich, wie auch in vielem anderen, waren der Jaff und der gute Mensch Fletcher einander ebenbürtig.

Der Krieg ging weiter, in Attacken und Gegenangriffen, in Einkesselungsmanövern und Sturmläufen, und die Absicht jeder Armee war es, den Führer der anderen niederzumetzeln. Die natürliche Welt reagierte nicht eben gütig auf diesen Krieg. Ängste und Fantasiegebilde sollten nicht stoffliche Gestalt annehmen. Ihre Arena war der Verstand. Jetzt waren sie *solide,* ihr Kampf tobte durch Arizona und Colorado, nach Kansas und Illinois, und die natürliche Ordnung der Welt wurde im Vorüberziehen in mehr als einer Hinsicht auf den Kopf gestellt. Saatgut keimte nicht, sondern zog es vor, in der Erde zu bleiben, anstatt die zarten Triebe zu riskieren, wenn Kreaturen, die allen Naturgesetzen trotzten, auf Erden wandelten. Zugvögelschwärme, die Gewittern auswichen, in denen es nicht geheuer war, kamen zu spät in ihre Winterquartiere oder verirrten sich völlig und starben. In jedem Staat konnte man Spuren von panischer Flucht erkennen, Folge der Panikreaktion von Tieren, die das Ausmaß des Konflikts, der rings um sie herum bis zur Vernichtung ausgetragen wurde, deutlich spürten. Hengste blickten auf Zäune und Felsen und weideten sich selbst aus, wenn sie Autos bestiegen. Hunde und Katzen wurden über Nacht wild und wegen dieses Verbrechens vergast oder erschossen. Fische in stillen Flüssen versuchten, an Land zu klettern, weil sie spürten, welche Ambitionen in der Luft lagen, und starben den Erstickungstod.

Der Konflikt, der Angst und Schrecken vor sich und Verwüstungen hinter sich hatte, kam in Wyoming zum Stillstand, wo sich die Armeen, die einander zu vollkommen ebenbürtig waren, bis zu einem Patt bekriegten. Es war das Ende vom Anfang, jedenfalls beinahe. Das schiere Ausmaß an Energie, das der gute Mensch Fletcher und der Jaff aufbieten mußten, um diese Armeen zu erschaffen und zu führen – keiner war ein Kriegsherr, wie weit man die Definition auch fassen mochte; sie waren lediglich Männer, die einander haßten –, forderte seinen schrecklichen Tribut. Beide waren fast bis zum völligen Zusammenbruch erschöpft, kämpften aber dennoch weiter, wie zwei Boxer, die fast zur Besinnungslosigkeit geprügelt worden waren, aber trotzdem immer weitermachten, weil sie keinen anderen Sport kannten. Keiner würde zufrieden sein, bevor der andere tot war.

In der Nacht des 16. Juli zog sich der Jaff vom Schlachtfeld zurück und verstreute seine Armeen bei dem Ausfall nach Südwesten. Sein Ziel war Kalifornien. Er wußte, daß er den Krieg gegen Fletcher unter den gegenwärtigen Umständen nicht gewinnen konnte, und wollte Zugang zur dritten Phiole des Nuncio, weil dieser vielleicht seine schwindenden Kraftreserven neu aufbauen konnte.

So mitgenommen, wie er war, nahm Fletcher doch die Verfolgung auf. Zwei Nächte später holte er den Jaff mit einem Ausbruch von Behendigkeit, der seinen Raul, den er außerordentlich vermißte, beeindruckt haben würde, in Utah ein.

Dort standen sie einander in einer Konfrontation gegenüber, die ebenso brutal wie ausweglos war. Angetrieben von der Leidenschaft, den anderen zu vernichten, die längst die ›Kunst‹ überschritten hatte und ebenso hingebungsvoll und entschlossen wie Liebe war, kämpften sie fünf Nächte lang miteinander. Wieder triumphierte keiner. Sie schlugen aufeinander ein und zerrten aneinander, dunkel gegen hell, bis sie kaum noch ihre Gestalten halten konnten. Als der Wind sie ergriff, konnten sie ihm keinen Widerstand mehr entgegensetzen. Mit der wenigen Kraft, die ihnen beiden noch blieb, hinderten sie sich gegenseitig daran, zur Mission und der dort wartenden Stärkung vorzustoßen. Der Wind wehte sie über die Grenze nach Kalifornien und drückte sie mit jeder zurückgelegten Meile tiefer zu Boden. Sie reisten nach Südsüdwest über Fresno und Richtung Bakersfield, bis ihre

Kräfte – am 27. Juli 1971 – so nachgelassen hatten, daß sie sich nicht mehr in der Luft halten konnten und in Ventura County am bewaldeten Rand einer Stadt namens Palomo Grove niedersanken – inmitten eines unbedeutenden elektrischen Sturms, der die strahlenden Scheinwerfer und erleuchteten Plakatwände des nahen Hollywood nicht einmal zum Flackern brachte.

Zweiter Teil

Der Bund der Jungfrauen

I

1

Die Mädchen gingen zweimal zum See hinunter. Zum ersten Mal nach dem schweren Regensturm, der über Ventura County hinweggefegt war und in einer einzigen Nacht mehr Wasser über der Kleinstadt Palomo Grove ausgeschüttet hatte, als die Bewohner von Vernunfts wegen in einem ganzen Jahr hätten erwarten dürfen. Der Regenguß, so monsunartig er gewesen war, hatte jedoch nicht die Hitze weggenommen. Aus der Wüste wehte kaum Wind, und der Ort dörrte bei über fündunddreißig Grad vor sich hin. Kinder, die sich vormittags beim Spielen in der Hitze erschöpft hatten, quengelten die Nachmittage über drinnen. Hunde verfluchten ihr Fell; die Vögel sangen nicht. Alte Leute legten sich ins Bett. Einbrecher ebenfalls, in Schweiß gebadet. Die Unglücklichen, die Arbeiten erledigen mußten, welche nicht bis zum Abend warten konnten, wenn – so Gott wollte – die Temperaturen etwas sanken, gingen zur Arbeit und starrten dabei auf die hitzeflimmernden Gehwege, jeder Schritt eine Qual, jeder Atemzug stickig in den Lungen.

Aber die vier Mädchen waren an die Hitze gewöhnt; in ihrem Alter lag sie ihnen im Blut. Zusammen waren sie siebzig Jahre alt, aber wenn Arleen nächsten Dienstag neunzehn wurde, würden es einundsiebzig sein. Heute fühlte sie sich ihrem Alter entsprechend, fühlte die entscheidenden paar Monate, die sie von Joyce, ihrer engsten Freundin, trennten, und noch mehr von Carolyn und Trudi, die mit ihren siebzehn Jahren Welten von einer reifen Frau wie ihr entfernt waren. An diesem Tag, als sie durch die verlassenen Straßen von Palomo Grove schlenderten, hatte sie viel zum Thema Erfahrung zu sagen. Es war schön, an einem so herrlichen Tag draußen zu sein, ohne von den Männern der Stadt begafft zu werden – die sie alle mit Namen kannte –, deren Frauen es vorzogen, in getrennten Schlafzimmern zu schlafen; und ohne Angst, daß ihre sexuellen Anzüglichkeiten von Freundinnen einer ihrer Mütter gehört werden konnten. Sie schritten, wie Amazonen in kurzen Hosen, durch eine Stadt, die wie von einem unsichtbaren Feuer durchdrungen schien, das die Luft zum Wabern brachte und Backsteinmauern in Fata Morganas verwandelte, das aber nicht tötete. Es streckte lediglich die Einwohner neben ihren offenen Kühlschränken nieder.

»Ist es Liebe?« wandte sich Joyce an Arleen.

Das ältere Mädchen hatte eine rasche Antwort parat.

»Herrgott, nein«, sagte sie. »Manchmal bist du so *dumm.*«

»Ich dachte nur... weil du so über ihn sprichst.«

»Was meinst du damit: *so?*«

»Über seine Augen und so.«

»Randy hat hübsche Augen«, gestand Arleen. »Aber Marty auch und Jim und Adam...«

»Oh, *hör auf*«, sagte Trudi mit mehr als einer Spur Gereiztheit in der Stimme. »Du bist so ein Flittchen.«

»Bin ich nicht.«

»Dann hör auf, Namen zu nennen. Wir wissen alle, daß die Jungs dich mögen. Und wir wissen auch alle den Grund dafür.«

Arleen warf ihr einen Blick zu, der unbemerkt blieb, da sie alle, abgesehen von Carolyn, Sonnenbrillen aufhatten. Sie gingen ein paar Meter schweigend weiter.

»Möchte jemand eine Cola?« sagte Carolyn. »Oder ein Eis?« Sie waren am Fuß des Hügels angelangt. Vor ihnen lag das Einkaufszentrum, dessen klimatisierte Geschäfte lockten.

»Klar«, sagte Trudi. »Ich komme mit.« Sie wandte sich an Arleen. »Möchtest du auch etwas?«

»Nee.«

»Bist du sauer?«

»Nee.«

»Gut«, sagte Trudi. »Es ist nämlich zu heiß zum Streiten.« Die beiden Mädchen gingen in Marvin's Food and Drug und ließen Arleen und Joyce an der Straßenecke stehen.

»Tut mir leid...«, sagte Joyce.

»Was?«

»Daß ich nach Randy gefragt habe. Ich dachte vielleicht, du... du weißt schon... daß es vielleicht etwas Ernstes ist.«

»In Grove gibt es keinen, der zwei Cents wert wäre«, murmelte Arleen. »Ich kann es kaum erwarten, von hier wegzukommen.«

»Wohin wirst du gehen? Los Angeles?«

Arleen zog die Sonnenbrille auf der Nase herunter und sah Joyce an.

»Warum sollte ich das tun?« sagte sie. »Ich bin nicht so dumm, daß ich mich dort in die Schlange stelle. Nein. Ich gehe nach New York. Dort zu studieren, ist besser. Und dann arbeite ich am Broadway. Wenn sie mich wollen, können sie mich holen.«

»Wer?«

»Joyce«, sagte Arleen mit gespielter Verzweiflung. »Hollywood.«

»Oh. Klar. Hollywood.«

Sie nickte bewundernd, weil Arleens Pläne so umfassend waren. Sie selbst hatte sich noch nichts annähernd so Zusammenhängendes ausgedacht. Aber Arleen hatte es auch nicht. Sie war eine kalifornische Schönheit, blond, wunderschön, und sie hatte ein Lächeln, welches das andere Geschlecht in die Knie zwang. Und als ob das noch nicht genügen würde, war ihre Mutter Schauspielerin gewesen und behandelte ihre Tochter bereits wie einen Star.

Joyce hatte diese Segnungen nicht. Keine Mutter, die ihr den Weg ebnete, keinen Ruhm, der sie über schlechte Zeiten hinwegbrachte. Sie konnte nicht einmal eine Cola trinken, ohne sofort einen Ausschlag zu bekommen. Empfindliche Haut, sagte Doktor Briskman immer wieder, das gibt sich mit der Zeit. Aber die versprochene Erlösung war wie das Ende der Welt, von dem der Reverend sonntags immer predigte; immer wieder hinausgeschoben. Bei meinem Glück, dachte Joyce, ist der Tag, an dem ich die Pickel verliere und Titten bekomme, genau dieser Tag. Ich werde makellos schön aufwachen, die Vorhänge zuziehen, und Grove wird nicht mehr da sein. Ich werde nie Randy Krentzman küssen.

Und genau das war selbstverständlich der Grund, warum sie Arleen so eingehend befragt hatte. Joyce hatte nur noch Randy im Sinn, obwohl sie ihn nur dreimal gesehen und erst zweimal mit ihm gesprochen hatte. Beim ersten Mal war sie mit Arleen unterwegs gewesen, und er hatte kaum in Joyce' Richtung gesehen, als sie vorgestellt worden war, daher hatte sie nichts gesagt. Beim zweiten Mal hatte sie keine Konkurrenz dabeigehabt, aber ihr freundliches Hallo war lediglich mit einem beiläufigen »Wer bist du denn?« beantwortet worden. Sie war beharrlich gewesen, hatte ihn daran erinnert, hatte ihm sogar gesagt, wo sie wohnte. Beim dritten Zusammentreffen – »Hallo«, hatte sie wieder gesagt. »Kennen wir uns?« hatte er geantwortet – hatte sie schamlos ihre sämtlichen persönlichen Details aufgesagt; sie hatte ihn, in einem plötzlichen Anfall von Optimismus, sogar gefragt, ob er Mormone war. Das, hatte sie sich später überlegt, war ein taktischer Fehler gewesen. Beim nächsten Mal würde sie Arleens Methode anwenden und den Jungen behandeln, als könnte sie seine Gegenwart kaum ertragen; ihn nie ansehen, nur lächeln, wenn es unbedingt erforderlich war. Und wenn man im Begriff war zu gehen, ihm direkt in die Augen sehen und etwas vage Schmutziges schnurren. Das Gesetz unterschiedlicher Botschaften. Bei Arleen funktionierte es, warum nicht auch bei ihr? Und nachdem die große Schönheit nun öffentlich ihre Gleichgültigkeit gegenüber Joyce' Idol kundgetan hatte, sah sie einen Silberstreif der Hoffnung. Hätte Arleen aufrichtiges Interesse an Randys Zuneigung gehabt, wäre Joyce vielleicht direkt zu Reverend Meuse gegangen und hätte ihn gefragt, ob er den Weltuntergang nicht ein wenig beschleunigen konnte.

Sie nahm die Sonnenbrille ab und blinzelte zum weißen, heißen Himmel empor; sie fragte sich, ob der besagte Weltuntergang vielleicht schon unterwegs war. Es war ein seltsamer Tag.

»Das solltest du nicht machen«, sagte Carolyn, die mit Trudi im Kielwasser aus Marvin's Food and Drug herauskam, »die Sonne wird dir die Augen verbrennen.«

»Nein.«

»Doch«, antwortete Carolyn, stets Überbringerin unerwünschter Botschaften, »deine Netzhaut ist eine Linse. Wie bei einer Kamera. Sie stellt sich...«

»Schon gut«, sagte Joyce und sah wieder auf den festen Boden. »Ich glaube dir.« Farben tanzten vorübergehend vor ihren Augen und machten sie desorientiert.

»Wohin jetzt?« sagte Trudi.

»Ich gehe wieder nach Hause«, sagte Arleen. »Ich bin müde.«

»Ich nicht«, sagte Trudi strahlend. »Und ich gehe auch nicht nach Hause. Das ist langweilig.«

»Auf jeden Fall ist es dumm, so vor dem Einkaufszentrum herumzustehen«, sagte Carolyn. »Das ist so langweilig wie zu Hause. Außerdem braten wir in der Sonne.«

Sie sah bereits geröstet aus. Sie war zwanzig Pfund oder mehr schwerer als die anderen und obendrein ein Rotschopf, und die Verbindung von ihrem Gewicht und der weißen Haut, die niemals braun zu werden schien, hätte eigentlich ausreichen sollen, sie im Haus zu halten. Aber die Anstrengung schien ihr gleichgültig zu sein, wie überhaupt alle Sinnesfreuden, abgesehen vom Essen. Vergangenen November war die ganze Familie Hotchkiss in einen Autounfall auf dem Freeway verwickelt gewesen. Carolyn war mit unbedeutenden Prellungen aus dem Autowrack herausgeklettert und war anschließend ein Stück weiter mit halb verzehrten Schokoriegeln in Händen von der Polizei gefunden worden. Sie hatte mehr Schokolade als Blut im Gesicht gehabt und Zeter und Mordio geschrien – erzählte man sich jedenfalls –, als einer der Polizisten versucht hatte, ihr den Snack wegzunehmen. Erst viel später hatte man festgestellt, daß sie ein halbes Dutzend gebrochene Rippen gehabt hatte.

»Also, wohin?« sagte Trudi und kam damit wieder auf das brennende Thema des Tages. »Bei dieser Hitze: *wohin?*«

»Gehen wir spazieren«, sagte Joyce. »Vielleicht in den Wald. Dort ist es bestimmt nicht so heiß.« Sie sahen Arleen an. »Kommst du mit?«

Arleen ließ ihre Gefährtinnen eine Weile warten. Schließlich stimmte sie zu.

»Hab' nichts Besseres vor«, sagte sie.

2

Die meisten Städte, so klein sie auch sein mögen, orientieren sich am Muster einer Großstadt. Das heißt, sie sind unterteilt. Weiß und schwarz, hetero und schwul, reich und weniger reich, weniger reich und arm. Palomo Grove, dessen Bevölkerungszahl in jenem Jahr, 1971, bei eintausendzweihundert lag, machte da keine Ausnahme. Der Ort, der an einer sanft ansteigenden Hügelflanke erbaut worden war, war als Verkörperung demokratischer Prinzipien angelegt worden, so daß jeder Einwohner gleichen Zugang zum Zentrum der Macht, dem Einkaufszentrum nämlich, hatte. Dieses lag am Fuß von Sunrise Hill, kurz Hill genannt, und vier Ortschaften – Stillbrook, Deerdell, Laureltree und Windbluff – lagen um diese Nabe herum verteilt, deren Lebensmittelbeschaffungsstrecken in die vier Himmelsrichtungen verliefen. Aber damit erschöpfte sich der Idealismus der Städteplaner. Von da an verliehen die subtilen Unterschiede der Geographie der Ortschaften jeder einen andersartigen Charakter. Windbluff, das an der Südwestflanke des Hügels lag, bot die beste Aussicht; die Grundstücke dort waren die teuersten. Das obere Drittel des Hügels wurde von einem halben Dutzend Prunkvillen beherrscht, deren Dächer kaum hinter üppiger Vegetation zu erkennen waren. An den unteren Hängen dieses Olymps befanden sich die Five Crescents, halbkreisförmige Straßen, die – so man sich kein Haus auf dem Gipfel leisten konnte – die nächstbegehrenswertesten Unterkünfte boten.

Im Gegensatz dazu Deerdell. Ebenerdig erbaut und auf zwei Seiten von wildem Waldland umgeben, war dieser Quadrant des Grove wertmäßig rasch gesunken. Hier hatten die Häuser keinen Pool und brauchten dringend frische Farbe. Für manche war das Exterieur als Zuflucht *en vogue*. Bereits 1971 lebten ein paar Künstler in Deerdell; diese Gemeinde sollte beständig wachsen.

Aber wenn es irgendwo im Grove eine Gegend gab, wo die Leute Angst um die Lackierung ihrer Autos hatten, dann hier.

Zwischen diesen beiden gesellschaftlichen und geographischen Extremen lagen Stillbrook und Laureltree, letzteres wurde geringfügig höher eingestuft, weil mehrere Straßenzüge an der zweiten Flanke des Hügels erbaut worden waren und die Maßstäbe der Häuser, ebenso wie die Preise, mit jeder Aufwärtsbiegung der Straßen unbescheidener wurden.

Von dem Quartett wohnte niemand in Deerdell. Arleen wohnte in der Emerson, der zweithöchsten Crescent-Straße, Joyce und Carolyn nur einen Block voneinander entfernt am Steeple Chase Drive in Stillbrook Village, und Trudi in Laureltree. Daher war es ein wenig abenteuerlich, durch die Straßen von East Grove zu schlendern, wo ihre Eltern selten, wenn überhaupt je gewesen waren. Und selbst wenn sie sich einmal hierher verirrt hatten, waren sie bestimmt nie dorthin gegangen, wohin die Mädchen jetzt gingen: in den Wald.

»Hier ist es nicht kühler«, beschwerte sich Arleen, nachdem sie ein paar Minuten unterwegs gewesen waren. »Es ist sogar noch schlimmer.«

Sie hatte recht. Das Laub hielt zwar den sengenden Blick der Sonne von ihren Köpfen fern, aber die Hitze drang trotzdem zwischen den Ästen hindurch. Und weil sie dort festsaß, brachte sie die feuchte Luft zum Dampfen.

»Ich war seit Jahren nicht mehr hier«, sagte Trudi, die mit einem abgebrochenen Zweig durch eine Wolke Stechmücken peitschte. »Ich bin immer mit meinem Bruder hergekommen.«

»Wie geht es ihm denn?« wollte Joyce wissen.

»Er ist immer noch im Krankenhaus. Der kommt da nie wieder raus. Die ganze Familie weiß es, aber niemand spricht es je aus. Macht mich krank.«

Sam Katz war körperlich und geistig gesund eingezogen und nach Vietnam geschickt worden. Im dritten Monat seiner Dienstzeit war beides von einer Landmine, die zwei seiner Kameraden das Leben gekostet und ihn selbst schwer verletzt hatte, zunichte gemacht worden. Seine Heimkehr war peinlich unbehaglich gewesen; die wenigen Mächtigen des Grove waren in Reih und Glied angetreten, um den verstümmelten Helden willkommen zu heißen. Anschließend wurde viel von Opfern und Heldenmut gesprochen, viel getrunken, ein paar Tränen verborgen. Sam Katz hatte das alles ungerührt über sich ergehen lassen; sein Gesicht war nicht wegen der Feierlichkeiten verkniffen, sondern teilnahmslos, als würde er im Geiste immer noch den Augenblick durchleben, da seine Jugend in Stücke gerissen worden war. Ein paar Wochen später war er ins Krankenhaus gekommen. Obwohl seine Mutter Neugierigen gesagt hatte, es sei wegen chirurgischer Eingriffe an der Wirbelsäule, wurden die Monate zu Jahren, und Sam kam nicht wieder. Alle konnten den Grund erraten, aber niemand sprach darüber. Sams körperliche Wunden waren angemessen verheilt. Aber sein Verstand hatte sich als weniger widerstandsfähig erwiesen. Die Teilnahmslosigkeit, die er nach seiner Heimkehr zur Schau gestellt hatte, war zu Katatonie geworden.

Die anderen Mädchen hatten Sam alle gekannt, obwohl der Altersunterschied zwischen Joyce und ihrem Bruder so groß war, daß sie ihn fast als Angehörigen einer anderen Rasse betrachtet hatten. Nicht nur ein *Mann,* was schon hinreichend merkwürdig war, sondern obendrein auch noch alt. Aber als sie die Pubertät hinter sich hatten, wurde die Achterbahnfahrt schneller. Sie sahen die Fünfundzwanzig am Horizont: noch ein Stück weit entfernt, aber sichtbar. Und da begriffen sie, wie vergeudet Sams Leben war, und zwar auf eine Weise, wie Elfjährige das nie hätten begreifen können. Liebevolle, traurige Erinnerungen an ihn brachten sie eine Weile zum Schweigen. Sie schritten weiter durch die Hitze, Seite an Seite, ihre Arme streiften ab und zu aneinander, aber ihre Gedanken gingen eigene Wege. Trudi dachte an kindliche Spiele, die sie in diesem Dickicht mit Sam gespielt hatte. Er war ein geduldiger Bruder gewesen und hatte ihr erlaubt, ihn zu begleiten, als sie sieben oder acht und er dreizehn gewesen war. Ein Jahr später, als seine Hormone anfingen, ihm zu erzählen, daß Mädchen und Schwestern unterschiedliche Tiere waren, hatte er seine Einladungen zum Kriegspielen eingestellt. Sie hatte um den Verlust getrauert; eine Vorahnung der

Trauer, die sie später bewußt empfinden sollte. Jetzt sah sie im Geiste sein Gesicht vor sich, eine seltsame Verschmelzung des Jungen von einst und des Mannes von heute; des Lebens, das er gehabt hatte, und des Todes, den er heute lebte. Es tat ihr weh.

Für Carolyn gab es kaum Kummer im Wachsein. Heute gar keinen – abgesehen von ihrem Wunsch: sie hätte sich noch ein zweites Eis gekauft. Nachts war das wieder etwas anderes. Sie hatte Alpträume von Erdbeben. In ihnen klappte Palomo Grove wie ein Klappstuhl zusammen und verschwand von der Erde. Das war die Strafe dafür, wenn man zuviel wußte, hatte ihr Vater zu ihr gesagt. Sie hatte seine ungezügelte Neugier geerbt und sie – als sie das erste Mal vom San-Andreas-Graben gehört hatte – auf das Studium der Erde gerichtet, auf der sie gingen. Man konnte ihrer Festigkeit nicht trauen. Sie wußte, der Boden unter ihren Füßen war von Spalten durchzogen, die sich jeden Augenblick auftun konnten, wie sie sich unter Santa Barbara und Los Angeles und an der ganzen Westküste auftun und eine Menge verschlingen konnten. Sie hielt ihre Ängste im Zaum, indem sie sich selbst verschlang: eine Art beschwörender Zauber. Sie war dick, weil die Erdrinde dünn war; eine umwerfende Entschuldigung für Gefräßigkeit.

Arleen sah zu der Dicken hinüber. Es konnte nicht schaden, hatte ihr ihre Mutter einmal beigebracht, wenn man sich in Gesellschaft von weniger Attraktiven aufhielt. Obwohl sie nicht mehr im Blickpunkt der Öffentlichkeit stand, umgab sich der einstige Star Kate Farrell immer noch mit durchschnittlichen Frauen, in deren Gesellschaft sie selbst doppelt so gut aussah. Arleen fand, daß das, besonders an Tagen wie heute, ein zu hoher Preis war. Obwohl sie ihrem eigenen Äußeren schmeichelten, konnte sie ihre Gefährtinnen eigentlich nicht leiden. Früher hätte sie sie als ihre engsten Freundinnen bezeichnet. Heute waren sie Erinnerungen an ein Leben, dem sie gar nicht schnell genug entkommen konnte. Doch wie sollte sie die Zeit sonst herumbringen, bis sie an der Reihe war? Sogar das Vergnügen, vor einem Spiegel zu sitzen, wurde mit der Zeit schal. Je schneller ich von hier weg bin, dachte sie, desto schneller werde ich glücklich sein.

Hätte Joyce Arleens Gedanken lesen können, hätte sie beifällig auf deren Eile geblickt. Aber sie dachte nur daran, wie sie am besten ein zufälliges Zusammentreffen mit Randy einfädeln konnte. Wenn sie eine beiläufige Frage nach seinen Gewohnheiten stellte, würde Arleen ihre Absicht erraten; und sie war vielleicht egoistisch genug, daß sie Joyce' Chancen zunichte machte, obwohl sie selbst sich nicht für den Jungen interessierte. Joyce konnte einen Charakter gut deuten und wußte genau, daß es Arleen möglich war, so pervers zu sein. Aber stand es ihr an, Perversion zu verteufeln? Sie war hinter einem Mann her, der ihr schon dreimal deutlich gezeigt hatte, wie gleichgültig sie ihm war. Warum konnte sie ihn nicht einfach vergessen und sich den Kummer, abgewiesen zu werden, ersparen? Weil Liebe eben nicht so war. Sie trieb einen dazu, den Beweisen zu trotzen, wie stichhaltig sie auch immer sein mochten. Sie seufzte hörbar.

»Stimmt was nicht?« wollte Carolyn wissen.

»Nur... heiß«, antwortete Joyce.

»Kennen wir ihn?« fragte Trudi. Bevor sich Joyce eine angemessen zurechtweisende Antwort überlegt hatte, sah sie vor sich zwischen den Bäumen etwas glitzern.

»Wasser«, sagte sie.

Carolyn hatte es auch gesehen. Es glitzerte so hell, daß sie die Augen zukneifen mußte.

»Jede Menge«, sagte sie.

»Ich wußte gar nicht, daß hier ein See ist«, bemerkte Joyce, die sich an Trudi wandte.

»Hier war auch keiner«, lautete die Antwort. »Ich kann mich jedenfalls nicht daran erinnern.«

»Jetzt ist aber einer da«, sagte Carolyn.

Sie stapfte bereits durch das Dickicht, weil sie nicht so geduldig war, den Weg zu nehmen, und walzte so einen Pfad für die anderen.

»Sieht so aus, als würden wir doch noch eine Abkühlung bekommen«, sagte Trudi und lief hinter ihr her.

Es war tatsächlich ein See, etwa hundertfünfzig Meter im Durchmesser, dessen glatte Oberfläche von halb versunkenen Bäumen und Inseln aus Gestrüpp unterbrochen wurde.

»Regenwasser«, sagte Carolyn. »Wir sind hier direkt am Fuß des Hügels. Es muß sich nach dem Sturm gesammelt haben.«

»Eine Menge Wasser«, sagte Joyce. »Ist das alles letzte Nacht gefallen?«

»Wenn nicht, woher sollte es dann kommen?« sagte Carolyn.

»Ist doch egal«, meinte Trudi. »Sieht erfrischend aus.«

Sie ging an Carolyn vorbei direkt ans Wasser. Mit jedem Schritt wurde der Boden feuchter, und der Schlamm stieg bis über ihre Sandalen. Aber als sie beim Wasser war, hielt es voll und ganz, was es versprochen hatte: Es war erfrischend kühl. Sie kauerte sich nieder und streckte eine Hand ins Wasser, um sich etwas ins Gesicht zu spritzen.

»Das würde ich nicht tun«, mahnte Carolyn. »Es ist wahrscheinlich voller Chemikalien.«

»Es ist Regenwasser«, antwortete Trudi. »Was sollte denn sauberer sein?«

Carolyn zuckte die Achseln. »Dann bedien dich«, sagte sie.

»Wie tief es wohl ist?« überlegte Joyce. »So tief, daß man schwimmen kann, was meint ihr?«

»Glaube ich kaum«, bemerkte Carolyn.

»Kommt auf den Versuch an«, meinte Trudi und watete in den See. Sie konnte ertrunkenes Gras und Blumen unter den Füßen sehen. Der Boden war weich, ihre Füße wirbelten Schlammwolken auf, aber sie ging weiter, bis sie so tief war, daß der Saum ihrer Shorts naß wurde. Das Wasser war kalt. Sie bekam eine Gänsehaut. Aber immer noch besser als der Schweiß, der ihr die Bluse an Brust und Rücken festklebte. Sie sah zum Ufer.

»Herrlich«, sagte sie. »Ich geh' rein.«

»So?« sagte Arleen.

»Natürlich nicht.« Trudi watete zu dem Trio zurück und zog dabei die Bluse aus den Shorts. Luftbläschen, die im Wasser emporsprudelten, kribbelten auf ihrer Haut; sie genoß das Gefühl. Sie hatte nichts unter der Bluse an und wäre normalerweise züchtiger gewesen, auch vor ihren Freundinnen, aber sie konnte der Verlockung des Sees nicht länger widerstehen.

»Kommt jemand mit?« fragte sie, als sie wieder bei den anderen stand.

»Ich«, sagte Joyce, die bereits die Trainingshose aufknöpfte.

»Ich finde, wir sollten die Schuhe anlassen«, sagte Trudi. »Wir wissen nicht, was da unten ist.«

»Nur Gras«, sagte Joyce. Sie setzte sich und bearbeitete grinsend die Knoten. »Herrlich«, sagte sie.

Arleen betrachtete ihren überschäumenden Enthusiasmus mit Mißfallen.

»Kommt ihr zwei nicht mit?« sagte Trudi.

»Nein«, sagte Arleen.

»Hast du Angst, dein Make-up könnte verlaufen?« antwortete Joyce und grinste noch breiter.

»Das sieht doch keiner«, sagte Trudi, bevor ein Streit vom Zaun brechen konnte. »Carolyn? Was ist mit dir?«

Das Mächen zuckte die Achseln. »Kann nicht schwimmen«, sagte sie.

»Dazu ist es auch nicht tief genug.«

»Das kannst du nicht wissen«, gab Carolyn zu bedenken. »Du bist nur ein paar Schritte hineingewatet.«

»Dann bleib dicht am Ufer. Dort ist es sicher.«

»Vielleicht«, sagte Carolyn, alles andere als überzeugt.

»Trudi hat recht«, sagte Joyce, die spürte, daß Carolyns Zaudern ebensoviel damit zu tun hatte, daß sie ihre Leibesfülle entblößen müßte, wie mit dem Schwimmen selbst. »Es sieht uns doch niemand.«

Als sie die Shorts auszog, dachte sie daran, daß sich jede Menge Spanner zwischen den Bäumen verbergen mochten, aber was sollte das schon? Sagte der Reverend nicht immer, daß das Leben kurz war? Also am besten nichts vergeuden. Sie schlüpfte aus der Unterwäsche und ging ins Wasser.

William Witt kannte die Namen aller vier Badenden. Er kannte sogar die Namen aller Frauen unter vierzig im Grove, wußte, wo sie wohnten und welches ihr Schlafzimmerfenster war; eine Gedächtnisleistung, mit der er nicht bei seinen Schulkameraden prahlte, weil er fürchtete, sie könnten es weitersagen. Er selbst fand es zwar nicht schlimm, durch Fenster zu sehen, wußte aber, daß es mißbilligt wurde. Aber schließlich war er mit Augen geboren worden, oder nicht? Warum sollte er sie dann nicht benützen? Was konnte es schon schaden zu *beobachten?* Nicht stehlen, lügen oder Menschen umbringen. Nur das, wozu Gott Augen erschaffen hatte, und er sah nicht ein, was daran kriminell sein sollte.

Er kauerte etwa sechs Meter vom Ufer und knapp zweimal so weit von den Mädchen entfernt im Schutz der Bäume und beobachtete, wie sie sich auszogen. Er sah, daß Arleen Farrell zögerte, und das frustrierte ihn. Sie nackt zu sehen, wäre eine Leistung, die er nicht für sich behalten konnte. Sie war das schönste Mädchen in Palomo Grove: schlank und blond und stupsnasig, wie Filmstars sein sollten. Die beiden anderen, Trudi Katz und Joyce McGuire, waren schon im Wasser, daher konzentrierte er sich auf Carolyn Hotchkiss, die gerade den BH aufmachte. Ihre Brüste waren schwer und rosa, und als er sie sah, wurde sein Glied in der Hose steif. Obwohl sie Shorts und Unterhose auszog, betrachtete er immerzu ihre Brüste. Er konnte nicht verstehen, warum viele der anderen Jungs – er war zehn – sich so sehr für das da unten interessierten; das war bei weitem nicht so interessant wie der Busen, der von Mädchen zu Mädchen so unterschiedlich war wie Nasen oder Hüften. Das andere, der Teil, dessen verschiedene Namen ihm ausnahmslos nicht gefielen, erschien ihm recht uninteressant: ein Büschel Haare und ein Schlitz in der Mitte. Was sollte daran so toll sein?

Er beobachtete, wie Carolyn ins Wasser ging, und konnte gerade noch ein freudiges Kichern unterdrücken, als sie auf das kalte Wasser reagierte, indem sie einen Schritt zurückwich, bei dem ihr Körper wie Gelee zitterte.

»Komm rein! Es ist herrlich!« verspottete Trudi sie.

Carolyn nahm ihren Mut zusammen und ging ein paar Schritte weiter.

Und jetzt – William konnte sein Glück kaum fassen – nahm Arleen den Hut ab und knöpfte ihr Oberteil auf. Sie ging also doch mit ihnen. Er vergaß die anderen und konzentrierte sich ganz auf Miß Schlank. Kaum war ihm klar geworden, was die Mädchen – denen er über eine Stunde lang unbemerkt gefolgt war – vorhatten, hatte sein Herz so heftig zu klopfen angefangen, daß er glaubte, er würde krank werden. Jetzt verdoppelte sich der Herzschlag noch, als er sich vorstellte, daß er Arleens Busen zu sehen bekam. Nichts – nicht einmal Todesangst – hätte ihn bewegen können, den Blick abzuwenden. Er stellte sich der Herausforderung, sich die winzigste Bewegung genau einzuprägen, damit sein Bericht glaubwürdiger wurde, wenn er ihn Zweiflern erzählte.

Sie ging langsam vor. Hätte er es nicht besser gewußt, hätte er vermutet, sie wußte, daß sie einen Zuschauer hatte, so sehr neckte sie und präsentierte sich. Ihr Busen war enttäuschend. Nicht so groß wie der von Carolyn, und keine großen, dunklen Brustwarzen wie die von Joyce. Aber der Gesamteindruck, als sie die abgeschnittenen Jeans und Unterhosen herunterzog, war überwältigend. Er war beinahe panisch, sie zu sehen. Seine Zähne klapperten, als hätte er eine Erkältung. Sein Gesicht wurde heiß, die Eingeweide schienen zu rasseln. Später im Leben sollte William seinem Analytiker erzählen, in diesem Augenblick sei ihm zum ersten Mal bewußt geworden, daß er sterben mußte. Aber das war selbstverständlich im nachhinein gesprochen. Momentan dachte er an alles andere als den Tod. Doch Arleens Nacktheit, die er unsichtbar beobachtete, machte diesen Augenblick zu etwas, das er niemals vergessen würde. Es sollten Ereignisse eintreten, bei denen er sich wünschte, er wäre nicht zum Spannen hergekommen – tatsächlich sollte er in ständiger Angst vor den Erinnerungen leben –, aber als das Entsetzen Jahre später nachließ, gedachte er des Bildes, wie Arleen Farrell ins Wasser dieses neu entstandenen Sees schritt, als einer Ikone.

Es war nicht der Augenblick, als ihm bewußt wurde, daß er sterben mußte; aber er begriff vielleicht zum ersten Mal, daß es nicht so schlimm sein würde dahinzuscheiden, wenn ihn Schönheit auf diesem letzten Weg begleiten konnte.

Der See war verführerisch, seine Umarmung kühl, aber beruhigend. Es gab keine Strömung wie am Strand. Keine Brandung schlug einem gegen den Rücken, kein Salz brannte in den Augen. Er war wie ein Swimmingpool, der eigens für die vier geschaffen worden war; eine Idylle, zu der niemand sonst im Grove Zugang hatte.

Trudi war die beste Schwimmerin des Quartetts, daher schwamm sie am mutigsten vom Ufer weg und fand dabei heraus, daß das Wasser, allen Erwartungen zum Trotz, immer tiefer wurde. Sie überlegte sich, daß es sich gesammelt haben mußte, wo der Boden eine natürliche Mulde bildete; vielleicht war hier sogar früher einmal ein jetzt ausgetrockneter See gewesen, obwohl sie sich nicht erinnern konnte, bei ihren Streifzügen mit Sam je einen gesehen zu haben. Das Gras unter ihren Zehen war verschwunden, statt dessen streiften diese über nackten Fels.

»Schwimm nicht so weit«, rief Joyce ihr zu.

Sie drehte sich um. Das Ufer war weiter entfernt, als sie geglaubt hatte; das Gleißen des Wassers in ihren Augen machte ihre Freundinnen zu drei Flecken, ein blonder und zwei braune, die halb im selben köstlichen Element waren wie sie selbst. Unglücklicherweise würde es ihnen wohl nicht möglich sein, die Existenz dieses Stückchens vom Paradies für sich zu behalten. Arleen würde bestimmt darüber reden. Heute abend würde das Geheimnis heraus sein. Morgen allgemein bekannt. Sie sollte die Abgeschiedenheit genießen, so lange es noch ging. Mit diesem Gedanken schwamm sie zur Mitte des Sees.

Zehn Meter vom Ufer entfernt dümpelte Joyce im Wasser, das kaum nabeltief war, und beobachtete Arleen am Ufer, wo diese sich bückte und Bauch und Brüste naßspritzte. Sie empfand Neid angesichts der Schönheit ihrer Freundin. Kein Wunder, daß die Randy Krentzmans dieser Welt vollkommen *gaga* wurden, wenn sie Arleen nur sahen. Sie überlegte sich, wie es sein würde, Arleens Haar zu streicheln, so wie ein Junge das tun würde, oder ihre Brüste zu küssen oder die Lippen. Dieser Gedanke ergriff so unvermittelt und heftig Besitz von ihr, daß sie im Wasser das Gleichgewicht verlor und einen Mundvoll schluckte, als sie versuchte, sich aufzurichten. Nachdem ihr das gelungen war, drehte sie Arleen den Rücken zu und strebte mit spritzenden Bewegungen in tieferes Wasser.

Von vorne rief ihr Trudi etwas zu.

»Was hast du gesagt?« rief Joyce zurück und hörte auf zu rudern, damit sie besser hören konnte.

Trudi lachte. »Warm!« sagte sie und spritzte um sich. »Es ist *warm* hier draußen!«

»Machst du Witze?«

»Komm doch selber her!« antwortete Trudi.

Joyce schickte sich an, dorthin zu schwimmen, wo Trudi wassertretend verweilte, aber ihre Freundin wandte sich bereits von ihr ab und folgte dem Ruf der Wärme. Joyce konnte nicht anders, sie mußte sich zu Arleen umdrehen. Sie hatte sich endlich herabgelassen, unter den Schwimmenden zu weilen, und war ins Wasser geschritten, bis ihr langes Haar wie ein goldener Kragen um ihren Hals gebreitet war; dann schwamm sie mit bedächtigen Bewegungen zur Mitte des Sees. Joyce empfand beinahe so etwas wie Angst angesichts von Arleens Nähe. Sie wollte Gesellschaft, die sie ablenkte.

»Carolyn!« rief sie. »Kommst du?«

Carolyn schüttelte den Kopf.

»Hier draußen ist es wärmer«, versprach Joyce.

»Das glaube ich nicht.«

»Wirklich!« rief Trudi. »Es ist herrlich!«

Carolyn schien aufzugeben und plätscherte in Trudis Kielwasser dahin.

Trudi schwamm ein paar Meter weiter. Das Wasser wurde nicht wärmer, aber dafür *lebhafter;* es blubberte um sie herum wie ein Whirlpool. Plötzlich verlor sie die Nerven und versuchte, Boden zu ertasten, aber es war kein Grund mehr da. Wenige Meter hinter ihr war das Wasser höchstens eineinhalb Meter tief gewesen; jetzt streiften ihre Zehen nicht einmal mehr über festen Boden. Der Boden mußte ziemlich genau an der Stelle steil abfallen, wo die warme Strömung herkam. Durch die Tatsache ermutigt, daß drei Schwimmstöße sie wieder in sichere Gefilde bringen würden, tauchte sie den Kopf unter Wasser.

Sie sah zwar auf die Ferne schlecht, aber ihre Nahsicht war hervorragend, und das Wasser war klar. Sie konnte an ihrem Körper hinabsehen bis zu den tretenden Füßen. Unter ihnen undurchdringliche Dunkelheit. Der Boden war einfach verschwunden. Sie keuchte erschrocken. Wasser drang ihr in die Nase. Sie schnellte hustend und um sich schlagend nach oben, um Luft zu holen.

Joyce rief ihr etwas zu.

»Trudi! Was ist denn los? Trudi?«

Sie versuchte, ein paar warnende Worte herauszubekommen, aber urgewaltige Panik hatte sie ergriffen; sie konnte sich nur in Richtung Ufer werfen, doch ihre Panik wirbelte das Wasser lediglich zu frischem, erstickendem Tosen auf. *Dunkelheit da unten, und etwas Warmes, das nur darauf wartet, mich nach unten zu ziehen.*

William Witt sah in seinem Versteck am Ufer, wie sich das Mädchen abmühte. Angesichts ihrer Panik verschwand seine Erektion. Draußen auf dem See ging etwas Seltsames vor sich. Er konnte Spitzen an der Wasseroberfläche sehen, die Trudi Katz umkreisten wie kaum untergetauchte Fische. Einige lösten sich und schwammen auf die anderen Mädchen zu. Er wagte nicht, einen Ruf auszustoßen. Wenn er das tat, würden sie wissen, daß er ihnen nachspioniert hatte. Er konnte nichts anderes machen, als mit wachsender Bestürzung die Geschehnisse im See zu beobachten.

Joyce spürte die Wärme als nächste. Sie lief über ihre Haut und in ihr Inneres, wo sie die Eingeweide wie ein Schluck Weihnachtsbrandy überzog. Das Gefühl lenkte sie von Trudis Rudern und der Gefahr ab, in der sie selbst sich befand. Sie beobachtete die Spitzen im Wasser, die Blasen, die rings um sie herum langsam und zäh an die Oberfläche stiegen, wie Lava, seltsam unbeteiligt. Auch als sie den Boden ertasten wollte und es ihr nicht gelang, dachte sie nur nebensächlich ans Ertrinken. Es gab wichtigere Empfindungen. Erstens, daß die Luft aus den Blasen um sie herum der Atem des Sees waren, und wenn sie sie einatmete, war das, als würde sie den See küssen. Zweitens, daß Arleen gleich hier sein würde, mit ihrem Kragen goldener Haare, die um sie herum im Wasser schwammen. Sie erlag der Verführung des warmen Wassers und gestattete sich die Gedanken, denen sie noch vor wenigen Augenblicken den Rücken gekehrt hatte. Sie waren beide hier, sie und Arleen, vom selben herrlichen Wasser umhüllt, und kamen einander immer näher, während das Element zwischen ihnen die Echos ihrer Bewegungen hin und her trug. Vielleicht würden sie sich in dem Wasser auflösen und ihre Körper flüssig werden, bis sie im See verschmolzen. Sie und Arleen, eine Mischung, frei vom Zwang, sich zu schämen; jenseits von Sex in wonniglicher Einsamkeit.

Diese Möglichkeit war so erlesen, daß sie keinen Augenblick mehr hinausgeschoben werden konnte. Sie warf die Arme über den Kopf und ließ sich untersinken. Doch der Zauber des Sees, so übermächtig er war, konnte die animalische Panik, die sie empfand, als das Wasser über ihrem Kopf zusammenschlug, nicht ganz unterdrücken. Ihr Körper begann ohne ihr Zutun, sich dem Pakt zu widersetzen, den sie mit dem Wasser geschlossen hatte. Sie strengte sich heftig an und strebte zur Oberfläche, als wollte sie sich in der Luft festhalten.

Arleen und Trudi sahen Joyce beide untergehen. Arleen eilte ihr unverzüglich zu Hilfe und rief beim Schwimmen. Das Wasser um sie herum paßte sich ihrer Aufregung an. Auf allen Seiten stiegen Blasen empor. Sie spürte sie vorbeistreichen wie Hände, die ihren Bauch, die Brüste und die Scham streichelten. Unter dem Einfluß ihrer Liebkosungen ergriff dieselbe Verträumtheit, die Joyce überkommen und mittlerweile Trudis Panik gestillt hatte, von ihr Besitz. Aber sie hatte kein spezielles Objekt der Begierde, das sie in die Tiefe zog. Trudi beschwor das Bildnis von Randy Krentzman – von wem sonst? – herauf, aber Arleens Verführer war eine irre Verschmelzung berühmter Gesichter. Deans Wangenknochen, Sinatras Augen, Brandos höhnisches Grinsen. Diesem Flickwerk ergab sie sich ebenso wie Joyce und, ein paar Meter entfernt, Trudi. Sie riß die Arme hoch und ließ sich vom Wasser nehmen.

Carolyn verfolgte in sicheren seichten Gewässern abgestoßen das Verhalten ihrer Freundinnen. Als sie Joyce untergehen gesehen hatte, war sie zu dem Schluß gekommen, daß dort etwas war, das sie in die Tiefe zog. Aber das Verhalten von Arleen und Trudi strafte das Lügen. Sie beobachtete, wie sie einfach *aufgaben*. Es war auch kein einfacher Selbstmord. Sie war Arleen so nahe gewesen, daß ihr der freudige Ausdruck des hübschen Gesichts, bevor es untersank, nicht entgangen war. Sie hatte sogar *gelächelt!* Gelächelt, und sich dann aufgegeben.

Die drei Mädchen waren Carolyns einzige Freundinnen auf der Welt. Sie konnte nicht tatenlos zusehen, wie sie ertranken. Obwohl das Wasser, wo sie untergegangen waren, mit jedem Augenblick heftiger schäumte, machte sie sich mit dem einzigen Schwimmstil, den sie beherrschte, zu der Stelle auf: einer linkischen Mischung aus Hundepaddeln und Kraul. Die Naturgesetze, das wußte sie, waren auf ihrer Seite. Fett schwamm oben. Aber das war kein Trost, als sie sah, wie der Boden unter ihren Füßen abfiel. Der Boden des Sees war verschwunden. Sie schwamm über einer Spalte, die die anderen Mädchen irgendwie anzog.

Vor ihr kam ein Arm zur Oberfläche. Sie griff verzweifelt danach, erwischte ihn und packte zu. Aber als sie den Kontakt hergestellt hatte, brodelte das Wasser um sie herum mit neu entfachter Heftigkeit. Sie stieß einen Entsetzensschrei aus. Dann umklammerte die Hand, die sie ergriffen hatte, sie heftig und zog sie in die Tiefe.

Die Welt erlosch wie eine ausgeblasene Kerzenflamme. Ihre Sinne verließen sie. Sie wußte nicht, ob sie noch jemandes Finger hielt, denn sie spürte sie nicht. Und sie konnte in der Düsternis auch nichts sehen, obwohl sie die Augen offen hatte. Sie war sich ganz am Rande bewußt, daß ihr Körper ertrank; daß sich ihre Lungen durch den offenen Mund mit Wasser füllten, daß der letzte Atem aus ihr wich. Aber ihre Seele hatte das Gehäuse verlassen und entfernte sich von dem Fleisch, dessen Geisel sie gewesen war. Sie sah dieses Fleisch jetzt: nicht mit ihren stofflichen Augen – die waren noch in ihrem Kopf und rollten wie wild –, sondern mit dem geistigen Auge. Eine fette Tonne, die beim Untergehen wogte und sich drehte. Sie empfand nichts angesichts ihres Dahinscheidens, abgesehen vielleicht von Ekel über die Wülste und die absurde Ungeschicklichkeit ihrer Panik. Im Wasser hinter ihrem Körper leisteten die anderen Mädchen noch Widerstand. Ihr Rudern war auch, so vermutete sie, rein instinktiv. Ihre Seelen waren, wie ihre eigene, wahrscheinlich aus den Körpern herausgeschwebt und betrachteten das Schauspiel mit derselben Gleichgültigkeit. Sicher, deren Körper waren attraktiver als ihrer, der Verlust daher möglicherweise schmerzhafter. Aber Widerstand war letztendlich verschwendete Anstrengung. Sie würden bald alle hier in der Mitte dieses sommerlichen Sees sterben. Warum?

Noch während sie die Frage stellte, präsentierte ihr Sehen ohne Augen die Antwort. In der Dunkelheit unter ihrer schwebenden Seele war etwas. Sie konnte es nicht sehen, aber spüren. Eine Macht – nein, *zwei Mächte* –, deren Atem die Blasen waren, die um sie herum emporstiegen, und deren Arme die Fesseln, die sie zum Sterben festhielten. Sie betrachtete wieder ihren Körper, der immer noch nach Luft schnappte. Ihre Beine strampelten irrwitzig im Wasser. Dazwischen ihre jungfräuliche Fotze. Sie empfand vorübergehend Trauer über Wonnen, die zu kosten sie nie den Mut aufgebracht und zu denen sie jetzt keine Gelegenheit mehr haben würde. Verfluchte Närrin, daß sie Stolz höher als Empfindungen bewertet hatte. Eigendünkel kam ihr jetzt unsinnig vor. Sie hätte jeden Mann, der sie zweimal angesehen hatte, um den Akt bitten und erst aufgeben sollen, wenn einer ja gesagt hatte. Das ganze System von Nerven, Öffnungen und Eiern, das unbenützt sterben mußte. Diese Verschwendung war das einzige, das einer Tragödie gleichkam.

Sie sah wieder in die Dunkelheit der Spalte. Die beiden Mächte, die sie dort gespürt hatte, kamen immer noch näher. Jetzt konnte sie sie sehen; vage Gestalten, gleich Flecken im Wasser. Eine war hell; jedenfalls heller als die andere. Aber eine andere Unterscheidung als diese konnte sie nicht treffen. Gesichtszüge, so sie welche hatten, waren so verschwommen, daß man sie nicht erkennen konnte, und der Rest – Gliedmaßen und Leib – waren hinter Schwaden dunkler Blasen verborgen, die mit ihnen emporstiegen. Ihre Absicht freilich konnten sie nicht verbergen. Diese begriff ihr Verstand nur allzu deutlich. Sie kamen aus der Spalte, um sich das Fleisch zu holen, von dem ihr Denken mittlerweile barmherzigerweise getrennt war. Sollten sie ihre Beute haben, dachte sie. Er war eine Last gewesen, dieser Körper, und sie war froh, daß sie ihn los war. Die aufsteigenden Mächte hatten keinerlei Herrschaft über ihre Gedanken; und suchten auch keine. Ihr Begehren galt dem Fleisch, und beide wollten das vollständige Quartett. Weshalb sonst sollten sie miteinander ringen, verschlungene helle und dunkle Flecken, während sie emporstiegen, um sich die Körper zu holen?

Sie hatte sich zu früh frei gefühlt. Als die ersten Ausläufer der verschmolzenen Mächte ihren Fuß berührten, waren die kostbaren Augenblicke der Freiheit dahin. Sie wurde in ihren Schädel zurückgerufen, und die Tür ihres Kopfes schlug laut hinter ihr zu. Die echten Augen ersetzten das geistige Auge, Schmerzen und Panik die süße Gleichgültigkeit. Sie sah, wie die kriegführenden Geister sich um ihren Körper schlangen. Sie war ein Splitter, der zwischen ihnen hin und her gezogen wurde, während sich beide bemühten, sie zu besitzen. Das Warum entzog sich ihrem Verständnis. Innerhalb von Sekunden würde sie tot sein. Es war einerlei, welcher der beiden ihren Leichnam für sich beanspruchte, der Helle oder der Dunkle. Wenn sie ihr Geschlecht wollten – sie spürte selbst in den letzten Augenblicken ihr Wirken dort –, sollten sie nicht damit rechnen, daß ihre Lust erwidert wurde. Sie waren tot, alle vier.

Als die letzte Blase Atem aus ihrem Mund strömte, sah sie einen Sonnenstrahl. Konnte es sein, daß sie wieder hinauf stieg? Hatten sie eingesehen, daß ihr Körper für ihre Zwecke nichts taugte, und die Dicke freigegeben? Sie ergriff die Chance beim Schopf, so gering sie auch sein mochte, und stieß sich zur Oberfläche ab. Mit ihr zusammen stieg ein erneuter Schwall Luftblasen empor, der sie beinahe zur Luft hinaufzudrücken schien. Diese kam immer näher. Wenn es ihr gelang, nur noch einen Herzschlag lang bei Bewußtsein zu bleiben, würde sie vielleicht überleben.

Gott war ihr gnädig! Sie drang Kopf voraus durch die Oberfläche. Spie Wasser aus und sog Luft ein. Ihre Gliedmaßen waren gefühllos, aber eben die Mächte, die so bestrebt gewesen waren, sie nach unten zu ziehen, sorgten jetzt dafür, daß sie oben blieb. Nach drei oder vier Atemzügen wurde ihr bewußt, daß die anderen auch freigegeben worden waren. Sie würgten und plantschten um sie herum. Joyce schwamm bereits zum Ufer und zog Trudi mit sich. Arleen folgte ihnen. Der feste Boden war nur ein paar Meter entfernt. Obwohl ihre Arme und Beine kaum funktionierten, legte Carolyn die Strecke zurück, bis alle vier stehen konnten. Mit von Schluchzen geschüttelten Körpern taumelten sie ans trockene Land. Und noch jetzt sahen sie hinter sich und hatten Angst, ihre Angreifer hätten beschlossen, ihnen ins Seichte zu folgen. Aber die Stelle in der Mitte des Sees war vollkommen ruhig.

Arleen wurde, noch ehe sie das Ufer erreichte, von Hysterie gepackt. Sie fing zu heulen und zu schlottern an. Niemand kam sie trösten. Sie hatten kaum genügend Energie, einen Fuß vor den anderen zu setzen, geschweige denn, welche zu vergeuden, um das Mädchen zu beruhigen. Arleen überholte Trudi und Joyce und war als erste auf dem Gras, ließ sich auf den Boden fallen, wo sie die Kleider liegengelassen hatte, und versuchte, ihre Bluse anzuziehen, wobei sie um so heftiger schluchzte, weil sie die Ärmelöffnungen nicht fand. Einen Meter vom Ufer entfernt sank Trudi auf die Knie und übergab sich. Carolyn hielt sich abseits von ihr, gegen den Wind, denn sie wußte, ein Hauch Erbrochenes, und sie würde ihrem Beispiel folgen. Es war ein vergebliches Unterfangen. Die Würgelaute waren ein ausreichendes Stichwort. Sie spürte, wie sich ihr Magen umdrehte; dann bemalte sie das Gras kotzgrün und eiscremefarben.

Obwohl sich die Szene, die er beobachtete, vom Erotischen zum Entsetzlichen und zuletzt zum Ekelerregenden gewandelt hatte, konnte William Witt den Blick nicht davon abwenden. Er würde den Anblick der Mädchen, die aus dem Wasser herauskamen, in dem er sie ertrunken wähnte, und von ihren Anstrengungen, oder durch Druck von unten, so heftig emporgestoßen wurden, daß ihre Brüste wogten, bis an sein Lebensende nicht vergessen.

Jetzt war das Wasser, das sie fast geholt hatte, ruhig. Kein Wögchen bewegte sich; keine Blase stieg zur Oberfläche. Und doch – konnte er bezweifeln, daß sich vor seinen Augen etwas anderes als ein Unfall abgespielt hatte? Etwas *Lebendes* war in dem See. Die Tatsache, daß er lediglich dessen Auswirkungen gesehen hatte – das Rudern, das Schreien – und nicht das Ding selbst, erschütterte ihn bis ins Mark. Und er würde die Mädchen auch niemals fragen können, welcher Art ihr Angreifer gewesen war. Er war allein mit dem, was er gesehen hatte.

Zum ersten Mal in seinem Leben lag die selbstgewählte Rolle des Voyeurs schwer auf ihm. Er schwor sich, daß er nie wieder jemandem nachspionieren würde. Es war ein Schwur, den er einen Tag hielt, dann brach er ihn.

Was dieses Ereignis betraf, davon hatte er genug. Von den Mädchen konnte er nur noch die Umrisse von Hüften und Pobacken sehen, da sie im Gras lagen. Und nachdem das Erbrechen vorbei war, hörte er nur noch Weinen.

Er schlich sich, so leise er konnte, davon.

Joyce hörte ihn. Sie richtete sich im Gras auf.

»Jemand beobachtet uns«, sagte sie.

Sie betrachtete das sonnenbeschienene Blattwerk, das sich erneut bewegte. Nur der Wind, der durch die Blätter strich.

Arleen war es endlich gelungen, in die Bluse zu schlüpfen. Sie saß da und hatte die Arme um sich geschlungen. »Ich will sterben«, sagte sie.

»Nein«, sagte Trudi. »Dem sind wir gerade entgangen.«

Joyce legte wieder die Hände vors Gesicht. Die Tränen, die sie besiegt zu haben glaubte, kamen wieder, eine Sturzflut.

»Was, in Gottes Namen, ist geschehen?« sagte sie. »Ich dachte, es wäre nur... Regenwasser.«

Carolyn lieferte die Antwort, ihre Stimme war beherrscht, zitterte aber.

»Unter der ganzen Stadt sind Höhlen«, sagte sie. »Sie müssen während des Sturms mit Wasser vollgelaufen sein. Wir sind über den Schlund von einer geschwommen.«

»Es war so dunkel«, sagte Trudi. »Habt ihr nach unten gesehen?«

»Da war noch etwas«, sagte Arleen. »Außer der Dunkelheit. Etwas im Wasser.«

Als Antwort darauf wurde Joyce' Schluchzen noch heftiger.

»Ich habe nichts *gesehen*«, sagte Carolyn. »Aber gespürt.« Sie sah Trudi an. »Wir haben es alle gespürt, oder nicht?«

»Nein«, sagte Trudi kopfschüttelnd. »Es waren Strömungen aus den Höhlen.«

»Es hat versucht, mich zu ertränken«, sagte Arleen.

»Nur Strömungen«, beharrte Trudi. »Ist mir auch vorher passiert, am Ufer. Strömungen. Haben mir den Boden unter den Füßen weggezogen.«

»Das glaubst du doch selbst nicht«, sagte Arleen unverblümt. »Warum belügst du dich selbst? Wir wissen alle, was wir gespürt haben.«

Trudi sah sie stechend an.

»Und was war das?« fragte sie. »Genau.«

Arleen schüttelte den Kopf. Mit dem am Kopf klebenden Haar und dem verschmierten Rouge sah sie ganz und gar nicht mehr wie die Ballkönigin von vor zehn Minuten aus.

»Ich weiß nur, daß es keine Strömung war«, sagte sie. »Ich habe Gestalten gesehen. Zwei Gestalten. Keine Fische. Überhaupt keine Fische.« Sie sah von Trudi weg und zwischen ihre Beine. »Ich habe gespürt, wie sie mich angefaßt haben«, sagte sie erschauernd. »*Innen drin* angefaßt.«

»Sei still!« brauste Joyce plötzlich auf. »Sprich es nicht aus.«

»Es stimmt, oder nicht?« entgegnete Arleen. »*Oder nicht?*« Sie sah wieder auf. Zuerst zu Joyce, dann zu Carolyn; schließlich zu Trudi, die nickte.

»Was immer da draußen ist, hat uns gewollt, weil wir Frauen sind.«

Joyce' Schluchzen schwang sich in neue Höhen empor.

»Sei still«, fauchte Trudi. »Wir müssen darüber nachdenken.«

»Was gibt es da nachzudenken?« sagte Carolyn.

»Zunächst einmal, was wir sagen wollen«, antwortete Trudi.

»Wir sagen, wir waren schwimmen...«, begann Carolyn.

»Und dann?«

»...wir waren schwimmen und...«

»Etwas hat uns angegriffen? Hat versucht, in uns einzudringen? Etwas nicht Menschliches?«

»Ja«, sagte Carolyn. »Das ist die Wahrheit.«

»Sei nicht so dumm«, sagte Trudi. »Sie würden uns auslachen.«

»Es ist trotzdem die *Wahrheit*«, beharrte Carolyn.

»Glaubst du, das spielt eine Rolle? Sie werden sagen, daß wir schön blöd waren, überhaupt erst schwimmen zu gehen. Dann werden sie sagen, daß wir einen Krampf bekommen haben, oder so etwas.«

»Sie hat recht«, sagte Arleen.

Aber Carolyn klammerte sich an ihre Überzeugung. »Angenommen, jemand anders kommt hierher?« sagte sie. »Und der Vorfall wiederholt sich. Oder sie ertrinken. Nehmen wir an, sie ertrinken. Dann wären wir schuld.«

»Wenn es Regenwasser ist, wird es in ein paar Tagen wieder versickert sein«, sagte Arleen. »Wenn wir etwas sagen, werden wir zum Ortsgespräch. Wir würden es nie überwinden. Es würde uns unser restliches Leben verderben.«

»Führ dich nicht wie eine Schauspielerin auf«, sagte Trudi. »Keine wird etwas machen, dem wir nicht alle vier zugestimmt haben. Ja? Ja, Joyce?« Joyce gab ein ersticktes Schluchzen der Zustimmung von sich. »Carolyn?«

»Meinetwegen«, lautete die Antwort.

»Wir müssen uns nur auf eine Version einigen.«

»Wir sagen gar nichts«, antwortete Arleen.

»Nichts?« sagte Joyce. »Sieh uns doch an.«

»Nie erklären. Nie entschuldigen«, murmelte Trudi.

»Hm?«

»Das sagt mein Daddy immer.« Der Gedanke, daß dies eine Familienphilosophie war, schien sie aufzumuntern. »Nie erklären...«

»Wir haben es gehört«, sagte Carolyn.

»Also sind wir uns einig«, fuhr Arleen fort. Sie stand auf und kramte ihre restlichen Kleidungsstücke vom Boden zusammen. »Wir behalten es alle für uns.«

Niemand erhob noch einen Einwand. Sie griffen Arleens Hinweis auf und zogen sich alle an, dann gingen sie zur Straße zurück und überließen den See seinen Geheimnissen und seiner Stille.

II

1

Zuerst geschah überhaupt nichts. Sie hatten nicht einmal Alpträume. Lediglich eine angenehme Mattigkeit, bei der es sich wahrscheinlich um die Nachwirkungen handelte, daß sie dem Tod so nahe gewesen und ihm entkommen waren. Sie verheimlichten ihre Blutergüsse, gingen ihren Belangen nach und bewahrten ihr Geheimnis.

In gewisser Weise bewahrte es sich selbst. Sogar Arleen, die ihr Entsetzen angesichts des intimen Überfalls, dem sie alle ausgesetzt waren, als erste ausgedrückt hatte, fand rasch ein sonderbares *Vergnügen* an der Erinnerung, das sie sich nicht einzugestehen wagte, auch den anderen dreien gegenüber nicht. Sie sprachen überhaupt wenig miteinander. Was auch nicht nötig war. Dieselbe seltsame Überzeugung wuchs in allen: daß sie, auf eine außergewöhnliche Weise, die *Auserwählten* waren. Aber lediglich Trudi, die schon immer einen Hang zum Messianischen gehabt hatte, hätte die Empfindung mit diesem Wort bedacht. Für Arleen war die Empfindung lediglich eine Bestätigung dessen, was sie schon immer gewußt hatte: daß sie ein einmalig glamouröses Geschöpf war, für das die Regeln, nach denen der Rest der Welt zu leben hatte, nicht galten. Für Carolyn bedeutete es ein neues Selbstbewußtsein, das ein schwaches Echo der Offenbarungen war, die sie im Angesicht ihres bevorstehenden Todes gehabt hatte: daß jede Stunde, in der man seinen Gelüsten nicht folgte, vergeudet war. Für Joyce war die Empfindung noch einfacher. Sie war für Randy Krentzman vom Tod errettet worden.

Sie vergeudete keine Zeit damit, ihm ihre Leidenschaft kundzutun. Am Tag nach den Geschehnissen am See fuhr sie direkt zum Haus der Krentzmans in Stillbrook und erklärte ihm mit den einfachsten Worten, daß sie ihn liebte und die Absicht habe, mit ihm zu schlafen. Er lachte nicht. Er sah sie einfach nur bestürzt an, dann fragte er sie etwas verlegen, ob sie einander denn kennen würden. Früher hatte es ihr praktisch das Herz gebrochen, wenn er sie vergessen hatte. Aber etwas hatte sich in ihr verändert. Sie war nicht mehr so empfindlich. Ja, sagte sie zu ihm, du *kennst* mich. Wir sind einander schon ein paarmal begegnet. Aber es ist mir gleich, ob du dich an mich erinnerst oder nicht. Ich liebe dich, und ich will alles tun, damit du mit mir ins Bett gehst. Während sie das sagte, sah er sie mit offenem Mund an, dann sagte er: Das ist ein Witz, richtig? Worauf sie antwortete, daß es ganz und gar *kein* Witz und ihr vielmehr jedes Wort ernst war, und da der Tag warm und das Haus leer war, abgesehen von ihnen beiden, gab es eine bessere Gelegenheit als jetzt?

Seine Verblüffung hatte die Libido Krentzmans nicht beeinträchtigt. Obwohl er nicht verstand, warum sich dieses Mädchen *gratis* anbot, ergab sich so eine Gelegenheit zu selten, als daß er sie einfach hätte ungenützt lassen können. Daher akzeptierte er mit dem Gebaren eines Jungen, dem solche Angebote tagtäglich gemacht werden. Sie verbrachten den Nachmittag zusammen und führten den Akt nicht nur einmal, sondern gleich dreimal aus. Sie verließ das Haus gegen Viertel nach fünf und machte sich mit dem Gefühl auf den Heimweg durch den Grove, daß ein Bedürfnis gestillt worden war. Es war keine Liebe. Er war dumm, egoistisch und ein schlechter Liebhaber. Aber er hatte an diesem Nachmittag möglicherweise Leben in sie gepflanzt, oder wenigstens seinen Teelöffel voll Substanz zur Alchemie beigetragen, und mehr hatte sie eigentlich gar nicht von ihm gewollt. Sie hinterfragte diese Veränderung der Prioritäten nicht. Ihr Verstand war kristallklar, was die Notwendigkeit der Befruchtung betraf. Der Rest des Lebens, Vergangenheit, Zukunft und Gegenwart, war verschwommen.

Gleich am nächsten Morgen, nachdem sie tiefer als seit Jahren geschlafen hatte, rief sie ihn an und schlug eine zweite Liaison vor, noch an eben diesem Nachmittag. War ich so gut? fragte er. Sie sagte ihm, daß er besser als gut war; er war ein Hengst; sein Schwanz das achte Weltwunder. Er stimmte bereitwillig zu, sowohl den Schmeicheleien wie auch der Verabredung.

Es sollte sich erweisen, daß sie in der Wahl ihres Partners möglicherweise die glücklichste des Quartetts gewesen war. So eitel und dumm Krentzman war, er war auch harmlos und auf seine unzulängliche Art zärtlich. Der Drang, der Joyce in sein Bett trieb, wirkte mit gleicher Heftigkeit in Arleen, Trudi und Carolyn, trieb die anderen aber in nicht so konventionelle Beziehungen.

Carolyn machte einem Edgar Lott ihre Avancen, einem Mann Mitte Fünfzig, der im vergangenen Jahr in das Haus gegenüber dem ihrer Eltern eingezogen war. Kein Nachbar hatte sich mit ihm angefreundet. Er war ein Einzelgänger und hatte lediglich die Gesellschaft von zwei Dackeln. Das sowie die Tatsache, daß er nie Damenbesuch erhielt und bei seiner Kleidung stets sorgfältig auf Farbabstimmung achtete – Taschentuch, Krawatte und Socken waren stets im selben Pastellton gehalten –, führte zur allgemeinen Vermutung, daß er homosexuell war. Doch so naiv Carolyn auch hinsichtlich der Einzelheiten des Geschlechtsverkehrs war, diesbezüglich kannte sie ihn besser als ihre Eltern. Sie hatte mehrmals bemerkt, wie er sie ansah, und ihr Instinkt hatte ihr gesagt, daß seine Blicke mehr als Hallo bedeuteten. Sie lauerte ihm auf, als er mit den Dackeln seinen morgendlichen Spaziergang machte, begleitete ihn und fragte dann – nachdem die Hunde ihr Revier für den heutigen Tag gekennzeichnet hatten –, ob sie vielleicht mit ihm nach Hause kommen könnte. Später sagte er ihr, daß seine Absichten durchaus ehrenhaft gewesen waren und er sie nicht angerührt haben würde, hätte sie sich nicht buchstäblich auf ihn gestürzt und seine Zuwendung gleich auf dem Küchentisch verlangt. Aber wie hätte er so ein Angebot ablehnen können?

Wenngleich sie, was Altersunterschied und Anatomie anbetraf, kaum zusammenpaßten, begattete er sie mit einer ungeahnten Heftigkeit, und dabei gerieten die beiden Dackel in einen Taumel der Eifersucht, kläfften und jagten den eigenen Schwänzen hinterher, bis sie völlig erschöpft waren. Nach dem ersten Mal sagte er ihr, daß er in den sechs Jahren seit dem Tod seiner Frau keine andere Frau angerührt hatte, und das hatte ihn zum Alkohol getrieben. Auch sie war eine Frau gewesen, die wußte, was sie wollte. Als er von ihrer Leidenschaft sprach, wurde sein Glied wieder steif. Sie machten es noch einmal. Diesmal schliefen die Hunde nur.

Anfangs funktionierte die Beziehung hervorragend. Keiner war im mindestens abschätzend, wenn es ans Ausziehen ging; keiner vergeudete Zeit damit, die Schönheit des anderen zu betonen, was ohnedies lächerlich geklungen haben würde; keiner tat so, als wäre es für immer. Sie kamen zusammen, um das zu tun, wozu die Natur ihre Körper geschaffen hatte, und das Drumherum war ihnen egal. Keine Romantik bei Kerzenschein. Sie besuchte Mr. Lott, wie sie ihn in Gegenwart ihrer Eltern nannte, Tag für Tag, nur um sein Gesicht, kaum hatte sie die Tür hinter sich zugemacht, zwischen den Brüsten zu haben.

Edgar konnte sein Glück kaum fassen. Daß sie ihn verführt hätte, war schon außergewöhnlich genug – nicht einmal in seiner Jugend hatte ihm eine Frau jemals dieses Kompliment gemacht; daß sie immer wieder zu ihm zurückkam und erst dann von ihm ablassen konnte, wenn der Akt bis zur Erschöpfung ausgeführt worden war, grenzte ans Wunderbare. Es überraschte ihn daher nicht, als sie ihre Besuche nach zwei Wochen und vier Tagen einstellte. Er war ein wenig traurig, aber nicht überrascht. Nachdem sie eine Woche nicht mehr bei ihm gewesen war, traf er sie auf der Straße und fragte sie, ob sie ihr kleines Techtelmechtel nicht wieder aufnehmen könnten? Sie sah ihn seltsam an und sagte dann nein. Er wollte keine Erklärung, aber sie gab ihm trotzdem eine. Ich brauche dich nicht mehr, sagte sie heiter und tätschelte ihren Bauch. Erst später, als er mit dem dritten Bourbon in der Hand in seinem muffigen Haus saß, wurde ihm klar, was die Worte und die Geste bedeutet hatten. Danach brauchte er einen vierten und fünften. Der Rückfall in alte Gewohnheiten folgte nur allzu schnell. Er bemühte sich zwar sehr, keine Sentimentalität aufkommen zu lassen, aber jetzt – wo das dicke Mädchen nicht mehr kam – wurde ihm klar, daß sie ihm das Herz gebrochen hatte.

Solche Probleme hatte Arleen nicht. Der Weg, den sie einschlug, um demselben unausgesprochenen Zwang wie die anderen zu folgen, führte sie in die Gesellschaft von Männern, die das Herz nicht in der Brust hatten, sondern in Preußischblau auf den

Unterarm tätowiert. Für sie fing es, wie für Joyce, gleich am Tag an, nachdem sie beinahe ertrunken wären. Sie zog sich die besten Sachen an, stieg ins Auto ihrer Mutter und fuhr zum Eclipse Point, einem schmalen Strandabschnitt nördlich von Zuma, der für seine Bars und seine Rocker berüchtigt war. Es überraschte die Bewohner dieses Gegend nicht, ein reiches Mädchen in ihrer Mitte zu sehen. Solche Typen kamen ständig von ihren Luxushäusern herunter, um das Leben in der Gosse zu kosten oder sich vom Leben in der Gosse kosten zu lassen. Normalerweise reichten ein paar Stunden, dann zogen sie sich wieder dorthin zurück, wo der engste Kontakt mit der Unterschicht der mit ihrem Chauffeur war.

Der Point hatte in seinen besten Tagen eine Menge berühmter Gesichter inkognito kommen sehen, die sich eine Weile in seinen Niederungen tummeln wollten. Jimmy Dean war in seinen wildesten Zeiten Stammgast gewesen und hatte nach Rauchern gesucht, die einen menschlichen Aschenbecher wollten. In einer Bar stand ein Billardtisch, der dem Andenken von Jayne Mansfield gewidmet war, die angeblich einen Akt darauf ausgeübt haben soll, von dem man auch heute noch nur in ehrfürchtigem Flüstern sprach. In einer anderen war der Umriß einer Frau in den Dielenboden geschnitzt, die behauptet hatte, daß sie Veronica Lake war und an eben dieser Stelle sturzbetrunken zusammengebrochen war. Daher folgte Arleen einem gut ausgetretenen Weg von den Hochburgen des Luxus in eine schäbige Bar, für die sie sich schlichtweg ihres Namens wegen entschied: The Slick. Aber anders als viele ihrer Vorgängerinnen mußte sie nicht einmal einen Drink als Vorwand für ihre Fleischeslust bestellen. Sie bot sich einfach an. Und sie fand jede Menge Freier, unter denen sie keinerlei Auswahl traf. Wer wollte, der konnte auch.

Am nächsten Abend kam sie wieder, und am übernächsten auch; sie ließ keinen Blick von ihren Liebhabern, als wäre sie süchtig nach ihnen. Aber nicht alle nutzten die Gelegenheit. Nach der ersten Nacht betrachteten viele sie mit Argwohn und kamen zur Überzeugung, daß solche Freizügigkeit nur von Wahnsinnigen oder Kranken dargeboten wurde. Andere entdeckten ritterliche Züge in sich und versuchten, sie vom Boden wegzulocken, bevor das Pack am Ende der Schlange zum Zug kam. Im Falle eines solchen Eingreifens jedoch protestierte sie lautstark und heftig und bat, man möge sie in Ruhe gewähren lassen. Dann zogen sie sich zurück. Manche stellten sich sogar noch einmal in die Schlange.

Carolyn und Joyce gelang es, ihre Affären für sich zu behalten, aber Arleens Verhalten konnte nicht ewig unentdeckt bleiben. Nachdem sie eine Woche lang das Haus spätabends verlassen hatte und erst im Morgengrauen zurückgekehrt war – eine Woche, in der sie auf Fragen nach ihrem Verbleib lediglich mit befremdeten Blicken reagierte, als wüßte sie es selbst nicht genau, beschloß Lawrence Farrell, ihr Vater, ihr zu folgen. Er betrachtete sich als liberalen Vater, aber wenn seine Prinzessin in schlechte Gesellschaft geriet – möglicherweise Footballspieler oder Hippies –, würde er sich vielleicht verpflichtet fühlen, ihr einen guten Rat zu geben. Sie fuhr wie eine Besessene aus dem Grove hinaus, und er mußte den Fuß auf dem Gaspedal halten, um nur eine angemessene Entfernung beibehalten zu können. Eine oder zwei Meilen vor dem Strand verlor er sie. Er mußte eine Stunde lang die Parkplätze absuchen, bis er das Auto gefunden hatte, das vor dem *Slick* parkte. Der Ruf dieser Bar war an seine liberalen Ohren gedrungen. Er trat ein und hatte dabei Angst um sein Jackett und die Brieftasche. Drinnen herrschte ein gewaltiges Toben; ein Ring johlender Männer, biersaufende Tiere mit Haaren bis über den Rücken, drängten sich um eine Darbietung am anderen Ende der Bar. Arleen war nirgends zu sehen. Er war überzeugt, daß er sich geirrt hatte – wahrscheinlich schlenderte sie nur am Strand entlang und beobachtete die Brandung –, und wollte gerade wieder gehen, als jemand den Namen seiner Prinzessin sang.

»Arleen! Arleen!«

Er drehte sich um. Sah sie auch bei der Darbietung zu? Er drängte sich durch die Zuschauermenge. In deren Mitte fand er seine bildhübsche Tochter. Jemand schüttete ihr Bier in den Mund, während er gleichzeitig den Akt mit ihr ausführte, der der Alptraum aller Väter ist, wenn sie an ihre Töchter denken, es sei denn, sie trieben es in ihrer Fantasie selbst mit ihnen. Wie sie unter diesem Mann lag, sah sie wie ihre Mutter aus; oder besser gesagt, wie ihre Mutter vor so langer Zeit, als sie ihn noch hatte erregen können. Sie grinste und schlug um sich und war verrückt nach dem Mann auf ihr. Lawrence schrie Arleens Namen und trat nach vorne, um den Hundsfott von ihr zu ziehen. Jemand sagte ihm, er sollte gefälligst warten, bis er an der Reihe war. Er verpaßte dem Mann eine auf den Kiefer, ein Schlag, der den Pisser in die Zuschauer schleuderte, von denen viele die Hosen offen hatten und erigierte Glieder präsentierten. Der Bursche spie einen Schwall Blut aus und warf sich auf Lawrence, der, während er auf die Knie geschlagen wurde, immer wieder beteuerte, daß dies seine Tochter war, seine Tochter ... *großer Gott, seine Tochter.* Er hörte erst auf, als sein Mund keine Worte mehr hervorbringen konnte. Und selbst dann versuchte er noch, zu Arleen zu kriechen und sie mit Prügeln zur Besinnung zu bringen. Aber ihre Bewunderer zerrten ihn einfach hinaus und warfen ihn in den Straßengraben. Dort lag er eine Weile, bis er die Energie aufbrachte, sich zu erheben. Er schleppte sich zum Auto zurück, wo er mehrere Stunden wartete und manchmal weinte, bis Arleen herauskam.

Seine Blutergüsse und das blutige Hemd schienen sie nicht zu berühren. Als er ihr sagte, daß er gesehen hatte, was sie tat, legte sie den Kopf ein wenig schief, als wüßte sie nicht genau, wovon er sprach. Er befahl ihr, in sein Auto einzusteigen. Sie gehorchte widerspruchslos. Sie fuhren schweigend nach Hause.

An diesem Tag wurde nichts gesprochen. Sie blieb in ihrem Zimmer und hörte Radio, während Lawrence mit dem Anwalt sprach, ob man das *Slick* nicht schließen könnte, mit den Polizisten, damit ihre Vergewaltiger zur Rechenschaft gezogen wurden, und mit seinem Psychiater, was er falsch gemacht hatte. An diesem Abend ging sie wieder weg, schon beizeiten, oder versuchte es zumindest. Er stellte sich ihr jedoch vor der Tür in den Weg, und die Vorwürfe, die gestern nacht ungesagt geblieben waren, setzten ein. Sie sah ihn die ganze Zeit nur mit glasigen Augen an. Ihre Gleichgültigkeit erboste ihn. Sie kam nicht mit hinein, als er sie dazu aufforderte, und sagte ihm auch nicht, was ihr Verhalten zu bedeuten hatte. Seine Besorgtheit wurde zu Wut, seine Stimme wurde lauter, die Worte ausfälliger, bis er sie mit voller Lautstärke eine Hure nannte und überall am Crescent Vorhänge beiseite geschoben wurden. Schließlich war er vor Wut oder Verständnislosigkeit geblendet und schlug sie; und er hätte sie vielleicht ernsthaft verletzt, wäre Kate nicht eingeschritten. Arleen wartete nicht. Nachdem ihr tobender Vater in der Obhut ihrer Mutter war, lief sie weg und fuhr per Anhalter zum Strand hinunter.

In dieser Nacht fand eine Razzia im *Slick* statt. Es gab einundzwanzig Festnahmen, hauptsächlich wegen unbedeutender Drogenverstöße, und die Bar wurde dichtgemacht. Als die Polizisten die Bar stürmten, fanden sie Lawrence Farrells Tochter bei derselben Schieb-und-stoß-Nummer, die sie seit einer Woche allnächtlich abzog. Das war eine Sensation, die nicht einmal Lawrence' plumpe Bestechungsversuche aus den Zeitungen heraushalten konnten. Sie wurde zur häufigsten Lektüre entlang der Küste. Arleen wurde zu einer medizinischen Untersuchung ins Krankenhaus gebracht. Man fand heraus, daß sie zwei durch Verkehr übertragene Infektionen und eine Geschlechtskrankheit hatte, dazu innere Verletzungen und Aufschürfungen, die ihr exzessiver Verkehr zwangsläufig mit sich bringen mußte. Aber sie war wenigstens nicht schwanger. Lawrence und Kathleen Farrell dankten dem Herrn für diese kleine Gunst.

Die Enthüllungen über Arleens Ausflüge ins *Slick* führten überall in der Stadt zu verschärften elterlichen Kontrollen. Selbst in East Grove waren deutlich weniger Jugendliche nach Einbruch der Dunkelheit auf den Straßen zu sehen. Heimliche Romanzen wurden immer schwerer zu bewerkstelligen. Auch Trudi, die letzte der vier, mußte ihren Partner bald aufgeben, obwohl sie eine beinahe perfekte Tarnung für ihre Aktivitäten gefunden hatte: Religion. Sie hatte den Verstand besessen, einen gewissen Ralph Contreras zu verführen, einen Mischling, der als Gärtner für die lutheranische Kirche ›Prince of Peace‹ in Laureltree arbeitete und so sehr stotterte, daß er nach praktischen Gesichtspunkten so gut wie stumm war. Ihr gefiel er so. Er führte aus, wozu sie ihn brauchte, und hielt den Mund. Alles in allem der perfekte Liebhaber. Nicht, daß ihr viel an seiner Technik lag, wenn er heroisch den Mann für sie spielte. Er war lediglich Mittel zum Zweck. Wenn er seine Pflicht Genüge getan hatte – ihr Körper würde ihr sagen, wenn dieser Augenblick gekommen war –, würde sie keinen Gedanken mehr an ihn verschwenden. Sagte sie sich jedenfalls.

Aufgrund von Arleens Indiskretion sollten aber sämtliche Affären – einschließlich der Trudis – rasch ans Licht der Öffentlichkeit kommen. Für *sie* wäre es wahrscheinlich einfach gewesen, ihre Beziehung zu Ralph dem Stummen zu vergessen, aber nicht so für Palomo Grove.

2

Die Zeitungsartikel über das skandalöse geheime Leben der Kleinstadtschönheit Arleen Farrell waren so offen, wie es die Rechtsabteilungen der Zeitungen zuließen, aber die Einzelheiten mußten der Gerüchteküche überlassen werden. Ein kleiner Schwarzmarkt mit angeblichen Fotos der Orgie erwies sich als lukrativ, obwohl die Bilder so unscharf waren, daß man unmöglich sagen konnte, ob sie das tatsächliche Ereignis zeigten. Auf die Familie selbst – Lawrence, Kate, Schwester Jocelyn und Bruder Craig – wurde ebenfalls ein grelleres Licht geworfen. Leute, die auf der anderen Seite des Grove wohnten, nahmen beim Einkaufen Umwege in Kauf, um durch den Crescent und an dem ruchlosen Haus vorbeizufahren. Craig mußte von der Schule genommen werden, weil seine Mitschüler ihn wegen seiner schmutzigen großen Schwester unbarmherzig hänselten; Kate steigerte ihren Konsum an Beruhigungsmitteln, bis sie jedes Wort mit mehr als zwei Silben nuschelte. Aber es sollte noch schlimmer kommen. Drei Tage nachdem Arleen in der Rockerkneipe aufgegriffen worden war, wurde im *Chronicle* ein Interview abgedruckt, das angeblich mit einer von Arleens Krankenschwestern geführt worden war. Dort stand zu lesen, daß sich die Tochter der Farrells in einer sexuellen Tollheit befand, eine Obszönität nach der anderen aussprach und nur still war, um Tränen der Frustration zu weinen. Das an sich war schon hinreichend Stoff für Nachrichten. Aber, so stand in dem Interview weiter zu lesen, die Krankheit der Patientin ging weiter als eine überreizte Libido. Arleen Farrell glaubte, daß sie besessen war.

Ihre Geschichte, die sie erzählte, war weitschweifig und bizarr. Sie und drei Freundinnen waren in einem See in der Nähe von Palomo Grove schwimmen gegangen und von etwas angegriffen worden, das in sie alle eingedrungen war. Diese ungestüme Wesenheit hatte von Arleen und – wahrscheinlich – ihren Freundinnen verlangt, daß sie sich von einem beliebigen Mann schwängern ließen, der dafür zur Verfügung stand. Daher ihre Abenteuer im *Slick*. Der Teufel in ihrer Gebärmutter hatte lediglich in dieser üblen Gesellschaft nach einem Surrogatvater gesucht.

Der Artikel wurde ohne eine Spur Ironie präsentiert; der Text von Arleens sogenannter Beichte war auch ohne editorische Aufarbeitung hinreichend bizarr. Nur die Blinden und Analphabeten im Grove wußten die Enthüllungen nicht zu deuten. Niemand glaubte, daß die Behauptungen auch nur ein Fünkchen Wahrheit enthielten, abgesehen von den Familien der Freundinnen, mit denen Arleen am Samstag, dem 28. Juli unterwegs gewesen war. Obwohl sie Joyce, Carolyn und Trudi nicht beim Namen nannte, wußte jeder, daß die vier dicke Freundinnen waren. Niemand, der Arleen auch nur flüchtig kannte, konnte Zweifel daran haben, wen sie mit in ihre satanischen Hirngespinste verwickelt hatte.

Es wurde rasch offensichtlich, daß die Mädchen vor den Folgen von Arleens lächerlichen Behauptungen geschützt werden mußten. In den Haushalten der McGuires, Katz' und Hotchkiss' fand, abgesehen von einigen Ausschmückungen, dieselbe Unterhaltung statt.

Die Eltern fragten: »Möchtest du den Grove eine Weile verlassen, bis sich das Schlimmste gelegt hat?« Worauf das Kind antwortete: »Nein, mir geht es gut. Es ging mir noch nie besser.«

»Bist du sicher, daß es dich nicht zu sehr mitnimmt, Liebes?«

»Sehe ich mitgenommen aus?«

»Nein.«

»Dann bin ich es auch nicht.«

So ausgeglichene Kinder, dachten die Eltern, daß sie angesichts der Tragödie des Wahnsinns einer guten Freundin so ruhig bleiben konnten; sind sie nicht eine Zierde für uns?

Ein paar Wochen lang waren sie genau das: Mustertöchter, die sich den Belastungen ihrer Situation mustergültig gewachsen zeigten. Dann aber geriet das perfekte Bild ins Wanken, als Besonderheiten in ihren Verhaltensmustern deutlich wurden. Es waren schleichende Veränderungen, die vielleicht noch länger unbemerkt geblieben wären, hätten die Eltern nicht so fürsorglich über ihre Babys gewacht. Zuerst fiel den Eltern auf, daß ihre Nachkommen einen seltsamen Tagesablauf entwickelten; sie schliefen nachmittags und schritten um Mitternacht auf und ab. Veränderte Eßgewohnheiten wurden offensichtlich. Selbst Carolyn, die bekanntermaßen nie etwas Eßbares abgelehnt hatte, entwickelte eine beinahe pathologische Abneigung gegen bestimmte Speisen, speziell Meeresfrüchte. Die Ausgeglichenheit der Mädchen war dahin. Sie wurde von Launen ersetzt, die vom Einsilbigen zum Geschwätzigen und vom Eisigen zum Hingebungsvollen reichten. Betty Katz schlug als erste vor, daß ihre Tochter den Hausarzt aufsuchen sollte. Trudi erhob keinerlei Einwände. Sie schien auch nicht im geringsten überrascht zu sein, als ihr der Arzt bestätigte, daß sie bei bester Gesundheit war; und schwanger.

Carolyns Eltern kamen als nächste zu dem Ergebnis, daß das geheimnisvolle Verhalten ihres Sprößlings eine medizinische Untersuchung erforderlich machte. Sie erhielten dieselben Neuigkeiten, mit dem Zusatz, wenn Carolyn die Absicht hätte, das Kind auszutragen, wäre es ratsam, wenn die künftige Mutter dreißig Pfund abnahm.

Wenn noch Hoffnungen gehegt wurden, daß diese Diagnosen nicht auf einen bestimmten Zusammenhang hinausliefen, so wurden diese Hoffnungen durch den dritten und letzten Beweis zunichte gemacht. Joyce McGuires Eltern hatten sich die Mittäterschaft ihrer Tochter an diesem Skandal nicht eingestehen wollen, aber schließlich bestanden auch sie auf einer Untersuchung ihrer Tochter. Sie war, wie Carolyn und Trudi, bei bester Gesundheit. Und sie war schwanger. Diese Neuigkeiten verlangten nach einer Neubewertung von Arleen Farrells Aussage. War es möglich, daß sich hinter ihrem irren Stammeln ein Fünkchen Wahrheit verbarg?

Die Eltern setzten sich zusammen und redeten miteinander. Gemeinsam erarbeiteten sie eine Theorie, die logisch klang. Die Mädchen hatten eindeutig eine Art Abmachung getroffen. Sie hatten – aus nur ihnen allein bekannten Gründen – beschlossen, schwanger zu werden. Dreien war es gelungen. Arleen nicht, und das hatte das ohnehin überspannte Mädchen in die Fänge eines Nervenzusammenbruchs gestürzt. Die Probleme, denen sie sich jetzt gegenübersahen, waren dreifacher Natur. Als erstes mußten sie die künftigen Väter finden und wegen ihrer sexuellen Gefügigkeit verklagen. Als zweites mußten sie die Schwangerschaften so schnell und sicher wie möglich abbrechen. Als drittes mußten sie die ganze Sache so geheim wie möglich halten, damit der Ruf der drei Familien nicht ebenso litt wie der der Farrells, die die rechtschaffenen Einwohner des Grove mittlerweile wie Parias behandelten.

Sie scheiterten bei allen dreien. Im Falle der Väter schon aus dem Grund, weil keines der Mädchen, nicht einmal unter elterlichem Druck, den Namen des Missetäters preisgeben wollte. Im Falle der Abtreibungen gleichermaßen, weil sich die Kinder standhaft weigerten, sich zu etwas zwingen zu lassen, das zu erreichen sie soviel Mühe und Schweiß gekostet hatte. Und zuletzt im Falle der Geheimhaltung, weil solche Skandale das Licht lieben, und daher war lediglich eine indiskrete Arzthelferin erforderlich, damit die Journalisten neuerlichen Spuren von Missetaten nachschnüffelten.

Zwei Tage nach der Elternversammlung platzte die Geschichte, und Palomo Grove – das von Arleens Enthüllungen erschüttert, aber keineswegs umgeworfen worden war – erhielt einen fast tödlichen Schlag. Die Geschichte des verrückten Mädchens hatte eine interessante Lektüre für UFO-Anhänger und Krebsheilmittel-Fanatiker abgegeben, aber sie war im Grunde genommen ein Einzelfall gewesen. Diese neue Entwicklung aber berührte einen empfindlicheren Nerv. Nun hatte man vier Familien, deren ordentliches, behütetes Leben durch eine Verschwörung ihrer eigenen Töchter kaputtgemacht worden war. War eine Art Kult dafür verantwortlich? fragte die Presse. Handelte es sich bei den unbekannten Vätern womöglich um *ein und dieselbe* Person, einen Verführer junger Frauen, dessen geheimgehaltene Identität schon allein mehr als genügend Stoff für Spekulationen bot? Und was war mit der Tochter der Farrells, die als erste den *Bund der Jungfrauen,* wie sie inzwischen genannt wurden, verpfiffen hatte? War sie zu extremerem Verhalten getrieben worden als ihre Freundinnen, weil sie, wie der *Chronicle* als erster berichtete, unfruchtbar war? Oder hatten die anderen ihre wahren Exzesse nur noch nicht gestanden? Es war eine Geschichte, die endlos weiterging. Sie enthielt alles: Sex, Besessenheit, Familien im Chaos, Kleinstadtintrigen, Sex, Wahnsinn, Sex. Und was noch wichtiger war, es konnte nur noch besser werden.

Die Presse konnte den Verlauf der Schwangerschaften verfolgen. Mit etwas Glück würde ihr eine erstaunliche Belohnung zuteil werden. Alle Kinder würden als Drillinge zur Welt kommen oder als Schwarze oder als Totgeburten.

Oh, welche Möglichkeiten!

III

Es herrschte Ruhe im Zentrum des Sturms; Ruhe und Stille. Die Mädchen hörten das Heulen und die Vorwürfe, die von Eltern, Presse und Altersgenossen gleichermaßen über ihnen ausgeschüttet wurden, aber sie ließen sich nicht davon beeindrucken. Der Prozeß, der im See angefangen hatte, wurde in seiner unweigerlichen Weise fortgesetzt, und sie ließen ihr Denken davon formen, wie sie ihre Körper davon hatten formen lassen und noch ließen. Sie waren so ruhig, wie es der See gewesen war; ihre Oberfläche so ausgeglichen, daß nicht einmal die heftigsten Angriffe auch nur eine Welle erzeugen konnten.

Und sie suchten während dieser Zeit nicht die gegenseitige Gesellschaft. Ihr Interesse aneinander, wie überhaupt an der Umwelt, schrumpfte auf Null. Sie saßen lediglich zu Hause und wurden runder, während um sie herum die Kontroverse tobte. Doch auch diese ließ, entgegen früheren Erwartungen, im Lauf der Monate nach, und neue Skandale erheischten die Aufmerksamkeit der Öffentlichkeit. Aber das Gleichgewicht des Grove hatte bleibenden Schaden davongetragen. Der Bund der Jungfrauen hatte den Ort im Ventura County auf eine Weise bekannt gemacht, wie man es sich niemals gewünscht hatte, die man aber dessen ungeachtet, da nun einmal geschehen, finanziell ausschlachten wollte. Der Grove hatte in diesem Herbst mehr Besucher als seit seiner Gründung zusammengenommen, hauptsächlich von Leuten, die damit prahlen wollten, daß sie *dort* gewesen waren; in Crazyville; der Stadt, wo sich Mädchen auf alles stürzen, das sich bewegte, wenn der Teufel es ihnen befahl. Darüber hinaus fanden weitere Veränderungen in dem Ort statt, die nicht so offensichtlich waren wie volle Bars und Einkaufszentren. Hinter verschlossenen Türen mußte die Jugend von Palomo Grove vehementer um ihre Vorrechte kämpfen, da Eltern, speziell Väter von Töchtern, Freiheiten einschränkten, die zuvor als gegeben betrachtet worden waren. Diese häuslichen Zwistigkeiten zerrütteten einige Familien und entzweiten andere vollkommen. Der Alkoholkonsum stieg entsprechend an; Marvin's Food and Drug machte im Oktober und November ein hervorragendes Geschäft mit harten Spirituosen, und über Weihnachten schnellte die Nachfrage in die Stratosphäre, als Vorkommnisse wie Trunkenheit, Ehebruch, das Verprügeln von Ehefrauen und Exhibitionismus Palomo Grove, zusätzlich zu den üblichen Festivitäten, in ein Sündenparadies verwandelten.

Nachdem die Feiertage und private Scharmützel vorüber waren, beschlossen einige Familie, den Grove ganz zu verlassen, woraufhin eine subtile Neuorganisation des gesellschaftlichen Lebens der Stadt einsetzte, da bislang als erstrebenswert betrachtete Immobilien – zum Beispiel die in den Crescents, jetzt vom Makel der Farrells befleckt – im Wert fielen und von Leuten gekauft wurden, die noch im Sommer zuvor nicht zu träumen gewagt haben würden, daß sie einmal in dieser Gegend leben würden.

So viele Folgen zeitigte ein Kampf in unruhigem Gewässer.

Der Kampf war selbstverständlich nicht unbeobachtet geblieben. Was William Witt in seinem kurzen Leben als Voyeur über Geheimhaltung gelernt hatte, erwies sich im Verlauf der anschließenden Ereignisse als unschätzbar wertvoll. Mehr als einmal war er kurz davor, jemandem zu erzählen, was er am See beobachtet hatte, aber er widerstand der Versuchung, weil er wußte, der kurze Ruhm, der ihm dafür zuteil werden würde, wäre mit anschließendem Argwohn und möglicherweise Bestrafung erkauft. Nicht nur das; die Aussichten standen gut, daß ihm nicht einmal jemand glauben würde. Aber er hielt die Erinnerungen wach, indem er den Ort des Geschehens regelmäßig besuchte. Unmittelbar nach dem Vorfall war er sogar täglich hingegangen, um zu sehen, ob er die Bewohner des Sees vielleicht noch einmal erblicken würde. Aber der Wasserspiegel sank bereits. Er war über Nacht um beinahe ein Drittel gesunken. Nach einer Woche war überhaupt kein Wasser mehr da, und man konnte eine Spalte in der Erde sehen, die offenbar zu den unterirdischen Höhlen unter der Stadt führte.

Er war nicht der einzige Besucher dort. Nachdem Arleen preisgegeben hatte, was sich an jenem Nachmittag dort zugetragen hatte, suchten zahllose Schaulustige nach der Stelle. Die Aufmerksameren fanden sie sofort: Das Wasser hatte das Gras gelb gemacht und mit getrocknetem Schlick überzogen. Einer oder zwei versuchten sogar, in die Höhle vorzudringen, aber die Spalte fiel buchstäblich senkrecht ab und bot keinerlei Halt. Nach ein paar Tagen des Ruhms wurde die Stelle wieder sich selbst und Williams einsamen Besuchen überlassen. Trotz der Angst, die er empfand, verschaffte es ihm eine seltsame Befriedigung, dorthin zu gehen. Er hatte ein Gefühl der Mittäterschaft, ganz zu schweigen von der erotischen Spannung, die er empfand, wenn er dort stand, wo er an jenem Tag gestanden hatte, und sich die nackten Badenden vorstellte.

Das Schicksal der Mädchen interessierte ihn nicht besonders. Er las ab und zu von ihnen, und manchmal hörte er, wie von ihnen gesprochen wurde, aber für William bedeutete aus den Augen auch aus dem Sinn. Es gab Besseres zu beobachten. Da sich der Ort im Aufruhr befand, konnte er jede Menge spionieren: beiläufige Verführung und niederträchtige Sklaverei; Wutausbrüche; Prügel; Abschiedsszenen mit blutigen Nasen. Eines Tages, dachte er, werde ich das alles aufschreiben. Das Buch wird den Titel *Witts Buch* tragen, und wenn es veröffentlicht ist, werden alle wissen, daß ihre Geheimnisse mir gehören.

Wenn er ab und zu doch an die momentane Lage der Mädchen dachte, dann mit Vorliebe an Arleen, weil sie im Krankenhaus war, wo er sie nicht sehen konnte, selbst wenn er es gewollt hätte, und seine Ohnmacht war, wie für jeden Voyeur, ein Ansporn. Sie war krank im Kopf, hatte er gehört, und niemand wußte so richtig den Grund dafür. Sie wollte dauernd, daß Männer zu ihr kamen, sie wollte Babys haben, wie die anderen, und weil sie das nicht konnte, war sie krank. Aber seine Neugier hinsichtlich des Mädchens verschwand völlig, als er jemanden sagen hörte, daß ihre Schönheit dahin war.

»Sie sieht halbtot aus«, hörte er mit. »Tot und unter Drogen.«

Danach war es, als würde Arleen Farrell gar nicht mehr existieren, außer als wunderschöne Vision, die am Ufer eines silbernen

Sees ihre Kleider auszog. Daran, was dieser See aus ihr gemacht hatte, dachte er überhaupt nicht mehr.

Unglücklicherweise konnten die Leiber der restlichen Mitglieder des Quartetts das Erlebnis und seine Folgen, die schon bald zur plärrenden Wirklichkeit wurden, nicht so einfach vergessen. Die zweite Phase der Demütigung von Palomo Grove begann am 2. April, als die erste des Bundes der Jungfrauen niederkam.

Howard Ralph Katz wurde von seiner achtzehnjährigen Mutter Trudi um drei Uhr sechsundvierzig mittels Kaiserschnitt geboren. Er war schwächlich und wog lediglich vier Pfund und sechzig Gramm, als er das Licht des Operationssaals erblickte. Ein Kind, das, darin waren sich alle einig, der Mutter gleichsah, wofür die Großeltern pflichtschuldigst dankbar waren, hatten sie doch keine Ahnung, wer der Vater war. Howard hatte Trudis dunkle, tiefliegende Augen und schon bei der Geburt einen gezwirbelten braunen Haarschopf. Wie seine Mutter, die auch zu früh zur Welt gekommen war, mußte er in den ersten sechs Tagen seines Lebens um jeden Atemzug kämpfen, danach wurde er rasch kräftiger. Am 19. April brachte Trudi ihren Sohn nach Palomo Grove, um ihn in dem Ort großzuziehen, den sie am besten kannte.

Zwei Tage nach der Entbindung von Howard Katz gebar die zweite aus dem Bund der Jungfrauen. Diesmal bekam die Presse mehr als nur die Geburt eines kränklichen Jungen. Joyce McGuire brachte Zwillinge zur Welt, die im Abstand von einer Minute ohne jegliche Komplikationen auf die Welt kamen. Sie nannte sie Jo-Beth und Tommy-Ray, Namen, die sie – obwohl sie das niemals zugegeben haben würde, nicht bis ans Ende ihres Lebens – auswählte, weil die Kinder zwei Väter hatten: einen in Randy Krentzman, einen im See. Drei, wenn sie den Vater im Himmel mitzählte, aber sie fürchtete, daß dieser sie schon längst zugunsten willfährigerer Seelen übergangen hatte.

Eine Woche nach Geburt der McGuire-Zwillinge gebar auch Carolyn Zwillinge, einen Jungen und ein Mädchen, aber der Junge kam tot zur Welt. Das Mädchen, das schwer und kräftig war, bekam den Namen Linda. Mit ihrer Geburt schien die Legende vom Bund der Jungfrauen an ihrem logischen Ende angelangt zu sein. Die Beerdigung von Carolyns anderem Kind zog eine kleine Gruppe Neugieriger an, aber ansonsten ließ man die vier Familien in Ruhe. Sogar zu sehr in Ruhe. Freunde riefen nicht mehr an; Bekannte leugneten, daß sie sie überhaupt gekannt hatten. Die Geschichte vom Bund der Jungfrauen hatte den guten Namen von Palomo Grove beschmutzt, und obwohl der Skandal der Stadt einen Ruf verschafft hatte, herrschte mittlerweile der allgemeine Wunsch vor zu vergessen, daß der Zwischenfall je stattgefunden hatte.

Da die Ablehnung, die sie von allen Seiten spürte, die Familie Katz schmerzlich berührte, trafen sie Vorbereitungen, den Grove zu verlassen und in Alan Katz' Heimatstadt Chicago zurückzukehren. Sie verkauften ihr Haus Ende Juni an einen Auswärtigen, der mit einem Schlag ein gutes Geschäft machte und obendrein ein wertvolles Grundstück und einen Ruf bekam. Zwei Wochen später war die Familie Katz weggezogen.

Diese Entscheidung erwies sich als klug. Hätten sie ihre Abreise nur noch ein paar Tage hinausgezögert, wären sie auch in die letzte Tragödie in der Geschichte des Bundes verwickelt worden. Am Abend des 26. machte die Familie Hotchkiss einen Ausflug und ließ Carolyn mit Tochter Linda zu Hause zurück. Sie blieben länger als erwartet weg, und als sie zurückkamen, war Mitternacht bereits vorbei, also schon der 27. Carolyn hatte den Jahrestag des Schwimmausflugs dadurch gefeiert, daß sie ihre Tochter erstickt und sich dann selbst das Leben genommen hatte. Sie hatte einen Abschiedsbrief hinterlassen, in dem mit derselben grausigen Teilnahmslosigkeit, mit der das Mädchen von dem San-Andreas-Graben gesprochen hatte, zu lesen stand, daß Arleen Farrells Geschichte wahr gewesen war. Sie *waren* schwimmen gegangen, sie *waren* angegriffen worden. Bis zum heutigen Tag wußte sie nicht, von was, aber sie hatte seither die Präsenz in sich selbst und ihrem Kind gespürt, und diese war *böse*. Darum hatte sie Linda erstickt. Und darum würde sie sich jetzt die Pulsadern aufschneiden. *Richtet nicht zu streng über mich*, bat sie. *Ich wollte in meinem ganzen Leben niemandem weh tun.*

Der Brief wurde von den Eltern dahingehend interpretiert, daß die Mädchen tatsächlich von jemandem angegriffen und vergewaltigt worden waren und daß sie die Identität des Täters oder der Täter aus unerfindlichen Gründen geheimgehalten hatten.

Da Carolyn tot, Arleen wahnsinnig und Traudi nach Chicago gezogen war, blieb es Joyce McGuire überlassen, die ganze Wahrheit zu enthüllen, ohne Auslassungen oder Ausschmükkungen, und die Geschichte vom Bund der Jungfrauen zu Grabe zu tragen. Anfangs weigerte sie sich. Sie behauptete, sie könne sich überhaupt nicht erinnern, was an jenem Tag geschehen war. Das traumatische Erlebnis hatte sämtliche Erinnerungen verdrängt.

Aber damit gaben sich weder die Hotchkiss' noch die Farrells zufrieden. Sie übten über Joyce' Vater zunehmenden Druck auf das Mädchen aus. Dick McGuire war kein kräftiger Mann, weder geistig noch körperlich, und seine Kirche erwies sich in dieser Frage als überhaupt nicht hilfreich und stellte sich auf die Seite der Nicht-Mormonen gegen das Mädchen. Die Wahrheit mußte ans Licht kommen.

Um zu verhindern, daß die Verbohrten ihrem Vater noch mehr Leid zufügten, als sie dies schon getan hatten, sprach Joyce schließlich. Es war eine seltsame Szene. Die sechs Eltern und Pastor John, der seelische Führer der Mormonengemeinde im Grove und Umgebung, saßen im Eßzimmer der McGuires und hörten dem blassen, hageren Mädchen zu, das mit beiden Händen nacheinander erst eine und dann die andere Krippe wiegte, um die beiden Kinder schlafen zu legen, von deren Empfängnis sie erzählte.

Zuerst warnte sie die Zuhörer, daß ihnen nicht gefallen würde, was sie zu sagen hatte.

Dann rechtfertigte sie ihre Warnung mit der tatsächlichen Geschichte. Sie erzählte alles von Anfang an: der Spaziergang; der See; das Schwimmen; die Wesenheiten, die im Wasser um ihre Körper gekämpft hatten; ihre Flucht; ihre Leidenschaft für Randy Krentzman – dessen Familie den Grove schon vor Monaten verlassen hatte, wahrscheinlich aufgrund eines stillen Geständnisses seinerseits; der Wunsch, den sie mit den anderen Mädchen teilte, so schnell und sicher wie möglich schwanger zu werden...

»Also ist Randy Krentzman für alles verantwortlich?« fragte Carolyns Vater.

»Der?« sagte sie. »Dazu wäre er nicht fähig gewesen.«

»Wer dann?«

»Du hast versprochen, die ganze Geschichte zu erzählen«, erinnerte der Pastor sie.

»Das werde ich auch«, antwortete sie. »Soweit ich sie weiß. Randy Krentzman war meine Wahl. Wir wissen alle, wie Arleen die Sache angepackt hat. Ich bin sicher, Carolyn hat einen anderen gefunden. Und Trudi auch. Wißt ihr, die Väter waren überhaupt nicht wichtig. Sie waren nur Männer.«

»Willst du damit sagen, daß der Teufel in dir ist, Kind?« fragte der Pastor.

»Nein.«

»Dann in den Kindern?«

»Nein. Nein.« Sie wiegte jetzt beide Wiegen, mit jeder Hand eine. »Jo-Beth und Tommy-Ray sind nicht besessen. Jedenfalls nicht so, wie Sie meinen. Sie sind einfach nicht Randys Kinder. Vielleicht haben sie etwas von seinem guten Aussehen...« Sie gestattete sich ein sanftes Lächeln. »...das würde mir gefallen«, sagte sie. »Weil er so hübsch war. Aber der Geist, der sie gezeugt hat, ist in dem See.«

»Es gibt keinen See«, erwähnte Arleens Vater.

»An jenem Tag gab es einen. Und vielleicht gibt es wieder einen, wenn es stark genug regnet.«

»Nicht, wenn ich es verhindern kann.«

·

Ob er Joyce glaubte oder nicht, Farrell hielt Wort. Er und Hotchkiss brachten rasch genügend Mittel auf, damit sie die Zugänge zu den Höhlen versiegeln lassen konnten. Die meisten Spender unterschrieben nur einen Scheck, damit sie Farrell schnellstmöglich wieder loswurden. Seit seine Prinzessin wahnsinnig geworden war, hatte er die Anziehungskraft einer tickenden Bombe.

Im Oktober, knapp fünfzehn Monate nach dem Schwimmausflug der Mädchen, wurde die Spalte zubetoniert. Sie sollten noch einmal dorthin gehen, aber erst viele Jahre später.

Bis dahin konnten die Kinder von Palomo Grove friedlich spielen.

Dritter Teil

Freie Geister

I

William Witt kaufte im Verlauf der folgenden siebzehn Jahre, während er zum Mann heranwuchs, Hunderte erotischer Magazine und Filme, anfangs per Post, später persönlich in Los Angeles, wohin er einzig zu diesem Zwecke fuhr, und er bevorzugte stets diejenigen, bei denen er noch etwas vom Leben hinter der Kamera mitbekam. Manchmal konnte man den Kameramann – nebst Ausrüstung und allem – in einem Spiegel hinter den Darstellern sehen. Manchmal sah man die Hand eines Technikers oder Aufreizers – jemand, der eingestellt wurde, um die Darsteller in Drehpausen erregt zu halten – am Bildrand, wie die Gliedmaßen eines Liebhabers, der soeben aus dem Bett vertrieben worden war.

Solche offensichtlichen Fehler kamen vergleichsweise selten vor. Wesentlich häufiger – und für William viel verräterischer – waren subtilere Spuren der Wirklichkeit hinter der Szene, die er beobachtete. Manchmal war ein Darsteller, dem eine Vielzahl von Sünden dargeboten wurden, nicht sicher, welche Öffnung er zuerst beglücken sollte, und er sah in die Kamera, um sich Rat zu holen; manchmal wurde hastig ein Bein weggezogen, weil der Allmächtige hinter der Kamera brüllte, daß es die wesentlichen Ereignisse verdeckte.

Bei solchen Gelegenheiten, wenn die Fiktion, die ihn erregte – und die eigentlich nicht ganz Fiktion war, denn hart war hart und ließ sich nicht vortäuschen –, bloßgestellt wurde, dachte William, daß er Palomo Grove besser verstand. Etwas existierte hinter dem Leben des Ortes und dirigierte die täglichen Belange so selbstlos, daß niemand außer ihm wußte, daß es überhaupt da war. Und selbst er konnte es vergessen. Monate konnten vergehen, und er ging seinen Geschäften nach – er war Makler –, ohne an die verborgene Hand zu denken. Und dann *sah* er etwas, wie in den Pornos. Vielleicht einen Gesichtsausdruck eines der älteren Einwohner oder einen Riß im Straßenbelag oder Wasser, das von einem überschwemmten Rasen den Hügel herunterfloß. Das alles reichte aus, ihn an den See und an den Bund zu erinnern, und er wußte, diese Stadt war nicht mehr als eine Fiktion – eigentlich nicht ganz Fiktion, denn Fleisch war Fleisch und ließ sich nicht vortäuschen – und er ein Darsteller in ihrer seltsamen Geschichte.

Diese Geschichte war ohne dramatische Vorfälle wie den mit dem Bund der Jungfrauen in den Jahren seit Abschottung der Höhlen weitergegangen. Obwohl der Grove eine ausgezeichnete Stadt war, gedieh der Ort, und Witt mit ihm. Da Los Angeles an Größe und Wohlstand wuchs, wurden die Städtchen in Simi Valley, darunter auch der Grove, zu Schlafstätten der Großstadt. Ende der siebziger Jahre stiegen die Grundstückspreise des Ortes schwindelerregend an, etwa zu der Zeit, als William in das Geschäft einstieg. Sie stiegen erneut, besonders in Windbluff, als mehrere weniger bedeutende Stars beschlossen, ein Haus am Hill zu kaufen, was dem Ambiente einen bis dato unbekannten Reiz verschaffte. Das größte Haus, eine palastähnliche Residenz mit herrlicher Aussicht über die Stadt und das Tal dahinter, kaufte der Komiker Buddy Vance, der zu der Zeit die Sendung mit der höchsten Einschaltquote aller Sender hatte. Etwas weiter unten ließ der Cowboy-Darsteller Raymond Cobb ein Haus abreißen und eine geräumige Ranch mit Pool in Form eines Sheriffsterns bauen. Zwischen dem Haus von Vance und dem von Cobb lag ein fast völlig von Bäumen verborgenes Gebäude, in dem der Stummfilmstar Helena Davis wohnte – die zu ihrer Zeit die Schauspielerin Hollywoods war, über die man am meisten getratscht hatte. Sie war jetzt Ende Siebzig und lebte völlig zurückgezogen, was immer wieder zu wilden Gerüchten im Grove führte, wenn ein junger Mann auftauchte – immer einen Meter achtzig groß, immer blond – und verkündete, daß er ein Freund von Miß Davis war. Ihre Anwesenheit brachte dem Haus seinen Spitznamen ein: Sündenpfuhl.

Es wurden auch andere Dinge von Los Angeles importiert. Im Einkaufszentrum machte ein Gymnastikstudio auf, das bald überfüllt war. Chinesische Restaurants kamen in Mode, was dazu führte, daß zwei eröffneten, die beide so gut besucht waren, daß sie den Konkurrenzkampf überlebten. Kunstgeschäfte machten auf, die Art Deco, amerikanische Naive und simplen Kitsch feilboten. Die Nachfrage nach Verkaufsräumen war so groß, daß das Einkaufszentrum einen zweiten Stock anbaute. Geschäfte, die sich früher nie im Grove hätten halten können, wurden plötzlich unentbehrlich. Zubehör für Swimmingpools, Maniküre- und Bräunungsstudios, eine Karateschule.

Ab und zu kam es vor, daß ein Neuankömmling, der auf eine Pediküre wartete, oder jemand in der Zoohandlung, während sich die Kinder zwischen drei verschiedenen Chinchillaarten entscheiden mußten, Gerüchte über die Stadt erwähnte, die er gehört hatte. War hier nicht einmal vor Jahren etwas vorgefallen? War ein alteingesessener Anwohner in der Nähe, so wurde die Unterhaltung rasch in weniger verfängliche Bereiche gelenkt. Obwohl in den dazwischenliegenden Jahren eine neue Generation herangewachsen war, herrschte unter den Ureinwohnern, wie sie sich selbst gerne nannten, immer noch die Meinung vor, daß man den Bund der Jungfrauen besser vergaß.

Aber es gab Menschen in der Stadt, die ihn nie vergessen konnten. William war selbstverständlich einer von ihnen. Das Leben der anderen verfolgte er immer noch. Joyce McGuire, eine stille, sehr religiöse Frau, die Tommy-Ray und Jo-Beth ohne Vater großgezogen hatte. Ihre Eltern waren ein paar Jahre vorher nach Florida gezogen und hatten das Haus ihrer Tochter und den Enkelkindern überlassen. Sie blieb praktisch unsichtbar hinter seinen Mauern. Hotchkiss, dessen Frau ihn wegen eines Anwalts aus San Diego verlassen hatte, der siebzehn Jahre älter als er selbst war, hatte nie verwunden, daß sie ihn verlassen hatte. Die Familie Farrell, die aus der Stadt weggezogen war, nach Thousand Oaks, um festzustellen, daß ihr ihr Ruf vorausgeeilt war. Sie waren schließlich nach Louisiana gezogen und hatten Arleen mitgenommen. Diese hatte sich nie wieder richtig erholt. William hatte gehört, es wäre eine gute Woche, wenn sie mehr als zehn Worte aneinanderreihen konnte. Jocelyn Farrell, ihre jüngere Schwester, hatte geheiratet und war nach Blue Spruce zurückgekehrt. Er sah sie ab und zu, wenn sie Freunde in der Stadt besuchen kam.

Die Familien waren Teil der Geschichte von Palomo Grove; und obwohl William allen freundlich zunickte, wenn er ihnen begegnete – den McGuires, Jim Hotchkiss, sogar Jocelyn Farrell –, wurde doch nie ein Wort zwischen ihnen gewechselt.

Was auch nicht nötig war. Sie wußten alle, was sie wußten.

Und weil sie es wußten, lebten sie in ständiger Erwartung.

II

1

Der junge Mann war praktisch monochrom, das schulterlange, im Nacken wellige Haar schwarz, die Augen hinter der dunklen Brille dunkel, die Haut so weiß, daß er schwerlich Kalifornier sein konnte. Die Zähne waren noch weißer, aber er lächelte selten. Redete, nebenbei, auch nicht viel. Er stotterte in Gesellschaft anderer.

Sogar das Pontiac Kabrio, das er vor dem Einkaufszentrum parkte, war weiß, aber Salz und Schnee von einem Dutzend Wintern in Chicago hatten die Karosserie rostig werden lassen. Es hatte ihn quer durch das Land gebracht, aber unterwegs war es ein paarmal dicht dran gewesen, den Geist aufzugeben. Der Zeitpunkt rückte näher, da er es auf die Felder führen und ihm den Gnadenschuß geben mußte. Falls die Einwohner derweil einen Beweis dafür brauchten, daß sich ein Fremder in der Stadt aufhielt, mußten sie nur die Reihe der Automobile entlang sehen.

Oder ihn ansehen. Er kam sich in seiner Cordhose und der zerschlissenen Jacke – zu lange Ärmel, zu eng über der Brust, wie jede Jacke, die er jemals gekauft hatte – hoffnungslos fehl am Platze vor. Dies war eine Stadt, wo sie den Wert eines Menschen nach dem Firmenaufdruck auf seinen Turnschuhen einschätzten. Er hatte keine Turnschuhe an; er trug schwarze Schnürschuhe, die er tagein, tagaus anhatte, bis sie auseinanderfielen, und dann kaufte er sich ein identisches Paar. Fehl am Platze oder nicht, er war aus gutem Grund hier, und je schneller er sich daranmachte, desto besser würde er sich fühlen. Zuerst mußte er sich orientieren. Er wählte einen Joghurtladen, weil das der am wenigsten besuchte in der Straße war, und ging hinein. Er wurde von der anderen Seite des Tresens so herzlich begrüßt, daß er fast dachte, er wäre erkannt worden.

»Hi! Kann ich Ihnen helfen?«

»Ich... bin fremd hier«, sagte er. Dumme Bemerkung, dachte er. »Ich meine, kann ich hier... kann ich hier irgendwo eine Karte kaufen?«

»Sie meinen von Kalifornien?«

»Nein. Palomo Grove«, sagte er mit bemüht kurzen Sätzen. So stammelte er nicht gar so sehr.

Das Grinsen auf der anderen Seite des Tresens wurde breiter.

»Da brauchen Sie keine Karte«, lautete die Antwort. »So groß ist die Stadt nicht.«

»O. K. Wie ist es mit einem Hotel?«

»Klar. Kein Problem. Es gibt eins ganz in der Nähe. Oder ein neues, in Stillbrook Village.«

»Welches ist das billigste?«

»Das Terrace. Zwei Minuten Fahrt von hier, hinten um das Einkaufszentrum herum.«

»Klingt gut.«

Das Lächeln, das er als Antwort bekam, sagte: *Alles* hier ist gut. Er hätte es beinahe auch glauben können. Die polierten Autos glänzten auf dem Parkplatz; die Hinweisschilder zum hinteren Teil des Einkaufskomplexes glänzten; die Motelfassade – mit einem Schild versehen, Willkommen in Palomo Grove, dem blühenden Hafen – war so bunt bemalt wie ein Zeichentrickfilm am Samstagvormittag. Als er das Zimmer hatte, war er froh, daß er die Jalousie herunterziehen, den Tag fernhalten und ein wenig herumlungern konnte.

Der letzte Abschnitt der Fahrt hatte ihn erschöpft, daher beschloß er, sein System mit ein paar Übungen und einer Dusche wieder auf Vordermann zu bringen. Die Maschine, wie er seinen Körper nannte, war zu lange im Fahrersitz gewesen; sie brauchte eine Überarbeitung. Er wärmte sich mit zehn Minuten Schattenboxen auf, einer Kombination aus Tritten und Schlägen, gefolgt von seinem Lieblingscocktail spezieller Kicks: Axt, Sichelsprung, Sprunghaken und Sprung mit seitlichen Kicks. Wie üblich heizte das Aufwärmen der Muskeln auch seinen Verstand an. Als er bei seinen Kniebeugen und Klappmessern angelangt war, fühlte er sich bereit, es mit halb Palomo Grove aufzunehmen, um eine Antwort auf die Frage zu erhalten, deretwegen er hierhergekommen war.

Die lautete: Wer ist Howard Katz? *Ich* war als Antwort nicht ausreichend. *Ich,* das war nur die Maschine. Er brauchte mehr Informationen.

Wendy hatte diese Frage während der langen nächtlichen Unterhaltung gestellt, die schließlich dazu führte, daß sie ihn verlassen hatte.

»Ich mag dich, Howie«, sagte sie. »Aber ich kann dich nicht lieben. Und weißt du, warum? Weil ich dich nicht kenne.«

»Weißt du, was ich bin?« hatte Howie geantwortet. »Ein Mann mit einem Loch in der Mitte.«

»Ein unheimlicher Ausdruck.«

»Ein unheimliches Gefühl.«

Unheimlich, aber wahr. Wo andere sich ihrer Identität als Menschen bewußt waren – Ambitionen, Meinungen, Religion hatten –, hatte er nur diese bemitleidenswerte Unschärfe. Wer ihn kannte – Wendy, Richie, Lem –, hatte Geduld mit ihm. Sie hörten sich trotz Stammeln und Stottern an, was er zu sagen hatte, und schienen Wert auf seine Meinung zu legen. (Du bist mein heiliger Narr, hatte Lem einmal zu Howie gesagt; eine Bemerkung, über die Howie heute noch nachdachte.) Aber für den Rest der Welt war er der Tölpel Katz. Sie hänselten ihn nicht offen – er war so durchtrainiert, daß es nicht einmal Schwergewichte im Zweikampf gegen ihn aufnehmen konnten –, aber er wußte, was sie hinter seinem Rücken sagten, und das lief immer auf dasselbe hinaus: Katz hatte eine Schraube locker.

Daß Wendy ihn schließlich auch im Stich gelassen hatte, konnte er nicht mehr ertragen. Er war so verletzt gewesen, daß er sich nicht herausgetraut hatte, und hatte fast eine Woche lang über das Gespräch nachgedacht. Plötzlich war ihm die Lösung klargeworden. Wenn es einen Ort auf der Welt gab, wo er das Wie und Warum seiner Existenz ergründen konnte, dann sicher die Stadt, in der er geboren wurde.

Er hob die Jalousie und sah ins Licht hinaus. Es war perlmuttfarben; die Luft roch mild. Er konnte sich nicht vorstellen, warum seine Mutter dieses herrliche Fleckchen verlassen hatte und statt dessen die bitterkalten Winter und sengenden Sommer in Chicago erduldete. Und nach ihrem Tod – ganz unerwartet, im Schlaf –, würde er das Geheimnis alleine ergründen müssen; und wenn er es ergründete, würde er vielleicht das Loch ausfüllen, das die Maschine quälte.

Gerade als sie vor der Tür stand, rief Mama oben aus ihrem Zimmer herunter – ein Zeitpunkt, der so perfekt war wie immer.

»Jo-Beth? Bist du da? Jo-Beth?«

Immer derselbe erschöpfte Tonfall, der zu warnen schien: Hab mich lieb, weil ich morgen vielleicht nicht mehr da bin. Vielleicht schon in der nächsten Stunde nicht mehr.

»Liebes, bist du noch da?«

»Das weißt du doch, Mama.«

»Kann ich mit dir reden?«

»Ich komme zu spät zur Arbeit.«

»Nur eine Minute. Bitte. Was ist schon eine Minute?«

»Ich komme. Reg dich nicht auf. Ich komme ja.«

Jo-Beth ging nach oben. Wie oft am Tag legte sie diesen Weg zurück? Ihr Leben wurde in Stufen gezählt, die sie hinauf und hinab, hinauf und hinab ging.

»Was ist denn, Mama?«

Joyce McGuire lag in ihrer üblichen Haltung: auf dem Sofa neben dem offenen Fenster, mit einem Kissen unter dem Kopf. Sie sah nicht krank aus; war es aber fast immer. Die Spezialisten kamen, untersuchten sie, verlangten ihr Honorar und gingen achselzuckend wieder. Keine körperlichen Leiden, sagten sie. Gesundes Herz, gesunde Lungen, gesunde Wirbelsäule. Zwischen den Ohren war sie krank. Aber das wollte Mama nicht hören. Mama hatte einmal ein Mädchen gekannt, das wahnsinnig geworden und in ein Krankenhaus gebracht worden war, aus dem sie nie wieder herauskam. Deshalb hatte sie vor dem Wahnsinn mehr Angst als vor allem anderen. Sie duldete nicht, daß das Wort in ihrem Haus auch nur ausgesprochen wurde.

»Sagst du dem Pastor, daß er mich anrufen soll?« sagte Joyce. »Vielleicht kommt er heute abend her.«

»Es ist ein sehr beschäftigter Mann, Mama.«

»Für mich ist er nicht zu beschäftigt«, sagte Joyce. Sie war neununddreißig Jahre alt, benahm sich aber wie eine doppelt so alte Frau. Sie hob den Kopf stets langsam vom Kissen, als wäre jeder Zentimeter ein Triumph für die Schwerkraft; ihre Hände und Lider zitterten; in ihrer Stimme schwang ein ständiges Seufzen mit. Sie hatte sich selbst die Rolle einer Bilderbuch-Schwindsüchtigen zugedacht, und davon ließ sie sich durch bloße medizinische Gutachten nicht abbringen. Sie kleidete sich, dieser Rolle entsprechend, in Krankenzimmer-Pastellfarben; sie ließ ihr Haar, das brünett war, lang wachsen und nicht modisch frisieren oder hochstecken. Sie legte kein Make-up auf, was den Eindruck einer Frau, die am Rand des Abgrunds wankt, weiter betonte. Alles in allem war Jo-Beth froh, daß Mama sich nicht mehr in der Öffentlichkeit sehen ließ. Die Leute würden reden. Aber dafür war sie hier, im Haus, und rief ihre Tochter die Treppe hinauf und hinunter, hinauf und hinunter.

Wenn Jo-Beths Zorn, so wie jetzt, das Ausmaß erreichte, daß sie schreien mochte, dann vergegenwärtigte sie sich, daß Mama ihre Gründe für diese Zurückgezogenheit hatte. Das Leben als ledige Mutter, die ihr Kind in einer so kritischen Gemeinde wie dem Grove alleine großzog, war nicht leicht gewesen. Ihr Zustand war die Folge von Bevormundung und Demütigungen.

»Ich sage Pastor John, daß er dich anrufen soll«, sagte Jo-Beth. »Hör zu, Mama, ich muß gehen.«

»Ich weiß, Liebes, ich weiß.«

Jo-Beth drehte sich zur Tür um, aber Joyce rief ihr nach.

»Kein Kuß?« sagte sie.

»Mama...«

»Du küßt mich sonst immer.«

Jo-Beth ging pflichtschuldig zum Fenster zurück und küßte ihre Mutter auf die Wange.

»Gib auf dich acht«, sagte Joyce.

»Mir geht es gut.«

»Es gefällt mir nicht, wenn du so spät arbeitest.«

»Hier ist nicht New York, Mama.«

Joyce sah zum Fenster, durch das sie die Welt beobachtete.

»Einerlei«, sagte sie mit düsterer Stimme. »Man ist nirgends sicher.«

Das waren altbekannte Worte. Jo-Beth hatte sie in der einen oder anderen Version seit ihrer Kindheit gehört. Die Welt war ein Teil des Todes, das von Gesichtern heimgesucht wurde, die zu unaussprechlichem Bösen fähig waren. Das war der hauptsächliche Trost, den Pastor John Mama gab. Sie waren sich darin einig, daß der Teufel auf der Welt war; in Palomo Grove.

»Wir sehen uns morgen früh«, sagte Jo-Beth.

»Ich hab' dich lieb, Kleines.«

»Ich dich auch, Mama.«

Jo-Beth machte die Tür auf und ging nach unten.

»Schläft sie?«

Tommy-Ray stand unten an der Treppe.

»Nein.«

»Verdammt.«

»Du sollstest reingehen und nach ihr sehen.«

»Das weiß ich. Aber sie wird mir wegen Mittwoch die Hölle heiß machen.«

»Du warst betrunken«, sagte sie. »Schnaps, das hat sie mehrmals gesagt. Stimmt das?«

»Was glaubst du denn? Wenn wir wie normale Kinder aufgezogen worden wären, mit Alkohol im Haus, wäre es mir nicht so sehr zu Kopf gestiegen.«

»Also ist es ihre Schuld, daß du betrunken warst?«

»*Du* mußt auch noch auf mir herumhacken, was? Scheiße, jeder hackt auf mir herum.«

Jo-Beth lächelte und legte ihrem Bruder die Arme um die Schultern. »Nein, Tommy, ganz und gar nicht. Alle denken, daß du toll bist, das weißt du doch.«

»Du auch?«

»Ich auch.«

Sie küßte ihn sachte, dann ging sie zum Spiegel und überprüfte ihr Äußeres.

»Bildschön«, sagte er und trat neben sie. »Wir beide.«

»Dein Ego«, sagte sie, »wird immer schlimmer.«

»Darum liebst du mich ja«, sagte er und betrachtete ihre beiden Spiegelbilder. »Werde ich dir immer ähnlicher, oder du mir?«

»Keins von beidem.«

»Schon mal zwei Gesichter gesehen, die sich ähnlicher sind?«

Sie lächelte. Sie hatten wirklich eine außergewöhnliche Ähnlichkeit. Tommy-Rays zierlicher Körperbau paßte zu ihrer Zerbrechlichkeit. Sie mochte nichts lieber, als Hand in Hand mit ihrem Bruder spazierenzugehen, weil sie wußte, sie hatte einen Begleiter neben sich, wie ihn sich kein Mädchen attraktiver wünschen konnte, und sie wußte, daß er ebenso empfand. Sogar die erzwungenen Schönheiten des Venice Strandwegs drehten die Köpfe nach ihnen um.

Aber in den vergangenen Monaten waren sie nicht zusammen ausgegangen. Sie hatte Spätschicht im Steak House gehabt, er war mit seinen Kumpels am Strand gewesen: Sean, Andy und der Rest. Der Kontakt fehlte ihr.

»Hast du dich in den vergangenen Tagen manchmal seltsam gefühlt?« fragte er plötzlich unvermittelt.

»Inwiefern seltsam?«

»Ich weiß nicht. Wahrscheinlich liegt es nur an mir. Ich fühle mich, als würde alles dem Ende entgegengehen.«

»Der Sommer steht vor der Tür. Alles fängt erst an.«

»Ja, ich weiß... aber Andy ist aufs College. Sean hat eine Freundin in L. A., die er eifersüchtig hütet. Ich weiß nicht. Ich muß hier warten, aber ich habe keine Ahnung, worauf.«

»Dann mach es eben nicht!«

»Was?«

»Warten. Fahr irgendwohin.«

»Das würde ich gerne. Aber...« Er studierte ihr Gesicht im Spiegel. »Stimmt es? Du fühlst dich nicht... seltsam?«

Sie erwiderte seinen Blick, war aber nicht sicher, ob sie zugeben wollte, daß sie merkwürdige Träume hatte, in denen sie von der Flut fortgespült wurde und ihr ganzes Leben ihr vom Ufer zuwinkte. Aber wenn sie sich nicht Tommy anvertraute, den sie liebte und dem sie mehr als jedem anderen Wesen vertraute, wem dann?

»O. K. Ich gebe es zu«, sagte sie. »Ich spüre etwas.«

»Was?«

Sie zuckte die Achseln. »Ich weiß nicht. Vielleicht warte ich auch.«

»Weißt du, worauf?«

»Nee.«

»Ich auch nicht.«

»Sind wir nicht ein *tolles* Paar?«

Sie dachte über die Unterhaltung mit Tommy nach, während sie zum Einkaufszentrum fuhr. Er hatte, wie immer, ihre gemeinsamen Empfindungen in Worte gefaßt. Die vergangenen paar Wochen waren mit Erwartung aufgeladen gewesen. Bald würde etwas geschehen. Ihre Träume wußten das. Ihr Innerstes wußte es. Sie hoffte, daß es sich nicht verspätete, denn sie stand kurz vor dem Punkt, an dem sie die Geduld verlieren würde – mit Mama, dem Grove, ihrem Job im Steak House. Es war ein Wettlauf zwischen der Zündschnur ihrer Selbstbeherrschung und dem Etwas am Horizont. Wenn es bis zum Sommer nicht eingetroffen war – was immer es war, und wie unwahrscheinlich auch immer –, würde sie sich aufmachen und danach suchen.

2

Howie fiel auf, daß in dieser Stadt kaum jemand zu Fuß zu gehen schien. Während seines dreiviertelstündigen Spaziergangs den Hügel hinauf und hinunter war er nur fünf Fußgängern begegnet, und alle hatten Hunde oder Kinder im Schlepptau gehabt, um ihren Müßiggang zu rechtfertigen. So kurz sein Ausflug war, er führte ihn doch zu einem schönen Aussichtspunkt, wo er sich ein Bild von der Anlage der Stadt machen konnte. Und er machte ihn hungrig.

Fleisch für den Desperado, dachte er und entschied sich von allen Restaurants im Einkaufszentrum für Butrick's Steak House. Es war nicht groß und kaum mehr als halb voll. Er setzte sich an einen Tisch am Fenster, schlug eine zerlesene Ausgabe von Hesses *Siddharta* auf und setzte seinen Kampf mit dem Text fort, einer deutschen Originalausgabe. Das Buch hatte seiner Mutter gehört, die es viele Male gelesen hatte – obwohl er sich nicht erinnern konnte, daß sie jemals ein Wort in der Sprache ausgesprochen hatte, die sie offenbar fließend beherrschte. Er nicht. Das Buch zu lesen war wie ein inneres Stottern; er suchte nach dem Sinn, fand ihn und verlor ihn gleich wieder.

»Etwas zu trinken?« fragte ihn die Kellnerin.

Er wollte gerade ›Coke‹ sagen, als sich sein ganzes Leben änderte.

Jo-Beth trat über die Schwelle von Butrick's, wie sie es die letzten sieben Monate über drei Abende pro Woche getan hatte, aber heute war es, als wäre das alles lediglich eine Probe für das heutige Eintreten gewesen; das Umdrehen; den Augenkontakt mit dem jungen Mann, der an Tisch fünf saß. Sie studierte ihn mit einem einzigen Blick. Sein Mund war halb offen. Er trug eine Nickelbrille. Er hatte ein Buch in der Hand. Den Namen des jungen Mannes wußte sie nicht, *konnte* sie nicht wissen. Sie hatte ihn vorher noch nie gesehen. Und doch sah er sie mit demselben Ausdruck des Wiedererkennens an, den sie, wie sie wußte, ebenfalls zur Schau stellte. Dieses Gesicht zu sehen, dachte er, war, als würde er neu geboren werden. Als käme er von einem sicheren Ort in ein atemberaubendes Abenteuer. Es gab nichts Schöneres auf der Welt als die sanfte Rundung ihrer Lippen, als sie ihm zulächelte.

Und sie lächelte wie bei einem perfekten Flirt. Hör auf, sagte sie zu sich, sieh weg! Er wird denken, daß du den Verstand verloren hast, ihn so anzustarren. Aber er starrt dich ja auch an, oder nicht?

Ich sehe sie an, so lange *sie mich* ansieht.

...so lange er mich ansieht...

»Jo-Beth!«

Der Ruf kam aus der Küche. Sie blinzelte.

»Sagten Sie Coke?« fragte ihn die Kellnerin.

Jo-Beth sah zur Küche – Murray rief nach ihr, sie mußte gehen –, dann wieder zu dem Jungen mit dem Buch. Er sah sie immer noch starr an.

»Ja«, sah sie ihn sagen.

Sie wußte, das Wort war für sie. *Ja, geh,* sagte er. *Ich werde auf dich warten.*

Sie nickte und ging.

Die ganze Begegnung hatte vielleicht fünf Sekunden gedauert, aber sie zitterten beide.

In der Küche spielte Murray wie üblich den Märtyrer.

»Wo bist du gewesen?«

»Zwei Minuten zu spät, Murray.«

»Ich sage zehn. In der Ecke sitzen drei Personen. Das ist dein Tisch.«

»Ich ziehe die Schürze an.«

»Beeil dich.«

Howie beobachtete die Küchentür, bis sie wieder herauskam; *Siddhartha* hatte er vergessen. Als sie herauskam, sah sie nicht in seine Richtung, sondern ging zu einem Tisch am anderen Ende des Restaurants. Es kümmerte ihn nicht, daß sie nicht hersah. Dieser erste Blickwechsel hatte ein gegenseitiges Verstehen ausgelöst. Er würde die ganze Nacht warten, wenn es sein mußte, und den ganzen morgigen Tag über, falls erforderlich, bis sie mit ihrer Arbeit fertig war und ihn wieder ansah.

In der Dunkelheit unter Palomo Grove hielten die Erzeuger dieser Kinder einander immer noch fest, wie immer, seit sie zur Erde gestürzt waren, weil keiner bereit war, die Freiheit des anderen zu riskieren. Selbst als sie aufgestiegen waren, um die Badenden zu berühren, hatten sie es gemeinsam getan, wie an der Hüfte zusammengewachsene Zwillinge. Fletcher hatte die Absichten des Jaff an jenem Tag nur schwerfällig begriffen. Er hatte gedacht, der Mann wollte seine verderbten *Terata* aus den Mädchen ziehen. Aber seine Böswilligkeit war ambitionierter gewesen. Er hatte die Zeugung von Kindern im Sinn, und Fletcher hatte, so verabscheuenswert es war, dasselbe tun müssen. Er war nicht stolz auf seinen Überfall. Und als sie Nachrichten von den Folgen ihres Tuns erhalten hatten, hatte er sich noch mehr geschämt. Einmal hatte er mit Raul am Fenster gesessen und hatte davon geträumt, Himmel zu sein. Statt dessen hatte sein Krieg mit dem Jaff ihn gezwungen, Unschuldige zu verderben, deren Zukunft er mit einer einzigen Berührung zunichte gemacht hatte. Der Jaff fand nicht wenig Freude an Fletchers Gewissensbissen. In den Jahren, die sie in Dunkelheit verbrachten, hatte Fletcher häufig gespürt, wie sich die Gedanken seines Gegners den Kindern zuwandten, die sie gemacht hatten, und er hatte sich gefragt, welches von ihnen als erstes kommen würde, um seinen wirklichen Vater zu retten.

Zeit war nicht mehr dasselbe für sie wie vor dem Nuncio. Sie hatten keinen Hunger und brauchten keinen Schlaf. Sie waren vereint wie Liebende und warteten im Fels. Manchmal konnten sie Stimmen von oben hören, die durch Durchgänge hallten, welche aufgrund von subtilen, aber stetigen Bewegungen in der Erde entstanden. Aber diese Bruchstücke boten keinerlei Informationen, wie es um ihre Kinder stand, mit denen sie bestenfalls schwachen geistigen Kontakt hatten. Jedenfalls war das bisher so gewesen.

Heute nacht waren ihre Nachkommen einander begegnet, und plötzlich war der Kontakt klar, als hätten ihre Kinder etwas von ihrer eigenen Natur begriffen, als sie ihre perfekten Gegenstücke sahen, und ihren Geist unwissentlich ihren Schöpfern geöffnet. Fletcher geriet in den Kopf eines Jungens, der sich Howard nannte, der Sohn von Trudi Katz. Er sah durch die Augen des Jungen das Kind des Gegners, so wie der Jaff Howie durch die Augen seiner Tochter sehen konnte.

Dies war der Augenblick, auf den sie gewartet hatten. Der Krieg, den sie über halb Amerika hinweg geführt hatten, hatte sie beide erschöpft. Aber jetzt waren ihre Kinder auf der Welt, um an ihrer Stelle zu kämpfen; um den Krieg zu beenden, der seit zwei Jahrzehnten unentschieden war. Diesesmal würde der Kampf bis zum Tod gehen.

Hatten sie gedacht. Jetzt verspürten Fletcher und der Jaff zum erstenmal in ihrem Leben denselben Schmerz – gleich einem einzigen Dorn, der durch ihre beiden Seelen getrieben wurde.

»Das war kein Krieg, verdammt. Das hatte überhaupt nichts mit Krieg zu tun.

»Keinen Hunger mehr?« wollte die Kellnerin wissen.

»Muß wohl so sein«, antwortete Howie.

»Soll ich abräumen?«
»Ja.«
»Noch einen Kaffee? Dessert?«
»Eine Cola.«
»Eine Cola.«
Jo-Beth war in der Küche, als Beverly mit dem Teller hereinkam.
»Gutes Steak verschwendet«, sagte Beverly.
»Wie heißt er?« wollte Jo-Beth wissen.
»Bin ich eine Auskunftei? Ich habe ihn nicht gefragt.«
»Geh ihn fragen.«
»Frag du doch. Er will noch eine Cola.«
»Danke. Kümmerst du dich um meinen Tisch?«
»Nenn mich Amor.«
Es war Jo-Beth gelungen, sich eine halbe Stunde auf ihre Arbeit zu konzentrieren und den Jungen nicht anzusehen: genug war genug. Sie schenkte eine Cola ein und trug sie hinaus. Zu ihrem Entsetzen war der Tisch verlassen. Sie hätte das Glas beinahe fallen lassen; beim Anblick des leeren Stuhls wurde ihr körperlich übel. Dann sah sie aus dem Augenwinkel, wie er aus der Toilette kam und wieder zu seinem Tisch ging. Er sah sie und lächelte. Sie ging zu dem Tisch und mißachtete unterwegs zwei Rufe nach ihr. Sie wußte bereits, welche Frage sie zuerst stellen würde: Sie ging ihr von Anfang an im Kopf herum. Aber er kam ihr mit demselben Anliegen zuvor.
»Kennen wir uns?«
Und sie kannte die Antwort natürlich.
»Nein«, sagte sie.
»Nur, wenn du... du... du...« Er stolperte über das Wort, seine Kiefermuskeln arbeiteten, als würde er Kaugummi kauen. »...du...« wiederholte er ständig, »...du...«
»Ich habe dasselbe gedacht«, sagte sie und hoffte, es würde ihn nicht beleidigen, daß sie seinen Gedanken zu Ende führte. Anscheinend nicht. Er lächelte ihr zu, sein Gesicht wurde entspannter.
»Seltsam«, sagte sie. »Du bist nicht aus dem Grove, oder?«
»Nein. Chicago.«

»Ein weiter Weg.«
»Aber ich kam hier zur Welt.«
»Wirklich?«
»Ich heiße Howard Katz. Howie.«
»Ich bin Jo-Beth...«
»Wann hast du hier Feierabend?«
»Gegen elf. Gut, daß du heute hergekommen bist. Ich arbeite nur montags, mittwochs und freitags hier.«
»Wir hätten einander gefunden«, sagte er so überzeugt, daß ihr zum Weinen zumute war.
»Ich muß wieder arbeiten«, sagte sie zu ihm.
»Ich warte«, antwortete er.

Zehn nach elf verließen sie Butrick's gemeinsam. Die Nacht war warm, aber nicht angenehm, luftig warm, sondern schwül.
»Warum bist du in den Grove gekommen?« fragte sie ihn, während sie zum Auto gingen.
»Um dich kennenzulernen.«
Sie lachte.
»Warum nicht?« sagte er.
»Also gut. Und warum bist du weggegangen?«
»Meine Mutter zog nach Chicago, als ich erst ein paar Wochen alt war. Sie hat kaum von der alten Heimatstadt gesprochen. Und wenn, dann so, als würde sie von der Hölle sprechen. Ich schätze, ich wollte mich selbst überzeugen. Vielleicht, um sie und mich ein wenig besser zu verstehen.«
»Ist sie noch in Chicago?«
»Sie ist tot. Vor zwei Jahren gestorben.«
»Wie traurig. Und was ist mit deinem Vater?«
»Ich habe keinen. Nun... ich meine... ist... ist...« Er fing an zu stottern, kämpfte dagegen und siegte. »Ich habe ihn nie kennengelernt«, sagte er.
»Es wird immer unheimlicher.«
»Warum?«
»Bei mir ist es genauso. Ich weiß auch nicht, wer mein Vater ist.«
»Ist auch nicht so wichtig, oder?«

»Früher schon. Heute nicht mehr so sehr. Weißt du, ich habe einen Zwillingsbruder. Tommy-Ray. Er war immer für mich da. Du mußt Tommy-Ray kennenlernen. Wirst ihn mögen. Wie alle.«

»Wie dich. Ich wette, alle… alle… alle mögen dich auch.«

»Das heißt?«

»Du bist wunderschön. Ich werde Konkurrenz von der Hälfte aller Jungs im Ventura County haben, nicht?«

»Nee.«

»Das glaube ich dir nicht.«

»Oh, sie betrachten die Auslage. Fassen aber nichts an.«

»Ich auch?«

Sie blieb stehen. »Ich kenne dich nicht, Howie. Oder besser, ich kenne dich, und doch auch wieder nicht. Als ich dich im Steak House gesehen habe, habe ich dich von irgendwoher gekannt. Nur war ich nie in Chicago, und du warst nicht mehr im Grove seit…« Sie runzelte plötzlich die Stirn. »Wie alt bist du?« sagte sie.

»Vergangenen April achtzehn.«

Sie runzelte die Stirn noch mehr.

»Was?« sagte er.

»Ich auch.«

»Hm?«

»Vergangenen April achtzehn. Am vierzehnten.«

»Ich am zweiten.«

»Das ist alles reichlich seltsam, findest du nicht? Ich dachte, daß ich dich kenne. Und du auch.«

»Das macht dich nervös.«

»Sieht man mir das an?«

»Ja. Ich habe… habe noch nie ein Gesicht gesehen, das so… offen war. Ich möchte es gern küssen.«

Im Fels wanden sich die Geister. Jedes verführerische Wort, das sie gehört hatten, war ein Messerstich gewesen. Aber sie hatten nicht die Macht, die Unterhaltung zu verhindern. Sie konnten nur in den Köpfen ihrer Kinder sitzen und zuhören.

»Küß mich«, sagte sie.

Sie erschauerten.

Howie legte eine Hand auf ihr Gesicht.

Sie erschauerten, bis der Boden um sie herum bebte.

Sie kam einen halben Schritt auf ihn zu und preßte die lächelnden Lippen auf seine.

Bis sich Risse in dem Beton zeigten, der sie vor achtzehn Jahren eingesperrt hatte. Genug! Schrien sie in den Ohren ihrer Kinder, genug! Genug!

»Hast du etwas gespürt?« sagte er.

Sie lachte. »Ja«, sagte sie. »Ich glaube, die Erde hat gebebt.«

III

1

Die Mädchen gingen zweimal zum Wasser hinunter.

Zum zweitenmal am Morgen nach der Nacht, als Howard Katz mit Jo-Beth McGuire zusammengetroffen war. Ein strahlender Morgen, die schwüle Luft des Vorabends war von einem Wind davongeweht worden, der frische Brisen versprach, die die Nachmittagshitze lindern würden.

Buddy Vance hatte wieder allein in dem Bett geschlafen, das er für drei hatte bauen lassen. Drei in einem Bett – hatte er gesagt (und war unglücklicherweise zitiert worden) –, das war der Schweine-Himmel. Zwei waren eine Ehe; und die Hölle. Davon hatte er schon so viele gehabt, um zu wissen, daß es nichts für ihn war, aber es hätte den herrlichen Morgen noch herrlicher gemacht, wenn er gewußt hätte, daß eine Frau an dessen Ende auf ihn wartete, selbst wenn es eine Ehefrau war. Es hatte sich herausgestellt, daß seine Beziehung mit Ellen so pervers war, daß sie nicht von Dauer sein konnte; er würde sie bald entlassen müssen. Das leere Bett machte zumindest seine neue morgendliche Pflichtübung leichter. Da niemand ihn dazu verführen konnte, sich wieder auf die Matratze zu fläzen, fiel es ihm nicht ganz so schwer, die Joggingausrüstung anzuziehen und die Straße den Hügel hinunterzulaufen.

Buddy war vierundfünfzig, doch beim Joggen fühlte er sich doppelt so alt. Aber zu viele seiner Altersgenossen waren in letzter Zeit weggestorben, sein zeitweiliger Agent Stanley Goldhammer war der letzte Dahingeschiedene, und sie alle waren an denselben Ausschweifungen gestorben, nach denen er immer noch durch und durch süchtig war. Zigarren, Fusel, Stoff. Von all seinen Lastern waren Frauen noch das gesündeste, doch selbst sie waren ein Vergnügen, das er heutzutage nur noch in Maßen genießen konnte. Er konnte nicht mehr die ganze Nacht hindurch vögeln, wie er es als Dreißigjähriger gekonnt hatte. In jüngster Zeit hate er es ein paarmal überhaupt nicht gebracht – ein traumatisches Erlebnis. Ein Versagen, dessentwegen er den Arzt aufgesucht und ein Leistungsmittel verlangt hatte, koste es, was es wolle.

»So etwas gibt es nicht«, hatte Tharp gesagt. Er behandelte Buddy seit seiner Zeit beim Fernsehen, als die *Buddy Vance Show* allwöchentlich die höchsten Einschaltquoten gehabt hatte und ein Witz, den er um acht erzählte, am nächsten Morgen von jedem Amerikaner weitererzählt wurde. Tharp kannte den Mann, der einmal als der komischste Mann der Welt bezeichnet worden war, durch und durch.

»Du treibst Raubbau mit deinem Körper, Buddy, und zwar jeden Tag. Und du sagst, du willst nicht sterben. Du willst noch mit hundert in Vegas auftreten.«

»Richtig.«

»Bei deinem derzeitigen Lebenswandel gebe ich dir noch zehn Jahre. Wenn du Glück hast. Du hast Übergewicht und zuviel Streß. Ich habe schon gesündere Leichen gesehen.«

»Ich mache die Witze, Lou.«

»Ja, und ich fülle die Totenscheine aus. Also unternimm etwas, sonst gehst du denselben Weg wie Stanley.«

»Meinst du, darüber denke ich nicht nach?«

»Das weiß ich, Bud. Das weiß ich.«

Tharp stand auf und kam auf Buddys Seite des Schreibtischs. An der Wand hingen gerahmte Fotos der Stars, die er beraten und behandelt hatte. So viele berühmte Namen. Die meisten tot: zu viele vor ihrer Zeit. Der Ruhm hatte seinen Preis.

»Ich bin froh, daß du zur Vernunft kommst. Wenn es dir wirklich ernst ist...«

»Ich bin hier, oder nicht? Soll ich denn noch ernster werden? Du weißt, wie sehr ich es verabscheue, darüber zu reden. Ich habe in meinem ganzen Leben keinen Witz über den Tod gemacht, Lou. Weißt du das? Nicht einmal. Alles andere. *Alles.* Aber darüber nicht!«

»Früher oder später muß man sich ihm stellen.«

»Dann später.«

»O. K., ich habe hier ein Gesundheitsprogramm für dich erstellt. Diät; Übungen; Training. Ich will dir aber gleich sagen, Buddy, es wird keine angenehme Lektüre werden!«

»Irgendwo habe ich mal gehört: Wer lacht, lebt länger.«

»Zeig mir, wo steht, daß Komiker ewig leben, dann zeige ich dir ein Grab mit einer Narrenkappe darauf.«

»Ja. Wann soll ich anfangen?«

»Heute. Wirf den Whiskey und die Süßigkeiten weg und versuch ab und zu einmal, in deinem Pool zu schwimmen.«

»Der muß gereinigt werden.«

»Dann laß ihn reinigen.«

Das war der einfache Teil. Buddy ließ Helen beim Pool-Service anrufen, sobald er zu Hause war, und die schickten am nächsten Tag jemanden vorbei. Das Gesundheitsprogramm erwies sich, wie Tharp gesagt hatte, als härterer Brocken; aber wenn seine Willenskraft nachließ, dann dachte er daran, wie er morgens manchmal im Spiegel aussah, und an die Tatsache, daß er seinen Schwanz nur noch sehen konnte, wenn er den Bauch so heftig einzog, daß es weh tat. Wenn die Eitelkeit nichts mehr half, dachte er an den Tod, aber nur als allerletzte Möglichkeit.

Er war stets ein Frühaufsteher gewesen, daher fiel ihm das morgendliche Aufstehen nicht schwer. Die Gehwege waren verlassen, und er lief häufig – so wie heute – den Hügel hinunter und durch East Grove in den Wald, wo der Boden den Füßen nicht so weh tat wie der Beton und sein Atem von Vogelzwitschern untermalt wurde. An solchen Tagen war der Weg immer eine Einbahnstraße; er ließ Jose Luis die Limousine den Hügel hinunterfahren und mit Handtüchern und Eistee im Wagen an der Stelle warten, wo er aus dem Wald herauskam. Dann legten sie den Weg nach Coney Eye, wie er sein Haus getauft hatte, auf die einfache Weise zurück: fahrend. Gesundheit war eines; Masochismus, zumindest in der Öffentlichkeit, wieder etwas anderes.

Das Laufen hatte noch andere Vorteile, außer dem, daß es seinen Bauch straffte. Er hatte eine Stunde Zeit, über alles nachzudenken, was ihm durch den Kopf ging. Heute dachte er unweigerlich an Rochelle. Die Scheidung würde diese Woche rechtsgültig werden, und damit gehörte seine sechste Ehe der Vergangenheit an. Von den sechs war sie die zweitkürzeste. Die kürzeste war seine Sechsundvierzig-Tage-Ehe mit Shashi gewesen; sie hatte mit einem Schuß geendet, der so dicht an seinen Eiern vorbeigegangen war, daß ihm heute noch der kalte Schweiß ausbrach, wenn er nur daran dachte. Nicht, daß er in dem Jahr, das sie verheiratet waren, mehr als einen Monat mit Rochelle verbracht hatte. Nach den Flitterwochen und ihren wenigen Überraschungen hatte sie sich nach Fort Worth zurückgezogen und ihre Alimente ausgerechnet. Sie hatten von Anfang an nicht zueinander gepaßt. Das hätte ihm schon klar sein müssen, als sie zum erstenmal nicht über seine Witze gelacht hatte, und das war nebenbei auch das erstemal gewesen, daß sie seine Witze überhaupt *gehört* hatte. Doch sie war von allen seinen Frauen körperlich die attraktivste gewesen. Ihre Miene war aus Stein, aber der Bildhauer war ein Genie gewesen. Er dachte an ihr Gesicht, als er vom Gehweg herunter in den Wald lief. Vielleicht sollte er sie anrufen; sie bitten, zu einem letzten Versuch nach Coney zurückzukommen. Das hatte er schon einmal gemacht, bei Diane, und sie hatten die besten zwei Monate ihrer gemeinsamen Jahre miteinander verbracht, bevor alte Abneigungen wieder die Oberhand gewonnen hatten. Aber das war Diane gewesen; dies war Rochelle. Es war sinnlos, Verhaltensmuster von einer Frau auf eine andere zu projizieren. Sie waren alle so wunderbar verschieden. Im Vergleich dazu waren Männer ein langweiliger Haufen: tumb und einfallslos. Beim nächstenmal wollte er als Lesbe auf die Welt kommen.

Er hörte Gelächter in der Ferne; zweifellos das Kichern junger Mädchen. Ein seltsamer Laut so früh am Morgen. Er blieb stehen und lauschte, aber plötzlich war kein Laut mehr zu hören, nicht einmal Vogelzwitschern. Nur innere Geräusche konnte er hören: die angestrengten Funktionen seines Körpers. Hatte er sich das Lachen nur eingebildet? Das war gut möglich; immerhin dachte er ausschließlich an Frauen. Doch als er sich gerade abwenden und das Dickicht wieder seiner Stille überlassen wollte, hörte er das Kichern wieder; gleichzeitig veränderte sich die Szene um ihn herum beinahe halluzinatorisch. Das Geräusch schien den ganzen Wald zu beleben. Es zauberte Bewegung in die Blätter und machte den Sonnenschein heller. Mehr noch: Es veränderte sogar die *Richtung* der Sonne. In der Stille war das Licht fahl gewesen, sein Ursprung noch tief im Osten. Nach dem Stichwort des Kicherns wurde es nachmittäglich hell und strahlte auf die aufwärts gerichteten Blätter der Bäume herab.

Buddy glaubte seinen Augen weder, noch mißtraute er ihnen; er stand einfach vor der Erscheinung wie vor weiblicher Schönheit: gebannt. Erst als das Lachen zum drittenmal ertönte, bekam er die Richtung mit, aus der es kam, und lief unter dem immer noch strahlenden Lichtschein dorthin.

Ein paar Meter weiter sah er vor sich Bewegungen zwischen den Bäumen. Nackte Haut. Ein Mädchen, das die Unterwäsche auszog. Hinter ihr stand ein anderes Mädchen, eine faszinierende, attraktive Blondine, die dasselbe tat. Er wußte instinktiv, daß sie nicht real waren, aber er ging dennoch vorsichtig weiter, weil er Angst hatte, er könnte sie erschrecken. *Konnte* man Illusionen erschrecken? Das wollte er nicht riskieren, besonders nicht, wo es soviel Schönes zu sehen gab. Das blonde Mädchen zog sich als letzte aus. Er zählte drei andere, die bereits in einen See wateten, der am Rande des Greifbaren flackerte. Seine Wellen warfen Lichtspiegelungen über das Gesicht der Blonden – *Arleen* nannten sie sie, als sie etwas zum Ufer riefen. Er schlich sich von Baum zu Baum, bis er noch zehn Schritte vom Ufer des Sees entfernt war. Arleen stand mittlerweile bis zu den Schenkeln drinnen. Sie hatte sich gebückt, um Wasser über den Körper zu spritzen, aber dieses Wasser war so gut wie unsichtbar. Die Mädchen, die weiter drinnen waren als sie und bereits schwammen, schienen in der Luft zu schweben.

Gespenster, dachte er vage; das sind Gespenster. Ich sehe die Vergangenheit, die nochmals vor mir abgespielt wird. Dieser Gedanke trieb ihn aus seinem Versteck. Wenn seine Vermutung richtig war, konnten sie jeden Augenblick wieder verschwinden, und er wollte ihre Schönheit in vollen Zügen genießen, bevor das geschah.

Im Gras, wo er stand, war keine Spur von den Kleidungsstükken zu sehen, die sie abgelegt hatten, und keinerlei Anzeichen, daß sie ihn hier stehen sahen, wenn die eine oder andere zum Ufer zurückblickte.

»Schwimm nicht so weit«, rief eine des Quartetts ihrer Gefährtin zu. Diese achtete nicht auf den Rat. Das Mädchen bewegte sich weiter vom Ufer weg und spreizte beim Schwimmen die Beine, schloß sie, spreizte sie wieder. Er konnte sich nicht erinnern, daß er, seit den ersten feuchten Träumen seiner Pubertät, etwas dermaßen Erotisches erlebt hatte wie diese Geschöpfe, die in der schimmernden Luft schwebten, wobei das Element, das sie umgab, ihre Umrisse weich zeichnete, aber nicht so sehr, daß er nicht jede kleinste Einzelheit hätte erkennen können.

»Warm!« rief die Abenteuerlustige, die ein gutes Stück von ihm entfernt Wasser trat. »Es ist *warm* hier draußen!«

»Machst du Witze?«

»Komm doch selber her!«

Ihre Worte inspirierten Buddy noch mehr. Er hatte soviel *gesehen.* Wagte er es auch, jetzt zu *berühren*? Wenn sie ihn nicht sehen konnten – und das war offensichtlich –, konnte es da schaden, wenn er so nahe zu ihnen ging, daß er ihnen mit der Hand über den Rücken streichen konnte?

Das Wasser gab kein Geräusch von sich, als er in den See trat; und er spürte auch keine Berührung an Knöcheln und Schienbeinen, als er weiter hineinwatete. Aber Arleen trug es ausgezeichnet. Sie schwebte an der Oberfläche des Sees, das Haar trieb um ihren Kopf, und ihre Schwimmstöße entfernten sie weiter von ihm. Er folgte ihr, und da das Wasser ihm keinen Widerstand entgegensetzte, hatte er die Entfernung zwischen sich und dem Mädchen innerhalb von Sekunden zurückgelegt. Er hatte die Arme ausgestreckt und nur Augen für ihre rosa Schamlippen, während sie sich mit Schwimmbewegungen weiter entfernte.

Die Abenteuerlustige rief etwas, aber er achtete nicht auf ihre Aufregung. Er konnte nur noch daran denken, Arleen anzufassen. Sie mit der Hand zu berühren, ohne daß sie Einwände erhob, sondern einfach weiterschwamm, während er mit ihr machte, was er wollte. In seiner Hast blieb er mit dem Fuß an etwas hängen. Er fiel, das Gesicht voraus, während er die Hände noch nach dem Mädchen ausgestreckt hatte. Der Aufprall brachte ihn wieder soweit zur Vernunft, daß er die Schreie aus dem tieferen Wasser interpretieren konnte. Es waren keine Freudenschreie mehr, sondern Angstschreie. Er hob den Kopf vom Boden. Die beiden Schwimmerinnen am weitesten draußen strampelten in der Luft und reckten die Gesichter himmelwärts.

»Mein Gott«, sagte er.

Sie ertranken. Vor Augenblicken hatte er sie Gespenster genannt, ohne daran zu denken, was der Name bedeutete. Nun sah er die schreckliche Wahrheit. Die Badenden waren in diesem Wasser zu Schaden gekommen. Er hatte Toten nachspioniert.

Von Abscheu vor sich selbst erfüllt, wollte er sich entfernen, aber eine perverse Verpflichtung gegenüber dieser Tragödie hielt ihn fest.

Inzwischen waren alle vier vom selben Strudel erfaßt, schlugen heftig in der Luft um sich und bekamen immer dunklere Gesichter, während sie nach Luft rangen. Wie war das möglich? Es sah aus, als würden sie in eineinhalb Meter tiefem Wasser ertrinken. Hatte eine Strömung sie ergriffen? Das schien in so flachem und so ruhigem Wasser unwahrscheinlich.

»Helft ihnen...«, hörte er sich selbst sagen. »Warum hilft ihnen denn niemand?«

Er ging auf sie zu, als könnte er sie selbst unterstützen. Arleen war ihm am nächsten. Die Schönheit war aus ihrem Gesicht gewichen. Es wurde von Verzweiflung und Entsetzen verzerrt. Plötzlich schienen ihre aufgerissenen Augen etwas im Wasser unter ihren Füßen zu sehen. Sie hörte auf, sich zu wehren, und ihr Gesicht nahm einen Ausdruck vollkommener Unterwerfung an. Sie gab das Leben auf.

»Nicht«, murmelte Buddy und griff nach ihr, als könnten Arme sie aus der Vergangenheit heben und wieder ins Leben tragen. In dem Augenblick, als er Körperkontakt mit dem Mädchen hatte, wußte er, daß die Sache für sie beide fatal enden würde. Aber sein Bedauern kam zu spät. Der Boden unter ihnen bebte. Er sah nach unten. Dort erblickte er nur eine dünne Erdschicht, in der kümmerliches Gras wuchs. Unter dem Boden grauer Fels; oder war es Beton? Ja! Beton! Hier war ein Loch im Boden versiegelt worden, aber das Siegel brach vor seinen Augen; der Be-

ton bekam immer breitere Risse. Er sah zum Ufer des Sees und festem Boden zurück, aber zwischen ihm und der Sicherheit hatte sich bereits ein Spalt aufgetan, in den einen Meter von seinen Zehen entfernt ein Stück Beton verschwand. Eisige Luft stieg von unten empor.

Er sah zu den Schwimmenden, aber die Fata Morgana verblaßte. Er sah auf allen vier Gesichtern denselben Ausdruck; nach hinten gedrehte Augen, in denen nur noch das Weiß zu sehen war, und offene Münder, die bereitwillig den Tod tranken. Sie waren nicht in flachem Wasser gestorben, wurde ihm jetzt klar. Als sie zum Schwimmen hierhergekommen waren, war dies eine Grube gewesen, die die Mädchen verschluckt hatte, wie sie nun ihn verschlucken würde: sie mit Wasser, ihn mit Trugbildern.

Er fing an, um Hilfe zu schreien, als der Boden immer stärker bebte und der Beton zwischen seinen Füßen zu Staub zermalmt wurde. Vielleicht würde ihn ein anderer frühmorgendlicher Jogger hören und ihm zu Hilfe eilen. Aber schnell; es mußte schnell sein.

Sollte das ein Witz sein? Ausgerechnet von ihm, einem Witzereißer. Niemand würde kommen. Er würde sterben. Wegen seiner Geilheit würde er sterben.

Die Spalte zwischen ihm und dem sicheren Boden war deutlich breiter geworden, aber er hatte nur eine Hoffnung auf Rettung, nämlich zu springen. Er mußte sich beeilen, bevor der Beton unter ihm in die Tiefe stürzte und ihn mit sich riß. Jetzt oder nie.

Er sprang. Und es war ein guter Sprung. Ein paar Zentimeter mehr, und er hätte es geschafft. Aber die paar waren entscheidend. Er griff in die Luft, verfehlte sein Ziel, und fiel.

Eben noch schien ihm die Sonne auf den Kopf. Im nächsten Augenblick Dunkelheit, eisige Dunkelheit, durch die er von Betonbrocken, die wie er nach unten stürzten, begleitet fiel. Er hörte, wie sie gegen Felsvorsprünge schlugen, doch dann wurde ihm klar, daß *er* dieses Geräusch erzeugte. Er konnte hören, wie seine Knochen und der Rücken brachen, während er stürzte. Und stürzte und stürzte.

2

Der Tag fing für Howie früher an, als ihm nach so wenig Schlaf lieb war; aber als er aufgestanden war und seine Übungen machte, freute er sich, daß er wach war. Es wäre ein Verbrechen gewesen, an einem so schönen Morgen im Bett liegen zu bleiben. Er holte sich ein Mineralwasser aus dem Getränkeautomaten und setzte sich ans Fenster, wo er den Himmel betrachtete und überlegte, was der Tag bringen mochte.

Lügner; er dachte überhaupt nicht an den Tag. An Jo-Beth; nur an Jo-Beth. Ihre Augen, ihr Lächeln, ihre Stimme, ihre Haut, ihr Geruch, ihre Geheimnisse. Er betrachtete den Himmel und sah sie, und war besessen.

Für ihn war es das erstemal. Er hatte noch nie so heftige Empfindungen gehabt wie die, von denen er jetzt besessen war. Er war zweimal in der Nacht schweißgebadet aufgewacht. Er konnte sich nicht an die Träume erinnern, die dafür verantwortlich waren, aber sie kam ganz sicher darin vor. Wie konnte es anders sein? Er mußte sie finden. Jede Stunde, die er ohne ihre Gesellschaft verbrachte, war vergeudet; wenn er sie nicht sah, war er blind, wenn er sie nicht berühren konnte, ohne Gefühl.

Als sie sich gestern abend verabschiedet hatten, hatte sie ihm gesagt, daß sie abends im Butrick's arbeitete und tagsüber in einer Buchhandlung. Bei der Größe des Einkaufszentrums dürfte es ihm eigentlich nicht so schwerfallen, ihren Arbeitsplatz zu finden. Er kaufte eine Tüte Krapfen, um das Loch zu stopfen, das entstanden war, weil er gestern abend nichts gegessen hatte. An das andere Loch, das auszufüllen er hergekommen war, dachte er überhaupt nicht. Er schlenderte an den Geschäften entlang und suchte nach *ihrem* Laden. Er fand ihn zwischen einem Hundesalon und einem Maklerbüro. Wie viele umliegende Geschäfte, war auch er noch geschlossen; auf einem Schild an der Tür stand, daß es noch eine Dreiviertelstunde dauern würde, bis geöffnet wurde.

Er setzte sich ins Sonnenlicht, das immer wärmer wurde, aß und wartete.

Kaum hatte sie die Augen geöffnet, sagten alle ihre Instinkte ihr, sie sollte die Arbeit sausen lassen und Howie suchen. Die Ereignisse der vergangenen Nacht waren immer wieder durch ihre Träume gespukt und hatten sich dabei ständig subtil verändert, als wären sie alternative Wirklichkeiten, einige wenige aus einer unendlichen Zahl von Möglichkeiten, die derselben Begegnung entsprangen. Sie konnte sich aber unter allen Möglichkeiten keine vorstellen, in der er nicht vorkam. Er war dagewesen und hatte von ihrem ersten Atemzug an auf sie gewartet; das wußten ihre Zellen mit Bestimmtheit. Sie und Howie gehörten auf eine unzweifelhafte Weise zueinander.

Sie wußte genau, hätte eine ihrer Freundinnen derlei Rührseligkeiten von sich gegeben, hätte sie selbst sie als lächerlich abgetan. Was nicht heißen sollte, daß sie nicht schon Tränen vergossen und das Radio lauter gestellt hatte, wenn ein bestimmtes Liebeslied gespielt wurde. Doch ihr war schon beim Zuhören klar gewesen, daß es sich lediglich um eine Ablenkung von einer unmelodischen Wirklichkeit handelte. Sie sah jeden Tag ihres Lebens ein perfektes Opfer dieser Wirklichkeit. Ihre Mutter, die wie eine Gefangene lebte – dieses Hauses und der Vergangenheit gleichermaßen – und von Hoffnungen sprach, wenn sie überhaupt die Energie zum Sprechen aufbringen konnte, die sie gehabt und mit ihren Freundinnen geteilt hatte. Bisher hatte dieser Anblick ausgereicht, Jo-Beths romantische Ambitionen, überhaupt alle Ambitionen, im Zaum zu halten.

Aber das, was zwischen ihr und dem Jungen aus Chicago gewesen war, würde nicht dasselbe Ende nehmen wie die große Liebe ihrer Mutter – sie selbst verlassen, und der fragliche Mann so verabscheut, daß sie es nicht über sich bringen konnte, seinen Namen auszusprechen. Wenn sie in der Sonntagsschule, die sie immer pflichtschuldig besucht hatte, etwas gelernt hatte, dann die Erkenntnis, daß Offenbarungen dann und dort kamen, wo man am wenigsten mit ihnen rechnete. Zu Joseph Smith auf einer Farm in Palmyra, New York; die Nachricht aus dem Buch Mormon, die ihm ein Engel überbracht hatte. Warum zu ihr dann nicht unter nicht weniger vielversprechenden Umständen? Butrick's Steak House betreten; mit einem Mann, den sie von überall und nirgends kannte, auf einem Parkplatz stehen?

Tommy-Ray war in der Küche; sein kritischer Blick war so durchdringend wie der Geruch des Kaffees, den er kochte. Er sah aus, als hätte er in den Kleidern geschlafen.

»Spät geworden?« sagte sie.

»Für uns beide.«

»Nicht besonders«, sagte sie. »Ich war vor Mitternacht zu Hause.«

»Aber du hast nicht geschlafen«

»Manchmal, manchmal nicht.«

»Du warst wach. Ich habe dich gehört.«

Sie wußte, das war unwahrscheinlich. Ihre Schlafzimmer befanden sich an entgegengesetzten Enden des Hauses, und der Weg zum Badezimmer führte ihn nicht in Hörweite zu ihrem.

»Und?« sagte er.

»Und was?«

»Sprich.«

»Tommy?« Sein aufgebrachtes Verhalten ging ihr auf die Nerven. »Was ist denn mit dir los?«

»Ich habe dich gehört«, sagte er. »Ich habe dich die ganze Nacht hindurch gehört. Gestern nacht ist etwas mit dir geschehen, nicht?«

Er konnte nichts von Howie wissen. Nur Beverly hatte eine Ahnung, was gestern abend im Steak House geschehen war, und sie hätte noch keine Zeit gehabt, Gerüchte in die Welt zu setzen, selbst wenn sie die Absicht gehabt hätte, was unwahrscheinlich war. Sie hatte eigene Geheimnisse, die sie gewahrt wissen wollte. Außerdem, was gab es schon zu erzählen? Daß sie einem Kunden schöne Augen gemacht hatte? Daß sie ihn auf dem Parkplatz geküßt hatte? Sollte das für Tommy-Ray eine Rolle spielen?

»Gestern nacht ist etwas geschehen«, wiederholte er. »Ich habe eine Art *Veränderung* gespürt. Aber worauf immer wir gewartet haben... zu mir ist es nicht gekommen. Also muß es zu dir gekommen sein, Jo-Beth. Was immer es ist, es ist zu dir gekommen.«

»Schenkst du mir einen Kaffee ein?«

»Antworte mir.«

»Was?«

»Was ist passiert?«

»Nichts.«

»Du lügst«, sagte er mehr verblüfft als erbost. »Warum lügst du mich an?«

Das war eine berechtigte Frage. Sie schämte sich nicht wegen Howie oder dem, was sie für ihn empfand. Sie hatte jeden Sieg und jede Niederlage ihrer achtzehn Jahre mit Tommy-Ray geteilt. Er würde das Geheimnis weder Mama noch Pastor John verraten. Aber er warf ihr seltsame Blicke zu; sie konnte sie nicht richtig deuten. Und dann das Gerede, daß er sie die ganze Nacht hindurch gehört hatte. Hatte er an der Tür gelauscht?

»Ich muß ins Geschäft«, sagte sie. »Sonst komme ich wirklich zu spät.«

»Ich komme mit dir«, sagte er.

»Weshalb?«

»Nur mitfahren.«

»Tommy...«

Er lächelte sie an. »Was ist schlimm daran, wenn du deinen Bruder mitnimmst?« sagte er. Sie hätte sich fast von der Vorstellung überzeugen lassen, bis sie zustimmend nickte und sah, wie das Lächeln aus seinem Gesicht verschwand.

»Wir müssen einander vertrauen«, sagte er, als sie im Auto und unterwegs waren. »Wie immer.«

»Das weiß ich.«

»Weil wir gemeinsam *stark* sind, richtig?« Er sah mit glasigen Augen zum Fenster hinaus. »Und momentan muß ich mich stark fühlen.«

»Du mußt dich mal wieder richtig ausschlafen. Soll ich dich zurückfahren? Es ist mir gleich, ob ich zu spät komme.«

Er schüttelte den Kopf. »Kann das Haus nicht ausstehen«, sagte er.

»Wie kannst du so etwas sagen.«

»Es stimmt. Wir können es beide nicht ausstehen. Es macht mir Alpträume.«

»Das ist nicht das Haus, Tommy.«

»Doch. Das Haus und Mama und diese verfluchte Stadt! Sieh dich doch um!« Plötzlich hatte er unvermittelt einen Wutanfall. »Sieh dir diese Scheiße an! Willst du nicht auch den ganzen verfluchten Ort dem Erdboden gleichmachen?« In dem engen Auto war seine Lautstärke nervenzerfetzend. »Ich weiß es«, sagte er und sah sie mit jetzt wilden und aufgerissenen Augen an. »Lüg mich nicht an, kleine Schwester.«

»Ich bin nicht deine kleine Schwester, Tommy«, sagte sie.

»Ich bin fünfunddreißig Sekunden älter«, sagte er. Das war immer ein Scherz zwischen ihnen gewesen. Und plötzlich war es zum Machtspiel geworden. »Fünfunddreißig Sekunden länger in diesem Scheißloch.«

»Hör auf, dummes Zeug zu reden«, sagte sie und brachte das Auto ruckartig zum Stillstand. »Ich muß mir das nicht anhören. Du kannst aussteigen und zu Fuß gehen.«

»Soll ich auf der Straße schreien?« sagte er. »Das mache ich. Glaub mir. Ich schreie, bis ihre beschissenen Häuser einstürzen!«

»Du benimmst dich wie ein Arschloch!« sagte sie.

»Nun, *das* ist ein Wort, das ich nicht so oft von dir höre«, sagte er voll verschmitzter Befriedigung. »Heute morgen sind wir *beide* nicht ganz wir selbst.«

Er hatte recht. Sie ließ sich von seinem Wutausbruch reizen wie noch niemals zuvor. Sie waren Zwillinge und sich in vielerlei Hinsicht ähnlich, aber er war immer der unverhohlen rebellischere gewesen. Sie hatte die folgsame Tochter gespielt und die Verachtung verborgen, die sie gegenüber der Scheinheiligkeit des Grove empfand, deren Opfer Mama war und dessen Billigung sie doch so sehr brauchte. Manchmal beneidete sie Tommy-Ray um seine unverhohlene Verachtung und hätte Widersachern gerne so wie er ins Gesicht gespuckt, mit dem Wissen, daß nach einem Lächeln alles verziehen wurde. Er hatte es all die Jahre leicht gehabt. Seine Tirade gegen die Stadt war Narzißmus; er war in sich selbst als Rebell verliebt. Und damit verdarb er ihr einen Morgen, den sie genießen wollte.

»Wir reden heute abend, Tommy«, sagte sie.

»Ja?«

»Das habe ich eben gesagt.«

»Wir müssen einander helfen.«

»Ich weiß.«

»Besonders jetzt.«

Er war plötzlich ruhig, als wäre die gesamte Wut mit einem einzigen Atemzug aus ihm entwichen, und damit seine Energie.

»Ich habe Angst«, sagte er ganz leise.

»Du mußt keine Angst haben, Tommy. Du bist nur müde. Du solltest heimgehen und schlafen.«

»Ja.«

Sie waren beim Einkaufszentrum angekommen. Sie machte sich gar nicht erst die Mühe, das Auto zu parken. »Fahr nach Hause«, sagte sie. »Lois wird mich heute abend heimbringen.«

Als sie aus dem Auto aussteigen wollte, hielt er sie fest und packte sie so heftig, daß es weh tat.

»Tommy ...«, sagte sie.

»War das dein Ernst?« sagte er. »Ich muß keine Angst haben?«

»Nein«, sagte sie.

Er beugte sich zu ihr, um sie zu küssen.

»Ich vertraue dir«, sagte er und hielt die Lippen ganz dicht an ihre. Sie konnte nur sein Gesicht sehen; er hielt mit der Hand ihren Arm, als wäre sie sein Eigentum.

»Genug, Tommy«, sagte sie und riß sich los. »Geh nach Hause.«

Sie stieg aus, schlug die Autotür heftig zu und drehte sich ganz bewußt noch einmal um.

»Jo-Beth.«

Howie stand vor ihr. Sie hatte Schmetterlinge im Bauch, als sie ihn nur ansah. Hinter sich hörte sie ein Auto hupen, drehte sich um und stellte fest, daß Tommy-Ray nicht losgefahren war; er versperrte mehreren anderen Fahrzeugen den Weg. Er sah sie an, griff zur Tür, stieg aus. Das Hupen wurde lauter. Jemand schrie ihn an, er solle wegfahren, aber er achtete nicht darauf. Er konzentrierte seine Aufmerksamkeit auf Jo-Beth. Es war zu spät, Howie ein Zeichen zu geben, daß er verschwinden soll. Tommy-Rays Gesichtsausdruck machte deutlich, daß ihm Howies Begrüßungslächeln alles gesagt hatte.

Sie sah zu Howie und empfand äscherne Verzweiflung.

»Sieh mal einer an«, hörte sie Tommy-Ray hinter sich sagen.

Es war mehr als Verzweiflung: Es war Angst.

»Howie...«, begann sie.

»Herrgott, war ich dumm«, fuhr Tommy-Ray fort.

Sie versuchte zu lächeln, als sie sich zu ihm umdrehte. »Tommy«, sagte sie, »darf ich dir Howie vorstellen.«

Sie hatte Tommys Gesicht noch niemals so gesehen wie jetzt; hatte keine Ahnung gehabt, daß die vergötterten Züge zu einer solchen Bösartigkeit fähig waren.

»Howie?« fragte er. »Wie *Howard*?«

Sie nickte und sah Howie wieder an. »Das ist mein Bruder«, sagte sie. »Mein Zwillingsbruder. Howie, das ist Tommy-Ray.«

Beide Männer gingen einen Schritt vor, um sich die Hände zu schütteln, wodurch sie gleichzeitig in ihr Gesichtsfeld traten. Die Sonne schien gleichermaßen auf beide, aber sie schmeichelte Tommy-Ray nicht, trotz seiner Bräune. Unter dem gesunden Äußeren, das er zur Schau stellte, wirkte er krank; die Augen eingesunken und stumpf, die Haut zu straff über Wangenknochen und Schläfen gespannt. Er sieht tot aus, dachte sie. Tommy-Ray sieht tot aus.

Howie streckte die Hand aus, aber Tommy-Ray achtete nicht darauf und wandte sich unvermittelt an seine Schwester.

»Später«, hauchte er kaum hörbar.

Sein Murmeln wurde beinahe vom Toben der Beschwerden hinter ihm übertönt, aber sein drohender Tonfall entging ihr nicht. Nachdem er gesprochen hatte, drehte er sich um und ging zum Wagen zurück. Sie konnte sein einnehmendes Lächeln nicht sehen, aber sie konnte es sich vorstellen. Mr. Sonnenschein, der die Arme in spöttischer Unterwürfigkeit hob und wußte, daß seine Gegner keine Hoffnung hatten.

»Was sollte das?« fragte Howie.

»Weiß ich auch nicht genau. Er ist seltsam seit...«

Sie wollte sagen, seit gestern, aber sie hatte vor wenigen Augenblicken einen Makel seiner Schönheit gesehen, der schon immer dagewesen sein mußte, nur hatte sie ihn – wie der Rest der Welt – in ihrer Faszination nicht sehen können.

»Braucht er Hilfe?« fragte Howie.

»Ich denke, wir lassen ihn am besten in Ruhe.«

»Jo-Beth!« rief jemand. Eine Frau in mittleren Jahren kam auf sie zu, deren Kleidung – wie das Gesicht – bis zur Unscheinbarkeit schlicht waren.

»War das Tommy-Ray?« fragte sie, während sie näher kam.

»Ja.«

»Er bleibt nie länger.« Sie blieb einen Meter von Howie entfernt stehen und betrachtete ihn mit einem etwas verwirrten Gesichtsausdruck. »Kommst du in den Laden, Jo-Beth?« fragte sie, ohne den Blick von Howie abzuwenden. »Wir sind schon zu spät.«

»Ich komme.«

»Kommt dein *Freund* auch mit?« fragte die Frau vielsagend.

»O ja... tut mir leid... Howie... das ist Lois Knapp.«

»Mrs.«, fügte die Frau hinzu, als wäre ihr verheirateter Zustand ein Talisman gegen fremde junge Männer.

»Lois... das ist Howie Katz.«

»Katz?« antwortete Mrs. Knapp. »Katz?« Sie wandte sich von Howie ab und sah auf die Uhr. »Fünf Minuten zu spät«, sagte sie.

»Kein Problem«, sagte Jo-Beth. »Vor zwölf kommt eh nie ein Kunde.«

Mrs. Knapp zeigte sich schockiert über diese Indiskretion.

»Die Arbeit des Herrn sollte man nicht auf die leichte Schulter nehmen«, bemerkte sie. »Bitte beeile dich.« Dann stakste sie davon.

»Komische Person«, kommentierte Howie.

»Nicht so schlimm, wie sie aussieht.«

»Das wäre auch schwer.«

»Ich gehe jetzt besser.«

»Warum?« sagte Howie. »Es ist so ein schöner Tag. Wir könnten irgendwohin gehen. Bei dem Wetter etwas Schönes unternehmen.«

»Morgen wird auch ein schöner Tag sein. Und übermorgen, und am Tag darauf. Wir sind hier in Kalifornien, Howie.«

»Komm trotzdem mit mir.«

»Ich will erst versuchen, mit Lois Frieden zu schließen. Ich will nicht bei jedem auf der schwarzen Liste stehen. Das würde Mama verärgern.«

»Also wann?«

»Wann was?«

»Wann hast du Zeit?«

»Du gibst nicht auf, was?«

»Nee.«

»Ich werde Lois sagen, daß ich heute nachmittag nach Hause und mich um Tommy-Ray kümmern muß. Ich sage ihr, er ist krank. Das ist nur halb gelogen. Dann komme ich ins Motel. Wie ist das?«

»Versprochen?«

»Versprochen.« Sie ging ein Stück weg, dann sagte sie: »Was ist denn?«

»Du möchtest mich nicht... nicht in aller Öffentlichkeit küssen, hm?«

»Ganz sicher nicht.«

»Und wenn wir allein sind?«

Sie winkte halbherzig ab, während sie weiterging.

»Sag einfach ja.«

»Howie.«

»Sag einfach ja.«

»Ja.«

»Siehst du? War doch ganz einfach.«

Am Vormittag, als sie und Lois Eiswasser in dem sonst verlassenen Laden schlürften, sagte die ältere Frau: »Howard Katz.«

»Was ist mit ihm?« fragte Jo-Beth und richtete sich auf eine Belehrung über den Umgang mit dem anderen Geschlecht ein.

»Mir ist nicht eingefallen, woher ich den Namen kenne.«

»Und jetzt wissen Sie es wieder?«

»Eine Frau, die im Grove lebte. Ist lange her«, sagte sie, dann wischte sie mit einer Serviette einen Wasserring vom Tisch. Ihr Schweigen und die Konzentration, mit der sie den Wasserring wegwischte, deuteten an, daß sie das Thema mit Freuden fallenlassen würde, sollte Jo-Beth beschließen, es nicht weiter zu verfolgen. Aber sie fühlte sich verpflichtet, das Thema anzusprechen. Warum?

»War sie eine Freundin von Ihnen?« fragte Jo-Beth.

»Nicht von mir.«

»Von Mama?«

»Ja«, sagte Lois, die immer noch wischte, obwohl der Tisch längst trocken war.

»Ja. Sie war eine Freundin deiner Mama.«

Plötzlich war alles klar.

»Eine von den vier«, sagte Jo-Beth. »Sie war eine von den vier.«

»Ich glaube schon.«

»Und hatte sie Kinder?«

»Weißt du, ich kann mich nicht erinnern.«

So eine ausweichende Antwort war die größte Annäherung an eine Lüge, deren eine so zimperliche Frau wie Lois fähig war. Jo-Beth sprach sie darauf an.

»Sie erinnern sich«, meinte sie. »Bitte sagen Sie es mir.«

»Ja. Ich glaube, ich erinnere mich. Sie hatte einen Jungen.«

»Howard.«

Lois nickte.

»Sicher?« fragte Jo-Beth.

»Ja. Sicher.«

Jetzt schwieg Jo-Beth, während sie in Gedanken versuchte, die Ereignisse der vergangenen Tage im Licht dieser neuen Enthüllung zu sehen. Was hatten ihre Träume, Howies Rückkehr und Tommy-Rays Krankheit miteinander und mit dem Badeausflug zu tun, der, wie sie in zehn verschiedenen Versionen gehört hatte, mit Tod, Wahnsinn und Kindern geendet hatte?

Vielleicht wußte Mama es.

3

Jose Luis, der Chauffeur von Buddy Vance, wartete fünfzig Minuten am vereinbarten Treffpunkt, dann kam er zur Überzeugung, daß sein Boß wieder zu Fuß zurückgekehrt sein mußte. Er rief Coney via Autotelefon an. Ellen war daheim, aber der Boß nicht. Sie beratschlagten, was zu tun sei, dann kamen sie überein, daß er bis zur vollen Stunde mit dem Auto warten und dann den Weg zurückfahren sollte, den der Boß am wahrscheinlichsten einschlagen würde. Er war unterwegs nirgends zu sehen. Und er war auch nicht zu Fuß nach Hause gekommen. Sie unterhielten sich erneut über die Möglichkeiten, wobei Jose Luis taktvoll die wahrscheinlichste unausgesprochen ließ: daß Buddy unterwegs einer Frau begegnet war. Er war seit sechzehn Jahren im Dienst von Mr. Vance und wußte: Die Fähigkeiten seines Bosses bei Frauen grenzten ans Übernatürliche. Er würde nach Hause kommen, wenn er seine Magie gewirkt hatte.

Buddy empfand keine Schmerzen. Dafür war er dankbar, aber er gab sich keiner Täuschung hin, was das zu bedeuten hatte. Sein Körper war sicherlich so zerschmettert, daß das Gehirn einfach vor Schmerzen einen Kurzschluß bekommen und sämtliche Stecker herausgezogen hatte.

Die Dunkelheit, die ihn umgab, war ohne Eigenheiten; sie machte ihn nur wirkungsvoll blind. Vielleicht waren auch seine Augen nicht mehr da, auf dem Weg nach unten aus dem Kopf herausgeplatzt. Was immer der Grund sein mochte, er schwebte frei von Empfindungen oder Augenlicht, und während er schwebte, überlegte er. Zuerst, wie lange Luis brauchen würde, bis er merkte, daß sein Boß nicht nach Hause kommen würde: höchstens zwei Stunden. Sein Weg durch den Wald würde nicht schwer zu verfolgen sein; und wenn sie die Spalte gefunden hatten, würden sie sich denken können, in welcher Gefahr er schwebte. Bis zum Nachmittag würden sie auf der Suche nach ihm heruntergestiegen sein. Am Spätnachmittag würden sie ihn wieder oben haben, wo seine Verletzungen versorgt werden würden.

Vielleicht war es schon Mittag.

Er konnte das Verrinnen der Zeit nur anhand seines eigenen Herzschlags abschätzen, den er im Kopf hören konnte. Er fing an zu zählen. Wenn er ein Gefühl dafür bekommen konnte, wie lange eine Minute dauerte, konnte er sich an diese Zeitspanne halten und würde nach sechzig solcher Spannen wissen, daß er eine Stunde gelebt hatte. Aber er hatte kaum angefangen zu zählen, da fing sein Kopf eine ganz andere Rechnung an.

Wie lange habe ich gelebt, dachte er. Nicht geatmet, nicht existiert, sondern tatsächlich *gelebt*? Vierundfünfzig Jahre seit meiner Geburt: Wie viele Wochen waren das? Wie viele Stunden? Vielleicht sollte man es Jahr für Jahr aufrollen; das war einfacher. Ein Jahr hatte dreihundertsechzig Tage, plus minus ein paar. Angenommen, er hatte ein Drittel davon geschlafen. Hundertzwanzig Tage im Schlummerland. O Gott, die Augenblicke schwanden bereits. Eine halbe Stunde täglich auf dem Klo oder beim Pinkeln. Das machte wieder siebeneinhalb Tage im Jahr, nur für Ausscheidung. Und Duschen und Rasieren noch einmal zehn Tage; Essen wieder dreißig oder vierzig; das alles mit vierundfünfzig Jahren multipliziert...

Er fing an zu schluchzen. Holt mich hier raus, murmelte er, bitte, lieber Gott, bring mich von hier weg, und ich werde leben, wie ich noch nie gelebt habe, ich werde jede Stunde, jede *Minute* – sogar beim Schlafen oder Scheißen – versuchen zu verstehen, damit ich nicht mehr so hilflos bin, wenn die nächste Dunkelheit kommt.

Um elf stieg Luis ins Auto und fuhr den Hügel hinab, um zu sehen, ob er den Boß irgendwo auf der Straße finden konnte. Da das erfolglos blieb, fuhr er zum Food Stop im Einkaufszentrum, wo sie ein Sandwich zu Ehren von Mr. Vance getauft hatten – das schmeichelnderweise fast nur aus Fleisch bestand –, dann zum Schallplattenladen, wo der Boß ab und zu Platten im Gesamtwert von tausend Dollar kaufte. Während er sich mit Ryder, dem Besitzer, unterhielt, kam ein Kunde herein und erzählte jedem, den es interessierte, daß in East Grove die Kacke ernsthaft am Dampfen war, ob möglicherweise jemand erschossen wurde?

Bis Luis eintraf, war die Straße zum Wald für den Verkehr gesperrt, ein Polizist leitete den Verkehr um.

»Kein Durchkommen«, sagte er zu Luis. »Die Straße ist gesperrt.«

»Was ist passiert? Wer ist erschossen worden?«

»Niemand ist erschossen worden. Nur ein Riß in der Straße.«

Inzwischen war Luis aus dem Auto ausgestiegen und sah an den Polizisten vorbei in den Wald.

»Mein Boß«, sagte er und wußte, daß er nicht aussprechen mußte, wem die Limousine gehörte, »ist heute morgen hier gelaufen.«

»Und?«

»Er ist nicht zurückgekommen.«

»O Scheiße. Folgen Sie mir.«

Sie gingen schweigend zwischen den Bäumen dahin, nur ab und zu kamen kaum verständliche Botschaften über das Funkgerät des Polizisten, auf die er aber gar nicht achtete, bis sich das Dickicht zu einer Lichtung öffnete. Mehrere Polizisten stellten Absperrungen auf, die verhindern sollten, daß jemand dorthinging, wohin Luis jetzt geführt wurde. Der Boden unter seinen Füßen war rissig, und die Risse wurden breiter, während der Polizist ihn zum Chief führte, der den Boden betrachtete. Jose Luis wußte lange bevor er zu der Stelle kam, was vor ihm lag. Der Riß in der Straße und die Risse, über die er gegangen war, waren die Folge einer größeren Katastrophe: einer drei Meter breiten Spalte, die in alles verschlingende Dunkelheit hinabführte.

»Was will der hier?« wollte der Chief wissen und deutete auf Luis. »Die Sache soll geheim bleiben.«

»Buddy Vance«, sagte der Polizist zu ihm.

»Was ist mit dem?«

»Er wird vermißt«, sagte Luis.

»Er war joggen...«, erklärte der Polizist.

»Lassen Sie *ihn* erzählen«, sagte der Chief.

»Er läuft hier jeden Morgen. Aber heute ist er nicht zurückgekommen.«

»Buddy Vance?« sagte der Chief. »Der Komiker?«

»Ja.«

Der Chief sah von Jose Luis weg in die Spalte.

»Großer Gott«, sagte er.

»Wie tief?« fragte Jose Luis.

»Hm?«

»Die Spalte.«

»Das ist keine Spalte. Das ist ein verdammter Abgrund. Ich habe vor einer Minute einen Stein hinuntergeworfen. Ich warte immer noch darauf, daß er unten ankommt.«

Die Erkenntnis, daß er allein war, dämmerte Buddy langsam, wie eine Erinnerung, die aus dem Schlick auf dem Grund seines Gehirns aufgewirbelt wurde. Er *hielt* es sogar zuerst für eine Erinnerung, die an einen Sandsturm, in den er während seiner dritten Flitterwochen in Ägypten einmal geraten war. Aber in diesem Mahlstrom war er, anders als damals, verirrt und ohne Führer. Und es war kein Sand, der seinen Augen stechend das Sehvermögen wiedergab, und auch kein Wind, der ihm mit seinem Tosen die Ohren öffnete. Es war eine völlig andere Urgewalt, die nicht so natürlich wie ein Sturm war und, wie kein Sturm zuvor, hier in diesem Schacht aus Fels festgehalten wurde. Er sah das Loch, in das er gestürzt war, zum erstenmal, es erstreckte sich über ihm zu einem Himmel ohne Sonne, der so weit entfernt war, daß er Buddy nicht trösten konnte. Welche Gespenster diesen Ort auch immer heimsuchen wollten und sich gerade vor seinen Augen manifestierten, sie stammten ganz bestimmt aus einer Zeit, bevor die menschliche Rasse ein Funkeln im Auge der Evolution gewesen war. Ehrfurchtgebietende einfache Wesen; Mächte aus Feuer und Eis.

Er lag gar nicht so falsch; und doch auch wieder vollkommen falsch. Die Gestalten, die wenige Meter von ihm entfernt aus der Dunkelheit hervorkamen, glichen eben noch Menschen wie ihm, und im nächsten Augenblick waren sie unbändige Energien, die wie Champions in einem Krieg der Schlangen, welche ihre Völker geschickt hatten, damit sie sich gegenseitig erwürgten, umeinander geschlungen waren. Die Vision belebte seine Nerven ebenso wie die Sinne. Die Schmerzen, die ihm bisher erspart geblieben waren, drangen in sein Bewußtsein, das Rinnsal wurde zuerst zum Bach und dann zur Sturzflut. Ihm war, als läge er auf Messern, deren Klingen zwischen seine Rückenwirbel schnitten und die Eingeweide aufspießten.

Er war zu schwach, um auch nur zu stöhnen, und konnte nur ein stummer, leidender Zeuge des Schauspiels vor ihm sein; und er konnte nur hoffen, daß Rettung oder der Tod schnell kamen und ihn aus seinem Schmerz erlösten. Am besten der Tod, dachte er. Ein gottloser Hurensohn wie er durfte nicht auf Erlösung hoffen, es sei denn, die heiligen Bücher irrten sich und Ehebrecher, Trunkenbolde und Gotteslästerer kamen ins Paradies. Lieber der Tod; aus und vorbei. Der Witz war vorüber.

Ich will sterben, dachte er.

Kaum hatte er diese Absicht gedacht, wandte sich ihm eine der vor ihm kämpfenden Wesenheiten zu. Er sah ein Gesicht in dem Sturm. Es war bärtig, die Gesichtszüge so voller Emotionen, daß der zugehörige Körper zwergenhaft wie der eines Fötus wirkte: aufgeblähter Schädel, hervorquellende Augen. Buddys Entsetzen, als es ihn ansah, war nichts verglichen mit dem, als es die Arme nach ihm ausstreckte. Er wollte sich in eine Nische verkriechen und den Fingern des Geistes entkommen, aber sein Körper ließ sich weder durch Lockungen noch durch Drohungen dazu bewegen.

»Ich bin der Jaff«, hörte er den bärtigen Geist sagen. *»Gib mir deinen Verstand, ich will Terata.«*

Als die Fingerspitzen über Buddys Gesicht strichen, spürte er, wie reine Energie, so weiß wie ein Blitz, Kokain oder Samen, durch seinen Kopf in den Körper floß. Und damit kam die Erkenntnis, daß er einen Fehler gemacht hatte. Er bestand nicht nur aus dem zerschundenen Fleisch und den gebrochenen Knochen. So unmoralisch er war, er hatte etwas in sich, das der Jaff jetzt beanspruchte; eine Ecke seines Wesens, von der dieser Geist profitieren konnte. Er hatte es *Terata* genannt. Buddy hatte keine Ahnung, was dieses Wort bedeutete. Aber er spürte deutlich das Entsetzen, als der Geist in ihn eindrang. Seine Berührung *war* ein Blitz, der sich in die Tiefe seiner Seele bohrte. Und auch eine Droge, die Bilder dieses Eindringens vor seinem geistigen Auge tanzen ließ. Und Sperma? Auch das, denn wie sonst hätte ein Leben, das er nie gehabt hatte, ein aus der Vergewaltigung des Jaff in seinem Inneren geborenes Geschöpf, jetzt aus ihm herauskommen können?

Er erblickte es im Vorübergehen. Es war blaß und primitiv. Kein Gesicht, aber wuselnde Beine im Dutzend. Auch keinen Verstand; es konnte nur tun, was der Jaff befahl. Das bärtige Gesicht lachte, als es das Geschöpf sah. Der Geist ließ Buddy los, der andere Arm gab seinen Gegner frei, und dann ritt er auf dem Terata den Felsschacht empor zur Sonne.

Der zurückbleibende Kämpfer taumelte rückwärts gegen die Wand der Höhle. Buddy konnte den liegenden Mann sehen. Er sah weniger wie ein Krieger aus als sein Gegner, demzufolge hatte ihn die Auseinandersetzung auch mehr mitgenommen. Sein Körper war zerschunden, der Gesichtsausdruck völlig erschöpft. Er sah den Felsschacht hinauf.

»*Jaffe!*« rief er, und sein Ruf rüttelte Staub von den Simsen, gegen die Buddy bei seinem Sturz geprallt war. Keine Antwort kam aus dem Schacht. Der Mann sah zu Buddy und kniff die Augen zusammen.

»Ich bin Fletcher«, sagte er mit singender Stimme. Er kam auf Buddy zu, und ein schwacher Lichtschein folgte ihm. »Vergiß deine Schmerzen.«

Buddy gab sich allergrößte Mühe zu sagen: Hilf mir, aber das war nicht nötig. Fletchers Anwesenheit allein linderte die Schmerzen, die er empfand.

»Fantasiere mit mir«, sagte Fletcher. »Deinen innigsten Wunsch.«

Sterben, dachte Buddy.

Der Geist hörte den unausgesprochenen Wunsch.

»Nein«, sagte er. »Bitte nicht den Tod. Denk nicht an den Tod. Damit kann ich mich nicht bewaffnen.«

Dich bewaffnen? dachte Buddy.

»Gegen den Jaff.«

»Was seid ihr?«

»Einst Menschen. Jetzt Geister. Auf ewig Feinde. Du mußt mir helfen. Ich brauche das letzte Quentchen deines Verstandes, sonst muß ich nackt gegen ihn in den Krieg ziehen.«

Tut mir leid, ich habe schon alles gegeben, dachte Buddy. Du hast gesehen, wie er es genommen hat. Und nebenbei, was war dieses Ding?

»Das Terata? Deine Fleisch gewordenen Urängste. Er reitet darauf in die Welt hinaus.« Fletcher sah wieder den Schacht hinauf. »Aber er wird noch nicht zur Oberfläche vordringen. Der Tag ist zu hell für ihn.«

Ist es schon Tag?

»Ja.«

Woher weißt du das?

»Die Bewegung der Sonne berührt mich selbst hier unten noch. Ich wollte Himmel sein, Vance. Statt dessen habe ich zwei Jahrzehnte in Dunkelheit gelebt und hatte den Jaff am Hals. Jetzt hat er den Krieg wieder nach oben verlagert, und ich brauche Armeen gegen ihn, die ich aus deinem Kopf holen kann.«

Da ist nichts mehr, sagte Buddy. Ich bin am Ende.

»Die Essenz muß erhalten werden«, sagte Fletcher.

Essenz?

»Das Meer der Träume. Du wirst seine Insel sehen, wenn du stirbst. Sie ist wunderschön; ich beneide dich um die Freiheit, diese Welt zu verlassen...«

Du meinst den Himmel? dachte Buddy. Du sprichst vom Himmel? Wenn ja, da habe ich keine Chance.

»Himmel, das ist nur eine Geschichte, die an den Ufern von Ephemeris erzählt wird. Es gibt Hunderte, und du wirst sie alle erfahren. Also hab keine Angst. Gib mir nur etwas von deinem Verstand, damit die Essenz geschützt werden kann.«

Vor wem?

»Dem Jaff, wem sonst?«

Buddy war nie ein nennenswerter Träumer gewesen. Wenn er schlief und nicht betrunken oder auf Drogen war, dann schlief er wie ein Mann, der jeden Tag bis zur Erschöpfung auslebte. Nach einem Auftritt oder einem Fick oder beidem schlief er einen Schlaf, der die Generalprobe für das große Vergessen war, das jetzt auf ihn wartete. Die Angst vor der Auslöschung war eine Stütze für seinen gebrochenen Rücken, und er bemühte sich, den Sinn von Fletchers Worten zu erfassen. Ein Meer; ein Ufer; ein

Ort der Geschichten, wo der Himmel nur eine von vielen Möglichkeiten war? Wie hatte er sein ganzes Leben leben und diesen Ort niemals kennenlernen können?

»Du hast ihn kennengelernt«, erklärte Fletcher ihm. »Du bist zweimal in deinem Leben in der Essenz geschwommen. In der Nacht, als du geboren wurdest, und in der Nacht, als du zum erstenmal neben dem Wesen lagst, das du am meisten in deinem Leben geliebt hast. Wer war das, Buddy? Du hast so viele Frauen gehabt, nicht? Welche hat dir am meisten bedeutet? Oh... aber natürlich. Letztendlich gab es nur eine. Habe ich recht? Deine Mutter.«

Woher, zum Teufel, weißt du das?

»Sagen wir, gut geraten...«

Lügner!

»Also gut, ich wühle ein wenig in deinen Erinnerungen. Verzeih mir mein Eindringen. Ich brauche Hilfe, Buddy, sonst hat mich der Jaff besiegt. Das möchtest du doch nicht.«

Nein, das möchte ich nicht.

»Fantasiere für mich, denk nach. Gib mir mehr als Bedauern, aus dem ich mir Verbündete machen kann. Wer sind deine Helden?«

Helden?

»Stell sie dir vor, für mich.«

Komiker! Allesamt.

»Eine Armee von Komikern? Warum nicht?«

Dieser Gedanke brachte Buddy zum Lächeln. Ja, warum eigentlich nicht? Hatte er nicht auch einmal geglaubt, daß seine Kunst das Böse aus der Welt tilgen könnte? Vielleicht hatte eine Armee heiliger Narren mit Gelächter Erfolg, wo Bomben versagt hatten. Eine süße, lächerliche Vision. Komiker auf dem Schlachtfeld, die den Gewehren die entblößten Ärsche entgegenstreckten und den Generälen Gummihähnchen auf die Köpfe schlugen; grinsendes Kanonenfutter, das Politiker mit Witzen besiegte und Friedensverträge mit Zaubertinte unterschrieb.

Sein Lächeln wurde zu Gelächter.

»Bewahre diesen Gedanken«, sagte Fletcher und griff in Buddys Verstand.

Das Lachen tat weh. Nicht einmal Fletchers Berührung konnte die neuerlichen Krämpfe in Buddys Körper eindämmen.

»Stirb nicht!« sagte Fletcher. »Noch nicht! Für die Essenz, noch nicht!«

Aber sein Bemühen war vergeblich. Gelächter und Schmerzen hielten Buddy von Kopf bis Fuß gepackt. Er sah den Geist über sich an, während ihm Tränen über die Wangen liefen.

Tut mir leid, dachte er. Kann mich nicht konzentrieren. Will nicht...

Gelächter schüttelte ihn.

...hättest mich nicht bitten sollen, mich zu erinnern.

»Einen Augenblick!« sagte Fletcher. »Mehr brauche ich nicht.«

Zu spät. Das Leben wich aus ihm, und für Fletcher blieben nur Rauchgebilde zurück, die so schwach waren, daß er sie nicht gegen den Jaff einsetzen konnte.

»Verflucht!« sagte Fletcher und schrie den Leichnam an, wie er – vor so langer Zeit – einmal Jaffe angeschrien hatte, als dieser auf dem Boden der Misión de Santa Catrina lag. Diesmal konnte er kein Leben aus dem Leichnam pressen. Buddy war nicht mehr. Sein Gesicht hatte einen Ausdruck, der tragisch und komisch zugleich war, und das war nur mehr als recht. So hatte er sein Leben gelebt. Und mit seinem Tod hatte er Palomo Grove eine Zukunft gesichert, in der es von solchen Widersprüchen wimmelte.

4

In den nächsten Tagen sollte die Zeit zahllose Tricks im Grove anwenden, aber sicher war keiner so frustrierend für das Opfer wie die Zeitspanne zwischen Howies Abschied von Jo-Beth und dem Augenblick, da er sie wiedersehen sollte. Die Minuten dehnten sich zu Stunden; die Stunden schienen so lange, als könnte man eine Generation hervorbringen. Er lenkte sich ab, so gut es ging, indem er nach dem Haus seiner Mutter suchte. Schließlich war er mit dieser Absicht hierhergekommen: seine eigene Natur besser zu verstehen, indem er sich eingehender mit dem Stammbaum der Familie auseinandersetzte. Bisher hatte er die Verwirrung freilich nur noch vertieft. Er hatte nicht gedacht, daß er zu Empfindungen wie gestern abend fähig war – die er jetzt nur noch stärker empfand. Diese brausende, unvernünftige Überzeugung, daß alles auf der Welt gut war und niemals schlecht gemacht werden konnte. Die Tatsache, daß die Zeit so schleppend verging, konnte seinen Optimismus nicht dämpfen; es war lediglich ein Spiel, das die Wirklichkeit mit ihm spielte, um die absolute Autorität seiner Empfindungen zu bestätigen.

Und zu diesem Trick kam ein weiterer, noch subtilerer. Als er zum Haus kam, in dem seine Mutter gelebt hatte, war es auf fast übernatürliche Weise unverändert, genau wie auf den Fotos, die er davon gesehen hatte. Er stand mitten auf der Straße und betrachtete es. Es herrschte kein Verkehr, und kein Fußgänger war unterwegs. Diese Ecke des Grove verharrte in vormittäglicher Trägheit, und ihm war beinahe zumute, als könnte seine Mutter, wieder zum Kind geworden, am Fenster erscheinen und ihn ansehen. Ohne die Ereignisse des vergangenen Abends wären ihm diese Gedanken vielleicht gar nicht gekommen. Das wundersame Wiedererkennen, als sie einander gestern abend in die Augen gesehen hatten, sein Gefühl, das er gehabt hatte – und noch hatte –, daß seine Begegnung mit Jo-Beth eine Wonne gewesen war, die irgendwo *gewartet* hatte – das alles brachte seinen Verstand dazu, Muster zu erschaffen, an die er sich vorher nie herangewagt haben würde, und diese Möglichkeit (ein Ort, von dem ein tiefer verborgenes Selbst das Wissen um Jo-Beth bezogen und um ihr kurz bevorstehendes Erscheinen gewußt hatte), wäre noch vierundzwanzig Stunden vorher völlig außerhalb seines Vermögens gewesen. Wieder eine Schleife. Die Geheimnisse ihres Zusammentreffens hatten ihn in Gefilde der Mutmaßungen geführt, welche von Liebe zu Physik zu Philosophie und wieder zurück zur Liebe geführt hatten, und zwar auf eine Weise, daß Kunst und Wissenschaft ununterscheidbar geworden waren.

Und auch das geheimnisvolle Gefühl, während er hier vor dem Haus seiner Mutter stand, ließ sich nicht vom Geheimnis des Mädchens trennen. Haus, Mutter und Zusammentreffen waren eine einzige außergewöhnliche Geschichte. Und er selbst der gemeinsame Faktor.

Er entschied sich dagegen, an die Tür zu klopfen – schließlich, wieviel konnte er von dem Haus noch erfahren? – und wollte gerade umkehren, als er einer Eingebung folgte und statt dessen weiter den Hügel hinauf bis zum Gipfel ging. Dort stellte er zu seinem Erstaunen fest, daß er eine Aussicht über ganz Palomo Grove hatte – nach Osten über das Einkaufszentrum, bis zum Stadtrand, der in dichten Wald überging. Jedenfalls ziemlich dichten; an manchen Stellen wies das Blattwerk Lücken auf, und in einer solchen Lücke schien sich eine ansehnliche Menschenmenge versammelt zu haben. Lampen waren kreisförmig aufgestellt worden, sie erhellten etwas, das er aufgrund der großen Entfernung nicht erkennen konnte. Drehten sie da unten einen Film? Er hatte den Vormittag so sehr in einer Art Trance verbracht, daß ihm auf dem Weg hierher überhaupt nichts aufgefallen war; er hätte auf der Straße an allen Stars vorbeigehen können, die einmal einen Oscar gewonnen hatten, und hätte es nicht einmal bemerkt.

Während er beobachtend dastand, hörte er ein Flüstern. Er drehte sich um. Die Straße hinter ihm war verlassen. Nicht einmal hier, auf der Kuppe des Hügels seiner Mutter, wehte ein Wind, der das Geräusch zu ihm hätte tragen können. Und doch hörte er es erneut; ein Geräusch so dicht an seinem Ohr, daß es beinahe in seinem Kopf selbst zu sein schien. Die Stimme war leise. Sie sprach nur zwei Silben aus, die zu einem Kollier aus Lauten aufgereiht waren.

– *ardhowardhowardhow* –

Es erforderte keinen Kurs in Logik, dieses Ereignis mit den Vorkommnissen unten im Wald in Verbindung zu bringen. Aber er konnte nicht so tun, als verstünde er die Vorgänge, die rings um ihn herum am Werk waren.

Der Grove gehorchte offenbar seinen eigenen Gesetzen, und er hatte von seinen Rätseln schon soviel profitiert, daß er künftigen Abenteuern nicht den Rücken kehren konnte. Wenn die Suche nach einem Steak ihn zur Liebe seines Lebens führen konnte, was konnte es ihm bringen, wenn er einem Flüstern folgte?

Es war nicht schwer, zum Wald hinunterzugelangen. Während er den Weg zurücklegte, hatte er das merkwürdige Gefühl, daß die ganze Stadt dorthin *führte;* daß der Hügel eine schiefe Ebene war und alles, was sich darauf befand, jeden Moment in den Schlund der Erde hinabrutschen konnte. Dieser Eindruck wurde verstärkt, als er schließlich den Wald erreicht hatte und sich erkundigte, was los war. Niemand schien es ihm sagen zu wollen, bis ein Kind krähte:

»Da ist ein Loch im Boden, und das hat ihn ganz verschluckt.«

»Wen verschluckt?« wollte Howie wissen. Aber nicht der Junge antwortete, sondern die Frau, die bei ihm war.

»Buddy Vance«, sagte sie. Nun war Howie nicht schlauer als vorher, und man schien ihm seine Unwissenheit anzusehen, denn die Frau hatte weitere Informationen parat. »Er war Fernsehstar«, sagte sie. »Komischer Bursche. Mein Mann mag ihn sehr.«

»Haben sie ihn schon heraufgeholt?«

»Noch nicht.«

»Macht nix«, warf der Junge ein. »Der ist sowieso tot.«

»Stimmt das?« fragte Howie.

»Sicher«, antwortete die Frau.

Plötzlich hatte die ganze Szene eine andere Perspektive. Diese Leute waren nicht hier, um zuzusehen, wie ein Mann dem Tod von der Schippe sprang. Sie wollten den Leichnam sehen, wenn er in den Krankenwagen geladen wurde. Sie wollten nur sagen können: Ich war dabei, als sie ihn heraufgeholt haben. Ich habe ihn unter dem Leichentuch gesehen. Ihr morbides Gebaren, noch dazu an so einem Tag voller Möglichkeiten, stieß ihn ab. Wer immer seinen Namen gerufen hatte, jetzt rief er ihn nicht mehr; und wenn, war die lauernde Präsenz der Menge stärker. Es hatte keinen Zweck, wenn er blieb, warteten doch Augen darauf, ihn zu sehen, und Lippen, ihn zu küssen. Er kehrte den Bäumen und demjenigen, der ihn gerufen hatte, den Rücken zu und ging wieder ins Motel zurück, um dort darauf zu warten, bis Jo-Beth kam.

IV

Nur Abernethy redete Grillo mit Vornamen an. Für Saralyn war er, von dem Tag an, als sie sich kennengelernt, bis zu der Nacht, als sie sich getrennt hatten, immer Grillo gewesen; ebenso für alle Kollegen und Freunde. Für seine Feinde – und welcher Journalist, besonders ein in Ungnade gefallener, hatte nicht seine Feinde? – war er manchmal der Scheißkerl Grillo, oder Grillo, der Moralapostel, aber eben immer Grillo.

Nur Abernethy sagte: »Nathan?«

»Was wollen Sie?«

Grillo war gerade unter der Dusche hervorgekommen, doch kaum hatte er Abernethys Stimme gehört, hätte er sich am liebsten gleich wieder abschrubben wollen.

»Was machen Sie zu Hause?«

»Ich arbeite«, log Grillo. Gestern nacht war es spät geworden. »Der Artikel über die Umweltverschmutzung, erinnern Sie sich?«

»Vergessen Sie's. Es ist etwas passiert, und ich möchte, daß Sie hingehen. Buddy Vance – der Komiker – ist verschwunden.«

»Wann?«

»Heute morgen.«

»Wo?«

»Palomo Grove. Kennen Sie das?«

»Nur dem Namen nach.«

»Sie versuchen, ihn auszugraben. Es ist jetzt Mittag. Wann können Sie dort sein?«

»Eine Stunde. Höchstens neunzig Minuten. Was ist denn daran so interessant?«

»Sie sind zu jung. Sie erinnern sich nicht mehr an die *Buddy Vance Show.*«

»Ich habe die Wiederholungen gesehen.«

»Ich will Ihnen mal was sagen, Nathan, mein Junge...« Von allen Anwandlungen Abernethys haßte Grillo die altväterliche am meisten. »...hat die *Buddy Vance Show* die Bars leergefegt. Er war ein großer Mann und ein großer Amerikaner.«

»Sie wollen also einen Tränendrüsendrücker?«

»Nein, verdammt. Ich will Nachrichten über seine Frauen, den Alkohol, und warum er im Ventura County endete, wo er doch früher in einer drei verdammte Blocks langen Limousine durch Burbank kutschiert ist.«

»Mit anderen Worten, den Dreck.«

»Es waren Drogen im Spiel, Nathan«, sagte Abernethy. Grillo konnte sich den gespielt ernsten Gesichtsausdruck des Mannes vorstellen. »Unsere Leser müssen das wissen.«

»Die wollen den Dreck, und Sie auch«, sagte Grillo.

»Verklagen Sie mich«, sagte Abernethy. »Aber setzen Sie einfach Ihren Hintern in Bewegung.«

»Und wir wissen nicht einmal, wo er ist? Angenommen, er ist einfach abgehauen?«

»Oh, sie wissen, wo er ist«, sagte Abernethy. »Sie versuchen, den Leichnam in den nächsten paar Stunden heraufzuholen.«

»Heraufzuholen? Sie meinen, er ist ertrunken?«

»Ich meine, er ist in ein Loch gefallen.«

Komiker, dachte Grillo. Machen einfach alles für einen Lacher.

Aber es war nicht komisch. Als er zu Abernethys fröhlicher Truppe gestoßen war, nach dem Debakel in Boston, war das eine Erholung von dem sorgfältig recherchierten Journalismus gewesen, mit dem er sich einen Namen gemacht und der ihn schließlich zu Fall gebracht hatte. Die Vorstellung, für ein Skandalblatt mit kleiner Auflage wie den *County Reporter* zu arbeiten, schien eine Erleichterung zu sein. Abernethy war ein scheinheiliger Heuchler, ein wiedergeborener Christ, für den Vergebung ein unanständiges Wort war. Die Artikel, die er bei Grillo in Auftrag gab, waren mühelos zu recherchieren und noch müheloser zu schreiben, denn für die Leserschaft des *Reporters* sollten die Artikel nur einen einzigen Zweck erfüllen: Neid aus der Welt zu schaffen. Sie wollten Geschichten über Leid bei den großen Tieren; die Kehrseite des Ruhms. Abernethy kannte seine Gemeinde gut. Er brachte sogar seine Biographie ins Spiel und trat in seinen Editorials die Bekehrung vom Alkoholiker zum Fundamentalisten breit. Nüchtern und voll auf Gott abgefahren, so beschrieb er sich immer selbst. Diese heilige Sanktionierung ermöglichte ihm, den Dreck, den er herausgab, mit einem strahlenden Lächeln zu erdulden, und gestattete seinen Lesern, sich ohne Schuldgefühle darin zu suhlen. Sie lasen Geschichten von den Folgen der Sünde. Was konnte christlicher sein?

Für Grillo war der Witz schon längst nicht mehr komisch. Er hatte nicht nur einmal, sondern hundertmal daran gedacht, zu Abernethy zu sagen, daß er sich verpissen sollte, aber wo sollte er, ein zum Narren gemachter Star-Reporter, einen Job bekommen, wenn nicht bei einem kleinen Blatt wie dem *Reporter*? Er hatte schon daran gedacht, den Beruf zu wechseln, aber er hatte weder den Wunsch noch die Fähigkeiten, etwas anderes zu machen. Er hatte, soweit er sich zurückerinnern konnte, der Welt Nachrichten über sich selbst präsentieren wollen. Diese Funktion hatte etwas *Essentielles*. Er konnte sich nicht vorstellen, etwas anderes zu machen. Die Welt kannte sich selbst nicht besonders gut. Sie brauchte Menschen, die ihr die Geschichte ihres Lebens Tag für Tag erzählen, wie sollte sie sonst aus ihren Fehlern lernen? Er hatte einen solchen Fehler in die Schlagzeilen gebracht – Korruption im Senat –, als er herausfand (sein Magen drehte sich heute noch um, wenn er nur daran dachte), daß ihm die Gegner seines Opfers eine Falle gestellt und seine Position als Vertreter der Presse dazu benützt hatten, einen unschuldigen Namen in den Dreck zu ziehen. Er hatte sich entschuldigt, einen Bückling gemacht und um seine Entlassung gebeten. Die Angelegenheit war schnell vergessen worden, denn neue Schlagzeilen verdrängten die, die er selbst geschrieben hatte. Politiker würden, wie Skorpione und Küchenschaben, noch da sein, wenn Atombomben die Zivilisation in Schutt und Asche gelegt hatten. Aber Journalisten waren empfindlich. Ein Fehler, und ihre Glaubwürdigkeit war dahin. Er war nach Westen geflohen, bis zum Pazifik. Er hatte überlegt, ob er sich dort ertränken sollte, sich aber statt dessen dafür entschieden, für Abernethy zu arbeiten. Das war, wie sich immer mehr herausstellte, ein Fehler gewesen.

Mach das Beste daraus, sagte er sich jeden Tag, von hier aus kann es nur noch aufwärts gehen.

Der Grove überraschte ihn. Er wies sämtliche hervorstechende Merkmale einer auf dem Reißbrett entworfenen Stadt auf – das zentrale Einkaufszentrum, die an den Himmelsrichtungen orientierten Ortsteile, die *Ordnung* der Straßen –, aber der Stil der Häuser bot willkommene Abwechslung, und es herrschte allgemein das Gefühl vor, als hätte die Stadt geheime Gefilde – vielleicht deshalb, weil sie teilweise auf einem Hügel erbaut worden war.

Wenn der Wald selbst Geheimnisse barg, so waren diese vom Ansturm der Schaulustigen niedergetrampelt worden, die die Exhumierung sehen wollten. Grillo zeigte seinen Presseausweis und stellte einem Polizisten an der Absperrung ein paar Fragen. Nein, es war unwahrscheinlich, daß der Leichnam demnächst geborgen werden würde; er mußte erst gefunden werden. Und Grillo konnte auch mit keinem Verantwortlichen des Unternehmens sprechen. Kommen Sie später wieder, wurde ihm vorgeschlagen. Das schien ein guter Rat zu sein. Es herrschte kaum Aktivität an der Spalte. Obwohl Seile verschiedener Art am Boden lagen, schien niemand Gebrauch davon zu machen. Er beschloß, das Risiko einzugehen und den Schauplatz zu verlassen, um ein paar Anrufe zu erledigen. Er begab sich zum Einkaufszentrum und einer öffentlichen Telefonzelle. Als erstes rief er Abernethy an, meldete, daß er vor Ort eingetroffen war, und erkundigte sich, ob der Fotograf schon losgeschickt worden war. Abernethy war außer Haus. Grillo hinterließ eine Nachricht. Mit seinem zweiten Anruf hatte er mehr Glück. Der Anrufbeantworter begann mit seiner vertrauten Botschaft...

»Hi. Sie sind mit Tesla und Butch verbunden. Wenn Sie den Hund sprechen wollen – ich bin nicht da. Wenn Sie Butch wollen...« Doch dann ging Tesla selbst an den Apparat.

»Hallo.«

»Ich bin's, Grillo.«

»Grillo? Verdammt, sei still, Butch! Tut mir leid, Grillo, er versucht...« Der Hörer wurde weggelegt, dann folgte eine

Menge Aufhebens, schließlich kam Tesla atemlos wieder ans Telefon. »Dieses Tier. Warum habe ich ihn nur genommen, Grillo?«

»Er war der einzige Mann, der mit dir zusammenleben wollte.«

»Blöder Hund.«

»Deine Worte.«

»Habe ich das gesagt?«

»Du hast das gesagt.«

»Hatte ich ganz vergessen! Ich habe Neuigkeiten, Grillo. Ich habe einen Vertrag für eines der Drehbücher. Der Film, den ich letztes Jahr geschrieben habe, der nicht realisiert wurde? Sie wollen, daß ich ihn umschreibe. Es soll im Weltraum spielen.«

»Machst du es?«

»Warum nicht? Ich brauche eine Produktion. Keiner wird das schwergewichtige Material bringen, wenn ich keinen Hit habe. Also scheiß auf die Kunst; ich werde so derb sein, wie sie es nur haben wollen. Und komm mir gar nicht erst mit der ganzen Scheiße von wegen künstlerischer Integrität. Ein Mädchen muß leben.«

»Ich weiß, ich weiß.«

»Also«, sagte sie, »was gibt's Neues?«

Darauf gab es viele Antworten: eine ganze Litanei. Er konnte ihr erzählen, wie ihm sein Friseur mit einer Handvoll blonder Strähnen lächelnd eröffnet hatte, daß Grillo eine kahle Stelle am Hinterkopf hatte. Oder wie er heute morgen, als er in den Spiegel gesehen hatte, zu dem Ergebnis gekommen war, daß seine langgezogenen, blutarmen Gesichtszüge, von denen er immer gehofft hatte, sie würden einmal zu heroischer Melancholie werden, schlicht und einfach trübselig aussahen. Oder daß er immer wieder den Traum hatte, wie er mit Abernethy und einer Ziege, die Abernethy hielt und die ihn, Grillo, küssen wollte, zwischen zwei Stockwerken im Fahrstuhl steckenblieb. Aber er behielt die Biographie für sich und sagte nur:

»Ich brauche Hilfe.«

»Paßt.«

»Was weißt du über Buddy Vance?«

»Ist in ein Loch gefallen. Kam im Fernsehen.«
»Und seine Lebensgeschichte?«
»Das ist für Abernethy, nicht?«
»Richtig.«
»Also nur der Dreck.«
»Treffer.«
»Nun, Komiker sind nicht meine starke Seite. Ich habe meinen Abschluß über Sex-Göttinnen gemacht. Aber ich habe nachgeschlagen, als ich die Nachrichten gehört habe. Sechsmal verheiratet; einmal mit einer siebzehnjährigen. Diese Ehe dauerte zweiundvierzig Tage. Seine zweite Frau starb an einer Überdosis...«
Wie Grillo gehofft hatte, wußte Tesla bestens über das Leben und die Ausschweifungen von Buddy Vance Bescheid. Sucht nach Frauen, verbotene Drogen und Ruhm; Fernsehserien; Filme; der Sturz in Ungnade.
»Du kannst mit Gefühl darüber schreiben, Grillo.«
»Danke.«
»Ich liebe dich, nur weil ich dir weh tue. Oder war es umgekehrt?«
»Sehr komisch. Apropos, war er das?«
»Was?«
»Komisch?«
»Vance? Auf seine Art wohl schon. Hast du ihn nie gesehen?«
»Wahrscheinlich schon, vermute ich. Ich kann mich nur nicht an die Darbietung erinnern.«
»Er hatte ein Gummigesicht. Wenn man ihn nur ansah, mußte man lachen. Und dann seine unheimliche Persönlichkeit. Halb Idiot und halb Schleimball.«
»Und wie kam es, daß er so erfolgreich bei Frauen war?«
»Der Dreck?«
»Selbstverständlich.«
»Seine enorme Ausstattung.«
»Soll das ein Witz sein?«
»Der größte Schwanz beim Fernsehen. Das habe ich aus einer absolut zuverlässigen Quelle.«

»Wer war das?«

»*Bitte,* Grillo«, sagte Tesla erschüttert. »Höre ich mich wie ein Mädchen an, das klatscht?«

Grillo lachte. »Danke für die Informationen. Ich schulde dir ein Essen.«

»Abgemacht. Heute abend.«

»Sieht so aus, als müßte ich hierbleiben.«

»Dann suche ich dich.«

»Vielleicht morgen, wenn ich noch hier bin. Ich ruf' dich an.«

»Wenn nicht, bist du tot.«

»Wenn ich sage, daß ich anrufe, dann rufe ich auch an. Und jetzt geh wieder zu deinen Schiffbrüchigen im Weltraum.«

»Mach nichts, was ich nicht auch machen würde. Und Grillo...«

»Was?«

Bevor sie antwortete, legte sie den Hörer auf und gewann damit zum drittenmal hintereinander das Spiel, wer wen zuerst loswurde, das sie spielten, seit Grillo ihr eines Nachts in angeheiterter Stimmung einmal verraten hatte, daß er Abschiede haßte.

V

1

»Mama?«

Sie saß wie üblich am Fenster.

»Pastor John ist gestern abend nicht gekommen, Jo-Beth. Hast du ihm Bescheid gesagt, wie du es versprochen hast?« Sie deutete den Gesichtsausdruck ihrer Tochter richtig. »Nein«, sagte sie. »Wie konntest du das vergessen?«

»Tut mir leid, Mama.«

»Du weißt, wie sehr ich von ihm abhängig bin. Ich habe gute Gründe dafür, Jo-Beth. Ich weiß, du denkst nicht so, aber ich.«

»Nein. Ich glaube dir. Ich rufe ihn später an. Aber vorher... muß ich mit dir sprechen.«

»Solltest du nicht im Geschäft sein?« sagte Joyce. »Hast du dich krank gemeldet? Ich habe Tommy-Ray gehört...«

»Mama, hör mir zu. Ich muß dich etwas Wichtiges fragen.«

Joyce machte bereits einen verängstigten Eindruck. »Ich kann jetzt nicht reden«, sagte sie. »Ich brauche den Pastor.«

»Er wird später vorbeikommen. Erstens: Ich muß etwas über eine Freundin von dir wissen.«

Joyce sagte nichts, aber ihr Gesicht war ganz Kümmernis. Jo-Beth hatte diesen Ausdruck aber schon so häufig gesehen, daß sie sich nicht davon beeindrucken ließ.

»Ich habe gestern einen Jungen kennengelernt, Mama«, sagte sie und war entschlossen, alles zu sagen. »Er heißt Howard Katz. Seine Mutter war Trudi Katz.«

Joyce' Gesicht streifte die Maske der Kümmernis ab. Darunter kam ein auf unheimliche Weise zufrieden wirkender Ausdruck zum Vorschein. »Habe ich es nicht gesagt?« murmelte sie bei sich und drehte den Kopf wieder zum Fenster.

»Was hast du gesagt?«

»Wie könnte es vorbei sein? Wie könnte es vorbei sein?«

»Mutter. Bitte erkläre mir das.«

»Es war kein Unfall. Wir wußten alle, daß es kein Unfall war. Sie hatten ihre Gründe.«

»Wer hatte Gründe?«

»Ich brauche den Pastor.«

»Mutter: *wer* hatte Gründe?«

Joyce stand auf, ohne zu antworten.

»Wo ist er?« fragte sie mit plötzlich lauter Stimme. Sie ging auf die Tür zu. »Ich muß ihn sprechen.«

»Schon gut, Mama! Schon gut! Beruhige dich.«

Unter der Tür drehte sie sich zu Jo-Beth um. Tränen standen ihr in den Augen.

»Du darfst nicht mit Trudis Jungen zusammentreffen«, sagte sie. »Hast du mich verstanden? Du darfst ihn nicht sehen, nicht mit ihm sprechen, nicht einmal an ihn *denken.* Versprich es mir.«

»Das kann ich nicht versprechen. Es ist albern.«

»Du hast doch nichts mit ihm *gemacht,* oder?«

»Was meinst du damit?«

»Mein Gott, du hast es getan.«

»Ich habe nichts getan.«

»Lüg mich nicht an!« forderte Mama und ballte die Hände zu knochigen Fäusten. »Du mußt beten, Jo-Beth!«

»Ich will nicht beten. Ich wollte Hilfe von dir, mehr nicht. Ich brauche keine Gebete.«

»Du bist schon besessen von ihm. Bisher hast du nie so gesprochen.«

»Ich habe auch noch nie so *empfunden!*« antwortete sie. Sie war gefährlich dicht davor, in Tränen auszubrechen; Wut und Angst vermischten sich. Es war sinnlos, Mama zuzuhören, sie würde nur nach Gebeten schreien. Jo-Beth ging so nachdrücklich zur Tür, daß Mama klar war, sie würde sich nicht aufhalten lassen. Kein Widerstand wurde ihr entgegengesetzt. Mama trat beiseite und ließ sie gehen, aber während sie die Treppe hinunterschritt, rief sie ihr nach:

»Jo-Beth, komm zurück! Ich bin krank, Jo-Beth! Jo-Beth! Jo-Beth!«

Howie machte die Tür auf und sah seine in Tränen aufgelöste Schönheit vor sich.

»Was ist denn los?« fragte er und bat sie herein.

Sie legte die Hände vors Gesicht und schluchzte. Er nahm sie in die Arme. »Schon gut«, sagte er, »so schlimm kann es gar nicht sein.« Das Schluchzen wurde immer leiser, bis sie sich von ihm löste, verloren mitten im Zimmer stand und sich mit dem Handrücken die Tränen von den Wangen wischte.

»Tut mir leid«, sagte sie.

»Was ist denn passiert?«

»Das ist eine lange Geschichte. Sie reicht weit zurück. Bis zu deiner und meiner Mutter.«

»Sie kannten einander?«

Sie nickte. »Sie waren die besten Freundinnen.«

»Also stand es in den Sternen«, sagte er lächelnd.

»Ich glaube, Mama sieht es nicht so.«

»Warum nicht? Der Sohn ihrer besten Freundin...«

»Hat dir deine Mutter je gesagt, warum sie den Grove verlassen hat?«

»Sie war nicht verheiratet.«

»Mama auch nicht.«

»Vielleicht war sie zäher als meine...«

»Nein, ich meine damit: Vielleicht ist es mehr als ein Zufall. Ich habe mein Leben lang Gerüchte gehört, was vor meiner Geburt passiert ist. Über Mama und ihre Freundinnen.«

»Davon weiß ich nichts.«

»Ich weiß nur Bruchstücke. Sie waren vier. Deine Mutter; meine; ein Mädchen namens Carolyn Hotchkiss, deren Vater noch im Grove lebt, und noch eine. Ihren Namen habe ich vergessen. Arleen irgendwer. Sie wurden angegriffen. Vergewaltigt, glaube ich.«

Howies Lächeln war schon lange verschwunden.

»Mutter?« sagte er leise. »Warum hat sie nie etwas gesagt?«

»Wer würde seinem Kind schon erzählen, daß es auf diese Weise empfangen wurde?«

»Herrgott«, sagte Howie. »Vergewaltigt...«

»Vielleicht irre ich mich«, sagte Jo-Beth und sah zu Howie auf.

Sein Gesicht war verkniffen, als wäre er gerade geschlagen worden.

»Ich habe mein ganzes Leben mit diesen Gerüchten gelebt, Howie. Ich habe gesehen, wie Mama durch sie fast in den Wahnsinn getrieben wurde. Sie sprach ununterbrochen vom Teufel. Ich hatte immer schreckliche Angst, wenn sie davon sprach, daß Satan ein Auge auf mich geworfen hatte. Ich habe gebetet, unsichtbar zu sein, damit er mich nicht sehen kann.«

Howie nahm die Brille ab und warf sie aufs Bett.

»Ich habe dir nicht gesagt, warum ich hierhergekommen bin, oder?« sagte er. »Ich glaube... glaube... glaube, es wird Zeit dafür. Ich bin hergekommen, weil ich nicht die leiseste Ahnung habe, wer oder was ich bin. Ich wollte alles über den Grove herausfinden, und warum meine Mutter vertrieben wurde.«

»Und jetzt wünschst du dir, du wärst nie gekommen.«

»Nein. Wenn ich nicht gekommen wäre, hätte ich dich nicht kennengelernt. Hätte mich nicht... nicht... nicht... verliebt.«

»In jemanden, der möglicherweise deine *Schwester* ist?«

Der verkniffene Gesichtsausdruck wurde weicher. »Nein«, sagte er. »Das kann ich nicht glauben.«

»Ich habe dich in dem Augenblick erkannt, als ich Butrick's betreten habe. Du hast mich auch erkannt. Warum?«

»Liebe auf den ersten Blick.«

»Schön wär's.«

»Das empfinde ich. Und du empfindest es auch. Ich weiß es. Du hast es selbst gesagt.«

»Das war vorher.«

»Ich liebe dich, Jo-Beth.«

»Das kannst du nicht. Du kennst mich überhaupt nicht.«

»Doch! Und ich werde nicht wegen einer Vermutung aufgeben. Wir wissen nicht, ob das alles stimmt.« Sein Stottern ging in dem heftigen Ausbruch völlig unter. »Es könnten alles Lügen sein, richtig?«

»Möglich«, gab sie zu. »Aber warum sollte jemand so eine Geschichte erfinden? Warum haben uns unsere Mütter nie gesagt, wer unsere Väter waren?«

»Wir werden es herausfinden.«

»Von wem?«

»Frag deine Mama.«

»Das habe ich schon versucht.«

»Und?«

»Sie hat mir gesagt, ich solle nicht in deine Nähe gehen. Nicht einmal an dich denken...«

Ihre Tränen waren getrocknet, während sie die Geschichte erzählt hatte. Jetzt flossen sie wieder, als sie an Mama dachte. »Aber ich kann es doch nicht unterdrücken, oder?« sagte sie und wandte sich damit genau an den um Hilfe, mit dem ihr der Umgang verboten worden war.

Als er sie ansah, wünschte sich Howie, er wäre der heilige Narr, als den Lem ihn immer bezeichnet hatte. Er wollte die Redefreiheit haben, die nur Idioten, Tieren und Babys zugestanden wird; er wollte mit ihr schmusen und sie lecken und nicht weggestoßen werden. Es war nicht auszuschließen, daß sie tatsächlich seine Schwester war, aber seine Libido setzte sich über Tabus hinweg.

»Ich sollte besser gehen«, sagte sie, als könnte sie seine Erregung spüren. »Mama will mit dem Pastor reden.«

»Vielleicht ein paar Gebete sprechen, damit ich wieder verschwinde, meinst du?«

»Das ist nicht fair.«

»Bitte bleib noch eine Weile«, flehte er. »Wir müssen nicht reden. Wir müssen gar nichts machen. Bleib einfach.«

»Ich bin müde.«

»Dann schlafen wir.«

Er streckte die Hand aus und berührte ganz sanft ihr Gesicht.

»Wir haben gestern nacht beide nicht ausreichend geschlafen«, sagte er.

Sie seufzte und nickte.

»Vielleicht klärt sich alles auf, wenn wir es einfach dabei bewenden lassen.«

»Das hoffe ich.«

Er entschuldigte sich und ging ins Bad, um die Blase zu leeren. Als er zurückkam, hatte sie die Schuhe ausgezogen und lag auf dem Bett.

»Platz für zwei?« sagte er.

Sie murmelte eine Zustimmung. Er legte sich neben sie und versuchte, nicht an das zu denken, was sie in seiner Vorstellung zwischen diesen Laken machen würden.

Sie seufzte wieder.

»Alles wird gut«, sagte er. »Schlaf jetzt.«

2

Als Grillo wieder in den Wald kam, war der Großteil des Publikums von Buddy Vance' letztem Auftritt weggegangen. Offenbar waren sie zu dem Ergebnis gekommen, daß es sich nicht lohnte, auf ihn zu warten. Und da die Schaulustigen sich verzogen hatten, waren die Wachen an den Absperrungen nachlässig geworden. Grillo trat über das Seil und ging auf den Polizisten zu, der den Einsatz zu leiten schien. Er stellte sich vor und erklärte, was er machte.

»Ich kann Ihnen nicht viel erzählen«, sagte der Mann als Antwort auf Grillos Frage. »Wir haben mittlerweile vier Bergsteiger unten, aber Gott allein weiß, wie lange es dauern kann, bis die Leiche hochgebracht wird. Wir haben sie noch nicht einmal gefunden. Und Hotchkiss hat uns gesagt, daß dort unten alle möglichen unterirdischen Flüsse sind. Der Leichnam könnte inzwischen in den Pazifik gespült worden sein.«

»Arbeiten Sie die Nacht durch?«

»Sieht so aus, als müßten wir das.« Er sah auf die Uhr. »Es wird schätzungsweise noch vier Stunden hell sein. Dann müssen wir uns auf die Lampen verlassen.«

»Hat schon einmal jemand diese Höhlen erforscht?« fragte Grillo. »Gibt es Karten davon?«

»Nicht, daß ich wüßte. Fragen Sie besser Hotchkiss. Er ist der Mann in Schwarz da drüben.« Grillo stellte sich erneut vor. Hotchkiss war ein großer, grimmiger Mann mit dem faltigen Aussehen von jemand, der viel abgenommen hat.

»Man hat mir gesagt, daß Sie der Höhlenfachmann sind«, sagte Grillo.

»Nur durch Zufall«, antwortete Hotchkiss. »Es ist einfach so, daß niemand sie besser kennt.« Er sah Grillo nicht einen Augenblick an, statt dessen glitten seine Augen immer hin und her. »Was unter uns ist... darüber denken die Leute nicht gerne nach.«

»Aber Sie schon?«

»Ja.«

»Und Sie haben es irgendwie studiert?«

»Nur als Amateur«, erklärte Hotchkiss. »Es gibt Themen, die packen einen einfach. Das hat mich eben gepackt.«

»Waren Sie schon selbst unten?«

Hotchkiss wich von seinem Verhaltensmuster ab und sah Grillo volle zwei Sekunden an, bevor er sagte: »Diese Höhlen waren bis zu diesem Augenblick *versiegelt*, Mr. Grillo. Ich selbst habe sie vor vielen Jahren versiegeln lassen. Sie waren – *sind* – eine Gefahr für Unschuldige.«

Unschuldige, dachte Grillo. Was für eine seltsame Wortwahl.

»Der Polizist, mit dem ich gesprochen habe...«

»Spilmont.«

»Richtig. Er sagte, es gibt Flüsse da unten.«

»Da unten gibt es eine ganze *Welt*, Mr. Grillo, über die wir so gut wie nichts wissen. Und die verändert sich ständig. Klar, es gibt Flüsse, aber auch jede Menge anderes. Ganze Gattungen, die noch nie das Licht der Sonne gesehen haben.«

»Klingt nicht sehr fröhlich.«

»Sie passen sich an«, sagte Hotchkiss. »Wie wir alle. Sie leben mit ihren Beschränkungen. Schließlich leben wir alle auf einer Bruchstelle, die sich jeden Moment auftun könnte. Wir haben uns daran gewöhnt.«

»Ich versuche, nicht daran zu denken.«

»Das ist Ihre Methode.«

»Und Ihre?«

Hotchkiss lächelte verkniffen und machte dabei halb die Augen zu.

»Ich habe vor ein paar Jahren überlegt, ob ich den Grove verlassen sollte. Für mich verknüpfen sich... schlimme Erinnerungen damit.«

»Aber Sie sind geblieben.«

»Ich habe herausgefunden, daß ich die Summe meiner Kompromisse bin«, antwortete er. »Wenn die Stadt geht, dann gehe ich mit ihr.«

»Wenn?«

»Palomo Grove ist auf schlechtem Land gebaut. Der Boden unter unseren Füßen scheint fest zu sein, aber er verschiebt sich ständig.«

»Also könnte die ganze Stadt den Weg von Buddy Vance gehen? Wollten Sie das damit sagen?«

»Sie können mich zitieren, wenn Sie meinen Namen nicht nennen.«

»Einverstanden.«

»Haben Sie, was Sie brauchen?«

»Mehr als genug.«

»Das gibt es nicht«, bemerkte Hotchkiss. »Nicht bei schlechten Nachrichten. Entschuldigen Sie mich, ja?«

Um die Spalte herum herrschte plötzlich hektische Regsamkeit. Hotchkiss, der Grillo einen Knüller für seine Schlagzeile geliefert hatte, auf die jeder Komiker neidisch sein würde, ging hinüber, um die Bergung von Buddy Vance zu beaufsichtigen.

Tommy-Ray lag in seinem Zimmer und schwitzte. Er war aus dem Sonnenlicht gekommen, hatte die Fenster zugemacht und die Vorhänge zugezogen. Da er das Zimmer so abschottete, verwandelte es sich in einen Backofen, aber Hitze und Dunkelheit gefielen ihm. In ihrer Umarmung fühlte er sich nicht so allein und entblößt, wie er sich in der hellen, klaren Luft des Grove gefühlt hatte. Hier konnte er seine eigenen Säfte riechen, die aus den Poren quollen; seinen eigenen schalen Atem, der aus seinem Hals kam und sich über sein Gesicht senkte. Wenn Jo-Beth ihn betrogen hatte, mußte er sich eine neue Gesellschaft suchen, und wo sollte er besser anfangen als bei sich selbst?

Er hatte gehört, wie sie am Nachmittag ins Haus gekommen war und mit Mama gestritten hatte, aber er hatte sich nicht bemüht, den Wortwechsel zu verstehen. Wenn ihre erbärmliche Romanze bereits auseinanderfiel – und was sonst sollte ihr

Schluchzen auf der Treppe bedeuten? –, war das ihre eigene verdammte Schuld. Er hatte Wichtigeres zu tun.

Während er in der Hitze dalag, suchten die seltsamsten Bilder seinen Kopf heim. Sie alle stiegen aus einer Dunkelheit auf, der das abgedunkelte Zimmer nichts Gleichwertiges entgegenzusetzen hatte. Lag es vielleicht daran, daß sie noch unvollständig waren? Bruchstücke eines Plans, den er verzweifelt begreifen wollte, der ihm aber dennoch immer wieder entglitt? Blut kam darin vor; Fels kam darin vor; eine blasse, wabernde Kreatur kam darin vor, bei deren Anblick sich ihm der Magen umdrehte. Und ein Mann, den er nicht erkennen konnte, der aber, wenn er nur genügend schwitzte, deutlich vor ihm erstehen würde.

Und wenn das geschah, würde das Warten ein Ende haben.

Zuerst drang ein Warnruf aus der Spalte. Die Mannschaft um die Öffnung herum, einschließlich Spilmont und Hotchkiss, bemühte sich, die Männer heraufzuziehen, aber was sich unten abspielte, schien so gewaltig zu sein, daß es sich von der Oberfläche nicht kontrollieren ließ. Der Polizist, der am dichtesten am Abgrund stand, schrie plötzlich auf, als sich das Seil um seine Hand straffte und er wie ein Fisch an der Angel auf die Öffnung zugezogen wurde. Spilmont rettete ihn, indem er den Mann so lange an den Füßen festhielt, daß dieser die Handschuhe abstreifen konnte. Während beide zu Boden stürzten, wurden die Schreie von unten lauter; Warnungen von oben mischten sich darunter.

»Es öffnet sich!« schrie jemand. *»Großer Gott, es öffnet sich!«*

Grillo war ein Feigling, bis er Schlagzeilen witterte. Dann war er bereit, sich allem in den Weg zu stellen. Er drängte sich an Hotchkiss und dem Polizisten vorbei, damit er besser sehen konnte, was los war. Niemand hielt ihn auf; alle mußten an ihre eigene Sicherheit denken. Staub stieg aus der klaffenden Öffnung empor und nahm den Männern an den Seilen, von denen das Leben der Klettergruppe abhing, die Sicht. Vor seinen Augen wurde einer davon auf den Abgrund zugezogen, aus dem Schreie ertönten, die auf ein Massaker hindeuteten. Grillo schrie selbst, als der Boden direkt unter seinen Füßen zu Staub zerfiel. Jemand warf sich an Grillo vorbei in das Wirrwarr und versuchte, den Mann hochzuziehen, aber es war zu spät. Das Seil wurde straff. Er wurde in die Tiefe gerissen, sein Retter, der versagt hatte, lag mit dem Gesicht nach unten am Rand der Spalte. Grillo ging auf den Überlebenden zu, obwohl er kaum sehen konnte, ob er festen Boden unter den Füßen hatte oder nicht. Er spürte das Beben, das sich durch seine Beine und die Wirbelsäule fortpflanzte und seine Gedanken in ein Chaos stürzte. Sein Instinkt reichte aus. Er spreizte die Beine, um nicht aus dem Gleichgewicht zu kommen, und bückte sich nach dem gestürzten Mann. Es war Hotchkiss, der sich beim Sturz das Gesicht aufgeschlagen und einen benommenen Ausdruck hatte. Grillo schrie seinen Namen. Der Mann antwortete, indem er Grillos ausgestreckten Arm ergriff, während der Boden um sie herum aufbrach.

Jo-Beth und Howie lagen nebeneinander auf dem Bett im Motel. Keiner erwachte, aber beide keuchten und bebten wie Liebende, die gerade vor dem Ertrinken gerettet worden waren. Beide hatten von Wasser geträumt. Von einem dunklen Meer, das sie beide an einen wunderbaren Ort brachte. Aber ihre Reise war unterbrochen worden. Etwas unter ihren träumenden Wesen griff nach ihnen und zerrte sie aus der einlullenden Flut in einen Schacht der Felsen und Schmerzen hinunter. Um sie herum schrien Männer, während sie in den Tod stürzten – von gehorsamen, schlangengleichen Seilen verfolgt.

Irgendwo in dem Chaos hörten sie einander, jeder schluchzte den Namen des anderen, aber sie hatten keine Zeit für eine Wiedervereinigung, denn ihre Abwärtsbewegung wurde gebremst, eine aufwärts gerichtete Strömung ergriff sie. Sie war eiskalt; die Fluten eines Flusses, der noch nie die Sonne gesehen hatte, aber jetzt in dem Schacht emporstieg und Tote, Träumer und was immer diesen Alptraum sonst noch bevölkerte, mit sich hinauftrug.

Grillo und Hotchkiss waren vier Meter von der Spalte entfernt, als das Wasser herausschoß, dessen Wucht ausreichte, sie beide umzureißen, während ein eiskalter Regen herniederfiel. Dieser riß Hotchkiss aus seiner Benommenheit. Er packte Grillos Arm und bellte: »Sehen Sie sich das an!«

In der Sturzflut war etwas *Lebendiges.* Grillo sah es nur einen winzigen Augenblick lang – eine Gestalt oder *Gestalten,* die menschlich zu sein schienen, aber in seinem inneren Auge einen völlig anderen Eindruck hinterließen, wie das Nachglühen eines Feuerwerks. Er schüttelte das Bild ab und sah noch einmal hin. Aber was immer er gesehen hatte, war verschwunden.

»Wir müssen hier weg!« hörte er Hotchkiss rufen. Der Boden riß immer noch weiter auf. Sie zogen einander in die Höhe, wobei sie versuchten, sich mit den Füßen im Schlamm abzustützen, und liefen blind durch Regen und Staub, und sie wußten erst, daß sie die Absperrung erreicht hatten, als sie über das Seil fielen. Einer der Bergsteiger, dem die halbe Hand fehlte, lag an der Stelle, wo die Flut ihn hingespült hatte. Jenseits des Seils und der Leiche standen Spilmont und eine Anzahl Polizisten im Schutz der Bäume. Hier fiel der Regen nicht so heftig, er prasselte wie ein milder Sommerregen auf den Baldachin des Laubs, während dahinter der Sturm aus der Erde toste.

Tommy-Ray sah schweißgebadet zur Decke und lachte. So eine Fahrt hatte er seit vorletztem Sommer nicht mehr erlebt, in Topanga, als eine ungewöhnliche Strömung für einen herrlichen Sog gesorgt hatte. Er und Andy und Sean hatten stundenlang gesurft und waren völlig von der Geschwindigkeit berauscht gewesen.

»Ich bin bereit«, sagte er und wischte sich Salzwasser aus den Augen. »Bereit und willig. Komm her und hol mich, wer immer du sein magst.«

Howie lag zusammengerollt und mit zusammengebissenen Zähnen auf dem Bett und sah wie tot aus. Jo-Beth wich zurück und biß sich auf die Knöchel, um ihrer Panik Herr zu werden; ihre Worte – *Lieber Gott, verzeih mir* – waren ein gedämpftes Schluchzen. Sie hatten falsch gehandelt, auch nur auf demselben Bett zu liegen. Es war ein Verbrechen gegen die Gesetze des Herrn, so zu träumen, wie sie geträumt hatte – er nackt an ihrer

Seite in einem warmen Meer, wo ihre Haare so ineinander verflochten waren, wie sie es sich auch von ihren Körpern wünschte –, und was hatte der Traum gebracht? Katastrophen! Blut, Felsen und einen schrecklichen Regen, der ihn im Schlaf getötet hatte!

Lieber Gott, verzeih mir…

Er schlug die Augen so plötzlich auf, daß sie ihr Gebet vergaß. Statt dessen rief sie seinen Namen.

»Howie? Du lebst.«

Er befreite sich aus dem Laken und griff nach der Brille neben dem Bett. Er setzte sie auf. Nun konnte er ihren Schrecken deutlich sehen.

»Du hast es auch geträumt«, sagte er.

»Es war nicht wie ein Traum. Es war echt.« Sie zitterte von Kopf bis Fuß. »Was haben wir getan, Howie?«

»Nichts«, sagte er und räusperte sich. »Wir haben nichts getan.«

»Mama hatte recht. Ich hätte nicht…«

»Hör auf«, sagte er, schwang die Beine über den Bettrand und stand auf. »Wir haben nichts Unrechtes getan.«

»Was war das dann?« fragte sie.

»Ein böser Traum.«

»Von uns beiden?«

»Vielleicht war es nicht derselbe«, sagte er in der Hoffnung, sie zu beruhigen.

»Ich schwamm neben dir. Dann war ich unter der Erde. Männer haben geschrien…«

»Schon gut…«, sagte er.

»Es *war* derselbe.«

»Ja.«

»Siehst du?« sagte sie. »Was zwischen uns ist… ist falsch. Vielleicht ist es das Werk des Teufels.«

»Das glaubst du doch selbst nicht.«

»Ich weiß nicht, was ich glaube«, sagte sie. Er kam auf sie zu, aber sie hielt ihn mit einer Geste auf Distanz. »Nicht, Howie. Es ist nicht richtig. Wir sollten einander nicht berühren.« Sie ging zur Tür. »Ich muß gehen.«

»Das ist... ist... ist... absurd«, sagte er, aber seine stotternden Worte konnten sie nicht von ihrem Entschluß abbringen. Sie machte sich bereits am Riegel zu schaffen, den er vorgeschoben hatte, als sie eingetreten war.

»Ich verstehe«, sagte er und beugte sich an ihr vorbei, um die Tür aufzumachen. Da ihm keine tröstenden Worte einfielen, schwieg er, und sie sagte nur: »Lebwohl.«

»Du läßt uns keine Zeit, das zu überdenken.«

»Ich habe Angst, Howie«, sagte sie. »Du hast recht, ich glaube nicht, daß der Teufel etwas damit zu tun hat. Aber wenn er nicht, wer dann? Weißt du darauf eine Antwort?«

Sie konnte ihre Gefühle kaum im Zaum halten; sie sog Luft ein, als würde sie schlucken, was ihr nicht zu gelingen schien. Der Anblick ihrer Angst weckte den Wunsch in ihm, sie zu berühren; aber was gestern abend gewünscht worden war, war heute verboten.

»Nein«, sagte er ihr. »Keine Antwort.«

Sie griff das Stichwort seiner Antwort auf und ließ ihn unter der Tür stehen. Er sah ihr nach und zählte dabei bis fünf; blieb stehen und ließ sie gehen, obwohl er wußte: Was zwischen ihnen geschehen war, war wichtiger als alles, was er in den achtzehn Jahren erlebt hatte, die er die Luft dieses Planeten atmete. Bei fünf machte er die Tür zu.

Vierter Teil

Entscheidende Augenblicke

I

Grillo hatte Abernethy noch nie glücklicher erlebt. Der Mann johlte förmlich, als Grillo ihm erklärte, daß die Buddy-Vance-Story eine Wendung zum Katastrophalen genommen hatte und er dort gewesen war und alles selbst miterlebt hatte.

»Fangen Sie an zu schreiben!« sagte er. »Nehmen Sie sich ein Zimmer in der Stadt – auf meine Kosten –, und fangen Sie an zu schreiben! Ich halte die Titelseite frei.« Falls Abernethy Grillo mit Klischees aus B-Filmen beeindrucken wollte – das klappte nicht. Die Ereignisse bei der Höhle hatten ihn erschöpft. Aber der Vorschlag, er sollte sich ein Zimmer nehmen, war gut. Seine Kleidung war zwar in der Bar getrocknet, wo er und Hotchkiss Spilmont Bericht erstattet hatten, aber er fühlte sich schmutzig und ausgelaugt.

»Was ist mit diesem Hotchkiss?« sagte Abernethy. »Wie sieht seine Geschichte aus?«

»Ich weiß nicht.«

»Finden Sie es heraus. Und beschaffen Sie mir mehr Hintergrundmaterial über Vance. Waren Sie schon in seinem Haus?«

»Lassen Sie mir Zeit.«

»Sie sind vor Ort«, sagte Abernethy. »Es ist Ihre Geschichte. Bleiben Sie dran.«

Er rächte sich, wenn auch nur bescheiden, an Abernethy, indem er das teuerste Zimmer nahm, das das Hotel Palomo in Stillbrook Village zu bieten hatte, sich Champagner und Tatar bestellte und dem Kellner ein so fürstliches Trinkgeld gab, daß der Mann ihn fragte, ob er sich nicht geirrt hatte. Der Alkohol machte ihn beschwingt; seine Lieblingsstimmung, um Tesla anzurufen. Sie war nicht da. Er hinterließ eine Nachricht mit seinem derzeitigen Aufenthaltsort. Dann schlug er die Nummer von Hotchkiss im Telefonbuch nach und rief ihn an. Er hatte gehört, wie der Mann Spilmont ihre Erlebnisse geschildert hatte. Was sie aus der Spalte hatten kommen sehen, war nicht erwähnt worden. Grillo hatte es ebenfalls für sich behalten, und daß Spilmont keine Fragen stellte, sprach dafür, daß niemand so nahe an der Grube gewesen war, um etwas zu sehen. Er wollte seine Unterlagen mit Hotchkiss abgleichen, zog aber eine Niete. Hotchkiss war entweder nicht zu Hause oder ging nicht ans Telefon.

Da in dieser Richtung nichts zu machen war, konzentrierte er seine Aufmerksamkeit auf das Haus von Vance. Es war fast neun Uhr abends, aber es konnte nicht schaden, wenn er den Hügel hinaufschlenderte und sich das Anwesen des Toten ansah. Vielleicht gelang es ihm sogar, sich hineinzuschmeicheln, wenn der Champagner seine Zunge nicht zu schwer gemacht hatte. In gewisser Hinsicht war der Zeitpunkt nicht schlecht gewählt. Heute morgen war Vance der Brennpunkt der Ereignisse im Grove gewesen. Falls seine Verwandten danach lechzten, im Rampenlicht zu stehen – und wer tat das nicht? –, konnten sie sich Zeit lassen und überlegen, wem sie ihre Geschichte am liebsten erzählen wollten. Jetzt stand Vance' Ableben im Schatten einer neueren und größeren Tragödie. Vielleicht würden die trauernden Hinterbliebenen bereitwilliger reden, als sie es heute nachmittag getan haben würden.

Er bedauerte seine Entscheidung, zu Fuß zu gehen. Der Hügel war steiler, als er von unten aussah, und obendrein schlecht beleuchtet. Doch gab es dafür auch einen Ausgleich. Er hatte die Straße ganz für sich allein und konnte den Gehweg verlassen, mitten auf der Straße gehen und den Sternenhimmel bewundern.

Vance' Anwesen war nicht schwer zu finden. Die Straße hörte am Tor auf. Nach Coney Eye gab es nur noch Himmel.

Das Haupttor war unbewacht, aber verschlossen. Doch durch ein Seitentor gelangte er zu einem Weg, der durch einen Säulengang wildwuchernden Immergrüns, das abwechselnd mit grünem, gelbem und rotem Licht angestrahlt wurde, zum Haus selbst führte. Dieses war riesig und vollkommen eigentümlich; ein Palast, der der Ästhetik des Grove in jeder nur erdenklichen Hinsicht spottete. Keine Spur vom Pseudo-Mediterranen, dem Ranch-Stil, dem spanischen Stil, dem nachgeahmten Tudor oder dem modernen Kolonialstil. Das ganze Haus sah wie eine Jahrmarktsbude aus; die Fassade war in denselben Primärfarben gestrichen, die auch die Bäume anstrahlten, die Fenster von Lichterketten umgeben, die momentan abgeschaltet waren. Coney Eye, wurde Grillo jetzt klar, war ein kleines Stück der Insel; Vance' Homage an den Karneval. Drinnen brannten Lichter. Er klopfte, weil er sich bewußt war, daß er von Kameras über der Tür beobachtet wurde. Eine Frau orientalischer Herkunft – möglicherweise Vietnamesin – machte auf und informierte ihn, daß Mrs. Vance tatsächlich zu Hause war. Wenn er in der Diele warten wollte, sagte sie ihm, würde sie nachsehen, ob die Hausherrin zu sprechen sei. Grillo dankte ihr und wartete, während sich die Frau nach oben begab.

Wie außen, so innen: ein Tempel des Spaßes. Jeder Zentimeter der Diele war mit Bildern aller möglichen Jahrmarktsattraktionen behängt: leuchtend bunte Werbeplakate für Liebestunnel, Geisterbahnen, Karussells, Kuriositätenkabinette, Ringen, Achterbahnen und mystische Schaukeln. Die Ausführung war größtenteils ungeschlacht – die Arbeit von Künstlern, die genau wußten, daß sie ihre Kunst in den Dienst des Rummels gestellt hatten, was Unsterblichkeit ausschloß. Eingehende Betrachtung schmeichelte den Abbildungen nicht; ihre bunte Auffälligkeit sollte besser im Strom einer Menschenmenge bewundert werden, nicht unter einem Scheinwerfer. Das hatte auch Vance gewußt. Darum hatte er die Bilder so dicht nebeneinander gehängt, damit das Auge schnellstmöglich von einem zum nächsten gezogen wurde und nicht zu lange auf Einzelheiten verweilen konnte. Die Ausstellung, so vulgär sie war, brachte Grillo zum Lächeln, was zweifellos Vance' Absicht gewesen war, ein Lächeln, das verschwand, als Rochelle Vance oben auf der Treppe erschien und langsam herunterkam.

Er hatte in seinem ganzen Leben noch kein makelloseres Gesicht gesehen. Er rechnete bei jedem Schritt, den sie näher kam, damit, daß er einen Makel finden würde, aber er fand keinen. Er vermutete, daß sie karibischer Herkunft war, denn ihre dunklen Züge waren sanft. Sie hatte das Haar straff zurückgekämmt, was die Stirn und die symmetrischen Brauen betonte. Sie trug keinen Schmuck und nur ein schlichtes schwarzes Kleid.

»Mr. Grillo«, sagte sie. »Ich bin Buddys Witwe.« Das Wort hätte trotz der Farbe ihres Kleides nicht unangebrachter sein können. Dies war keine Frau, die von einem tränendurchnäßten Kissen aufgestanden war. »Womit kann ich Ihnen dienen?« fragte sie.

»Ich bin Journalist...«

»Das hat Ellen mir gesagt.«

»Ich wollte mich nach Ihrem Mann erkundigen.«

»Es ist etwas spät.«

»Ich war fast den ganzen Nachmittag über im Wald.«

»O ja«, sagte sie. »Sie sind *der* Mr. Grillo.«

»Pardon?«

»Einer der Polizisten...« Sie wandte sich an Ellen. »Wie hieß er?«

»Spilmont.«

»Spilmont. Er war hier und informierte mich, was geschehen ist. Er erwähnte Ihren großen Heldenmut.«

»So groß war er gar nicht.«

»Ausreichend, daß Sie sich eine nächtliche Ruhe verdient hätten«, sagte sie. »Anstatt zu arbeiten.«

»Ich hätte gerne die Story.«

»Ja. Nun, kommen Sie herein.«

Ellen machte eine Tür links in der Diele auf. Während Rochelle Grillo hineinbegleitete, legte sie die Grundregeln fest.

»Ich werde Ihre Fragen so gut ich kann beantworten, so lange sie Buddys Beruf betreffen.« Sie sprach ohne Akzent. Möglicherweise eine europäische Ausbildung? »Ich weiß nichts über seine anderen Frauen, also sparen Sie sich die Mühe. Und ich werde auch nicht über seine Süchte spekulieren. Möchten Sie Kaffee?«

»Das wäre mir sehr recht«, sagte Grillo und stellte fest, daß ihm wieder passierte, was so oft bei Interviews vorkam: daß er den Tonfall seines Gesprächspartners nachahmte.

»Kaffee für Mr. Grillo, Ellen«, sagte Rochelle und bat ihren Gast, sich zu setzen. »Und Wasser für mich.«

Das Zimmer, das sie betreten hatten, ging über die ganze Länge des Hauses und war zwei Stockwerke hoch; das zweite wurde von einer Galerie gebildet, die an allen vier Wänden verlief. Auch diese waren, wie in der Diele, ein gemaltes Tohuwabohu. Einladungen, Verführungen und Warnungen rangen um seine Aufmerksamkeit. *›Die Fahrt Ihres Lebens!‹* verkündete ein Plakat bescheiden. *›Soviel Spaß, wie Sie aushalten können!‹* verkündete ein anderes, *›und noch mehr!‹*

»Das ist nur ein Teil von Buddys Sammlung«, sagte Rochelle. »In New York hat er noch mehr. Ich glaube, es ist die größte private Sammlung.«

»Ich wußte nicht, daß überhaupt jemand so etwas sammelt.«

»Buddy hat es die wahre Kunst Amerikas genannt. Was einiges sagt...« Sie verstummte; ihr Mißfallen an dem grellbunten Sammelsurium war offensichtlich. Der Ausdruck hatte auf diesem Gesicht, das keinerlei gestalterische Makel aufwies, einigen Nachdruck.

»Ich nehme an, Sie werden die Sammlung veräußern«, sagte Grillo.

»Das kommt auf das Testament an«, sagte sie. »Möglicherweise gehört sie gar nicht mir; dann kann ich sie auch nicht verkaufen.«

»Sie verbinden keinerlei sentimentale Erinnerungen damit?«

»Ich schätze, das gehört in die Rubrik Privatleben«, sagte sie.

»Ja. Schätze schon.«

»Aber ich bin sicher, Buddys Besessenheit war harmlos.« Sie stand auf und drückte einen Schalter zwischen zwei Plakaten einer Geisterbahn. Hinter der Glaswand am anderen Ende des Zimmers gingen bunte Lichter an. »Gestatten Sie, daß ich Ihnen alles zeige«, sagte sie, schritt durch das Zimmer und in das Durcheinander der Farben hinaus. Hier waren Stücke versammelt, die so groß waren, daß sie nicht in das Haus paßten. Ein etwa vier Meter hohes geschnitztes Gesicht, dessen gähnendes

Maul mit seinen spitzen Zähnen der Eingang zu einer Bude gewesen war. Eine Reklame für die ›Mauer des Todes‹ – was mit Glühbirnen geschrieben war. Eine lebensgroße Relieflokomotive, die von Skeletten gefahren wurde und aus einem Tunnel herauszukommen schien.

»Mein Gott.« Mehr brachte Grillo nicht heraus.

»Jetzt wissen Sie, warum ich ihn verlassen habe«, sagte Rochelle.

»Das war mir nicht klar«, sagte Grillo. »Sie wohnten nicht hier?«

»Ich habe es versucht«, sagte sie. »Aber sehen Sie sich doch um. Es ist wie ein Spaziergang in Buddys Verstand. Er drückte allem seinen Stempel auf. *Jedem.* Hier war kein Platz für mich. Es sei denn, ich wäre bereit gewesen, nach seiner Pfeife zu tanzen.«

Sie sah das riesige Maul an. »Häßlich«, sagte sie. »Finden Sie nicht auch?«

»Ich bin kein Kritiker«, sagte Grillo.

»Stößt es Sie nicht ab?«

»Vielleicht, wenn ich einen Kater hätte.«

»Er sagte mir immer, ich hätte keinen Sinn für Humor«, sagte sie. »Weil ich dieses Zeug nicht... amüsant finde. Tatsache ist, ich fand auch ihn nicht sehr amüsant. Als Liebhaber, ja, da war er großartig. Aber komisch? Nein.«

»Ist das alles inoffiziell?« fragte Grillo.

»Spielt es eine Rolle, wenn ich das sage? Ich hatte soviel schlechte Publicity in meinem Leben, um zu wissen, daß Sie einen Scheißdreck auf meine Privatsphäre geben.«

»Aber Sie erzählen es mir trotzdem.«

Sie wandte sich von dem Maul ab und sah ihn an. »Ja.« Pause. Dann sagte sie: »Mir ist kalt«, und ging wieder nach drinnen. Ellen schenkte gerade Kaffee ein.

»Lassen Sie«, befahl Rochelle. »Das mache ich selbst.«

Die Vietnamesin verweilte einen Sekundenbruchteil zu lange für eine gehorsame Hausangestellte unter der Tür, ehe sie hinausging.

»Das ist die Story von Buddy Vance«, sagte Rochelle.

»Frauen, Reichtum und Jahrmarkt. Ich fürchte, es gibt nicht schrecklich viel Neues.«

»Wissen Sie, ob er eine Vorahnung hatte?« fragte Grillo, als sie sich wieder gesetzt hatten.

»Zu sterben? Das bezweifle ich. Er dachte normalerweise nicht an solche Sachen. Sahne?«

»Ja, bitte. Und Zucker.«

»Bedienen Sie sich. Würden Ihre Leser so etwas gerne hören? Daß Buddy seinen Tod im Traum vorhergesehen hat?«

»Es sind schon seltsamere Dinge geschehen«, sagte Grillo, dessen Gedanken unweigerlich wieder zu der Spalte und was daraus hervorgekommen war abschweiften.

»Das glaube ich nicht«, antwortete Rochelle. »Ich sehe nicht viele Zeichen von Wundern. Nicht mehr.« Sie machte die Lichter draußen aus. »Als ich ein Kind war, hat mir mein Großvater beigebracht, andere Kinder zu beeinflussen.«

»Wie?«

»Indem ich einfach daran dachte. Er selbst hatte das sein ganzes Leben lang getan, und er gab es an mich weiter. Es war ganz leicht. Ich konnte Kinder dazu bringen, ihr Eis fallen zu lassen. Sie grundlos zum Lachen bringen. Ich fand nichts dabei. Damals gab es noch Wunder. Sie warteten um die Ecke. Aber ich habe den Dreh verloren. Wir verlieren ihn alle. Alles verändert sich zum Schlechteren.«

»So schlimm kann Ihr Leben nicht sein«, sagte Grillo. »Ich weiß, Sie trauern …«

»Scheiß auf meinen Kummer«, sagte sie plötzlich. »Er ist tot, und ich bin hier und warte auf seinen letzten Witz.«

»Das Testament?«

»Das Testament. Die Frauen. Die unehelichen Kinder, die aus dem Nichts auftauchen werden. Er hat mir am Ende doch noch eine seiner verdammten Jahrmarktsüberraschungsfahrten verpaßt.« Ihre Worte waren voller Emotion, aber sie sprach sie dennoch gelassen aus. »Jetzt können Sie nach Hause gehen und das alles in unsterbliche Prosa verwandeln.«

»Ich bleibe in der Stadt«, sagte Grillo. »Bis der Leichnam Ihres Mannes gefunden wird.«

»So weit kommt es nicht«, antwortete Rochelle. »Sie haben die Suche abgebrochen.«

»Was?«

»Spilmont war hier, um es mir zu erklären. Sie haben schon fünf Männer verloren. Anscheinend ist die Chance, ihn zu finden, sowieso gering. Das Risiko lohnt sich nicht.«

»Bekümmert Sie das?«

»Daß ich keinen Leichnam zu begraben habe? Nein, eigentlich nicht. Besser, man erinnert sich an ihn, wie er lachte, als einen Leichnam aus einem Erdloch zu hieven. Sie sehen, hier ist Ihre Geschichte zu Ende. Sie werden in Hollywood einen Gedenkgottesdienst für ihn abhalten. Der Rest ist, wie man so sagt, Fernsehgeschichte.« Sie stand auf und beendete das Interview damit. Grillo hatte noch jede Menge Fragen, die er nicht gestellt hatte, die meisten aus dem Gebiet, über das sie freiwillig sprechen wollte: seinen Beruf. Er wußte, es gab ein paar Löcher, die Tesla nicht stopfen konnte. Aber er verzichtete darauf, um die Geduld der Witwe Vance nicht über Gebühr zu strapazieren. Sie hatte ihm mehr gesagt, als er erwartet hatte.

»Vielen Dank, daß Sie mich empfangen haben«, sagte er und schüttelte ihr die Hand. Ihre Finger waren so dünn wie Zweige. »Sie waren sehr freundlich.«

»Ellen bringt Sie hinaus«, sagte sie.

»Danke.«

Das Mädchen wartete in der Diele. Als sie die Tür aufmachte, berührte sie Grillo am Arm. Er sah sie an. Sie schüttelte den Kopf und drückte ihm ein Stück Papier in die Hand. Dann drängte sie ihn ohne ein weiteres Wort auf die Stufe hinaus und machte die Tür hinter ihm zu.

Er wartete, bis er die Reichweite der Videokameras hinter sich gelassen hatte, bis er den Zettel las. Der Name der Frau stand darauf – Ellen Nguyen – und eine Adresse in Deerdell Village. Buddy Vance mochte begraben bleiben, aber seine Geschichte, so schien es, grub sich noch an die Oberfläche. Grillo wußte aus Erfahrung, daß Geschichten das so an sich hatten. Er war der festen Überzeugung, daß nichts, absolut *nichts,* geheim bleiben konnte, wie nachdrücklich die daran interessierten Parteien es auch vertuschen mochten. Verschwörer mochten sich verschwören und Schurken versuchen zu knebeln, aber früher oder später zeigte sich die Wahrheit oder ein Zerrbild davon, in der unwahrscheinlichsten Form. Es waren selten unumstößliche Tatsachen, die das Leben hinter der Fassade ans Licht brachten. Es waren Gerüchte, Graffiti, Cartoons und Liebeslieder. Es war, was die Leute in ihre Tassen murmelten oder zwischen Ficks oder an einer Klowand lasen.

Die Kunst aus dem Untergrund stieg empor, wie die Gestalten, die er in der Sturzflut gesehen hatte, um die Welt zu verändern.

II

Jo-Beth lag im Dunkeln auf dem Bett und sah zu, wie der Wind die Vorhänge abwechselnd bauschte und dann in die Nacht hinauszog. Sie hatte, sobald sie zu Hause war, mit Mama gesprochen und ihr gesagt, daß sie Howie nicht wiedersehen würde. Es war ein hastig gegebenes Versprechen gewesen, aber sie bezweifelte, ob Mama es überhaupt gehört hatte. Sie war geistesabwesend, ging in ihrem Zimmer auf und ab, rang die Hände und murmelte Gebete vor sich hin. Die Gebete erinnerten Jo-Beth daran, daß sie versprochen hatte, den Pastor anzurufen, es aber nicht getan hatte. Sie nahm sich, so gut es ging, zusammen, ging nach unten und rief in der Kirche an. Aber Pastor John war nicht da; er war weggegangen, um Angelie Datlow zu trösten, deren Mann Bruce beim Versuch, Buddy Vance' Leichnam zu bergen, ums Leben gekommen war. So hörte Jo-Beth zum erstenmal von der Katastrophe. Sie beendete die Unterhaltung und legte den Hörer zitternd auf. Sie brauchte keine detaillierte Beschreibung der Unglücksfälle. Sie hatte sie gesehen, und Howie auch. Ihr gemeinsamer Traum war von einem Live-Bericht aus dem Schacht unterbrochen worden, wo Datlow und seine Kollegen gestorben waren.

Sie saß in der Küche, wo der Kühlschrank summte und die Vögel und Insekten im Garten fröhliche Musik machten, und versuchte, das Unergründliche zu ergründen. Vielleicht hatte sie an eine allzu optimistische Version der Welt geglaubt, aber sie war bisher mit der Gewißheit durchs Leben gegangen, daß es Menschen in ihrer unmittelbaren Umgebung gab, die alles verstanden, was sie persönlich nicht verstand. Es war tröstlich, das zu wissen. Jetzt war sie nicht mehr so sicher. Wenn sie jemandem von der Kirche, aus der sich der größte Teil ihres Bekanntenkreises rekrutierte, erzählte, was im Motel geschehen war – der Traum vom Wasser, der Traum vom Tod –, würden sie das sagen, was Mama gesagt hatte: Es war das Wirken des Teufels. Als sie das zu Howie gesagt hatte, hatte er geantwortet, daß sie das selbst nicht glaubte, und damit hatte er recht gehabt. Es war Unsinn. Und wenn das Unsinn war, was dann noch, was man ihr beigebracht hatte?

Weil sie ihre Verwirrung gedanklich nicht bewältigen konnte und auch zu müde war, es nachdrücklich zu versuchen, ging sie in ihr Zimmer und legte sich hin. So kurz nach dem Trauma ihres letzten Schlummers wollte sie nicht schlafen, aber die Müdigkeit überwand ihren Widerstand. Eine Folge perlmuttartig schimmernder Schwarzweißbilder spulte sich vor ihrem inneren Auge ab: Howie im Butrick's; Howie vor dem Einkaufszentrum, von Angesicht zu Angesicht mit Tommy-Ray; sein Gesicht auf dem Kissen, als sie ihn für tot gehalten hatte. Dann riß die Kette, und die Perlen stoben davon. Sie schlief ein.

Als sie aufgewacht war, zeigte die Uhr acht Uhr fünfundvierzig. Es war vollkommen still im Haus. Sie stand auf und bewegte sich so leise es ging, um Mamas Aufmerksamkeit zu entgehen. Unten machte sie sich ein Sandwich und ging wieder hinauf in ihr Zimmer, wo sie jetzt – nachdem das Sandwich gegessen war – einfach dalag und zusah, wie der Wind mit den Vorhängen spielte.

Das Abendrot war so sanft wie Aprikosencreme gewesen, aber jetzt war es verschwunden. Die Dunkelheit stand kurz bevor. Sie konnte spüren, wie sie näherkroch – Entfernungen auslöschte, das Leben zum Verstummen brachte –, und das beunruhigte sie wie niemals zuvor. In Häusern, die gar nicht so weit entfernt waren, trauerten Familien. Ehefrauen ohne Männer und Kinder ohne Väter sahen der ersten Nacht der Trauer entgegen. In anderen wurde Traurigkeit, die verdrängt worden war, wieder ans Licht geholt, studiert, beweint. Jetzt hatte sie auch etwas, das sie zum Teil der umfassenden Trauer machte. Sie hatte Verlust erlebt, und die Dunkelheit – die soviel von der Welt fortnahm und so wenig zurückgab – würde nie wieder so wie früher sein.

Tommy-Ray wurde geweckt, weil das Fenster klapperte. Er richtete sich im Bett auf. Er hatte den Tag in seinem selbsterzeugten Fieber verbracht. Der Morgen schien noch mehr als zwölf

Stunden entfernt zu sein, aber was hatte er in der inzwischen verstrichenen Zeit gemacht? Geschlafen, geschwitzt und auf ein Zeichen gewartet.

War es das, was er jetzt hörte; das Klappern des Fensters, gleich den Zähnen eines sterbenden Mannes? Er schlug die Decke zurück. Irgendwann einmal hatte er sich bis auf die Unterwäsche ausgezogen. Der Körper, den er im Spiegel sah, war straff und glänzend; wie eine gesunde Schlange. Er stolperte, weil er von Bewunderung abgelenkt war, und als er aufzustehen versuchte, wurde ihm klar, daß er jegliche Orientierung in dem Zimmer verloren hatte. Das Zimmer war ihm plötzlich fremd – und er dem Zimmer. Der Boden war geneigt wie niemals zuvor, der Schrank zur Größe eines Koffers geschrumpft – oder aber er, Tommy-Ray, war grotesk groß geworden. Er tastete, von Übelkeit ergriffen, nach etwas Festem, um sich zu orientieren. Er wollte zur Tür, aber entweder seine Hand selbst oder das Zimmer machte diese Absicht zunichte, und er bekam statt dessen den Fensterrahmen zu fassen. Er stand still und hielt sich an dem Holz fest, bis das Schwindelgefühl nachließ. Während er wartete, spürte er, wie sich das kaum wahrnehmbare Vibrieren des Rahmens durch die Fingerknochen zu den Handgelenken, in die Arme und durch die Schultern bis zur Wirbelsäule fortpflanzte. Es war ein kribbelnder Tanz in seinem Mark, der keinen Sinn ergab, bis er die letzten Halswirbel erklommen hatte und den Schädel erreichte. Dort wurde die Bewegung, die ein Klirren im Glas gewesen war, wieder zu einem Ton: eine Folge von Klicken und Rasseln, die ihn rief.

Das ließ er sich nicht zweimal sagen. Er ließ den Fensterrahmen los und wandte sich benommen zur Tür. Er trat die Laken, die er im Schlaf zerwühlt hatte, mit den Füßen beiseite. Er hob T-Shirt und Jeans auf, weil er am Rande daran dachte, daß er sich anziehen sollte, bevor er das Haus verließ; aber er schleifte seine Kleidung lediglich hinter sich her, während er die Treppe hinunterging und durch die Schwärze hinter das Haus trat.

Der Garten war groß und chaotisch, da sich viele Jahre niemand mehr um ihn gekümmert hatte. Der Zaun war schadhaft, die Sträucher, die gepflanzt worden waren, um den Garten von der Straße her abzuschirmen, waren zu einer dichten Mauer der Vegetation geworden. Auf diesen kleinen Dschungel ging er jetzt zu, weil ihn der Geigerzähler in seinem Kopf, dessen Ticken mit jedem Schritt lauter wurde, dorthin zog.

Jo-Beth erhob sich mit Zahnschmerzen vom Kissen. Sie berührte zögernd ihr Gesicht an der Seite. Es fühlte sich wund an; beinahe wie ein Bluterguß. Sie stand auf und schlich den Flur entlang zum Bad. Sie stellte fest, daß Tommy-Rays Zimmertür offenstand. Falls er da war, konnte sie ihn nicht sehen. Die Vorhänge waren zugezogen, das Innere pechschwarz.

Ein kurzer Blick in den Spiegel im Bad zeigte ihr, daß ihr Gesicht zwar vom Weinen gezeichnet, ansonsten aber unversehrt war. Aber der Schmerz im Kiefer, der sich kreisförmig bis zur Schädelbasis ausbreitete, blieb erhalten. Sie hatte so etwas noch nie vorher gespürt. Der Druck war nicht gleichmäßig, sondern rhythmisch wie ein Puls, der nicht von ihrem Herzen ausging, sondern einen anderen Ursprung hatte.

»Aufhören«, murmelte sie und biß die Zähne wegen des Vibrierens zusammen. Aber es ließ sich nicht vertreiben. Es nahm ihren Kopf nur noch in einen festeren Klammergriff, als wollte es ihre Gedanken vollkommen hinauspressen.

In ihrer Verzweiflung beschwor sie Howie herauf; ein Bild des Lichts und des Lachens, das sie diesem stumpfsinnigen Pochen entgegenhielt, das aus dem Dunkel kam. Es war ein verbotenes Bild – sie hatte Mama geschworen, es zu vergessen –, aber sie hatte keine andere Waffe. Wenn sie nicht zurückschlug, würde das Pochen in ihrem Kopf ihre Gedanken mit seiner Beharrlichkeit zertrümmern; sie zwingen, nach seinem, und nur nach seinem, Rhythmus zu handeln.

Howie...

Er lächelte ihr aus der Vergangenheit zu. Sie klammerte sich an sein strahlendes Bild und beugte sich über das Waschbecken, um sich kaltes Wasser ins Gesicht zu spritzen. Wasser und ihre Erinnerung schwächten den Ansturm ab. Sie ging unsicheren Schrittes aus dem Bad und in Tommy-Rays Zimmer. Was auch immer diese Krankheit sein mochte, er war ganz bestimmt auch davon betroffen. Von frühester Kindheit an hatten sie sich immer jeden Virus gemeinsam geholt und erduldet. Vielleicht hatte diese neue, seltsame Heimsuchung ihn früher als sie ergriffen, und sein Verhalten vor dem Einkaufszentrum war eine Folge davon gewesen. Dieser Gedanke spendete ihr Hoffnung. Wenn er krank war, konnte man ihn gesundmachen. Sie konnten beide gemeinsam gesund werden.

Ihr Verdacht bestätigte sich, als sie durch die Tür trat. Es roch wie in einem Krankenzimmer und war unerträglich heiß und stickig.

»Tommy-Ray? Bist du da?«

Sie stieß die Tür auf, damit sie mehr Licht hatte. Das Zimmer war verlassen, das Bett zerwühlt, der Teppich verrutscht, als hätte er eine Tarantella darauf getanzt. Sie ging zum Fenster, das sie aufmachen wollte, aber sie zog nur die Vorhänge beiseite, weiter kam sie nicht. Der Anblick, der sich ihr bot, reichte aus, daß sie schnellstmöglich die Treppe hinunterhastete und dabei Tommy-Rays Namen rief. Sie hatte im Licht der Küchentür gesehen, wie er über den Rasen torkelte und die Jeans hinter sich herzog.

Das Dickicht am Ende des Gartens bewegte sich; aber es verbarg sich mehr als nur der Wind darin.

»Mein Sohn«, sagte der Mann zwischen den Bäumen. *»Endlich begegnen wir einander.«*

Tommy-Ray konnte nicht deutlich erkennen, wer ihn gerufen hatte, aber er zweifelte nicht daran, daß es dieser Mann gewesen war. Als er ihn sah, wurde das Schwatzen in seinem Kopf leiser.

»Komm näher«, befahl der Mann. Seine Stimme hatte etwas von dem Fremden mit Süßigkeiten, ebenso die Tatsache, daß er sich nicht richtig zeigte. Das *mein Sohn* konnte doch nicht buchstäblich wahr sein, oder? Wäre es nicht toll, wenn doch? Nachdem er alle Hoffnung aufgegeben hatte, den Mann kennenzulernen, nach den Frotzeleien der Kindheit und stundenlangen vergeblichen Versuchen, ihn sich vorzustellen, den verlorenen Vater endlich hier zu haben. Herrlich, so herrlich.

»Wo ist meine Tochter?« sagte der Mann. *»Wo ist Jo-Beth?«*

»Ich glaube, sie ist im Haus.«

»Bring sie zu mir, ja?«

»Einen Augenblick.«

»Sofort!«

»Ich will dich zuerst sehen. Ich will sicher sein, daß es kein Trick ist.«

Der Fremde lachte.

»Ich höre schon meine Stimme in dir«, sagte er. *»Auch mit mir hat man sich Tricks erlaubt. Das macht dich vorsichtig, richtig?«*

»Richtig.«

»Selbstverständlich mußt du mich sehen«, sagte er und trat zwischen den Bäumen hervor. *»Ich bin dein Vater. Ich bin der Jaff.«*

Als Jo-Beth die Treppe hinuntergelaufen war, hörte sie Mama aus ihrem Zimmer rufen.

»Jo-Beth? Was geht da vor?«

»Schon gut, Mama.«

»Komm her! Etwas Schreckliches... im Schlaf...«

»Einen Augenblick, Mama. Bleib im Bett.«

»Schrecklich...«

»Ich bin gleich wieder da. Bleib nur, wo du bist.«

Er war leibhaftig hier: der Vater, von dem Tommy-Ray in tausend Formen geträumt hatte, seit ihm klar geworden war, daß andere Jungs zwei Elternteile hatten, einen, der dasselbe Geschlecht hatte wie sie, Männersachen wußte und sie an seine Söhne weitergab. Manchmal hatte er sich vorgestellt, daß er der uneheliche Sohn eines Filmstars war und daß eines Tages eine Limousine vorfahren und ein berühmtes Lächeln aussteigen und genau das sagen würde, was der Jaff eben gesagt hatte. Aber dieser Mann war besser als jeder Filmstar. Er sah nicht besonders aus, aber er teilte mit den Gesichtern, die die Welt vergötterte, einen seltsamen Ausdruck, als hätte er es gar nicht nötig, seine Macht zu demonstrieren. Tommy-Ray wußte noch nicht, woher diese Macht kam, aber ihre Zeichen waren unübersehbar.

»Ich bin dein Vater«, sagte der Jaff wieder. *»Glaubst du mir?«*

Selbstverständlich glaubte er es. Er wäre ein Narr, so einen Vater zu verleugnen.

»Ja«, sagte er. »Ich glaube dir.«

»Und du wirst mir wie ein liebender Sohn gehorchen?«

»Ja. Das werde ich.«

»Gut«, sagte der Jaff. *»Dann bring mir jetzt bitte meine Tochter. Ich habe sie auch gerufen, aber sie widersetzt sich mir. Du weißt, warum...«*

»Nein.«

»Denk nach.«

Tommy-Ray dachte nach, aber ihm fiel keine unmittelbare Antwort ein.

»Mein Feind«, sagte der Jaff, *»hat sie berührt.«*

Katz, dachte Tommy-Ray. Er meint diesen Scheißkerl Katz.

»Ich habe dich gemacht und Jo-Beth, damit ihr meine Agenten seid. Mein Feind hat dasselbe gemacht. Er hat ein Kind gezeugt.«

»Katz ist nicht dein Feind?« sagte Tommy-Ray und bemühte sich, das alles zu durchschauen. »Er ist der Sohn deines Feindes?«

»Und er hat deine Schwester berührt. Das hält sie von mir fern, diese Befleckung.«

»Nicht mehr lange.«

Kaum hatte er das gesagt, drehte sich Tommy-Ray um, lief zum Haus und rief mit beschwingter Stimme Jo-Beths Namen.

Sie hörte sein Rufen im Haus und war beruhigt. Es hörte sich nicht an, als würde er leiden. Als sie in die Küche kam, stand er unter der Tür zum Garten, hielt sich mit beiden Händen am Rahmen fest und beugte sich grinsend herein. Er war schweißnaß und fast nackt, daher sah er aus, als wäre er gerade eben vom Strand heraufgelaufen.

»Etwas Wunderbares«, grinste er.

»Was?«

»Draußen. Komm mit mir.«

Jede Ader seines Körpers schien sich stolzgeschwellt auf der Brust abzuzeichnen. Seine Augen hatten ein Leuchten, dem sie nicht traute. Und auch sein Lächeln machte ihr Mißtrauen noch stärker.

»Ich komme nicht mit, Tommy...«, sagte sie.

»Warum wehrst du dich dagegen?« fragte er und legte den Kopf schief. »Daß er dich berührt hat, bedeutet nicht, daß du ihm gehörst.«

»Wovon redest du?«

»*Katz.* Ich weiß, was er getan hat. Schäme dich nicht. Dir ist verziehen worden. Aber du mußt mitkommen und dich persönlich entschuldigen.«

»Verziehen?« Sie sprach mit lauter Stimme, was die Schmerzen in ihrem Kopf zu neuen Höchstleistungen anspornte. »Du hast kein Recht, mir zu verzeihen, du Arschloch! Ausgerechnet du...«

»Nicht ich«, sagte Tommy mit unerschütterlichem Lächeln. »Dein Vater.«

»Was?«

»Der draußen wartet...«

Sie schüttelte den Kopf. Die Schmerzen wurden schlimmer.

»Komm einfach mit mir. Er ist im Hof.« Er ließ den Türrahmen los und kam durch die Küche auf sie zu. »Ich weiß, es tut weh«, sagte er. »Aber der Jaff wird es lindern.«

»Bleib mir vom Leibe!«

»*Ich* bin es, Jo-Beth. Tommy-Ray. Du mußt keine Angst haben.«

»O doch! Ich weiß nicht, wovor, aber ich habe guten Grund dazu.«

»Du denkst das, weil du von Katz *befleckt* worden bist«, sagte er. »Du weißt, ich würde nie etwas tun, was dich verletzt. Wir empfinden gemeinsam, oder nicht? Was dir weh tut, tut mir auch weh. Ich mag Schmerzen nicht.« Er lachte. »Ich bin verschroben, aber *so* verschroben nun auch wieder nicht.«

Mit diesem Argument konnte er sie trotz ihrer Zweifel überzeugen, denn es war die Wahrheit. Sie hatten neun Monate in derselben Gebärmutter verbracht; sie waren zwei Hälften derselben Eizelle. Er wollte ihr nichts Böses.

»Bitte komm«, sagte er und streckte die Hand aus.

Sie ergriff sie. Sofort ließen die Kopfschmerzen nach. Anstelle des Schwatzens wurde ihr Name geflüstert.

»Jo-Beth?«

»Ja?« sagte sie.

»Nicht ich«, sagte Tommy-Ray. »Der Jaff. Er ruft dich.«

»Jo-Beth.«

»Wo ist er?«

Tommy-Ray deutete zu den Bäumen. Plötzlich schienen sie sehr weit vom Haus entfernt zu sein, fast am Ende des Gartens. Sie war nicht sicher, wie sie so schnell so weit gekommen war, aber der Wind, der mit den Vorhängen gespielt hatte, hielt sie nun in seinem Bann und drängte sie, so schien es, in Richtung des Dickichts. Tommy-Ray ließ ihre Hand los.

Geh, hörte sie ihn sagen, *darauf haben wir so lange gewartet...*

Sie zögerte. Die Art, wie sich die Bäume bewegten, wie die Blätter bebten, erinnerte sie an schlimme Anblicke: möglicherweise eine Pilzwolke; oder Blut in Wasser. Aber die Stimme, die sie lockte, war tief und beruhigend, und das Gesicht, das sprach – und jetzt sichtbar war – rührte sie zutiefst. Wenn sie einen Mann Vater nennen wollte, wäre dieser hier eine gute Wahl. Sie mochte seinen Bart und die düstere Stirn. Sie mochte, wie seine Lippen die Worte, die er aussprach, mit äußerster Präzision formten.

»Ich bin der Jaff«, sagte er. *»Dein Vater.«*

»Tatsächlich?« sagte sie.

»Tatsächlich.«

»Warum bist du gekommen? Nach so langer Zeit?«

»Komm näher. Ich sage es dir.«

Sie wollte einen Schritt näher kommen, als sie einen Schrei vom Haus hörte.

»Laß dich nicht von ihm berühren!«

Es war Mama, die mit einer Lautstärke schrie, deren Jo-Beth sie nie für fähig gehalten hätte. Der Schrei bannte sie auf der Stelle. Sie drehte sich auf dem Absatz herum. Tommy-Ray stand direkt hinter ihr. Und hinter ihm kam Mama mit aufgeknöpftem Nachthemd und barfuß näher.

»Jo-Beth, komm da weg!« sagte sie.

»Mama?«

»Komm weg!«

Es war fast fünf Jahre her, seit Mama zum letztenmal das Haus verlassen hatte; sie hatte während dieser Zeit mehr als einmal gesagt, daß sie es nie wieder verlassen würde. Und doch war sie da, mit erschrockenem Gesichtsausdruck, und ihre Schreie waren keine Bitten, sondern Befehle.

»Kommt da weg, alle beide!«

Tommy-Ray drehte sich zu seiner Mutter um. »Geh ins Haus«, sagte er. »Das hat nichts mit dir zu tun.«

Mama ging langsamer.

»Du *weißt* es nicht, mein Sohn«, sagte sie. »Du kannst es nicht einmal ansatzweise verstehen.«

»Das ist unser Vater«, antwortete Tommy-Ray. »Er ist nach Hause gekommen. Du solltest dankbar sein.«

»Dafür?« sagte Mama mit weit aufgerissenen Augen. »Das hat mir das Herz gebrochen. Und es wird auch euch das Herz brechen, wenn ihr es zulaßt.« Sie stand jetzt einen Meter von Tommy entfernt. »Laß es nicht zu«, sagte sie sanft und streckte die Hand aus, um sein Gesicht zu streicheln. »Laß nicht zu, daß er uns weh tut.«

Tommy-Ray schlug Mamas Hand weg.

»Ich habe dich gewarnt«, sagte er. »Das hat nichts mit dir zu tun.«

Mama reagierte sofort; sie ging einen Schritt auf Tommy-Ray zu und schlug ihm ins Gesicht; es war ein Schlag mit der offenen Hand, der zum Haus hallte.

»Dummkopf!« schrie sie ihn an. *»Erkennst du das Böse denn nicht, wenn du es siehst?«*

»Ich erkenne eine verdammte Wahnsinnige, wenn ich sie sehe«, schrie Tommy-Ray zurück. »Deine Gebete und das Geschwätz vom Teufel... du machst mich krank! Du versuchst, mein Leben zu verderben. Und jetzt willst du auch das verderben. Vergiß es. Papa ist heimgekommen. Leck mich!«

Sein Ausbruch schien den Mann unter den Bäumen zu amüsieren; Jo-Beth hörte ihn lachen. Sie sah sich um. Er hatte offenbar nicht damit gerechnet, daß sie sich umdrehen würde, denn er hatte die Maske, die er trug, ein wenig verrutschen lassen. Das Gesicht, das ihr so väterlich erschienen war, war aufgedunsen;

Augen und Stirn waren größer; das bärtige Kinn und der Mund, die ihr so gefallen hatten, beinahe verkümmert. Wo ihr Vater gewesen war, war jetzt ein monströses Baby. Sie schrie auf, als sie es sah. Das Dickicht um ihn herum brach sofort in hektische Aktivität aus. Die Zweige schlugen wie Flagellanten nacheinander, streiften Rinde ab und schüttelten Laub von sich; ihre Bewegungen waren so heftig. Sie war sicher, daß sie die Wurzeln aus dem Boden reißen und auf sie zukommen würden.

»Mama!« sagte sie und drehte sich wieder zum Haus um.

»Wohin gehst du?« sagte Tommy-Ray.

»Das ist nicht unser Vater!« sagte sie. »Es ist ein Trick! Sieh doch! Ein schrecklicher Trick!«

Tommy-Ray wußte es entweder und wollte es nicht wahrhaben, oder er stand so sehr unter dem Einfluß des Jaff, daß er nur sah, was ihn der Jaff sehen lassen wollte.

»Du bleibst bei mir!« sagte er und packte Jo-Beths Arm, »bei *uns!*«

Sie wollte sich losreißen, aber sein Griff war zu fest. Mama griff ein und unterbrach den Kontakt mit einem abwärts gerichteten Faustschlag. Bevor Tommy-Ray sie wieder ergreifen konnte, spurtete Jo-Beth in Richtung Haus. Der Laubsturm folgte ihr über den Rasen, ebenso Mama, deren Hand sie nahm, während sie zur Tür liefen.

»Sperr ab! Sperr ab!« sagte Mama, als sie drinnen waren.

Sie gehorchte. Kaum hatte sie den Schlüssel umgedreht, befahl Mama, ihr zu folgen.

»Wohin?« sagte Jo-Beth.

»In mein Zimmer. Ich weiß, wie man ihn aufhalten kann. Beeil dich!«

Das Zimmer roch nach Mamas Parfüm und muffigem Leinen, aber heute spendete das Vertraute Trost. Ob das Zimmer auch Sicherheit bot, blieb dahingestellt. Jo-Beth konnte hören, wie unten die Gartentür eingetreten wurde, danach ein Lärm, als würde der Inhalt des Kühlschranks durch die Küche geschleudert. Danach Stille.

»Suchst du den Schlüssel?« sagte Jo-Beth, die sah, wie Mama unter das Kissen griff. »Ich glaube, der ist draußen.«

»Dann hol ihn!« sagte Mama. »Schnell!«

Auf der anderen Seite der Tür quietschte es, worauf sich Jo-Beth überlegte, ob sie die Tür aufmachen sollte, aber wenn die Tür nicht abgeschlossen war, hatten sie überhaupt keinen Schutz. Mama sprach davon, wie man den Jaff aufhalten konnte, aber sie suchte nicht nach dem Schlüssel, sondern nach dem Gebetbuch, und Gebete würden gar nichts aufhalten. Ständig starben Menschen mit Gebeten auf den Lippen. Sie hatte keine andere Wahl, sie mußte die Tür aufreißen.

Sie sah zur Treppe. Dort stand der Jaff, ein bärtiger Fötus, dessen große Augen sie betrachteten. Der winzige Mund grinste. Sie griff nach dem Schlüssel, während er näherkam.

»Wir sind hier«, sagte er.

Der Schlüssel kam nicht aus dem Schloß. Sie zerrte daran, und plötzlich kam er frei und fiel ihr aus den Fingern. Der Jaff war drei Stufen vom oberen Ende der Treppe entfernt. Er sputete sich nicht. Sie ließ sich auf die Fersen nieder, um den Schlüssel aufzuheben und bemerkte zum erstenmal, seit sie das Haus betreten hatte, daß das Trommeln, das sie auf seine Anwesenheit aufmerksam gemacht hatte, wieder angefangen hatte. Der Lärm verwirrte ihre Gedanken. Warum bückte sie sich? Wonach suchte sie? Der Anblick des Schlüssels erinnerte sie daran. Sie ergriff ihn – der Jaff war auf der obersten Stufe –, stand auf, wich zurück, schlug die Tür zu und sperrte ab.

»Er ist da!« sagte sie zu Mama, die zu ihr sah.

»Natürlich«, sagte Mama. Sie hatte gefunden, wonach sie gesucht hatte. Es war kein Gebetbuch, sondern ein Messer, ein acht Zoll langes Küchenmesser, das vor einiger Zeit verschwunden war.

»Mama?«

»Ich wußte, daß er kommen würde. Ich bin bereit.«

»Damit kannst du ihn nicht bekämpfen«, sagte sie. »Er ist gar kein Mensch, nicht?«

Mama sah zur Tür.

»Sag es mir, Mama.«

»Ich weiß nicht, was er ist«, sagte sie. »Ich habe darüber nachgedacht... die ganzen Jahre über. Vielleicht der Teufel. Vielleicht auch nicht.« Sie sah Jo-Beth an. »Ich habe mich so lange gefürchtet«, sagte sie. »Und jetzt ist er hier, und alles sieht so einfach aus.«

»Dann erkläre es mir«, sagte Jo-Beth. »Ich verstehe es nämlich nicht. Wer ist er? Was hat er mit Tommy-Ray gemacht?«

»Er hat die Wahrheit gesagt«, sagte Mama. »In gewisser Weise. Er *ist* euer Vater. Jedenfalls einer davon.«

»Wie viele brauche ich denn?«

»Er hat mich zur Hure gemacht. Er hat mich mit Begierden, die ich nicht wollte, fast in den Wahnsinn getrieben. Der Mann, der mit mir geschlafen hat, ist dein Vater; aber das...« Sie deutete mit dem Messer zur Tür, gegen die von der anderen Seite geklopft wurde. »...hat dich wirklich gemacht.«

»Ich höre dich«, sagte der Jaff. *»Laut und deutlich.«*

»Geh weg«, sagte Mama und ging zur Tür. Jo-Beth wollte sie zurückbeordern, aber sie achtete nicht auf den Befehl. Sie packte Jo-Beth am Arm, zog sie dicht an sich und hielt ihr das Messer an die Kehle.

»Ich bringe sie um«, sagte sie zu dem Ding vor der Tür. »So wahr es einen Gott im Himmel gibt, es ist mein Ernst. Wenn du versuchst, hier hereinzukommen, ist deine Tochter tot.« Sie hielt Jo-Beth so fest, wie Tommy-Ray es getan hatte. Vor wenigen Minuten hatte er sie eine Wahnsinnige genannt. Ihre jetzige Darbietung war entweder ein hervorragend gespielter Bluff, oder er hatte recht gehabt. Wie auch immer, Jo-Beths Leben war verwirkt. Der Jaff klopfte wieder an die Tür.

»Tochter?« sagte er.

»Antworte ihm«, befahl Mama ihr.

»Tochter?«

»Ja...«

»Fürchtest du um dein Leben? Ehrlich. Sag es mir ehrlich. Denn ich habe dich aufrichtig lieb und will nicht, daß dir ein Leid geschieht.«

»Sie fürchtet um ihr Leben«, sagte Mama.

»Laß sie antworten«, sagte der Jaff.

Jo-Beth zögerte nicht mit der Antwort. »Ja«, sagte sie. »Ja. Sie hat ein Messer und...«

»Du wärst eine Närrin«, sagte der Jaff zu Mama, *»das einzige zu töten, das dein Leben lebenswert gemacht hat. Aber du würdest es tun, nicht?«*

»Ich werde sie dir nicht überlassen«, sagte Mama.

Schweigen auf der anderen Seite der Tür. Dann sagte der Jaff: *»Meinetwegen...«* Er lachte leise. *»Es gibt immer ein Morgen.«*

Er zerrte ein letztesmal an der Tür, als wollte er sich vergewissern, daß er tatsächlich ausgesperrt war. Dann hörten das Lachen und das Rasseln auf und wurden von einem leisen, kehligen Laut verdrängt, dem Stöhnen von etwas, das wußte, daß es geboren wurde, Schmerzen zu leiden und keine Möglichkeit hatte, seinem Dasein zu entfliehen. Die Wehklage dieses Tons war ebenso furchteinflößend wie die vorangegangenen Drohungen und Verführungen. Dann wurde es leiser.

»Er geht«, sagte Jo-Beth. Mama hielt immer noch das Messer an ihren Hals. »Er geht, Mama. Laß mich wieder los.«

Die fünfte Stufe der zweiten Treppenflucht quietschte zweimal und bestätigte Jo-Beths Ahnung, daß ihre Peiniger das Haus tatsächlich verließen. Aber es vergingen noch dreißig Sekunden, bis Mama Jo-Beths Arm losließ, und eine weitere Minute, bis sie ihre Tochter ganz freigab.

»Er hat das Haus verlassen«, sagte sie. »Aber bleib noch hier.«

»Was ist mit Tommy?« sagte Jo-Beth. »Wir müssen ihn finden.«

Mama schüttelte den Kopf. »Ich wußte, daß ich ihn verlieren würde«, sagte sie. »Es wäre zwecklos.«

»Aber wir müssen es *versuchen*«, sagte Jo-Beth.

Sie machte die Tür auf. Auf der anderen Seite lehnte etwas am Geländer, das nur Tommy-Rays Handarbeit sein konnte. Als sie Kinder waren, hatte er Puppen im Dutzend für Jo-Beth gemacht, behelfsmäßige Spielzeuge, die dennoch seine unverwechselbare Handschrift trugen. Sie lächelten immer. Jetzt hatte er eine neue Puppe geschaffen; einen Vater, der aus Lebensmitteln bestand. Der Kopf ein Hamburger mit Daumenabdrücken als Augen; Beine und Arme Gemüse; als Körper ein Milchkarton, dessen Inhalt zwischen den Beinen heruntertropfte, an einer Pfefferschote und zwei Knoblauchknollen herab, die dort befestigt waren. Jo-Beth sah das grobe Ding an, dessen Fleischgesicht sie musterte. Diesesmal kein Lächeln. Nicht einmal ein Mund. Nur zwei Löcher im Hackfleisch. Von den Lenden troff die Milch der Mannbarkeit herab und befleckte den Teppich. Mama hatte recht. Sie hatten Tommy-Ray verloren.

»Du hast gewußt, daß der Dreckskerl zurückkommen würde«, sagte sie.

»Ich habe es vermutet; mit der Zeit. Nicht wegen mir. Er kam nicht wegen mir. Ich war nur eine verfügbare Gebärmutter, wie wir alle...«

»Der Bund der Jungfrauen«, sagte Jo-Beth.

»Wo hast du das gehört?«

»O Mama... Die Leute haben geredet, seit ich ein Kind war...«

»Ich habe mich so geschämt«, sagte Mama. Sie legte die Hand vors Gesicht, die andere, mit der sie noch das Messer hielt, hing herunter. »So sehr geschämt. Ich wollte mich selbst umbringen. Aber der Pastor hat mich davon abgehalten. Er sagte, ich müßte leben. Für den Herrn. Und für dich und Tommy-Ray.«

»Du mußt sehr stark gewesen sein«, sagte Jo-Beth und wandte sich von der Puppe ab, um sie anzusehen. »Ich habe dich lieb, Mama. Ich weiß, ich habe gesagt, daß ich Angst hatte; aber du hättest mir nichts getan.«

Mama sah zu ihr auf; Tränen flossen unablässig aus ihren Augen und tropften vom Kinn herunter.

Ohne nachzudenken sagte sie: »Ich hätte dich mausetot gemacht.«

III

»Mein Feind ist immer noch hier«, sagte der Jaff.

Tommy-Ray hatte ihn auf einen Weg geführt, der ausschließlich den Kindern des Grove bekannt war und der an der Rückseite des Hügels entlang zu einem schwindelerregenden Aussichtspunkt führte. Er war zu felsig als Ausflugsziel und so instabil, daß man dort nicht bauen konnte, bot aber allen, die die Strapaze des Kletterns auf sich nahmen, einen einmaligen Ausblick über Laureltree und Windbluff.

Dort standen sie, Tommy-Ray und sein Vater, und genossen die Aussicht. Am Himmel waren keine Sterne zu sehen; und unten in den Häusern brannte kaum ein Licht. Wolken hüllten den Himmel ein, Schlaf die Stadt. Vater und Sohn standen ohne Zeugen da und unterhielten sich.

»Wer ist dein Feind?« sagte Tommy-Ray. »Sag es mir, und ich reiße ihm für dich die Kehle heraus.«

»Ich bezweifle, daß er das zulassen würde.«

»Sei nicht sarkastisch«, sagte Tommy-Ray. »Ich bin kein Dummkopf, weißt du. Ich weiß, wenn du mich wie ein Kind behandelst. Ich bin kein Kind.«

»Das mußt du mir beweisen.«

»Werde ich. Ich habe vor nichts Angst.«

»Das werden wir sehen.«

»Willst du mir angst machen?«

»Nein. Ich will dich nur vorbereiten.«

»Worauf? Auf deinen Feind? Sag mir einfach nur, wie er ist.«

»Sein Name ist Fletcher. Er und ich waren Partner, noch vor deiner Geburt. Aber er hat mich betrogen. Besser gesagt, er hat es versucht.«

»Was war euer Geschäft?«

»Ah!« Der Jaff lachte, ein Laut, den Tommy-Ray mittlerweile schon häufig gehört hatte und der ihm um so besser gefiel, je öfter er ihn hörte. Der Mann hatte Humor, auch wenn Tommy-

Ray – so wie jetzt – die Pointe nicht verstand. »Unser *Geschäft?*« sagte der Jaff. »Es ging im Grunde genommen darum, Macht zu erlangen. Genauer, eine ganz bestimmte Macht. Sie heißt die ›Kunst‹, und mit ihr werde ich in die Träume Amerikas vorstoßen können.«

»Hältst du mich zum Narren?«

»Nicht alle Träume. Nur die wichtigen. Weißt du, Tommy-Ray, ich bin Forscher.«

»Ja?«

»Ja. Aber was gibt es draußen in der Welt noch zu erforschen? Nicht viel. Ein paar Wüstenlöcher; ein Regenwald...«

»Den Weltraum«, schlug Tommy-Ray vor und sah nach oben.

»Eine Wüste, und dazwischen jede Menge Nichts«, sagte der Jaff. »Nein, das wahre Geheimnis – das *einzige* Geheimnis – ist in unseren Köpfen. Und ich werde es bekommen.«

»Du meinst nicht wie ein Seelenklempner, oder? Du meinst, irgendwie selbst dort zu *sein*.«

»Ganz recht.«

»Und die ›Kunst‹ ist der Weg dorthin?«

»Wieder richtig.«

»Aber du hast gesagt, es sind nur Träume. Wir träumen alle. Man kann jederzeit dorthin gelangen, so oft man will, man muß nur einschlafen.«

»Die meisten Träume sind nur Jonglierstücke. Leute schnappen ihre Erinnerungen auf und versuchen, sie in eine Art Ordnung zu bringen. Aber es gibt noch einen anderen Traum, Tommy-Ray. Es ist der Traum davon, was es bedeutet, geboren zu werden, sich zu verlieben und zu sterben. Ein Traum, der erklärt, wofür das *Sein* da ist. Ich weiß, das ist verwirrend...«

»Sprich weiter. Ich würde es trotzdem gerne hören.«

»Es gibt ein Meer des Geistes. Es heißt Essenz«, sagte der Jaff. »Und in diesem Meer liegt eine Insel, die mindestens zweimal in unserem Leben in unseren Träumen auftaucht: am Anfang und am Ende. Sie wurde zuerst von den Griechen entdeckt. Plato schrieb in verschlüsselter Form darüber. Er nannte sie Atlantis...« Er verstummte, weil der Inhalt seiner Geschichte ihn vom Erzählen ablenkte.

»Du sehnst dich sehr nach diesem Ort, nicht wahr?« sagte Tommy-Ray.

»Sehr«, sagte der Jaff. »Ich will in diesem Meer schwimmen, wenn ich Lust dazu habe, und ich möchte an das Ufer, wo die großen Geschichten erzählt werden.«

»Hübsch.«

»Hm?«

»Klingt ganz hübsch.«

Der Jaff lachte. »Du bist erfrischend unbeschwert, mein Sohn. Ich kann dir sagen, wir werden gut miteinander zurechtkommen. Du kannst mein Agent vor Ort sein, richtig?«

»Aber sicher«, sagte Tommy-Ray grinsend. »Was ist das?«

»Ich kann nicht jedem mein Gesicht zeigen«, sagte der Jaff. »Und ich mag das Tageslicht nicht besonders. Es ist so wenig... geheimnisvoll. Aber du kannst für mich ausgehen und Aufträge erledigen.«

»Demnach bleibst du. Ich dachte, wir würden irgendwo zusammen hingehen.«

»Später. Zuerst muß mein Feind sterben. Er ist schwach. Er wird erst versuchen, den Grove zu verlassen, wenn er einen gewissen Schutz hat. Ich denke, er wird sich um sein eigenes Kind kümmern.«

»Katz?«

»Ganz recht.«

»Also sollte ich Katz töten?«

»Das könnte nützlich sein, wenn sich die Gelegenheit ergibt.«

»Dafür werde ich sorgen.«

»Aber du solltest ihm dankbar sein.«

»Warum?«

»Wäre er nicht, wäre ich immer noch unter der Erde. Würde immer noch darauf warten, daß du und Jo-Beth die Teile zusammenfügt und nach mir sucht. Was sie und Katz getan haben...«

»Was *haben* sie denn getan? Haben sie gefickt?«

»Ist das wichtig für dich?«

»Aber sicher.«

»Für mich auch. Der Gedanke, daß Fletchers Kind deine Schwester *berührt*, macht mich krank. Und Fletcher hat es auch krank gemacht. Wir waren uns ein einzigesmal einig. Die Frage war: Welcher von uns beiden schafft es zuerst zur Oberfläche, und wer wird stärker sein, wenn es uns gelungen ist?«

»Du.«

»Ja, ich. Ich habe einen Vorteil, den Fletcher nicht hat. Meine Armee, meine *Terata,* kann man am besten aus sterbenden Menschen ziehen. Ich habe eins aus Buddy Vance gezogen.«

»Wo ist er?«

»Erinnerst du dich, als wir hierhergegangen sind, hast du gedacht, daß uns jemand folgt. Ich habe dir gesagt, es sei ein Hund. Ich habe gelogen.«

»Zeig es mir.«

»Wenn du es siehst, bist du vielleicht nicht mehr so eifrig.«

»Zeig es mir, Papa. Bitte.«

Der Jaff pfiff. Nach diesem Laut bewegten sich die Bäume ein Stück hinter ihnen und offenbarten das Gesicht, welches im Garten das Dickicht zerfetzt hatte. Aber diesesmal konnte man das Gesicht ganz deutlich erkennen. Es glich etwas, das die Brandung ans Ufer gespült hat: ein Tiefseemonster, das gestorben und an die Oberfläche geschwemmt worden war, wo die Sonne es gedörrt und Möwen daran gepickt hatten, so daß es, bis es in die Welt der Menschen gelangte, fünfzig Augenhöhlen und ein Dutzend Mäuler hatte und halb gehäutet war.

»Sauber«, sagte Tommy-Ray leise. »Das hast du von einem Komiker bekommen? Ich finde, das sieht überhaupt nicht komisch aus.«

»Es kam aus einem Mann auf der Schwelle des Todes«, sagte der Jaff. »Ängstlich und allein. Die bringen immer schöne Exemplare hervor. Irgendwann einmal werde ich dir von den Orten erzählen, wo ich nach verlorenen Seelen gesucht habe, um Terata aus ihnen zu bekommen. Was ich gesehen habe. Von dem Abschaum, dem ich begegnet bin...« Er sah über die Stadt. »Aber hier?« sagte er. »Wo sollte ich hier solche Subjekte finden?«

»Du meinst sterbende Menschen?«

»Ich meine verwundbare Menschen. Menschen ohne eine Mythologie, die sie beschützt. Ängstliche Menschen. Verlorene Menschen. Wahnsinnige Menschen.«

»Da könntest du mit Mama anfangen.«

»Die ist nicht wahnsinnig. Sie wünscht sich vielleicht noch einmal, sie wäre es; sie wünscht sich vielleicht, sie könnte alles, was sie gesehen und erlitten hat, als Halluzinationen abtun, aber sie weiß es besser. Und sie hat sich selbst geschützt. Sie hat einen Glauben, so idiotisch er auch sein mag. Nein... ich brauche nackte Menschen, Tommy-Ray. Menschen ohne Götter. Verlorene Menschen.«

»Ich kenne ein paar.«

Tommy-Ray hätte seinen Vater buchstäblich in Hunderte von Haushalten führen können, wäre er imstande gewesen, die Gedanken hinter den Gesichtern zu lesen, an denen er jeden Tag seines Lebens vorbeiging. Leute, die im Einkaufszentrum einkauften und ihre Wagen mit frischem Obst und Vollwertflocken vollstopften, Leute mit gesunder Hautfarbe, wie seine eigene, und mit leuchtenden Augen, wie seine eigenen, die in jeder Hinsicht zufrieden und glücklich zu sein schienen. Vielleicht besuchten sie ab und zu einmal einen Analytiker, um auf dem rechten Weg zu bleiben; vielleicht schrien sie manchmal ihre Kinder an oder weinten im stillen, wenn ein weiterer Geburtstag ein weiteres verstrichenes Jahr markierte, aber sie betrachteten sich in jeder Hinsicht als ausgeglichene, friedliche Seelen. Sie hatten mehr als genug Geld auf der Bank; die Sonne war meistens warm, und wenn nicht, machten sie ein Feuer an und dachten, daß sie robust genug waren und die Kälte überstehen konnten. Hätte man sie gefragt, hätten sie gesagt, daß sie an etwas glaubten. Aber niemand fragte. Nicht hier; nicht jetzt. Das Jahrhundert war soweit fortgeschritten, daß man nicht mehr über Glauben sprechen konnte, ohne Verlegenheit zu empfinden, und Verlegenheit war ein Trauma, das sie tunlichst aus ihrem Leben fernhielten. Es war besser, nicht vom Glauben zu sprechen oder von den Göttern, es sei denn bei Hochzeiten, Taufen und Beerdigungen, und auch dann nur rein mechanisch. Also. Hinter ihren Augen verdarb die Hoffnung, und in vielen war sie bereits tot. Sie lebten von Ereignis zu Ereignis und empfanden Grauen vor den Lücken dazwischen; sie füllten ihr Leben mit Ablenkungen aus, damit sie die

Leere vermieden, wo Neugier hätte sein sollen, und sie atmeten erleichtert auf, wenn die Kinder das Alter überwunden hatten, in dem sie Fragen nach dem Sinn des Lebens stellten.

Aber nicht alle verbargen ihre Ängste so gut.

Als Ted Elizando dreizehn war, wurde in seiner Klasse von einem vorausschauenden Lehrer gesagt, daß die Großmächte genügend Raketen besaßen, um die Zivilisation hundertfach damit zerstören zu können. Dieser Gedanke bekümmerte ihn viel mehr, als es seine Klassenkameraden zu bekümmern schien; daher behielt er seine Alpträume vom Weltuntergang für sich, weil er Angst hatte, er würde ausgelacht werden. Die Täuschung funktionierte; bei Ted ebensogut wie bei seinen Klassenkameraden. Bis er zwanzig war, hatte er seine Ängste so gut wie vergessen. Mit einundzwanzig hatte er eine gute Arbeitsstelle in Thousand Oaks und heiratete Loretta. Im darauffolgenden Jahr bekamen sie Nachwuchs. Eines Nachts, ein paar Monate nach der Geburt des Babys Dawn, kam der Alptraum vom letzten großen Feuer wieder. Schwitzend und zitternd stand Ted auf und sah nach seiner Tochter. Sie lag schlafend in ihrer Koje, auf dem Bauch, wie sie so gerne schlief. Er betrachtete sie etwa eine Stunde lang im Schlummer, anschließend ging er wieder ins Bett. Danach wiederholte sich diese Abfolge der Ereignisse beinahe jede Nacht, bis sie so vorhersehbar wie ein Ritual wurde. Manchmal drehte sich das Baby im Schlaf um und schlug die Augen mit den langen Wimpern auf. Wenn sie ihren Daddy neben der Wiege stehen sah, lächelte sie. Doch die Nachtwachen forderten ihren Tribut bei Ted. Der Nacht für Nacht unterbrochene Schlaf kostete ihn Kraft; es fiel ihm immer schwerer zu verhindern, daß der Schrecken, der nachts zu ihm kam, auch bei Tage erschien. Wenn er am hellichten Tag am Schreibtisch saß, stürmte das Grauen auf ihn ein. Die Frühlingssonne, die auf das Papier vor ihm schien, wurde zu blendendgrellen Atompilzen. Jede Brise, wie sanft auch immer, trug ihm ferne Schreie zu.

Und als er eines Nachts neben Dawns Bettchen stand, hörte er die Marschflugkörper kommen. Er nahm Dawn entsetzt auf die Arme und versuchte, das weinende Kind zu beruhigen. Ihr Weinen weckte Loretta, die nach ihrem Mann suchte. Sie fand ihn im Eßzimmer, und er konnte vor Entsetzen nicht sprechen, weil er seine Tochter anstarrte, die er fallen gelassen hatte, als er sah, wie sie in seinen Armen verkohlte, wie die Haut schwarz und ihre Arme zu rauchenden Stöcken wurden.

Er kam einen Monat in die Klinik und durfte dann in den Grove zurückkehren, weil sich die Ärzte darin einig waren, daß größere Hoffnung auf Genesung bestand, wenn er sicher im Schoß seiner Familie weilte. Ein Jahr später reichte Loretta wegen unüberwindbarer Differenzen die Scheidung ein. Sie wurde anerkannt, und ihr wurde das Sorgerecht für das Kind zugesprochen.

Heutzutage besuchten nur wenige Menschen Ted. In den vier Jahren seit seinem Nervenzusammenbruch arbeitete er in der Tierhandlung im Einkaufszentrum, eine Aufgabe, die glücklicherweise geringste Anforderungen an ihn stellte. Er war glücklich unter den Tieren, die, wie er, schlechte Heuchler waren. Er hatte die Aura eines Mannes an sich, der kein Zuhause mehr hat und auf Messers Schneide steht. Tommy-Ray, dem Mama Haustiere verboten hatte, war von Ted verwöhnt worden: Er hatte freien Zugang zum Laden gehabt – und sich sogar ein paarmal darum gekümmert, wenn Ted Botengänge machen mußte – und durfte mit den Hunden und Schlangen spielen. Er hatte alles über Ted und seine Geschichte erfahren, obwohl sie nie Freunde geworden waren. Er hatte Ted zum Beispiel nie bei sich zu Hause besucht, so wie diese Nacht.

»Ich habe jemanden mitgebracht, Teddy. Ich möchte, daß du ihn kennenlernst.«

»Es ist schon spät.«

»Das kann nicht warten. Hör zu, es sind wirklich gute Neuigkeiten, und ich habe außer dir keinen, mit dem ich darüber reden kann.«

»Gute Neuigkeiten?«

»Mein Papa. Er ist nach Hause gekommen.«

»Wirklich? Das freut mich aber für dich, Tommy-Ray.«

»Möchtest du ihn nicht kennenlernen?«

»Nun, ich...«

»Selbstverständlich will er das«, sagte der Jaff, trat aus dem Schatten und streckte Ted die Hand hin. *»Jeder Freund meines Sohnes ist auch ein Freund von mir.«*

Als er die Wesenheit sah, die Tommy-Ray als seinen Vater vorgestellt hatte, ging Teddy einen ängstlichen Schritt ins Haus zurück. Dies war ein völlig andersartiger Alptraum. So etwas war ihm nicht einmal in den guten alten Zeiten erschienen. Sie hatten sich immer verstohlen angeschlichen. Der hier redete und lächelte und verschaffte sich selbst Einlaß.

»Ich will etwas von dir«, sagte der Jaff.

»Was geht hier vor, Tommy-Ray? Dies ist mein Haus. Sie können nicht einfach hier eindringen und Sachen mitnehmen.«

»Es ist etwas, das du nicht willst«, sagte der Jaff und streckte die Hände nach Ted aus. *»Ohne das du viel glücklicher bist.«*

Tommy-Ray sah erstaunt und beeindruckt zu, wie Ted die Augen bis unter die Lider verdrehte und Geräusche von sich gab, als müßte er sich gleich übergeben. Aber es kam nichts heraus; jedenfalls nicht aus dem Mund. Die Belohnung kam aus den Poren heraus, die Säfte seines Körpers perlten und dickten ein, verdichteten sich und stiegen von der Haut empor, tränkten Hemd und Hose.

Tommy-Ray tänzelte gebannt von einer Seite auf die andere. Es war wie eine groteske Zaubervorstellung. Die Tropfen der Feuchtigkeit widersetzten sich der Schwerkraft, sie schwebten vor Ted in der Luft, berührten einander und verschmolzen zu größeren Tropfen, und diese größeren Tropfen vereinigten sich ihrerseits wieder, bis Teile fester Materie, wie ein eklig grauer Käse, vor seiner Brust schwebten. Und immer noch strömten die Fluten auf Geheiß des Jaff und fügten der Masse immer mehr Substanz hinzu. Und allmählich bekam sie auch Gestalt; die erste grobe Skizze von Teds privatem Grauen. Tommy-Ray grinste, als er es sah; die zuckenden Beine, die schielenden Augen. Armer Ted, der dieses Baby in sich gehabt hatte. Wie der Jaff gesagt hatte, er war ohne es besser dran.

Das war der erste von zahlreichen Besuchen in dieser Nacht, und sie bekamen jedesmal eine neue Bestie aus den verlorenen Seelen.

Alle blaß, alle vage reptilienhaft, aber in jeder anderen Hinsicht eigenständige Schöpfungen. Der Jaff drückte es am besten aus, als sich die nächtlichen Abenteuer ihrem Ende näherten.

»Es ist eine Kunst«, sagte er. »Dieses Herausziehen. Findest du nicht auch?«

»Ja. Es gefällt mir.«

»Selbstverständlich nicht *die* ›Kunst‹. Aber ein Echo davon. Wie jede Kunst, vermute ich.«

»Wohin gehen wir jetzt?«

»Ich muß ausruhen. Wir suchen einen schattigen, kühlen Ort.«

»Ich kenne ein paar.«

»Nein. Du gehst heim.«

»Warum?«

»Weil ich will, daß der Grove morgen aufwacht und denkt, daß die Welt wie immer ist.«

»Und was sage ich Jo-Beth?«

»Sag ihr, daß du dich an nichts erinnern kannst. Wenn sie dich bedrängt, dann entschuldige dich.«

»Ich will nicht gehen«, sagte Tommy-Ray.

»Ich weiß«, sagte der Jaff und legte Tommy-Ray eine Hand auf die Schulter. Er massierte beim Sprechen den Muskel. »Aber wir wollen nicht, daß sie einen Suchtrupp nach dir ausschicken. Sie könnten Dinge entdecken, die wir erst preisgeben sollten, wenn *wir* dazu bereit sind!«

Darüber grinste Tommy-Ray.

»Wie lange wird das dauern?«

»Du kannst es nicht erwarten zu sehen, wie der Grove auseinandergenommen wird, was?«

»Ich zähle die Stunden.«

Der Jaff lachte.

»Wie der Vater, so der Sohn«, sagte er, »gib auf dich acht, Junge. Ich komme wieder.«

Und dann führte er seine Bestien lachend in die Dunkelheit.

IV

Das Mädchen seiner Träume hatte sich geirrt, dachte Howie, als er aufwachte: Die Sonne scheint nicht jeden Tag im Staate Kalifornien. Als er die Jalousien hochzog, war die Dämmerung trübe; der Himmel zeigte keine Spur Blau. Er machte pflichtschuldigst seine Übungen – das Minimum, das sein Gewissen zuließ. Sie trugen wenig bis gar nichts dazu bei, seinen Körper zu beleben; er schwitzte einfach nur. Nachdem er geduscht und sich rasiert hatte, zog er sich an und ging ins Einkaufszentrum. Er war noch nicht soweit geheilt, wie es erforderlich sein würde, wenn er Jo-Beth sah. Er wußte aus früheren Erfahrungen, daß jeder Versuch seinerseits, eine Rede zu planen, lediglich in hoffnungslosem Stammeln enden würde, wenn er den Mund aufmachte. Es wäre besser, ganz dem Augenblick entsprechend zu reagieren. Wenn sie beharrlich war, würde er nachdrücklich sein. Wenn sie zerknirscht war, würde er verzeihen. Es kam nur darauf an, daß er den Bruch des vergangenen Tages wieder kittete.

Möglicherweise gab es eine Erklärung für das, was ihnen im Motel wiederfahren war, aber stundenlanges gründliches Nachdenken seinerseits hatte nichts ergeben. Er konnte lediglich folgern, daß ihr gemeinsamer Traum – dessen Thema, bedachte man die starken Bande zwischen ihnen, nicht schwer zu verstehen war – irgendwie mittels einer telepathischen Fehlschaltung in einen Alptraum verwandelt worden war, den sie weder begriffen noch verdienten. Es war ein irgendwie gearteter astraler Fehler. Er hatte nichts mit ihnen zu tun; sie vergaßen ihn am besten gleich wieder. Mit etwas gutem Willen auf beiden Seiten konnten sie ihre Beziehung dort wieder aufnehmen, wo sie sie vor Butrick's Steak House aufgegeben hatten, als noch so viele Versprechungen in der Luft lagen.

Er ging direkt zur Buchhandlung. Lois – Mrs. Knapp – stand hinter dem Ladentisch. Sonst war das Geschäft leer. Er lächelte und sagte hallo, dann fragte er, ob Jo-Beth schon da war. Mrs.

Knapp sah auf die Uhr und informierte ihn frostig, sie wäre noch nicht da – und sie wäre zu spät.

»Dann warte ich«, sagte er, weil er sich von der Unfreundlichkeit der Frau nicht von seinem Vorhaben abbringen lassen wollte. Er ging zu dem Bücherstapel beim Fenster, wo er blättern und gleichzeitig darauf warten konnte, daß Jo-Beth eintraf.

Die Bücher vor ihm waren allesamt religiöser Natur. Eines fiel ihm besonders ins Auge: *Die Geschichte des Erlösers.* Der Umschlag zeigte einen Mann auf den Knien vor einem grellen Licht sowie die Werbung, daß das Buch die größte Offenbarung des Jahrhunderts enthielt. Er blätterte es durch. Das schmale Bändchen – es war kaum mehr als eine Broschüre – war von der Kirche Jesu Christi der Heiligen der Letzten Tage veröffentlicht worden und erzählte in leicht verständlichen Absätzen und Bildern die Geschichte des Großen Weißen Gottes des alten Amerika. Den Illustrationen zufolge sah dieser Gott, in welcher Inkarnation er auch immer erschien – als Quetzalcoatl in Mexiko; als Tonga-Loa, Gott der Meeres-Sonne, in Polynesien; als Illa-Tici, Kukulean oder in einem halben Dutzend anderer Verkleidungen –, stets wie der perfekte weiße, reinrassige Held aus: groß, geschmeidig, helle Haut, blaue Augen. Und nun, behauptete die Broschüre, war er nach Amerika zurückgekehrt, um den Jahrtausendwechsel zu feiern. Diesesmal würde er bei seinem wahren Namen genannt werden: Jesus Christus. Howie ging zu einem anderen Regal und suchte nach einem Buch, das besser zu seiner Stimmung paßte. Liebesgedichte vielleicht; oder ein Sex-Handbuch. Doch als er die Bücher auf den Regalen genauer in Augenschein nahm, stellte er fest, daß sie allesamt vom selben Verlag oder einer zugehörigen Firma veröffentlicht worden waren. Es gab Gebetbücher; Gesangbücher für die ganze Familie; schwergewichtige Bände über den Aufbau von Zim, der Stadt Gottes auf Erden; oder über die Bedeutung der Taufe. Darunter ein Bildband über das Leben von Joseph Smith, mit Fotos seines Geburtshauses und dem heiligen Hain, wo er offenbar eine Vision gehabt hatte. Die Bildlegende erweckte Howies Aufmerksamkeit.

Ich sah zwei Wesenheiten, deren strahlender Glanz und deren

Glorie unbeschreiblich waren, in der Luft über mir schweben. Eine davon sprach zu mir, nannte mich bei meinem Namen und sagte...

»Ich habe bei Jo-Beth zu Hause angerufen. Es nimmt niemand ab. Sie müssen weggefahren sein.«

Howie sah von dem Text auf. »Zu schade«, sagte er, glaubte der Frau aber nicht rückhaltlos. Wenn sie den Anruf wirklich gemacht hatte, dann sehr leise.

»Sie kommt heute wahrscheinlich gar nicht mehr«, fuhr Mrs. Knapp fort, die beim Sprechen Howies Blick auswich. »Ich habe eine sehr formlose Vereinbarung mit ihr. Sie arbeitet, wenn es ihr am besten paßt.«

Er wußte, daß das eine Lüge war. Er hatte erst gestern morgen gehört, wie sie Jo-Beth schalt, weil sie unpünktlich gewesen war; ihre Arbeitszeit war ganz und gar nicht gleitend. Aber Mrs. Knapp schien, als gute Christin, fest entschlossen zu sein, ihn aus dem Laden zu vertreiben. Vielleicht hatte sie gesehen, wie er beim Blättern gegrinst hatte.

»Es hat überhaupt keinen Zweck, daß Sie warten«, fuhr sie fort. »Es könnte den ganzen Tag dauern.«

»Ich verscheuche doch keine Kunden, oder?« sagte Howie, um sie zu zwingen, ihre Vorbehalte gegen ihn auszusprechen.

»Nein«, sagte sie mit einem knappen, freudlosen Lächeln. »Das wollte ich auch nicht sagen.«

Er ging zum Tisch. Sie wich unwillkürlich einen Schritt zurück, als hätte sie Angst vor ihm.

»Und was genau *wollen* Sie sagen?« fragte er und konnte sich kaum noch beherrschen. »Was habe ich an mir, das Ihnen nicht gefällt? Mein Deodorant? Mein Haarschnitt?«

Sie versuchte wieder das knappe Lächeln, aber diesmal gelang es ihr, obwohl sie in Heuchelei geübt war, nicht so recht. Statt dessen zuckte ihr Gesicht nur.

»Ich bin nicht der Teufel«, sagte Howie. »Ich bin nicht hierher gekommen, um jemandem ein Leid zuzufügen.«

Darauf antwortete sie nicht.

»Ich wurde... h... h... hier geboren«, fuhr er fort. »In Palomo Grove.«

»Ich weiß«, sagte sie.

Schau, schau, dachte er. Hier haben wir eine Enthüllung.

»Was wissen Sie sonst noch?« fragte er sie behutsam.

Sie sah zur Tür, und er wußte, sie sprach ein stummes Gebet zu ihrem Großen Weißen Gott, daß jemand zur Tür hereinkommen und sie von diesem verdammten Jungen und seinen Fragen befreien würde. Weder der Gott noch ein Kunde gehorchten.

»Was wissen Sie über mich?« fragte Howie nochmals. »Es kann nicht so schlimm sein... oder?«

Lois Knapp zuckte kurz die Achseln. »Wohl nicht«, sagte sie.

»Dann los.«

»Ich kannte Ihre Mutter«, sagte sie und verstummte dann, als könnte ihn das zufriedenstellen. Er antwortete nicht, sondern überließ es ihr, das gespannte Schweigen durch Worte auszufüllen. »Ich kannte sie natürlich nicht sehr gut«, fuhr sie fort. »Sie war etwas jünger als ich. Aber damals kannte jeder jeden. Es ist schon lange her. Und als dann der Unfall passierte...«

»Sie k... k... können aussprechen«, sagte Howie zu ihr.

»Was aussprechen?«

»Sie nennen es einen Unfall, aber es war... war... war eine Vergewaltigung, richtig?«

Ihrem Gesichtsausdruck konnte man entnehmen, daß sie nie gedacht hätte, dieses Wort – oder etwas entfernt so Obszönes – könnte jemals in ihrem Laden ausgesprochen werden.

»Ich kann mich nicht erinnern«, antwortete sie irgendwie trotzig. »Und selbst wenn ich es könnte...« Sie verstummte, holte tief Luft und machte dann einen neuen Versuch. »Warum gehen Sie nicht wieder dorthin, woher Sie gekommen sind?« sagte sie.

»Aber ich *bin* ja zurückgekommen«, antwortete er. »Dies ist meine Heimatstadt.«

»Das habe ich nicht gemeint«, sagte sie und zeigte ihre Verzweiflung schließlich offen. »Ist Ihnen nicht klar, wie alles aussieht? Sie kommen hierher, und gleichzeitig stirbt Mr. Vance.«

»Was hat das denn damit zu tun, um Himmels willen?« wollte Howie wissen. Er hatte in den vergangenen vierundzwanzig Stunden kaum auf die Nachrichten geachtet, aber er wußte, daß die Bergung der Leiche des Komikers, die er gestern gesehen hatte, zu einer mittleren Tragödie geworden war. Er begriff nur den Zusammenhang nicht.

»Ich habe Buddy Vance nicht umgebracht. Und meine Mutter ganz sicher auch nicht.«

Sie fügte sich schließlich in ihre Rolle als Nachrichtenübermittlerin, ließ ihr Zögern sein und erzählte den Rest unverhohlen und schnell, um alles hinter sich zu bringen.

»Der Ort, wo Ihre Mutter vergewaltigt worden ist«, sagte sie, »ist genau der, wo Mr. Vance abgestürzt ist.«

»Genau derselbe?« sagte Howie.

»Ja«, lautete die Antwort, »man hat mir gesagt, genau derselbe. Ich werde mich sicher nicht persönlich davon überzeugen. Es gibt genügend Böses in der Welt, man muß nicht auch noch eigens danach suchen.«

»Und Sie denken, ich habe irgend etwas damit zu tun?«

»Das habe ich nicht gesagt.«

»Nein. Aber g... g... gedacht.«

»Wenn Sie unbedingt wollen: ja.«

»Und Sie wollen, daß ich Ihren Laden verlasse, damit ich meinen schlechten Einfluß nicht verbreiten kann.«

»Ja«, sagte sie unverblümt. »Das will ich.«

Er nickte. »O. K.«, sagte er. »Ich gehe. Aber Sie müssen mir versprechen, Sie werden Jo-Beth erzählen, daß ich hier war.«

Mrs. Knapps Gesicht war ganz Widerwille. Aber ihre Angst vor ihm verlieh ihm eine Macht, deren Einfluß er sich nicht völlig entziehen konnte.

»Das ist doch nicht zuviel verlangt, oder?« sagte er. »Und Sie lügen ja nicht.«

»Nein.«

»Dann sagen Sie es ihr?«

»Ja.«

»Beim Großen Weißen Gott von Amerika?« sagte er. »Wie heißt er doch gleich... Quetzalcoatl?« Sie sah beleidigt drein. »Vergessen Sie's«, sagte er. »Ich gehe. Tut mir leid, wenn ich heute morgen das Geschäft geschädigt habe.«

Sie hatte einen panischen Gesichtsausdruck, als er den Laden verließ. In den zwanzig Minuten, die er in dem Geschäft verbracht hatte, war die Wolkendecke aufgerissen; die Sonne kam heraus und schien auf den Hügel. In wenigen Minuten würde sie auch auf die Sterblichen im Einkaufszentrum scheinen, zu denen er gehörte. Das Mädchen seiner Träume hatte also doch die Wahrheit gesagt.

V

Grillo wachte auf, als das Telefon klingelte, streckte die Hand aus, stieß ein halbvolles Glas Champagner um – sein letzter betrunkener Trinkspruch der vergangenen Nacht: *Auf Buddy, tot, aber unvergessen* –, fluchte, nahm den Hörer ab und hielt ihn ans Ohr.

»Hallo?« knurrte er.

»Habe ich dich geweckt?«

»Tesla?«

»Ich liebe Männer, die sich an meinen Namen erinnern«, sagte sie.

»Wie spät ist es?«

»Spät. Du solltest wach sein und arbeiten. Ich möchte, daß du deine Arbeit für Abernethy erledigt hast, wenn ich eintreffe.«

»Was sagst du da? Du kommst hierher?«

»Du schuldest mir ein Essen für den Klatsch über Vance«, sagte sie. »Such ein teures Restaurant aus.«

»Wann willst du denn hier sein?« fragte er sie.

»Oh, das weiß ich noch nicht. Gegen...« Noch ehe sie den Satz zu Ende gesprochen hatte, legte er den Hörer auf, grinste das Telefon an und stellte sich vor, wie sie jetzt am anderen Ende fluchte. Aber als er aufstand, verschwand das Lächeln. Pochende Kopfschmerzen sprengten ihm fast den Schädel; er bezweifelte, ob er überhaupt aufstehen könnte, wenn er dieses letzte Glas leergetrunken hätte. Er wählte den Zimmerservice und bestellte Kaffee.

»Saft dazu, Sir?« fragte die Stimme aus der Küche.

»Nein, nur Kaffee.«

»Eier, Croissants...«

»Gütiger Himmel, nein. Keine Eier. Gar nichts. Nur Kaffee.«

Die Vorstellung, sich zum Schreiben hinzusetzen, war fast so ekelerregend wie der Gedanke an Frühstück. Er beschloß statt dessen, mit Ellen Nguyen, dem Hausmädchen von Vance, deren

Adresse, ohne Telefonnummer, sich immer noch in seiner Tasche befand, Kontakt aufzunehmen.

Durch eine kräftige Dosis Koffein wiederbelebt, stieg er ins Auto und fuhr nach Deerdell. Das Haus, das er nach langem Suchen fand, stand in schroffem Kontrast zu ihrem Arbeitsplatz auf dem Hügel. Es war klein, heruntergekommen und dringend reparaturbedürftig. Grillo ahnte bereits, was für ein Gespräch ihm bevorstand: Die unzufriedene Angestellte wusch die schmutzige Wäsche ihres Chefs. Gelegentlich waren derlei Informanten nützlich gewesen, aber ebensooft hatten sie tückische, erfundene Geschichten erzählt. In diesem Fall bezweifelte er das. Lag es daran, daß Ellen ihn so verwundbar und herzlich empfing und ihm frischen Kaffee kochte, nachdem sie ihm guten Tag gesagt hatte; oder weil sie, wenn sie wieder ins Zimmer kam, nachdem sie nach ihrem kranken Kind gesehen hatte, das mit einer Grippe im Bett lag, wie sie erklärte, ihre Geschichte ohne logische Fehler weitererzählte und die Fakten immer die gleichen blieben; oder weil die Geschichte, die sie erzählte, nicht nur dem Ruf von Buddy Vance schadete, sondern auch ihrem eigenen? Letztere Tatsache überzeugte ihn wahrscheinlich mehr als alle anderen davon, daß sie eine zuverlässige Quelle war. Die Geschichte verteilte die schmutzige Wäsche gleichmäßig.

»Ich war seine Geliebte«, erklärte sie. »Fast fünf Jahre lang. Selbst wenn Rochelle im Haus war – was nicht oft vorkam –, fanden wir Mittel und Wege, zusammenzusein. Oft. Ich glaube, sie hat es die ganze Zeit gewußt. Darum hat sie mich bei erster Gelegenheit hinausgeworfen.«

»Also sind Sie nicht mehr in Coney angestellt?«

»Nein. Sie hat nur auf eine Ausrede gewartet, mich zu feuern, und Sie haben sie geliefert.«

»Ich?« sagte Grillo. »Inwiefern?«

»Sie sagte, ich hätte mit Ihnen geflirtet. Typisch für sie, daß sie so etwas als Grund nannte.« Nicht zum erstenmal im Verlauf ihrer Unterhaltung hörte Grillo heftige Gefühle heraus – in diesem Fall Verachtung –, die das passive Äußere der Frau kaum verriet. »Sie mißt alle nach ihrem Maß«, fuhr sie fort. »Und das kennen Sie ja.«

»Nein«, sagte Grillo unverblümt. »Das kenne ich nicht.«

Ellen sah ihn erstaunt an. »Warten Sie hier«, sagte sie zu ihm. »Ich will nicht, daß Philip das alles mit anhören muß.«

Sie stand auf, ging ins Zimmer ihres Sohnes, sagte etwas zu ihm, das Grillo nicht verstand, machte die Tür zu, kam wieder zu ihm zurück und fuhr mit ihrer Geschichte fort.

»Er hat in einem Schuljahr schon mehr schlimme Worte gelernt, als mir lieb ist. Ich möchte, daß er die Chance hat... ich weiß nicht, unschuldig zu sein? Ja, unschuldig, und sei es nur eine kurze Weile. Die häßlichen Dinge kommen noch früh genug, oder nicht?«

»Die häßlichen Dinge?«

»Sie wissen schon: Menschen, die einen betrügen und verraten. Sex-Angelegenheiten. Macht-Angelegenheiten.«

»Klar«, sagte Grillo. »Die kommen.«

»Ich habe Ihnen von Rochelle erzählt, richtig?«

»Ja, das haben Sie.«

»Nun, es ist ganz einfach: Bevor sie Buddy geheiratet hat, war sie eine Hure.«

»*Was* war sie?«

»Sie haben schon richtig gehört. Warum überrascht Sie das so sehr?«

»Ich weiß nicht. Sie ist so schön. Es muß doch andere Möglichkeiten gegeben haben, Geld zu verdienen.«

»Sie hat teure Gewohnheiten«, antwortete Ellen. Wieder Verachtung, diesesmal mit einer Spur Ekel.

»Hat Buddy das gewußt, als er sie geheiratet hat?«

»Was? Die Gewohnheiten oder daß sie eine Hure war?«

»Beides.«

»Ich bin ganz sicher. Ich schätze, darum hat er sie geheiratet. Sehen Sie, Buddy hat reichlich perverse Neigungen. Tut mir leid, ich meine *hatte*. Ich kann mich nicht damit abfinden, daß er tot ist.«

»Es muß sehr schwer für Sie sein, so kurz nach dem Verlust über das alles zu reden. Tut mir leid, daß Sie das durchmachen müssen.«

»Ich mache es doch freiwillig, oder?« antwortete sie. »Ich

möchte, daß es jemand weiß. Ich möchte, daß es *alle* wissen. Er hat *mich* geliebt, Mr. Grillo. Mich hat er wirklich geliebt, die ganzen Jahre über.«

»Und ich nehme an, Sie ihn auch?«

»O ja«, sagte sie leise. »Sehr. Er war natürlich egoistisch, aber alle Männer sind egoistisch, oder nicht?« Sie ließ Grillo keine Zeit, sich selbst auszunehmen, bevor sie fortfuhr. »Sie werden alle in dem Glauben erzogen, daß sich die Welt nur um sie dreht. Ich mache bei Philip denselben Fehler. Ich weiß es. Der Unterschied bei Buddy ist, daß sich die Welt eine Zeitlang *tatsächlich* um ihn gedreht hat. Er war einer der beliebtesten Männer Amerikas. Ein paar Jahre. Jeder kannte sein Gesicht, jeder hatte seine Witze parat. Und selbstverständlich wollten sie alles über sein Privatleben wissen.«

»Demnach ist er ein großes Risiko eingegangen, eine Frau wie Rochelle zu heiraten?«

»Das würde ich sagen, Sie nicht? Besonders da er versuchte, ein neues Programm zu machen und einen Fernsehsender dazu zu bringen, ihm eine Sendung zu geben. Aber wie schon gesagt, er hatte perverse Neigungen. Manchmal war er regelrecht selbstzerstörerisch.«

»Er hätte Sie heiraten sollen«, bemerkte Grillo.

»Er hätte Schlimmeres machen können«, bemerkte sie. »Er hätte *viel* Schlimmeres machen können.« Dieser Gedanke brachte Gefühle ans Licht, die nur durch Abwesenheit geglänzt hatten, während sie von ihrer eigenen Rolle sprach. Tränen traten ihr in die Augen. Gleichzeitig rief der Junge aus seinem Zimmer. Sie hielt eine Hand vor den Mund, um ihr Schluchzen zu unterdrücken.

»Ich gehe«, sagte Grillo und stand auf. »Sein Name ist Philip?«

»Ja«, sagte sie, doch das Wort war beinahe unverständlich.

»Ich kümmere mich um ihn, keine Sorge.«

Als er hinausging, wischte sie sich mit den Handrücken Tränen von den Augen. Er machte die Tür zum Kinderzimmer auf und sagte:

»Hi, ich bin Grillo.«

Der Junge, dessen Gesicht die feierliche Symmetrie seiner

Mutter hatte, saß aufrecht im Bett und war von einem Durcheinander von Spielsachen, Malstiften und bekritzelten Blättern umgeben. Der Fernseher in der Ecke war eingeschaltet, doch der Trickfilm lief ohne Ton.

»Du bist Philip, richtig?«

»Wo ist Mama?« wollte der Junge wissen. Er machte kein Hehl daraus, daß er Grillo gegenüber mißtrauisch war, und sah an ihm vorbei nach seiner Mutter.

»Die kommt gleich«, versicherte Grillo ihm und ging ans Bett. Die Bilder, die größtenteils von der Daunendecke heruntergerutscht waren und auf dem Fußboden lagen, schienen alle dieselbe aufgeblähte Gestalt zu zeigen. Grillo ließ sich auf die Hakken nieder und hob eines auf. »Wer ist das?« fragte er.

»Ballon-Mann«, antwortete Philip ernst.

»Hat er auch einen Namen?«

»Ballon-Mann«, lautete die Antwort mit einer Spur Ungeduld.

»Ist er aus dem Fernsehen?« fragte Grillo und studierte die bunte Nonsens-Kreatur auf dem Blatt.

»Nö.«

»Woher dann?«

»Aus meinem Kopf.«

»Ist er freundlich?«

Der Junge schüttelte den Kopf.

»Er beißt, nicht?«

»Nur dich«, lautete die Antwort.

»Das ist aber nicht sehr höflich«, hörte Grillo Ellen sagen. Er sah über die Schulter. Sie hatte versucht, die Tränen zu verbergen, aber ihren Sohn, der Grillo vorwurfsvoll ansah, überzeugte sie damit offensichtlich nicht.

»Sie sollten ihm nicht zu nahe kommen«, sagte Ellen. »Er war ziemlich krank, stimmt's?«

»Jetzt ist es wieder gut.«

»Nein. Du bleibst im Bett, bis ich Mr. Grillo zur Tür gebracht habe.«

Grillo stand auf und legte das Bild zu den anderen Porträts auf das Bett.

»Danke, daß du mir den Ballon-Mann gezeigt hast«, sagte er.

Philip antwortete nicht, sondern machte sich wieder an die Arbeit und malte ein anderes Bild rot an.

»Was ich Ihnen gesagt habe...«, sagte Ellen, als das Kind sie nicht mehr hören konnte, »... ist nicht die ganze Geschichte. Glauben Sie mir, es gibt noch viel mehr. Aber ich bin noch nicht bereit, es zu erzählen.«

»Wenn, dann bin ich bereit, es mir anzuhören«, sagte Grillo. »Sie finden mich im Hotel.«

»Vielleicht rufe ich an. Vielleicht auch nicht. Was ich Ihnen sage, ist nur ein Teil der Wahrheit, nicht? Das Wichtigste ist Buddy, und den werden Sie niemals in Worte fassen können. Niemals.«

Dieser Gedanke zum Abschied ging Grillo durch den Kopf, als er durch den Grove zum Hotel zurückfuhr. Es war eine einfache, aber durchaus gewichtige Feststellung. Buddy Vance war tatsächlich im Mittelpunkt dieser Geschichte. Sein Tod war rätselhaft und tragisch zugleich; aber das Leben, das ihm vorangegangen war, war noch rätselhafter. Er hatte so viele Hinweise auf dieses Leben, daß er außerordentlich fasziniert war. Die Jahrmarktsammlung, die sich an den Wänden von Coney Eye drängte – die wahre Kunst Amerikas; die moralische Geliebte, die ihn immer noch liebte; die Ehefrau-Hure, die ihn höchstwahrscheinlich nicht liebte und auch nie geliebt hatte. Das alles war auch ohne die Pointe des absurden Todes eine verdammt gute Story. Die Frage war nicht, *ob* er sie erzählen sollte, sondern *wie*.

Abernethys Meinung zu der Sache war ihm klar. Er würde Mutmaßungen den Vorzug vor Fakten geben, und Dreck dem Vorzug vor Würde. Aber hier im Grove gab es Geheimnisse. Grillo hatte sie gesehen, sie waren aus dem Grab von Buddy Vance herausgekommen, nichts Geringeres, und himmelwärts gestrebt. Es war wichtig, diese Geschichte ehrlich und gut zu erzählen, denn andernfalls würde er nur noch größere Verwirrung stiften, womit keinem ein Gefallen getan wurde.

Aber eins nach dem anderen; er mußte die Fakten so festhalten, wie er sie in den vergangenen vierundzwanzig Stunden erfahren hatte: von Tesla, von Hotchkiss, von Rochelle und jetzt von Ellen. Daran machte er sich, sobald er im Hotel war, und fertigte eine Rohfassung des Buddy-Vance-Artikels in Handschrift an, während er an dem winzigen Schreibtisch im Zimmer saß. Sein Rücken schmerzte beim Arbeiten, und erste Anzeichen von Fieber trieben ihm den Schweiß auf die Stirn. Aber das bemerkte er gar nicht – oder erst, als er schon über zwanzig Seiten Notizen aufgeschrieben hatte. Erst als er danach aufstand und sich nach der Arbeit streckte, stellte er fest, daß ihn zwar der Ballon-Mann nicht gebissen hatte, aber dafür die Grippe dessen Schöpfers.

VI

1

Auf dem Weg vom Einkaufszentrum zu Jo-Beths Haus wurde Howie mehr als klar, warum sie so ein Aufhebens darum gemacht hatte, daß die Ereignisse zwischen ihnen – besonders der gemeinsame Schrecken im Motel – das Werk des Teufels war. Kein Wunder, arbeitete sie doch mit einer äußerst religiösen Frau in einer Buchhandlung, die vom Boden bis zur Decke mit Mormonen-Literatur vollgestopft war. So schwierig seine Unterhaltung mit Lois Knapp gewesen war, sie hatte ihm einen besseren Eindruck von der Herausforderung vermittelt, die vor ihm lag. Er mußte Jo-Beth irgendwie davon überzeugen, daß die Leidenschaft, die sie füreinander empfanden, kein Verbrechen gegen Gott oder die Menschheit war und daß nichts Dämonisches in ihm lauerte. Er konnte sich geringere Probleme vorstellen.

Wie sich herausstellte, bekam er keine Chance, sie zu überzeugen. Er klopfte und läutete fünf Minuten lang, weil er instinktiv wußte, daß jemand im Haus war. Erst als er wieder auf die Straße gegangen war und anfing, zu den zugezogenen Fenstern hinaufzubrüllen, hörte er, wie die Sicherheitsketten hinter der Tür weggenommen wurden. Er ging zur Schwelle zurück und bat die Frau, die ihn durch den Spalt hindurch ansah, wahrscheinlich Joyce McGuire, ihre Tochter sprechen zu dürfen. Normalerweise hatte er bei Müttern immer Erfolg gehabt. Sein Stammeln und die Brille verliehen ihm das Aussehen eines fleißigen und etwas introvertierten Studenten; sichere Gesellschaft. Aber Mrs. McGuire wußte, daß der Schein häufig trog. Ihr Rat war eine Wiederholung dessen von Lois Knapp.

»Sie sind hier nicht erwünscht«, sagte sie zu ihm. »Gehen Sie wieder nach Hause. Lassen Sie uns in Ruhe.«

»Ich muß Jo-Beth nur ein paar Augenblicke sprechen«, sagte er. »Sie ist doch da, oder nicht?«

»Ja, sie ist da. Aber sie will Sie nicht sprechen.«

»Das würde ich gerne von ihr selbst hören, wenn Sie gestatten.«

»Ach, tatsächlich?« sagte Mrs. McGuire und machte sehr zu seiner Überraschung die Tür auf.

Im Haus war es dunkel und auf der Schwelle hell, aber er konnte Jo-Beth trotzdem im Halbdunkel auf der anderen Seite der Diele sehen. Sie war dunkel gekleidet, als stünde eine Beerdigung bevor. Dadurch sah sie noch blasser aus, als sie tatsächlich war. Nur in ihren Augen spiegelte sich etwas Licht von der Schwelle.

»Sag es ihm«, befahl ihre Mutter.

»Jo-Beth?« sagte Howie. »Können wir miteinander reden?«

»Du darfst nicht hierherkommen«, sagte Jo-Beth leise. Ihre Stimme drang kaum aus dem Inneren heraus. Die Luft zwischen ihnen war tot. »Es ist gefährlich für uns alle. Du darfst nie wieder hierherkommen.«

»Aber ich muß mit dir reden.«

»Es ist sinnlos, Howie. Uns werden schreckliche Dinge zustoßen, wenn du nicht gehst.«

»Was denn?« wollte er wissen.

Aber nicht sie antwortete, sondern ihre Mutter.

»Sie trifft keine Schuld«, sagte die Frau, und jetzt war nichts mehr von der Ablehnung zu spüren, mit der sie ihn begrüßt hatte. »Niemand gibt Ihnen die Schuld. Aber Sie müssen verstehen, Howard, was Ihrer Mutter und mir zugestoßen ist, ist noch nicht vorbei.«

»Nein, ich fürchte, das verstehe ich nicht«, erwiderte er. »Das verstehe ich überhaupt nicht.«

»Vielleicht ist das auch besser so«, lautete die Antwort. »Bitte gehen Sie einfach. Gleich.« Sie wollte die Tür zumachen.

»W... w... w...«, begann Howie. Aber bevor er *Warten Sie* sagen konnte, sah er sich einem zwei Zentimeter von seiner Nasenspitze entfernten Holzfurnier gegenüber.

»Scheiße«, brachte er ohne Stottern heraus.

Er stand ein paar Sekunden lang wie ein Narr vor der geschlossenen Tür, während auf der anderen Seite Riegel und Ketten wieder an Ort und Stelle gebracht wurden. Eine umfassendere Niederlage war kaum vorstellbar. Nicht nur Mrs. McGuire hatte ihm geraten, seine Sachen zu packen, auch Jo-Beth hatte in den Refrain eingestimmt. Er beschloß, das Problem zu vertagen, anstatt noch einen Versuch zu wagen und eine weitere Niederlage zu riskieren.

Seinen nächsten Anlaufhafen hatte er bereits geplant, noch ehe er sich von der Schwelle abwandte und die Straße hinunterging.

Irgendwo im Wald, auf der anderen Seite des Grove, war die Stelle, wo Mrs. McGuire, seine Mutter und der Komiker allesamt zu Schaden gekommen waren. Vergewaltigung, Tod und Desaster kennzeichneten diese Stelle. Vielleicht gab es irgendwo eine Tür, die nicht so einfach zugeschlagen werden konnte.

»Es ist am besten so«, sagte Mama, als das Geräusch von Howard Katz' Schritten endlich verklungen war.

»Ich weiß«, sagte Jo-Beth, die immer noch die verriegelte Tür anstarrte.

Mama hatte recht. Die Geschehnisse der vergangenen Nacht – daß der Jaff ins Haus eingedrungen war und Tommy-Ray geholt hatte – bewiesen nachdrücklich, daß man niemandem trauen konnte. Ein Bruder, den sie gekannt zu haben glaubte und den sie sicher lieb hatte, war ihr mit Leib und Seele von einer Macht genommen worden, die aus der Vergangenheit gekommen war. Auch Howie war aus der Vergangenheit gekommen; aus Mamas Vergangenheit. Was immer momentan im Grove vor sich ging, er war ein Teil davon. Vielleicht Opfer; vielleicht Erzeuger. Doch ob er unschuldig oder schuldig war – wenn sie ihn über die Schwelle dieses Hauses bat, würde sie die geringe Hoffnung auf Erlösung, die sie nach der Auseinandersetzung der vergangenen Nacht hatten, aufs Spiel setzen.

Das alles machte es freilich nicht leichter zu sehen, wie ihm die Tür zugeschlagen wurde. Auch jetzt noch juckte es ihr in den Fingern, die Riegel zurückzuziehen und die Tür aufzureißen; ihn zurückzurufen und an sich zu drücken; ihm zu sagen, daß zwischen ihnen alles gut werden konnte. Was war *gut* für sie? Daß sie zusammen waren und die Abenteuer erlebten, nach denen sich ihr Herz die ganze Zeit über gesehnt hatte, daß sie diesen Jungen für sich beanspruchte und küßte, der vielleicht ihr eigener Bruder war? Oder daß sie sich inmitten dieser Flut an die alten Werte klammerte, obwohl mit jeder neuen Woge wieder einer davongespült wurde?

Mama wußte eine Antwort; die Antwort, die sie immer parat hatte, wenn Widersacher auftraten.

»Wir müssen beten, Jo-Beth. Beten, daß wir von unseren Unterdrückern erlöst werden. *Und dann soll das Böse offenbart werden, welches der Herr mit dem Odem seines Mundes verzehren und mit dem Licht seiner Ankunft vernichten wird...*«

»Ich sehe kein Licht hier, Mama. Ich glaube, ich habe noch nie eines gesehen.«

»Es wird kommen«, beharrte Mama. »Alles wird klar und deutlich werden.«

»Das glaube ich nicht«, sagte Jo-Beth. Sie dachte an Tommy-Ray, der gestern nacht spät ins Haus zurückgekehrt war und sein unschuldiges Lächeln gelächelt hatte, als sie ihn nach dem Jaff fragte, als wäre überhaupt nichts geschehen. War er jetzt einer der Bösen, für deren Vernichtung Mama gerade so inbrünstig betete? Würde der Herr *ihn* mit dem Odem seines Mundes verzehren? Sie hoffte nicht. Tatsächlich betete sie sogar, daß es nicht so kommen würde, als sie und Mama niederknieten, um mit Gott zu sprechen; sie betete, der Herr möge nicht zu hart über Tommy-Ray richten. Und auch nicht über sie, weil sie dem Gesicht auf der Schwelle hinaus in die Sonne und wo immer es auch hinging folgen wollte.

2

Obwohl der Tag heftig auf den Wald herniederprasselte, war die Atmosphäre unter seinem Baldachin die eines Ortes im Banne der Nacht. Welche Tiere und Vögel auch immer hier hausen mochten, sie blieben in ihren Baus und Nestern. Licht oder etwas, das im Licht lebte, hatte sie zum Schweigen gebracht. Howie spürte ihre abschätzenden Blicke dennoch. Sie behielten jeden seiner Schritte im Auge, als wäre er ein Jäger, der unter einem zu grellen Mond zu ihnen kam. Er war hier nicht erwünscht. Und dennoch wuchs der Drang, weiter voranzugehen, mit jedem Schritt, den er machte. Am Tag zuvor hatte ihn ein Flüstern hierher geführt; ein Flüstern, das er später als Streich seines benommenen Verstandes abgetan hatte. Heute zweifelte keine Zelle seines Körpers mehr daran, daß der Ruf echt gewesen war. Es war jemand hier, der ihn sehen wollte; ihm begegnen wollte; ihn kennenlernen wollte. Gestern hatte er sich dem Ruf widersetzt. Das würde er heute nicht tun. Eine Laune, die nicht ganz seine eigene war, verleitete ihn dazu, beim Gehen den Kopf zurückzulegen, so daß die Sonne, die das Laub durchbohrte, wie ein Schlag Tageslicht auf sein Gesicht fiel. Er zuckte nicht vor dem Leuchten zurück, sondern machte die Augen nur noch weiter auf. Die Helligkeit und der Rhythmus, mit dem es in seine Netzhäute drang, hypnotisierten ihn. Es mißfiel ihm, die Kontrolle über seine geistigen Vorgänge aufzugeben. Er trank nur, wenn er von seinen Freunden dazu genötigt wurde, und hörte sofort auf, wenn er spürte, wie seine Herrschaft über die Maschine nachließ; Drogen waren völlig undenkbar. Aber diese Vergiftung hieß er willkommen; er lud die Sonne förmlich ein, die Wirklichkeit wegzusengen.

Es klappte. Als er die Szene um sich herum wieder betrachtete, war er halb geblendet von Farben, wie sie kein Grashalm für sich beanspruchen konnte. Sein geistiges Auge beeilte sich geflissentlich, den Raum auszufüllen, den das Tatsächliche freigegeben hatte. Mit einemmal füllte sich sein Sehbereich und wuselte und quoll über von Bildern, die er aus einem unkartographierten Ort seines Kortex geholt haben mußte, denn er konnte sich nicht erinnern, daß er sie selbst erlebt hatte.

Er sah ein Fenster vor sich, das ebenso solide – nein, solider – wie die Bäume war, zwischen denen er dahinwanderte. Es war offen, das Fenster, und man konnte Meer und Himmel dahinter sehen.

Diese Vision wich einer anderen, nicht ganz so friedlichen.

Feuer loderten rings um ihn herum, in denen Bücherseiten zu brennen schienen. Er schritt furchtlos durch das Feuer, weil er wußte, diese Visionen konnten ihm keinen Schaden zufügen, und er wollte noch mehr davon.

Eine dritte, noch seltsamere als die vorangegangenen, wurde ihm gewährt. Noch während die Feuer ringsum erloschen, tauchten Fische aus den Farben in seinen Augen heraus auf und schossen wie Regenbögen voraus.

Er mußte lachen, so bizarr war der Anblick, und sein Lachen löste ein weiteres Wunder aus, denn die drei Halluzinationen verschmolzen, bezogen den Wald, in dem er ging, in ihr Muster mit ein, bis Feuer, Fische, Himmel, Meer und Bäume ein einziges gleißendes Mosaik wurden.

Die Fische schwammen mit Feuer als Flossen. Der Himmel wurde grün und schleuderte Seesternblüten herab. Das Gras wogte wie die Flut unter seinen Füßen; oder besser gesagt, unter dem Verstand, der die Füße sah, denn Füße waren plötzlich nichts für ihn; auch keine Beine oder andere Teile der Maschine. In diesem Mosaik war er *Geist*: eine rollende, von ihrem angestammten Platz entfernte Perle.

In seiner Freude bekümmerte ihn eine Frage: Wenn er nur Geist war, was war dann die Maschine? Überhaupt nichts? Etwas, das er abstreifen konnte? Das mit den Fischen ertränkt, mit den Worten verbrannt werden konnte? Irgendwo in ihm setzte Panik ein.

Ich habe keine Kontrolle mehr, sagte er sich, ich habe meinen Körper verloren und habe keine Kontrolle mehr. Mein Gott. Mein Gott. Mein Gott!

Psst, murmelte jemand in seinem Kopf. Es ist alles in Ordnung.

Er blieb stehen; hoffte es jedenfalls.

»Wer ist da?« sagte er; oder hoffte, daß er es gesagt hatte.

Das Mosaik um ihn herum war immer noch an Ort und Stelle und erfand mit jedem Augenblick neue Paradoxe. Er versuchte, es mit einem Aufschrei zu zertrümmern; er wollte von diesem Ort fort an einen einfacheren gelangen.

»Ich will sehen!« schrie er.

»Ich bin hier!« lautete die Antwort. *»Howard, ich bin hier!«*

»Hör auf damit!« flehte er.

»Womit?«

»Mit den Bildern. Hör mit den Bildern auf!«

»Hab keine Angst. Das ist die wirkliche Welt.«

»Nein!« schrie er zurück. »Das ist sie nicht! Das ist sie nicht!«

Er legte die Hände vors Gesicht, weil er hoffte, das Durcheinander zu vertreiben, aber sie – seine eigenen *Hände* – hatten sich mit dem Gegner verschworen.

Da, in der Mitte seiner Handflächen, waren seine Augen, die ihn ansahen. Das war zuviel. Er stieß ein Heulen des Entsetzens aus und fiel nach vorne. Die Fische wurden heller; die Feuer flackerten empor; er spürte, wie sie bereit waren, ihn zu verzehren.

Als er auf dem Boden aufschlug, verschwanden sie, als hätte jemand auf einen Schalter gedrückt.

Er blieb einen Augenblick still liegen, bis er sicher war, daß es sich nicht um einen neuen Trick handelte, dann hielt er die Handflächen hoch, um sich zu vergewissern, daß sie keine Augen mehr hatten, und schließlich richtete er sich wieder auf. Doch selbst dann klammerte er sich an einen tiefhängenden Ast, um Kontakt mit der Welt zu wahren.

»Du enttäuschst mich, Howard«, sagte der, der ihn gerufen hatte.

Zum erstenmal, seit er die Stimme gehört hatte, hatte sie einen deutlichen Ursprung: eine Stelle, etwa zehn Meter von ihm entfernt, wo die Bäume einen Wald im Wald bildeten, in dessen Mitte ein Licht leuchtete. In diesem Licht badete ein Mann mit Pferdeschwanz und einem blinden Auge. Das sehende Gegenstück betrachtete Howie durchdringend.

»Kannst du mich deutlich sehen?« fragte er.

»Ja«, sagte Howie. »Ich sehe dich gut. Wer bist du?«

»Mein Name ist Fletcher«, lautete die Antwort. *»Und du bist mein Sohn.«*

Howie klammerte sich noch fester an den Ast.

»Was bin ich?« sagte er.

Fletchers verwüstetes Gesicht lächelte nicht. So lächerlich

sich anhörte, was er gesagt hatte, es sollte offenbar kein Witz sein. Er trat aus dem Kreis der Bäume heraus.

»Ich verstecke mich nicht gerne«, sagte er. *»Schon gar nicht vor dir. Aber es sind so viele Menschen gekommen und gegangen …«* Er gestikulierte wild mit den Armen. *»Gekommen und gegangen! Und nur, um eine Exhumierung zu sehen. Kannst du dir das vorstellen? Wie kann man nur so einen Tag verschwenden?«*

»Hast du *Sohn* gesagt?« sagte Howie.

»Das habe ich«, sagte Fletcher. *»Mein Lieblingswort! Wie oben, so auch unten, nicht? Eine Kugel am Himmel. Zwei zwischen den Beinen.«*

»Es *ist* ein Witz«, sagte Howie.

»Das solltest du besser wissen«, antwortete Fletcher todernst. *»Ich habe dich sehr lange gerufen. Der Vater den Sohn.«*

»Wie bist du in meinen Kopf gekommen?« wollte Howie wissen.

Fletcher machte sich nicht die Mühe, darauf zu antworten.

»Ich habe dich hier unten gebraucht, damit du mir hilfst«, sagte er. *»Aber du hast mir Widerstand geleistet. Ich nehme aber an, in deiner Situation hätte ich dasselbe gemacht. Ich hätte dem brennenden Busch den Rücken zugekehrt. Diesbezüglich sind wir gleich. Familienähnlichkeit.«*

»Das glaube ich dir nicht.«

»Du hättest die Visionen noch eine Weile laufen lassen sollen. War ein richtiger Trip, nicht? Hatte ich schon lange nicht mehr. Ich habe immer Meskalin vorgezogen, aber ich schätze, das ist mittlerweile aus der Mode.«

»Das weiß ich nicht«, antwortete Howie.

»Billigst du es nicht?«

»Nein.«

»Nun, was für ein schlechter Anfang; ich schätze, es kann nur noch besser werden. Weißt du, dein Vater war meskalinsüchtig. Ich wollte die Visionen so sehr. Du magst sie auch. Jedenfalls mochtest du sie eine Weile.«

»Sie haben mich krank gemacht.«

»Zuviel auf einmal, das ist alles. Du wirst dich daran gewöhnen.«

»Unmöglich.«

»Aber du mußt lernen, Howard. Das war kein Zeitvertreib, es war eine Lektion.«

»Worin?«

»In der Wissenschaft des Seins und Werdens. Alchimie, Biologie und Metaphysik in einer Disziplin. Ich habe lange gebraucht, es zu begreifen, aber es hat mich zu dem Mann gemacht, der ich bin« – Fletcher klopfte mit dem Zeigefinger an die Lippen –, *»was, das ist mir klar, eine etwas pathetische Sichtweise ist. Es gibt bessere Umstände, seinen Erzeuger kennenzulernen, aber ich habe mir größte Mühe gegeben, dir einen Vorgeschmack des Wunders zu zeigen, bevor du seinen Erzeuger höchstpersönlich siehst.«*

»Das ist nur ein Traum«, sagte Howie. »Ich habe zu lange in die Sonne gesehen, und sie hat mein Gehirn gebacken.«

»Ich sehe auch gern in die Sonne«, sagte Fletcher. *»Aber: Nein – dies ist kein Traum. Wir sind beide in diesem Augenblick hier und tauschen wie zivilisierte Wesen unsere Gedanken aus. Wirklicher kann das Leben nicht werden.«* Er breitete die Arme aus. *»Komm näher, Howard. Umarme mich.«*

»Auf keinen Fall.«

»Hast du Angst?«

»Du bist nicht mein Vater.«

»Also gut«, sagte Fletcher. *»Ich bin nur einer davon. Es gab noch einen anderen. Aber glaub mir, Howard, ich bin der wichtige.«*

»Du redest Scheiße, weißt du das?«

»Warum bist du so wütend?« wollte Fletcher wissen. *»Liegt es an deiner verzweifelten Affäre mit dem Kind des Jaff? Vergiß sie, Howard.«*

Howie zog die Brille ab und betrachtete Fletcher mit zusammengekniffenen Augen. »Woher weißt du von Jo-Beth?« sagte er.

»Was in deinem Verstand ist, Sohn, ist auch in meinem. Jedenfalls seit du dich verliebt hast. Laß dir sagen, mir gefällt das ebensowenig wie dir.«

»Wer hat gesagt, daß es mir nicht gefällt?«

»Ich habe mich in meinem ganzen Leben nicht verliebt, aber ich bekomme durch dich einen Geschmack davon, und der ist nicht allzu süß.«

»Wenn du einen Einfluß auf Jo-Beth hast...«

»Sie ist nicht meine Tochter, sondern die des Jaff. Er ist in ihrem Kopf, so wie ich in deinem bin.«

»Das *ist* ein Traum«, sagte Howie wieder. »Es muß einer sein. Es ist alles ein verdammter Traum.«

»Dann versuch aufzuwachen«, sagte Fletcher.

»Hm?«

»Wenn es ein Traum ist, Junge, dann versuch aufzuwachen. Damit können wir die Skepsis überwinden und uns an die Arbeit machen.«

Howie zog die Brille wieder auf, damit er Fletchers Gesicht deutlich sehen konnte. Es lächelte nicht.

»Nur zu«, sagte Fletcher, *»sortiere deine Zweifel, denn wir haben nicht viel Zeit. Dies ist kein Spiel. Dies ist kein Traum. Dies ist die Welt. Und wenn du mir nicht hilfst, steht mehr als nur deine Groschenroman-Romanze auf dem Spiel.«*

»Scheiß drauf!« sagte Howie und ballte die Faust. »Ich kann aufwachen. Sieh her!«

Er nahm alle Kraft zusammen und verpaßte dem Baum neben sich einen Faustschlag, der das Blattwerk zum Erzittern brachte.

Rings um ihn herum fielen ein paar Blätter zu Boden. Er schlug nochmals gegen die rauhe Rinde. Der zweite Schlag tat weh, genau wie der erste. Und der dritte und vierte. Aber Fletchers Bild verschwamm nicht; es blieb solide im Sonnenschein. Howie schlug noch einmal gegen den Baum und spürte, wie die Haut über den Knöcheln aufplatzte und zu bluten anfing. Die Schmerzen wurden zwar mit jedem Schlag schlimmer, aber die Szenerie um ihn herum kapitulierte nicht. Entschlossen, ihren Bann zu brechen, schlug er immer wieder gegen den Stamm, als wäre das eine neue Übung, die nicht entworfen worden war, um die Maschine zu stärken, sondern sie zu verletzen. Ohne Schmerz kein Preis.

»Nur ein Traum«, sagte er zu sich selbst.

»Du wirst nicht aufwachen«, warnte Fletcher ihn. *»Hör jetzt*

auf, bevor du dir etwas brichst. Finger sind nicht so leicht zu beschaffen. Es hat ein paar Äonen gedauert, Finger zu bekommen...«

»Es ist alles nur ein Traum«, sagte Howie. »Nur ein Traum.«

»Hör auf, ja?«

Aber Howie wurde von mehr als nur dem Wunsch getrieben, dem Traum ein Ende zu machen. Ein halbes Dutzend weiterer Gründe, wütend zu sein, waren emporgestiegen und verliehen den Schlägen zusätzliche Wucht. Zorn auf Jo-Beth und ihre Mutter, und *seine* Mutter auch, wenn er schon einmal dabei war; auf sich selbst, weil er so dumm war, weil er ein heiliger Narr war, während der Rest der Welt so klug war und im Kreis um ihn herumlief. Wenn es ihm gelang, den Bann zu zerschmettern, den diese Illusion auf ihn ausübte, würde er nie wieder ein Narr sein.

»Du wirst dir die Hand brechen, Howard...«

»Ich werde aufwachen.«

»Und was wirst du dann machen?«

»Ich werde aufwachen.«

»Wenn sie von dir will, daß du sie anfaßt, was willst du dann mit einer gebrochenen Hand anfangen?«

Er hörte auf und drehte sich zu Fletcher um. Die Schmerzen waren plötzlich unerträglich. Er sah aus dem Augenwinkel, daß die Baumrinde scharlachrot war. Ihm wurde übel.

»Sie will... nicht... daß ich sie anfasse«, murmelte er. »Sie... hat mich ausgesperrt...«

Er ließ die verletzte Hand sinken. Blut tropfte daran herunter, das wußte er, brachte es aber nicht über sich hinzusehen. Der Schweiß auf seinem Gesicht hatte sich plötzlich in Tröpfchen Eiswasser verwandelt. Auch seine Gelenke waren zu Wasser geworden. Er schwang die pochende Hand weg von Fletchers Augen – dunkel, wie seine eigenen; sogar das blinde – und zur Sonne empor.

Ein Sonnenstrahl, der zwischen den Blättern hindurch auf sein Gesicht schien, fiel auf ihn.

»Es ist... kein... Traum«, murmelte er.

»Dafür gibt es leichtere Beweise«, hörte er Fletcher durch das Heulen bemerken, das in seinem Kopf anschwoll.

»Ich werde… mich übergeben…«, sagte er. »Ich kann den Anblick von…«

»Kann dich nicht verstehen, Sohn.«

»Kann den Anblick… von meinem eigenen…«

»Blut?« sagte Fletcher.

Howie nickte. Das war ein Fehler. Sein Gehirn kreiste im Schädel, die Verbindungen brachen. Seine Zunge konnte sehen, die Ohren schmeckten Wachs, die Augen spürten die feuchte Berührung seiner zuklappenden Lider.

»Ich will fort von hier«, sagte er und brach zusammen.

So lange Zeit, mein Sohn, habe ich im Fels darauf gewartet, das Licht zu sehen. Und jetzt, wo ich da bin, kann ich mich nicht daran erfreuen. Oder an dir. Keine Zeit, Spaß mit dir zu haben, wie Väter Spaß an der Gesellschaft ihrer Söhne haben sollten.

Howie stöhnte. Die Welt war gerade nicht zu sehen. Aber wenn er die Augen aufmachte, würde sie da sein und auf ihn warten. Fletcher sagte ihm jedoch, er sollte es nicht zu angestrengt versuchen.

Ich halte dich, sagte er.

Das stimmte. Howie spürte, wie die Arme seines Vaters ihn in der Dunkelheit umschlungen hielten und einhüllten. Sie schienen riesig zu sein. Oder vielleicht war er geschrumpft, wieder zum Baby geworden.

Ich wollte nie Vater werden, sagte Fletcher. *Es wurde mir von den Umständen aufgezwungen. Weißt du, der Jaff hat beschlossen, Kinder zu machen, damit er Agenten aus Fleisch und Blut hat. Ich war gezwungen, dasselbe zu tun.*

»Jo-Beth?« murmelte Howie.

Ja?

»Ist sie von ihm oder von dir?«

Selbstverständlich von ihm. Von ihm.

»Also sind wir nicht… Bruder und Schwester?«

Nein, selbstverständlich nicht. Sie und ihr Bruder sind seine Geschöpfe, du bist meines. Darum mußt du mir helfen, Howie. Ich bin schwächer als er. Ein Träumer. Das bin ich schon immer gewesen. Ein Träumer auf Drogen. Er ist schon da draußen und beschwört seine verfluchten Terata…

»Seine was?«

Seine Kreaturen. Seine Armee. Das hat er von dem Komiker bekommen. Etwas, das ihn fortgetragen hat. Und ich? Ich bekam nichts. Sterbende Menschen haben nicht viele Fantasien. Nur Angst. Er liebt Angst.

»Wer ist er?«

Der Jaff? Mein Feind.

»Und wer bist du?«

Sein Feind.

»Das ist keine Antwort. Ich will eine bessere Antwort als das.«

Das würde zuviel Zeit kosten. Wir haben keine Zeit, Howie.

»Nur das Skelett.«

Howie spürte, wie Fletcher in seinem Kopf lächelte.

Oh... das Wesentliche kann ich dir geben, sagte sein Vater. *Skelette von Vögeln und Fischen. Von im Boden begrabenen Wesen. Wie Erinnerungen. Womit wir wieder beim Thema sind.*

»Bin ich dumm, oder redest du Unsinn?«

Ich habe dir soviel zu erzählen und so wenig Zeit. Vielleicht ist es am besten, wenn ich es dir zeige.

Seine Stimme klang mit einemmal gepreßt; Howie konnte Angst heraushören.

»Was hast du vor?« sagte er.

Ich öffne dir meinen Verstand, Sohn.

»Du hast Angst...«

Wird ziemlich anstrengend werden. Aber ich kenne keine andere Möglichkeit.

»Ich glaube, das will ich nicht.«

»Zu spät«, sagte Fletcher.

Howie spürte, wie die Arme, die ihn hielten, ihn freigaben; spürte, wie er aus dem Griff seines Vaters fiel. Das war eindeutig der schlimmste Alptraum: zu fallen. Aber in dieser Gedankenwelt stand die Schwerkraft Kopf. Das Gesicht seines Vaters entfernte sich nicht, als er losgelassen wurde, sondern wurde immer größer und größer, während er hinein fiel.

Jetzt gab es keine Worte mehr, um die Gedanken zu reduzieren: nur noch Gedanken selbst, und diese im Überfluß. Zuviel zu verstehen. Howie mußte sich anstrengen, um nicht unterzugehen.

Nicht dagegen kämpfen, hörte er die Anweisung seines Vaters. *Versuch gar nicht erst zu schwimmen. Laß dich gehen. Versinke in mich. Sei in mir.*

Ich werde nicht mehr ich selbst sein, erwiderte er. Wenn ich ertrinke, bin ich nicht mehr ich. Ich bin du. Ich will nicht du sein.

Geh das Risiko ein. Es gibt keine andere Möglichkeit.

Ich will nicht! Ich kann nicht! Ich brauche... Kontrolle.

Er fing an, sich gegen das Element zu wehren, das ihn umgab. Dennoch brachen Vorstellungen und Bilder durch seinen Verstand. Gedanken strömten in seinen Verstand im Verstand, die er derzeit noch nicht begreifen konnte.

– Zwischen dieser Welt, Kosm genannt – auch der Ton genannt, auch Helter Incendo genannt – zwischen dieser Welt und dem Metakosm, auch Alibi genannt, auch Exordium und Ort der Einsamkeit genannt, liegt ein Meer, das Essenz heißt –

Das Bild eines Meeres tauchte in Howies Kopf auf, und inmitten dieses Durcheinanders fand er ein Bild, das er kannte. Dort war er geschwommen, während des kurzen gemeinsamen Traums mit Jo-Beth. Sie waren von einer sanften Strömung getragen worden, ihre Haare ineinander verflochten, die Körper aneinander streifend. Das Wiedererkennen besänftigte seine Angst. Er hörte sich Fletchers Anweisungen eingehender an.

– und in diesem Meer liegt eine Insel –

Er sah sie, wenn auch nur aus der Ferne.

– Sie heiße Ephemeris –

Ein schönes Wort, und ein schönes Fleckchen. Die Spitze war von Wolken verhüllt, aber auf den niederen Hängen schien Licht. Kein Sonnenlicht; das Licht des Geistes.

Dort will ich sein, dachte Howie. Dort will ich mit Jo-Beth sein.

Vergiß sie.

Sag mir, was dort ist. Was ist auf Ephemeris?

Die Große und Geheime Show, antworteten die Gedanken seines Vaters, *die wir dreimal sehen. Bei der Geburt, beim Ster-*

ben und in der einen Nacht, wenn wir neben der Liebe unseres Lebens schlafen.

Jo-Beth.

Ich habe dir gesagt, vergiß sie.

Ich war mit Jo-Beth dort. Wir schwammen gemeinsam nebeneinander.

Nein.

Doch. Das bedeutet, sie ist die Liebe meines Lebens. Das hast du selbst gesagt.

Ich habe dir gesagt, du sollst sie vergessen.

Es stimmt! Mein Gott! Es stimmt!

Was der Jaff gezeugt hat, ist so befleckt, daß man es nicht lieben kann. So verderbt.

Sie ist das schönste Wesen, das ich je gesehen habe.

Sie hat dich abgewiesen, erinnerte Fletcher ihn.

Dann erobere ich sie zurück.

Ihr Bild war deutlich in seinem Kopf; deutlicher als die Insel oder das Meer der Träume, in dem sie schwebte. Er griff nach dieser Erinnerung und zog sich daran aus der Umklammerung des Verstandes seines Vaters.

Die Übelkeit war wieder da, und dann das Licht, das durch das Blattwerk über seinem Kopf sprenkelte.

Er schlug die Augen auf. Fletcher hielt ihn nicht mehr, falls er das überhaupt je getan hatte. Howie lag auf dem Rücken im Gras. Sein Arm war vom Ellbogen bis zum Handgelenk taub, aber die Hand fühlte sich an, als wäre sie doppelt so groß wie normal. Die Schmerzen darin waren der erste Beweis dafür, daß er nicht träumte. Der zweite, daß er gerade aus einem Traum aufgewacht war. Der Mann mit dem Pferdeschwanz war echt; daran bestand kein Zweifel. Das bedeutete, die Nachricht, die er überbracht hatte, konnte wahr sein. Dies *war* sein Vater, ob im Guten oder Bösen. Er hob den Kopf vom Gras, als Fletcher sprach:

»Du begreifst nicht, wie verzweifelt unsere Situation ist«, sagte er. *»Der Jaff wird die Essenz überfallen, wenn ich ihn nicht aufhalte.«*

»Das will ich nicht wissen«, sagte Howie.

»Du hast eine Verantwortung«, verkündete Fletcher. *»Ich*

hätte dich nicht gezeugt, wenn ich nicht der Meinung gewesen wäre, daß du mir helfen kannst.«

»Ach, wie rührend«, sagte Howie. »Jetzt habe ich wirklich das Gefühl, daß ich gebraucht werde.«

Er wollte aufstehen, vermied dabei aber, seine verletzte Hand anzusehen. »Du hättest mir die Insel nicht zeigen sollen, Fletcher...«, sagte er. »Jetzt weiß ich, daß es zwischen mir und Jo-Beth ernst ist. Sie ist nicht befleckt. Und sie ist nicht meine Schwester. Das bedeutet, ich kann sie zurückerobern.«

»Gehorche mir!« sagte Fletcher. *»Du bist mein Kind. Du mußt mir gehorchen!«*

»Wenn du einen Sklaven brauchst, such dir doch einen«, sagte Howie. »Ich habe Besseres zu tun.«

Er drehte Fletcher den Rücken zu; jedenfalls glaubte er das, bis der Mann vor ihm auftauchte.

»Verdammt, wie hast du das gemacht?«

»Ich kann eine ganze Menge. Kleinigkeiten. Ich werde sie dir beibringen. Nur laß mich nicht im Stich, Howard.«

»Niemand nennt mich Howard«, sagte Howie und hob die Hand, um Fletcher wegzustoßen. Er hatte seine Verletzung vorübergehend vergessen gehabt; jetzt sah er sie wieder vor sich. Die Knöchel waren aufgescheuert, der Handrücken und die Finger blutverkrustet. Grashalme klebten daran, grün auf rot. Fletcher wich angeekelt einen Schritt zurück.

»Magst den Anblick von Blut auch nicht, was?« sagte Howie.

Während er zurückwich, veränderte sich Fletchers Aussehen etwas, aber so subtil, daß es Howie nicht richtig begriff. Lag es daran, daß er in einen von der Sonne beschienenen Fleck zurückgewichen war und das irgendwie durch ihn hindurchschien? Oder löste sich ein in seinem Bauch gefangenes Stück Himmel und stieg in die Augen empor? Was auch immer, es kam und ging blitzschnell.

»Ich bin zu einer Abmachung bereit«, sagte Howie.

»Das wäre?«

»Du läßt mich in Ruhe; ich lasse dich...«

»Es gibt nur uns zwei, Sohn. Gegen die ganze Welt.«

»Du bist verrückt, weißt du das?« sagte Howie. Er wandte den

Blick von Fletcher ab und sah den Weg entlang, den er gekommen war. »Daher habe ich es! Die ganze Scheiße von wegen heiliger Narr. Nun, ich nicht! Nicht mehr. Es gibt Menschen, die mich lieben!«

»Ich liebe dich!« sagte Fletcher.

»Lügner.«

»Na gut, dann werde ich es lernen.«

Howie entfernte sich von ihm; den blutigen Arm hielt er ausgestreckt.

»Ich kann es lernen!« hörte er seinen Vater hinter sich rufen. *»Howard, hör mich an! Ich kann es lernen!«*

Er lief nicht weg. Dazu hatte er nicht die Kraft. Aber er kam ohne zu stürzen bis zur Straße; das war ein Sieg des Geistes über die Materie, wenn man bedachte, wie schwach er auf den Beinen war. Dort verweilte er kurze Zeit, weil er sicher war, daß Fletcher ihm nicht in offenes Gelände folgen würde. Der Mann hatte Geheimnisse, die er keinem anderen menschlichen Auge offenbaren wollte. Während er ausruhte, plante er. Zuerst würde er ins Motel zurückkehren und seine Hand versorgen. Und dann? Wieder zu Jo-Beths Haus. Er mußte gute Nachrichten überbringen, und er würde eine Möglichkeit finden, sie zu erzählen, und wenn er die ganze Nacht auf die Gelegenheit warten mußte.

Die Sonne war heiß und hell. Sein Schatten eilte ihm voraus, während er ging. Er richtete den Blick auf den Gehweg und folgte seinem Muster dort, Schritt für Schritt, zurück ins normale Dasein.

Im Wald hinter ihm verfluchte Fletcher seine Unzulänglichkeit. Er hatte noch nie gut überzeugen können und sprang vom Banalen zu Visionen, ohne die Mitte dazwischen ausreichend zu erfassen: einfachste gesellschaftliche Fähigkeiten, die die meisten Menschen schon im Alter von zehn Jahren beherrschten. Es war ihm nicht gelungen, seinen Sohn durch Argumentation zu überzeugen, und Howard seinerseits hatte sich den Offenbarungen widersetzt, die ihm die Gefahr begreiflich gemacht haben würden, in der sein Vater schwebte. Nicht nur er; die ganze Welt.

Fletcher zweifelte nicht einen Augenblick daran, daß der Jaff heute ebenso gefährlich war wie damals in der Misión de Santa Catrina, als ihn der Nuncio erstmals *verfeinert* hatte. Noch gefährlicher. Er hatte Verbündete im Kosm; Kinder, die ihm gehorchen wollten, weil er gut mit Worten umzugehen verstand. In diesem Augenblick floh Howard in die Arme eines dieser Agenten. So gut wie verloren. Damit blieb ihm keine andere Möglichkeit, als selbst in den Grove zu gehen und nach Menschen zu suchen, von denen er Halluzigenien bekommen konnte.

Es hatte keinen Sinn, diesen Augenblick hinauszuzögern. Ihm blieben noch ein paar Stunden bis zur Dämmerung, wenn sich der Tag der Dunkelheit beugen würde, und dann würde der Vorteil des Jaff noch größer sein als ohnedies schon. Obwohl es ihm nicht gefiel, auf den Straßen des Grove zu gehen, wo jeder ihn sehen und studieren konnte, hatte er denn eine andere Wahl? Vielleicht konnte er ein paar beim Träumen erwischen, obwohl es heller Tag war.

Er sah zum Himmel hinauf und dachte an sein Zimmer in der Misión de Santa Catrina, wo er so viele herrliche Stunden mit Raul gesessen, Mozart gehört und den Wolken zugesehen hatte, wie sie sich veränderten, wenn sie vom Meer herein kamen. Veränderung; immerzu Veränderung. Ein Strom von Formen, in denen sie Echos irdischer Dinge fanden: einen Baum, einen Hund, ein menschliches Gesicht. Eines Tages würde er sich zu diesen Wolken gesellen, wenn sein Krieg gegen den Jaff vorüber war. Dann würde die Traurigkeit des Alleinseins, die er jetzt empfand – Raul fort, Howard fort, alles entglitt ihm – nicht mehr sein.

Nur die Starren empfanden Schmerz. Die Wandelhaften lebten in allem, immer. Ein Land, das einen unsterblichen Tag lebte.

Oh, dort zu sein!

VII

Für William Witt, den Boswell von Palomo Grove, war am Morgen sein schlimmster Alptraum Wirklichkeit geworden. Er war aus seinem attraktiven Bungalow in Stillbrook gekommen, der, wie er seinen Kunden gegenüber immer prahlte, im Wert um dreißigtausend Dollar gestiegen war, seit er ihn vor fünf Jahren gekauft hatte, um in seiner Lieblingsstadt auf Erden einen weiteren Tag seiner Arbeit als Grundstücksmakler nachzugehen. Aber heute morgen war alles anders. Hätte man ihn gefragt, was *genau* denn anders war, hätte er keine zufriedenstellende Antwort geben können, aber er spürte instinktiv, daß sein heißgeliebter Grove krankte. Er stand fast den ganzen Morgen am Fenster seines Büros, von dem er unmittelbar den Supermarkt überblicken konnte. Fast jeder im Grove kam mindestens einmal wöchentlich in den Supermarkt; für viele hatte er die Doppelfunktion von Markt und Treffpunkt. William war stolz darauf, daß er die Namen von neunzig Prozent aller Kunden kannte, die dort einkaufen gingen. Er hatte für viele Häuser gefunden; hatte ihnen neue Häuser besorgt, wenn die Familien zu groß für die alten wurden; häufig hatte er auch denen in mittleren Jahren neue Häuser verschafft, wenn die Kinder aus dem Haus gingen; und schließlich hatte er Häuser verkauft, wenn deren Besitzer gestorben waren. Auch er war den meisten bekannt. Sie riefen ihn beim Vornamen, sie machten Bemerkungen über seine Krawatten – die sein Markenzeichen waren; er besaß hundertundelf –, sie stellten ihn Freunden vor, die auf Besuch kamen.

Als er heute aus dem Fenster sah, machte ihm das Ritual keinen Spaß. Lag es einfach an der Tatsache von Buddy Vance' Tod und der nachfolgenden Tragödie, die die Leute so niedergeschlagen machte; warum sie einander nicht grüßten, wenn sie auf dem Parkplatz aneinander vorbeigingen? Oder waren sie, wie er, mit einer seltsamen Ahnung aufgewacht, als stünde ein Ereignis bevor, das sie nicht in ihre Terminkalender geschrieben hatten, bei dem sie aber schmerzlich vermißt werden würden, wenn sie nicht beiwohnten?

Einfach nur dazustehen und zu beobachten, außerstande zu interpretieren, was er sah oder empfand, zwang seine Seele auf die Knie. Er beschloß, eine Runde zu machen, um Objekte zu begutachten. Er mußte drei Häuser ansehen – zwei in Deerdell, eins in Windbluff – und Preise festsetzen. Seine Angst ließ nicht nach, während er nach Deerdell fuhr. Die Sonne, die auf die Gehwege und Rasenflächen hämmerte, hämmerte schmerzhaft; die Luft droben gleißte, als wollte sie Backstein und Schiefer auflösen; als wollte sie seinen ganzen kostbaren Grove auslöschen.

Die beiden Objekte in Deerdell waren in sehr unterschiedlichem Zustand; beide erforderten seine ungeteilte Aufmerksamkeit, während er sie studierte und Wert und Unwert auflistete. Als er mit ihnen fertig war und sich auf den Weg nach Windbluff machte, war er so sehr von seinen Ängsten abgelenkt, daß er glaubte, er habe vielleicht zu empfindlich reagiert. Er wußte, die Aufgabe, die nun vor ihm lag, würde ihm sichtliche Freude bereiten. Das Haus am Wild Cherry Glade, direkt unterhalb der Crescents, war groß und erstrebenswert. Er überlegte bereits die Anzeige im *Better Homes Bulletin*, als er aus dem Auto ausstieg:

Werden Sie zum König des Berges! Das perfekte Familienheim erwartet Sie!

Er suchte den Haustürschlüssel aus den dreien am Bund aus und schloß die Tür auf. Ein Rechtsstreit war dafür verantwortlich, daß das Haus seit Frühjahr leerstand und nicht angeboten werden konnte; die Luft drinnen war staubig und abgestanden. Der Geruch gefiel ihm. Einsame Häuser hatten für ihn etwas Rührendes an sich. Er sah sie gerne als wartende Heime; weiße Leinwände, auf die die Käufer ihr eigenes, spezielles Paradies zeichnen würden. Er schlenderte durch das Haus und machte sich in jedem Zimmer peinlich genaue Notizen; dabei ließ er sich verführerische Werbesprüche durch den Kopf gehen:

Geräumig und makellos. Ein Haus, das selbst den anspruchsvollsten Käufer zufriedenstellt. 3 Schlafzimmer. 2 1/2 Bäder mit Terrazzoboden. Birkenfurnier im Wohnzimmer, voll ausgerüstete Küche, überdachte Veranda...

Unter Berücksichtigung von Größe und Lage des Hauses würde es einen guten Preis erzielen, das wußte er. Nachdem er das Erdgeschoß durchgesehen hatte, schloß er die Gartentür auf und ging hinaus. Selbst unten am Hügel lagen die Häuser weit auseinander. Man konnte den Garten von keinem Nachbarhaus einsehen. Wäre das möglich gewesen, hätten die Nachbarn sich vielleicht über seinen Zustand beschwert. Der Rasen war kniehoch, fleckig und unkrautüberwuchert; die Bäume mußten geschnitten werden. Er schritt über den von der Sonne erwärmten Boden, um sich den Pool anzusehen. Er war nicht abgelassen worden, nachdem Mrs. Lloyd, der das Grundstück gehörte, gestorben war. Das Wasser war flach und voller Algen, die grüner als das Gras waren, das zwischen den Fugen am Rand des Pools wuchs. Es roch schimmlig. Anstatt den Pool abzuschreiten, schätzte er ihn, weil er wußte, daß sein geübtes Auge fast so genau war wie ein Metermaß. Er schrieb die Maße gerade auf, als Wellen in der Mitte des Pools anfingen und über die träge Oberfläche auf ihn zuwogten. Er wich vom Rand zurück und machte sich eine Notiz, den Pool-Service *schnellstmöglich* hierherzuschicken. Was immer in dem Brackwasser hauste – Pilz oder Fisch –, dessen unrechtmäßige Untermieterschaft konnte nur noch nach Stunden gezählt werden. Das Wasser bewegte sich erneut; pfeilgleiche Bewegungen, die ihn an einen ganz anderen Tag und ein ganz anderes Gewässer, in dem es gespukt hatte, denken ließen. Er verdrängte die Erinnerung aus dem Kopf – versuchte es jedenfalls –, drehte sich um und lief zum Haus zurück. Aber die Erinnerung war zu lange allein gewesen; sie bestand darauf, mit ihm zu gehen. Er konnte die vier Mädchen – Carolyn, Trudi, Joyce und Arleen, die herrliche Arleen – so deutlich sehen, als hätte er ihnen erst gestern nachspioniert. Er sah sie vor seinem geistigen Auge, wie sie ihre Kleidung auszogen. Er hörte ihr Schwatzen, ihr Lachen.

Er blieb stehen und sah noch einmal zum Pool. Die Suppe war wieder ruhig. Was immer sie ausgebrütet hatte oder wem sie als Bett diente – es war wieder eingeschlafen. Er sah auf die Uhr. Er war erst eine und eine Dreiviertelstunde vom Büro weg. Wenn er sich beeilte und hier rasch zum Ende kam, konnte er noch nach

Hause fahren und ein Video aus seiner Sammlung ansehen. Diese Vorstellung, die teilweise von den erotischen Erinnerungen ausgelöst worden war, welche der Pool heraufbeschworen hatte, ließ ihn mit neuem Eifer ins Haus zurückkehren. Er verschloß die Gartentür und ging die Treppe hinauf.

Auf halbem Weg hörte er oben ein Geräusch und blieb stehen. »Wer ist da?« wollte er wissen.

Er bekam keine Antwort, hörte das Geräusch aber erneut. Er stellte seine Forderung ein zweitesmal; ein Dialog aus Frage und Geräusch; Frage und Geräusch. Waren möglicherweise Kinder im Haus? In leerstehende Häuser einzubrechen – das war schon vor ein paar Jahren Mode gewesen und jetzt wieder im Anstieg begriffen. Aber dies war das erstemal, daß er die Möglichkeit hatte, einen Missetäter auf frischer Tat zu erwischen.

»Kommen Sie herunter?« sagte er und legte soviel *basso profundo* in die Frage, wie er aufbringen konnte. »Oder muß ich nach oben kommen und Sie holen?«

Die einzige Antwort war dasselbe wuselnde Geräusch, das er schon zweimal gehört hatte, als würde ein kleiner Hund mit ungeschnittenen Krallen über den Holzboden laufen.

Nun denn, dachte William. Er ging weiter die Treppe hinauf, wobei er so fest auftrat, wie er konnte, um den Eindringlingen Angst zu machen. Er kannte Namen und Spitznamen fast aller Kinder im Grove. Und diejenigen, die er nicht kannte, konnte er mühelos auf dem Schulhof identifizieren. Er würde an ihnen ein Exempel statuieren und so weitere potentielle Einbrecher einschüchtern.

Als er oben auf der Treppe war, war alles still geworden. Die Nachmittagssonne schien durch ein Fenster herein, ihre Wärme vertrieb die Angst, die er verspürt hatte. Hier lauerte keine Gefahr. Gefahr lauerte auf einer mitternächtlichen Straße von L. A. oder im Schaben eines Messers auf Mauersteinen, wenn einen jemand verfolgte. Dies war der Grove an einem sonnigen Freitagnachmittag.

Wie um diesen Gedanken zu bekräftigen, kam ein aufziehbares Spielzeug zur Tür des Elternschlafzimmers herausgewuselt; ein etwa fünfzig Zentimeter langer weißer Tausendfüßler, dessen

Plastikfüße rhythmisch auf den Boden tappsten. Er lächelte über diese Geste. Das Kind schickte sein Spielzeug voraus, um zu bekunden, daß es sich ergab. William lächelte nachsichtig und bückte sich, um es aufzuheben, wobei er den Blick auf den Fußboden jenseits der Tür gerichtet hielt.

Aber als seine Finger Kontakt herstellten, sah er das Spielzeug wieder an, denn die Berührung bestätigte, was die Augen so spät begriffen, daß er nicht mehr entsprechend handeln konnte: daß das Ding, das er aufhob, überhaupt kein Spielzeug war. Die Schale war weich, warm und feucht in seiner Hand, die peristaltischen Bewegungen ekelerregend. Er wollte es loslassen, aber sein Körper klebte an der Hand und drängte gegen die Handfläche. Er ließ Notizbuch und Bleistift fallen und riß die Kreatur mit einer Hand von der anderen los und warf sie von sich. Sie fiel auf den in Segmente unterteilten Rücken, die Beine zuckten wie die eines gestürzten Krebses. Er taumelte keuchend gegen die Wand, bis eine Stimme hinter der Tür sagte:

»Stehen Sie doch nicht so förmlich da draußen. Sie sind herzlich willkommen.«

William war klar, daß der Sprecher kein Kind war, aber er hatte längst eingesehen, daß das Szenario, das er vor wenigen Minuten entworfen hatte, zu optimistisch gewesen war.

»Mr. Witt«, sagte eine zweite Stimme. Sie war dünner als die erste; und sie kannte er.

»Tommy-Ray?« sagte William und konnte die Erleichterung, die er empfand, nicht verheimlichen. »Bist du das, Tommy-Ray?«

»Aber sicher. Kommen Sie rein. Lernen Sie die Bande kennen.«

»Was geht hier vor?« sagte William, wich dem zuckenden Tier aus und stieß die Tür auf. Mrs. Lloyds Vorhänge waren wegen der Helligkeit zugezogen worden; nach dem grellen Licht draußen schien das Zimmer doppelt dunkel zu sein. Aber er konnte Tommy-Ray McGuire sehen, der mitten im Zimmer stand, und hinter ihm saß in einer dunklen Ecke noch jemand anders. Es schien, als hätte einer von ihnen im abgestandenen

Wasser des Pools gebadet; der ekelhafte Geruch kribbelte in Williams Stirnhöhlen.

»Du hast hier drinnen nichts zu suchen«, schalt er Tommy-Ray. »Ist dir klar, daß du eingebrochen bist? Dieses Haus...«

»Sie werden uns doch nicht verraten, oder?« sagte Tommy-Ray. Er kam einen Schritt auf William zu und verbarg dadurch seinen Komplizen vollkommen.

»So einfach ist das nicht...«, begann William.

»Doch, das ist es«, sagte Tommy-Ray tonlos. Er machte noch einen Schritt, und noch einen, und plötzlich ging er an William vorbei zur Tür und schlug sie zu. Das Geräusch schreckte Tommy-Rays Begleiter – oder besser gesagt, die Begleiter seines Begleiters – auf, denn Williams Augen hatten sich mittlerweile soweit an das Halbdunkel gewöhnt, daß er den bärtigen Mann in der Ecke sehen konnte, auf dem Kreaturen wuselten, die große Familienähnlichkeit mit dem Tausendfüßler draußen hatten. Sie bedeckten ihn wie ein lebender Panzer. Sie krochen ihm über das Gesicht und verweilten auf Lippen und Augen; sie drängten sich um seine Lenden und massierten ihn. Sie tranken an seinen Achselhöhlen und machten Kapriolen auf seinem Bauch. Es waren so viele, daß sein Körper auf doppelte Größe angeschwollen zu sein schien.

»Gütiger Himmel«, sagte William.

»Hübsch, was?« sagte Tommy-Ray.

»Sie und Tommy-Ray sind alte Bekannte, wie ich gehört habe«, sagte der Jaff. »Erzählen Sie mir alles. War er ein rücksichtsvolles Kind?«

»Was soll das, zum Teufel?« sagte William und sah wieder zu Tommy-Ray. Die rollenden Augen des Jungen glänzten.

»Das ist mein Vater«, lautete seine Antwort. »Das ist der Jaff.«

»Wir möchten gerne, daß Sie uns die Geheimnisse Ihrer Seele zeigen«, sagte der Jaff.

William dachte sofort an seine daheim verschlossene Privatsammlung. Woher konnte diese Obszönität davon wissen? Hatte Tommy-Ray ihm nachspioniert? War der Spanner selbst gespannt worden?

William schüttelte den Kopf. »Ich habe keine Geheimnisse«, sagte er leise.

»Stimmt wahrscheinlich«, sagte Tommy-Ray. »Langweiliger kleiner Scheißer.«

»Unhöflich«, sagte der Jaff.

»Sagen alle«, behauptete Tommy-Ray. »Sieh ihn dir doch an, mit seinen verdammten Krawatten und seiner Freundlichtuerei.«

Tommy-Rays Worte verletzten William. Sie brachten seine Wangen ebenso zum Zittern wie der Anblick des Jaff.

»Der langweiligste Scheißer in der ganzen verfluchten Stadt«,

iß der Jaff eine der Kreaturen von sei-
e nach Tommy-Ray. Er war zielsicher.
nze wie Peitschen und einen winzigen
sich an Tommy-Rays Gesicht und
gegen seinen Mund. Er verlor das
perte zur Seite, während er nach dem
iste sich mit einem komischen Kußlaut
tblößte Tommy-Rays Grinsen, das den
n brachte. Tommy-Ray warf die Krea-
ihres Herrn und Meisters zurück, ein
dem das Ding wenige Zentimeter von
. Er wich davor zurück, was Vater und
en reizte.
, sagte der Jaff. »Solange ich es nicht

it der er und der Junge gespielt hatten,
h zum Jaff zurückschleppte.
nlich die meisten Leute hier«, sagte der

y-Ray. »Und sie kennen ihn.«
piel«, sagte der Jaff und zerrte ein katzengroßes Geschöpf hinter sich hervor, »dieses hier stammt von dieser Frau... wie hieß sie doch gleich, Tommy?«

»Kann mich nicht erinnern.«

Der Jaff schob die Kreatur, die einem großen, blassen Skorpion glich, um seine Füße herum. Das Ding schien beinahe scheu zu sein; es wollte in sein Versteck zurück.

»Die Frau mit den Hunden, Tommy...«, sagte der Jaff. »Mildred irgendwas.«

»Duffin«, sagte William.

»Gut! Gut!« sagte der Jaff und deutete mit einem dicken Daumen in seine Richtung. »Duffin! Wie leicht man so etwas vergißt! Duffin!«

William kannte Mildred. Er hatte sie heute morgen – ohne die Pudel – auf dem Parkplatz gesehen, wo sie ins Leere gestarrt hatte, als wäre sie hierhergefahren und hätte vergessen, weshalb sie eigentlich gekommen war. Er begriff allerdings nicht, was sie und der Skorpion gemeinsam hatten.

»Wie ich sehe, sind Sie verwirrt, Witt«, sagte der Jaff. »Sie fragen sich: Ist das Mildreds neues Haustier? Die Antwort lautet nein. Die Antwort lautet, es ist Mildreds Fleisch geworden, tiefstes Geheimnis. Und das will ich von Ihnen, William. Ihre verborgensten Geheimnisse.«

Als heißblütiger heterosexueller Voyeur begriff William den abgewichsten Sinn der Bitte des Jaff sofort. Er und Tommy-Ray waren nicht Vater und Sohn; sie fickten miteinander. Und ihr Gerede von den verborgensten, tiefsten Geheimnissen war lediglich ein Schleier darüber.

»Ich will damit nichts zu tun haben«, sagte William. »Tommy-Ray, ich sage dir eines, laß dich nicht auf abseitige Sachen ein.«

»Angst ist nichts Abseitiges«, sagte der Jaff.

»Jeder hat Angst«, fügte Tommy-Ray hinzu.

»Manche mehr als andere. Sie... vermute ich... mehr als die meisten. Los, William. Sie haben schlimme Sachen im Kopf. Ich will sie nur herausholen und zu meinem Eigentum machen.«

Weitere Anzüglichkeiten. William hörte, wie Tommy-Ray einen Schritt in seine Richtung machte.

»Bleib mir vom Leibe«, warnte William ihn. Es war ein reiner Bluff, und Tommy-Rays Grinsen nach zu schließen, wußte er das.

»Hinterher werden Sie sich besser fühlen«, sagte der Jaff.

»Viel besser«, sagte Tommy-Ray.

»Es tut nicht weh. Nun, am Anfang vielleicht ein bißchen. Aber wenn Sie die schlimmen Sachen ans Licht gebracht haben, sind Sie ein anderer Mensch.«

»Mildred war nur eine von vielen«, sagte Tommy-Ray. »Er hat gestern nacht eine Menge Leute besucht.«

»Richtig.«

»Ich habe ihm den Weg gezeigt, und er ist gegangen.«

»Wissen Sie, manche Leute kann ich wittern. Manche kann ich wirklich ziemlich gut wittern.«

»Louise Doyle... Chris Seapara... Harry O'Connor...«

William kannte sie alle.

»... Gunther Rothberry... Martine Nesbitt...«

»Martine hatte ein paar echt eindrucksvolle Dinge zu zeigen«, sagte der Jaff. »Eines davon ist draußen. Kühlt sich ab.«

»Im Pool?« murmelte William.

»Haben Sie es gesehen?«

William schüttelte den Kopf.

»Das müssen Sie unbedingt. Es ist wichtig zu wissen, was die Leute all die Jahre über vor Ihnen verborgen haben.« Das berührte einen Nerv, doch William vermutete, daß der Jaff das gar nicht mitbekam. »Sie denken, Sie kennen diese Leute«, fuhr er fort, »aber sie haben alle Ängste, die sie nie eingestehen; dunkle Orte, die sie mit einem Lächeln verbergen. Die hier...« Er hob einen Arm, an dem sich etwas wie ein Affe ohne Pelz festklammerte, »... leben an diesen Orten. Ich rufe sie nur heraus.«

»Martine auch?« sagte William, dem sich eine vage Möglichkeit des Entkommens offenbarte.

»Aber sicher«, sagte Tommy-Ray. »Sie hatte eines der besten.«

»Ich nenne sie Terata«, sagte der Jaff. »Das bedeutet eine monströse Geburt; ein Wunderkind. Wie gefällt Ihnen das?«

»Ich... ich würde gerne sehen, was Martine hervorgebracht hat«, antwortete William.

»Eine hübsche Dame«, sagte der Jaff, »mit einem häßlichen Fick im Kopf. Zeig es ihm, Tommy-Ray. Und dann bring ihn wieder herauf.«

»Klar.«

Tommy-Ray drehte den Türknauf, zögerte dann aber, bevor er die Tür aufmachte, als hätte er die Gedanken gelesen, die William durch den Kopf gingen.

»Wollen Sie es wirklich sehen?« fragte der Jugendliche.

»Ich will es sehen«, sagte Witt. »Martine und ich...« Er verstummte. Der Jaff sprach darauf an.

»Sie und diese Frau, William? Zusammen?«

»Ein- oder zweimal«, log William. Er hatte Martine nie auch nur berührt und wollte es auch nicht, aber er vermutete, daß es seiner Neugier ein Motiv verlieh.

Der Jaff schien überzeugt.

»Um so mehr Grund zu sehen, was sie vor Ihnen verheimlicht hat«, sagte er. »Nimm ihn mit, Tommy-Ray! Nimm ihn mit!«

Der junge McGuire tat, wie ihm geheißen worden war, und führte William nach unten. Er pfiff unmelodisch vor sich hin, und sein leichter Gang und das beiläufige Benehmen verrieten nichts von der höllischen Gesellschaft, in der er sich befand. Mehr als einmal war William versucht, den Jungen nach dem *Warum* zu fragen, damit er besser verstehen konnte, was mit dem Grove vor sich ging. Wie konnte es sein, daß das Böse so unbeschwert war? Wie konnten Seelen, die eindeutig so verderbt waren wie Tommy-Ray, hüpfen und singen und sich wie gewöhnliche Menschen verhalten?

»Unheimlich, nicht?« sagte Tommy-Ray, während er William den Schlüssel der Gartentür abnahm. Er hat meine Gedanken gelesen, dachte Witt, aber Tommy-Rays nächste Bemerkung bewies, daß es nicht so war.

»Leerstehende Häuser. Unheimlich. Für Sie nicht, schätze ich. Sie sind daran gewöhnt, richtig?«

»Man gewöhnt sich an alles.«

»Der Jaff mag die Sonne nicht, daher habe ich dieses Haus für ihn gesucht. Als ein Versteck.«

Tommy-Ray blinzelte zum hellen Himmel, als sie nach draußen gingen. »Ich glaube, ich werde wie er«, bemerkte er. »Wissen Sie, ich mochte den Strand. Topanga; Malibu. Jetzt macht es mich krank, überhaupt an diese... Helligkeit zu denken.«

Er ging voraus zum Pool, hielt den Kopf gesenkt, schwatzte aber unaufhörlich weiter.

»Sie und Martine hatten also was laufen, ja? Sie ist nicht gerade Miß World, wenn Sie wissen, was ich meine. Und sie hatte eindeutig ein paar abwegige Sachen in sich. Sie sollten sehen, wie es herauskommt... Junge, Junge. Was für ein Anblick. Sie schwitzen es aus. Richtig durch die kleinen Löcher...«

»Poren.«

»Hm?«

»Die kleinen Löcher. Poren.«

»Ja. Hübsch.«

Sie kamen zum Pool. Während er darauf zuging, sagte Tommy-Ray: »Der Jaff hat eine Methode, sie zu rufen, wissen Sie. Mit seinem Verstand. Ich nenne Sie einfach beim Namen; dem Namen der Leute, zu denen sie gehören.« Er sah William an und erwischte ihn, wie er den Zaun um das Grundstück herum nach Lücken absuchte. »Langweile ich Sie?« sagte Tommy-Ray.

»Nein... Nein... ich habe nur... nein, du langweilst mich nicht.«

Der Junge sah wieder zum Pool. »Martine?« rief er. Die Wasseroberfläche wurde aufgewühlt. »Da kommt sie«, sagte Tommy-Ray. »Sie werden echt beeindruckt sein.«

»Wahrscheinlich«, sagte William und ging einen Schritt auf den Rand zu. Als das Ding im Wasser an die Oberfläche kam, streckte er den Arm aus und stieß Tommy-Ray in den Rücken. Der Junge schrie und verlor das Gleichgewicht. William sah flüchtig das Terata im Pool – wie ein Kriegsschiff mit Beinen. Dann fiel Tommy-Ray darauf, und Mensch und Bestie schlugen um sich. William blieb nicht, um festzustellen, wer wen biß. Er lief zur schwächsten Stelle im Zaun, kletterte darüber und floh.

»Du hast ihn entkommen lassen«, sagte der Jaff, als Tommy-Ray nach einer Weile ins Nest zurückkehrte. »Ich kann mich nicht auf dich verlassen, das ist mir jetzt klar.«

»Er hat mich ausgetrickst.«

»Du solltest dich nicht so verdammt überrascht anhören.

Hast du noch nichts gelernt? Die Menschen haben geheime Gesichter. Das macht sie so interessant.«

»Ich wollte ihn verfolgen, aber er war schon weg. Soll ich zu ihm nach Hause gehen? Ihn möglicherweise umbringen?«

»Sachte, sachte«, sagte der Jaff. »Wir können damit leben, daß er einen oder zwei Tage herumläuft und Gerüchte verbreitet. Wer wird ihm denn schon glauben? Wir müssen nur von hier fort, wenn es dunkel ist.«

»Es gibt noch andere leerstehende Häuser.«

»Wir müssen nicht mehr suchen«, sagte der Jaff. »Ich habe gestern nacht einen permanenten Wohnsitz für uns gefunden.«

»Wo?«

»Ist noch nicht ganz bereit für uns, aber das wird er sein.«

»Wer?«

»Wirst schon sehen. Vorerst mußt du eine kleine Reise für mich unternehmen.«

»Gerne.«

»Du wirst nicht lange weg sein, aber es gibt an der Küste einen Ort, wo ich etwas zurücklassen mußte, das mir wichtig ist; es ist schon lange her. Ich möchte, daß du es mir holst, während ich Fletcher beseitige.«

»Da möchte ich dabeisein.«

»Dir gefällt der Tod, nicht?«

Tommy-Ray grinste. »Ja. Mein Freund Andy, der hatte sich direkt hier einen Totenkopf tätowieren lassen.« Tommy-Ray deutete auf die Brust. »Direkt über dem Herzen. Er sagte immer, er würde jung sterben. Er sagte, er würde runter nach Bombora gehen – dort sind die Klippen echt gefährlich, die Wellen sacken einfach weg, weißt du? – und auf eine letzte Welle warten; und wenn er wirklich reisen würde, würde er sich einfach von der Klippe stürzen. Hinunter. Einfach so. Fahren und sterben.«

»Hat er es getan?« fragte der Jaff. »Sterben, meine ich.«

»Einen Scheißdreck hat er«, sagte Tommy-Ray verächtlich. »Hatte nicht den Mumm.«

»Aber du könntest es?«

»Jetzt? Todsicher.«

»Nun, du solltest es nicht allzu eilig haben. Es wird eine Party geben.«

»Ja?«

»O ja. Eine Riesenparty. Eine Party, wie sie diese Stadt noch nie gesehen hat.«

»Wer wird eingeladen?«

»Halb Hollywood. Und die andere Hälfte wird sich wünschen, sie wäre dabei gewesen.«

»Und wir?«

»O ja. Wir werden auch da sein. Da kannst du sicher sein. Wir werden da sein, wir werden bereit sein und warten.«

Endlich, dachte William, als er auf Spilmonts Schwelle am Peaseblossom Drive stand, endlich eine Geschichte, die ich erzählen kann.

Er war dem Reigen des Schreckens des Jaff mit einem Bericht entkommen, den er sich von der Seele reden konnte, und er würde für seine Warnung zum Helden werden.

Spilmont gehörte zu den vielen, für die William ein Haus gefunden hatte; sogar zwei. Sie kannten einander so gut, daß sie per du waren.

»Billy?« sagte Spilmont und betrachtete William von oben bis unten. »Du siehst nicht besonders gut aus.«

»Es geht mir auch nicht gut.«

»Komm rein.«

»Es ist etwas Schreckliches geschehen, Oscar«, sagte William und ließ sich nach drinnen führen. »Ich habe noch nie etwas Schlimmeres gesehen.«

»Setz dich«, sagte Spilmont. »Judith? Es ist Bill Witt. Was brauchst du, Billy? Was zu trinken? Herrgott, du zitterst ja wie Espenlaub.«

Judith Spilmont war die perfekte Mutter Erde, mit breiten Hüften und einem gewaltigen Busen. Sie kam aus der Küche und wiederholte die Feststellungen ihres Mannes. William bat um ein Glas Eiswasser, konnte aber mit seiner Geschichte nicht warten, bis er es bekommen hatte.

Er wußte, noch bevor er anfing, wie lächerlich sie sich anhören würde. Es war eine Geschichte fürs Lagerfeuer, die man nicht im hellen Tageslicht erzählen sollte, während die Kinder der Zuhörer vor dem Fenster zwischen den Düsen des Rasensprengers tanzten und jauchzten.

Aber Spilmont hörte pflichtschuldig zu, schickte jedoch seine Frau hinaus, als sie das Wasser gebracht hatte. William schilderte seine Erlebnisse, erinnerte sich sogar an die Namen derer, die der Jaff in der Nacht zuvor berührt hatte, und erklärte ab und zu, er wüßte, wie lächerlich sich das alles anhörte, aber es wäre dennoch die reine Wahrheit. Mit dieser Feststellung beendete er seinen Bericht:

»Ich weiß, wie sich das anhören muß«, sagte er.

»Kann nicht sagen, daß das nicht eine tolle Geschichte war«, antwortete Spilmont. »Wenn sie mir ein anderer als du erzählt hätte, hätte ich wohl nicht so bereitwillig zugehört. Aber, Scheiße, Bill... Tommy-Ray McGuire? Das ist doch ein netter Junge.«

»Ich bringe dich hin«, sagte William. »Wenn wir bewaffnet hingehen.«

»Nein, dazu bist du nicht in der Verfassung.«

»Du darfst nicht allein gehen«, sagte William.

»He, Nachbar, du hast einen Mann vor dir, der seine Kinder liebt. Glaubst du, ich würde sie zu Waisen machen?« lachte Spilmont. »Hör zu, geh nach Hause. Bleib dort. Ich ruf' dich an, wenn ich etwas Neues weiß. Abgemacht?«

»Abgemacht.«

»Bist du sicher, daß du fahren kannst? Ich könnte jemanden holen...«

»Ich bin hierhergekommen.«

»Stimmt.«

»Ich komme schon zurecht.«

»Behalte es vorläufig für dich, Bill. O. K.? Ich will nicht, daß jemand schießwütig wird.«

»Nein. Gewiß. Ich verstehe.«

Spilmont sah zu, wie William den Rest des Eiswassers hinunterkippte, dann brachte er ihn zur Tür, schüttelte ihm die Hand und winkte ihm zum Abschied.

William befolgte die Anweisungen.

Er fuhr nach Hause, rief Valerie an, daß er nicht mehr ins Büro kommen würde, verschloß sämtliche Türen und Fenster, zog sich aus, übergab sich, duschte und wartete neben dem Telefon auf weitere Nachrichten von dem Unheil, das über Palomo Grove gekommen war.

VIII

Grillo war plötzlich hundemüde geworden und gegen Viertel nach drei ins Bett gegangen, nachdem er der Telefonzentrale Anweisung gegeben hatte, bis auf weiteres keinen Anruf in seine Suite durchzustellen. Aus diesem Grund weckte ihn auch ein Klopfen an der Tür. Er richtete sich auf, und sein Kopf war so leicht, daß er beinahe davongeschwebt wäre.

»Zimmerservice«, sagte eine Frau.

»Ich habe nichts bestellt«, sagte er. Dann kam ihm die Erkenntnis: »Tesla?«

Es war Tesla, die auf ihre gewohnt trotzige Weise gut aussah. Grillo war schon vor langer Zeit klargeworden, daß ein Genie erforderlich war, um durch die Kombination von bestimmten Kleidungs- und Schmuckstücken Tand in Bezauberndes und das Geschmackvolle in Kitsch zu verwandeln. Tesla gelang die Verwandlung in beide Richtungen, ohne daß sie es versuchte. Heute hatte sie ein weißes Herrenoberhemd an, das zu groß für ihren schlanken, zierlichen Körper war, dazu eine mexikanische Bola mit dem Bildnis der Madonna um den Hals, weite blaue Hosen, hochhackige Schuhe – mit denen sie ihm trotzdem nur bis zur Schulter reichte – und silberne Ohrringe in Form von Schlangen in rotem Haar, in das sie blonde Strähnen gefärbt hatte, weil sie sagte, daß Blondinen tatsächlich mehr Spaß hatten, aber ein ganzer Kopf davon wäre unmäßig.

»Du hast geschlafen«, sagte sie.

»Ja.«

»Tut mir leid.«

»Ich muß pissen gehen.«

»Dann geh. Geh.«

»Fragst du nach meinen Anrufen?« rief er hinaus, während er sein Ebenbild im Spiegel betrachtete. Er sah erbärmlich aus, dachte er: wie der unterernährte Dichter, der zu sein er beim ersten Mal, als er hungrig gewesen war, aufgegeben hatte. Erst als er über der Kloschüssel schwankte – mit einer Hand an seinem Schwanz, der ihm noch nie so fern oder so klein erschienen war – und sich mit der anderen Hand am Türrahmen festhielt, damit er nicht umkippte, gestand er sich ein, wie krank er sich fühlte.

»Du solltest mir nicht zu nahe kommen«, sagte er zu Tesla, als er wieder ins Zimmer gestolpert war. »Ich glaube, ich habe die Grippe.«

»Dann geh wieder ins Bett. Von wem hast du denn die Grippe?«

»Von einem Kind.«

»Abernethy hat angerufen«, informierte Tesla ihn. »Und eine Frau namens Ellen.«

»Ihr Kind.«

»Wer sie?«

»Sie nette Frau. Welche Nachricht?«

»Muß dringend mit dir sprechen. Keine Nummer.«

»Glaube nicht, daß sie ein Telefon hat«, sagte Grillo. »Ich sollte herausfinden, was sie will. Sie hat für Vance gearbeitet.«

»Skandal?«

»Ja.« Seine Zähne fingen an zu klappern. »Scheiße«, sagte er. »Mir ist, als würde ich verbrennen.«

»Vielleicht sollte ich dich nach L. A. mitnehmen?«

»Unmöglich. Ich habe hier eine tolle Story, Tesla.«

»Es gibt überall tolle Stories. Abernethy kann einen anderen herschicken.«

»Das hier ist *seltsam*«, sagte Grillo. »Hier geht etwas vor, das ich nicht verstehe.« Er setzte sich hin; sein Kopf pochte. »Weißt du, daß ich dabei war, als die Männer, die nach Vance' Leichnam suchten, ums Leben kamen?«

»Nein. Was ist passiert?«

»Was auch immer sie in den Nachrichten gesagt haben, es war kein unterirdischer Dammbruch. Jedenfalls nicht *nur* das. Zunächst einmal habe ich, lange bevor das Wasser kam, Schreie gehört. Ich glaube, sie haben da unten *gebetet*, Tesla. Gebetet. Und dann dieser verdammte Geysir. Wasser, Rauch, Dreck. Leichen. Und noch etwas. Nein: *zweimal* noch etwas. Kam heimlich aus der Erde heraus.«

»Geklettert?«

»Geflogen.«

Tesla sah ihn lange und durchdringend an.

»Ich schwöre es, Tesla«, sagte Grillo. »Vielleicht waren es Menschen... vielleicht nicht. Sie schienen mehr wie... ich weiß auch nicht... mehr wie *Energie* zu sein. Und bevor du fragst, ich war *clean* und nüchtern.«

»Warst du der einzige, der sie gesehen hat?«

»Nein, ein Mann namens Hotchkiss war bei mir. Ich glaube, er hat sie auch gesehen. Aber er geht nicht ans Telefon, um es zu bestätigen.«

»Ist dir klar, daß du dich wie reif fürs Irrenhaus anhörst?«

»Das bestätigt doch nur, was du immer gedacht hast, oder nicht? Für Abernethy zu arbeiten, den Dreck der Reichen und Berühmten auszugraben...«

»Dich nicht in mich zu verlieben.«

»Mich nicht in dich zu verlieben.«

»Wahnsinnig.«

»Verrückt.«

»Hör zu, Grillo, ich bin eine erbärmliche Krankenschwester, also rechne nicht mit meinem Mitleid. Wenn du praktische Hilfe brauchst, solange du krank bist, mußt du mir nur sagen, was ich tun soll.«

»Du könntest bei Ellen vorbeischauen. Ihr sagen, daß ich mir bei dem Kind die Grippe geholt habe. Mach ihr Schuldgefühle. Das ist eine Riesenstory, und ich kenne bisher nur einen winzigen Teil.«

»Das ist mein Grillo. Krank, aber er schämt sich nie.«

Es war Spätnachmittag, als Tesla sich auf den Weg zu Ellen Nguyens Haus machte; sie weigerte sich, das Auto zu nehmen, obwohl Grillo sie warnte, daß ihr ein tüchtiger Fußmarsch bevorstand. Wind war aufgekommen und begleitete sie durch die Stadt. Es war ein Ort, in dem sie gerne einmal einen Thriller ansiedeln würde; zum Beispiel eine Geschichte über einen Mann mit einer Atombombe im Koffer. Natürlich war das schon einmal gemacht worden; aber ihre Geschichte hatte eine neue Wendung. Sie würde sie nicht als Parabel des Bösen sondern der Apathie erzählen. Die Leute beschlossen einfach, nicht zu glauben, was ihnen gesagt wurde; sie gingen mit gleichgültigen Gesichtern ihrem Tagwerk nach. Und die Heldin würde versuchen, die Leute aufzurütteln und ihnen die Gefahr bewußt zu machen, in der sie schwebten; aber das würde ihr nicht gelingen, und am Ende würde sie von einem Mob, der nicht wollte, daß sie Dreck aufwühlte, aus der Stadt hinausgeworfen werden. In dem Augenblick würde die Erde beben und die Bombe hochgehen. Ausblenden. Ende. Natürlich würde der Film so nie gedreht werden, aber sie war Expertin darin, Drehbücher zu schreiben, die nie verfilmt wurden. Trotzdem fielen ihr immer wieder Geschichten ein. Sie konnte keinen neuen Ort oder neue Gesichter sehen, ohne eine Handlung darum zu konstruieren. Sie analysierte die Geschichten, die ihr Verstand zu jeder Besetzung und jeder Kulisse erfand, nicht allzu eingehend; es sei denn, sie waren – wie jetzt – so offensichtlich, daß es unvermeidlich war. Momentan sagte ihr Innerstes ihr, daß Palomo Grove eine Stadt war, die irgendwann mit einem Knall hochgehen würde.

Ihr Orientierungssinn war verläßlich und gut. Sie gelangte ohne Umwege zum Haus von Ellen Nguyen. Die Frau, die die Tür aufmachte, sah so zierlich aus, daß Tesla kaum wagte, lauter als flüsternd zu sprechen, geschweige denn, Beweise von Indiskretionen aus ihr herauszulocken. Sie verkündete schlicht und einfach die Tatsachen: daß sie auf Bitten von Grillo gekommen war, weil er sich die Grippe geholt hatte.

»Keine Bange, er wird es überleben«, sagte sie, als sie Ellens gequälten Ausdruck sah. »Ich bin nur hergekommen, um zu erklären, warum er nicht selbst zu Ihnen kommt.«

»Bitte kommen Sie herein«, sagte Ellen.

Tesla lehnte ab. Sie war nicht in der Stimmung für eine empfindsame Seele. Aber die Frau erwies sich als beharrlich.

»Ich kann hier nicht reden«, sagte sie, als sie die Tür zumachte. »Und ich kann Philip nicht zu lange allein lassen. Ich habe kein Telefon mehr. Ich mußte zu meinem Nachbarn, um Mr. Grillo anzurufen. Würden Sie ihm eine Nachricht überbringen?«

»Gerne«, sagte Tesla und dachte: Wenn es ein Liebesbrief ist, werfe ich ihn in den Abfalleimer. Sie wußte, Ellen Nguyen war Grillos Typ. Hilflos, damenhaft, sanft. Alles in allem völlig anders als sie selbst.

Das ansteckende Kind saß auf dem Sofa.

»Mr. Grillo hat die Grippe«, sagte seine Mutter zu ihm. »Warum schenkst du ihm nicht eins von deinen Bildern, damit es ihm wieder besser geht?«

Der Junge stapfte in sein Zimmer und gab Ellen damit Gelegenheit, ihre Botschaft an den Mann zu bringen.

»Würden Sie ihm sagen, daß sich die Lage in Coney geändert hat?« sagte Ellen.

»In Coney geändert«, wiederholte Tesla. »Und was bedeutet das genau?«

»Es wird eine Gedenkparty für Buddy in seinem Haus geben. Mr. Grillo wird es verstehen. Rochelle, seine Frau, hat den Chauffeur hergeschickt. Mich gebeten, ihr zu helfen.«

»Und was hat Grillo damit zu tun?«

»Ich will wissen, ob er eine Einladung braucht.«

»Darauf kann ich getrost mit Ja antworten. Wann soll es denn sein?«

»Morgen abend.«

»Knapper Termin.«

»Die Leute werden wegen Buddy kommen«, sagte Ellen. »Er war sehr beliebt.«

»Der Glückliche«, bemerkte Tesla. »Wenn Grillo etwas von Ihnen will, kann er Sie demnach im Haus von Vance erreichen?«

»Nein. Er darf dort nicht anrufen. Sagen Sie ihm, er soll nebenan eine Nachricht hinterlassen. Bei Mr. Fulmer. Er sieht nach meinem Philip.«

»Fulmer. Gut. Verstanden.«

Sonst gab es nicht viel zu sagen. Tesla nahm Philips Bild entgegen, das sie Grillo bringen sollte, zusammen mit den besten Wünschen von Mutter und Sohn, dann machte sie sich wieder auf den Heimweg und dachte sich unterwegs Geschichten aus.

IX

»William?«

Endlich war Spilmont am Telefon. Die Kinder lachten nicht mehr im Hintergrund. Es war Abend geworden, und wenn die Sonne nicht mehr schien, war das Wasser des Rasensprengers zu kalt.

»Ich habe nicht viel Zeit«, sagte er. »Ich habe heute nachmittag sowieso schon zuviel vergeudet.«

»Was?« sagte William. Er hatte den Nachmittag im Fieber der Erwartung verbracht. »Erzähl.«

»Ich fuhr, kaum daß du weg warst, zum Wild Cherry Glade hinauf.«

»Und?«

»Und nichts, Junge. Große dicke Null. Das Haus war verlassen, und ich habe wie ein Arschloch ausgesehen, als ich hineinging, als wäre Gott weiß was drinnen. Schätze, das hast du geplant gehabt, richtig?«

»Nein, Oscar. Da irrst du dich.«

»Nur einmal, Junge. Einmal kann ich einen Scherz vertragen, O. K.? Soll mir niemand nachsagen, daß ich keinen Sinn für Humor habe.«

»Es war kein Witz.«

»Weißt du, eine Zeitlang hast du mich echt an der Nase herumgeführt. Du solltest Bücher schreiben und nicht Grundstücke verkaufen.«

»Das ganze Haus war leer? Keine Spur von etwas? Hast du im Pool nachgesehen?«

»Hör auf damit!« sagte Spilmont. »Ja, alles leer. Pool; Haus; Garage. Alles leer.«

»Dann sind sie abgehauen. Sie sind entwischt, bevor du gekommen bist. Ich verstehe nur nicht, wie. Tommy-Ray hat gesagt, der Jaff mag kein Sonnenlicht...«

»*Genug!*« sagte Spilmont. »Ich habe auch ohne deinesgleichen zuviel Spinner am Ort. Komm zu dir, ja? Und versuch das nicht mit einem der anderen Jungs, Witt. Sie sind gewarnt, klar? Wie ich sagte: Einmal ist genug!«

Spilmont beendete das Gespräch, ohne sich zu verabschieden, und William hörte sich eine halbe Minute lang das Freizeichen an, bevor er den Hörer aus der Hand gleiten ließ.

»Wer hätte das gedacht?« sagte der Jaff und streichelte sein neuestes Geschöpf. »Angst findet man dort, wo man sie am wenigsten erwartet.«

»Ich will es halten«, sagte Tommy-Ray.

»Es gehört dir«, sagte der Jaff und ließ den Jungen das Terata von seinem Arm nehmen. »Was dir gehört, gehört auch mir.«

»Hat nicht viel Ähnlichkeit mit Spilmont.«

»Aber gewiß doch«, sagte der Jaff. »Ein getreulicheres Porträt des Mannes hat es nie gegeben. Das ist seine Wurzel. Sein Kern. Die Angst eines Mannes macht ihn zu dem, was er ist.«

»Ist das so?«

»Was heute abend hier hinausgegangen ist und sich Spilmont genannt hat, ist nur die Hülle. Das Überbleibsel.«

Er schlenderte zum Fenster, während er sprach, und zog die Vorhänge beiseite. Die Terata, die über ihn gewuselt waren, als William kam, folgten ihm auf den Fersen. Er scheuchte sie weg. Sie wichen respektvoll zurück, krochen aber, kaum hatte er sich umgedreht, wieder in seinen Schatten.

»Die Sonne ist fast untergegangen«, sagte er. »Wir sollten aufbrechen. Fletcher ist bereits im Grove.«

»Ja?«

»O ja. Er kam am Nachmittag an.«

»Woher weißt du das?«

»Es ist unmöglich, jemanden so sehr zu hassen, wie ich Fletcher, ohne seinen Aufenthaltsort zu kennen.«

»Also töten wir ihn?«

»Wenn wir genügend Attentäter haben«, sagte der Jaff. »Ich will keine Fehler, wie bei Mr. Witt.«

»Ich hole erst Jo-Beth.«

»Wozu die Mühe?« sagte der Jaff. »Wir brauchen sie nicht.«

Tommy-Ray warf Spilmonts Terata auf den Boden. »Ich brauche sie«, sagte er.

»Es ist selbstverständlich rein platonisch.«

»Was soll das heißen?«

»Das ist Ironie, Tommy-Ray. Was ich damit sagen will ist: Du willst ihren Körper.«

Tommy-Ray dachte einen Augenblick darüber nach. Dann sagte er:

»Vielleicht.«

»Sei ehrlich.«

»Ich weiß nicht, was ich will«, lautete die Antwort, »aber ich weiß ganz bestimmt, was ich *nicht* will. Ich will nicht, daß dieser Wichser Katz sie anfaßt. Sie gehört zur Familie, richtig? Du hast mir gesagt, daß das wichtig ist.«

Der Jaff nickte. »Du bist sehr überzeugend«, sagte er.

»Also, holen wir sie?« sagte Tommy-Ray.

»Wenn es so wichtig ist«, antwortete sein Vater. »Ja, wir gehen und holen sie.«

Als er Palomo Grove zum ersten Mal sah, war Fletcher fast verzweifelt.

In den Monaten seines Krieges gegen den Jaff hatte er eine Vielzahl von Städten wie diese gesehen; geplante Gemeinden, die jede Einrichtung besaßen, nur nicht die Einrichtung zu fühlen; Orte, die einen Eindruck von Leben vermittelten, in Wirklichkeit aber wenig bis gar keines hatten. Zweimal war er, in solchen Vakuen eingeschlossen, dicht davor gewesen, von seinem Feind ausgelöscht zu werden. Obwohl er den Aberglauben überwunden hatte, fragte er sich, ob dieses dritte Mal tödlich sein würde.

Der Jaff hatte seinen Brückenkopf hier bereits eingerichtet, daran zweifelte Flechter nicht. Hier dürfte es ihm nicht schwerfallen, die schwachen und ungeschützten Seelen zu finden, über die er so gerne herfiel. Für Fletcher, dessen Halluzigenien aus einem reichhaltigen und fröhlichen Traumleben geboren wurden, bot die von Behaglichkeit und Gleichgültigkeit verderbte Stadt kaum Nahrung.

In einem Ghetto oder einem Irrenhaus, wo das Leben dicht am Abgrund verlief, hätte er mehr Glück gehabt als in dieser gut bewässerten Wüste. Aber er hatte keine Wahl. Da er keinen menschlichen Agenten hatte, der ihm den Weg zeigte, war er gezwungen, wie ein Hund zwischen den Menschen dahinzuschleichen und nach der Fährte eines Träumers zu schnuppern. Er fand ein paar im Einkaufszentrum, wurde aber kurz angebunden abgewiesen, wenn er versuchte, sie in Gespräche zu verwickeln.

Er gab sich redliche Mühe, einen Anschein von Normalität zu wahren, doch es war lange her, seit er ein Mensch gewesen war. Die Menschen, auf die er zuging, sahen ihn seltsam an, als hätte er einen Teil seiner Vorstellung übersehen, so daß sie den vom Nuncio Verwandelten darunter erkennen konnten. Und daher zogen sie sich zurück. Einer oder zwei verweilten in seiner Gesellschaft. Eine alte Frau, die ein Stück von ihm entfernt stand und jedesmal lächelte, wenn er in ihre Richtung sah; zwei Kinder, die das Schaufenster der Tierhandlung vergaßen, als sie ihn erblickten, und ihn anstarrten, bis ihre Mütter sie zu sich riefen. Die Ausbeute war so mager, wie Fletcher befürchtet hatte. Hätte der Jaff die Möglichkeit gehabt, ihr Schlachtfeld persönlich auszusuchen, er hätte keine bessere Wahl treffen können. Wenn der Krieg zwischen ihnen in Palomo Grove zu Ende gehen sollte – und Fletcher spürte in seinem Innersten, daß einer von ihnen hier sein Ende finden würde –, dann würde ganz sicher der Jaff der Sieger sein.

Als der Abend kam und sich das Einkaufszentrum leerte, ging auch Fletcher weiter und wanderte durch die einsamen Straßen. Es waren keine Fußgänger unterwegs. Nicht einmal jemand, der mit dem Hund Gassi ging. Er wußte warum. Die menschliche Sphäre konnte, obwohl sie freiwillig unempfänglich war, die Anwesenheit übernatürlicher Kräfte in ihrer Mitte nicht völlig verdrängen. Die Einwohner des Grove wußten, daß es heute nacht in ihrer Stadt spukte, obwohl sie ihre Ängste nicht in Worte hätten kleiden können, und daher suchten sie Zuflucht vor ihren Fernsehern. Fletcher konnte die Bildschirme in jedem Haus flimmern sehen, und die Lautstärke war stets aufgedreht, wie um den Gesang zu übertönen, den die Sirenen draußen heute nach singen mochten. In den Armen von Showmastern und Seifenopern-Königinnen gewiegt, wurden die kleinen Geister von Palomo Grove in einen unschuldigen Schlaf gelullt, und dem Wesen, das sie vor der Vernichtung hätte retten können, schlugen sie die Türen zu und ließen es draußen allein.

X

1

Während die Dämmerung zur Nacht wurde, beobachtete Howie an einer Straßenecke einen Mann, bei dem es sich, wie er später erfahren sollte, um den Pastor handelte, der vor dem Haus der McGuires auftauchte, wo er sich durch die geschlossene Tür hindurch vorstellte und – nach einer Pause, während Schlösser aufgeschlossen und Riegel entriegelt wurden – ins innerste Heiligtum eingelassen wurde. So eine Ablenkung würde sich heute abend nicht noch einmal bieten, vermutete Howie. Wenn es eine Gelegenheit gab, an der wachsamen Mutter vorbeizuschlüpfen und zu Jo-Beth zu gelangen, dann war sie jetzt gekommen. Er überquerte die Straße, vergewisserte sich aber vorher, ob niemand kam. Er hätte keine Angst haben müssen. Die Straßen waren außergewöhnlich still. Aus den Häusern tönte Lärm: Fernseher waren so laut gestellt, daß er beim Warten neun verschiedene Kanäle unterscheiden, Titelmelodien mitsummen und über Scherze lachen konnte. So konnte er sich ohne Zeugen zur Seite des Hauses schleichen; dann kletterte er über das Tor und ging den Weg zum Garten entlang. Währenddessen wurde in der Küche das Licht eingeschaltet. Er wich vom Fenster zurück. Es war aber nicht Mrs. McGuire, die hereingekommen war, sondern Jo-Beth, die dem Gast ihrer Mutter pflichtschuldigst ein Abendessen machte. Er beobachtete sie gebannt. Obwohl sie ein dunkles, schlichtes Kleid anhatte und einer gewöhnlichen Tätigkeit nachging, war sie doch der außergewöhnlichste Anblick, den er je gesehen hatte, trotz des unvorteilhaften Neonlichts. Als sie zur Spüle kam, um Tomaten zu waschen, kam er aus seinem Versteck. Sie bekam seine Bewegung mit und sah auf. Er hatte bereits den Finger an den Lippen, um sie zum Schweigen zu ermahnen. Sie winkte ihn fort – mit panischem Gesichtsausdruck. Er gehorchte keinen Augenblick zu früh, denn ihre Mutter erschien unter der Küchentür. Es folgte eine kurze Unterhaltung zwischen ihnen, die Howie nicht mitbekam, dann ging Mrs. McGuire wieder ins Wohnzimmer. Jo-Beth sah über die Schulter, um sich zu vergewissern, daß ihre Mutter fort war, dann kam sie zur Gartentür und schloß zögernd auf. Aber sie machte sie nicht so weit auf, daß er eintreten konnte. Statt dessen preßte sie das Gesicht in den Spalt und flüsterte:

»Du hast hier nichts zu suchen.«

»Ich bin aber hier«, sagte er. »Und du bist froh darüber.«

»Nein.«

»Solltest du aber sein. Ich habe Neuigkeiten. Gute Neuigkeiten. Komm heraus.«

»Das kann ich nicht«, flüsterte sie. »Und sei leiser.«

»Wir müssen miteinander reden. Es geht um Leben und Tod. Nein... um mehr als Leben und Tod.«

»Was hast du nur angestellt?« sagte sie. »Sieh nur deine Hand an.«

Seine Versuche, die Hand zu säubern, waren bestenfalls oberflächlich gewesen, weil er so zimperlich war und die Rindenstücke kaum aus dem Fleisch ziehen konnte.

»Das gehört alles dazu«, sagte er. »Wenn du schon nicht herauskommen willst, dann laß mich rein.«

»Ich kann nicht.«

»*Bitte.* Laß mich rein.«

Gab sie wegen seiner Verletzung oder wegen seiner Worte nach? Wie auch immer, sie machte die Tür auf. Er wollte sie in die Arme nehmen, aber sie schüttelte mit einem so entsetzten Gesichtsausdruck den Kopf, daß er zurückwich.

»Geh nach oben«, sagte sie, und jetzt flüsterte sie nicht einmal mehr, sondern hauchte die Worte nur noch.

»Wohin?« erwiderte er.

»Zweite Tür links«, sagte sie und war gezwungen, bei dieser Anweisung etwas lauter zu sprechen. »Mein Zimmer. Rosa Tür. Warte, bis ich das Essen hineingebracht habe.«

Er hätte sie so gerne geküßt. Aber er ließ sie mit ihren Vorbereitungen weitermachen. Sie ging mit einem Blick in seine Richtung ins Wohnzimmer. Howie hörte einen Willkommensgruß von dem Besucher, was er als sein Stichwort nahm, aus der Küche zu schlüpfen. Es folgte ein Augenblick der Gefahr, als er – von der Wohnzimmertür aus sichtbar – zögerte, bis er die Treppe fand. Dann ging er hinauf und hoffte, das Gespräch unten würde seine Schritte übertönen. Der Rhythmus des Gesprächs änderte sich nicht. Er kam ohne Zwischenfälle zur rosa Tür und suchte Zuflucht dahinter.

Jo-Beths Schlafzimmer! Er hätte nie zu hoffen gewagt, daß er einmal hier stehen würde, inmitten dieser Pastellfarben, und das Bett sehen würde, wo sie schlief, das Handtuch, mit dem sie sich nach dem Duschen abtrocknete, und ihre Unterwäsche. Als sie schließlich die Treppe heraufkam und hinter ihm das Zimmer betrat, kam er sich wie ein Dieb vor, der beim Stehlen erwischt worden ist. Sie spürte seine Verlegenheit wie eine fiebrige Krankheit und vermied es, ihm in die Augen zu sehen.

»Es ist so durcheinander«, sagte sie leise.

»Schon gut«, sagte er. »Du hast mich nicht erwartet.«

»Nein.« Sie traf keinerlei Anstalten, ihn zu umarmen. Sie lächelte nicht einmal. »Mama würde durchdrehen, wenn sie wüßte, daß du hier bist. Sie hat immer recht gehabt, wenn sie sagte, daß im Grove schreckliche Dinge vor sich gehen. Gestern nacht war etwas hier, Howie. Um mich und Tommy-Ray zu holen.«

»Der Jaff?«

»Du kennst ihn?«

»Auch zu mir ist etwas gekommen. Oder besser gesagt, hat mich zu sich gerufen. Er heißt Fletcher. Er sagt, er ist mein Vater.«

»Glaubst du ihm?«

»Ja«, sagte Howie. »Ich glaube ihm.«

Jo-Beths Augen füllten sich mit Tränen. »Nicht weinen«, sagte er. »Begreifst du nicht, was das bedeutet? Wir sind nicht Bruder und Schwester. Was zwischen uns ist, ist nicht falsch.«

»Nur weil wir zusammenwaren, ist das alles passiert«, sagte sie. »Ist dir das nicht klar? Wenn wir einander nicht kennengelernt hätten...«

»Haben wir aber.«

»Wenn wir einander nicht kennengelernt hätten, wären sie nie von dort unten, wo sie waren, heraufgekommen.«

»Ist es nicht besser, wenn wir die Wahrheit über sie wissen – über uns *selbst?* Ihr verdammter Krieg ist mir scheißegal. Und ich werde nicht zulassen, daß er uns auseinanderbringt.«

Er ergriff mit der unverletzten linken Hand ihre rechte. Sie wehrte sich nicht und ließ sich von seinem sanften Druck näher ziehen. »Wir müssen Palomo Grove verlassen«, sagte er. »Zusammen. Irgendwohin, wo sie uns nicht finden können.«

»Was ist mit Mama? Tommy-Ray ist fort, Howie. Das hat sie selbst gesagt. Sie hat nur noch mich.«

»Was kannst du ihr nützen, wenn dich der Jaff bekommt?« argumentierte Howie. »Wenn wir jetzt gehen, haben unsere Väter nichts mehr, weswegen sie kämpfen können.«

»Es geht nicht nur um uns«, erinnerte Jo-Beth ihn.

»Nein, du hast recht«, gestand er und erinnerte sich, was ihm Fletcher gesagt hatte. »Es geht um diesen Ort der Essenz.« Er hielt ihre Hand fester. »Wir waren dort, du und ich. Fast. Ich will diese Reise zu Ende bringen...«

»Ich verstehe nicht.«

»Das wirst du. Wenn wir gehen, werden wir wissen, was für eine Reise es ist. Es wird wie ein Wachtraum sein.« Beim Sprechen fiel ihm auf, daß er nicht einmal gestottert hatte. »Wir sollen einander hassen, weißt du? Das war ihr Plan – Fletchers und des Jaff –, daß wir ihren Krieg fortsetzen. Aber das werden wir nicht.«

Sie lächelte zum ersten Mal.

»Nein, das werden wir nicht«, sagte sie.

»Versprochen?«

»Versprochen.«

»Ich liebe dich, Jo-Beth.«

»Howie...«

»Du kannst mich nicht mehr hindern. Ich habe es schon gesagt.«

Sie küßte ihn plötzlich, eine knappe, liebliche Bewegung, und er zog sie an seinen Mund, ehe sie zurückweichen konnte, und öffnete das Siegel ihrer Lippen mit der Zunge, die in diesem Augenblick einen Tresor geöffnet hätte, wäre der Geschmack ihres Mundes darin eingeschlossen gewesen. Sie drängte sich mit einer Kraft, die seiner gleichkam, gegen ihn; ihre Zähne berührten einander, ihre Zungen spielten Tauziehen.

Ihre linke Hand, die sie um ihn gelegt hatte, berührte seine verletzte rechte und zog sie an sich. Er konnte ihre Brust trotz des keuschen Kleides und seiner tauben Finger spüren. Er machte sich an den Knöpfen an ihrem Rücken zu schaffen und knöpfte sie so weit auf, daß er seine Haut auf ihre pressen konnte. Sie lächelte an seinen Lippen, und ihre Hand, die ihn dorthin geleitet hatte, wo er ihr wohltun konnte, wanderte zur Vorderseite seiner Jeans. Der Ständer, den er bekommen hatte, als er ihr Bett sah, war vergangen – auf Geheiß der Nerven. Aber ihre Berührung und ihre Küsse, die mittlerweile zu einer ununterscheidbaren Verschmelzung zweier Münder geworden waren, richteten ihn wieder auf.

»Ich will nackt sein«, sagte er.

Sie nahm die Lippen von seinen.

»Obwohl sie unten sind?« sagte sie.

»Sie sind beschäftigt, nicht?«

»Sie werden stundenlang reden.«

»Wir werden stundenlang brauchen«, flüsterte er.

»Hast du einen... Schutz?«

»Wir müssen nichts machen. Ich will nur, daß wir einander anständig berühren können. Haut an Haut.«

Sie sah nicht überzeugt aus, als sie von ihm zurücktrat, aber ihr Handeln strafte ihren Gesichtsausdruck Lügen, denn sie knöpfte das Kleid weiter auf. Er machte sich daran, Jacke und T-Shirt auszuziehen; dann kam die schwierige Aufgabe, den Gürtel der Jeans mit einer praktisch nutzlosen Hand aufzumachen. Sie kam ihm zu Hilfe und machte es für ihn.

»Es ist heiß hier«, sagte er. »Kann ich ein Fenster aufmachen?«

»Mama hat alle verriegelt. Damit der Teufel nicht herein kann.«

»Ist er schon«, witzelte Howie.

Sie sah zu ihm auf; ihr Kleid war offen, die Brüste entblößt.

»Sag das nicht«, sagte sie. Ihre Hände bedeckten unwillkürlich ihre Nacktheit.

»Du glaubst doch nicht, daß ich der Teufel bin«, sagte er, »...oder doch?«

»Ich weiß nicht, ob etwas, das mir so... so...«

»Sag es.«

»...so *verboten* vorkommt... gut für meine Seele sein kann«, antwortete sie vollkommen ernst.

»Wirst schon sehen«, sagte er und kam auf sie zu. »Ich verspreche es dir. Wirst schon sehen.«

»Ich glaube, ich sollte mit Jo-Beth sprechen«, sagte Pastor John. Er hatte aufgehört, Mrs. McGuire geduldig zuzuhören, als sie anfing, von der Bestie zu sprechen, die sie vor vielen Jahren vergewaltigt hatte und die jetzt angeblich zurückgekommen war und ihren Sohn mitgenommen hatte. Über Abstraktionen zu beten, war eines – das trieb die weiblichen Anhänger scharenweise zu ihm –, aber wenn das Gespräch eine Wendung zum Wahnsinnigen nahm, war ein diplomatischer Rückzug angebracht. Mrs. McGuire stand eindeutig kurz vor einem Nervenzusammenbruch. Er brauchte eine Anstandsdame, sonst fing sie vielleicht an, alle möglichen Arten überhitzten Wahnsinns von sich zu geben. So etwas war schon vorgekommen. Er wäre nicht der erste Mann Gottes, der einer Frau im gewissen Alter zum Opfer fiel.

»Ich will nicht, daß Jo-Beth mehr als ohnedies schon über die ganze Sache nachdenkt«, lautete die Antwort. »Die Kreatur, die sie in mir gezeugt hat...«

»Ihr Vater war ein Mensch, Mrs. McGuire.«

»Das weiß ich«, sagte sie, und die Herablassung in seiner Stimme entging ihr nicht. »Aber Menschen bestehen aus Fleisch *und* Seele.«

»Gewiß.«

»Der Mann hat ihr Fleisch gemacht. Und wer hat ihre Seele gemacht?«

»Gott im Himmel«, sagte er und war dankbar, daß sie sich wieder auf sicherem Boden bewegten. »Und Er hat auch ihr Fleisch gemacht – durch den Mann Ihrer Wahl. *Möget ihr des-*

halb vollkommen sein, wie euer Vater im Himmel vollkommen ist.«

»Es war nicht Gott«, antwortete Joyce. »Das weiß ich genau. Der Jaff ist nicht Gott. Sie sollten ihn sehen. Dann würden Sie es verstehen.«

»Wenn er existiert, dann ist er ein Mensch, Mrs. McGuire. Und ich glaube, ich sollte mit Jo-Beth über seinen Besuch sprechen, wenn er tatsächlich hier war.«

»Er war hier!« sagte sie zunehmend aufgeregter.

Er stand auf und entfernte die Hand der Wahnsinnigen von seinem Ärmel.

»Ich bin sicher, Jo-Beth hat ein paar wertvolle Einsichten...«, sagte er und wich einen Schritt zurück. »Ich werde sie holen.«

»Sie glauben mir nicht«, sagte Joyce. Sie schrie beinahe und war den Tränen nahe.

»Aber sicher! Trotzdem... lassen Sie mich einen Moment mit Jo-Beth reden. Ist sie oben? Ich glaube schon. *Jo-Beth!* Bist du da? *Jo-Beth?*«

»Was will er denn?« sagte sie und unterbrach ihren Kuß.

»Achte nicht auf ihn«, sagte Howie.

»Und wenn er kommt, um nach mir zu sehen?«

Sie stand auf, schwang die Beine über den Bettrand und lauschte den Schritten des Pastors auf der Treppe. Howie drückte das Gesicht gegen ihren Rücken, griff unter ihrer Achsel hindurch – seine Hand wurde feucht von herabrinnenden Schweißtröpfchen – und berührte sanft ihre Brust. Sie gab ein leises, beinahe resigniertes Seufzen von sich.

»Wir dürfen nicht...«, murmelte sie.

»Er kommt nicht herein.«

»Ich höre ihn.«

»Nein.«

»Doch«, zischte sie.

Wieder der Ruf von unten: »Jo-Beth! Ich hätte gerne einmal mit dir gesprochen. Und deine Mutter auch.«

»Ich muß mich anziehen«, sagte sie. Sie kramte ihre Kleidungsstücke zusammen. Während er sie beobachtete, ging

Howie ein erfreulich perverser Gedanke durch den Kopf: daß sie in ihrer Eile *seine* Unterwäsche anzog statt ihrer und umgekehrt. Seinen Schwanz in von ihrer Fotze geheiligten, parfümierten, befeuchteten Stoff zu schieben, würde ihn in dem Zustand halten, in dem er war: so steif, daß es weh tat, und zwar bis zum Jüngsten Tag.

Und würde sie nicht geil aussehen, wenn man ihren Schlitz hinter dem Schlitz seiner Unterhose erahnen konnte? Nächstes Mal, versprach er sich. Von nun an würde es kein Zögern mehr geben. Sie hatte den Desperado in ihr Bett gelassen. Obwohl sie nur die Körper aneinander gepreßt hatten, hatte diese Einladung alles verändert, was zwischen ihnen war. So frustrierend es war, ihr beim Anziehen zuzusehen, nachdem sie sich gerade erst ausgezogen hatten, die Tatsache, daß sie nackt zusammengewesen waren, reichte als Erinnerung aus.

Er hob Jeans und T-Shirt auf und sah ihr zu, wie sie ihm zusah, wie er die Maschine bekleidete.

Er dachte über den Gedanken nach und veränderte ihn. Knochen und Muskeln, die er bewohnte, waren keine Maschinen. Sie waren ein Körper, und der war empfindlich. Seine Hand tat weh; sein Ständer tat weh; sein Herz tat weh, jedenfalls vermittelte ihm ein Druck in der Brust das Gefühl von Herzschmerzen. Er war zu zart für eine Maschine und wurde zu sehr geliebt.

Sie hielt einen Augenblick inne mit dem, was sie tat, und sah zum Fenster.

»Hast du das gehört?« sagte sie.

»Nein. Was?«

»Jemand hat gerufen.«

»Der Pastor?«

Sie schüttelte den Kopf, als ihr klarwurde, daß die Stimme, die sie gehört hatte – und noch hörte – nicht vor dem Haus oder dem Zimmer war, sondern in ihrem Kopf.

»Der Jaff«, sagte sie.

Von Protesten ausgelaugt, ging Pastor John zur Spüle, nahm ein Glas, drehte den Wasserhahn auf, bis das Wasser kalt floß, füllte das Glas und trank. Es war fast zehn. Zeit, diesen Besuch zu beenden, ob er die Tochter gesehen hatte oder nicht. Er hatte so viel über die Dunkelheit in der menschlichen Seele geredet, daß er fürs erste genug hatte. Er schüttete den Rest Wasser aus, sah auf und erblickte sein Spiegelbild im Glas. Während er noch selbstverliebt und bewundernd hinsah, bewegte sich draußen etwas in der Nacht. Er legte das Glas in die Spüle. Dort rollte es auf dem Rand hin und her.

»Pastor?«

Joyce McGuire tauchte hinter ihm auf.

»Schon gut«, sagte er, war aber nicht sicher, wen er damit beruhigen wollte. Die Frau hatte ihm mit ihren albernen Hirngespinsten ganz durcheinandergebracht. Er sah wieder zum Fenster hinaus.

»Ich habe gedacht, ich hätte jemand in Ihrem Garten gesehen«, sagte er. »Aber da ist niemand...«

Da! Da! Eine blasse, verschwommene Masse kam auf das Haus zu.

»Nein, ist es nicht«, sagte er.

»Was nicht?«

»Es ist nicht gut«, antwortete er und wich einen Schritt von der Spüle zurück. »Es ist überhaupt nicht gut.«

»Er ist zurückgekommen«, sagte Joyce.

Als allerletzte Antwort auf der Welt wollte er ja sagen, daher blieb er still, wich noch einen Schritt vom Fenster zurück, dann noch einen, und schüttelte verneinend den Kopf. Es sah seinen Trotz. Er sah, daß es ihn sah. Es kam begierig, seine Hoffnung zunichte zu machen, aus dem Schatten und machte seine Erscheinung deutlich.

»Allmächtiger Gott«, sagte er. *»Was ist das?«*

Er hörte, wie Joyce McGuire hinter ihm zu beten anfing. Nichts Vorgefertigtes – wer würde ein Gebet in Erwartung von *so etwas* schreiben? –, sondern ein Strom von Fürbitten.

»Jesus hilf uns! Herr, hilf uns! Bewahre uns vor Satan! Bewahre uns vor den Gottlosen!«

»Hör doch!« sagte Jo-Beth. »Das ist Mama.«

»Ich höre es.«

»Etwas stimmt nicht!«

Als sie durchs Zimmer ging, sprang Howie an ihr vorbei und stellte sich mit dem Rücken vor die Tür.

»Sie betet nur.«

»Aber anders als sonst.«

»Küß mich.«

»Howie?«

»Wenn sie betet, ist sie beschäftigt. Wenn sie beschäftigt ist, kann sie warten. Ich nicht. Ich habe keine Gebete, Jo-Beth. Ich habe nur dich.« Dieser Wortschwall überraschte ihn selbst, noch während er ihn aussprach. »Küß mich, Jo-Beth.«

Als sie sich zu ihm beugte, um genau das zu tun, zerschellte das Fenster unten, und Mamas Gast stieß einen Schrei aus, bei dem Jo-Beth Howie beseite stieß und die Tür aufriß.

»Mama!« rief sie. »Mama!«

Manchmal irrte sich ein Mensch. Da er in Unwissenheit geboren wurde, war das unvermeidlich. Aber durch diese Unwissenheit zu sterben, obendrein auf brutale Weise, schien unfair zu sein. Pastor John hielt sich das blutige Gesicht und empfand ein halbes Dutzend ähnlicher Beschwerden, während er durch die Küche kroch – so weit von dem zertrümmerten Fenster und dem, was es zertrümmert hatte, weg, wie ihn seine zitternden Glieder trugen. Wie war es möglich, daß er in so eine verzweifelte Lage gekommen war? Sein Leben war nicht völlig frei von Schuld, aber seine Sünden waren keineswegs groß, und er hatte dem Herrn Abbitte geleistet. Er hatte die Vaterlosen und Witwen in der Stunde ihrer Not besucht, wie es das Evangelium gebot, er hatte sein Möglichstes getan, sich nicht von der Welt beflecken zu lassen. Dennoch kamen die Dämonen zu ihm. Er hörte sie, aber er hatte die Augen zugemacht. Ihre Myriaden Beine erzeugten ein Tohuwabohu, als sie über den Fenstersims, die Spüle und das dort gestapelte Geschirr kamen. Er hörte ihre feuchten Körper auf die Bodenkacheln klatschen, als ihre Massen den Boden überfluteten und sich darauf ausbreiteten – auf Geheiß der Gestalt, die er draußen erblickte (Der Jaff! Der Jaff!), die sie an ihrem Körper getragen hatte wie ein Imker, der zu sehr in seine Bienen verliebt ist.

Mrs. McGuire hatte aufgehört zu beten. Vielleicht war sie tot; das erste Opfer. Und vielleicht würde ihnen das genügen, so daß sie ihn verschonten. Das war ein Gebet, für das es sich lohnte, nach Worten zu suchen. *Bitte, lieber Gott,* murmelte er und versuchte, sich so klein wie möglich zu machen. *Bitte, lieber Gott, mach sie blind, damit sie mich nicht sehen, taub, damit sie mich nicht hören, nur Du allein sollst mein Flehen hören und verzeihend auf mich herunterblicken. Welt ohne Ende...*

Seine Bitte wurde von einem heftigen Klopfen an der Hintertür unterbrochen, dann wurde die Stimme von Tommy-Ray, dem verlorenen Sohn, laut.

»Mama? Kannst du mich hören? Mama? Laß mich rein, ja? Laß mich rein, ich schwöre, ich halte sie auf. Ich schwöre es. Aber du mußt mich hineinlassen.«

Pastor John hörte Mrs. McGuire als Antwort schluchzen, doch daraus wurde sofort, ohne Vorwarnung, ein Heulen. Sie lebte noch; und war wütend.

»Wie kannst du es wagen!« schrie sie. *»Wie kannst du es wagen!«*

Sie machte einen solchen Lärm, daß er die Augen aufschlug. Der Zustrom der Dämonen vom Fenster hatte aufgehört. Das heißt, sie kamen nicht mehr näher, aber es herrschte immer noch Bewegung in dem blassen Teppich. Fühler winkten, Gliedmaßen machten sich für neue Befehle bereit, Augen glotzten auf Stielen. Sie hatten nichts an sich, das er kannte; und dennoch kannte er sie alle. Er wagte nicht, sich zu fragen, wie oder woher er sie kennen konnte.

»Mach die Tür auf, Mama«, sagte Tommy-Ray wieder. »Ich muß Jo-Beth sprechen.«

»Laß uns in Ruhe.«

»Ich muß sie sehen, und du wirst mich nicht daran hindern«, tobte Tommy-Ray. Seiner Forderung folgte das Splittern von Holz, als er mit dem Fuß gegen die Tür trat. Beide Riegel und das Schloß brachen. Es folgte ein Augenblick des Zögerns. Dann stieß er behutsam die Tür auf. Seine Augen hatten einen garstigen Schimmer, einen Schimmer, wie Pastor John ihn in den Augen von Menschen kurz vor dem Tode gesehen hatte. Ein inneres

Leuchten erfüllte sie. Bisher hatte er es für Verklärung gehalten. Diesen Fehler würde er nicht wieder machen. Tommy-Ray sah zuerst zu seiner Mutter, die unter der Küchentür stand und sie versperrte, dann zu ihrem Gast.

»Besuch, Mama?« sagte er.

Pastor John schlotterte.

»Sie haben Einfluß auf sie«, sagte Tommy-Ray zu ihm. »Auf Sie hört sie. Sagen Sie ihr, daß sie mir Jo-Beth geben soll, ja? Das macht es für uns alle einfacher.«

Der Pastor drehte sich zu Joyce McGuire um.

»Gehorchen Sie«, sagte er nur. »Sonst sind wir alle tot.«

»Siehst du, Mama?« lautete Tommy-Rays Antwort. »Rat vom heiligen Mann. Er weißt, wenn er besiegt ist. Ruf sie herunter, Mama, sonst werde ich wütend, und wenn ich wütend werde, dann werden es auch Papas Freunde. *Ruf sie!*«

»Nicht nötig.«

Tommy-Ray grinste, als er die Stimme seiner Schwester hörte, deren blitzende Augen und tückisches Lächeln eisig waren.

»Das bist du ja«, sagte er.

Sie stand hinter ihrer Mutter unter der Tür.

»Können wir gehen?« fragte er höflich, und es mußte für alle Welt so aussehen, als wäre er ein Junge, der sein Mädchen zur ersten Verabredung mitnimmt.

»Du mußt mir versprechen, daß du Mama in Ruhe läßt«, sagte Jo-Beth.

»Das werde ich«, sagte Tommy-Ray im Tonfall eines Mannes, dem falsche Vorwürfe gemacht wurden. »Ich will Mama nichts zuleide tun. Das weißt du.«

»Wenn du sie in Ruhe läßt... komme ich mit dir.«

Howie hörte auf halbem Weg die Treppe herunter, wie Jo-Beth ihr Versprechen gab, und hauchte ein *Nein.* Er konnte nicht sehen, welche Schrecken Tommy-Ray mitgebracht hatte, aber er konnte sie hören; es waren die gleichen Geräusche, die sein Kopf in Alpträumen hörte. Geräusche wie Auswurf, wie Keuchen. Er ließ seiner Fantasie genügend Raum, den Text mit Bildern zu versehen; er würde die Wahrheit noch früh genug selbst sehen. Statt dessen ging er noch einen Schritt die Treppe hinunter und konzentrierte sich darauf, wie er Tommy-Ray daran hindern konnte, seine Schwester zu entführen. Er konzentrierte sich so sehr, daß er die Geräusche aus der Küche nicht richtig interpretierte. Aber als er auf der untersten Stufe angekommen war, hatte er einen Plan. Dieser war recht einfach. Soviel Verwirrung zu stiften, wie er nur konnte, und hoffen, daß es Jo-Beth und ihrer Mutter dadurch gelang, sich in Sicherheit zu bringen. Und wenn es ihm beim Amoklaufen gelang, Tommy-Ray einen Schlag zu verpassen, wäre das die Kirsche auf seinen Kuchen; eine zufriedenstellende Kirsche.

Mit diesem Gedanken und dieser Absicht ging er um die Ecke.

Jo-Beth war nicht da. Tommy-Ray war nicht da; und nicht die Schrecken, die mit ihm gekommen waren. Die Tür stand offen, und davor lag Mama, mit dem Gesicht auf der Schwelle, als hätte sie als letzte bewußte Handlung die Hände nach ihren Kindern ausgestreckt. Howie ging zu ihr; die Fliesen unter seinen bloßen Füßen waren klebrig.

»Ist sie tot?« fragte eine ernste Stimme. Howie drehte sich um. Pastor John hatte sich zwischen Wand und Kühlschrank gezwängt und seinen übergewichtigen Arsch so gut es ging in Sicherheit gebracht.

»Nein, sie lebt«, sagte Howie und drehte Mrs. McGuire sanft herum. »Was freilich nicht Ihr Verdienst ist.«

»Was konnte ich tun?«

»Das fragen Sie mich? Ich dachte, Sie hätten einige Tricks in petto.« Er ging zur Tür.

»Verfolgen Sie sie nicht, Junge«, sagte der Pastor. »Bleiben Sie hier bei mir.«

»Sie haben Jo-Beth mitgenommen.«

»Soweit ich gehört habe, gehörte sie sowieso halb zu ihnen. Kinder des Teufels, sie und Tommy-Ray.«

Glaubst du, ich bin der Teufel? hatte Tommy-Ray sie vor einer halben Stunde gefragt. Und jetzt wurde sie zur Hölle verdammt; von keinem Geringeren als ihrem eigenen Pfarrer. Bedeutete das, daß sie beide befleckt waren? Oder war es keine Frage von Sünde und Unschuld; Dunkelheit und Licht? Standen sie irgendwie *zwischen* diesen beiden Extremen, an einem Ort, der Liebenden vorbehalten war?

Diese Gedanken kamen und gingen blitzartig, aber sie reichten aus, ihn zu motivieren, durch die Tür zu gehen und sich dem zu stellen, was in der Nacht draußen lauern mochte.

»Bringen Sie sie alle um!« hörte er den Gottesfürchtigen rufen. »Es ist keine einzige reine Seele unter ihnen! *Bringen Sie sie alle um!*«

Seine Vorurteile erbosten Howie, aber ihm fiel keine passende Erwiderung ein. Und weil ihm nichts Feinsinniges einfiel, schrie er durch die Tür nach drinnen: *»Scheiß auf dich!«* Und dann machte er sich auf die Suche nach Jo-Beth.

2

Es fiel so viel Licht aus der Küche, daß er die ungefähre Anlage des Gartens erkennen konnte. Er konnte eine Baumgruppe an der Grenze erkennen, und zwischen sich und diesen Bäumen eine ungepflegte Rasenfläche. Wie drinnen, so auch hier draußen: keine Spur von Bruder, Schwester oder dem Wesen, das ein Auge auf beide geworfen hatte. Weil er wußte, daß er den Gegner unmöglich überraschen konnte, da er mit einem Fluch auf den Lippen aus dem hell erleuchteten Inneren getreten war, ging er einfach weiter, schrie Jo-Beths Namen, so laut er konnte, und hoffte, sie würde eine Möglichkeit finden, ihm zu antworten. Aber er bekam keine Antwort. Nur ein Chor bellender Hunde, die sein Rufen aufgeschreckt hatte. Nur zu, bellt ruhig, dachte er. Bringt eure Herrchen auf Trab. Es war nicht die Zeit, daß sie vor dem Fernseher saßen und sich Quiz-Shows ansahen. Hier draußen, in der Nacht, spielte sich eine ganz andere Show ab. Geheimnisse wandelten umher; die Erde tat sich auf und gebar Wunder. Es war eine große und geheime Show, und sie spielte heute nacht auf den Straßen von Palomo Grove.

Derselbe Wind, der das Bellen der Hunde übertrug, bewegte die Bäume. Ihr Rauschen lenkte Howie von den Geräuschen der Armee ab, bis er ein Stück vom Haus entfernt war. Dann hörte er den Chor des Murmelns und Knurrens hinter sich. Er machte auf dem Absatz kehrt. Die Mauer um die Tür herum, durch die er eben gekommen war, war eine solide Masse lebender Kreaturen. Das Dach, das über der Küche vom ersten Stock zum Erdgeschoß verlief, war gleichermaßen bevölkert. Dort wuselten größere Gestalten, schlurften auf den Ziegeln hin und her und gurrten kehlig. Sie waren so hoch, daß das Licht nicht auf sie fiel; nur Silhouetten vor einem Himmel, an dem keine Sterne zu sehen waren. Weder Jo-Beth noch Tommy-Ray befanden sich darunter. Überhaupt befand sich in der ganzen Meute keine einzige Gestalt, die nur annähernd Ähnlichkeit mit einem Menschen hatte.

Howie wollte sich gerade von dem Anblick abwenden, als er Tommy-Rays Stimme hinter sich hörte.

»Ich wette, du hast so was noch nie gesehen, Katz«, sagte er.

»Das weißt du ganz genau«, sagte er, und seine Antwort fiel nur deshalb so höflich aus, weil er das Messer spürte, das ihm gegen den Rücken gedrückt wurde.

»Dreh dich doch ganz langsam um«, sagte Tommy-Ray. »Der Jaff möchte gerne ein Wörtchen mit dir reden.«

»Mehr als eines«, sagte eine zweite Stimme.

Sie war leise – kaum lauter als der Wind in den Bäumen –, aber jede einzelne Silbe war deutlich, musikalisch betont.

»Mein Sohn hier ist der Meinung, wir sollten Sie töten, Katz. Er sagt, er kann seine Schwester an Ihnen riechen. Weiß Gott, ich bin nicht sicher, ob Brüder überhaupt wissen sollten, wie ihre Schwestern riechen, aber ich schätze, ich bin wohl altmodisch. Das Jahrhundert ist zu weit fortgeschritten, sich Gedanken wegen Inzest zu machen. Sie werden dazu zweifellos auch Ihre Meinung haben.«

Howie drehte sich um und konnte den Jaff ein paar Meter hinter Tommy-Ray stehen sehen. Nach allem, was Fletcher über den Mann gesagt hatte, hatte er einen Kriegsherrn erwartet. Aber der Feind seines Vaters hatte nichts Eindrucksvolles an sich. Er hatte das Äußere eines Patriarchen, der schon etwas heruntergekommen ist. Ein ungepflegter Bart wuchs über kräftigen, ausdrucksstarken Zügen; der Ausdruck von jemandem, dem es kaum gelingt, eine große Müdigkeit zu verbergen. Eines der Terata hing an seiner Brust; ein drahtiges, hautiges Ding, das wesentlich beunruhigender war als der Jaff selbst.

»Was haben Sie gesagt, Katz?«

»Ich habe gar nichts gesagt.«

»Wie schmerzlich unnatürlich Tommy-Rays Leidenschaft für seine Schwester ist. Oder sind Sie der Meinung, daß wir *alle* unnatürlich sind? Sie. Ich. Die da. Ich glaube, in Salem hätten wir alle unser Ende auf dem Scheiterhaufen gefunden. Wie dem auch sei... er ist sehr erpicht darauf, Ihnen etwas Böses anzutun. Spricht dauernd von Kastration.«

Auf dieses Stichwort hin ließ Tommy-Ray das Messer von Howies Bauch zu dessen Unterleib sinken.

»Erzähl ihm«, sagte der Jaff, »wie sehr es dir gefallen würde, ihn in Stücke zu schneiden.«

Tommy-Ray grinste. »Laß es mich einfach machen«, sagte er.

»Sehen Sie?« sagte der Jaff. »Es erfordert mein gesamtes väterliches Geschick, ihn zurückzuhalten. Ich will Ihnen sagen, was ich jetzt machen werde, Katz. Ich werde Ihnen einen Vorsprung verschaffen. Ich werde Sie freilassen und feststellen, ob Fletchers Erbgut so gut ist wie meines. Du hast deinen Vater nicht vor dem Nuncio gekannt. Wollen mal hoffen, daß er ein guter Läufer war, was?« Tommy-Rays Grinsen wurde zum Lachen; das Messer deutete auf die Wölbung in Howies Jeans. »Und um Sie gut zu unterhalten...«

Daraufhin packte Tommy-Ray Howie, wirbelte ihn herum, riß das T-Shirt seines Gefangenen aus den Jeans und schlitzte es vom Saum bis zum Hals auf, so daß Howies Rücken entblößt war. Es folgte ein Augenblick des Zögerns, während die Nachtluft seine Haut abkühlte. Dann berührte etwas seinen Rücken. Tommy-Rays abgeleckte und feuchte Finger, rechts und links von Howies Wirbelsäule abgespreizt, deren Verlauf sie entlangtasteten. Howie erschauerte und krümmte den Rükken, um der Berührung auszuweichen. Während er das tat, wurden die Berührungen immer zahlreicher, bis es so viele waren, daß es sich unmöglich um Finger handeln konnte; ein

Dutzend oder mehr auf jeder Seite, die die Muskeln so fest packten, daß die Haut aufplatzte.

Howie sah über die Schulter und erblickte gerade noch ein weißes, bleistiftdünnes Glied mit vielen Gelenken und Stacheln, das sich in sein Fleisch bohrte. Er schrie auf und wand sich; sein Ekel war stärker als die Angst vor Tommy-Rays Messer. Der Jaff beobachtete ihn. Seine Arme waren leer. Das Ding, das er gehalten hatte, war jetzt auf Howies Rücken. Er spürte seinen kalten Unterleib auf den Schulterblättern; sein Maulrüssel saugte an Howies Nackenwölbung.

»Holt es von mir runter!« schrie er den Jaff an. *»Verdammt, nehmen Sie es weg!«*

Tommy-Ray applaudierte, als er Howie sah, der sich wie ein Hund mit Floh im Kreis drehte.

»Los, Mann, los!« johlte er.

»Ich an Ihrer Stelle würde das nicht versuchen«, sagte der Jaff.

Bevor Howie sich fragen konnte, warum, bekam er die Antwort. Die Kreatur biß ihn heftig in den Nacken. Er schrie auf und fiel auf die Knie. Der Ausruf des Schmerzes löste einen Chor aus Klicken und Murmeln vom Dach und der Küchenwand aus. Howie drehte sich unter Schmerzen zum Jaff um. Dieser hatte nicht auf sein Gesicht geachtet; das Ding mit dem Gesicht eines Foetus, das dahinter zum Vorschein kam, war riesig und glänzte feucht. Howie konnte es aber nur eine Sekunde lang betrachten, dann lenkte Jo-Beths Schluchzen seinen Blick zu den Bäumen, wo sie sich in Tommy-Rays Griff befand. Auch dieser Blick – ihre feuchten Augen, der offene Mund – war schrecklich kurz. Dann machte er die Augen zu, so heftig waren die Schmerzen im Nacken, und als er sie wieder aufmachte, waren sie und Tommy-Ray und ihr ungeborener Vater nicht mehr da.

Er stand auf. In die Armee des Jaff war Bewegung gekommen. Die ganz unten an der Mauer sprangen auf den Boden, gefolgt von denen, die weiter oben waren, und der Vorgang lief mit einer solchen Geschwindigkeit ab, daß die Bataillone schon bald fast einen Meter hoch oder mehr den Rasen bedeckten. Manche kämpften sich aus der Masse frei und kamen mit den Mitteln, die ihnen eben zur Verfügung standen, auf Howie zu. Die größeren

Kreaturen sprangen vom Dach herunter und nahmen an der Jagd teil. Der kurze Vorsprung, den ihm der Jaff gegeben hatte, schwand mit jedem Augenblick des Zögerns, daher lief Howie so schnell er konnte in Richtung Straße.

Fletcher spürte Entsetzen und Ekel des Jungen allzu deutlich, gab sich aber Mühe, sie zu verdrängen. Howie hatte seinen Vater verstoßen, um sich auf die Suche nach der verderbten Nachfahrin des Jaff zu machen, weil ihn zweifellos allein das Äußere geblendet hatte. Wenn er unter den Folgen dieser Willfährigkeit litt, so war das allein seine Schuld, und er mußte allein damit fertig werden. Wenn er überlebte, würde er vielleicht schlauer sein. Wenn nicht, würde sein Leben, dessen einzigen Zweck er in dem Augenblick aufgegeben hatte, als er Fletcher den Rücken kehrte, auf ebenso klägliche Weise wie das von Fletcher selbst enden, und damit wäre wieder Gerechtigkeit geschehen.

Verbitterte Gedanken, aber Fletcher gab sich größte Mühe, sie zu erhalten, und rief sie sich jedesmal, wenn er den Schmerz des Jungen spürte, ins Gedächtnis zurück. Doch das reichte nicht. So sehr er sich bemühte, Howies Entsetzen zu mißachten, es verschaffte sich Gehör, und schließlich hatte er keine andere Möglichkeit mehr, als darauf zu reagieren. In gewisser Weise vervollständigte es diese Nacht der Verzweiflung und mußte beachtet werden. Er und sein Kind waren zusammenpassende Teile in einem Puzzle von Niederlagen und Scheitern.

Er rief den Jungen: *Howardhowardhowardhow...* – derselbe Ruf, den er ausgestoßen hatte, als er aus dem Fels herausgekommen war.

Howardhowardhowardhow...

Er schickte die Botschaft in einem bestimmten Rhythmus aus, wie ein Leuchtturm auf einer Klippe. Er hoffte, daß sein Sohn nicht schon so geschwächt war, daß er ihn nicht mehr hören konnte, und konzentrierte seine Aufmerksamkeit wieder auf das Endspiel. Da der Sieg des Jaff unausweichlich schien, blieb ihm ein letztes Gambit, mit dem er sich nicht selbst in Versuchung führen wollte, weil er wußte, wie stark sein Wunsch nach Verwandlung war. Es war all die Jahre über eine Folter für ihn gewesen, moralisch verpflichtet zu sein, auf dieser Ebene des Seins zu verweilen und zu hoffen, daß er das Böse besiegen konnte, an dessen Erschaffung er selbst beteiligt gewesen war, wo doch kein Augenblick verging, da seine Gedanken sich nicht einer Flucht zuwandten. Er wünschte sich so sehr, frei von dieser Welt und ihren Albernheiten zu sein; sich von seiner Anatomie zu befreien und, wie Schiller es über jedwede Kunst gesagt hatte, dem Dasein der Musik zuzustreben. Konnte es sein, daß die Zeit reif war, diesem Instinkt nachzugeben und in den letzten Sekunden seines Lebens als Fletcher zu hoffen, der beinahe unausweichlichen Niederlage das Bruchstück eines Sieges zu entreißen? Wenn ja, mußte er sorgfältig planen, und zwar die Methode seiner Selbstauflösung ebenso wie den Ort. Für den Stamm, der Palomo Grove bewohnte, konnte es keine Wiederholungsvorstellung geben. Wenn er, ihr verstoßener Schamane, unbemerkt starb, dann wären mehr als nur ein paar hundert Seelen verloren.

Er versuchte, nicht allzu angestrengt an die Folgen eines Triumphs des Jaff zu denken, weil er wußte, daß ihn sein Verantwortungsgefühl überwältigen konnte. Aber nun, wo die letzte Konfrontation endgültig bevorstand, zwang er sich dazu, daran zu denken. Wenn der Jaff in den Besitz der ›Kunst‹ gelangte und durch sie freien Zugang zur Essenz bekam, was würde das bedeuten?

Zunächst einmal, daß ein Wesen, welches nicht durch die Härten der Selbstaufgabe geläutert war, Macht über einen Ort haben würde, der ausschließlich den Geläuterten und Makellosen vorbehalten war. Fletcher begriff nicht ganz, was die Essenz war – vielleicht konnte das kein Mensch –, aber er war sicher, daß der Jaff, der den Nuncio dazu benützt hatte, seine Grenzen auf betrügerische Weise zu überwinden, dort das Chaos anrichten würde. Das Meer der Träume und seine Insel – möglicherweise *Inseln;* er hatte den Jaff einmal sagen hören, daß dort Archipele existierten – wurde von den Menschen dreimal besucht: in der Unschuld des Neugeborenen, im Tod und in der Liebe. An den Ufern von Ephemeris vereinten sie sich ganz kurz mit dem Absoluten; sahen Bilder und hörten Geschichten, die verhinderten, daß sie im Angesicht des Lebens wahnsinnig wurden. Dort existierte ganz kurz ein Muster und ein Sinn; dort konnte man eine Kontinuität erblicken; dort war die Show, die große und geheime Show, deren Reime und Rituale erschaffen worden waren, Andenken zu sein. Wenn diese Insel zum Spielplatz des Jaff wurde, wäre der Schaden unabsehbar. Das Geheime würde zum Allgemeinen werden; das Heilige zum Profanen; eine Rasse, die durch ihre Traumreisen dorthin vor dem Wahnsinn bewahrt wurde, würde dieser Segnung verlustig gehen.

Es war noch eine weitere Angst in Fletcher, die er nicht so leicht durchdenken konnte, weil sie nicht so zusammenhängend war. Sie hing mit der Geschichte zusammen, die ihm der Jaff zuerst präsentiert hatte, als er in Washington erschienen war und angeboten hatte, Gelder zur Erforschung des Nuncio aufzutreiben. Er hatte von einem Mann namens Kissoon gesprochen, einem Schamanen, der von der ›Kunst‹ und ihrer Macht wußte und den der Jaff schließlich an einem Ort gefunden hatte, den er als Zeitschleife bezeichnete. Fletcher hatte sich die Geschichte angehört, aber nicht viel davon geglaubt; doch die nachfolgenden Ereignisse hatten sich zu so fantastischen Höhen aufgeschwungen, daß die Vorstellung von Kissoons Schleife mittlerweile wie eine Kleinigkeit wirkte. Welchen Part der Schamane mit seinem Versuch, sich vom Jaff umbringen zu lassen, allerdings in dem größeren Plan spielte, davon hatte Fletcher keine Ahnung; doch sein Instinkt sagte ihm, daß er keinesfalls vorbei war. Kissoon war das letzte überlebende Mitglied des Schwarms, eines Ordens erhabener Menschenwesen, die, seit der *Homo sapiens* zu träumen angefangen hatte, die ›Kunst‹ vor Wesen wie dem Jaff beschützt hatten. Wieso hatte er dann einem Menschen wie dem Jaff, dessen fiese Absichten von Anfang an offensichtlich gewesen sein mußten, Zutritt zu seiner Schleife gestattet? Warum hatte er sich überhaupt dort versteckt? Und was war aus den anderen Mitgliedern des Schwarms geworden?

Jetzt war es zu spät, Antworten auf diese Fragen zu suchen; aber er wollte sie noch jemand anderem anvertrauen, nicht nur seinem eigenen Kopf. Er wollte einen letzten Versuch unternehmen, die Kluft zwischen sich und seinem eigenen Fleisch und Blut zu überwinden. Wenn Howard diese Überlegungen nicht zuteil wurden, würden sie verschwinden, wenn er, Fletcher, seinen Abgang machte.

Was ihn wieder auf die unmittelbar bevorstehenden, grimmigen Angelegenheiten brachte; ihre Methoden und Durchführung. Es mußte ein theatralisches Schauspiel sein; ein spektakulärer letzter Auftritt, der die Einwohner von Palomo Grove von ihren Fernsehern weg und mit staunend aufgerissenen Augen auf die Straßen locken würde. Nachdem er mehrere Alternativen abgewogen hatte, entschied er sich für eine und begab sich, ohne Unterlaß nach seinem Sohn rufend, zum Schauplatz seiner endgültigen Befreiung.

Howie hatte Fletchers Ruf gehört, als er vor der Armee des Jaff geflohen war; aber die Panik, die ihn erfüllte, machte es ihm unmöglich, ihren genauen Ursprung zu erkennen. Er floh blind, und die Terata waren ihm auf den Fersen. Erst als er der Meinung war, er habe ausreichend Vorsprung gewonnen, daß er sich eine Verschnaufpause gönnen konnte, hörten seine verwirrten Sinne den Ruf so deutlich, daß er die Richtung ändern und ihm folgen konnte. Und das tat er mit einer Schnelligkeit, die er sich selbst gar nicht zugetraut hätte; obwohl seine Lungen rasselten, preßte er genügend Luft für ein paar Worte der Antwort an Fletcher aus ihnen heraus.

»Ich höre dich«, sagte er beim Laufen, »ich höre dich. *Vater*... ich höre dich.«

XI

1

Tesla hatte recht gehabt. Sie war eine erbärmliche Krankenschwester, aber eine begabte Tyrannin. In dem Augenblick, als Grillo aufwachte und sie bei sich im Zimmer sah, erzählte sie ihm schon, daß es der Akt eines Märtyrers war, in einem fremden Bett zu leiden, und ihm nur zu gut bekam. Wenn er Klischees vermeiden wollte, sollte er ihr gestatten, ihn nach L. A. zurückzubringen und seinen kranken Kadaver abzuladen, wo er vom Gestank seiner eigenen schmutzigen Wäsche beruhigt wurde.

»Ich will nicht weg«, protestierte er.

»Was hat es für einen Sinn hierzubleiben, davon abgesehen, daß es Abernethy eine Stange Geld kostet?«

»Das ist doch schon mal was.«

»Werd nicht kleinlich, Grillo.«

»Ich bin krank. Da darf man kleinlich sein. Außerdem ist die Story hier.«

»Die kannst du besser daheim schreiben, als hier in einer Schweißlache zu liegen und dich selbst zu bemitleiden.«

»Vielleicht hast du recht.«

»Oh... sieht der große Mann gar etwas ein?«

»Ich gehe für vierundzwanzig Stunden zurück. Packe meine Scheiße zusammen.«

»Weißt du, du siehst aus wie dreizehn«, sagte Tesla in sanfterem Tonfall. »So habe ich dich noch nie gesehen. Irgendwie sexy. Ich mag es, wenn du verwundbar bist.«

»Das sagt sie mir jetzt.«

»Schnee von gestern, Schnee von gestern. Früher hätte ich einmal meinen rechten Arm für dich hergegeben...«

»Und jetzt?«

»Jetzt fahre ich dich höchstens nach Hause.«

Der Grove hätte die Kulisse für einen Post-Holocaust-Film sein können, dachte Tesla, während sie mit Grillo in Richtung Freeway fuhr: Die Straßen waren völlig verlassen. Obwohl Grillo ihr gesagt hatte, was er gesehen hatte oder was seiner Vermutung nach hier vor sich ging, mußte sie abreisen, ohne auch nur einen Blick darauf geworfen zu haben.

Zu früh gefreut. Vierzig Meter vom Auto entfernt stolperte ein junger Mann um die Ecke und preschte über die Straße. Auf dem gegenüberliegenden Gehweg verließen ihn die Kräfte. Er fiel hin und schien Mühe zu haben, wieder aufzustehen. Die Entfernung war so groß und das Licht so düster, daß sie seinen Zustand nicht abschätzen konnte, aber er war eindeutig verwundet. Sein Körper hatte etwas Ungestaltes; er war bucklig oder geschwollen. Sie fuhr weiter auf ihn zu. Neben ihr schlug Grillo, dem sie befohlen hatte zu dösen, bis sie in L. A. waren, die Augen auf.

»Sind wir schon da?«

»Der Junge...«, sagte sie und nickte in Richtung des Buckligen. »Schau ihn dir an. Der sieht noch kränker aus als du.«

Sie sah aus dem Augenwinkel, wie sich Grillo kerzengerade aufrichtete und zur Windschutzscheibe hinaussah.

»Er hat etwas auf dem Rücken«, murmelte er.

»Ich kann nichts sehen.«

Sie brachte das Auto ein Stück von der Stelle entfernt zum Stillstand, wo sich der Junge immer noch bemühte, auf die Beine zu kommen, was ihm immer noch nicht gelang. Jetzt sah sie, daß Grillo recht hatte. Er hatte tatsächlich etwas auf dem Rücken. »Es ist ein Rucksack«, sagte sie.

»Unmöglich, Tesla«, sagte Grillo. Er langte zum Türgriff. »Es lebt. Was immer es ist, es lebt.«

»Bleib hier«, sagte sie zu ihm.

»Machst du Witze?«

Als er die Tür aufstieß – schon bei dieser Anstrengung drehte sich alles in seinem Kopf –, sah er, wie Tesla im Handschuhfach kramte.

»Was verloren?«

»Als Yvonne ermordet wurde...«, sagte sie und grunzte, während sie den Plunder durchstöberte, »...habe ich mir geschworen, daß ich nie wieder unbewaffnet aus dem Haus gehen würde.«

»Was sagst du da?«

Sie holte eine Pistole aus dem Versteck. »Und daran habe ich mich gehalten.«

»Weißt du, wie man damit umgeht?«

»Ich wünschte, ich wüßte es nicht«, sagte sie und stieg aus dem Auto aus. Grillo wollte ihr folgen. Als er das tat, rollte das Auto plötzlich rückwärts die sanfte Neigung der Straße hinunter. Er warf sich über den Sitz zur Handbremse, ein Vorgehen, das so heftig war, daß sich alles vor ihm drehte. Als er sich wieder hochzog, war es beinahe wie auf dem Karussell: völlige Desorientierung.

Ein paar Meter von der Stelle entfernt, wo Grillo die Autotür umklammert hielt und darauf wartete, daß sein Schwindelanfall vorbeiging, hatte Tesla den Jungen beinahe erreicht. Er versuchte immer noch, auf die Beine zu kommen. Sie sagte, er solle durchhalten, Hilfe sei unterwegs, aber dafür erntete sie nur einen Blick voller Panik. Dazu hatte er guten Grund. Grillo hatte recht gehabt. Was sie für einen Rucksack gehalten hatte, war tatsächlich *lebendig.* Es glänzte feucht, während es ihn bedrängte.

»Was ist das denn, um Gottes willen?« sagte sie.

Diesesmal antwortete er, eine in Stöhnen gekleidete Warnung.

»Gehen... Sie... weg«, hörte sie ihn sagen, »...sie... sind... hinter... mir... her.«

Sie sah zu Grillo, der sich immer noch mit klappernden Zähnen an der Autotür festklammerte. Von dort war keine Hilfe zu erwarten, und der Zustand des Jungen schien sich zu verschlechtern. Jedesmal, wenn der Parasit ein Glied bewegte – und er hatte viele Glieder und Gelenke und Augen –, verzerrte der Junge das Gesicht mehr.

»Gehen Sie weg...«, knurrte er ihr zu, »...bitte... in Gottes Namen... sie kommen.«

Er drehte sich benommen um und sah hinter sich. Sie folgte seinem schmerzvollen Blick die Straße hinab, von wo er gekommen war. Da sah sie seine Verfolger. Als sie sie sah, wünschte sie sich, sie wäre seinem Rat gefolgt, bevor sie ihm in die Augen gesehen hatte und damit jede Hoffnung, den Pharisäer spielen zu können, zunichte gemacht worden war. Sein Schicksal war ihres. Sie konnte ihm nicht den Rücken kehren. Ihre Augen – am Normalen geschult – bemühten sich, die Lektion zu leugnen, die sie die Straße entlangkommen sahen, aber das konnten sie nicht. Es war sinnlos, das Grauen zu leugnen. Es war in all seiner Absurdität da: eine blasse, murmelnde Flut, die auf sie zurollte.

»Grillo!« schrie sie. »Steig ins Auto ein!«

Die blasse Armee hörte sie und legte Tempo zu.

»Das Auto, Grillo, steig in das verdammte Auto ein!«

Sie sah ihn an der Tür herumfummeln; er war kaum fähig, sein eigenes Handeln zu kontrollieren. Einige der kleineren Ungeheuer in der Vorhut der Flut wuselten bereits mit Höchstgeschwindigkeit auf das Auto zu und überließen den Jungen ihren größeren Geschwistern. Es waren genug, mehr als genug, sie alle drei Stück für Stück auseinanderzunehmen, einschließlich des Autos. Trotz ihrer Vielfalt – keine zwei gleichen waren darunter, schien es – zeigten sie alle dieselbe glotzäugige, hirnlose Entschlossenheit. Sie waren Zerstörer.

Sie packte den Jungen am Arm und bemühte sich, so gut es ging, den um sich schlagenden Gliedmaßen des Parasiten auszuweichen. Sie sah, daß dessen Halt fest war; sie konnte ihn unmöglich lösen. Jeder Versuch, sie zu trennen, würde Gegenmaßnahmen herausfordern.

»Stehen Sie auf«, sagte sie. »Wir schaffen es.«

»Gehen Sie«, murmelte er. Er war völlig am Ende.

»Nein«, sagte sie. »Wir gehen *beide*. Kein Heldentum. Wir gehen beide.«

Sie sah zum Auto. Grillo war gerade dabei, die Tür zuzuschlagen, als die Vorhut der Armee das Auto erreichte und auf Dach und Motorhaube kroch. Eines, das etwa so groß wie ein Pavian war, warf den Körper mehrmals gegen die Windschutzscheibe. Die anderen rissen an den Türgriffen und zwängten Fühler zwischen Fenster und Rahmen.

»Sie wollen mich«, sagte der Junge.

»Folgen sie uns, wenn wir gehen?« sagte Tesla.

Er nickte. Sie zog ihn auf die Beine und hob seinen rechten

Arm – die Hand war böse verletzt, sah sie – über die Schulter, dann feuerte sie einen Schuß in die heranstürmende Masse – der eines der größeren Ungeheuer traf, es aber kein bißchen verlangsamte –, drehte sich um und schleppte sie beide davon.

Er konnte ihr eine Richtung nennen.

»Bergab«, sagte er.

»Warum?«

»Das Einkaufszentrum...«

Nochmals: »Warum?«

»Mein Vater... ist dort.«

Sie widersprach nicht. Sie hoffte nur, Vater, wer immer er sein mochte, hatte Hilfe parat; denn wenn es ihnen gelang, vor der Armee davonzulaufen, würden sie am Ende des Rennens nicht mehr in der Verfassung sein, sich zu verteidigen.

Als sie um die nächste Ecke bog und den gemurmelten Anweisungen des Jungen lauschte, hörte sie die Windschutzscheibe des Autos bersten.

Nur ein kurzes Stück von dem Drama entfernt, beobachteten der Jaff und Tommy-Ray, mit Jo-Beth im Schlepptau, wie Grillo sich mit dem Zündschlüssel abmühte, es ihm – nach einiger Anstrengung – gelang, das Auto anzulassen, und er anfuhr und das Terata, das die Windschutzscheibe zertrümmert hatte, von der Haube fegte.

»Dreckskerl«, murmelte Tommy-Ray.

»Unwichtig«, sagte der Jaff. »Von seiner Sorte gibt es noch jede Menge. Warte bis zu der Party morgen abend. Welche Auswahl.«

Die Kreatur war noch nicht tot; sie stieß ein klägliches Wimmern aus.

»Was machen wir damit?« überlegte Tommy-Ray.

»Liegen lassen.«

»Schönes Unfallopfer«, lautete die Antwort des Jungen. »Die Leute werden es bemerken.«

»Es wird die Nacht nicht überleben«, antwortete der Jaff. »Und wenn sich die Aasfresser darüber hergemacht haben, wird niemand mehr erkennen, was es war.«

»Zum Teufel, wer soll denn *das* fressen?« fragte Tommy-Ray.

»Was hungrig genug ist«, lautete die Antwort des Jaff. »Und irgend etwas ist immer hungrig genug. Ist das nicht so, Jo-Beth?« Das Mädchen sagte nichts. Sie hatte aufgehört zu weinen und zu sprechen. Sie sah ihren Bruder nur noch mit einem Gesichtsausdruck mitleidiger Verwirrung an.

»Wohin geht Katz nur?« überlegte der Jaff laut.

»Zum Einkaufszentrum runter«, klärte Tommy-Ray ihn auf.

»Fletcher ruft ihn.«

»Ja?«

»Wie ich gehofft habe. Wo der Sohn landet, dort werden wir den Vater finden.«

»Wenn ihn die Terata nicht vorher erwischen.«

»Das werden sie nicht. Sie haben ihre Anweisungen.«

»Was ist mit der Frau, die bei ihm ist?«

»War das nicht allzu perfekt? Was für eine Samariterin. Sie wird natürlich sterben, aber was für ein Abgang, vom Wissen erfüllt; wie unsagbar großherzig man doch ist.«

Diese Bemerkung entlockte dem Mädchen eine Antwort.

»Rührt Sie denn gar nichts?« sagte es.

Der Jaff sah es an. »Zuviel«, sagte er. »Zuviel rührt mich. Dein Gesichtsausdruck. Seiner.« Er sah zu Tommy-Ray, der grinste, dann wieder zu Jo-Beth. »Ich will nur eines: klar sehen. An den Gefühlen vorbei, bis zu den *Gründen*.«

»Und das geht so? Indem Sie Howie töten? Den Grove zerstören?«

»Tommy-Ray hat auf seine Weise gelernt, es zu verstehen. Das kannst du auch, wenn du mir die Zeit läßt, es dir zu erklären. Es ist eine lange Geschichte. Aber vertraue mir, wenn ich dir sage, daß Fletcher unser Feind ist, und sein Sohn ebenfalls. Sie würden mich töten, wenn sie könnten...«

»Howie nicht.«

»O doch. Er ist seines Vaters Sohn, auch wenn er es nicht weiß. Es gibt einen Preis, der bald errungen werden wird, Jo-Beth. Er heißt die ›Kunst‹. Und wenn ich sie habe, teile ich sie mit...«

»Ich will nichts von Ihnen.«

»Ich zeige dir eine Insel...«

»Nein.«

»...und ein Ufer...«

Er streckte die Hand aus und streichelte ihre Wange. Seine Worte beruhigten sie wider besseres Wissen. Sie sah nicht den Foetuskopf vor sich, sondern ein Gesicht, das Härten gesehen hatte, von ihnen gezeichnet worden war und möglicherweise Weisheit erlangt hatte.

»Später«, sagte er. »Wir werden ausreichend Zeit zum Reden haben. Auf dieser Insel geht der Tag nie zu Ende.«

2

»Warum überholen sie uns nicht?« sagte Tesla zu Howie.

Es schien zweimal sicher zu sein, daß die Verfolger sie überholen und überwältigen würden, und zweimal hatten sie sich zurückgehalten, als ihnen ihre Absicht klar geworden war. Sie kam immer mehr zur Überzeugung, daß die Verfolgung abgekartet war. Wenn ja, überlegte sie, von wem? Und was war ihre Absicht?

Der Junge – er hatte ein paar Straßen zurück seinen Namen gemurmelt, Howie – wurde mit jedem Meter schwerer. Die letzte Viertelmeile bis zum Einkaufszentrum erstreckte sich wie ein Drillparcours des Militärs vor ihr. Wo war Grillo, wenn sie ihn brauchte? Hatte er sich in dem Irrgarten der Ringstraßen und Einbahnstraßen verirrt, das diese Stadt zu einer solchen Prüfung für Autofahrer machte, oder war er den Kreaturen zum Opfer gefallen, die das Auto angegriffen hatten?

Die Antwort lautete: weder noch. Er dachte sich, daß Teslas Scharfsinn es ihr ermöglichen würde, der Meute so lange zu entkommen, bis er Hilfe geholft hatte, und daher fuhr er wie ein Wahnsinniger zuerst zu einem öffentlichen Fernsprecher und dann zu der Adresse, die er darin gefunden hatte. Obwohl sich seine Glieder bleischwer anfühlten und seine Zähne immer noch klapperten, schienen ihm seine geistigen Vorgänge durch und durch klar zu sein, aber er wußte – von den Monaten nach dem

Debakel, die er mehr oder weniger im Alkoholnebel verbracht hatte –, daß diese Klarheit eine Selbsttäuschung sein konnte. Wie viele Artikel hatte er unter ihrem Einfluß geschrieben, die die in Tinte gefaßte Klarheit gewesen zu sein schienen, sich aber wie *Finnegans Wake* lasen, als er wieder nüchtern war? Vielleicht war das jetzt der Fall, und er vergeudete wertvolle Zeit; vielleicht hätte er an die erstbeste Tür hämmern und um Hilfe schreien sollen. Sein Instinkt sagte ihm, daß er keine bekommen würde. Die Anwesenheit eines unrasierten Individuums, das von Monstern sprach, würde bei jedem auf rasche Ablehnung stoßen, abgesehen von Hotchkiss.

Der Mann war daheim und wach.

»Grillo? Hergott, Mann, was ist denn mit Ihnen los?«

Hotchkiss hatte kein Recht zu prahlen; er sah so verbraucht aus, wie Grillo sich fühlte. Er hatte ein Bier in der Hand, dessen zahlreiche Vorgänger ihm deutlich ins Gesicht geschrieben standen.

»Kommen Sie mit mir«, sagte Grillo. »Ich erkläre es Ihnen unterwegs.«

»Wohin?«

»Haben Sie Waffen?«

»Eine Pistole, ja.«

»Holen Sie sie.«

»Warten Sie, ich brauche...«

»Keine Zeit«, sagte Grillo. »Ich weiß nicht, wohin sie gegangen sind, und wir...«

»Hören Sie«, sagte Hotchkiss.

»Was?«

»Alarm. Ich höre einen Alarm.«

Die Sirenen fingen in dem Augenblick an zu heulen, als Fletcher anfing, die Scheiben des Supermarkts einzuwerfen. In Marvin's Food and Drug heulten sie ebenso laut, und in der Tierhandlung auch – dort stimmten die aus dem Schlaf hochgeschreckten Tiere ein. Er ermutigte ihren Chor. Je früher der Grove seine Lethargie abschüttelte, desto besser, und er wußte keine bessere Methode, sie aufzurütteln, als das Handelszentrum anzugreifen. Danach plünderte er Requisiten aus zwei der sechs Geschäfte. Das Schauspiel, das er vorhatte, erforderte einen perfekten Zeitplan, wenn er in die Gedanken der Zuschauer eindringen wollte, die herbeigeströmt kamen. Und sollte er scheitern, würde er wenigstens die Folgen dieses Scheiterns nicht mehr erleben. Er hatte zuviel Kummer im Leben gehabt und zu wenig Freunde, die ihm geholfen hätten, ihn leichter zu ertragen. Sein engster Freund von allen war wahrscheinlich Raul gewesen. Wo mochte er jetzt sein? Wahrscheinlich tot, und sein Geist würde in den Ruinen der Misión de Santa Catrina spuken.

Als er daran dachte, blieb Fletcher unvermittelt stehen. *Was ist mit dem Nuncio?* War es möglich, daß die Überbleibsel der Großen Arbeit, wie Jaffe sie immer genannt hatte, noch dort auf der Klippe waren? Wenn ja, konnte sich die ganze Geschichte wiederholen, sollte je ein Unbekannter darüber stolpern. Das selbstgewählte Märtyrerschicksal, das er momentan gerade vorbereitete, wäre vergebens gewesen. Das war auch eine Aufgabe, die er Howard anvertrauen mußte, bevor sie sich für immer voneinander verabschiedeten.

Sirenen heulten selten im Grove; ganz sicher aber nicht so viele gleichzeitig. Ihre Kakophonie drang durch die Stadt vom bewaldeten Ende in Deerdell zum Haus der Witwe Vance oben auf dem Hügel. Zwar war es so früh, daß die wenigsten Erwachsenen im Grove schliefen, aber die meisten – ob vom Jaff berührt oder nicht – fühlten sich seltsam desorientiert. Sie sprachen flüsternd mit ihren Partnern, wenn überhaupt; sie standen unter Türen oder mitten in Zimmern und hatten vergessen, warum sie überhaupt von ihren behaglichen Sesseln aufgestanden waren. Hätte man sie gefragt, hätten viele wahrscheinlich Schwierigkeiten gehabt, ihre eigenen Namen auszusprechen.

Aber die Sirenen erregten ihre Aufmerksamkeit und bestätigten, was ihre animalischen Instinkte schon den ganzen Tag gewußt hatten: daß es heute nacht nicht gut stand; daß es nicht normal, nicht vernünftig zuging. Der einzig sichere Ort war hinter zweifach verriegelten Türen.

Aber nicht alle waren so passiv. Manche zogen die Vorhänge

beiseite und sahen nach, ob jemand aus der Nachbarschaft auf der Straße war; andere gingen sogar zu den Eingangstüren. Frauen oder Ehemänner riefen sie zurück und sagten, es wäre nicht nötig hinauszugehen; draußen gäbe es nichts zu sehen, was man nicht auch im Fernsehen zu sehen bekam. Aber ein einziger Mensch, der hinausging, reichte aus, daß andere ihm folgten.

»Schlau«, sagte der Jaff.

»Was hat er vor?« wollte Tommy-Ray wissen. »Warum der Lärm?«

»Er will, daß die Menschen die Terata sehen«, sagte der Jaff. »Vielleicht hofft er, sie erheben sich gegen uns. Das hat er schon einmal versucht.«

»Wann?«

»Während wir durch Amerika reisten. Damals erfolgte keine Erhebung, und heute wird es auch keine geben. Die Leute haben nicht den Glauben dazu, nicht die Träume. Und er braucht beides. Dies ist schiere Verzweiflung. Er ist besiegt, und das weiß er auch.« Er wandte sich an Jo-Beth. »Es wird dich freuen zu hören, daß ich der Meute befehle, Katz in Ruhe zu lassen. Wir wissen jetzt, wo Fletcher ist. Und wohin sein Sohn gehen wird.«

»Sie folgen uns nicht mehr?« sagte Tesla.

Die Meute war tatsächlich stehengeblieben.

»Verflucht, was hat das zu bedeuten?«

Ihre Last antwortete nicht. Er konnte kaum den Kopf heben. Doch als er es tat, sah er zum Supermarkt, einem von mehreren Geschäften des Einkaufszentrums, dessen Scheiben eingeschlagen worden waren.

»Gehen wir zum Markt?« sagte sie.

Er grunzte.

»Wie Sie meinen.«

Im Inneren des Geschäfts sah Fletcher von seiner Arbeit auf. Er konnte den Jungen sehen. Er war nicht allein. Eine Frau stützte ihn und trug ihn fast über den Parkplatz auf das Scherbenmeer zu. Fletcher ließ die Vorbereitungen sein und ging ans Fenster.

»Howard?« rief er.

Tesla sah auf; Howie verschwendete keine wertvolle Energie für den Versuch. Der Mann, den sie aus dem Geschäft kommen sah, sah nicht wie ein Vandale aus. Aber auch nicht, als könnte er der Vater des Jungen sein; doch was Familienähnlichkeiten betraf, war sie nie besonders gut gewesen. Er war ein großer, hagerer Mann, der, seinem zerschlissenen Äußeren nach zu urteilen, in einem ebenso schlechten Zustand wie sein Sprößling war. Sie sah, daß seine Kleidung durchnäßt war. Ihre stechenden Nasenlöcher identifizierten den Geruch als den von Benzin. Er zog beim Gehen eine Spur hinter sich her. Sie fürchtete plötzlich, ihre Flucht könnte sie in die Arme eines Wahnsinnigen geführt haben.

»Bleiben Sie weg«, sagte sie.

»Ich muß mit Howard sprechen, bevor der Jaff eintrifft.«

»Der wer?«

»Sie haben ihn hierhergeführt. Ihn und seine Armee.«

»Das ging nicht anders. Howie ist ziemlich krank. Das Ding auf seinem Rücken...«

»Lassen Sie mich sehen...«

»Kein Feuer«, warnte Tesla ihn, »sonst verziehe ich mich.«

»Ich verstehe«, sagte der Mann und hob die Hände wie ein Zauberer, der beweisen will, daß er keinen Trick beabsichtigt. Tesla nickte und ließ ihn näher kommen.

»Legen Sie ihn hin«, befahl der Mann.

Sie gehorchte, und ihre Muskeln kribbelten dankbar. Howie lag kaum auf dem Boden, da packte sein Vater den Parasiten mit beiden Händen. Dieser begann sofort, wild um sich zu schlagen, und klammerte sich noch fester an sein Opfer. Howie, der fast bewußtlos war, fing an zu stöhnen.

»Es bringt ihn um!« schrie Tesla.

»Packen Sie seinen Kopf!«

»Was?«

»Sie haben doch gehört! Seinen Kopf! Packen Sie ihn!«

Sie sah den Mann an, dann die Bestie, dann Howie. Drei Herzschläge. Beim vierten packte sie die Bestie. Deren Maulrüssel war in Howies Nacken verbissen, aber das Biest ließ lange genug los, um nach ihrer Hand zu schnappen. In diesem Augenblick zog der Benzinmann. Körper und Bestie lösten sich voneinander.

»*Loslassen!*« schrie der Mann.

Das mußte sie sich nicht eigens sagen lassen; sie riß die Hand fort, obwohl es sie ein Stück Fleisch kostete. Howies Vater warf es in den Supermarkt, wo es gegen einen Berg Dosen prallte und begraben wurde.

Tesla betrachtete ihre Hand. Die Handfläche war in der Mitte durchbohrt. Sie war nicht die einzige, die sich für die Verletzung interessierte.

»Sie müssen eine Reise unternehmen«, sagte der Mann.

»Was soll das sein, Handlesen?«

»Ich wollte, daß der Junge für mich geht, aber jetzt sehe ich... Sie sind statt dessen gekommen.«

»He, ich habe getan, was ich konnte, Mann«, sagte Tesla.

»Mein Name ist Fletcher, und ich flehe Sie an, lassen Sie mich jetzt nicht im Stich. Diese Verletzung erinnert mich an den ersten Schnitt, den mir der Nuncio zufügte...« Er zeigte ihr seine Handfläche, die tatsächlich eine für alle Welt sichtbare Narbe hatte, als hätte jemand einen Nagel hindurchgeschlagen. »Ich muß Ihnen so viel erzählen. Howie wollte es nicht anhören. Sie wollen. Ich weiß es. Sie gehören zu der Geschichte, Sie wurden geboren, um jetzt und hier bei mir zu sein.«

»Ich verstehe überhaupt nichts.«

»Analysieren Sie morgen. *Handeln* Sie jetzt. Helfen Sie mir. Wir haben sehr wenig Zeit.«

»Ich will Sie warnen«, sagte Grillo, während er mit Hotchkiss in Richtung Einkaufszentrum fuhr, »was wir aus der Erde kommen sahen, war nur der Anfang. Heute nacht streifen Kreaturen durch den Grove, wie ich sie noch nie gesehen habe.«

Er bremste, als zwei Fußgänger die Straße überquerten und dem Heulen der Sirenen folgten. Sie waren nicht allein. Es waren noch andere unterwegs, die sich vor dem Einkaufszentrum trafen, als wäre dort ein Volksfest.

»Sagen Sie ihnen, sie sollen umkehren«, sagte Grillo, lehnte sich auf seiner Seite zum Auto hinaus und rief eine Warnung.

Weder auf seine Rufe noch auf die von Hotchkiss wurde geachtet. »Wenn sie gesehen haben, was ich gesehen habe«, sagte Grillo, »wird eine Panik ausbrechen.«

»Schadet ihnen gar nichts«, sagte Hotchkiss verbittert. »Sie haben mich jahrelang für verrückt gehalten, weil ich die Höhlen versiegeln ließ. Weil ich Carolyns Tod als *Mord* bezeichnete...«

»Ich kann nicht folgen.«

»Meine Tochter Carolyn...«

»Was ist mit ihr?«

»Ein andermal, Grillo. Wenn Sie Zeit für Tränen haben.«

Sie hatten den Parkplatz des Einkaufszentrums erreicht. Etwa dreißig bis vierzig Einwohner des Grove hatten sich bereits hier versammelt, manche schlenderten umher und begutachteten den Schaden, der an mehreren Geschäften entstanden war, andere standen einfach nur herum und lauschten den Sirenen, als wären sie Sphärenmusik. Grillo und Hotchkiss stiegen aus dem Auto aus und überquerten den Parkplatz in Richtung Supermarkt.

»Ich rieche Benzin«, sagte Grillo.

Hotchkiss stimmte zu. »Wir sollten die Leute hier wegschaffen«, sagte er. Er sprach mit erhobener Stimme und ebensolcher Waffe und versuchte, auf einfache Weise Einfluß auf die Menge zu nehmen. Seine Bemühungen erweckten die Aufmerksamkeit eines kleinen, kahlen Mannes.

»Hotchkiss, haben Sie hier das Sagen?«

»Nicht, wenn *Sie* es wollen, Marvin.«

»Wo ist Spilmont? Jemand mit Befugnis sollte hier sein. Meine Fenster sind allesamt eingeschlagen worden.«

»Ich bin sicher, die Polizei ist unterwegs«, sagte Hotchkiss.

»Reiner Vandalismus«, fuhr Marvin fort. »Sicher Bengel aus L. A., die einen draufmachen wollten.«

»Das glaube ich nicht«, sagte Grillo. Der Benzingeruch machte ihn schwindlig.

»Und wer, zum Teufel, sind Sie?« wollte Marvin mit schriller Stimme wissen.

Bevor Grillo antworten konnte, bellte ein anderer: »Jemand ist da drin!«

Grillo sah zum Supermarkt. Seine brennenden Augen bestätigten den Wahrheitsgehalt des Rufs. Es bewegten sich tatsächlich Gestalten im Halbdunkel des Supermarkts. Er schritt durch die Scherben auf das Fenster zu, als eine der Gestalten sichtbar wurde.

»Tesla?«

Sie hörte ihn; sah auf, brüllte.

»Geh weg, Grillo!«

»Was geht hier vor?«

»Verschwinde.«

Er achtete nicht auf den Rat, sondern kletterte durch das Loch der zertrümmerten Scheibe. Der Junge, den sie retten wollte, lag mit dem Gesicht nach unten und bis zur Taille nackt auf dem Kachelboden. Hinter ihm ein Mann, den Grillo kannte – und doch auch wieder nicht. Das heißt, ein Gesicht, für das er keinen Namen parat hatte, aber eine Erscheinung, die er instinktiv erkannte. Er brauchte nur Augenblicke, bis er wußte, woher. Dies war einer der Flüchtigen aus der Erdspalte.

»Hotchkiss!« schrie er. »Kommen Sie hier rein!«

»Genug ist genug«, sagte Tesla. »Bring niemand in unsere Nähe.«

»Unsere?« sagte Grillo. »Seit wann denn unsere?«

»Sein Name ist Fletcher«, sagte Tesla, als würde sie die erste der Fragen beantworten, die Grillo durch den Kopf ging. »Der Junge ist Howard Katz. Sie sind Vater und Sohn. Es wird alles in die Luft gehen, Grillo. Und ich werde bleiben, bis es soweit ist.«

Hotchkiss stand neben Grillo. »Verfluchte Scheiße«, hauchte er.

»Die Höhlen, richtig?«

»Richtig.«

»Können wir den Jungen mitnehmen?« sagte Grillo.

Tesla nickte. »Aber mach schnell«, sagte sie. »Sonst ist es für uns alle vorbei.« Sie sah nicht mehr in Grillos Gesicht, sondern hinaus über den Parkplatz oder in die angrenzende Nacht. Es wurde noch jemand zu der Party erwartet. Sicher das andere Phantom.

Grillo und Hotchkiss schnappten sich den Jungen und zogen ihn auf die Beine.

»Halt.« Fletcher näherte sich dem Trio, und der Benzingeruch wurde intensiver, je näher er kam. Aber von dem Mann ging mehr als nur der Geruch aus. So etwas wie ein milder Elektroschock lief durch Grillo, als der Mann seinen Sohn ergriff und der Kontakt durch alle drei Körper zustande kam. Sein Verstand schwang sich vorübergehend in höchste Höhen empor, in einen Raum, wo Träume gleich mitternächtlichen Sternen hingen, und seine körperliche Zerbrechlichkeit war vergessen. Es war allzu schnell und beinahe brutal vorbei, als Fletcher die Hände vom Gesicht seines Sohnes nahm. Grillo sah zu Hotchkiss. Seinem Gesichtsausdruck nach zu urteilen, hatte er auch das kurze Hochgefühl erlebt. Tränen standen ihm in den Augen.

»Was wird passieren?« sagte Grillo, der wieder zu Tesla sah.

»Fletcher geht fort.«

»Warum? Wohin?«

»Nirgends und überall«, sagte Tesla.

»Woher weißt du das?«

»Weil ich es ihr gesagt habe«, lautete Fletchers Antwort. *»Die Essenz muß bewahrt werden.«*

Er sah Grillo an, und der leise Hauch eines Lächelns huschte über sein Gesicht.

»Nehmen Sie meinen Sohn mit, meine Herren«, sagte er. *»Halten Sie ihn aus der Schußlinie.«*

»Was?«

»Geh einfach, Grillo«, sagte Tesla. »Was von nun an geschieht, geschieht genau so, wie er es will.«

Sie nahmen Howie wie geheißen durchs Fenster mit hinaus. Hotchkiss ging voraus und nahm den Körper des Jungen in Empfang, der so schlaff wie der eines frisch Verstorbenen war. Als Grillo die Last des Jungen weitergab, hörte er Tesla hinter sich sprechen.

Sie sagte nur: »Der Jaff!«

Der andere Entkommene, Fletchers Feind, stand an der Grenze des Parkplatzes. Die Menge, die inzwischen fünf- bis sechsmal so groß wie am Anfang war, hatte sich geteilt, ohne allzu nachdrücklich dazu aufgefordert worden zu sein, so daß ein Gang zwischen den beiden Gegnern entstanden war. Der Jaff war nicht allein gekommen. Hinter ihm standen zwei makellose kalifornische Schönheiten, die Grillo nicht kannte. Hotchkiss schon.

»Jo-Beth und Tommy-Ray«, sagte er.

Als er einen Namen hörte – oder beide –, hob Howie den Kopf.

»Wo?« fragte er, sah sie aber, bevor Zeit für eine Antwort war. »Laßt mich los«, sagte er und bemühte sich, Hotchkiss wegzustoßen. »Sie bringen sie um, wenn wir sie nicht aufhalten. Begreift ihr denn nicht, sie bringen sie um.«

»Es steht mehr als Ihre Freundin auf dem Spiel«, sagte Tesla, und Grillo fragte sich wieder, wie sie soviel in so kurzer Zeit erfahren hatte. Ihr Informant, Fletcher, trat nun aus dem Supermarkt heraus, ging an ihnen allen vorbei – Tesla, Grillo, Howie und Hotchkiss – und stellte sich ans andere Ende der Gasse in der Menge, dem Jaff gegenüber.

Der Jaff ergriff als erster das Wort.

»Was soll das alles?« wollte er wissen. *»Deine Maßnahmen haben die halbe Stadt geweckt.«*

»Die Hälfte, die du nicht vergiftet hast«, erwiderte Fletcher.

»Rede dich nicht selbst ins Grab. Fleh ein wenig. Sag mir, daß du mir deine Eier gibst, wenn ich dich leben lasse.«

»Hat mir nie viel bedeutet.«

»Deine Eier?«

»Das Leben.«

»Du hattest Ambitionen«, sagte der Jaff und ging ganz langsam auf Fletcher zu. *»Leugne es nicht.«*

»Andere als du.«

»Stimmt. Meine hatten Größe.«

»Du darfst die ›Kunst‹ nicht bekommen.«

Der Jaff hob die Hand und rieb Daumen und Zeigefinger aneinander, als wollte er Geld zählen.

»Zu spät. Ich spüre sie bereits in den Fingern«, sagte er.

»Nun gut«, antwortete Fletcher. *»Wenn du willst, daß ich flehe, dann flehe ich. Die Essenz muß erhalten bleiben. Ich flehe dich an, die Finger davon zu lassen.«*

»Du verstehst nicht, was?« sagte der Jaff. Er war ein paar Meter

von Fletcher entfernt stehengeblieben. Jetzt folgte der Junge und zerrte seine Schwester mit.

»Mein Fleisch und Blut«, sagte der Jaff und deutete auf seine Kinder, *»wird alles für mich tun. Ist es nicht so, Tommy-Ray?«*

Der Junge grinste.

»Alles.«

Tesla hatte so sehr auf den Wortwechsel zwischen den beiden Männern geachtet, daß sie gar nicht bemerkt hatte, wie sich Howie von Hotchkiss davonschlich, bis er ihr zuflüsterte:

»Pistole.«

Sie hatte die Waffe mit aus dem Supermarkt gebracht. Sie drückte sie widerstrebend in Howies verletzte Hand.

»Er wird sie umbringen«, murmelte Howie.

»Es ist seine Tochter«, flüsterte Tesla als Antwort.

»Glauben Sie, das interessiert ihn?«

Als sie sich abwandte, sah sie ein, daß der Junge recht hatte. Welche Veränderungen Fletchers Große Arbeit – Nuncio hatte er sie genannt – in dem Jaff bewirkt hatte, sie hatten den Mann eindeutig in den Wahnsinn getrieben. Sie hatte zwar nur kurz Zeit gehabt, die Visionen aufzunehmen, die Fletcher mit ihr geteilt hatte, und sie begriff den komplexen Charakter der ›Kunst‹, der Essenz, des Kosm und Metakosm nicht einmal ansatzweise; aber ihr war klar: In den Händen eines solchen Wesens würde diese Macht zu einer Macht des unabsehbaren Bösen werden.

»Du hast verloren, Fletcher«, sagte der Jaff. *»Du und dein Kind, ihr habt nicht in euch, was es heißt... modern zu sein.«* Er lächelte. *»Diese beiden dagegen sind auf des Messers Schneide. Alles ist ein Experiment, richtig?«*

Tommy-Ray hatte die Hand auf Jo-Beths Schulter gelegt, nun strich er damit über ihre Brust. Jemand in der Menge machte eine Bemerkung darüber, verstummte aber, als der Jaff in seine Richtung sah. Jo-Beth wich vor ihrem Bruder zurück, aber Tommy-Ray wollte sie nicht freigeben.

Er zog sie zu sich zurück und neigte seinen Kopf zu ihrem.

Ein Schuß verhinderte den Kuß; die Kugel schlug vor Tommy-Rays Füßen in den Asphalt.

»Laß sie los«, sagte Howie. Seine Stimme war nicht kräftig, aber trotzdem durchdringend.

Tommy-Ray tat, was ihm befohlen worden war, und betrachtete Howie mit einem Gesichtsausdruck gelinder Verwirrung. Er nahm das Messer aus der Gesäßtasche. Der Menge entging nicht, daß Blutvergießen bevorstand. Einige wichen zurück; besonders die mit Kindern. Die meisten blieben.

Hinter Flechter beugte sich Grillo hinüber und flüsterte mit Hotchkiss.

»Könnten Sie ihn hier fortschaffen?«

»Den Jungen?«

»Nein. Den Jaff.«

»Spart euch die Mühe«, murmelte Tesla. »Das würde ihn nicht aufhalten.«

»Was dann?«

»Das weiß der Himmel.«

»Möchtest du mich kaltblütig vor diesen ganzen netten Leuten hier erschießen?« sagte Tommy-Ray zu Howie. »Nur zu, wage es. Puste mich weg. Ich habe keine Angst. Ich mag den Tod, und der Tod mag mich. Drück ab, Katz. Wenn du den Mumm dazu hast.«

Er kam beim Sprechen langsam auf Howie zu, der sich kaum aufrecht halten konnte. Aber er hielt die Pistole auf Tommy-Ray gerichtet.

Der Jaff brachte das Duell zu einem Ende, indem er Jo-Beth schnappte. Die Berührung entlockte ihr einen Schrei. Howie sah zu ihr, und Tommy-Ray stürmte mit erhobenem Messer auf ihn zu. Tommy-Ray konnte Howie mit einem Schubs umstoßen. Die Pistole flog davon. Tommy-Ray trat Howie fest zwischen die Beine und warf sich auf sein Opfer.

»Töte ihn nicht,« befahl der Jaff.

Er ließ Jo-Beth los und ging auf Fletcher zu. Zwischen seinen Fingern, in denen er die Kunst angeblich schon spüren konnte, troffen Perlen reinster Energie wie Ektoplasma hervor und zerplatzten an der Luft.

Er war bei den Kämpfenden angekommen und schien eingreifen zu wollen, aber dann sah er nur auf sie hinunter wie auf zwei

Hunde, die sich balgten, und ging an ihnen vorbei weiter auf Fletcher zu.

»Wir sollten uns zurückziehen«, raunte Tesla Grillo und Hotchkiss zu. »Es liegt nicht mehr in unseren Händen.«

Der Beweis dafür erfolgte Sekunden später, als Fletcher in die Tasche griff und ein Streichholzbriefchen hervorholte, auf dem *Marvin's Food and Drug* stand. Keinem der Zuschauer konnte entgehen, was gleich passieren würde. Sie hatten das Benzin gerochen. Sie wußten, woher es kam. Und jetzt die Streichhölzer. Eine Verbrennung stand bevor. Aber keiner wich zurück. Zwar verstand keiner viel, wenn überhaupt etwas, von dem Gespräch zwischen den Protagonisten, aber dennoch war kaum jemand darunter, der nicht im Innersten spürte, daß er hier Ereignisse von außerordentlicher Tragweite miterlebte. Wie konnten sie sich abwenden, wo sie doch zum ersten Mal in ihrem Leben die Möglichkeit hatten, die Götter zu sehen?

Fletcher machte das Briefchen auf; zog ein Streichholz heraus. Er war gerade dabei, es anzuzünden, als neuerliche Pfeile aus Energie aus der Hand des Jaff schossen und auf Fletcher zurasten. Sie trafen seine Finger wie Kugeln, und ihre Wucht schleuderte Streichholz und Streichholzbriefchen aus Fletchers Händen.

»Vergeude deine Zeit nicht mit Tricks«, sagte der Jaff. *»Du weißt, daß Feuer mir keinen Schaden zufügen wird. Und dir auch nicht, wenn du es nicht selbst möchtest. Und wenn du ausgelöscht werden möchtest, mußt du nur darum bitten.«*

Diesesmal trug er sein Gift selbst zu Fletcher, anstatt es aus seinen Händen schießen zu lassen. Er näherte sich seinem Feind und berührte ihn. Ein Zittern lief durch Fletcher. Er drehte quälend langsam den Kopf so weit herum, daß er Tesla ansehen konnte. Sie sah soviel Verwundbarkeit in seinen Augen; er hatte sich geöffnet, um das Endspiel durchzuziehen, das ihm vorschwebte, und das Böse des Jaff hatte unmittelbaren Zugang zu seiner Essenz. Sein Gesichtsausdruck war ohne jeden Zweifel. Eine Botschaft des Chaos breitete sich von der Berührung des Jaff ausgehend in seinem Körper aus. Er konnte nur durch den Tod davor gerettet werden.

Sie hatte keine Streichhölzer, aber sie hatte die Pistole von Hotchkiss. Sie riß sie ihm ohne ein Wort zu sagen aus der Hand. Ihre Bewegung erweckte die Aufmerksamkeit des Jaff, und sie sah ihm einen beängstigenden Moment direkt in die wahnsinnigen Augen – sah seinen Phantomkopf um sie herum anschwellen; einen anderen Jaff, der sich hinter dem ersten versteckte.

Dann richtete sie die Pistole auf den Boden hinter Fletcher und feuerte. Aber es schlug kein Funke, wie sie gehofft hatte. Sie zielte noch einmal und verdrängte jeden Gedanken aus dem Kopf, außer dem nach einer Zündung. Sie hatte schon Feuer gelegt. Auf dem Papier, um die Aufmerksamkeit zu erregen. Jetzt in Wirklichkeit.

Sie atmete langsam durch den Mund aus, wie sie es immer machte, wenn sie morgens an der Schreibmaschine Platz nahm, und drückte ab.

Es schien, als würde sie das Feuer auflodern sehen, bevor es tatsächlich entfacht wurde. Wie ein greller Sturm; der Funke war der Blitz, der ihm vorausging. Die Luft um Fletcher herum wurde gelb. Dann ging sie in Flammen auf.

Die Hitze war plötzlich und intensiv. Sie ließ die Pistole fallen und lief zu einer Stelle, wo sie besser beobachten konnte, wie es weiterging. Fletcher sah sie aus der sengenden Feuersbrunst heraus an, und sein Gesichtsausdruck zeigte eine Gelöstheit, die sie als Erinnerung daran, wie wenig sie das Wirken der Welt begriff, durch die Abenteuer tragen sollte, die die Zukunft für sie bereit hatte. Daß es einem Mann gefallen konnte zu verbrennen; daß er davon profitieren, im Feuer zur Reife kommen konnte, das war eine Lektion, die ihr keine Schullehrerin auch nur annähernd hatte vermitteln können. Aber da war die Tatsache, die durch ihre eigene Hand wahr geworden war.

Jenseits des Feuers sah sie den Jaff mit einem Achselzucken des Lächerlichmachens zurücktreten. Das Feuer hatte seine Finger erfaßt, wo sie Fletcher berührt hatten. Er blies sie aus wie fünf Kerzen. Hinter ihm zogen sich Howie und Tommy-Ray aus der Hitze zurück; sie hatten ihren Haß verschoben. Doch dem allem schenkte sie ihre Aufmerksamkeit nur einen Herzschlag lang, dann wandte sie sich wieder dem Schauspiel des brennenden

Fletcher zu. Selbst in diesem kurzen Zeitraum hatte sich sein Zustand verändert. Das Feuer, das wie eine Säule um ihn herum tobte, verzehrte ihn nicht, sondern *verwandelte* ihn, und bei dem Vorgang wurden Blitze strahlender Materie davongeschleudert.

Die Reaktion des Jaff auf diese Lichter – er wich vor ihnen zurück wie der Teufel vor Weihwasser – lieferte ihr einen Hinweis auf ihre Natur. Sie waren für Fletcher, was die Perlen, die die Streichhölzer fortgerissen hatten, für den Jaff waren; eine essentielle Energie, die freigesetzt wurde. Der Jaff haßte sie. Ihre Helligkeit machte das Gesicht hinter seinem Gesicht deutlich. Dieser Anblick, und der von Fletchers wundersamer Verwandlung, zogen sie näher an das Feuer, als sicher war. Sie konnte riechen, wie ihr Haar versengt wurde. Aber sie war so fasziniert, daß sie nicht zurückwich. Immerhin war dies ihr Tun. Sie war die Schöpferin. Wie der erste Affe, der eine Flamme gehütet und so den Stamm verwandelt hatte.

Das, wurde ihr klar, war Fletchers Hoffnung: die Verwandlung des Stamms. Dies war nicht nur ein Schauspiel. Die brennenden Splitter, die von Fletchers Körper ausgingen, trugen die Absichten ihres Erzeugers in sich. Sie schossen wie leuchtende Sporen aus der Säule heraus, die auf der Suche nach fruchtbarem Boden waren. Dieser Boden waren die Bewohner des Grove, und die Glühwürmchen fanden sie wartend. Ihr kam nur wundersam vor, daß keiner davonzulaufen versuchte. Vielleicht hatten die vorhergehenden Gewalttaten die Feigen vertrieben. Der Rest war ein Spielball für die Magie; einige lösten sich sogar aus der Masse und gingen den Lichtern entgegen wie Kommunionsschüler zum Altargeländer. Als erste kamen Kinder, die nach den Splittern griffen und so vorführten, daß sie harmlos waren. Das Licht schlug gegen ihre ausgestreckten Hände oder die dargebotenen Gesichter, und das Feuer spiegelte sich kurz in ihren Augen. Die Eltern dieser Abenteuerlustigen wurden als nächste berührt. Ein paar, die getroffen worden waren, riefen ihren Partner zu: »Schon gut. Es tut nicht weh. Es ist nur... Licht!«

Aber Tesla wußte, daß es mehr war. Es war Fletcher. Und indem er sich auf diese Weise weggab, löste sich sein leibliches Selbst allmählich auf. Brust, Hände und Lenden waren bereits verschwunden, Kopf und Hals saßen auf den Schultern, und die Schultern waren durch dünne, dunstige Stränge mit dem Unterleib verbunden, die Spielbälle für jede Laune des Feuers waren. Noch während sie hinsah, lösten auch sie sich auf und wurden zu Licht. Ein Kinderreim fiel ihr dabei ein. Ihr Verstand sang: *Jesus will mich für einen Sonnenstrahl.* Ein altes Lied für ein neues Zeitalter.

Die Eröffnung dieses neuen Zeitalters näherte sich bereits ihrem Ende. Fletchers Leib war beinahe aufgelöst, sein Gesicht an Augen und Mund weggefressen. Der Schädel war aufgebrochen, das Gehirn schmolz zu Helligkeit und wurde aus seiner Mulde geweht wie ein Löwenzahn im Augustwind.

Nachdem das Gehirn verschwunden war, lösten sich die noch verbliebenen Teile Fletchers einfach im Feuer auf. Da sie keine Nahrung mehr hatten, erloschen die Flammen. Kein Niederbrennen; keine Asche; nicht einmal Rauch. Eben noch Helligkeit, Wärme und Wunder. Im nächsten Augenblick nichts.

Sie hatte Fletcher so eingehend betrachtet, daß sie nicht sagen konnte, wie viele Zuschauer von den Splittern getroffen worden waren. Ganz bestimmt viele. Möglicherweise alle. Vielleicht hinderte einzig ihre große Zahl den Jaff an Repressalien. Immerhin wartete seine Armee in der Nacht. Aber er hatte beschlossen, sie nicht zu rufen. Statt dessen machte er sich mit einem Minimum an Showeffekten aus dem Staub. Tommy-Ray ging mit ihm. Jo-Beth nicht. Während Fletchers Auflösung hatte sich Howie mit der Waffe in der Hand neben sie gestellt. Tommy-Ray konnte nichts weiter machen, als ein paar kaum verständliche Drohungen auszustoßen und seinem Vater zu folgen.

Das war, im wesentlichen, der letzte Auftritt des Schamanen Fletcher. Selbstverständlich sollte es zu Nachwirkungen kommen, aber erst, wenn die Empfänger seines Lichts ein paar Stunden mit ihrer Gabe geschlafen hatten. Doch es gab unmittelbare Auswirkungen. Für Grillo und Hotchkiss die Befriedigung zu sehen, daß ihre Sinne sie bei der Erdspalte nicht getrogen hatten; für Jo-Beth und Howie das Wiedersehen nach Ereignissen, die sie beide dem Tode nahegebracht hatten; und für Tesla das Wissen, daß nach dem Dahinscheiden Fletchers eine große Verantwortung auf sie übergegangen war.

Aber es war der Grove selbst, der die volle Wucht der nächtlichen Magie abbekommen hatte. Seine Straßen hatten Schrecken gesehen. Seine Bewohner waren von Geistern berührt worden.

Bald würde es Krieg geben.

Fünfter Teil

Sklaven und Liebhaber

I

1

Jeder Alkoholiker hätte das Verhalten des Grove am nächsten Morgen gekannt. Es war das eines Mannes, der nachts zuvor eine Zechtour gemacht hatte und früh aufstehen und so tun mußte, als wäre nichts Unschickliches geschehen. Er würde sich ein paar Minuten unter die kalte Dusche stellen, um seinen Körper durch Schocktherapie wach zu machen, schwarzen Kaffee und Alka Seltzer zum Frühstück zu sich nehmen und danach mit einem nachdrücklicheren Gang als gewöhnlich und dem frostigen Lächeln einer Schauspielerin, die gerade bei der Oscar-Wahl verloren hat, dem Tag entgegentreten. An diesem Morgen wurde öfter Hallo und Wie-geht-es-Ihnen? gesagt, mehr Nachbarn winkten einander fröhlich zu, während sie mit den Autos zurückstießen, mehr Radios verkündeten Wetterberichte – Sonne! Sonne! Sonne! – durch Fenster, die weit aufgerissen waren, wie um zu beweisen, daß es in *diesem* Haus keine Geheimnisse gab. Einem Fremden, der an diesem Morgen zum ersten Mal in den Grove gekommen wäre, hätte es so vorkommen müssen, als würde sich die Stadt für die Rolle von Perfectsville, USA, bewerben. Die allgemeine Atmosphäre erzwungener Freundlichkeit hätte ihm den Magen umgedreht.

Unten beim Einkaufszentrum, wo die Beweise der dionysischen Nacht kaum übersehen werden konnten, redete man über alles, nur nicht über die Wahrheit. Hell's Angels waren von L. A.

hergekommen, ging eine Geschichte, um Verwüstungen anzurichten. Mit jeder Wiederholung wurde die Geschichte glaubwürdiger. Manche behaupteten, sie hätten die Motorräder gehört. Ein paar gingen sogar soweit zu behaupten, sie hätten sie gesehen; sie verbrämten die kollektive Fiktion im sicheren Wissen, daß niemand Zweifel aussprechen würde. Am Vormittag waren das Glas schon völlig weggeräumt und Bretter vor die eingeschlagenen Fenster genagelt worden. Bis zum Mittag waren frische Fenster bestellt. Um zwei Uhr waren sie eingesetzt. Seit der Zeit des Bundes der Jungfrauen war der Grove nicht mehr so einhellig darauf aus gewesen, das Gleichgewicht wiederzuerlangen; und auch nicht so heuchlerisch. Denn hinter verschlossenen Türen, in Bädern und Schlafzimmern und Wohnzimmern, bot sich eine ganz andere Geschichte. Hier verschwand das Lächeln, und der zielstrebige Gang wich nervösem Auf-und-ab-Schreiten und Weinen und dem Schlucken von Pillen, die mit der Leidenschaft von Goldgräbern gesucht wurden. Hier gestanden sich die Leute selbst ein – aber nicht einmal ihren Lebensgefährten oder ihren Hunden –, daß heute etwas schief war, das nie wieder gerade werden würde. Hier versuchten sich die Menschen an Geschichten zu erinnern, die ihnen als Kinder erzählt worden waren – die alten, versponnenen Geschichten, welche sie als Erwachsene so gut wie aus ihrem Gedächtnis verdrängt hatten –, weil sie hofften, damit ihren derzeitigen Ängsten entgegenzuwirken. Manche versuchten, ihre Ängste wegzutrinken. Manche aßen. Manche überlegten, ob sie Priester werden sollten.

Es war alles in allem ein verdammt seltsamer Tag.

Nicht ganz so seltsam vielleicht für jene, die mit harten Tatsachen jonglieren konnten, wie sehr diese Tatsachen auch allem zuwiderliefen, was gestern noch als Realität gegolten hatte. Für diese wenigen, die jetzt mit dem sicheren Wissen gesegnet waren, daß Ungeheuer und Gottheiten im Grove wandelten, lautete die Frage nicht: Ist es wahr? Sondern: Was bedeutet es?

Für William Witt war die Antwort darauf ein resignierendes Schulterzucken. Er konnte die Schrecken, mit denen er in dem Haus am Wild Cherry Glade terrorisiert worden war, nicht begreifen. Seine anschließende Unterhaltung mit Spilmont, der seinen Bericht als Erfindung verleumdet hatte, hatte ihn paranoid gemacht. Entweder existierte eine Verschwörung mit dem Ziel, die Machenschaften des Jaff geheimzuhalten, oder aber er, William Witt, verlor den Verstand. Aber die Erinnerungen schlossen einander auch nicht gegenseitig aus, und das war doppelt beängstigend. Angesichts solch bitterer Schicksalsschläge hatte er sich daheim eingeschlossen, abgesehen von seinem kurzen Ausflug ins Einkaufszentrum gestern nacht. Er war spät dort eingetroffen und erinnerte sich heute kaum mehr an etwas, aber er erinnerte sich daran, daß er nach Hause gekommen war – und an die anschließende Nacht im Video-Babylon. Normalerweise geizte er mit seinen Porno-Vorführungen und beschloß, einen oder zwei Filme anzusehen, anstatt schweinisch in einem ganzen Dutzend zu schwelgen. Aber gestern nacht war das Fernsehen zum Marathon geworden. Als die Robinsons nebenan am folgenden Morgen ihre Kinder zum Spielplatz brachten, saß er immer noch vor dem Fernseher, die Rollos heruntergezogen; die Bierdosen waren eine Miniaturstadt zu seinen Füßen, und sah und sah. Er hatte seine Sammlung mit der Präzision eines Chefbibliothekars archiviert, hatte Verweise und Querverweise angelegt. Er kannte die Stars dieser verschwitzten Epen mit sämtlichen Pseudonymen; er wußte Brustumfang und Schwanzlänge; er kannte die Vorgeschichten und ihre Spezialitäten. Er kannte die Handlungen der Filme auswendig, wie rudimentär sie auch sein mochten; seine Lieblingsszenen hatte er sich bis zu jedem Grunzen und jedem Abspritzen eingeprägt.

Aber heute erregte ihn die Vorführung nicht. Er ging von einem Film zum nächsten über wie ein Süchtiger zwischen Stapeln Stoff, auf der Suche nach einem Schuß, den ihm niemand geben konnte, bis sich die Videos hoch neben dem Fernseher stapelten. Zweier, Dreier, oral, anal, Natursekt, Fesseln, Erziehung, lesbische Szenen, Dildoszenen, Vergewaltigungen und romantische Szenen – er sah sich alles an, aber nichts gab ihm die Befriedigung, die er suchte. Seine Suche wurde zu einer Art Verfolgung seiner selbst. Was mich erregt, das *bin* ich, war sein halb ausgegorener Gedanke.

Es war eine verzweifelte Situation. Zum ersten Mal in seinem Leben – ausgenommen die Ereignisse mit dem Bund – erregte ihn sein Voyeurismus nicht. Zum ersten Mal wollte er, daß die Darsteller an seiner Wirklichkeit teilnahmen, wie er an ihrer. Er war immer froh gewesen, daß er sie abschalten konnte, wenn er seine Ladung abgeschossen hatte; er hatte sogar etwas verächtlich auf ihre Vorstellungen reagiert, wenn er die Spuren der Faszination, die sie auf ihn ausübten, weggewischt hatte. Jetzt trauerte er um sie wie um Geliebte, die er verloren hatte, ohne sie je richtig gekannt zu haben, deren sämtliche Körperöffnungen er gesehen hatte, aber deren Intimität ihm verweigert worden war.

Doch kurz nach der Dämmerung, als seine Stimmung so tief gesunken war, wie er es noch nie erlebt hatte, kam ihm der seltsamste Gedanke: Vielleicht *konnte* er sie zu sich bringen; sie durch die schiere Hitze seines Verlangens Gestalt annehmen lassen. Man konnte Träume Wirklichkeit werden lassen. Künstler machten das andauernd. Hatte nicht jeder etwas von einem Künstler in sich? Dieser kaum zu Ende gedachte Gedanke hielt ihn vor dem Fernsehschirm fest, bei *Die letzten Tage von Pompeji* und *Zur Lust geboren* und *Exzesse im Frauengefängnis;* Filme, die er so gut wie seine eigene Vergangenheit kannte, die aber, anders als seine Vergangenheit, auch in der Gegenwart leben konnten.

Er war nicht der einzige im Grove, der solche Gedanken hatte, aber niemand sonst war so sehr aufs Erotische fixiert wie William. Derselbe Einfall – daß man eine wertvolle, essentielle Person, oder Personen, aus dem Verstand rufen und zum lebenden Gefährten machen konnte – kam jedem aus der Menge, die sich am Vorabend vor dem Einkaufszentrum eingefunden hatte. Stars von Seifenopern, Quizmaster, tote oder verlorene Verwandte, geschiedene Partner, vermißte Kinder, Comic-Figuren: Es gab so viele Namen, wie es Gehirne gab, sie zu beschwören.

Bei manchen, zum Beispiel bei William Witt, kam die Erscheinung ihrer Begierde so schnell in Fahrt – in mehreren Fällen von Besessenheit angefeuert, in anderen von Sehnsucht oder Neid –, daß zur Dämmerung des folgenden Tages bereits Klumpen in den Ecken ihrer Zimmer hingen, wo sich die Luft als Vorbereitung des Wunders verdichtete.

Im Schlafzimmer von Shuna Melkin, Tochter von Christine und Larry Melkin, machte sich eine legendäre Rock-Prinzessin, die vor ein paar Jahren an einer Überdosis gestorben, aber dennoch Shuna Melkins einziges Idol, ihre Besessenheit, war, durch leises Krächzen bemerkbar, das man für Wind in den Erkern hätte halten können, wenn Shuna die Melodie nicht gekannt haben würde.

In Ossie Lartons Blockhütte konnte man ein Kratzen hören, und er wußte mit einem inneren Lächeln, daß es sich um die Geburtswehen eines Werwolfs handelte, der ihm ein geheimer Gefährte war, seit er wußte, daß solche Kreaturen vorstellbar waren. Er hieß Eugene, dieser Werwolf, was – im zarten Alter von sechs, als Ossie seinen Gefährten erfunden hatte – ein angemessener Name für einen Mann zu sein schien, dem bei Vollmond ein Fell wuchs.

Bei Karen Conroy konnte man die drei Hauptdarsteller ihres Lieblingsfilms, *Love Knows Your Name,* einer kaum bekannten Schnulze, die sie sich während einer Reise nach Paris, welche schon lange zurücklag, sechsmal hintereinander weinend angesehen hatte, als Hauch eines europäischen Parfüms in der Wohnung riechen.

Und so weiter, und so fort.

Am Nachmittag gab es niemanden mehr aus der Menge, der nicht den Eindruck gehabt hatte, als wären unerwartete Besucher gekommen – was selbstverständlich häufig abgetan oder ignoriert wurde. Die Bevölkerungszahl von Palomo Grove, die auf Befehl des Jaff um mehrere hundert Schrecken angestiegen war, sollte noch einmal ansteigen.

2

»Du hast schon zugegeben, daß du nicht verstanden hast, was gestern nacht passiert ist...«

»Es geht nicht darum, etwas zuzugeben, Grillo.«

»O. K. Werden wir nicht wütend aufeinander. Warum schreien wir uns letztendlich immer wieder an?«

»Wir schreien uns nicht an.«

»O. K. Wir schreien uns nicht an. Ich bitte dich nur, an die Möglichkeit zu denken, daß dieser Botengang, auf den er dich geschickt hat...«

»Botengang?«

»*Jetzt* schreist du. Ich bitte dich nur, denk einen Augenblick nach. Dies könnte die letzte Reise werden, die du überhaupt unternimmst.«

»Möglichkeit akzeptiert.«

»Also laß mich mitkommen. Du bist noch nie südlich von Tijuana gewesen.«

»Du auch nicht.«

»Es ist hart...«

»Hör zu, ich habe Männern künstlerische Filme verkauft, denen *Dumbo* zu kompliziert war. Ich weiß, was hart ist. Wenn du etwas wahrhaft Nützliches machen willst, dann bleib hier und werde gesund.«

»Ich bin schon gesund. Es ist mir nie besser gegangen.«

»Ich brauche dich hier, Grillo. Als *Beobachter.* Es ist noch längst nicht vorbei.«

»Und was soll ich beobachten?« fragte Grillo und legte den Streit bei, indem er das Thema wechselte.

»Du hast schon immer ein Auge für verborgene Zusammenhänge gehabt. Wenn der Jaff seinen Zug macht, wie unauffällig auch immer, wirst du es merken. Hast du übrigens gestern nacht Ellen gesehen? Sie war mit ihrem Jungen in der Menge. Du könntest damit anfangen, sie zu fragen, wie *sie* sich am Morgen danach fühlt...«

Nicht, daß Grillos Angst um ihre Sicherheit unbegründet gewesen wäre; und selbstverständlich hätte sie seine Gesellschaft während der vor ihr liegenden Reise gerne gehabt. Aber aus Gründen, die sie nicht behutsam ausführen konnte und die sie deshalb gar nicht ausführte, wäre seine Anwesenheit eine Störung, die sie nicht riskieren durfte, weder für ihn noch für die Aufgabe, die sie zu erledigen hatte. Es war eine der letzten Taten Fletchers gewesen, sie auszuerwählen, zur Mission zu gehen; er hatte sogar angedeutet, daß es irgendwie vorherbestimmt gewesen war. Vor nicht allzu langer Zeit hätte sie über diesen Mystizismus gelächelt; aber nach der vergangenen Nacht war sie gezwungenermaßen unvoreingenommener. Die Welt der Geheimnisse, über die sie sich in ihren Spuk- und Raumschiff-Drehbüchern lustig gemacht hatte, ließ sich nicht so ohne weiteres verspotten. Sie hatte nach ihr gesucht, sie gefunden und sie – mitsamt ihrem Zynismus und allem – in ihre Himmel und ihre Höllen gestürzt. Letztere in Gestalt der Armeen des Jaff; die Präsenz der ersteren in Fletchers Verwandlung: Fleisch zu Licht.

Mit der Aufgabe betreut, Agentin des toten Mannes auf Erden zu sein, empfand sie eine seltsame Entspannung, trotz der Gefahren, die vor ihr lagen. Sie mußte ihren Zynismus nicht mehr hegen und pflegen, mußte ihre Fantasiegebilde nicht mehr von Augenblick zu Augenblick in das Wirkliche – Solide, Greifbare – und das Fantastische – Nebulöse, Wertlose – unterteilen. Wenn *(falls)* sie wieder an ihre Schreibmaschine kam, würde sie ihre spöttischen Drehbücher völlig neu schreiben und sie mit Glauben an die Geschichte erzählen, nicht weil jede Fantasie absolut wahr war, sondern weil es keine absolute Wirklichkeit gab.

Sie verließ den Grove am Vormittag und wählte eine Route, die sie am Einkaufszentrum vorbei aus der Stadt führte, wo der Status quo bereits wieder aufgebaut war. Wenn sie sich sputete, konnte sie die Grenze bei Einbruch der Nacht hinter sich gelassen haben; und die Misión de Santa Catrina – oder die leere Stelle, wo sie gestanden hatte, falls Fletchers Hoffnung begründet war – konnte sie noch vor Einbruch der Dämmerung erreichen.

Auf Geheiß seines Vaters hatte sich Tommy-Ray vergangene Nacht, lange nachdem sich die Menge verzogen hatte, wieder zum Einkaufszentrum zurückgeschlichen. Inzwischen war die Polizei eingetroffen, aber er hatte keine Schwierigkeiten gehabt, sein Ziel zu erreichen, und das war, das Terata zurückzubringen, das er mit eigenen Händen auf Katz' Rücken gesetzt hatte. Der Jaff wollte die Kreatur nicht nur wiederhaben, damit die Polizei sie nicht fand. Sie war noch nicht tot, und wenn sie sich in den Händen ihres Schöpfers befand, konnte sie alles wiedergeben, was sie gesehen und gehört hatte, indem der Jaff die Finger wie ein Wunderheiler auf die Bestie legte und den Bericht aus dem Stoffwechsel des Terata zog.

Als er gehört hatte, was er hören wollte, tötete er den Überbringer der Nachricht.

»Schau, schau...«, sagte er zu Tommy-Ray, *»...sieht so aus, als müßtest du die Reise, von der ich dir erzählt habe, früher als geplant antreten.«*

»Was ist mit Jo-Beth? Katz, dieser Dreckskerl, hat sie.«

»Wir haben gestern nacht schon genügend Anstrengung verplempert, als wir sie überzeugen wollten, sich zu unserer Familie zu gesellen. Sie hat uns abgewiesen. Wir vergeuden keine Zeit mehr. Soll sie selbst sehen, wie sie in dem Mahlstrom zurechtkommt.«

»Aber...«

»Schluß damit«, sagte der Jaff. *»Deine Besessenheit ist wirklich lächerlich. Und sei nicht mürrisch! Man war dir gegenüber viel zu lange nachgiebig. Du glaubst, mit deinem Lächeln bekommst du alles, was du willst. Nun, sie wirst du nicht bekommen.«*

»Du irrst dich. Und ich beweise es dir.«

»Jetzt nicht. Du mußt eine Reise antreten.«

»Zuerst Jo-Beth«, sagte Tommy-Ray und wandte sich von seinem Vater ab. Aber der Jaff legte ihm die Hand auf die Schulter, bevor er einen Schritt weit gekommen war. Tommy-Ray kreischte unter der Berührung.

»Verdammt, sei still!

»Du tust mir weh!«

»Das ist meine Absicht!«

»Nein... ich meine *wirklich* weh. Hör auf.«

»Bist du nicht derjenige, der den Tod liebt, mein Sohn?«

Tommy-Ray konnte spüren, wie die Beine unter ihm nachgaben. Er tropfte aus Schwanz, Nase und Augen.

»Ich glaube, du bist nicht halb soviel wert wie deine Aufschneidereien«, sagte der Jaff zu ihm. *»Nicht halb soviel.«*

»Tut mir leid... tu mir nicht mehr weh, bitte...«

»Ich glaube nicht, daß andere Männer ständig hinter ihren Schwestern herschnüffeln. Sie finden andere Frauen. Und sie sprechen nicht vom Tod, als wäre er eine Kleinigkeit, und fangen dann an zu winseln, sobald es ein wenig weh tut.«

»O. K.! O. K.! Ich habe verstanden. Würdest du jetzt aufhören, ja? *Aufhören!*«

Der Jaff ließ ihn los. Er fiel zu Boden.

»Es war für uns beide eine schlimme Nacht«, sagte sein Vater. *»Uns wurde beiden etwas genommen... dir deine Schwester... mir die Befriedigung, Fletcher zu vernichten. Aber es liegen herrliche Zeiten vor uns. Glaub mir.«*

Er streckte die Hand aus, um Tommy-Ray aufzuheben. Der Junge zuckte zusammen, als er die Finger auf seiner Schulter sah. Aber diesesmal war der Kontakt gütig, sogar lindernd.

»Du mußt einen Ort für mich besuchen«, sagte der Jaff. *»Er heißt Misión de Santa Catrina...«*

II

Howie merkte erst, als Fletcher aus seinem Leben verschwunden war, wie viele unbeantwortete Fragen er hatte; Probleme, bei deren Lösung ihm nur sein Vater hätte helfen können. In der Nacht plagten sie ihn nicht. Er schlief zu fest. Erst am nächsten Morgen bedauerte er seine Weigerung, sich von Fletcher unterrichten zu lassen. Ihm und Jo-Beth stand nur eine Methode zur Verfügung, nämlich sich die Geschichte, in der sie offenbar so eine entscheidende Rolle spielten, aus Hinweisen und der Aussage von Jo-Beths Mutter zusammenzureimen.

Die Geschehnisse der vergangenen Nacht hatten eine Veränderung in Joyce McGuire bewirkt. Nachdem sie jahrelang versucht hatte, das Böse, das in ihr Haus eingedrungen war, fernzuhalten, hatte ihr letztliches Unvermögen, genau das zu tun, sie in gewisser Weise befreit. Das Schlimmste war geschehen; was gab es noch zu fürchten? Sie hatte gesehen, wie vor ihren Augen ihre persönliche Hölle geschaffen worden war, und sie hatte überlebt. Gottes Agent – in Gestalt des Pastors – hatte sich als wertlos erwiesen. Howie hatte sich auf die Suche nach ihrer Tochter gemacht und sie schließlich – beide blutig und zerlumpt – nach Hause gebracht. Sie hatte ihn im Haus willkommen geheißen, sogar darauf bestanden, daß er die Nacht hier verbrachte. Am nächsten Morgen machte sie sich mit der Einstellung einer Frau im Haus zu schaffen, der man gesagt hat, daß ein Tumor in ihrem Körper gutartig ist und sie noch ein paar Jahre zu leben hat.

Als sie sich am Nachmittag alle drei zusammensetzten, um zu reden, erforderte es etwas Zeit, sie zum Sprechen zu bewegen, aber sie redete sich ihre Vergangenheit schließlich doch von der Seele, eine Geschichte nach der anderen. Manchmal weinte sie beim Reden, besonders als sie von Arleen, Carolyn und Trudi erzählte, aber je tragischer die Ereignisse wurden, die sie erzählte, desto unbeteiligter schilderte sie sie. Manchmal fügte sie Einzelheiten hinzu, die ihr erst später eingefallen waren, oder lobte jemanden, der ihr geholfen hatte, die schweren Jahre zu überstehen, als sie Jo-Beth und Tommy-Ray alleine großzog und wußte, daß man hinter ihrem Rücken von ihr als Nutte, die überlebt hatte, redete.

»Ich habe oft daran gedacht, den Grove zu verlassen«, sagte sie. »Wie Trudi.«

»Ich glaube nicht, daß ihr dadurch etwas erspart geblieben ist«, sagte Howie. »Sie war immer unglücklich.«

»Ich habe sie anders in Erinnerung. Ständig in irgend jemand verliebt...«

»Wissen Sie... in wen sie verliebt war, bevor sie mich bekommen hat?«

»Soll das heißen, ob ich weiß, wer dein Vater ist?«

»Ja.«

»Da habe ich eine gute Vermutung. Dein zweiter Vorname war sein erster. Ralph Contreras. Er war Gärtner der Lutheranischen Kirche. Er hat uns beobachtet, wenn wir von der Schule nach Hause kamen. Jeden Tag. Weißt du, deine Mutter war sehr hübsch. Nicht wie ein Filmstar, so wie Arleen, aber mit dunklen Augen – du hast ihre Augen –, die immer feucht glänzten. Ich glaube, Ralph hat sie immer geliebt. Er redete freilich nicht viel. Er stotterte schrecklich.«

Darüber mußte Howie lächeln.

»Dann *war* er es. Das habe ich geerbt.«

»Ich höre nichts.«

»Ich weiß, es ist merkwürdig. Es ist weg. Fast so, als hätte die Begegnung mit Fletcher es von mir genommen. Sagen Sie, wohnt Ralph noch im Grove?«

»Nein. Er ist noch vor deiner Geburt weggegangen. Wahrscheinlich dachte er, daß sie ihn lynchen würden. Deine Mutter war ein weißes Mädchen der Mittelschicht, und er...«

Sie verstummte, als sie Howies Gesichtsausdruck sah.

»Er?«

»... war Spanier.«

Howie nickte. »Man lernt jeden Tag etwas Neues, richtig?« sagte er und überspielte anmutig etwas, das ihn tief berührte.

»Wie dem auch sei, er ist wohl deshalb weggegangen«, fuhr

Joyce fort. »Wenn deine Mutter je seinen Namen genannt hätte, wäre er sicher wegen Vergewaltigung angeklagt worden. Aber das war es nicht. Wir wurden dazu *getrieben,* alle vier, von dem, was der Teufel in uns gepflanzt hatte.«

»Es war nicht der Teufel, Mama«, sagte Jo-Beth.

»Das sagtest du bereits«, antwortete sie seufzend. Die Energie schien plötzlich aus ihr zu weichen, als forderte das alte Vokabular seinen Tribut. »Vielleicht hast du recht. Aber ich bin zu alt, meine Ansichten noch zu ändern.«

»Zu alt?« sagte Howie. »Wovon sprechen Sie? Sie haben gestern nacht etwas Außergewöhnliches vollbracht.«

Joyce strich Howie über die Wange. »Du mußt mich glauben lassen, was ich glaube. Es sind doch nur Worte, Howard. Für dich der Jaff. Für mich der Teufel.«

»Und was sind dann Tommy-Ray und ich, Mama?« sagte Jo-Beth. »Der Jaff hat uns gemacht.«

»Das habe ich mich oft gefragt«, sagte Joyce. »Als ihr noch klein wart, habe ich euch ständig beobachtet und darauf gewartet, daß das Böse zum Vorschein kommen würde. Bei Tommy-Ray ist das geschehen. Sein Schöpfer hat ihn mitgenommen. Vielleicht haben meine Gebete dich gerettet, Jo-Beth. Du bist mit mir zur Kirche gegangen. Du hast gelernt. Du hast auf den Herrn vertraut.«

»Also glaubst du, daß Tommy-Ray verloren ist?« fragte Jo-Beth.

Mama antwortete einen Augenblick nicht, aber nicht, wie aus ihrer Antwort ersichtlich wurde, weil sie diesbezüglich Zweifel hatte.

»Ja«, sagte sie schließlich. »Er ist verloren.«

»Das glaube ich nicht«, sagte Jo-Beth.

»Nach allem, was er gestern nacht getan hat?« warf Howie ein.

»Er weiß nicht, was er macht. Der Jaff beherrscht ihn, Howie. Ich kenne ihn besser als einen Bruder...«

»Und das bedeutet?«

»Er ist mein Zwillingsbruder. Ich fühle, was er fühlt.«

»Das Böse ist in ihm«, sagte Mama.

»In mir ist das Böse auch«, antwortete Jo-Beth. »Vor drei Tagen hast du ihn noch geliebt. Jetzt sagst du, er ist verloren. Du überläßt ihn dem Jaff. Ich werde ihn nicht so einfach aufgeben.« Sie verließ sie das Zimmer.

»Vielleicht hat sie recht«, sagte Joyce leise.

»Daß Tommy-Ray gerettet werden kann?« sagte Howie.

»Nein. Vielleicht ist der Teufel auch in ihr.«

Howie fand Jo-Beth im Garten, wo sie das Gesicht mit geschlossenen Augen zum Himmel erhoben hatte. Sie drehte sich zu ihm um.

»Du glaubst, daß Mama recht hat«, sagte sie. »Daß Tommy-Ray nicht mehr zu helfen ist.«

»Nein. Wenn du glaubst, daß wir ihn retten können, dann nicht. Bring ihn zurück.«

»Sag das nicht nur, um mir eine Freude zu machen, Howie. Wenn du hier nicht auf meiner Seite stehst, dann mußt du es mir sagen.«

Er legte ihr die Hand auf die Schulter. »Hör zu«, sagte er, »wenn ich glauben würde, was deine Mutter sagt, wäre ich nicht zurückgekommen, oder? *Ich* bin es, vergiß das nicht. Mister Beharrlichkeit. Wenn du meinst, daß wir den Einfluß, den der Jaff auf Tommy-Ray hat, unterbinden können, dann sollten wir es verdammt noch mal auch versuchen. Du solltest nur nicht von mir verlangen, daß ich ihn mag.«

Sie drehte sich ganz um und strich sich das Haar, das der Wind zerzaust hatte, aus dem Gesicht.

»Ich hätte mir nie träumen lassen, daß ich einmal im Garten deiner Mutter stehen und dich umarmen würde«, sagte Howie.

»Es geschehen eben noch Zeichen und Wunder.«

»Nein, sie geschehen nicht. Sie werden *gemacht.* Du bist eines, und ich bin eines, und die Sonne ist eines, und daß wir drei hier zusammen sind, ist das größte von allen.«

III

Nach Teslas Abreise galt Grillos erster Anruf Abernethy. Ob er ihm alles erzählen sollte oder nicht, war nur ein Dilemma von vielen, in denen er sich befand. Das wahre Problem war jetzt mehr denn je, *wie* er es erzählen sollte. Er hatte nie die Instinkte eines Romanciers gehabt. Er bemühte sich beim Schreiben um einen Stil, der die Fakten so einsichtig wie möglich präsentierte. Keine stilistischen Klimmzüge, kein hochtrabendes Vokabular. Sein diesbezügliches geistiges Vorbild war überhaupt kein Journalist, sondern Jonathan Swift, der Verfasser von *Gullivers Reisen,* ein Mann, dem so viel daran lag, seine Satire deutlich zu vermitteln, daß er seine Werke mehrfach der Dienerschaft vorlas und sich so vergewisserte, ob der Stil nicht die Aussage verdeckte. Diese Geschichte betrachtete Grillo als Eckstein. Und das war auch alles schön und gut, wenn man über die Obdachlosen in Los Angeles berichtete oder über ein Drogenproblem. Da sprachen die Fakten meist für sich allein.

Aber diese Geschichte – von der Höhle bis zu Fletchers Feuertod – bot ein verzwickteres Problem. Wie konnte er berichten, was er letzte Nacht gesehen hatte, ohne gleichzeitig zu berichten, was er *empfunden* hatte?

Er hielt sich bei seinem Gespräch mit Abernethy bedeckt. Freilich wäre es sinnlos gewesen, so zu tun, als wäre gestern nacht überhaupt nichts im Grove passiert. Meldungen über den Vandalismus – wenn auch nicht die vollständige Geschichte – waren schon in sämtlichen lokalen Nachrichten gekommen. Abernethy wußte Bescheid.

»Waren Sie dort, Grillo?«

»Hinterher. Erst hinterher. Ich habe den Alarm gehört und...«

»Und?«

»Da gibt es nicht viel zu erzählen. Es waren ein paar Scheiben eingeschlagen.«

»Hell's Angels auf dem Zerstörungstrip.«

»Haben Sie das gehört?«

»Ob ich das gehört habe? Sie sind doch angeblich der verdammte Reporter, Grillo, nicht ich. Was brauchen Sie denn? Drogen? Alkohol? Einen Besuch von der verdammten Mude?«

»Es heißt Muse.«

»Mude, Muse, ist doch scheißegal. Bringen Sie mir eine Story, die die Leute lesen wollen. Es muß doch Verletzte gegeben haben...«

»Glaube ich nicht.«

»Dann erfinden Sie ein paar.«

»Ich habe etwas...«

»Was? *Was?*«

»Eine Story, über die noch niemand berichtet hat, wette ich.«

»Hoffentlich ist sie gut, Grillo. Ihr verdammter Job steht nämlich auf dem Spiel.«

»Droben bei Vance wird eine Party stattfinden. Um sein Ableben zu feiern.«

»O. K. Sie gehen hin. Ich will alles über ihn und seine Freunde. Der Mann war ein Tunichtgut. Ein Tunichtgut hat Tunichtgut-Freunde. Ich will Namen und Einzelheiten.«

»Manchmal hören Sie sich an, als hätten Sie zu viele Filme gesehen, Abernethy.«

»Was soll das heißen?«

»Vergessen Sie's.«

Noch lange, nachdem Grillo den Hörer aufgelegt hatte, sah er im Geiste das Bild von Abernethy vor sich, der nächtelang wach saß und Zitate aus irgendwelchen Zeitungsgeschichten einübte, um seine Darbietung als hartgesottener, verbissener Redakteur zu verbessern. Damit war er nicht allein, überlegte Grillo. Jeder hatte einen gottverdammten Film im Hinterkopf laufen, bei dem sein eigener Name über dem Titel stand. Ellen war die Frau, der Unrecht geschehen war und die schreckliche Geheimnisse zu wahren hatte. Tesla war das Wilde Weib von West Hollywood, die in einer Welt zurechtkommen mußte, die sie nicht gemacht hatte. Dieser Gedankengang führte zur logischen Frage: Was war er? Der jugendliche Reporter auf heißer Spur? Der integre

Mann, der durch die Verbrechen eines korrupten Systems zu Fall gebracht worden war? Keine Rolle paßte so zu ihm wie einst, als er, mit vom Gaspedal noch heißem Fuß, hier eingetroffen war, um die Buddy-Vance-Story zu berichten. Die Ereignisse hatten ihn irgendwie in eine Nebenrolle gedrängt. Andere, speziell Tesla, hatten die Hauptrollen übernommen.

Während er sein Äußeres im Spiegel betrachtete, fragte er sich, was es heißen mochte, ein Star – ein Stern – ohne Firmament zu sein. Möglicherweise die Freiheit, einen anderen Beruf zu wählen? Raketenwissenschaftler; Jongleur; Liebhaber. Wie wäre es mit Liebhaber? Der Liebhaber von Ellen Nguyen? Das hörte sich nicht schlecht an.

Es dauerte lange, bis sie zur Tür kam, und als sie endlich da war, schien sie ein paar Sekunden zu brauchen, bis sie Grillo auch nur erkannte. Als er sie gerade ansprechen wollte, lächelte sie und sagte:

»Bitte... kommen Sie rein. Haben Sie sich von der Grippe erholt?«

»Noch etwas zittrig.«

»Ich glaube, ich bekomme sie auch...«, sagte sie, während sie die Tür zumachte. »Als ich aufwachte, fühlte ich mich... ich weiß nicht, wie...«

Die Vorhänge waren noch zugezogen. Die Wohnung sah noch kleiner aus, als Grillo sie in Erinnerung hatte.

»Möchten Sie Kaffee?« sagte sie.

»Gern. Danke.«

Sie ging in die Küche und ließ Grillo in einem Zimmer zurück, in dem jedes Möbelstück mit Zeitschriften, Spielsachen oder schmutziger Wäsche übersät war. Erst als er sich Platz schaffte, merkte er, daß er einen Zuschauer hatte. Philip stand am Ende des Durchgangs, der zu seinem Schlafzimmer führte. Sein Ausflug zum Einkaufszentrum am Vorabend war verfrüht gewesen. Er sah immer noch krank aus.

»Hi«, sagte Grillo. »Wie geht's?«

Der Junge lächelte überraschenderweise, ein breites, offenes Lächeln.

»Hast du es gesehen?« sagte er.

»Was gesehen?«

»Im Einkaufszentrum«, fuhr Philip fort. »Du *hast* sie gesehen. Ich weiß es. Die schönen Lichter.«

»Ja, die habe ich gesehen.«

»Ich habe Ballon-Mann davon erzählt. Darum weiß ich, daß ich nicht geträumt habe.«

Er kam immer noch lächelnd zu Grillo.

»Ich habe dein Bild bekommen«, sagte Grillo. »Danke.«

»Die brauche ich jetzt nicht mehr«, sagte Philip.

»Wie das?«

»Philip?« Ellen kam mit Kaffee zurück. »Geh Mr. Grillo nicht auf die Nerven.«

»Keineswegs«, sagte Grillo. Er sah Philip wieder an. »Vielleicht können wir uns später über Ballon-Mann unterhalten«, sagte er.

»Vielleicht«, sagte der Junge, als hinge das einzig und allein von Grillos gutem Benehmen ab. »Ich gehe jetzt«, sagte er zu seiner Mutter.

»Klar, Herzblatt.«

»Soll ich ihm hallo sagen?« wandte sich Philip an Grillo.

»Bitte«, antwortete Grillo, ohne recht zu wissen, was der Junge meinte. »Sehr gerne.«

Zufrieden ging Philip wieder in sein Zimmer.

Ellen war damit beschäftigt, einen Sitzplatz für sich freizuräumen. Sie hatte Grillo den Rücken zugedreht und arbeitete gebückt. Der schlichte Morgenmantel haftete an ihrem Körper. Ihre Gesäßbacken waren schwer für eine Frau ihrer Größe. Als sie sich wieder umdrehte, hatte sich der Saum des Ausschnitts verschoben. Die Falten entblößten das Brustbein. Sie hatte dunkle, glatte Haut. Sie bemerkte seinen abschätzenden Blick, als sie ihm Kaffee einschenkte, versuchte aber nicht, den Mantel zuzuziehen. Der Spalt führte Grillo jedesmal, wenn sie sich bewegte, in Versuchung.

»Ich bin froh, daß Sie gekommen sind«, sagte sie, als sie sich gesetzt hatten. »Ich habe mir Sorgen gemacht, als Ihre Freundin...«

»Tesla.«

»Tesla. Als Tesla mir gesagt hat, daß Sie krank sind. Ich gab mir die Schuld.« Sie trank einen Schluck Kaffee. Sie zuckte heftig zurück, als er ihre Zunge berührte. »Heiß«, sagte sie.

»Philip hat mir gesagt, daß Sie gestern unten im Einkaufszentrum waren.«

»Sie auch«, antwortete sie. »Wissen Sie, ob jemand verletzt worden ist? Die vielen Glasscherben.«

»Nur Fletcher«, antwortete Grillo.

»Kenne ich nicht.«

»Der Mann, der verbrannt ist.«

»Es ist jemand verbrannt?« sagte sie. »Mein Gott, das ist schrecklich.«

»Sie haben es doch sicher gesehen?«

»Nein«, antwortete sie. »Wir haben nur die Scherben gesehen.«

»Und die Lichter. Philip hat von Lichtern gesprochen.«

»Ja«, sagte sie eindeutig verwirrt. »Das hat er zu mir auch gesagt. Wissen Sie, ich kann mich nicht daran erinnern. Ist es wichtig?«

»Wichtig ist, daß Sie beide wohlauf sind«, sagte er und verbarg seine Verwirrung hinter der Platitüde.

»Oh, uns geht es gut«, sagte sie, sah ihn unmittelbar an, und ihr Gesicht war plötzlich gar nicht mehr verwirrt. »Ich bin müde, aber sonst geht es mir gut.«

Sie beugte sich nach vorne und stellte die Kaffeetasse ab, und dieses Mal ging der Morgenmantel soweit auf, daß Grillo ihre Brüste sehen konnte. Er zweifelte nicht daran, daß sie genau wußte, was sie tat.

»Haben Sie wieder etwas vom Haus gehört?« sagte er und genoß die Befriedigung, vom Geschäft zu reden, während er an Sex dachte.

»Ich soll dort sein«, sagte Ellen.

»Wann ist die Party?«

»Morgen. Ziemlich kurzfristig, aber ich glaube, viele Freunde von Buddy haben mit einer Art Abschiedsfeier gerechnet.«

»Ich wäre gerne bei der Party dabei.«

»Wollen Sie darüber berichten?«

»Selbstverständlich. Es dürfte eine beachtliche Versammlung werden, nicht?«

»Ich denke schon.«

»Aber das ist nur ein Teil der Wahrheit. Wir wissen beide, daß im Grove etwas ganz Außergewöhnliches vor sich geht. Gestern nacht, das war nicht nur das Einkaufszentrum...« Er verstummte, als er sah, daß ihr Gesichtsausdruck nach Erwähnung der vergangenen Nacht wieder geistesabwesend wurde. War dies eine selbst hervorgerufene Amnesie oder Teil des natürlichen Prozesses von Fletchers Zauber? Ersteres, vermutete er. Philip, der Veränderungen des Status quo geringeren Widerstand entgegensetzte, hatte diese Gedächtnisprobleme nicht. Als Grillo wieder von der Party sprach, schenkte sie ihm ihre ungeteilte Aufmerksamkeit.

»Glauben Sie, Sie könnten mich reinschmuggeln?« fragte er.

»Sie müssen vorsichtig sein. Rochelle weiß, wie Sie aussehen.«

»Können Sie mich nicht offiziell einladen? Als Presse?«

Sie schüttelte den Kopf. »Es wird *keine* Presse dabei sein«, erklärte sie. »Es ist ein rein privates Zusammentreffen. Nicht alle Freunde Buddys legen wert auf Publicity. Manche hatten zuviel davon. Manchen wäre es lieber, sie hätten überhaupt keine. Er hat sich mit vielen Männern eingelassen... wie hat er sie genannt?... schwergewichtige Spieler. Möglicherweise die Mafia, glaube ich.«

»Um so mehr Grund, daß ich dort sein sollte«, sagte Grillo.

»Nun, ich werde tun, was ich kann, zumal Sie durch meine Schuld krank geworden sind. Wahrscheinlich kommen so viele Gäste, daß Sie in der Menge untertauchen können.«

»Ich weiß Ihre Hilfe zu schätzen.«

»Noch Kaffee?«

»Nein, danke.« Er sah auf die Uhr, bekam die Zeit aber nicht mit.

»Sie werden nicht gehen«, sagte sie. Es war keine Frage, sondern eine Feststellung. Dasselbe galt für seine Antwort.

»Nein. Wenn Sie möchten, daß ich bleibe.«

Sie legte ihm ohne ein weiteres Wort die Hand auf die Brust, auf das Hemd.

»Ich möchte, daß Sie bleiben«, sagte sie.

Er sah unwillkürlich zu Philips Zimmer.

»Keine Bange«, sagte sie. »Er spielt stundenlang.« Sie schob die Finger zwischen Grillos Hemdknöpfe. »Geh mit mir ins Bett«, sagte sie.

Sie stand auf und führte ihn ins Schlafzimmer. Im Vergleich zur Unordnung draußen war es spartanisch. Sie ging zum Fenster, ließ die Rollos halb herunter, was dem ganzen Zimmer eine pergamentartige Färbung verlieh, setzte sich dann aufs Bett und sah zu ihm auf. Er bückte sich, küßte sie, glitt mit den Händen in den Morgenmantel und strich sanft über ihre Brüste. Sie drückte seine Hände an sich und beharrte auf drastischerer Behandlung. Dann zog sie ihn auf sich. Durch den Größenunterschied lag sein Kinn auf ihrer Stirn, aber sie schlug einen erotischen Vorteil daraus, knöpfte ihm das Hemd auf und leckte die Brust, auf der sie mit der Zunge feuchte Spuren von einer Brustwarze zur anderen zog. Dabei ließ sie seine Hände die ganze Zeit nicht los. Sie grub die Nägel mit schmerzhafter Heftigkeit in seine Haut. Er wehrte sich, zog die Hände weg und wollte nach dem Saum ihres Morgenmantels greifen, aber ihre Hand war vor seiner dort. Er rollte von ihr herunter und wollte anfangen, sich auszuziehen, aber sie packte sein Hemd mit einem ebenso eisenhaften Griff und hielt ihn an ihrer Seite, vergrub das Gesicht an seiner Schulter, knöpfte den Knoten des Gürtels mit einer Hand auf und schlug den Saum zurück. Darunter war sie nackt. Sogar doppelt nackt. Ihre Scham war völlig kahlrasiert.

Jetzt wandte sie das Gesicht ab und machte die Augen zu. Sie hielt sein Hemd immer noch mit einer Hand fest, doch die andere lag schlaff an ihrer Seite, und so schien sie ihm ihren Körper anzubieten wie einen Teller, von dem er sich nach Gutdünken bedienen konnte. Er legte ihr die Hand auf den Bauch und glitt tiefer zu ihrer Fotze; er drückte fest auf Haut, die fast poliert aussah und sich auch so anfühlte.

Ohne die Augen aufzumachen, murmelte sie: »Was du willst.«

Diese Erklärung brachte ihn vorübergehend aus der Fassung.

Er war daran gewöhnt, daß dies eine Sache zwischen zwei gleichwertigen Partnern war, doch diese Frau lehnte derlei Artigkeiten ab und bot ihm freie Verfügung über ihren Körper an. Das erfüllte ihn mit Unbehagen. Als Heranwachsendem wäre ihm ihre Unterwürfigkeit ungeheuer erotisch erschienen. Heute schokkierte sie sein liberales Feingefühl. Er sprach ihren Namen aus und hoffte auf einen Hinweis von ihr, aber sie ging nicht darauf ein. Erst als er sich wieder aufsetzte, um das Hemd auszuziehen, schlug sie die Augen auf und sagte:

»Nein. So, Grillo, so.«

Ihr Gesichtsausdruck und der Klang ihrer Stimme waren wie Wut, was das Verlangen in ihm auslöste, willfährig zu reagieren. Er rollte sich auf sie, nahm ihren Kopf zwischen die Hände und stieß ihr die Zunge in den Mund. Sie drängte ihm den Körper von der Matratze entgegen, und zwar so ungestüm, daß er sicher war, sie empfand dabei ebensoviel Schmerzen wie Lust.

Im Zimmer, wo sie gewesen waren, zitterten die Tassen wie bei einem gelinden Erdbeben. Staub hauchte über den Tisch, aufgewirbelt von der Bewegung eines beinahe unsichtbaren Etwas, das die hängenden Schultern von der dunkelsten Ecke des Zimmers löste und sich, mehr schwebend als gehend, der Schlafzimmertür näherte. Seine Gestalt war rudimentär, aber dennoch zu solide, daß man sie als bloßen Schatten abtun konnte; es war jedoch so wenig vorhanden, daß auch der Name Gespenst unangebracht war. Doch was immer es gewesen war oder werden würde, es hatte selbst in seinem derzeitigen Zustand ein Ziel. Von der Frau, die ihm momentan durch ihre Träume Stofflichkeit verlieh, angezogen, näherte es sich dem Schlafzimmer. Dort wimmerte es – da ihm Zutritt verwehrt wurde – vor der Tür und wartete auf Anweisungen.

Philip kam aus seinem Allerheiligsten heraus und ging auf der Suche nach etwas Eßbarem in die Küche. Er machte die Keksdose auf, holte Schokoplätzchen heraus und ging wieder dorthin zurück, woher er gekommen war. Er hatte ein Plätzchen für sich in der linken Hand, und drei in der rechten für seinen Gefährten, dessen erste Worte gewesen waren: »Ich habe Hunger.«

Grillo hob den Kopf von Ellens feuchtem Gesicht. Sie schlug die Augen auf.

»Was ist?« sagte sie.

»Es ist jemand an der Tür.«

Sie hob den Kopf vom Bett und biß ihn ins Kinn. Es tat weh, und er zuckte zusammen.

»Laß das«, sagte er.

Sie biß noch fester.

»Ellen ...«

»Beiß halt auch«, sagte sie.

Er hatte keine Zeit, seinen bestürzten Gesichtsausdruck zu entfalten. Sie erkannte ihn und sagte sofort: »Es ist mein Ernst, Grillo«, und drückte ihm den Finger in den Mund und den Handballen ans Kinn. »Mach auf«, sagte sie. »Ich will, daß du mir weh tust. Hab keine Angst. Ich will es so. Ich bin nicht zimperlich. Und nicht zerbrechlich.«

Er schüttelte ihre Hand ab.

»Mach es«, sagte sie. »*Bitte,* mach es.«

»Du willst es?«

»Wie oft denn noch, Grillo. *Ja.*«

Sie nahm die freie Hand hinter seinen Kopf. Er ließ sein Gesicht wieder auf ihres ziehen, knabberte an ihren Lippen und dem Hals und testete ihren Widerstand. Sie leistete keinen. Statt dessen stöhnte sie, und zwar um so lauter, je fester er biß. Ihre Reaktion räumte sämtliche Bedenken aus. Er arbeitete sich an ihrem Hals hinab zu den Brüsten, und dabei wurde ihr Stöhnen immer lauter; dazwischen hauchte sie seinen Namen und peitschte ihn an.

Ihre Haut rötete sich, nicht nur von den Bissen, sondern vor Erregung. Plötzlich brach ihr der Schweiß aus. Er faßte mit der Hand zwischen ihre Beine, mit der anderen hielt er ihr die Hände über den Kopf. Ihre Fotze war feucht und nahm seine Finger mühelos auf. Er keuchte vor Anstrengung, sie festzuhalten, das Hemd klebte ihm am Rücken. So unbequem er lag, das Geschehen erregte ihn: ihr Körper völlig schutzlos, seiner hinter Reißverschluß und Knöpfen eingesperrt. Sein Schwanz tat weh, weil er nicht im richtigen Winkel steif war, aber der Schmerz machte ihn nur noch härter; Schmerz und Härte schaukelten einander hoch, während er sich an ihr gütlich tat und sie, da sie darauf bestand, daß er ihr Schmerzen zufügte, noch weiter spreizte. Ihre Fotze schmiegte sich heiß um seine ausgestreckten Finger, ihre Brüste waren von den doppelten Halbmonden gezeichnet, die seine Zähne hinterlassen hatten. Ihre Nippel standen wie Pfeilspitzen vor. Er saugte sie ein; zerbiß sie. Ihr Stöhnen wurde zu schluchzenden Schreien, ihre Beine zuckten so heftig unter ihm, daß sie beide beinahe vom Bett geworfen wurden. Als er einen Moment nachließ, packte sie seine Hand mit ihrer und stieß ihn noch tiefer in sich hinein.

»Nicht aufhören«, sagte sie.

Er griff den Rhythmus auf, den sie vorgegeben hatte, und verdoppelte ihn, worauf sie mit den Hüften gegen seine Hand stieß, so daß seine Finger bis zu den Knöcheln in sie eindrangen. Während er sie beobachtete, troff Schweiß von seinem Gesicht auf ihres. Sie hob mit zugekniffenen Augen den Kopf, leckte ihm die Stirn und den Mund ab, ohne ihn zu küssen; dennoch war er naß von ihrem Speichel.

Schließlich spürte er, wie sich ihr ganzer Körper verkrampfte, und sie unterband die Bewegung seiner Hand. Ihr Atem ging kurz und hechelnd. Dann entspannte sich ihr Griff um ihn, der Blut hatte fließen lassen. Sie ließ den Kopf sinken. Plötzlich war sie so leblos wie zu Beginn, als sie sich hingelegt und vor ihm entblößt hatte. Er rollte von ihr herunter, sein Herzschlag spielte Squash gegen die Wände von Brust und Schädel.

Sie lagen eine Zeitlang nebeneinander. Er konnte nicht sagen, ob es Sekunden oder Minuten waren. Sie regte sich als erste, richtete sich auf und zog den Morgenmantel um sich. Als er die Bewegung spürte, schlug er die Augen auf.

Sie knotete den Gürtel und zog den Mantel beinahe prüde zusammen. Er sah ihr nach, wie sie zur Tür ging.

»Warte«, sagte er. Es war noch nicht vorbei.

»Nächstesmal«, antwortete sie.

»Was?«

»Du hast schon richtig verstanden«, sagte sie. Es hörte sich an wie ein Befehl. »Nächstesmal.«

Er stand vom Bett auf, wobei er sich im klaren war, daß seine Erregung jetzt wahrscheinlich lächerlich auf sie wirkte, aber ihre Verweigerung der Gegenseitigkeit erboste ihn. Sie sah ihm lächelnd zu, wie er auf sie zukam.

»Das war nur der Anfang«, sagte sie zu ihm. Sie rieb sich die Stellen am Hals, wo er sie gebissen hatte.

»Und was soll ich jetzt machen?« fragte Grillo.

Sie machte die Tür auf. Kühlere Luft wehte ihm ins Gesicht.

»Leck deine Finger«, sagte sie.

Erst jetzt fiel ihm das Geräusch wieder ein, das er gehört hatte, und er rechnete halb damit, Philip zu sehen, wie er von seinem Guckloch zurückwich. Aber es kam nur Luft herein, die die Spucke in seinem Gesicht zu einer dünnen, starren Maske trocknete.

»Kaffee?« sagte sie. Sie wartete nicht auf eine Antwort, sondern ging gleich in die Küche. Grillo stand da und sah ihr nach. Sein von der Krankheit geschwächter Körper reagierte auf den Adrenalinstoß, den er bekommen hatte. Seine Glieder zitterten von innen heraus.

Er lauschte den Geräuschen des Kaffeemachens: Wasser lief, Tassen wurden gespült. Ohne nachzudenken, hielt er die Finger, die stark nach ihrem Geschlecht rochen, an Nase und Lippen.

IV

Showmaster Lamar stieg vor dem Haus von Buddy Vance aus der Limousine und bemühte sich, sein Lächeln zu unterbinden. Das fiel ihm schon günstigstenfalls reichlich schwer, aber jetzt – ungünstigstenfalls, da sein alter Partner tot und so viele böse Worte zwischen ihnen nicht aus der Welt geschafft waren – war es ihm beinahe unmöglich. Zu jeder Aktion gab es eine Reaktion, und Lamars Reaktion auf den Tod war das Grinsen.

Er hatte einmal etwas über den Ursprung des Lächelns gelesen. Ein Anthropologe hatte die Theorie aufgestellt, daß es eine weiterentwickelte Reaktion des Affen auf diejenigen war, die im Stamm unerwünscht waren: die Schwachen oder Unausgeglichenen. Essentiell besagte es: *Du bist unzuverlässig. Hau ab!* Aus diesem verbannenden Grinsen hatte sich das Lachen entwickelt, das Zähnefletschen vor einem berufsmäßigen Idioten. In seiner Wurzel drückte es ebenfalls Verachtung aus. Es erklärte den Gegenstand der Heiterkeit ebenfalls zu etwas Unzuverlässigem: mit Grimassen hielt man ihn auf Distanz.

Lamar wußte nicht, ob die Theorie einer Analyse standhielt, aber er war schon so lange Komiker, daß er sie für plausibel hielt. Er hatte, wie Buddy, ein Vermögen damit gemacht, den Narren zu spielen. Der grundsätzliche Unterschied war seiner Meinung – und der zahlreicher gemeinsamer Freunde – nach der, daß Buddy ein Narr gewesen *war.* Was nicht heißen sollte, daß er nicht um den Mann trauerte; das schon. Vierzehn Jahre lang waren sie die Herren über alle gewesen, die sie zum Lachen gebracht hatten, ein gemeinsamer Erfolg, demzufolge sich Lamar nach dem Tod seines Ex-Partners nur um so kläglicher fühlte, trotz der Kluft, die sich zwischen ihnen aufgetan hatte.

Diese Kluft war schuld daran, daß Lamar die prächtige Rochelle nur ein einziges Mal gesehen hatte, und das auch nur zufällig bei einem Wohltätigkeitsbankett, bei dem er und seine Frau Tammy an einem Tisch gegenüber von Buddy und seiner Braut des Jahres gesessen hatten. Diese Beschreibung hatte er – unter Lachsalven – in mehreren Shows gebraucht. Beim Essen hatte er die Gelegenheit genutzt, Buddy eins auszuwischen, indem er sich mit Rochelle bekanntmachte, als der Bräutigam seine champagnergefüllte Blase leerte. Es war eine kurze Begegnung gewesen – Lamar war zu seinem Tisch zurückgekehrt, sobald er sah, daß Buddy ihn gesehen hatte –, aber sie mußte einen Eindruck bei Rochelle hinterlassen haben, denn sie hatte ihn höchstpersönlich angerufen und zu der Party nach Coney Eye eingeladen. Er hatte Tammy davon überzeugt, daß sie sich bei der Trauerfeier nur langweilen würde, und war einen Tag früher angereist, damit er noch etwas Zeit für die Witwe hatte.

»Sie sehen wunderbar aus«, sagte er zu ihr, während er über Buddys Schwelle trat.

»Könnte schlimmer sein«, sagte sie, eine Antwort, die ihm nicht viel sagte, bis sie ihm eine Stunde später eröffnete, daß die Party zu Ehren von Buddy Vance von keinem geringeren als ihm selbst vorgeschlagen worden war.

»Sie meinen, er wußte, daß er sterben würde?« sagte Lamar.

»Nein. Ich meine, daß er zu mir zurückgekommen ist.«

Hätte er getrunken, hätte er wahrscheinlich den alten Verschlucken-und-Prusten-Routineanfall abgezogen, aber er war froh, es nicht getan zu haben, als ihm klarwurde, daß es ihr todernst damit war.

»Sie meinen… sein *Geist?*« sagte er.

»Das dürfte wohl der Ausdruck sein. Ich weiß es wirklich nicht. Ich bin nicht religiös, daher weiß ich nicht, wie ich es erklären soll.«

»Sie tragen ein Kruzifix«, bemerkte Lamar.

»Das gehörte meiner Mutter. Ich habe es vorher noch nie getragen.«

»Warum jetzt? Haben Sie vor etwas Angst?«

Sie trank von dem Wodka, den sie sich eingeschenkt hatte. Es war zu früh für Cocktails, aber sie brauchte ihn zur Beruhigung.

»Vielleicht ein bißchen«, sagte sie.

»Wo ist Buddy jetzt?« fragte Lamar und war beeindruckt,

wie gut es ihm gelang, ein ernstes Gesicht zu wahren. »Ich meine... ist er hier im Haus?«

»Ich weiß nicht. Er kam mitten in der Nacht zu mir, sagte, daß er diese Party wünschte, und ging wieder.«

»Sobald der Scheck eintraf, richtig?«

»Das ist kein Witz.«

»Tut mir leid. Sie haben natürlich recht.«

»Er sagte, er möchte, daß alle in sein Haus kommen und feiern.«

»Darauf trinke ich«, sagte Lamar und hob das Glas. »Wo immer du bist, Buddy. *Skol.*«

Nachdem der Trinkspruch vorbei war, entschuldigte er sich und ging ins Bad. Interessante Frau, dachte er unterwegs. Natürlich verrückt und – so wollte es das Gerücht – süchtig nach jeder aufputschenden Chemikalie, die sie bekommen konnte, aber er selbst war auch kein Heiliger. In dem mit schwarzem Marmor verkleideten Bad richtete er sich unter den gaffenden Blicken einer ganzen Reihe von Jahrmarktsmasken eine Prise Kokain und schnupfte gelassen. Seine Gedanken kreisten wieder um die Schönheit unten. Er würde sie haben; so sah es aus. Vorzugweise in Buddys Bett, und mit Buddys Handtüchern, mit denen er sich danach abwischen würde.

Er ließ sein grinsendes Spiegelbild zurück und ging wieder ins Treppenhaus hinaus. Welches *war* Buddys Schlafzimmer? fragte er sich. Hatte er Spiegel an der Decke, wie in dem Hurenhaus in Tucson, das sie früher einmal gemeinsam besucht hatten und wo Buddy gesagt hatte, während er seinen verdammten Riesenschwanz einpackte: Eines Tages, Jimmy, will ich so ein Schlafzimmer haben?

Lamar machte ein halbes Dutzend Türen auf, bevor er das Schlafzimmer fand. Es war, wie alle anderen Zimmer auch, mit Jahrmarktsattraktionen geschmückt. Kein Spiegel an der Decke. Aber das Bett war riesig. Groß genug für drei, was immer Buddys Lieblingszahl gewesen war. Er wollte sich gerade umdrehen und wieder nach unten gehen, als Lamar im angrenzenden Badezimmer Wasser fließen hörte.

»Rochelle, sind Sie das?«

Aber drinnen war kein Licht an. Offenbar war einfach ein Wasserhahn vergessen worden. Lamar stieß die Tür auf.

Buddy sagte von drinnen: »Bitte kein Licht.«

Ohne Koks im Blut wäre Lamar aus dem Haus gewesen, bevor der Geist noch einmal sprach; aber die Droge machte ihn so langsam, daß Buddy seinem Partner klarmachen konnte, es bestünde kein Grund zur Angst.

»Sie sagte, daß du hier bist«, hauchte Lamar.

»Du hast ihr nicht geglaubt?«

»Nein.«

»Wer bist du?«

»Was soll das heißen, wer ich bin? Jimmy. Jimmy Lamar.«

»Natürlich. Komm rein. Wir sollten miteinander reden.«

»Nein... ich bleibe hier draußen.«

»Da kann ich dich nicht so gut hören.«

»Dreh das Wasser ab.«

»Das brauche ich zum Pissen.«

»Du pißt?«

»Nur wenn ich trinke.«

»Du trinkst?«

»Kannst du mir das zum Vorwurf machen, wo sie unten ist und ich sie nicht berühren kann?«

»Ja. Zu dumm.«

»Du mußt es für mich machen, Jimmy.«

»Was machen?«

»Sie berühren. Du bist doch nicht schwul, oder?«

»Das solltest gerade du besser wissen.«

»Natürlich.«

»Wie viele Frauen hatten wir gemeinsam.«

»Wir waren Freunde.«

»Die besten. Und ich muß sagen, es ist wirklich nett von dir, daß du mich Rochelle haben läßt.«

»Sie gehört dir. Und als Gegenleistung...«

»Was?«

»Sei wieder mein Freund.«

»Buddy. Du hast mir gefehlt.«

»*Du* hast mir gefehlt, Jimmy.«

»Du hattest recht«, sagte er, als er wieder unten war.

»Buddy ist hier.«

»Du hast ihn gesehen.«

»Nein, aber er hat mit mir gesprochen. Er möchte, daß wir Freunde sind. Er und ich. Und Sie und ich. Enge Freunde.«

»Dann werden wir es sein.«

»Für Buddy.«

»Für Buddy.«

Oben dachte der Jaff über dieses neue und unerwartete Element des Spiels nach und hieß es gut. Er hatte vorgehabt, sich als Buddy auszugeben – ein einfacher Trick, wenn man bedachte, daß er sich die Gedanken des Mannes einverleibt hatte –, allerdings nur bei Rochelle. In dieser Gestalt war er vor zwei Nächten zu Besuch gekommen und hatte sie betrunken im Bett vorgefunden. Es war leicht gewesen, sie zu überzeugen, daß er der Geist ihres verstorbenen Mannes war; schwer war nur gewesen, sich zurückzuhalten und nicht das eheliche Recht zu verlangen. Jetzt unterlag der Partner derselben Täuschung, und somit hatte er zwei Agenten im Haus, die ihm helfen konnten, wenn die Gäste kamen.

Nach den Ereignissen der vergangenen Nacht war er froh, daß er die Einsicht besessen hatte, die Party zu organisieren. Fletchers Machenschaften hatten ihn überrascht. Durch seine Selbstzerstörung war es dem Gegner gelungen, ein Quentchen seiner Halluzigenien erzeugenden Seele in hundert, vielleicht zweihundert Personen einzupflanzen. In diesem Augenblick erträumten diese Leute ihre persönlichen Gottheiten und verliehen ihnen Gestalt. Aus früheren Erfahrungen wußte er, daß sie nicht besonders barbarisch sein würden, sicher seinen Terata nicht ebenbürtig. Und da ihr Erzeuger nicht mehr da war, ihnen Nahrung zu geben, würden sie auch nicht besonders lange auf dieser Existenzebene verweilen. Dennoch konnten sie seinen sorgfältig ausgeklügelten Plänen schaden. Es konnte sein, daß er die Geschöpfe, die er aus den Herzen Hollywoods preßte, brauchen würde, um sich gegen Fletchers Vermächtnis zu wehren.

Bald würde seine Reise, die angefangen hatte, als er das erste

Mal von der Kunst hörte – was so lange her war, daß er sich nicht einmal mehr erinnern konnte, von wem –, damit zu Ende gehen, daß er die Essenz betrat. Nach den vielen Jahren der Vorbereitung würde es sein wie eine Heimkehr. Er würde ein Dieb im Himmel sein, und daher König des Himmels, da er der einzige dort sein würde, der den Thron stehlen konnte. Das Traumleben der Welt würde ihm gehören; er konnte allen Menschen alles antun und würde doch nie dafür bestraft werden.

Aber es verblieben noch zwei Tage. Den ersten – alle vierundzwanzig Stunden – würde er brauchen, um seine Ambitionen in die Tat umzusetzen.

Der zweite war der Tag der ›Kunst‹, wenn er den Ort erreichte, wo Morgen- und Abenddämmerung, Mittag und Mitternacht im selben ewigen Augenblick stattfanden.

Und demzufolge gab es nur noch die Ewigkeit für ihn.

V

1

Als Tesla Palomo Grove verließ, war ihr, als wäre sie gerade aus einem Schlaf erwacht, in dem ein Traumlehrer ihr beigebracht hatte, daß das ganze Leben ein Traum war. Von nun an gab es keine einfache Unterscheidung mehr zwischen Sinn und Unsinn; keine arrogante Annahme mehr, daß dieses Erlebnis real und jenes nicht war. Vielleicht lebte sie in einem Film, dachte sie beim Fahren. Das war eigentlich gar kein schlechter Einfall für ein Drehbuch: die Geschichte einer Frau, die herausfand, daß die menschliche Geschichte im Grunde genommen nur eine gigantische Familiensaga war, die das unterschätzte Team Gen und Zufall verfaßt hatte und die Engel, Außerirdische wie Leute aus Pittsburgh ansahen, die versehentlich eingeschaltet hatten und süchtig geworden waren. Vielleicht würde sie diese Geschichte schreiben, wenn das derzeitige Abenteuer überstanden war.

Aber es würde nicht aufhören; jetzt nicht mehr. Das war eine der Folgen, daß sie die Welt nun so sah. Ob gut oder schlecht, sie würde den Rest ihres Lebens damit verbringen, auf das nächste Wunder zu warten; und während sie darauf wartete, würde sie es mit Hilfe des Schreibens erfinden, damit sie selbst und ihr Publikum wachsam blieben.

Die Fahrt war einfach, jedenfalls bis Tijuana, daher hatte sie viel Zeit zum Nachdenken. Aber als sie die Grenze überquert hatte, mußte sie die Karte, die sie gekauft hatte, zu Rate ziehen und weiteres Nachdenken oder Prophezeien verschieben. Sie hatte sich Fletchers Anweisungen wie eine Antrittsrede eingeprägt, und auch diese erwiesen sich – in Verbindung mit der Karte – als hilfreich. Sie hatte die Halbinsel noch nie bereist und war überrascht, daß sie so verlassen war. In dieser Umgebung konnten der

Mensch und seine Werke kaum auf Unterstützung hoffen, was sie zur Überzeugung brachte, daß die Ruinen der Mission, so sie sie denn fand, wahrscheinlich erodiert oder in den Pazifik gespült sein würden, dessen Murmeln um so lauter wurde, je mehr sie sich der Küste näherte.

Mit dieser Vermutung hätte sie gar nicht falscher liegen können. Als sie um die Kurve des Berges fuhr, stellte sie sehr schnell fest, daß die Misión de Santa Catrina durchaus noch intakt war. Der Anblick erfüllte sie mit Nervosität. Noch ein paar Minuten Fahrt, und sie würde vor dem Ort stehen, wo eine die Welt verändernde Geschichte – von der sie nur den winzigsten Teil kannte – begonnen hatte. Für einen Christen hätte Bethlehem wohl ein ähnliches Gefühl erzeugt. Oder Golgatha.

Aber sie fand keine Stätte der Schädel. Ganz im Gegenteil. Die Missionsgebäude waren zwar nicht wieder aufgebaut worden – die rußgeschwärzten Trümmer waren immer noch über einen weiten Teil verstreut –, aber jemand hatte offensichtlich darauf geachtet, daß der Rest vor weiterem Verfall bewahrt wurde. Der Grund für diese Erhaltung wurde erst deutlich, als sie das Auto ein Stück von dem Gebäude entfernt geparkt hatte und zu Fuß durch die staubige Einöde gegangen war. Die Mission, die für einen heiligen Zweck erbaut, dann verlassen und schließlich für ein Unternehmen genutzt worden war, das ihre Erbauer ganz gewiß als ketzerisch betrachtet haben würden, war erneut geheiligt.

Je näher sie den Mauern kam, desto mehr Beweise fand sie. Zuerst Blumen, die als Sträuße und Kränze zwischen die verstreuten Steine gelegt worden waren und deren Farben in der klaren Seeluft bunt leuchteten.

Dann, vielsagender, kleine Haushaltsgeräte – ein Teller, ein Krug, eine Türklinke –, an die Stücke bekritzelten Papiers gebunden waren und die in solcher Vielzahl zwischen den Blumen lagen, daß sie kaum einen Schritt machen konnte, ohne darauf zu treten. Die Sonne ging langsam unter, aber die tiefen Goldtöne verstärkten nur noch den Eindruck, daß dieser Ort nicht geheuer war. Sie schlich, so leise sie konnte, durch die Trümmer, weil sie Angst hatte, ihre Bewohner, menschlich oder sonstwie, auf sich aufmerksam zu machen. Wenn schon im Ventura County wunderbare Wesen waren – die obendrein unverhohlen durch die Straßen wandelten –, wieviel wahrscheinlicher war es dann, daß sich hier, auf diesem einsamen Plateau, Wunderwirker aufhielten?

Wer sie sein und in welcher Gestalt – wenn überhaupt – sie auftreten mochten, daran wagte sie nicht einmal zu denken. Aber wenn die Vielzahl der Geschenke und Gaben auf dem Boden etwas bewies, dann die Tatsache, daß Gebete hier erhört wurden.

Die Bündel und Botschaften außerhalb der Mission waren schon rührend, aber die im Inneren waren noch bewegender. Sie trat durch eine Lücke in der Mauer in eine stumme Menge von Porträts: Dutzende Fotos und Zeichnungen von Männern, Frauen und Kindern waren an den Wänden befestigt, zusammen mit einem Kleidungsstück, einem Schuh, manchmal sogar einer Brille. Draußen hatte sie Geschenke gesehen. Dies, vermutete sie, waren Gegenstände, an denen ein Bluthund-Gott schnuppern sollte. Sie gehörten vermißten Personen und waren in der Hoffnung hergebracht worden, daß die Mächte die verirrten Seelen wieder auf den rechten Weg führen und sicher nach Hause geleiten würden.

Während sie im goldenen Licht stand und die Sammlung betrachtete, kam sie sich wie ein Eindringling vor. Religiöse Zurschaustellungen hatten sie selten, wenn überhaupt, je gerührt. Die Empfindungen waren so selbstgefällig in ihrer Gewißheit, die Bilder so rhetorisch. Aber diese Beispiele schlichten Glaubens berührten einen Nerv in ihr, den sie schon lange abgestorben wähnte. Sie erinnerte sich, was sie empfunden hatte, als sie nach selbstgewähltem fünfjährigem Exil vom Busen der Familie zum ersten Mal zum Weihnachtsfest nach Hause zurückgekehrt war. Es war so klaustrophobisch gewesen, wie sie erwartet hatte, aber als sie am Heiligabend um Mitternacht auf der Fifth Avenue spazierengegangen war, hatte ein vergessenes Gefühl ihr den Atem aus den Lungen und Tränen in die Augen getrieben: *daß sie einst geglaubt hatte.* Dieser Glaube war aus dem Innersten gekommen. Er war ihr nicht gelehrt und nicht eingebleut worden, er war einfach da. Die ersten Tränen waren Zeichen der Dankbarkeit, daß sie wieder glauben konnte; die nachfolgenden Zeichen der Traurigkeit, weil das Gefühl so schnell verschwand, wie es gekommen war, wie ein Geist, der durch sie hindurchging und weiterzog.

Diesesmal ließ es nicht nach. Es wurde noch stärker, während die Sonne dunkler wurde und dem Meer entgegensank.

Geräusche von jemandem, der sich tief in den Ruinen bewegte, schreckten sie aus ihrem Nachdenken. Sie wartete verängstigt, bis ihr Puls wieder etwas langsamer schlug, dann fragte sie: »Wer ist da?«

Keine Antwort. Sie ließ die Mauer der verlorenen Gesichter leise hinter sich und betrat durch eine Tür ohne Schwelle eine zweite Kammer. Diese hatte zwei Fenster, gleich Augen im Backstein, durch die die untergehende Sonne zwei rötliche Strahlen hereinschickte. Es war lediglich Instinkt, der ihre Gefühle untermauerte, aber sie spürte, daß dies das Allerheiligste des Tempels war. Es war zwar kein Dach mehr vorhanden, und die Ostwand war stark beschädigt, aber der Raum schien förmlich aufgeladen, als wären hier über mehrere Jahre hinweg Kräfte am Werk gewesen. Als Fletcher noch die Mission bewohnt hatte, hatte es offenbar die Funktion eines Labors gehabt. Überall lagen umgeworfene Tische, und die Ausrüstung, die heruntergefallen war, hatte man offenbar an Ort und Stelle liegenlassen. Weder Geschenke noch Porträts hatten die Aura dieses *erhaltenen* Saals stören dürfen. Sand hatte sich um die umgestürzten Möbelstücke angesammelt, hier und da wuchs Unkraut, aber die Kammer war noch so, wie sie gewesen war: Testament des Wunders – oder seines Vergehens. Der Beschützer des Heiligtums stand in der von Tesla entferntesten Ecke, jenseits der Lichtstrahlen, die durch das Fenster drangen. Sie konnte ihn kaum erkennen. Er trug entweder eine Maske, oder seine Gesichtszüge waren so breit wie eine Maske. Bisher hatte sie nichts erlebt, was sie um ihre Gesundheit fürchten ließ. Sie war zwar allein, verspürte aber keine Angst. Dies war ein Heiligtum, kein Ort der Gewalt. Außerdem war sie im Auftrag der Gottheit hier, die in eben dieser Kammer gearbeitet hatte. Sie mußte mit dem Aufseher sprechen. »Mein Name ist Tesla«, sagte sie. »Doktor Richard Fletcher hat mich hergeschickt.«

Sie sah, daß der Mann in der Ecke mit einem leichten Heben des Kopfes auf die Erwähnung des Namens reagierte; dann hörte sie ihn seufzen.

»Fletcher?« sagte er.

»Ja«, antwortete Tesla. »Wissen Sie, wer er ist?«

Die Antwort war eine Gegenfrage, die mit einem starken spanischen Akzent ausgesprochen wurde: »Kenne ich *Sie?*«

»Ich sagte Ihnen doch«, meinte Tesla. »Er hat mich hergeschickt. Ich bin gekommen, um etwas zu erledigen, worum er selbst mich gebeten hat.«

Der Mann ging so weit von der Wand weg, daß das Licht sein Gesicht erhellte.

»Konnte er nicht selbst kommen?« fragte er.

Tesla brauchte eine Weile, bis sie eine Antwort herausbekam. Der Anblick der wulstigen Stirn und flachen Nase des Mannes hatte sie durcheinandergebracht. Sie hatte einfach noch niemals so ein häßliches Gesicht gesehen.

»Fletcher lebt nicht mehr«, antwortete sie nach einer Weile, und ihre Gedanken kreisten halb um ihren Ekel und halb darum, wie sie das Wort tot vermieden hatte.

Die verzerrten Gesichtszüge vor ihr wurden traurig, aber ihre Derbheit machte den Ausdruck fast zur Karikatur.

»Ich war hier, als er gegangen ist«, sagte der Mann. »Ich habe darauf gewartet, daß er... zurückkommt.«

Kaum hatte er diese Information preisgegeben, da wußte sie, wer er war. Fletcher hatte ihr gesagt, daß es vielleicht noch einen lebenden Zeugen der Großen Arbeit gab.

»Raul?« sagte sie.

Die tiefliegenden Augen wurden groß. Aber es war kein Weiß darin zu sehen. »Sie kennen ihn *wirklich*«, sagte er und kam einen weiteren Schritt ins Licht, das seine Züge so grausam betonte, daß sie sie kaum ansehen konnte. Auf der Leinwand hatte sie tausendmal häßlichere Kreaturen als ihn gesehen – erst in der vergangenen Nacht hatte sie es mit einem Geschöpf aus einem Alptraum zu tun gehabt –, aber die verwirrenden Signale dieses Hybriden beunruhigten sie mehr als alles, was ihr bislang unter die Augen gekommen war. Er war beinahe ein Mensch, ganz knapp, doch ihr Innerstes ließ sich nicht täuschen. Die Reaktion lehrte sie etwas, sie war aber nicht ganz sicher, was. Sie vergaß die Lektion wegen dringenderer Fragen.

»Ich bin gekommen, um den Rest des Nuncio zu vernichten«, sagte sie.

»Warum?«

»Weil Fletcher es so haben will. Seine Feinde sind immer noch auf der Welt, aber er nicht. Er hat Angst vor den Folgen, wenn sie hierherkommen und das Experiment finden.«

»Aber ich habe gewartet...«, sagte Raul.

»Das war gut. Es war gut, daß Sie die Anlage bewacht haben.«

»Ich habe mich nicht von der Stelle gerührt. All die Jahre über. Ich bin da geblieben, wo mein Vater mich erschaffen hat.«

»Wie haben Sie überlebt?«

Raul sah von Tesla weg und blinzelte in die Sonne, die schon fast untergegangen war.

»Die Menschen kümmern sich um mich«, sagte er. »Sie verstehen nicht, was hier geschehen ist, aber sie wissen, daß ich ein Teil davon war. Einst waren die Götter auf diesem Berg. Das glauben sie. Lassen Sie mich es Ihnen zeigen.«

Er machte kehrt und führte Tesla aus dem Labor. Hinter der Tür befand sich eine weitere, noch kahlere Kammer; diese hatte nur ein Fenster. Sie sah, daß die Wände bemalt worden waren; Wandgemälde, deren Naivität die Inbrunst, mit der sie angefertigt worden waren, nur noch betonte.

»Das ist die Geschichte jener Nacht«, sagte Raul. »Wie sie sich ihrer Meinung nach zugetragen hat.«

Hier war es nicht heller als in dem Zimmer, das sie verlassen hatten, aber die Düsternis machte die Bilder geheimnisvoller.

»Hier ist die Mission, wie sie war«, sagte Raul und deutete auf ein beinahe originalgetreues Bild des Berges, auf dem sie standen. »Und das ist mein Vater.«

Fletcher stand vor dem Berg, sein Gesicht wirkte weiß und wild vor der Dunkelheit, die Augen wie zwei Monde. Seltsame Formen wucherten aus seinen Ohren und dem Mund und hingen wie Satelliten um den Kopf.

»Was sind das?« fragte Tesla.

»Seine Vorstellungen«, lautete Rauls Antwort. »Die habe ich gemalt.«

»Welche Vorstellungen sehen denn so aus?«

»Dinge aus dem Meer«, lautete die Antwort. »Alles kommt aus dem Meer. Das hat mir Fletcher gesagt. Am Anfang war das Meer. Und am Ende, das Meer. Und dazwischen...«

»Essenz«, sagte Tesla.

»Was?«

»Hat er Ihnen nichts von der Essenz erzählt?«

»Nein.«

»Wo die Menschen in ihren Träumen hingehen.«

»Ich bin kein Mensch«, erinnerte Raul sie. »Ich bin sein Experiment.«

»Aber das hat Sie doch sicher zum Menschen gemacht«, sagte Tesla. »Ist das denn nicht genau die Funktion des Nuncio?«

»Ich weiß nicht«, sagte Raul schlicht. »Was immer es für mich getan hat, ich bin ihm nicht dankbar dafür. Ich war glücklicher dran... als Affe. Wenn ich ein Affe geblieben wäre, dann wäre ich schon längst tot.«

»Sagen Sie so etwas nicht«, meinte Tesla. »Es würde Fletcher betrüben, daß Sie alles bedauern.«

»Fletcher hat mich verlassen«, erinnerte Raul sie. »Er hat mir genügend beigebracht zu wissen, was ich niemals sein kann, und dann hat er mich verlassen.«

»Er hatte seine Gründe. Ich habe seinen Feind gesehen, den Jaff. Der Mann muß aufgehalten werden.«

»Da...«, sagte Raul und deutete auf eine Stelle etwas weiter entfernt an der Mauer. »Da ist Jaffe.«

Das Porträt war hinreichend genau. Tesla erkannte den verzehrenden Blick, den aufgeblähten Kopf. Hatte Raul Jaffe tatsächlich in seinem weiterentwickelten Stadium gesehen, oder war sein Porträt des Mannes als monströses Baby eine instinktive Reaktion? Sie hatte keine Gelegenheit, danach zu fragen. Raul lockte sie erneut weiter.

»Ich habe Durst«, sagte er. »Wir können uns den Rest später ansehen.«

»Dann ist es zu dunkel.«

»Nein. Sie kommen herauf und zünden Kerzen an, wenn die Sonne untergeht. Kommen Sie und unterhalten Sie sich eine Weile mit mir. Erzählen Sie mir, wie genau mein Vater gestorben ist.«

2

Tommy-Ray brauchte länger zur Misión de Santa Catrina als die Frau, die er verfolgte, und zwar wegen eines Zwischenfalls unterwegs, der zwar nebensächlich war, ihm aber eine Stelle in sich selbst zeigte, die er später noch sehr gut kennenlernen sollte. Als er am frühen Abend in einer kleinen Stadt südlich von Ensenada hielt, um seine ausgetrocknete Kehle zu befeuchten, geriet er in eine Bar, in der man – für lediglich zehn Mäuse – einer Unterhaltung beiwohnen konnte, die in Palomo Grove vollkommen unmöglich gewesen wäre. Das Angebot war zu verlockend, es auszuschlagen. Er bezahlte, kaufte ein Bier und wurde in ein verrauchtes Zimmer eingelassen, das höchstens doppelt so groß wie sein eigenes sein konnte. Das Publikum, bestehend aus etwa zehn Männern, saß auf quietschenden Stühlen. Sie sahen einer Frau zu, die Geschlechtsverkehr mit einem großen schwarzen Hund hatte. Er fand nichts an dem Schauspiel erregend. Und der Rest des Publikums offenbar auch nicht, jedenfalls nicht im sexuellen Sinne. Sie verfolgten die Darbietung mit einer Erregung, die er erst verstand, als das Bier seine Wirkung in seinem erschöpften Körper tat und seinen Blickwinkel einengte, bis ihn das Gesicht der Frau hypnotisierte. Sie mochte früher einmal hübsch gewesen sein, aber jetzt war ihr Gesicht verbraucht, ebenso wie der Körper, und ihre Arme zeigten deutlich die Spuren der Sucht, die sie so tief hatte sinken lassen. Sie erregte den Hund mit der Erfahrung von jemandem, der das schon zahllose Male gemacht hatte, dann ging sie vor ihm auf alle viere hinunter. Er beschnupperte sie und machte sich dann träge an seine Aufgabe. Erst als er sie bestiegen hatte, wurde Tommy-Ray klar, was ihn an ihrem Gesicht so sehr faszinierte, und die andern wahrscheinlich auch. Sie sah aus, als wäre sie bereits tot. Der Gedanke war wie eine Tür in seinem Kopf, die sich zu einer stinkenden gelben Kammer öffnete, einer Kammer zum Suhlen. Er hatte diesen Gesichtsausdruck schon einmal gesehen, nicht nur in den Gesichtern von Mädchen in Pornoheften, sondern auch bei Berühmtheiten. Sex-Zombies; Star-Zombies; Tote, die sich als Lebende ausgaben. Als er sich wieder auf das Geschehen vor sich konzentrierte, hatte der Hund seinen Rhythmus gefunden und stieß mit hündischer Lust auf das Mädchen ein, wobei ihm Schaum aus dem Maul auf ihren Rücken tropfte; und plötzlich – als er sich vorstellte, das Mädchen wäre tot – *war* es sexy. Je erregter das Tier wurde, um so erregter wurde er auch und um so toter sah die Frau für ihn aus, während sie den Schwanz des Hundes in sich und seine Blicke auf sich spürte, bis es zu einem Wettlauf zwischen ihm und dem Hund wurde, wer als erster fertig sein würde.

Der Hund gewann, er arbeitete sich in stoßende Raserei, und dann hörte er mit einem Mal auf. Einem Hinweis folgend, stand einer der Männer in der ersten Reihe auf und trennte das Paar. Das Tier verlor augenblicklich das Interesse. Nachdem ihr Partner weggebracht worden war, befand sich die Frau allein auf der Bühne, wo sie Kleidungsstücke zusammensuchte, die sie wahrscheinlich abgelegt hatte, bevor Tommy-Ray hereingekommen war. Dann ging sie zur selben Seitentür hinaus, durch die der Hund und sein Zuhälter verschwunden waren, und dabei war ihr Gesicht so schlaff und ausdruckslos wie vorher. Offenbar folgte noch eine Darbietung, denn niemand stand auf. Aber Tommy-Ray hatte gesehen, was er sehen wollte. Er drängte sich durch eine Menge Neuankömmlinge zur Tür und hinaus in die staubige Bar.

Erst viel später, als er die Mission schon fast erreicht hatte, stellte er fest, daß man ihm die Taschen ausgeräumt hatte. Er hatte keine Zeit umzukehren, das wußte er; und es hätte auch keinen Zweck. Jeder, der sich an ihn gedrückt hatte, konnte der Dieb sein.

Außerdem hatten sich die verlorenen Dollars gelohnt. Er hatte eine neue Definition des Todes gefunden. Nein, nicht einmal eine neue. Nur seine erste und einzige.

Als er den Berg hinauf zur Mission fuhr, war die Sonne längst untergegangen, doch während des Aufstiegs überkam ihn ein deutliches Gefühl des *déjà vu*. Sah er den Ort mit den Augen des Jaff? Ob dem so war oder nicht, das Wiedererkennen erwies sich als nützlich. Er wußte, Fletchers Agentin war zweifellos vor ihm eingetroffen, daher beschloß er, das Auto ein Stück bergab stehenzulassen und den Rest des Weges zu Fuß zurückzulegen, damit sie sein Eintreffen nicht im voraus bemerkte. So dunkel es war, er reiste nicht blind. Seine Füße kannten den Weg, auch wenn ihn seine Erinnerung nicht kannte.

Er war auf Gewalt vorbereitet, sollten die Umstände sie verlangen. Der Jaff hatte ihm eine Waffe besorgt – von einem der zahlreichen Opfer, denen der Jaff ihre Terata genommen hatte –, und der Gedanke, sie zu benützen, hatte etwas Faszinierendes. Nach einer Kletterpartie, bei der er Brustschmerzen hatte, befand er sich nun in Sichtweite der Mission. Hinter ihm war der Mond aufgegangen, und der hatte die Farbe eines Haifischbauchs. Er erhellte die verfallenen Mauern und die Haut von Tommy-Rays Armen und Händen mit seiner kränklichen Farbe, so daß er sich nach einem Spiegel sehnte, in dem er sein Gesicht betrachten konnte. Sicherlich könnte er die Knochen unter dem Fleisch sehen; sein Schädel würde glänzen, wie seine Zähne glänzten, wenn er lächelte. Sagte ein Lächeln denn nicht genau das? Hallo, Welt, so sehe ich aus, wenn die feuchten Teile verfault sind.

Den Kopf voll solcher Gedanken schritt er durch die welkenden Blüten zur Mission.

3

Rauls Hütte lag fünfzig Meter hinter dem Hauptgebäude, ein primitives Bauwerk, das für zwei eigentlich schon viel zu klein war. Er war, erklärte er Tesla, ausschließlich auf die Großzügigkeit der hiesigen Bevölkerung angewiesen, die ihm Nahrung und Kleidung als Gegenleistung dafür brachten, daß er Hüter der Mission war. Obwohl ihm nur armseligste Mittel zur Verfügung standen, hatte sich Raul angestrengt bemüht, seine Behausung von einem Stall zur Hütte aufzuwerten. Überall waren Spuren einer großen Einfühlsamkeit zu erkennen. Die Kerzen auf dem Tisch standen in einem Ring aus Steinen, die ihrer Glätte wegen ausgesucht worden waren; die Decke auf der schlichten Koje war mit den Federn von Meeresvögeln geschmückt worden.

»Ich habe nur ein Laster«, sagte Raul, nachdem er Tesla den einzigen Stuhl angeboten hatte. »Das habe ich von meinem Vater.«

»Und das wäre?«

»Ich rauche Zigaretten. Eine täglich. Sie werden sie mit mir teilen.«

»Ich habe früher geraucht«, begann Tesla. »Aber jetzt nicht mehr.«

»Heute abend werden Sie rauchen«, sagte Raul und ließ keinen Raum für Widerspruch. »Wir rauchen, um meines Vaters zu gedenken.«

Er holte eine selbstgedrehte Zigarette und Streichhölzer aus einem kleinen Blechkästchen. Sie betrachtete sein Gesicht, während er sich daran machte, es anzuzünden. Was sie auf den ersten Blick abstoßend an ihm gefunden hatte, blieb abstoßend. Seine Züge waren weder äffisch noch menschlich, sondern die unglücklichste Verbindung zwischen beidem. Doch in jeder anderen Hinsicht – Sprache, Benehmen, wie er die Zigarette zwischen den langen Fingern hielt – war er sehr zivilisiert. Ein Mann, wie ihn sich ihre Mutter als Schwiegersohn gewünscht haben würde, wenn er kein Affe gewesen wäre.

»Fletcher ist nicht dahin, wissen Sie«, sagte er zu ihr und reichte ihr die Zigarette. Sie nahm sie zögernd, weil sie nicht sehr erpicht darauf war, in den Mund zu nehmen, was er im Mund gehabt hatte. Aber er betrachtete sie, während das Kerzenlicht in seinen Augen flackerte, bis sie sich fügte, und dann lächelte er erfreut darüber, daß sie sie mit ihm teilte. »Ich bin sicher, er ist zu etwas anderem geworden«, fuhr er fort. »Zu irgend etwas.«

»Darauf rauche ich«, sagte sie und nahm noch einen Zug. Erst jetzt dachte sie daran, daß der Tabak, den sie hier unten rauchten, vielleicht etwas kräftiger war als in L. A.

»Was ist das?« fragte sie.

»Guter Stoff«, antwortete er. »Schmeckt er Ihnen?«

»Bringen sie Ihnen auch Dope?«

»Sie pflanzen ihn selbst an«, sagte Raul in sachlichem Tonfall.

»Schön für sie«, sagte sie und nahm einen dritten Zug, bevor sie ihm die Zigarette zurückgab. Es war wahrhaftig starker Stoff. Ihr Mund hatte bereits einen halben Satz ausgesprochen, ohne daß ihr Verstand wußte, wie er ihn beenden sollte, und dabei hatte sie überhaupt nicht bemerkt, daß sie sprach.

»... das ist die Nacht, von der ich meinen Kindern erzählen werde... nur werde ich keine Kinder haben... nun, dann eben meinen Enkeln... ich erzähle ihnen, daß ich bei einem Mann saß, der ein Affe war... es macht Ihnen doch nichts aus, daß ich das sage, oder? Es ist nur mein erstes Mal... und wir saßen zusammen und unterhielten uns über seinen Freund... und meinen Freund... der einmal ein Mensch war...«

»Wenn Sie ihnen das erzählen«, sagte Raul, »was sagen Sie dann über sich selbst?«

»Über mich?«

»Wo passen *Sie* in das Muster? Was könnten *Sie* denn einmal werden?«

Sie dachte darüber nach. »Muß ich denn etwas werden?« fragte sie schließlich.

Raul reichte ihr den Rest der Zigarette. »Alles ist Werden. Während wir hier sitzen, werden wir.«

»Was?«

»Älter. Kommen dem Tod näher.«

»O Scheiße. Ich will dem Tod nicht näher sein.«

»Keine andere Wahl«, sagte Raul einfach. Tesla schüttelte den Kopf. Er bewegte sich noch lange, nachdem sie mit der Bewegung aufgehört hatte.

»Ich möchte verstehen«, sagte sie schließlich.

»Etwas Spezielles?«

Sie überlegte noch eine Weile, ging alle Möglichkeiten durch und entschied sich schließlich für eine.

»Alles?« sagte sie.

Er lachte, und sein Gelächter klang wie Glocken für sie. Guter

Trick, wollte sie ihm sagen, bis ihr klarwurde, daß er an der Tür stand.

»Jemand ist in der Mission«, hörte sie ihn sagen.

»...gekommen, um die Kerzen anzuzünden«, schlug sie vor, und ihr Kopf schien ihren Körper zu verfolgen und gleichzeitig ihm vorauszueilen.

»Nein«, sagte er zu ihr, während er in die Dunkelheit hinaustrat. »Sie gehen niemals dorthin, wo die Glocken sind...«

Sie hatte in die Kerzenflamme gesehen, während sie über Rauls Fragen nachgedacht hatte, und deren Nachbild war nun der Dunkelheit aufgeprägt, durch die sie stolperte; ein Irrlicht, das sie vielleicht über den Rand der Klippe geführt hätte, wäre sie nicht seiner Stimme gefolgt. Als sie sich den Mauern näherten, befahl er ihr, dort stehenzubleiben, wo sie war, aber sie achtete nicht auf ihn und folgte ihm. Die Kerzenanzünder waren tatsächlich dagewesen; ihr Wirken erfüllte den Porträtsaal mit Glorienschein. Der Inhalt von Rauls Zigarette hatte ihre Gedanken in die Länge gezogen, aber sie waren noch zusammenhängend genug, daß sie sich nun fragte, ob sie nicht zu lange müßig gewesen war und dadurch ihre Mission in Gefahr gebracht hatte. Warum hatte sie den Nuncio nicht auf der Stelle gesucht und ins Meer geschüttet, wie Fletcher ihr befohlen hatte? Zorn auf sich selbst machte sie kühn. Es gelang ihr im erleuchteten Zimmer der Wandgemälde, Raul zu überholen, so daß sie vor ihm ins von Kerzen erhellte Labor trat.

Nicht Kerzen waren hier angezündet worden, und der Besucher war auch kein Versorger. In der Mitte der Kammer war ein kleines, rauchendes Feuer angezündet worden, und ein Mann – der ihr momentan den Rücken zugedreht hatte – wühlte mit bloßen Händen durch das Wirrwarr der Geräte. Sie hatte nicht erwartet, daß sie ihn kennen würde, als er in ihre Richtung sah, was bei näherem Nachdenken albern war. In den vergangenen paar Tagen hatte sie die meisten Akteure dieses Schauspiels kennengelernt, entweder persönlich oder dem Namen nach. Auf diesen hier traf beides zu, Tommy-Ray McGuire. Er drehte sich ganz um. In der perfekten Symmetrie seiner Züge sprang glitzernd ein Ball Irrsinn – das Erbteil des Jaff – hin und her.

»Hi!« sagte er; ein nichtssagender, beiläufiger Gruß. »Ich habe mich schon gefragt, wo Sie stecken. Der Jaff hat gesagt, daß Sie hier sein würden.«

»Fassen Sie den Nuncio nicht an«, sagte sie zu ihm. »Er ist gefährlich.«

»Das hoffe ich«, sagte er grinsend.

Er hielt etwas in der Hand, sah sie. Als er ihren Blick sah, hielt er es hoch. »Ja, ich habe ihn«, sagte er. Die Phiole sah tatsächlich aus, wie Fletcher sie beschrieben hatte.

»Werfen Sie ihn weg«, sagte sie und versuchte, kühl zu bleiben.

»Hatten Sie das denn vor?« fragte er.

»Ja. Ich schwöre es, *ja.* Er ist tödlich.«

Sie bemerkte, wie er von ihr zu Raul sah, dessen Atem sie hinter und ein wenig seitlich von sich hörte. Tommy-Ray schien es überhaupt nicht zu kümmern, daß sie in der Überzahl waren. Sie fragte sich, ob es überhaupt eine Bedrohung für Leben oder Gesundheit gab, die ihm den Ausdruck verschlagener Befriedigung vom Gesicht nehmen würde. Möglicherweise der Nuncio? Allmächtiger Gott, welche Möglichkeiten würde er in seinem barbarischen Herzen finden, die er preisen und vergrößern konnte?

Sie sagte noch einmal: »Zerstören Sie ihn, Tommy-Ray, bevor er Sie zerstört.«

»Auf gar keinen Fall«, sagte er. »Der Jaff hat Pläne damit.«

»Und was ist mit Ihnen, wenn Sie alle seine Aufträge ausgeführt haben? Ihm liegt doch nichts an Ihnen.«

»Er ist mein Vater, und er liebt mich«, antwortete Tommy-Ray mit einer Überzeugung, die bei einer gesunden Seele rührend gewesen wäre.

Sie ging auf ihn zu und sprach dabei. »Bitte hören Sie mir einen Augenblick zu, ja...?«

Er steckte den Nuncio ein und griff gleichzeitig in die andere Tasche. Er holte eine Waffe heraus.

»Wie haben Sie das Zeug genannt?« fragte er und richtete die Waffe auf sie.

»Nuncio«, antwortete sie und ging langsamer, aber immer noch zielstrebig auf ihn zu.

»Nein. Anders. Sie haben es anders genannt.«

»Tödlich.«

Er grinste. »Jaah«, sagte er und nuschelte das Wort. »Tödlich. Das bedeutet, es bringt einen um, oder nicht?«

»Richtig.«

»Das gefällt mir.«

»Nein, Tommy...«

»Sagen Sie mir nicht, was mir gefällt«, sagte er. »Ich habe gesagt, tödlich gefällt mir, und das war mein voller Ernst.«

Plötzlich wurde ihr klar, daß sie diese Szene völlig falsch eingeschätzt hatte. Wenn sie sie selbst geschrieben hätte, dann hätte er sie sich mit der Waffe vom Leib gehalten, bis er selbst floh. Aber er hatte sein eigenes Drehbuch.

»Ich bin der Todesjunge«, sagte er und drückte den Abzug.

VI

1

Die Episode in Ellens Haus hatte Grillo derart entnervt, daß er Zuflucht beim Schreiben suchte, eine Disziplin, die er um so stärker brauchte, je tiefer dieser See der Zweideutigkeiten wurde. Anfangs war es leicht. Er blieb auf dem trockenen Boden der Tatsachen und pflegte einen Stil, auf den Swift stolz gewesen wäre. Aus diesen Aufzeichnungen konnte er später den Teil herausdestillieren, den er Abernethy schicken würde. Von jetzt an war es seine Pflicht, alles aufzuschreiben, woran er sich erinnern konnte.

Er war gerade mitten dabei, als Hotchkiss ihn anrief und vorschlug, sie könnten sich eine Stunde zusammensetzen, etwas trinken und sich unterhalten. Der Grove hatte nur zwei Bars, erklärte er; Starky's in Deerdell war nicht ganz so zahm wie die andere und daher zu bevorzugen. Eine Stunde nach dem Anruf, als er die Geschehnisse der vergangenen Nacht zu Papier gebracht hatte, verließ Grillo das Hotel, um sich mit Hotchkiss zu treffen.

Starky's war praktisch leer. In einer Ecke saß ein alter Mann, der leise vor sich hinsang, an der Bar saßen zwei Jungs, die zu jung fürs Trinken aussahen; ansonsten hatten sie das Lokal für sich. Trotzdem sprach Hotchkiss während der ganzen Unterhaltung kaum lauter als flüsternd.

»Sie wissen nicht viel über mich«, sagte er gleich zu Beginn. »Ist mir gestern abend klar geworden. Es wird Zeit, daß Sie etwas erfahren.«

Er brauchte keine weitere Ermutigung, um zu erzählen. Er schilderte seinen Bericht so emotionslos, als wäre die Last der Gefühle so schwer, daß sie schon vor langer Zeit die letzten Tränen aus ihm herausgepreßt hatte. Grillo war froh darüber. Wenn der Erzähler sachlich sein konnte, stand es ihm selbst frei, das auch zu sein, und daher konnte er zwischen den Zeilen von Hotchkiss' Schilderung nach Einzelheiten suchen, die der Mann übergangen haben mochte. Er erzählte selbstverständlich zuerst von Carolyns Anteil an der Sache; weder verdammte er seine Tochter, noch lobte er sie, sondern beschrieb lediglich sie und die Tragödie, die sie ihm genommen hatte. Danach warf er das Netz seiner Geschichte weiter aus und brachte andere mit ins Spiel; zuerst porträtierte er skizzenhaft Trudi Katz, Joyce McGuire und Arleen Farrell, danach schilderte er, wie es jeder einzelnen ergangen war. Grillo prägte sich die Einzelheiten emsig ein, während Hotchkiss erzählte: Er schuf einen Stammbaum, dessen Wurzeln dorthin reichten, wohin Hotchkiss' Schilderung so häufig abschweifte: unter die Erde.

»Dort sind die Antworten«, sagte er mehr als einmal. »Ich glaube, Fletcher und der Jaff, wer immer sie sind, *was* immer sie sind, sind dafür verantwortlich, was mit meiner Carolyn passiert ist. Und mit den anderen Mädchen.«

»Sie waren die ganze Zeit in der Höhle?«

»Wir haben doch gesehen, wie sie herausgekommen sind, oder nicht?« sagte Hotchkiss. »Ja, ich glaube, sie waren all die Jahre da unten.« Er schluckte einen Mundvoll Scotch. »Nach der gestrigen Nacht im Einkaufszentrum bin ich wach geblieben und habe versucht, mir über alles klar zu werden. Den Sinn von allem zu sehen.«

»Und?«

»Ich habe beschlossen, in die Höhlen hinunterzusteigen.«

»Und warum, zum Teufel?«

»Wenn sie die vielen Jahre da unten eingeschlossen waren, müssen sie doch *etwas* gemacht haben. Vielleicht haben sie Hinweise zurückgelassen. Vielleicht finden wir da unten einen Weg, wie wir sie vernichten können.«

»Fletcher ist nicht mehr«, erinnerte Grillo ihn.

»Tatsächlich?« sagte Hotchkiss. »Ich bin da nicht so sicher. Manche Dinge bleiben, Grillo. Sie scheinen zu verschwinden, aber sie blieben, nur im Verborgenen. Unter der Erde. Man klettert ein Stück hinunter, und schon ist man in der Vergangenheit. Jeder Schritt tausend Jahre.«

»So weit reicht meine Erinnerung nicht zurück«, witzelte Grillo.

»Aber gewiß doch«, sagte Hotchkiss todernst. »Sie reicht zurück bis zu einem Klümpchen im Meer. Das quält uns.« Er hob die Hand. »Sieht fest aus, nicht?« sagte er. »Besteht aber hauptsächlich aus Wasser.« Er schien sich um einen weiteren Gedanken zu bemühen, fand ihn aber nicht.

»Die Kreaturen, die der Jaff gemacht hat, sehen aus, als wären sie ausgegraben worden«, sagte Grillo. »Glauben Sie, daß Sie so etwas da unten finden werden?«

Hotchkiss' Antwort war der Gedanke, den er vor einem Augenblick nicht hatte formulieren können. »Als sie starb«, sagte er. »Carolyn, meine ich... als Carolyn starb, träumte ich, daß sie sich einfach vor meinen Augen auflöste. Nicht verweste. Auflöste. Als hätte das Meer sie zurückgeholt.«

»Haben Sie diese Träume noch?«

»Nee. Heute träume ich gar nicht mehr.«

»Jeder träumt.«

»Dann gestatte ich mir nicht mehr, mich daran zu erinnern«, sagte Hotchkiss. »Also... stehen Sie mir bei?«

»Wobei?«

»Beim Abstieg.«

»Sie wollen es wirklich machen? Ich dachte, es wäre buchstäblich unmöglich, da hinunterzugelangen.«

»Dann sterben wir eben bei dem Versuch«, sagte Hotchkiss.

»Ich muß noch eine Geschichte aufschreiben.«

»Ich will Ihnen was sagen, mein Freund«, entgegnete Hotchkiss. »Dort *ist* die Geschichte. Die einzige Geschichte. Direkt unter unseren Füßen.«

»Ich sollte Sie warnen. Ich leide an Klaustrophobie.«

»Das werden wir Ihnen bald abgewöhnen«, antwortete Hotchkiss mit einem Lächeln, das für Grillos Geschmack ein klein wenig zuversichtlicher hätte sein können.

2

Howie hatte den größten Teil des Nachmittags wacker gegen den Schlaf gekämpft, aber am frühen Abend konnte er kaum noch die Augen offenhalten. Als er Jo-Beth sagte, daß er ins Hotel zurückkehren wollte, erhob Mama Einwände und sagte ihm, sie würde sich sicherer fühlen, wenn er im Haus blieb. Sie richtete das Gästezimmer her – er hatte die vergangene Nacht auf dem Sofa verbracht –, und er legte sich dort hin. Sein Körper hatte in den zurückliegenden Tagen einiges einstecken müssen. Seine Hand war immer noch ziemlich geschwollen, und auch der Rükken tat noch weh, obwohl die Einstiche, die ihm das Terata zugefügt hatte, nicht tief waren. Doch das alles hielt ihn nicht länger als ein paar Sekunden vom Schlafen ab.

Jo-Beth machte das Essen für Mama – für Mama Salat, wie immer – und sich selbst. Sie erledigte die vertrauten häuslichen Tätigkeiten, als hätte sich gegenüber letzter Woche überhaupt nichts verändert, und kurze Zeit, während sie in die Arbeit vertieft war, konnte sie das Grauen vergessen. Doch dann rief ihr ein Blick ins Gesicht ihrer Mutter oder auf das glänzende neue Schloß an der Hintertür den Schrecken wieder ins Gedächtnis zurück. Sie konnte die Erinnerungen nicht mehr in eine bestimmte Ordnung bringen: lediglich Demütigungen und Schmerz und weitere Demütigungen und Schmerz. Und alles überragte der Jaff; ihr nahe, *zu* nahe, manchmal gefährlich dicht daran, sie von seinen Visionen zu überzeugen, so wie er Tommy-Ray überzeugt hatte. Der Gedanke, der sie am meisten ängstigte, war der, daß sie tatsächlich imstande gewesen sein könnte, zum Feind überzulaufen. Als er ihr erklärt hatte, er wollte Vernunft, keine Gefühle, hatte sie ihn verstanden. Hatte sogar freundschaftliche Gefühle für ihn empfunden. Und die lockenden Worte von der ›Kunst‹ und der Insel, die er ihr zeigen wollte...

»Jo-Beth?«

»Mama?«

»Alles in Ordnung?«

»Ja. Natürlich. Ja.«

»Woran hast du gedacht? Dein Gesichtsausdruck...«

»Nur... über gestern nacht.«

»Das solltest du vergessen.«

»Vielleicht fahre ich rüber zu Lois und rede eine Weile mit ihr. Würde dir das etwas ausmachen?«

»Nein. Ich komme hier zurecht. Howard ist ja da.«

»Dann gehe ich.«

Von all ihren Freunden im Grove verkörperte niemand das Normale, von dem sich ihr Leben verabschiedet hatte, so perfekt wie Lois. Trotz ihrer strengen Moral hatte sie einen starken und schlichten Glauben an das Gute. Sie wollte, kurz gesagt, daß die Welt ein friedlicher Ort war, wo in Liebe großgezogene Kinder ihrerseits wieder Kinder haben konnten. Sie kannte auch das Böse. Es war jede Kraft, die dieser Vision entgegenstand. Terroristen, Anarchisten, Wahnsinnige. Jetzt wußte Jo-Beth, daß sie alle Verbündete auf einer höheren Daseinsebene hatten. Einer war ihr Vater. Es war wichtiger denn je, daß sie die Gesellschaft derer suchte, deren Definition des Guten unerschütterlich war.

Als sie aus dem Auto ausstieg, hörte sie Lärm und Gelächter aus Lois' Haus dringen; nach den Stunden der Angst und des Unbehagens, die sie hinter sich hatten, war das ein willkommenes Zeichen. Sie klopfte an die Tür. Das Getöse ging unbeeinträchtigt weiter.

»Lois?« rief sie, aber das Ausmaß der Ausgelassenheit drinnen war solchermaßen, daß Klopfen und Rufen ungehört blieben; daher pochte sie ans Fenster und rief noch einmal. Die Vorhänge wurden zurückgezogen, und Lois' fragendes Gesicht wurde sichtbar; ihr Mund formte Jo-Beths Namen. Das Zimmer hinter ihr war voller Menschen. Zehn Sekunden später war sie an der Tür und hatte einen so ungewöhnlichen Gesichtsausdruck, daß Jo-Beth sie fast nicht erkannte: ein Lächeln des Willkommens. Hinter ihr schien jedes Licht im Haus eingeschaltet zu sein; eine grelle Lichterflut, die sich über die Schwelle ergoß.

»Überraschung«, sagte Lois.

»Ja, ich dachte mir, ich schau' mal vorbei. Aber Sie haben... Besuch.«

»Sozusagen«, antwortete Lois. »Es ist momentan ein wenig schwierig.«

Sie warf einen Blick ins Haus zurück. Sie schien ein Kostümfest zu geben. Ein Mann im Cowboyanzug stapfte die Treppe hinauf, seine Sporen funkelten, als er an einem anderen in Militäruniform vorbeiging. Durch die Diele ging Arm in Arm mit einer dunkel gekleideten Frau ein Mann, der sich ausgerechnet als Chirurg verkleidet hatte, bis hin zur Gesichtsmaske. Daß Lois diese Party organisiert hatte, ohne Jo-Beth etwas davon zu sagen, war an sich schon merkwürdig; sie hatten im Buchladen weiß Gott genügend Zeit zu schwatzen. Aber daß sie sie überhaupt gab – die verschlossene, rechtschaffende Lois –, war doppelt seltsam.

»Es wird wohl nichts ausmachen«, sagte Lois. »Immerhin bist du eine Freundin. Du solltest dabei sein, richtig?«

Wobei war die Frage, die Jo-Beth durch den Kopf schoß, aber sie hatte keine Zeit, sie zu stellen, denn schon wurde sie von Lois, die ihren Arm mit unerbittlicher Kraft nahm, nach drinnen gezogen, und dann wurde die Tür hinter ihr zugemacht.

»Ist das nicht reizend?« sagte Lois. Sie strahlte eindeutig. »Sind zu dir auch Leute gekommen?«

»Leute.«

»Die Besucher.«

Jo-Beth nickte nur, doch das reichte aus, Lois' Plappern in neue Bahnen zu lenken. »Die Kritzlers nebenan haben Besuch aus *Masquerade* – du weißt schon, die Serie über die Schwestern?«

»Die Fernsehserie?«

»Natürlich die Fernsehserie. Und mein Mel... nun, du weißt ja, wie sehr er die alten Western liebt...«

Sie verstand wenig, wenn überhaupt etwas, von alledem, aber sie ließ Lois weiterplappern, weil sie befürchtete, eine unpassende Frage ihrerseits würde sie als Uneingeweihte ausweisen und den Strom der Geständnisse zum Versiegen bringen.

»Ich? Ich bin die glücklichste«, plapperte Lois. »So glücklich. Alle Leute aus *Day by Day* sind gekommen. Die ganze

Familie. Alan, Virginia, Benny, Jayne. Sie haben sogar Morgan mitgebracht. Das muß man sich mal vorstellen.«

»*Woher* sind sie denn gekommen, Lois?«

»Sie sind einfach in der Küche aufgetaucht«, lautete die Antwort. »Und sie haben mir natürlich gleich den ganzen Familienklatsch erzählt…«

Nur der Laden interessierte Lois so sehr wie *Day by Day*, die Geschichte von Amerikas Lieblingsfamilie. Sie setzte sich regelmäßig hin und erzählte Jo-Beth jede Einzelheit der Folge des vergangenen Abends, als wäre es Teil ihres eigenen Lebens. Jetzt schien es, als hätte diese Illusion sie vollkommen in ihren Bann gezogen. Sie sprach von den Pattersons, als wären sie wahrhaftig Gäste in ihrem Haus.

»Sie sind alle so reizend, wie ich es mir immer vorgestellt habe«, fuhr Lois fort, »aber ich hätte mir nie träumen lassen, daß sie sich mit den Leuten aus *Masquerade* vertragen. Du weißt ja, die Pattersons sind so *gewöhnlich;* das mag ich ja so an ihnen. Sie sind so…«

»Lois. Hören Sie auf damit.«

»Was ist denn los?«

»Das will ich ja von Ihnen wissen.«

»Nichts ist los. Alles ist wunderbar. Die Besucher sind da, und ich könnte gar nicht glücklicher sein.«

Sie lächelte einem Mann im hellblauen Jackett zu, der zur Begrüßung winkte.

»Das ist Todd aus *The Last Laugh*…«, sagte sie.

Satire aus dem Spätprogramm entsprach ebensowenig Jo-Beths Geschmack wie *Day by Day*, aber der Mann kam ihr vage bekannt vor. Wie das Mädchen, dem er Kartenkunststücke gezeigt hatte; und der Mann, der eindeutig mit ihm um ihre Gunst buhlte und den man, selbst auf diese Entfernung, für den Master von Mamas Lieblingsquizsendung *Hideaway* halten konnte.

»Was ist hier los?« sagte Jo-Beth. »Ist das eine Doppelgänger-Party oder so was?«

Lois' Lächeln, das eine starre Grimasse gewesen war, seit sie Jo-Beth unter der Tür begrüßt hatte, wurde nun ein wenig schief.

»Glaubst du mir nicht?« sagte sie.

»Glauben?«

»Das mit den Pattersons.«

»Nein. Natürlich nicht.«

»Aber sie sind da, Jo-Beth«, sagte sie und war plötzlich todernst. »Ich glaube, ich wollte sie schon immer einmal kennenlernen, und jetzt sind sie *gekommen.*« Sie nahm Jo-Beths Hand, und ihr Lächeln wurde wieder strahlend. »Wirst schon sehen«, sagte sie. »Und keine Bange, zu dir wird auch jemand kommen, wenn du es dir nur sehnlich genug wünschst. Es passiert überall in der Stadt. Nicht nur Fernsehstars. Leute von der Plakatwerbung und aus Zeitschriften. Schöne Menschen, wunderbare Menschen. Du mußt keine Angst haben. Sie gehören zu uns.« Sie kam etwas näher. »Bis gestern abend war mir das überhaupt nicht klar. Sie brauchen uns ebensosehr, oder nicht? Vielleicht noch mehr. Und daher werden sie uns kein Haar krümmen...«

Sie stieß die Tür auf, hinter der das lauteste Gelächter ertönte. Jo-Beth folgte Lois ins Innere. Hier waren die Lichter, die sie schon in der Diele geblendet hatten, noch heller, obwohl keine Lichtquelle zu sehen war. Es war, als wären die Menschen in dem Zimmer selbst erleuchtet, ihr Haar leuchtete, Augen und Zähne ebenso. Mel stand untersetzt, kahl und stolz am Kamin und sah sich in dem Zimmer um, das mit berühmten Gesichtern vollgestopft war.

Die Stars waren nach Palomo Grove gekommen, wie Lois es versprochen hatte. Die Familie Patterson – Alan und Virginia, Benny und Jayne, sogar der Hund Morgan – hielt mitten im Zimmer Hof, und verschiedene Nebenfiguren aus der Serie – Mrs. Kline von nebenan, der Fluch in Virginias Leben; die Haywards, denen der Laden an der Ecke gehörte – waren ebenfalls anwesend. Alan Patterson war in eine angeregte Unterhaltung mit Hester D'Arcy verwickelt, der häufig mißbrauchten Heldin aus *Masquerade.* Ihre geile Schwester, die die halbe Familie vergiftet hatte, um an den unsagbaren Reichtum heranzukommen, stand in einer Ecke und machte einem Mann aus der Unterhosenreklame schöne Augen, der so gekommen war, wie er am besten bekannt war: fast nackt.

»Alle!« sagte Lois laut über den Lärm hinweg. »Ihr alle, bitte, ich möchte euch eine Freundin vorstellen. Eine meiner besten Freundinnen...«

Die bekannten Gesichter drehten sich um, als würde Jo-Beth die Umschläge von einem Dutzend Fernsehzeitschriften sehen, und sahen in ihre Richtung. Sie wollte diesem Wahnsinn den Rücken kehren, bevor er auch sie in den Bann schlagen konnte, aber Lois hielt ihre Hand fest. Außerdem war dies ja Teil des allgemeinen Wahnsinns. Wenn sie es verstehen wollte, mußte sie an Ort und Stelle bleiben.

»...das ist Jo-Beth McGuire«, sagte Lois.

Alle lächelten; sogar der Cowboy.

»Du siehst aus, als könntest du einen Schluck vertragen«, sagte Mel, nachdem Lois Jo-Beth einmal durchs Zimmer geführt hatte.

»Ich trinke keinen Alkohol, Mr. Knapp.«

»Das heißt nicht, daß du nicht aussiehst, als könntest du welchen brauchen«, lautete die Antwort. »Ich glaube, nach dem heutigen Abend müssen wir alle unsere Gewohnheiten ändern, findest du nicht? Oder vielleicht nach dem gestrigen Abend.« Er sah zu Lois, deren helles Lachen wie Glocken ertönte. »Ich habe sie noch nie so glücklich gesehen«, sagte er. »Und das macht mich glücklich.«

»Aber wissen Sie, wo diese Leute alle hergekommen sind?« sagte Jo-Beth.

Mel zuckte die Achseln. »Das weiß ich ebensowenig wie du. Komm mit, ja? *Ich* brauche einen Schluck, auch wenn du keinen willst. Lois hat sich diese kleinen Freuden nie gegönnt. Ich habe immer gesagt: Gott sieht gerade nicht her. Und falls doch, stört es Ihn nicht.«

Sie drängten sich durch die Gäste in die Diele. Dort hatten sich zahlreiche Leute versammelt, die dem Gedränge im Wohnzimmer entfliehen wollten; unter ihnen mehrere Mitglieder der Kirche: Maeline Mallett; Al Grigsby; Ruby Sheppherd. Sie lächelten Jo-Beth zu, und ihre Gesichter verrieten mit keiner Miene, daß sie diese Versammlung außergewöhnlich fanden. Hatten sie vielleicht ihre eigenen Besucher mitgebracht?

»Waren Sie gestern nacht unten im Einkaufszentrum?« fragte Jo-Beth Mel und sah ihm zu, wie er ihr Orangensaft einschenkte.

»Ja, war ich«, sagte er.

»Und Maeline? Und Lois? Und die Kritzlers?«

»Ich glaube schon. Ich habe vergessen, wer alles da war, aber doch, ich glaube die meisten ... bist du sicher, daß du nicht etwas *in* den Saft möchtest?«

»Vielleicht«, sagte sie unbestimmt, während sie im Geiste die Teile des Geheimnisses zusammensetzte.

»Gut für dich«, sagte Mel. »Gott sieht gerade nicht her, und falls doch ...«

»... stört es Ihn nicht.«

Sie nahm den Drink.

»Ganz recht. Es stört Ihn nicht.«

Sie nippte daran, dann trank sie einen großen Schluck.

»Was ist da drin?« fragte sie.

»Wodka.«

»Dreht die Welt durch, Mr. Knapp?«

»Ich glaube schon«, lautete die Antwort. »Aber das Schöne daran ist, es gefällt mir so.«

Howie wachte kurz nach zehn Uhr auf, aber nicht, weil er ausreichend ausgeruht war, sondern weil er sich im Schlaf herumgedreht und die verletzte Hand unter sich eingeklemmt hatte. Die Schmerzen weckten ihn augenblicklich. Er richtete sich auf und studierte die pochenden Knöchel im Mondschein. Die Schnitte waren wieder aufgebrochen. Er zog sich an und ging ins Bad, um das Blut abzuwaschen, dann machte er sich auf die Suche nach einem Verband. Jo-Beths Mutter gab ihm einen, zusammen mit dem sachverständigen Rat, wie man die Hand verbinden mußte und der Information, daß Jo-Beth zu Lois Knapp gegangen war.

»Sie hat sich verspätet«, sagte Mama.

»Es ist noch nicht halb zehn.«

»Trotzdem.«

»Soll ich nach ihr sehen?«

»Würdest du das machen? Du kannst Tommy-Rays Auto nehmen.«

»Ist es weit?«

»Nein.«

»Dann gehe ich lieber zu Fuß.«

Die warme Nacht und die Tatsache, daß ihm keine Ungeheuer auf den Fersen waren, rief ihm seine erste Nacht hier im Grove ins Gedächtnis zurück: Wie er Jo-Beth in Butrick's Steak House kennengelernt, mit ihr gesprochen und sich innerhalb von Sekunden in sie verliebt hatte. Die Plagen, die seither über den Grove hereingebrochen waren, waren eine direkte Folge dieser Begegnung. Doch so bedeutend wie seine Gefühle für Jo-Beth waren, er brachte es nicht über sich zu glauben, daß sie so ernste Folgen nach sich gezogen hatten. War es möglich, daß hinter der Feindschaft zwischen dem Jaff und Fletcher – hinter der Essenz und dem Kampf um ihren Besitz – eine noch größere Verschwörung stand? Er hatte sich stets mit derlei Undenkbarem beschäftigt; zum Beispiel sich die Unendlichkeit vorzustellen, oder wie es sein würde, die Sonne zu berühren. Die Freude lag nicht in einer Lösung, sondern im Nachdenken, das erforderlich war, wenn man sich mit den Fragen beschäftigte. Der Unterschied beim vorliegenden Problem bestand jedenfalls darin, daß er selbst darin verwickelt war. Sonnen und Unendlichkeit beschäftigten weitaus größere Geister als ihn. Aber was er für Jo-Beth empfand, beschäftigte nur ihn, und wenn – wie ein tief in ihm vergrabener Instinkt (möglicherweise Fletchers Echo?) ihm sagte – die Tatsache, daß sie einander begegnet waren, ein kleiner, aber entscheidender Teil einer gewaltigen Geschichte war, dann konnte er das Denken nicht den größeren Geistern überlassen. Die Verantwortung lag zumindest teilweise bei ihm; auf ihnen beiden. Wie sehr er sich wünschte, es wäre nicht so. Wie sehr sehnte er sich danach, er hätte, wie jeder Kleinstadtfreier, genügend Zeit, um Jo-Beth zu werben. Pläne für die Zukunft machen zu können, ohne daß eine unerklärliche Vergangenheit schwer auf ihnen ruhte. Aber das war nicht möglich, ebensowenig, wie man etwas Geschriebenes ungeschrieben oder etwas Gewünschtes ungewünscht machen konnte.

Hätte er dafür noch einen konkreteren Beweis gebraucht,

hätte es keinen besseren geben können als die Szene, die ihn hinter der Tür von Lois Knapps Haus erwartete.

»Da will dich jemand sprechen, Jo-Beth.«

Sie drehte sich um und sah denselben Gesichtsausdruck vor sich, den sie vor zwei Stunden gehabt haben mußte, als sie zur Tür hereingekommen war.

»Howie«, sagte sie.

»Was ist denn hier los?«

»Eine Party.«

»Ja, das sehe ich. Aber die vielen Schauspieler. Woher kommen sie? Sie können unmöglich alle im Grove leben.«

»Das sind überhaupt keine Schauspieler«, sagte sie. »Das sind Leute aus dem Fernsehen. Und aus ein paar Filmen. Nicht viele, aber...«

»Warte, warte.«

Er kam näher zu ihr. »Sind das Freunde von Lois?« sagte er.

»Ganz sicher«, sagte sie.

»Diese Stadt hat immer wieder eine Überraschung parat, was? Gerade wenn man meint, man hat alles im Griff...«

»Aber das sind keine *Schauspieler,* Howie.«

»Eben hast du gesagt, daß sie es sind.«

»Nein. Ich habe gesagt, es sind Leute aus dem Fernsehen. Siehst du da drüben die Familie Patterson? Sie haben sogar ihren Hund dabei.«

»Morgan«, sagte Howie. »Meine Mutter hat sich die Sendung immer angesehen.«

Der Hund, eine liebenswerte Promenadenmischung mit einem langen Stammbaum liebenswerter Promenadenmischungen, hörte seinen Namen und kam herüber, gefolgt von Benny, dem jüngsten Kind der Pattersons.

»Hi«, sagte der Junge. »Ich bin Benny.«

»Ich bin Howie. Das ist...«

»Jo-Beth. Ja. Wir haben uns schon kennengelernt. Kommst du mit mir raus Ballspielen, Howie? Mir ist langweilig.«

»Draußen ist es dunkel.«

»Nein«, sagte Benny. Er nickte zur Verandatür. Sie war offen.

Die Nacht draußen war, wie Benny gesagt hatte, alles andere als dunkel. Es war, als wäre das seltsame Leuchten, das im Haus zu herrschen schien und über das er noch nicht mit Jo-Beth hatte sprechen können, bis hinaus in den Garten gedrungen.

»Siehst du?« fragte Benny.

»Ich sehe es.«

»Also, kommst du?«

»In einer Minute.«

»Versprochen?«

»Ich verspreche es. Übrigens, wie heißt du denn richtig?«

Das Kind sah verwirrt drein. »Benny«, sagte er. »Schon immer.« Damit gingen er und der Hund in die helle Nacht hinaus.

Bevor Howie die vielen Fragen, die ihm durch den Kopf gingen, in eine Reihenfolge gebracht hatte, wurde ihm eine freundliche Pranke auf die Schulter gelegt, und eine volltönende Stimme fragte: »Was zu trinken?«

Howie hob die verbundene Hand als Entschuldigung, daß er die Hand nicht schüttelte.

»Schön, dich kennenzulernen. Jo-Beth hat mir von dir erzählt. Ich bin übrigens Mel. Der Mann von Lois. Ich denke, du hast Lois schon kennengelernt.«

»Ganz recht.«

»Ich weiß nicht, wohin sie verschwunden ist. Ich glaube, einer der Cowboys nimmt sie sich vor.« Er hob das Glas. »Wozu ich sagen muß, lieber er als ich.« Er gab einen beschämten Ausdruck vor. »Was sage ich da nur? Ich sollte den Dreckskerl auf die Straße zerren. Ihn niederknallen, hm?« Er grinste. »Das ist der neue Westen für dich, richtig? Man darf sich verdammt noch mal nicht aus der Ruhe bringen lassen. Noch einen Wodka, Jo-Beth? Möchtest du auch etwas, Howie?«

»Warum nicht?«

»Komisch, nicht?« sagte Mel. »Erst wenn diese verdammten Träume zur Tür hereinspazieren, wird einem klar, wer man ist. Ich... ich bin ein Feigling. Und ich liebe sie nicht.« Er wandte sich von ihnen ab. »Ich habe sie nie geliebt«, sagte er im Herumdrehen. »Miststück. Elendes Miststück.«

Howie sah ihm nach, wie er von der Menge verschlungen

wurde, dann blickte er wieder zu Jo-Beth. Er sagte sehr langsam: »Ich habe nicht die gerinste Ahnung, was los ist. Du?«

»Ja.«

»Sag es mir. In möglichst einfachen Worten.«

»Dies ist das Ergebnis dessen, was dein Vater letzte Nacht getan hat.«

»Das Feuer?«

»Oder was daraus hervorkam. Diese Leute...« Sie lächelte und betrachtete sie, »... Lois, Mel, Ruby da drüben... sie waren gestern nacht alle beim Einkaufszentrum. Was immer von deinem Vater ausgegangen ist...«

»Sei leise, ja? Sie starren uns schon alle an.«

»Ich spreche nicht laut, Howie«, sagte sie. »Sei nicht so paranoid.«

»Ich sage dir, sie starren uns an.«

Er spürte ihre durchdringenden Blicke: Gesichter, die er bislang nur in Magazinen oder auf dem Bildschirm gesehen hatte, sahen ihn mit seltsamen, beinahe besorgten Mienen an.

»Dann laß sie doch starren. Ich sage dir, sie wollen uns nichts Böses tun.«

»Woher weißt du das?«

»Ich war den ganzen Abend hier. Es ist wie bei einer normalen Party...«

»Du nuschelst.«

»Warum sollte ich nicht auch ab und zu meinen Spaß haben?«

»Das sage ich ja gar nicht. Ich sage nur, daß du nicht in der Verfassung bist zu entscheiden, ob sie gefährlich sind oder nicht.«

»Was hast du vor, Howie?« sagte sie. »Möchtest du diese Leute alle für dich behalten?«

»Nein. Nein, natürlich nicht.«

»Ich will nichts mit dem Jaff zu tun haben...«

»Jo-Beth.«

»Er ist vielleicht mein Vater. Das heißt nicht, daß mir das gefällt.«

Als der Jaff erwähnt wurde, war es in dem Zimmer totenstill geworden. Jetzt sahen alle im Zimmer – Cowboys, Seifenopernstars, Komödianten, Schönheiten, alle – in ihre Richtung.

»O Scheiße«, sagte Howie leise. »Das hättest du nicht sagen sollen.« Er studierte die Gesichter ringsum. »Das war ein Fehler. Sie hat es nicht so gemeint. Sie ist nicht... sie gehört nicht... ich meine, wir gehören zusammen. Sie und ich. Wir gehören zusammen, klar? Mein Vater war Fletcher, und ihrer... ihrer *nicht.*« Es war, als würde er in Sand einsinken. Je mehr er sich abmühte, desto tiefer sank er.

Einer der Cowboys sprach als erster. Er hatte Augen, die die Presse eisblau nennen würde.

»Du bist Fletchers Sohn?«

»Ja... das bin ich.«

»Dann weißt du, was wir tun müssen.«

Plötzlich begriff Howie die Bedeutung der Blicke, die ihm seit seinem Eintreten zugeworfen worden waren. Diese Kreaturen – *Halluzigenien* hatte Fletcher sie genannt – *kannten* ihn; zumindest bildeten sie es sich ein. Jetzt hatte er sich identifiziert, und das Verlangen in ihren Gesichtern konnte nicht größer sein.

»Sag uns, was wir tun sollen«, sagte eine der Frauen.

»Wir sind für Fletcher hier«, sagte eine andere.

»Fletcher ist nicht mehr«, sagte Howie.

»Dann für dich. Du bist sein Sohn. Was sollen wir hier tun?«

»Sollen wir das Kind des Jaff für dich vernichten?« sagte der Cowboy und sah Jo-Beth mit seinen blauen Augen an.

»Gütiger Himmel, nein!«

Er streckte die Hand aus, um Jo-Beth am Arm zu packen, aber sie wich bereits mit langsamen Schritten vor ihm zur Tür zurück. »Komm zurück«, sagte er. »Sie werden dir nichts tun.«

Er sah ihrem Gesichtsausdruck an, daß seine Worte in dieser Gesellschaft kein Trost waren.

»Jo-Beth...«, sagte er, »...ich dulde nicht, daß sie dir weh tun.«

Er ging auf sie zu, aber die Geschöpfe seines Vaters waren nicht bereit, ihre einzige Hoffnung auf Führung gehen zu lassen. Bevor er bei ihr war, spürte er, wie eine Hand an seinem Hemd zog, dann noch eine und noch eine, bis er von flehentlichen, bewundernden Gesichtern umgeben war.

»Ich kann euch nicht helfen«, schrie er. *»Laßt mich in Ruhe!«*

Er sah aus dem Augenwinkel, wie Jo-Beth furchtsam zur Tür lief und hinausschlüpfte. Er rief ihr nach, aber der Lärm um ihn herum war angeschwollen, bis er jedes seiner Worte übertönte. Er drängte sich nachdrücklicher durch die Menge. Sie mochten Träume sein, waren aber durchaus greifbar; und warm; und, so schien es, ängstlich. Sie brauchten einen Führer, und sie hatten ihn auserkoren. Es war eine Rolle, auf die er nicht vorbereitet war, besonders dann nicht, wenn sie ihn von Jo-Beth trennte.

»Verdammt, geht mir aus dem Weg!« forderte er und drängte sich um sich schlagend durch die erleuchteten, glänzenden Gesichter. Ihr Eifer ließ nicht nach, sondern stieg proportional zu seiner Gegenwehr. Nur indem er sich duckte und wie durch einen Tunnel durch seine Bewunderer ging, konnte er sich ihnen entziehen. Sie folgten ihm auf den Flur hinaus. Die Eingangstür stand offen. Er lief wie ein von Fans verfolgter Star darauf zu und in die Nacht hinaus, bevor sie seiner wieder habhaft werden konnten. Ein Instinkt hinderte sie daran, ihm ins Freie hinaus zu folgen, auch wenn einer oder zwei, angeführt von Benny und dem Hund Morgan, ihm nachliefen; und der Ruf des Jungen – »Besuch uns bald wieder!« – folgte ihm wie eine Drohung die Straße entlang.

VII

1

Die Kugel traf Tesla an der Seite wie der Schlag eines Schwergewichtschampions. Sie wurde rückwärts geschleudert, der Anblick von Tommy-Rays grinsendem Gesicht wich den Sternen über dem offenen Dach. Sie wurden binnen Sekunden größer, schwollen an wie helle Wundmale auf der sauberen Dunkelheit. Was danach geschah, entzog sich ihrem Verständnis. Sie hörte einen Aufruhr und einen Schuß, gefolgt von Schreien der Frauen, die sich, wie Raul ihr gesagt hatte, um diese Zeit hier einfanden. Aber sie brachte nicht die Willenskraft auf, sich für irgend etwas auf Erden zu interessieren. Das häßliche Schauspiel über ihr erforderte ihre ungeteilte Aufmerksamkeit: ein kranker, eiternder Himmel, der im Begriff stand, sie mit beflecktem Licht zu überschütten.

Ist das der Tod? fragte sie sich. Wenn ja, dann wurde er überschätzt. Das gab Stoff für eine Geschichte, überlegte sie. Über eine Frau, die...

Der Gedanke teilte das Schicksal ihres Bewußtseins: Er erlosch.

Der zweite Schuß, den sie gehört hatte, war auf Raul abgefeuert worden, der sich auf Teslas Attentäter gestürzt hatte und dabei über das Feuer gesprungen war. Die Kugel verfehlte ihn, aber er warf sich beiseite, um einer weiteren zu entgehen, was Tommy-Ray Zeit gab, zur Tür hinauszulaufen, zu der er hereingekommen war, in eine Frauenmenge hinein, die er mit einem dritten Schuß über ihre verschleierten Köpfe hinweg auseinandertrieb. Sie stimmten ein Wehklagen an und liefen davon, wobei sie ihre Kinder hinter sich herzogen. Mit dem Nuncio in der Hand hastete er den Berg hinunter zu der Stelle, wo er das Auto geparkt hatte. Ein Blick zurück bestätigte ihm, daß der Gefährte der Frau – dessen ungestalte Züge und unheimliche Schnelligkeit ihn aus der Fassung gebracht hatten – ihn nicht verfolgte.

Raul legte die Hand an Teslas Wange. Sie war fiebrig, lebte aber. Er zog das Hemd aus und preßte es auf die Verletzung, dann legte er ihre schlaffe Hand darauf, um es an Ort und Stelle zu halten. Danach schritt er in die Dunkelheit und rief die Frauen aus ihren Verstecken. Er kannte die Namen aller. Sie wiederum kannten ihn und vertrauten ihm. Sie kamen, als er rief.

»Kümmert euch um Tesla«, wies er sie an. Dann folgte er dem Todesjungen und seiner Beute.

Tommy-Ray konnte das Auto bereits erkennen – oder besser, seinen geisterhaften Umriß im Mondenschein –, als er ausrutschte. Im Bemühen, Waffe und Phiole festzuhalten, ließ er beide fallen. Er fiel, das Gesicht voraus, heftig in den Staub. Steine schnitten ihm Wangen, Kinn, Arme und Hände auf. Als er wieder aufstand, begann Blut zu fließen.

»Mein Gesicht!« sagte er und betete zu Gott, daß sein Aussehen keinen Schaden genommen hatte.

Es folgten noch mehr schlechte Nachrichten. Er konnte hören, wie der häßliche Pisser den Berg herunterkam.

»Willst sterben, was?« grunzte er seinem Verfolger entgegen. »Kein Problem. Können wir einrichten. Kein Problem.«

Er tastete nach der Waffe, aber die war ein paar Meter weit weggerutscht. Aber die Phiole war unter seiner Hand. Er hob sie auf. Dabei bemerkte er, daß sie nicht mehr passiv war. Sie lag warm auf der blutigen Handfläche. Hinter dem Glas bewegte sich etwas. Er hielt sie fester, damit sie ihm nicht noch einmal aus der Hand rutschen konnte. Die Flüssigkeit reagierte sofort und leuchtete zwischen seinen Fingern.

Viele Jahre waren vergangen, seit der Rest des Nuncio sein Werk an Fletcher und Jaffe getan hatte. Dies, der Rest, war weitab zwischen Steinen vergraben gewesen, die so fest waren, daß nichts sie erschüttern konnte. Er war kalt geworden und hatte seine Botschaft vergessen. Aber jetzt erinnerte er sich. Tommy-Rays Enthusiasmus weckte alte Ambitionen.

Er sah, daß der Nuncio leuchtend wie eine Messerklinge, grell wie ein Pistolenschuß, gegen das Glas der Phiole drängte. Dann zerbrach er sein Gefängnis und schnellte ihm zwischen den Fingern hindurch entgegen – die er jetzt gegen seinen Angriff spreizte – auf sein ohnedies schon verletztes Gesicht zu.

Seine Berührung schien sanft zu sein – ein warmer Spritzer, wie Sperma, wenn er sich einen abwichste, der ihn am Auge und dem Mundwinkel erwischte. Aber es warf ihn rückwärts auf den Rücken; die Steine rissen die Ellbogen blutig, ebenso Hintern und Rücken. Er wollte schreien, brachte aber keinen Laut heraus. Er versuchte, die Augen aufzumachen, damit er sehen konnte, wo er war, aber auch das konnte er nicht. Herrgott! Er konnte nicht einmal mehr atmen. Seine Hände, die den Nuncio im Sprung berührt hatten, klebten am Gesicht und versperrten Augen, Nase und Mund. Es war, als wäre er in einem Sarg eingeschlossen, der für jemanden gemacht wurde, der zwei Nummern kleiner war als er. Er schrie wieder gegen den Knebel der eigenen Handfläche an, aber er stand auf verlorenem Posten. Irgendwo in seinem Hinterkopf sagte eine Stimme:

»Gib nach. Du willst es doch. Wenn du der Todesjunge werden willst, mußt du zuerst den Tod kennenlernen. Spüre ihn. Verstehe ihn. *Erleide* ihn.«

Darin war er, wahrscheinlich wie in keiner anderen Lektion in seinem kurzen Leben, Meisterschüler. Er leistete der Panik keinen Widerstand, sondern ließ sich von ihr treiben, ritt sie wie eine Welle in Zuma, der Dunkelheit einer unbekannten Küste entgegen. Der Nuncio begleitete ihn. Tommy-Ray spürte, wie er mit jeder schwitzenden Sekunde etwas Neues aus ihm machte, auf den Spitzen seiner aufgerichteten Härchen tanzte, einen Rhythmus, den Rhythmus des Todes, zwischen seinen pochenden Herzschlägen schlug.

Plötzlich war er voll davon; oder der Nuncio von ihm; oder beides. Er konnte die Hände wie Saugnäpfe vom Gesicht ziehen und wieder atmen.

Nach ein paar keuchenden Atemzügen sah er auf und betrachtete seine Handflächen. Sie waren blutig, vom Blut aus seinem Gesicht und anderen Verletzungen, aber die Flecken verschwanden vor einer beharrlicheren Wirklichkeit. Ihm wurde der Anblick eines Grabbewohners gewährt, und er sah sein eigenes Fleisch vor seinen Augen verwesen. Die Haut wurde dunkel und von Gasen aufgebläht, dann platzte sie auf, Eiter und Wasser flossen aus den Rissen. Als er das sah, grinste er und spürte, wie sich das Grinsen ausdehnte bis zu den Ohren, als sein Gesicht aufplatzte. Und er zeigte nicht nur die Knochen seines Lächelns, auch die Gebeine unter Armen, Handgelenken und Fingern kamen nun zum Vorschein, von der Verwesung freigelegt. Herz und Lungen unter dem Hemd fielen flüssiger Fäulnis zum Opfer und flossen weg; seine Eier wurden mit ihnen fortgespült, der schrumpelige Schwanz ebenso.

Und das Grinsen wurde immer noch breiter, bis sämtliche Gesichtsmuskeln verschwunden waren und er das Lächeln des Todesjungen lächelte, so breit wie ein Lächeln nur werden konnte.

Die Vision war nicht von Dauer. Kaum gegeben, war sie auch schon vorüber, und er kniete wieder auf den spitzen Steinen und sah die blutigen Handflächen an.

»Ich bin der Todesjunge«, sagte er, stand auf und drehte sich um, um den ersten glücklichen Pisser zu sehen, der ihn nach seiner Verwandlung schauen durfte.

Der Mann war ein paar Meter entfernt stehengeblieben.

»Sieh mich an«, sagte Tommy-Ray. »Ich bin der Todesjunge.«

Der arme Scheißer starrte ihn nur an und begriff nichts. Tommy-Ray lachte. Das Verlangen, den Mann zu töten, war von ihm gewichen. Er wollte einen lebenden Zeugen, der in kommenden Tagen bezeugen konnte, was geschehen war. Der sagte: Ich war dabei, und es war ehrfurchtgebietend, Tommy-Ray sterben und wieder auferstehen zu sehen.

Er nahm sich einen Augenblick Zeit und betrachtete die Überreste des Nuncio an den Scherben der Phiole und ein paar verstreute Spritzer auf dem Boden. Nicht genügend, es aufzusammeln und dem Jaff zu bringen. Aber er brachte ja jetzt etwas

Besseres. Sich selbst, von der Angst befreit, vom Fleisch befreit. Ohne den Zeugen noch eines Blickes zu würdigen, drehte er sich um und ließ ihn in seiner Verwirrung stehen.

Die Glorie der Verwandlung war zwar von ihm gewichen, aber ein schwacher Nachgeschmack blieb – was er nicht begriff, bis sein Blick auf einen Stein am Boden fiel. Er bückte sich und hob ihn auf; möglicherweise ein hübsches Geschenk für Jo-Beth. Aber als er es in der Hand hielt, wurde ihm klar, daß es überhaupt kein Stein war, sondern der zerschmetterte und schmutzige Schädel eines Vogels. In seinen Augen leuchtete er.

Der Tod leuchtet, sagte er sich. Wenn ich ihn sehe, leuchtet er.

Er steckte den Schädel in die Tasche, ging zum Auto und fuhr rückwärts den Berg hinunter, bis die Straße breit genug war, daß er wenden konnte. Dann brauste er mit einer Geschwindigkeit davon, die selbstmörderisch gewesen wäre, wäre Selbstmord jetzt nicht eine seiner vielen neuen Spielsachen gewesen.

Raul drückte die Finger in einen der Spritzer des Nuncio. Dieser stieg seiner Hand perlförmig entgegen, wand sich durch die Spiralen der Fingerabdrücke und stieg durch das Knochenmark von Hand, Handgelenk und Unterarm empor, bis er am Ellbogen versiegte. Er spürte – oder bildete es sich ein – eine unmerkliche Neugestaltung in den Muskeln, als würde seine Hand, die die Affenform nie völlig verloren hatte, ein wenig näher zum Menschsein gelockt. Er ließ sich nur ein paar Augenblicke von dem Gefühl ablenken; Teslas Befinden sorgte ihn mehr als sein eigenes.

Auf dem Rückweg den Berg hinauf fiel ihm ein, daß die letzten Tropfen des Nuncio vielleicht mithelfen konnten, die Frau wieder gesund zu machen. Wenn sie nicht bald Hilfe in irgendeiner Form bekam, würde sie sicher sterben. Was war zu verlieren, wenn er die Große Arbeit tun ließ, was sie konnte?

Mit diesem Gedanken im Kopf stapfte er in Richtung Mission zurück, weil er wußte, wenn er versuchte, die zerschmetterte Phiole zu berühren, würde er zum Nutznießer ihrer Wirkung werden. Tesla mußte die Straße hinab zu der Stelle getragen werden, wo die kostbaren Tropfen verschüttet wurden.

Die Frauen hatten ihre Kerzen rings um Tesla herum aufgestellt. Sie sah bereits wie ein Leichnam aus. Er erteilte seine Anweisungen rasch. Sie wickelten sie ein und halfen ihm, sie ein Stück die Straße hinunterzutragen. Sie war nicht schwer. Er nahm ihren Kopf und die Schultern, zwei Frauen trugen die untere Hälfte, eine dritte drückte das mittlerweile völlig durchnäßte Hemd auf die Schußwunde.

Sie kamen langsam voran und stolperten in der Dunkelheit, aber da er zweimal vom Nuncio berührt worden war, fiel es Raul nicht schwer, die Stelle wiederzufinden. Gleich und gleich gesellte sich eben gern. Er ermahnte die Frauen, Füße und Hände von der verschütteten Flüssigkeit fernzuhalten, nahm Tesla allein auf die Arme und legte sie nieder, so daß der verschüttete Nuncio einen Heiligenschein um ihren Kopf bildete. Die Überreste der Phiole enthielten immer noch den größten Teil. Er drehte ihren Kopf äußerst behutsam zu den Scherben der Phiole. Als der Nuncio die Nähe der Frau spürte, begann die Flüssigkeit einen Glühwürmchentanz...

...die giftige Helligkeit, die auf Tesla herunterregnete, nachdem sie von Tommy-Rays Kugel zu Fall gebracht worden war, hatte sich binnen Sekunden verfestigt und war zu einem grauen, konturlosen Ort geworden, wo sie nun lag und keine Ahnung hatte, wie sie hergekommen war. Sie konnte sich nicht mehr an die Mission, Raul oder Tommy-Ray erinnern. Nicht einmal den eigenen Namen wußte sie mehr. Alles lag außerhalb der Mauer, wo sie nicht hingehen konnte. Wo sie vielleicht nie wieder hingehen konnte. Das erfüllte sie nicht mit irgendwelchen Empfindungen. Da sie keine Erinnerungen hatte, konnte sie auch um nichts trauern.

Aber jetzt kratzte etwas auf der anderen Seite an der Wand. Sie hörte es vor sich hinsummen, während es arbeitete, wie ein Liebhaber, der an den Steinen ihrer Zelle grub und entschlossen war, zu ihr zu kommen. Sie lauschte und wartete, und nun war sie nicht mehr ganz so vergeßlich und auch nicht mehr so gleichgültig, was ihre Flucht anbetraf. Ihr Name fiel ihr als erstes wieder ein, sie hörte ihn in dem Summen draußen. Dann die Erinnerung an die Schmerzen, die die Kugel bereitet hatte, und das grinsende Gesicht von Tommy-Ray, und Raul und die Mission und...

Nuncio.

Das war die Kraft, nach der sie gesucht hatte, und nun suchte diese umgekehrt nach ihr und überwand die Mauern des Limbo. Ihre Unterhaltung mit Flechter über die verwandelnde Wirkung des Nuncio war allzu kurz gewesen, aber sie hatte seine grundlegende Funktion bestens begriffen. Er erweiterte die Eigenschaften, mit denen er in Berührung kam; ein Wettlauf gegen die Entropie auf ein Ziel zu, welches niemand ahnen konnte. War sie bereit für so eine erleuchtende Berührung? Der Nuncio hatte aus Jaffe etwas aufgeblähtes Böses gemacht und aus Fletcher einen bestürzten Heiligen.

Was mochte er aus ihr machen?

Im letzten Augenblick kamen Raul Zweifel an der Klugheit seiner Behandlung, und er wollte Tesla aus der Reichweite des Nuncio nehmen, aber er schnellte bereits aus den Scherben der Phiole zu ihrem Gesicht. Sie inhalierte ihn wie einen flüssigen Atemzug. Um ihren Kopf herum flogen die anderen Tropfen zu Kopfhaut und Hals.

Sie keuchte, ihr ganzer Körper zitterte, als der Bote in sie eindrang. Und dann ließ das Zittern ihrer Gelenke und Nerven ebenso unvermittelt nach.

Raul murmelte: »Stirb nicht. Stirb nicht.«

Er wollte gerade die Lippen auf ihre drücken, als letzte Verzweiflungsmaßnahme, um sie zu erhalten, als er eine Bewegung hinter den geschlossenen Lidern sah. Sie drehte die Augen rasend hin und her und erblickte etwas, das nur sie allein sehen konnte.

»Lebend...«, murmelte sie.

Hinter ihr fingen die Frauen, die alles mit angesehen hatten, ohne es zu begreifen, zu beten und wimmern an, entweder aus Dankbarkeit oder Angst vor dem, was sie gesehen hatten. Er wußte es nicht. Aber auch er sprach murmelnd Gebete, ohne sich seiner Beweggründe sicherer zu sein als die Frauen.

2

Die Wände verschwanden plötzlich. Wie ein Damm, der zuerst an einer winzigen Stelle bricht und dann vom Druck der Sturzflut gesprengt wird.

Sie hatte damit gerechnet, daß die Welt, die sie verlassen hatte, auf sie warten würde, wenn die Mauern zu Trümmern geworden waren. Sie irrte sich. Von der Mission war nichts zu sehen, auch nicht von Raul. Statt dessen lag eine Wüste vor ihr, die von einer Sonne erhellt wurde, welche die volle Kraft noch nicht erreicht hatte, und durch die ein Wind wehte, der Tesla in dem Augenblick ergriff, als die Mauern fielen, und sie über den Boden trug. Ihre Geschwindigkeit war erschreckend, aber sie konnte nicht bremsen oder die Richtung ändern, denn sie hatte keine Glieder und keinen Körper mehr. Hier bestand sie nur aus *Gedanken;* Reinheit an einem reinen Ort.

Dann vor ihr ein Anblick, der diesen Gedanken Lügen strafte. Am Horizont waren Spuren menschlicher Besiedlung zu erkennen; eine Stadt, die mitten in diesem Nichts errichtet worden war. Sie näherte sich ihr mit unverminderter Geschwindigkeit. Dies war offenbar nicht ihr Ziel, wenn sie überhaupt eines hatte. Sie überlegte, daß sie ja auch einfach reisen und reisen konnte. Daß diese Daseinsform einfach eine der Bewegung war; eine Reise ohne Zweck oder Ziel. Während sie durch die Hauptstraße raste, hatte sie Zeit zu sehen, daß die Stadt solide erbaut war und Geschäfte und Häuser sich auf beiden Seiten gruppierten, aber sie war auch vollkommen ohne Charakter. Das heißt, unbewohnt und ohne Merkmale. Keine Schilder an den Geschäften oder Kreuzungen; überhaupt keine Spur von Menschen. Noch ehe sie diese bizarren Gegebenheiten richtig begriffen hatte, war sie am gegenüberliegenden Stadtrand und raste wieder über von der Sonne versengten Boden. Der Anblick der Stadt, so kurz er gewesen war, hatte den Verdacht erhärtet, daß sie hier vollkommen allein war. Nicht nur würde ihre Reise endlos sein, sondern auch ohne Begleitung. Dies war die Hölle, dachte sie; oder eine gutfunktionierende Definition derselben.

Sie fragte sich, wie lange es dauern würde, bis ihr Verstand vor diesem Schrecken in den Wahnsinn flüchtete. Einen Tag? Eine Woche? Gab es solche Unterscheidungen hier überhaupt? Ging die Sonne unter und wieder auf? Sie versuchte, zum Himmel zu sehen, aber die Sonne war hinter ihr, und da sie keinen Körper hatte, warf sie auch keinen Schatten, anhand dessen sie den Stand der Sonne ablesen konnte, noch besaß sie die Macht, sich umzudrehen und selbst nachzusehen.

Doch es gab etwas anderes zu sehen, und das war noch eigentümlicher als die Stadt: Ein alleinstehender Turm oder eine Säule, aus Metall erbaut, stand mitten in der Wüste; Drahtseile hielten sie, als würde sie andernfalls davonschweben. Wieder war sie innerhalb von Sekunden dort und wieder daran vorbei. Wieder spendete sie ihr keinen Trost. Aber als sie daran vorbei war, überkam sie ein neues Gefühl: daß sie, die Wolken und der Sand unter ihr alle vor etwas *flohen.* Hatte eine Wesenheit in der konturlosen Stadt gelauert, wo sie nicht zu sehen gewesen war, und folgte ihr nun, von der Anwesenheit eines Menschen erregt? Sie konnte sich nicht umdrehen, sie konnte nichts sehen, sie konnte nicht einmal die Schritte des Wesens hören, das ihr folgte. Aber es würde kommen. Wenn nicht jetzt, dann bald. Es war unablässig und unausweichlich. Und der erste Augenblick, da sie es sah, würde ihr letzter sein.

Dann eine Zuflucht! Immer noch ein weites Stück entfernt, aber sie wurde immer größer, während sie darauf zuraste; es schien sich um eine kleine Hütte aus Steinen zu handeln, deren Mauern weiß gestrichen waren. Ihre schwindelerregende Geschwindigkeit wurde langsamer. Offenbar hatte die Reise doch ein Ziel: diese Hütte.

Sie sah gebannt auf die Hütte und suchte nach Anzeichen, ob sie bewohnt war; und ihre periphere Wahrnehmung erblickte eine Bewegung weit rechts neben der Behausung. Tesla wurde zwar langsamer, aber ihre Geschwindigkeit war immer noch beachtlich, und da sie die Szene nicht studieren konnte, bekam sie nicht mehr als einen Blick auf die Gestalt mit. Aber es war ein Mensch, eine Frau, in Lumpen gekleidet: *Das* sah sie. Auch wenn die Hütte so unbewohnt wie die Stadt war, einen Trost – wenn auch einen kleinen – hatte sie, nämlich daß noch eine Menschenseele durch diese Einöde wanderte. Sie sah nochmals angestrengt nach der Frau, doch diese war gekommen und gegangen. Und es gab dringendere Probleme: die Tatsache, daß die Hütte fast bei ihr war, oder sie bei der Hütte, und ihre Geschwindigkeit immer noch ausreichte, Behausung und Besucherin beim Aufprall zu zerschmettern. Sie wappnete sich und überlegte, daß ein Tod durch Zusammenprall der unendlichen Reise vorzuziehen war, die sie befürchtet hatte.

Und plötzlich hielt sie an; direkt vor der Tür. Von dreihundert Stundenkilometern auf null in einem halben Herzschlag.

Die Tür war geschlossen, aber sie spürte etwas über der Schulter – obwohl sie körperlos war, schien es unmöglich, *nicht* in Begriffen wie *über* und *hinter* zu denken –, das in ihr Sichtfeld hineingriff. Es war schlangenförmig, so dick wie ihr Handgelenk und so dunkel, daß sie nicht einmal im grellen Sonnenlicht Einzelheiten seiner Anatomie erkennen konnte. Es hatte kein Muster; keinen Kopf; keine Augen; keinen Mund; keine Schuppen. Aber es hatte Kraft. Genügend, um die Tür aufzustoßen. Danach zog es sich zurück, und sie war nicht sicher, ob sie das ganze Tier oder nur eines seiner Gliedmaßen gesehen hatte.

Die Hütte war nicht groß; mit einem Blick hatte sie alles gesehen. Die Wände unbearbeiteter Stein, der Boden festgetretene Erde. Kein Bett, keine Möbel. Nur ein kleines Feuer, das in der Mitte auf dem Boden brannte und dessen Rauch zwar die Möglichkeit hatte, durch ein Loch in der Decke abzuziehen, es aber statt dessen vorzog, drinnen zu bleiben und die Luft zwischen ihr und dem einzigen Bewohner der Hütte zu verschmutzen.

Er sah aus, als wäre er so alt wie die Steine der Mauern, nackt und schmutzig, die Haut straff und brüchig wie Papier über seine dürren Knochen gespannt. Er hatte sich den Bart ungleichmäßig abgesengt, an manchen Stellen waren noch graue Haarflusen. Sie wunderte sich, daß er überhaupt noch genügend Verstand hatte, das zu tun. Der Gesichtsausdruck deutete auf ein Gehirn im fortgeschrittenen Zustand der Katatonie hin.

Doch kaum war sie eingetreten, sah er zu ihr auf und sah sie an, ungeachtet der Tatsache, daß sie keine Substanz hatte. Er räusperte sich und spie Schleim in das Feuer.

»Mach die Tür zu«, sagte er.

»Sie können mich sehen?« antwortete sie. »Und hören?«

»Selbstverständlich«, entgegnete er. »Und jetzt mach die Tür zu.«

»Wie soll ich das machen?« wollte sie wissen. »Ich habe… keine Hände. Nichts.«

»Du kannst es«, antwortete er. »Stell dir einfach vor, du hättest deinen Körper.«

»Hm?«

»Verfluchte Scheiße, so schwer kann das doch nicht sein! Du hast dich doch oft genug angesehen. Stell dir vor, wie du aussiehst. Mach dich real. Los doch. Tu es für mich.« Sein Tonfall schwankte zwischen Drohung und Schmeichelei. »Du mußt die Tür zumachen…«

»Ich versuche es.«

»Nicht fest genug«, lautete die Antwort.

Sie wartete einen Augenblick, bevor sie die nächste Frage zu stellen wagte.

»Ich bin tot, nicht?« fragte sie.

»Tot? Nein.«

»Nein?«

»Der Nuncio hat dich erhalten. Du lebst, aber dein Körper ist noch bei der Mission. Ich will ihn hier haben. Wir müssen etwas erledigen.«

Die gute Nachricht, daß sie noch am Leben war, wenn auch Leib und Seele getrennt, spornte sie an. Sie dachte ganz fest an den Körper, den sie beinahe verloren hatte, den Körper, in den sie über einen Zeitraum von zweiunddreißig Jahren hinweg hineingewachsen war. Er war keineswegs perfekt, aber wenigstens gehörte er ihr allein. Kein Silikon; keine Kniffe und Falten. Sie mochte ihre Hände und die zierlichen Handgelenke, die schiefen Brüste, bei denen die linke Brustwarze doppelt so groß wie die rechte war, ihre Fotze, den Hintern. Aber am meisten gefiel ihr ihr Gesicht mit seinen Eigenheiten und Lachfältchen.

Der Trick war, sich das alles vorzustellen. An alle Einzelheiten zu denken und den Körper damit an diesen Ort zu bringen, wo ihre Seele hingereist war. Sie vermutete, daß der alte Mann sie dabei unterstützte. Er sah zwar noch zur Tür, aber sein Blick war nach innen gerichtet. Die Sehnen am Hals standen wie straffe Seile vor; der lippenlose Mund zuckte.

Seine Energie half ihr. Sie spürte, wie ihre Leichtigkeit schwand, sie wurde hier substantieller, wie eine Suppe, die auf dem Feuer ihrer Fantasie eindickte. Sie erlebte einen Augenblick des Zweifels, als sie beinahe bedauerte, das unbeschwerte Dasein als reine Gedanken zu verlieren, aber dann fiel ihr ihr Gesicht wieder ein, das ihr zulächelte, wenn sie am Morgen aus der Dusche kam. Es war ein herrliches Gefühl, in diesem Körper zur Reife zu gelangen und ihn um seiner selbst willen lieben zu lernen. Das simple Vergnügen eines guten Rülpsers oder, noch besser, eines guten Furzes. Ihrer Zunge beizubringen, zwischen Wodkas zu unterscheiden; ihren Augen, Matisse zu bewundern. Wenn sie ihren Körper wieder mit dem Denken verband, hatte sie mehr zu gewinnen als zu verlieren.

»Fast«, hörte sie ihn sagen.

»Ich spürte es.«

»Noch ein klein wenig. *Beschwöre.*«

Sie sah auf den Boden hinunter und merkte dabei erst, daß sie es wieder konnte. Ihre Füße waren da, sie standen nackt auf der Schwelle. Und auch der Rest ihres Körpers nahm vor ihrem Blick Gestalt an. Sie war splitternackt.

»Jetzt...«, sagte der Mann am Feuer. »Mach die Tür zu.«

Sie drehte sich um und gehorchte. Es war ihr überhaupt nicht peinlich, daß sie nackt war, besonders nach der Anstrengung, die erforderlich gewesen war, ihren Körper hierherzubringen. Sie ging dreimal pro Woche ins Gymnastikstudio. Sie wußte, ihr Bauch war schlank, der Hintern straff. Außerdem schien es ihren Gastgeber nicht zu kümmern; er war selbst nackt und betrachtete sie, so schien es, kaum mehr als flüchtig. Wenn in diesen Augen jemals Lüsternheit gewesen war, so war sie bereits vor Jahren versiegt.

»Gut«, sagte er. »Ich bin Kissoon. Du bist Tesla. Setz dich. Sprich mit mir.«

»Ich habe viele Fragen«, sagte sie zu ihm.

»Würde mich überraschen, wenn es nicht so wäre.«

»Kann ich sie stellen?«

»Du kannst sie stellen. Aber setz dich erst hin.«

Sie setzte sich ihm gegenüber auf den Boden, das Feuer zwischen ihnen. Der Boden war warm; die Luft auch. Innerhalb von dreißig Sekunden schwitzte sie aus allen Poren. Es war angenehm.

»Zuerst…«, sagte sie, »…wie bin ich hierhergekommen? Und wo bin ich?«

»Du bist in New Mexiko«, antwortete Kissoon. »Und wie? Nun, das ist eine schwierigere Frage, aber es läuft auf folgendes hinaus: Ich habe dich beobachtet – dich und ein paar andere – und auf eine Möglichkeit gewartet, jemanden hierherzubringen. Die Todesnähe und der Nuncio haben mitgeholfen, deinen Widerstand gegen die Reise abzubauen. Du hattest kaum eine andere Wahl.«

»Wieviel weißt du über das, was im Grove geschieht?« fragte sie ihn.

Er gab trockene Laute mit dem Mund von sich, als versuchte er, Speichel zu sammeln. Als er schließlich antwortete, klang es niedergeschlagen.

»O Gott im Himmel, zuviel«, sagte er. »Ich weiß zuviel.«

»Die ›Kunst‹, Essenz… das alles?«

»Ja«, sagte er mit derselben Niedergeschlagenheit. »Das alles. Ich selbst, Narr, der ich bin, habe es in Gang gebracht. Das Wesen, das du als den Jaff kennst, saß einmal genau da, wo du jetzt sitzt. Damals war er nur ein Mensch. Randolph Jaffe, auf seine Weise eindrucksvoll – das mußte er sein, um überhaupt hierherzugelangen –, aber trotzdem war er nur ein Mensch.«

»Ist er so gekommen wie ich?« fragte sie. »Ich meine, war er dem Tode nahe?«

»Nein. Er besaß einfach eine größere Gier nach der ›Kunst‹ als die meisten, die danach suchen. Er ließ sich nicht von den Rauchwänden und Täuschungen aufhalten und den Tricks, die die meisten Menschen von der Fährte abbringen. Er hat so lange gesucht, bis er mich gefunden hatte.«

Kissoon betrachtete Tesla mit zusammengekniffenen Augen,

als könnte er auf diese Weise besser sehen und bis in ihren Schädel eindringen.

»Was soll ich sagen«, meinte er. »Immer wieder dasselbe Problem: Was soll ich sagen?«

»Du hörst dich an wie Grillo«, sagte sie. »Hast du ihm auch nachspioniert?«

»Ein- oder zweimal, wenn eure Wege sich gekreuzt haben«, sagte Kissoon. »Aber es ist nicht wichtig. Du bist es. Du bist sehr wichtig.«

»Wie kommst du darauf?«

»Zunächst, weil du hier bist. Seit Randolph war niemand mehr hier, und überleg mal, was das für Konsequenzen nach sich gezogen hat. Dies ist kein gewöhnlicher Ort, Tesla. Ich bin sicher, das hast du schon erraten. Dies ist eine Schleife – eine Zeit außerhalb der Zeit –, die ich für mich selbst geschaffen habe.«

»Außerhalb der Zeit?« sagte sie. »Das verstehe ich nicht.«

»Wo soll ich anfangen«, sagte er. »Das ist die andere Frage, nicht? Zuerst, was soll ich erzählen. Dann, wo soll ich anfangen... Nun, du weißt von der ›Kunst‹. Du weißt von der Essenz. Weißt du auch über den Schwarm Bescheid?«

Sie schüttelte den Kopf.

»Das ist, oder *war*, einer der ältesten Orden der Weltreligion. Eine winzige Sekte – wir waren immer nur siebzehn –, die ein Dogma hatte, die ›Kunst‹, und einen Himmel, die Essenz, und nur ein Ziel, beide *rein* zu halten. Dies war ihr Zeichen«, sagte er, hob einen kleinen Gegenstand vom Boden auf und warf ihn ihr zu. Auf den ersten Blick dachte sie, es wäre ein Kruzifix. Es war ein Kreuz, und in der Mitte war ein Mann mit gespreizten Gliedmaßen. Aber eingehendere Betrachtung strafte diesen Eindruck Lügen. Auf jedem der vier Arme des Symbols waren andere Gestalten eingeritzt, die Verballhornungen oder Abwandlungen der zentralen Gestalt zu sein schienen.

»Glaubst du mir?« sagte er.

»Ich glaube dir.«

Sie warf das Symbol wieder auf seine Seite des Feuers zurück.

»Die Essenz muß um jeden Preis bewahrt werden. Das hat Fletcher dir zweifellos klar gemacht?«

»Das hat er gesagt, ja. War er einer vom Schwarm?«

Kissoon schüttelte mißbilligend den Kopf. »Nein, diesen Anforderungen hätte er nie genügt. Fletcher war nur ein Angestellter. Der Jaff hat ihn angestellt, damit er ihm eine chemische Fahrt ermöglicht: eine Abkürzung zur ›Kunst‹ und zur Essenz.«

»Das war der Nuncio.«

»Er war es.«

»Hat er seinen Zweck erfüllt?«

»Er hätte ihn vielleicht erfüllt, wenn Fletcher nicht auch damit in Berührung gekommen wäre.«

»Darum haben sie gekämpft«, sagte sie.

»Ja«, antwortete Kissoon. »Selbstverständlich. Aber das weißt du sicher. Fletcher muß es dir gesagt haben.«

»Wir hatten nicht viel Zeit. Er hat mir Bruchstücke erklärt. Vieles war vage.«

»Er war kein Genie. Den Nuncio hat er mehr durch Glück als durch Können gefunden.«

»Bist du ihm begegnet?«

»Ich sagte doch, seit Jaffe war niemand mehr hier. Ich bin allein.«

»Nein«, widersprach Tesla. »Es war jemand draußen...«

»Du meinst die Lix? Die Schlange, die die Tür aufgemacht hat? Nur eine kleine Schöpfung von mir. Ein Zeitvertreib. Es hat mir Spaß gemacht, sie zu züchten...«

»Nein. Die nicht«, sagte sie. »In der Wüste war eine Frau. Ich habe sie gesehen.«

»Ach, wirklich?« sagte Kissoon, über dessen Gesicht ein subtiler Schatten zu huschen schien. »Eine Frau?« Er lächelte verhalten. »Nun, verzeih mir«, sagte er. »Ab und zu *träume* ich eben auch noch. Früher konnte ich heraufbeschwören, was immer ich wollte, indem ich es träumte. War sie nackt?«

»Ich glaube nicht.«

»Schön?«

»So nahe war ich nicht.«

»Oh. Schade. Aber besser für dich. Hier bist du verwundbar, und ich möchte nicht, daß dir eine eifersüchtige Geliebte etwas tut.« Seine Stimme war unbeschwerter geworden, fast gekünstelt beiläufig.

»Wenn du sie wieder siehst, halt dich von ihr fern. Komm ihr unter gar keinen Umständen zu nahe.«

»Nein.«

»Ich hoffe, sie findet hierher. Nicht, daß ich viel mit ihr machen könnte. Der Kadaver...« Er sah an seinem welken Körper hinab, »...hat schon bessere Zeiten gesehen. Aber ich könnte sie ansehen. Ich sehe gerne jemanden an. Sogar dich, wenn ich das sagen darf.«

»Was soll das heißen, *sogar?*« fragte Tesla.

Kissoon lachte laut und trocken. »Ja, es tut mir leid. Es sollte ein Kompliment sein. Ich bin so lange alleine. Ich habe meine gesellschaftlichen Umgangsformen vergessen.«

»Du könntest doch sicher zurückkehren«, sagte sie. »Du hast mich hergebracht. Gibt es keine Rückfahrkarte?«

»Ja und nein«, sagte er.

»Das bedeutet?«

»Es bedeutet, ich könnte, aber ich kann nicht.«

»Warum?«

»Ich bin der letzte des Schwarms«, sagte er. »Der letzte lebende Bewahrer der Essenz. Alle anderen wurden ermordet, und Versuche, sie zu ersetzen, haben nichts gebracht. Machst du mir einen Vorwurf, weil ich mich verstecke? Weil ich aus sicherer Entfernung beobachte? Wenn ich sterbe und die Tradition des Schwarms nicht erneuert wurde, ist die Essenz unbewacht; und ich glaube, du weißt genug, daß du dir vorstellen kannst, wie katastrophal das wäre. Ich kann nur auf eine Weise in die Welt hinausgehen und diese lebenswichtige Aufgabe beginnen, und zwar in einer anderen Gestalt. Einem anderen... Körper.«

»Wer sind die Mörder? Weißt du das?«

Wieder der subtile Schatten.

»Ich habe einen Verdacht«, sagte er.

»Aber du sagst ihn mir nicht.«

»Die Geschichte des Schwarms wimmelt vor Versuchen, seine Integrität anzugreifen. Er hat menschliche Feinde; unmenschliche; untermenschliche; übermenschliche. Wenn ich dir das erklären wollte, würden wir nie fertig werden.«

»Steht etwas davon geschrieben?«

»Du meinst, du kannst es recherchieren? Nein. Aber du kannst zwischen den Zeilen der Geschichtsbücher lesen, und du wirst den Schwarm überall finden. Er ist das Geheimnis hinter allen anderen Geheimnissen. Ganze Religionen wurden begründet und erhalten, um die Aufmerksamkeit von ihm abzulenken, um spirituelle Sucher vom Schwarm, der ›Kunst‹ und wohin die ›Kunst‹ führt, *abzulenken.* Das war nicht schwer. Die Menschen lassen sich leicht von ihren Zielen abbringen, wenn man die richtigen Spuren auslegt. Versprechungen der Offenbarung, Wiederauferstehung des Fleisches, und so weiter...«

»Willst du damit sagen...«

»Unterbrich mich nicht«, sagte Kissoon. »Bitte. Ich finde gerade meinen Rhythmus.«

»Tut mir leid«, sagte Tesla.

Er ist fast wie ein Vertreter, dachte Tesla. Als würde er versuchen, mir die ganze außergewöhnliche Geschichte zu *verkaufen.*

»Also. Wie schon gesagt... man kann den Schwarm überall finden, wenn man weiß, wo man suchen muß. Und manche Menschen wußten das. Im Lauf der Jahre gab es einige Männer und Frauen, wie der Jaff, denen es gelang, hinter die Täuschungen und Rauchwände zu sehen, die die Hinweise aufgriffen und die Kodes knackten, und die Kodes in den Kodes, bis sie dicht an der ›Kunst‹ dran waren. Dann mußte der Schwarm natürlich eingreifen, und wir haben immer von Fall zu Fall entschieden, welche Vorgehensweise angebracht zu sein schien. Einige dieser Suchenden waren Gurdjeff, Melville, Emily Dickinson; eine interessante Mischung, die wir schlicht und einfach zu den heiligsten und geheimsten Adepten gemacht haben, damit sie unsere Rollen übernehmen sollten, wenn der Tod unsere Zahl verringerte. Andere stuften wir als unwürdig ein.«

»Was habt ihr mit ihnen gemacht?«

»Wir haben unsere Fähigkeiten eingesetzt, um sämtliche Erinnerungen an ihre Entdeckung aus ihren Köpfen zu tilgen. Was sich häufig als fatal erwiesen hat. Man kann einem Menschen nicht eines Tages die Suche nach dem Sinn wegnehmen und erwarten, daß er überlebt, besonders wenn er der Lösung so nahe gekommen ist. Ich vermute, einer oder eine unserer Abgelehnten hat sich erinnert...«

»Und den Schwarm ermordet.«

»Das scheint die wahrscheinlichste Theorie zu sein. Es muß jemand sein, der den Schwarm und sein Tun kennt. Was mich wieder zu Randolph Jaffe bringt.«

»Ich kann ihn mir nur schwer als *Randolph* vorstellen«, sagte Tesla. »Oder überhaupt als Menschen.«

»Glaub mir, er ist einer. Außerdem ist er der größte Einschätzungsfehler, den ich je gemacht habe. Ich habe ihm zuviel erzählt.«

»Mehr als du mir erzählst?«

»Jetzt ist die Situation verzweifelt«, sagte Kissoon. »Wenn ich dir nicht alles sage und Hilfe von dir bekomme, dann sind wir alle verloren. Aber bei Jaffe... war es meine eigene Dummheit. Ich wollte jemand, mit dem ich meine Einsamkeit teilen kann, und ich habe eine schlechte Wahl getroffen. Wären die anderen noch am Leben, dann wären sie eingeschritten und hätten mich daran gehindert, so eine Fehlentscheidung zu treffen. Sie hätten die Verderbtheit in ihm gesehen. Ich nicht. Ich war froh, daß er mich gefunden hatte. Ich wollte Gesellschaft, wollte, daß mir jemand hilft, die Last der ›Kunst‹ zu tragen. Und damit habe ich eine schlimmere Last geschaffen. Jemanden mit der Macht, die Essenz zu erreichen, aber ohne die geringste seelische Läuterung.«

»Er hat auch eine Armee.«

»Ich weiß.«

»Woher kommen sie?«

»Von dort, woher alles kommt. Dem Verstand.«

»Alles?«

»Du stellst schon wieder Fragen.«

»Ich kann nichts dafür.«

»Ja, alles. Die Welt und alle ihre Werke; ihr Entstehen und Vergehen; Götter, Läuse und Tintenfische. Alles aus dem Verstand.«

»Das glaube ich dir nicht.«

»Wie kommst du darauf, daß mich das interessiert?«
»Der Verstand kann nicht alles erschaffen.«
»Ich habe ja nicht gesagt, der *menschliche* Verstand.«
»Aha.«
»Wenn du aufmerksamer zuhören würdest, würdest du nicht so viele Fragen stellen.«
»Aber du möchtest, daß ich alles verstehe, sonst würdest du dir nicht soviel Zeit nehmen.«
»Zeit außerhalb der Zeit. Aber, ja... ja, ich möchte, daß du alles verstehst. Wenn man das Opfer bedenkt, das du bringen mußt, ist es wichtig, daß du alles verstehst.«
»Was für ein Opfer?«
»Ich sagte es dir doch: Ich kann nicht in meinem Körper von hier weg. Ich würde entdeckt und ermordet werden, wie die anderen.«
Sie zitterte trotz der Wärme.
»Ich glaube, ich kann dir nicht ganz folgen«, sagte sie.
»O doch.«
»Du möchtest, daß ich dich irgendwie hinausschmuggle? Deine Gedanken mit mir trage?«
»Kommt hin.«
»Kann ich nicht einfach *für dich* handeln?« sagte sie. »Deine Agentin sein? Ich bin gut da draußen.«
»Das glaube ich.«
»Du gibst mir Anweisungen, ich erledige das Erforderliche.«
Kissoon schüttelte den Kopf. »Du weißt so vieles nicht«, sagte er. »Ein gewaltiges Bild, und ich habe nicht einmal angefangen, es zu enthüllen. Ich bezweifle, ob deine Fantasie damit fertig werden würde.«
»Versuch es«, sagte sie.
»Bist du so sicher?«
»Ganz sicher.«
»Nun, das Problem ist nicht nur der Jaff. Er könnte die Essenz beflecken, aber das würde sie überleben.«
»Und was ist dann das Problem?« sagte Tesla. »Du erzählst mir da eine Scheiße, ein Opfer sei notwendig. Wofür? Wenn die Essenz sich um sich selbst kümmern kann, wofür?«

»Kannst du mir nicht einfach vertrauen?«

Sie sah ihn stechend an. Das Feuer war niedergebrannt, aber ihre Augen hatten sich an das bernsteinfarbene Halbdunkel gewöhnt. Ein Teil von ihr wollte verzweifelt jemandem das Vertrauen schenken. Aber sie hatte fast ihr ganzes Leben lang erfahren müssen, wie gefährlich das war. Männer, Agenten, Studiobosse, so viele hatten sie früher um ihr Vertrauen gebeten, und sie hatte es gegeben und war beschissen worden. Jetzt war es zu spät umzulernen. Sie war bis ins Knochenmark zynisch. Wenn sie aufhörte, das zu sein, würde sie auch aufhören, Tesla zu sein, und es gefiel ihr, Tesla zu sein. Daraus folgte – wie die Nacht dem Tag –, daß ihr auch der Zynismus gut paßte.

Daher sagte sie: »Nein. Tut mir leid. Ich kann dir nicht vertrauen. Nimm das nicht persönlich. Es wäre dasselbe, auch wenn du jemand anders wärst. Ich will alles wissen.«

»Was bedeutet das?«

»Ich will die Wahrheit. Sonst gebe ich dir gar nichts.«

»Bist du sicher, daß du dich weigern kannst?« sagte Kissoon.

Sie wandte halb das Gesicht ab und sah mit verkniffenen Augen wieder zurück, so wie es ihre Lieblingsheldinnen immer taten, mit einem vorwurfsvollen Blick.

»Das war eine Drohung«, sagte sie.

»So könnte man es auslegen«, bemerkte er.

»Nun, zum Teufel...«

Er zuckte die Achseln. Seine Passivität – die fast lässige Art, wie er sie ansah – erboste sie noch mehr.

»Weißt du, ich muß nicht hier sitzen und mir das anhören.«

»Nicht?«

»Nein! Du verbirgst etwas vor mir.«

»Jetzt wirst du lächerlich.«

»Das glaube ich nicht.«

Sie stand auf. Sein Blick folgte ihrem Gesicht nicht, sondern verweilte auf der Höhe des Unterleibs. Plötzlich fühlte sie sich in seiner Anwesenheit unwohl, nackt, wie sie war. Sie wollte die Kleidungsstücke, die wahrscheinlich noch in der Mission waren, so muffig und blutig sie auch sein mochten. Wenn sie wieder dorthin wollte, sollte sie sich besser auf den Weg machen. Sie wandte sich zur Tür.

Hinter ihr sagte Kissoon: »Warte, Tesla. Bitte warte. Es war mein Fehler. Ich gebe es zu, es war mein Fehler. Komm zurück, ja?«

Sein Ton war versöhnlich, aber sie hörte einen weniger gütigen Unterton heraus. Er ist aufgebracht, dachte sie; trotz seiner spirituellen Gelassenheit kocht er. Es war eine Lektion in der Kunst des Dialogs, das Fauchen unter dem Schnurren herauszuhören. Sie drehte sich um, um noch mehr zu hören, war aber nicht mehr sicher, ob sie von diesem Mann die Wahrheit erfahren würde. Es war nur eine Drohung erforderlich, das zu bezweifeln.

»Los«, sagte sie.

»Möchtest du dich nicht setzen?«

»Nein«, sagte sie. Sie mußte so tun, als hätte sie keine Angst, obwohl sie plötzlich welche hatte; sie mußte ihre nackte Haut als ausreichende Kleidung betrachten. Stehenbleiben und trotzig nackt sein. »Ich möchte mich nicht setzen.«

»Dann will ich versuchen, es dir, so schnell ich kann, zu erklären«, sagte er. Er hatte jede Zweideutigkeit seines Verhaltens wirksam beseitigt. Er war zuvorkommend, beinahe unterwürfig.

»Nicht einmal ich, das mußt du mir glauben, habe alle Fakten zur Verfügung«, sagte er. »Aber ich habe genug, hoffe ich, um dich von der Gefahr zu überzeugen, in der wir schweben.«

»Wer ist *wir?*«

»Die Bewohner des Kosm.«

»Noch einmal.«

»Hat Fletcher dir das nicht erklärt?«

»Nein.«

Er seufzte.

»Stell dir Essenz als Meer vor«, sagte er.

»Ich denke…«

»Auf einer Seite dieses Meeres ist die Realität, die wir bewohnen. Ein Kontinent des Seins, wenn du so willst, dessen Grenzen Schlaf und Tod sind.«

»So weit, so gut.«

»Und jetzt... stell dir vor, daß es noch einen Kontinent gibt, auf der anderen Seite dieses Meeres.«

»Eine andere Realität.«

»Ja. So unermeßlich und komplex wie unsere eigene. So voll von Energien und Lebewesen und Gier. Aber, wie der Kosm auch, von einer einzigen Rasse mit seltsamen Gelüsten beherrscht.«

»Das klingt gar nicht gut.«

»Du wolltest die Wahrheit hören.«

»Ich sage nicht, daß ich dir glaube.«

»Dieser andere Ort ist der Metakosm. Die Bewohner sind die Iad Uroboros. Sie existieren.«

»Und ihre Gelüste?« sagte sie, war aber nicht sicher, ob sie es wirklich wissen wollte.

»Nach *Reinheit.* Nach *Einmaligkeit.* Nach *Wahnsinn.*«

»Schöne Gelüste.«

»Du hast recht gehabt, als du mir vorgeworfen hast, ich würde dir nicht die Wahrheit sagen. Ich habe dir nur einen Teil davon erzählt. Der Schwarm stand am Ufer der Essenz Wache, um zu verhindern, daß die ›Kunst‹ durch menschliche Ambitionen mißbraucht wird; aber wir beobachteten auch das Meer...«

»Wegen einer Invasion?«

»Davor fürchteten wir uns. Vielleicht rechneten wir sogar damit. Vielleicht lag das ja nicht nur an unserer Paranoia. Unsere schlimmsten Alpträume sind die, in denen wir den Geruch der Iad jenseits von Essenz wahrnehmen. Die tiefsten Schrecken, die übelsten Hirngespinste, die in den Köpfen der Menschen spuken, sind Echos *ihrer* Echos. Ich gebe dir mehr Grund, Angst zu haben, Tesla, als du je von anderen Lippen hören könntest. Ich erzähle dir etwas, das nur die allerstärkste Psyche verkraften kann.«

»Gibt es auch gute Nachrichten?« fragte Tesla.

»Wer hat das je versprochen? Wer hat je gesagt, daß es *gute* Nachrichten gibt?«

»Jesus«, antwortete sie. »Und Buddha. Und Mohammed.«

»Bruchstücke von Geschichten, die vom Schwarm zu Kulten umfunktioniert wurden. Ablenkungen.«

»Das kann ich nicht glauben.«

»Warum nicht? Bist du Christin?«

»Nein.«

»Buddhistin? Moslime? Hindu?«

»Nein. Nein. Nein.«

»Aber du bestehst trotzdem darauf, an die guten Nachrichten zu glauben«, sagte Kissoon. »Sehr bequem.«

Ihr war, als wäre sie, sehr heftig, ins Gesicht geschlagen worden, und zwar von einem Lehrer, der ihr während des ganzen Gesprächs immer drei oder vier Schritte voraus gewesen war und sie konstant und verstohlen an einen Ort geführt hatte, wo sie nur noch Absurdes von sich geben konnte. Und es war wahrhaftig absurd, sich an Hoffnungen aufs Himmelreich zu klammern, wo sie doch Pisse auf jede Religion hinunterschüttete, die unter ihrem Fenster vorbeiging. Sie war nicht niedergeschlagen, weil Kissoon einen Punkt in der Diskussion für sich gutmachen konnte. Sie hatte in zahlreichen Unterhaltungen schwere Schläge einstecken müssen und sich wieder aufgerappelt und noch schwerere ausgeteilt. Was sie bis aufs Blut krank machte, war die Tatsache, daß ihre Verteidigung gegen so vieles, was er gesagt hatte, schon im selben Augenblick entkräftet wurde. Wenn es nur zum Teil stimmte, was er ihr gesagt hatte, und die Welt, in der sie lebte – der Kosm – in Gefahr war, welches Recht hatte sie dann, ihr kleines Leben höher einzustufen als sein verzweifeltes Bedürfnis nach Unterstützung? Selbst angenommen, sie konnte den Rückweg aus dieser Zeit außerhalb der Zeit finden, konnte sie nicht in die Welt zurückkehren, ohne sich jeden Augenblick zu fragen, ob sie nicht die einzige Überlebenschance des Kosm vertan hatte, als sie ihn zurückließ. Sie mußte bleiben; sie mußte sich ihm ausliefern; nicht nur, weil sie ihm rückhaltlos glaubte, sondern weil sie es sich nicht leisten konnte, sich zu irren.

»Hab keine Angst«, hörte sie ihn sagen. »Die Situation ist nicht schlimmer als vor fünf Minuten, und da hast du dich noch wacker in der Diskussion geschlagen. Jetzt kennst du einfach nur die Wahrheit.«

»Schwacher Trost«, sagte sie.

»Nein«, antwortete er leise. »Ich sehe das. Und du mußt verstehen, daß diese Last allein schwer zu tragen ist und ohne Hilfe mein Rücken bricht.«

»Ich verstehe«, sagte sie.

Sie ging vom Feuer weg und lehnte sich an die Mauer der Hütte, um sich zu stützen und ihre Kälte am Rücken zu spüren. Dort lehnte sie und sah zu Boden und bekam mit, wie Kissoon aufstand. Sie sah ihn nicht an, hörte aber sein Grunzen. Und dann seine Bitte.

»Ich muß deinen Körper bewohnen«, sagte er. »Was, fürchte ich, bedeutet, daß du ihn räumen mußt.«

Das Feuer war fast völlig niedergebrannt, aber sein Rauch wurde immer dichter. Er drückte auf ihren Hinterkopf, so daß sie Kissoon nicht ansehen konnte, selbst wenn sie es gewollt hätte. Sie fing an zu zittern. Zuerst die Knie, dann die Finger. Kissoon redete unaufhörlich weiter, während er näher kam. Sie hörte sein leises Schlurfen.

»Es tut nicht weh«, sagte er. »Wenn du ruhig stehenbleibst und zu Boden siehst...«

Langsam kam ihr ein Gedanke: Machte er den Rauch irgendwie dicker, damit sie ihn nicht ansah?

»Es ist schnell vorbei...«

Er hört sich an wie ein Anästhesist, dachte sie. Das Zittern wurde stärker. Der Rauch drückte immer schwerer auf sie, je näher er kam. Jetzt war sie sicher, daß er es wirklich tat. Er wollte nicht, daß sie ihn ansah. Warum nicht? Kam er mit einem Messer zu ihr, um ihr das Gehirn herauszuschneiden, damit er sich hinter ihren Augen einnisten konnte?

Der Neugier zu widerstehen, war noch nie ihre starke Seite gewesen. Je näher er kam, desto mehr wollte sie das Gewicht des Rauchs abschütteln und ihn direkt ansehen. Aber das war schwer. Ihr Körper war schwach, als wäre ihr Blut zu Spülwasser geworden. Der Rauch war wie ein Hut aus Blei; die Krempe war zu tief in die Stirn gezogen. Je mehr sie drückte, desto schwerer wurde er.

Er will wirklich nicht, daß ich ihn sehe, dachte sie, und dieser

Gedanke spornte ihren Ehrgeiz an, es doch zu tun. Sie drückte sich gegen die Wand. Er war jetzt nur noch zwei Meter von ihr entfernt. Sie konnte ihn riechen; sein Schweiß war bitter und abgestanden. Hoch, sagte sie zu sich. Hoch. Es ist nur Rauch. Er erweckt den Eindruck, als würdest du zerquetscht werden, aber es ist nur Rauch.

»Entspanne dich«, murmelte er; wieder der Anästhesist.

Statt dessen konzentrierte sie ihre letzten Kraftreserven darauf, den Kopf zu heben. Der Hut aus Blei drückte auf ihre Schläfen; ihr Schädel ächzte unter der Last der Krone. Aber sie bewegte den Kopf und zitterte, als sie sich gegen das Gewicht wehrte. Als sie einmal angefangen hatte, wurde die Bewegung leichter. Sie hob das Kinn einen Zentimeter, dann noch zwei, gleichzeitig schaute sie auf, bis sie ihn direkt ansehen konnte. Stehend war er an jeder Stelle verkrümmt, nur an einer nicht; jedes Gelenk, jede Verbindung war ein wenig schief, Schulter und Hals, Hand und Arm; Schenkel und Becken, ein Zickzack mit einer einzigen kerzengeraden Linie, die von seinen Lenden abstand. Sie sah ihn angeekelt an.

»Scheiße, was soll das denn?« sagte sie.

»Ich kann nichts dafür«, sagte er. »Tut mir leid.«

»Ach ja?«

»Als ich sagte, daß ich deinen Körper will, habe ich es nicht so gemeint.«

»Wo habe ich das nur schon einmal gehört?«

»Glaub mir«, sagte er. »Es ist nur mein Fleisch, das auf deins reagiert. Automatisch. Fühle dich geschmeichelt.«

Unter anderen Umständen hätte sie vielleicht gelacht. Wäre es ihr zum Beispiel möglich gewesen, die Tür aufzumachen und wegzugehen; aber so hatte sie sich außerhalb der Zeit verirrt, mit einer Bestie auf der Schwelle und dahinter nichts als Wüste. Jedesmal, wenn sie gedacht hatte, sie hätte kapiert, was hier los war, hatte sie es wieder verloren. Der Mann war eine Überraschung nach der anderen, und keine war erfreulich.

Er streckte die Hände nach ihr aus; seine Pupillen waren geweitet, das Weiß der Augen kaum noch zu sehen. Sie dachte an Raul; wieviel Schönheit sein Blick ausgedrückt hatte, trotz seines

Mischlingsgesichts. Hier war keinerlei Schönheit; nichts auch nur vage Erkennbares. Keine Gier, keine Wut. Wenn er überhaupt Gefühle hatte, so waren sie gut verborgen.

»Ich kann es nicht«, sagte sie.

»Du mußt. Gib mir deinen Körper. Ich muß den Körper haben, sonst gewinnen die Iad. Willst du das?«

»Nein!«

»Dann hör auf, Widerstand zu leisten. Deine Seele wird in Trinity sicher sein.«

»Wo?«

Nun war etwas ganz kurz in seinen Augen zu sehen; ein Funken Wut – auf sich selbst, vermutete sie.

»Trinity?« sagte sie und dachte die Frage nur als Hinhaltetaktik, damit er sie nicht berührte und für sich beanspruchte. *»Was ist Trinity?«*

Als sie diese Frage stellte, passierten mehrere Dinge gleichzeitig, deren rasche Abfolge es ihr unmöglich machte, eins vom anderen zu trennen; aber allen gemeinsam war die Tatsache, daß seine Kontrolle über die Situation nachließ, als sie ihn nach Trinity fragte. Zuerst spürte sie, wie sich der Rauch über ihr auflöste, sein Gewicht drückte sie nicht mehr hinunter. Sie packte die Chance beim Schopf, so lange sie sich noch bot, und streckte die Hand nach dem Türgriff aus. Sie wandte den Blick jedoch nicht von ihm ab, und im selben Augenblick, als der Zwang von ihr abfiel, sah sie, wie er sich verwandelte. Es war ein Sekundenbruchteil, mehr nicht, aber so nachdrücklich, daß sie ihn nie vergessen konnte. Sein ganzer Oberkörper schien von Blut bedeckt zu sein, einige Spritzer reichten bis zum Gesicht. Er wußte, daß sie es sah, denn er hob die Hände, um die Flecken zu bedecken, aber auch von Händen und Armen troff Blut. War es seines? Aber bevor sie eine Verletzung finden konnte, hatte er die Vision wieder unter Kontrolle; doch wie bei einem Jongleur, der zu viele Bälle in der Luft hat, war es so, daß er einen fing und dafür einen anderen fallenließ. Das Blut verschwand, und er stand wieder unbesudelt vor ihr, gab dafür aber ein anderes Geheimnis preis, das seine Willenskraft im Zaum gehalten hatte.

Dieses war weitaus katastrophaler als die Blutflecke: seine

Schockwelle reichte bis zur Tür hinter ihr. Die Kraft war zu mächtig für die Lix, und Kissoon hatte offensichtlich entsetzliche Angst davor. Er sah von ihr zur Tür selbst, ließ die Hände sinken und bekam eine völlig ausdruckslose Miene. Sie spürte, daß jedes Partikelchen seiner Energie nur für einen einzigen Zweck aufgewendet wurde, nämlich das zu stellen, was auf der Schwelle tobte. Auch das hatte seine Konsequenzen, denn seine Macht über sie – mit der er sie hierhergebracht und festgehalten hatte – verschwand vollkommen und endgültig. Sie spürte, wie die Wirklichkeit, die sie hinter sich gelassen hatte, sich ihrer bemächtigte und zog. Sie versuchte nicht einmal, Widerstand zu leisten. Es war ein ebenso unausweichlicher Sog wie die Schwerkraft. Als sie Kissoon zum letzten Mal sah, war er wieder blutbefleckt und stand immer noch mit ausdrucksloser Miene vor der Tür. Dann ging die Tür auf.

Einen Augenblick war sie sicher, was immer gegen die Tür gepocht hatte, würde auf der Schwelle warten, um sie zu verschlingen und Kissoon ebenfalls. Sie glaubte, sie hätte sogar seine Helligkeit gesehen – so hell, so blendend hell –, die Kissoons Gesicht überflutete. Aber im letzten Augenblick behielt seine Willenskraft die Oberhand, und der Glanz verschwand im selben Augenblick wie die Welt, die sie zurückgelassen hatte, sie wieder für sich beanspruchte und durch die Tür riß.

Sie wurde den Weg zurückgezogen, den sie gekommen war, aber mit zehnfacher Geschwindigkeit, so daß sie nicht einmal die Gegebenheiten interpretieren konnte, an denen sie vorbeikam – den Stahlturm, die Stadt –, bis sie sie längst meilenweit hinter sich gelassen hatte.

Aber dieses Mal war sie nicht allein. Jemand war in ihrer Nähe und rief ihren Namen.

»Tesla? Tesla! Tesla!«

Sie kannte die Stimme. Es war die von Raul.

»Ich höre dich«, murmelte sie und merkte, daß hinter den Schlieren der Geschwindigkeit vage eine andere, dunklere Realität sichtbar war. Lichtpünktchen waren darin – möglicherweise Kerzenflammen – und Gesichter.

»Tesla!«

»Fast da«, keuchte sie. »Fast da. Fast da.«

Jetzt verblaßte die Wüste; die Dunkelheit gewann die Oberhand. Sie machte die Augen auf, damit sie Raul deutlicher sehen konnte. Er grinste breit, als er sich auf die Fersen niederließ, um sie zu begrüßen.

»Du bist zurückgekommen«, sagte er.

Die Wüste war verschwunden. Jetzt herrschte Nacht. Steine unter ihr, Sterne über ihr; und, vermutete sie, Kerzen, die von einem Kreis fassungsloser Frauen getragen wurden.

Unter ihr, zwischen Körper und Boden, waren die Kleidungsstücke, aus denen sie geschlüpft war, als sie ihren Körper beschworen und in Kissoons Zeitschleife neu erschaffen hatte. Sie hob die Hand, um Rauls Gesicht zu berühren, weil sie sich vergewissern wollte, ob sie tatsächlich wieder in der realen Welt war, und weil sie den Kontakt brauchte. Seine Wangen waren naß.

»Du hast hart gearbeitet«, sagte sie, weil sie es für Schweiß hielt. Dann wurde ihr ihr Fehler klar. Überhaupt kein Schweiß, sondern Tränen.

»Oh. Armer Raul«, sagte sie, richtete sich auf und umarmte ihn. »Bin ich völlig verschwunden?«

Er drückte sie an sich. »Zuerst wie Nebel«, sagte er. »Dann... einfach weg.«

»Warum sind wir hier?« sagte sie. »Wir waren in der Mission, als er auf mich geschossen hat.«

Als sie an den Schuß dachte, sah sie nach unten, wo die Kugel sie getroffen hatte. Keine Wunde; nicht einmal Blut.

»Der Nuncio«, sagte sie, »hat mich geheilt.«

Diese Tatsache entging den Frauen nicht. Als sie die unversehrte Haut sahen, murmelten sie Gebete und wichen zurück.

»Nein...«, murmelte sie und sah immer noch an ihrem Körper hinab. »Es war nicht der Nuncio. Dies ist der Körper, den ich mir *vorgestellt* habe.«

»Vorgestellt?« sagte Raul.

»Beschworen«, antwortete sie und nahm Rauls Verwirrung überhaupt nicht zur Kenntnis, weil sie selbst ein Rätsel lösen mußte. Ihre linke Brustwarze, doppelt so groß wie die andere, war jetzt auf der rechten Seite. Sie sah beide an und schüttelte den

Kopf. So einen Fehler würde sie nie gemacht haben. Irgendwie war ihr Körper von der Reise zur Schleife seitenverkehrt zurückgekommen. Sie hob die Beine und studierte sie. Mehrere Kratzer – Butchs Werk –, die ein Schienbein geziert hatten, schmückten jetzt das andere.

»Das verstehe ich nicht«, sagte sie zu Raul.

Da er nicht einmal die Frage verstand, konnte er nicht antworten, daher zuckte er nur die Achseln.

»Vergiß es«, sagte sie und zog sich an.

Erst dann stellte sie die Frage, was mit dem Nuncio passiert war.

»Habe ich alles bekommen?« sagte sie.

»Nein. Der Todesjunge hat es bekommen.«

»Tommy-Ray? Heiliger Himmel. Dann hat der Jaff jetzt einen Sohn und einen halben.«

»Aber du bist auch berührt worden«, sagte Raul. »Und ich. Ich bekam ihn in die Hand. Er stieg bis zum Ellenbogen.«

»Also heißt es jetzt, wir gegen sie.«

Raul schüttelte den Kopf. »Ich kann dir nicht von Nutzen sein«, sagte er.

»Du kannst und du mußt«, sagte sie. »Wir müssen Antworten auf so viele Fragen finden. Ich kann es nicht alleine. Du mußt mit mir kommen.«

Sein Widerwille war deutlich, er mußte ihn nicht in Worte kleiden.

»Ich weiß, du hast Angst. Aber bitte, Raul. Du hast mich von den Toten zurückgeholt...«

»Ich nicht.«

»Du hast dazu beigetragen. Du möchtest doch nicht, daß es vergebens war, oder?«

Sie konnte etwas von Kissoons Beschwörungen in ihrer Stimme hören, was ihr ganz und gar nicht gefiel. Aber sie hatte in ihrem ganzen Leben noch keine steilere Lernkurve erlebt als in der Zeit, die sie bei Kissoon gewesen war. Er hatte seine Spuren hinterlassen, ohne sie auch nur mit einem Finger zu berühren. Doch wenn man sie gefragt hätte, ob er ein Lügner oder Prophet war, ein Erlöser oder Wahnsinniger, hätte sie es nicht sagen können. Vielleicht war diese Doppeldeutigkeit der steilste Teil der Kurve, aber sie konnte nicht sagen, welche Lektion sie daraus gelernt hatte.

Sie dachte wieder an Raul und sein Zögern. Sie hatte keine Zeit für Diskussionen. »Du mußt einfach mitkommen«, sagte sie. »Es gibt keine andere Möglichkeit.«

»Aber die Mission...«

»... steht *leer*, Raul. Ihr einziger Schatz war der Nuncio, und der ist fort.«

»Sie war voller Erinnerungen«, sagte er leise, aber die gespannte Antwort verriet seine Bereitschaft.

»Es wird andere Erinnerungen geben. Bessere Zeiten, an die wir uns erinnern können«, sagte sie. »Und jetzt... wenn du dich von jemandem verabschieden mußt, dann tu es, denn wir machen uns gleich auf den Weg...«

Er nickte und wandte sich in Spanisch an die Frauen. Tesla verstand die Sprache ein klein wenig und bekam mit, daß er tatsächlich Abschied nahm. Sie ließ ihn in Ruhe und ging den Berg hinauf zum Auto.

Während sie dorthinging, schoß ihr die Lösung des Rätsels mit dem seitenverkehrten Körper durch den Kopf, ohne daß sie darüber nachgedacht hätte. In Kissoons Hütte hatte sie sich ihren Körper so vorgestellt, wie sie ihn am häufigsten sah: im Spiegel. Wie oft in ihren dreißig Jahren hatte sie ihr Spiegelbild angesehen und ein Porträt gebastelt, bei dem rechts links war und umgekehrt?

Sie war buchstäblich als andere Frau aus der Schleife zurückgekehrt; eine Frau, die vorher nur als Bild in Glas existiert hatte. Jetzt war dieses Bild Fleisch und Blut und wandelte durch die Welt. Der Verstand hinter ihrem Gesicht blieb derselbe, hoffte sie, obschon vom Nuncio berührt und durch die Bekanntschaft mit Kissoon beeinflußt. Summa summarum keine vernachlässigbaren Einflüsse.

Und weil sich ein Ding zum anderen fügte, war sie eine völlig andere Frau. Und es gab keine bessere Zeit, das der Welt zu verkünden, als die Gegenwart.

Es gab vielleicht kein Morgen.

Sechster Teil

In Geheimnissen offenbart

I

Tommy-Ray fuhr seit seinem sechzehnten Lebensjahr Auto. Räder waren für ihn immer Freiheit von Mama, dem Pastor, dem Grove und allem, wofür sie standen, gewesen. Jetzt fuhr er genau zu jenem Ort zurück, dem er noch vor ein paar Jahren gar nicht schnell genug hätte entkommen können, und hatte das Gaspedal auf jeder Meile des Wegs durchgetreten. Er wollte mit den Neuigkeiten, die sein Körper in sich trug, wieder durch den Grove gehen, wollte zu seinem Vater zurück, der ihm soviel beigebracht hatte. Bevor der Jaff gekommen war, waren das Beste in seinem Leben der Wind vor der Küste von Topanga und eine Brandung von Westen gewesen; und er auf der Welle mit dem Wissen, daß alle Mädchen ihm vom Ufer aus zusahen. Er hatte immer gewußt, daß diese Zeiten des Hochgefühls nicht ewig währen konnten. Sommer für Sommer kamen neue Helden daher. Er war einer von ihnen gewesen und hatte Surfer verdrängt, die kaum mehr als ein paar Jahre älter und nicht mehr ganz so wendig waren. Knaben-Männer wie er selbst, die noch im vergangenen Sommer Könige der Wellen gewesen waren, und plötzlich waren sie Schnee von gestern. Er war nicht dumm. Er wußte, es war nur eine Frage der Zeit, bis er sich auch in ihre Reihen gesellte.

Aber jetzt verspürte er eine Entschlossenheit im Bauch und hatte ein Gehirn, wie er es noch niemals gehabt hatte. Er hatte Denkweisen und Verhaltensmuster entdeckt, von denen die Schwachköpfe in Topanga nicht einmal etwas ahnten. Vieles verdankte er dem Jaff. Aber nicht einmal sein Vater mit seinen verwegenen Ratschlägen hatte ihn darauf vorbereitet, was in der Mission geschehen war. Jetzt war er ein *Mythos.* Der Tod am Steuer eines Chevy, auf dem Weg nach Hause. Er kannte Musik, zu der die Leute bis zum Umfallen tanzen würden. Und wenn sie umfielen und zu Fleisch wurden – auch das kannte er alles. Er hatte das Schauspiel an seinem eigenen Fleisch miterlebt. Das hatte ihm eine innigere Erinnerung gegeben.

Aber der Spaß dieser Nacht hatte erst angefangen. Weniger als hundert Meilen nördlich der Mission führte ihn sein Weg durch einen kleinen Ort, an dessen Ortsrand ein Friedhof lag. Der Mond stand immer noch hoch am Himmel. Sein Licht schien auf die Gräber und spülte die Farben aus den hier und da verteilten Blumen. Er hielt an, damit er es sich besser ansehen konnte. Immerhin war dies von nun an sein Reich. Er war daheim.

Hätte er noch einen Beweis gebraucht, daß die Ereignisse in der Mission nicht Ausgeburten eines Wahnsinnigen waren, so hätte er ihn bekommen, als er das Friedhofstor aufstieß und hineinging. Kein Wind bewegte das Gras, das an manchen Stellen, wo Gräber nicht mehr gepflegt wurden, kniehoch wuchs. Aber er sah dennoch Bewegungen. Er ging ein paar Schritte näher und sah menschliche Gestalten, die an einem Dutzend Stellen sichtbar wurden. Sie waren tot. Hätte ihr Äußeres diese Tatsache nicht bewiesen, dann hätte das Leuchten ihrer Körper – die ebenso hell waren wie das Knochenstück, das er neben dem Auto gefunden hatte – sie als seinem Klan zugehörig ausgewiesen.

Sie wußten, wer sie besuchen kam. Ihre Augen oder, im Falle der schon vor längerer Zeit Verstorbenen, ihre Augen*höhlen,* waren auf ihn gerichtet, während sie sich anschickten, ihm ihren Tribut zu zollen. Keiner sah auf den Boden, als sie näher kamen, obwohl er uneben war. Sie kannten das Gelände bestens und waren vertraut mit den Stellen, wo schlecht gebaute Grüfte eingestürzt oder Särge von Erdbewegungen zur Oberfläche gedrückt worden waren. Sie kamen freilich nur langsam voran. Er hatte es nicht eilig. Er setzte sich auf das Grab, in dem, wie der Stein verriet, eine Mutter mit ihren sieben Kindern ruhte, und sah zu, wie die Geister zu ihm kamen. Je näher sie kamen, desto deutlicher sah er ihre Verfassung. Sie waren nicht schön. Wind wehte aus ihnen heraus und krümmte ihre Leiber. Ihre Gesichter waren entweder zu breit oder zu lang, die Augen quollen aus den Höhlen, die Münder waren aufgeblasen, die Wangen schlaff und hängend. Ihre Häßlichkeit erinnerte Tommy-Ray an einen Film, den er einmal gesehen hatte, über Piloten, die größter Beschleunigung ausgesetzt waren; der einzige Unterschied war: Dies waren keine Freiwilligen. Sie litten gegen ihren Willen.

Ihre verzerrten Gestalten kümmerten ihn nicht im mindesten, ebensowenig die Löcher in den verbrauchten Leibern oder die aufgeschlitzten oder abgetrennten Gliedmaßen. Nichts, das er nicht schon im Alter von sechs Jahren im Comics gesehen hätte oder in der Geisterbahn. Der Schrecken war überall, wenn man ihn sehen wollte. Auf Kaugummikarten, in samstagmorgendlichen Zeichentrickfilmen oder in Geschäften auf T-Shirts und Plattencovern. Er lächelte, als er darüber nachdachte. Überall waren Außenposten seines Reiches. Kein Ort blieb von den Fingern des Todesjungen unberührt.

Der Schnellste der Gruppe seiner ersten Anhänger war ein Mann, der aussah, als wäre er jung und erst vor kurzem gestorben. Er trug ein Paar Jeans, die ihm zwei Nummern zu groß waren, und ein T-Shirt, auf dem für alle Welt sichtbar das Fick-Zeichen prangte. Dazu trug er einen Hut, den er abnahm, als er nur noch wenige Meter von Tommy-Ray entfernt war. Der Kopf darunter war praktisch rasiert und bot dem Blick mehrere lange Schnittwunden dar. Wahrscheinlich die tödlichen Wunden. Kein Blut war mehr an ihnen; nur das Winseln des Windes, der durch die Eingeweide des Mannes fuhr.

Ein Stück von Tommy-Ray entfernt blieb er stehen.

»Sprichst du?« fragte ihn der Todesjunge.

Der Mann machte den ohnehin weit offenen Mund noch weiter auf und fing an, so gut er konnte, Antwort zu geben, indem er die Worte aus dem Hals emporschaffte. Als er ihm zusah, fühlte sich Tommy-Ray an einen Künstler erinnert, den er einmal in einer Spätvorstellung erlebt hatte, wo dieser einen lebenden Goldfisch verschluckt und wieder ausgewürgt hatte. Obwohl das schon ein paar Jahre her war, hatte der Anblick Tommy-Rays Fantasie angeregt. Das Schauspiel eines Mannes, der imstande war, durch Übung sein System umzukehren, etwas auszuwürgen, das er im Hals gehabt hatte – sicher nicht im Magen, kein Fisch, und sei er noch so schuppig, konnte in Säure überleben –, hatte das Unbehagen wettgemacht, das er beim Zusehen empfunden hatte. Und jetzt lieferte ihm der Fick-Mann eine ähnliche Vorstellung; nur würgte er Worte statt eines Fischs hoch. Schließlich kamen sie heraus, aber trocken wie seine Innereien.

»Ja«, sagte er. »Ich spreche.«

»Weißt du, wer ich bin?« fragte Tommy-Ray.

Der Mann gab ein Stöhnen von sich.

»Ja oder nein?«

»Nein.«

»Ich bin der Todesjunge, und du bist der Fick-Mann. Wie ist das? Sind wir nicht ein tolles Paar?«

»Du bist für uns hier«, sagte der tote Mann.

»Was soll das heißen?

»Wir sind nicht begraben. Nicht gesegnet.«

»Bei mir müßt ihr keine Hilfe suchen«, sagte Tommy-Ray. »Ich begrabe keinen. Ich bin hierhergekommen, weil das von nun an meine Plätze sind. Ich werde König der Toten sein.«

»Ja?«

»Verlaß dich drauf.«

Eine weitere verlorene Seele – eine Frau mit breiten Hüften – war näher gekommen und erbrach ein paar Worte.

»Du...«, sagte sie, »*...leuchtest.*«

»Ja?« sagte Tommy-Ray. »Das überrascht mich nicht. Du bist auch hell. Echt hell.«

»Wir gehören zusammen«, sagte die Frau.

»Wir alle«, sagte ein dritter Leichnam.

»Allmählich versteht ihr.«

»Erlöse uns«, sagte die Frau.

»Ich habe dem Fick-Mann schon gesagt«, erklärte Tommy-Ray, »ich begrabe niemanden.«

»Wir folgen dir«, sagte die Frau.

»Folgen?« antwortete Tommy-Ray, dem ein Schauer angesichts der Vorstellung, mit dieser Versammlung in den Grove zurückzukehren, den Rücken hinablief. Vielleicht konnte er unterwegs noch andere Orte besuchen und dabei die Zahl seiner Gefolgschaft vergrößern.

»Die Vorstellung gefällt mir«, sagte er. »Aber wie?«

»Du führst. Wir folgen«, lautete die Antwort.

Tommy-Ray stand auf. »Warum nicht?« sagte er und ging zum Auto zurück. Noch im Gehen dachte er: Das ist mein Ende...

Aber es war ihm einerlei.

Als er hinter dem Lenkrad saß, sah er zum Friedhof zurück. Wind wehte plötzlich von irgendwoher, und er sah, wie sich die Gesellschaft, die er sich erkoren hatte, in diesem Wind auflöste; ihre Körper zerstoben, als wären sie aus Sand, und wurden verweht. Teilchen ihres Staubs wehten ihm ins Gesicht. Er blinzelte, wollte den Blick aber nicht von dem Schauspiel abwenden. Ihre Leiber verschwanden zwar, aber ihr Heulen konnte er immer noch hören. Sie waren wie der Wind, oder *waren* der Wind, und taten ihre Anwesenheit kund. Als ihre Auflösung vollständig war, wandte er sich von den Böen ab und trat aufs Gaspedal. Das Auto schnellte vorwärts und wirbelte eine andere Staubwolke auf, die sich unter die Derwische mengte, welche ihm folgten.

Er hatte recht gehabt mit seiner Vermutung, daß er unterwegs noch mehr Plätze finden würde, wo er Gespenster rekrutieren konnte. *Von jetzt an werde ich immer recht haben*, dachte er. *Der Tod irrt sich nie; niemals.* Nach einer Fahrstunde fand er noch einen Friedhof, wo ein Staubderwisch aus halb aufgelösten Seelen an der vorderen Mauer entlanglief wie ein Hund an der Leine, der ungeduldig auf die Ankunft seines Herrn wartet. Offenbar war ihm die Kunde seines Eintreffens vorausgeeilt. Sie warteten, diese Seelen, begierig darauf, sich zur Meute zu gesellen. Er mußte das Auto nicht einmal abbremsen. Als er heranfuhr, wehte ihm der Staubsturm entgegen und erstickte das Fahrzeug vorübergehend, bevor er aufstieg und mit den Seelen hinter ihm verschmolz. Tommy-Ray fuhr einfach weiter.

Kurz vor der Dämmerung fand seine unglückliche Truppe noch mehr Zustrom. In der Nacht war es zu einem Unfall an einer Kreuzung gekommen. Glasscherben lagen auf der Straße;

Blut; und eines der beiden Autos, kaum mehr als solches erkenntlich, lag verkehrt herum im Straßengraben. Er bremste, weil er sich umsehen wollte, nicht weil er damit rechnete, daß er hier Gespenster finden würde; doch noch während er die Unfallstelle betrachtete, hörte er das inzwischen bereits vertraute Heulen des Windes und sah zwei verstümmelte Gestalten, einen Mann und eine Frau, aus der Dunkelheit auftauchen. Sie hatten die Tricks ihres neuen Daseins noch nicht heraus. Der Wind, der durch sie wehte, oder aus ihnen heraus, drohte sie bei jedem unsicheren Schritt, den sie machten, auf die zerschmetterten Köpfe zu werfen. Doch obwohl sie noch nicht lange tot waren, erkannten sie in Tommy-Ray ihren neuen Herrn und kamen gehorsam. Er lächelte, als er sie sah; ihre frischen Wunden – Glas in den Gesichtern, in den Augen – erregten ihn.

Kein Wort wurde gesprochen. Als sie näher kamen, schienen sie von ihren Kameraden im Tode hinter Tommy-Ray ein Zeichen zu bekommen, worauf es ihnen möglich war, ihre Leiber völlig aufzulösen und sich dem Wind einzuverleiben.

Mit seiner angewachsenen Legion fuhr Tommy-Ray weiter.

Unterwegs kam es zu weiteren Begegnungen; sie wurden immer häufiger, je weiter er nach Norden kam, als würde sich die Nachricht seines Eintreffens durch die Erde ausbreiten, von einem Begrabenen zum nächsten, Friedhofsgeflüster, so daß den ganzen Weg entlang Staubphantome warteten. Aber es waren keineswegs alle gekommen, um sich zu der Gruppe zu gesellen. Manche waren offensichtlich nur da, um die vorbeiziehende Parade zu sehen. Ihre Gesichter drückten Angst aus, wenn sie Tommy-Ray ansahen. Er war jetzt zum Schrecken der Geisterbahn geworden, sie waren die verängstigten Besucher. Es schien, als gäbe es auch unter den Toten eine Hierarchie, und er war für viele eine zu hochstehende Gesellschaft; seine Ambitionen waren zu groß, seine Gier zu verderbt. Sie zogen die stille Verwesung einem solchen Abenteuer vor.

Am frühen Morgen kam er zu der namenlosen Hinterwäldlerstadt, wo er die Brieftasche verloren hatte, aber das Tageslicht verriet nicht den Schwarm im Staubsturm, der ihm folgte. Alle, die hinsahen – und das waren in dem tosenden Wind die wenigsten –, erblickten eine schmutzige Wolke im Kielwasser des Autos; mehr nicht.

Er hatte hier etwas anderes zu tun, als verlorene Seelen einzusammeln – obwohl er nicht einen Augenblick daran zweifelte, daß das Leben in so einem verkommenen Ort schnell und gewaltsam vorbei sein konnte und viele Verstorbene nie in geweihter Erde zur Ruhe gebettet worden waren. Nein, er war hier, um an dem Taschendieb Rache zu nehmen. Und wenn nicht an ihm, so doch wenigstens an dem Schuppen, in dem es passiert war. Er fand ihn mühelos. Die Eingangstür war nicht verschlossen, wie er es zu dieser frühen Morgenstunde auch nicht anders erwartet hatte. Und als er eintrat, stellte er fest, daß die Bar auch nicht verlassen war. Die Trunkenbolde der vergangenen Nacht saßen immer noch in verschiedenen Stadien des Zusammenbruchs in dem Lokal herum. Einer lag mit dem Gesicht nach unten inmitten einer Lache aus Erbrochenem. Zwei weitere lagen auf Tischen. Hinter der Tür stand ein Mann, an den sich Tommy-Ray vage erinnerte; es war der Türsteher, der ihm zehn Dollar für die Vorstellung im Hinterzimmer abgeknöpft hatte. Ein Berg von einem Mann, dessen Gesicht so oft geprügelt worden zu sein schien, daß es aussah, als würde der Bluterguß nie heilen.

»Suchst du jemand?« wollte er wissen.

Tommy-Ray achtete nicht auf ihn und ging zur Tür in das Zimmer, wo er die Vorstellung von Frau und Hund miterlebt hatte. Sie war offen. Das Zimmer dahinter leer, die Darsteller ins Bett und in den Zwinger zurückgekehrt. Als er sich wieder zur Bar umdrehte, war der Barkeeper einen Meter von ihm entfernt.

»Verdammt, ich hab' dir eine Frage gestellt«, sagte er.

Tommy-Ray war ob der Blindheit des Mannes etwas verstört. Sah er denn nicht die Tatsache, daß er es mit einem verwandelten Wesen zu tun hatte? War seine Wahrnehmung durch jahrelanges Trinken und Hundevorstellungen so getrübt worden, daß er den Todesjungen nicht erkannte, wenn er zu Besuch kam? Armer Narr.

»Geh mir aus dem Weg«, sagte Tommy-Ray.

Statt dessen packte der Mann Tommy-Ray am Hemd. »Du warst schon mal hier«, sagte er.

»Klar.«

»Hast was dagelassen, was?«

Er zog Tommy-Ray näher, bis sie praktisch Nase an Nase waren. Er hatte den Atem eines Kranken.

»Ich an deiner Stelle würde loslassen«, warnte Tommy-Ray.

Das schien den Mann zu amüsieren. »Sieht so aus, als wolltest du die Eier abgerissen bekommen«, sagte er. »Oder möchtest du bei der Vorstellung mitmachen?« Seine Augen wurden groß angesichts dieser Vorstellung. »Bist du deshalb gekommen? Wegen eines Engagements?«

»Ich habe gesagt...«, begann Tommy-Ray.

»Ist mir scheißegal, was du gesagt hast. Jetzt rede ich. Kapiert?« Er legte Tommy-Ray seine Pranke auf den Mund. »Also... willst du mir etwas zeigen oder nicht?«

Das Bild, das er im Nebenzimmer gesehen hatte, fiel Tommy-Ray wieder ein, als er zu seinem Gegner aufsah: die Frau mit den glasigen Augen, der Hund mit den glasigen Augen. Er hatte hier den Tod im Leben gesehen. Er machte den Mund hinter der Handfläche des Mannes auf und drückte die Zunge gegen die stickige Haut.

Der Mann grinste.

»Ja?« sagte er.

Er ließ die Hand vor Tommy-Rays Gesicht sinken. »Hast du was zu zeigen?« wiederholte er.

»Hier...«, murmelte Tommy-Ray.

»Was?«

»Kommt rein... kommt rein...«

»Was faselst du da?«

»Nicht mit dir. *Hier. Kommt... hier... herein.«* Er sah von dem Mann zur Tür.

»Hör mit der Scheiße auf, Junge«, antwortete der Mann. »Du bist allein.«

»Kommt rein!« kreischte Tommy-Ray.

»Verdammt, halt's Maul!«

»Kommt rein!«

Das Kreischen tötete dem Mann den Nerv. Er schlug Tommy-Ray so fest ins Gesicht, daß der Junge aus seinem Griff und zu Boden fiel. Tommy-Ray stand nicht auf. Er sah einfach nur zur Tür und sprach seine Aufforderung ein letztes Mal aus.

»Bitte, kommt rein«, sagte er leiser.

Gehorchte die Legion diesmal, weil er *gebeten* und nicht befohlen hatte? Oder hatten sie sich einfach gesammelt und waren erst jetzt bereit, ihm zu Hilfe zu kommen? Wie auch immer, sie fingen an, an der geschlossenen Tür zu rasseln. Der Barkeeper drehte sich grunzend um. Er schien selbst mit seinen blutunterlaufenen Augen zu sehen, daß kein natürlicher Wind Einlaß begehrte. Er drückte zu rhythmisch; seine Faust hämmerte zu heftig. Und sein Heulen, oh, das Heulen, das war nicht das Heulen von Stürmen, wie er sie kannte. Er drehte sich wieder zu Tommy-Ray um.

»Scheiße, was ist denn da draußen los?« sagte er.

Tommy-Ray blieb einfach liegen, wo er hingeworfen worden war, und lächelte zu dem Mann auf, das legendäre Lächeln, das Verzeiht-mir-mein-Eindringen-Lachen, das niemals so wie früher sein würde, weil er ja mittlerweile der Todesjunge war.

Stirb, sagte dieses Lächeln jetzt, *stirb vor meinen Augen. Stirb langsam, stirb schnell. Mir egal. Dem Todesjungen ist das alles gleich.*

Während das Lächeln breiter wurde, ging die Tür auf, Bruchstücke des Schlosses und Holzsplitter wurden vom eindringenden Wind durch die Bar geworfen. Draußen im Sonnenschein waren die Gespenster in diesem Wind nicht sichtbar gewesen; aber jetzt machten sie sich sichtbar, ihr Staub gerann vor den Augen der Zeugen. Einer der Männer, die auf Tischen lagen, richtete sich gerade noch rechtzeitig auf, daß er sehen konnte, wie drei Gestalten, deren Oberkörper wie Innereien aus Staub herabtropften, von den Köpfen an abwärts vor ihnen materialisierten. Er wich zur Wand zurück, wo sie sich auf ihn stürzten. Tommy-Ray hörte ihn schreien, sah aber nicht, welchen Tod sie ihm gaben. Er hatte nur Augen für die Gespenster, die sich dem Barkeeper näherten.

Er sah, daß ihre Gesichter ganz Gier waren; als hätte die Reise in der Kolonne ihnen Zeit gegeben, sich zu vereinfachen. Sie waren nicht mehr so deutlich voneinander unterscheidbar wie früher; vielleicht hatte sich ihr Staub im Sturm vermischt, und jeder war ein wenig wie der andere geworden. Nach dieser Gleichmacherei waren sie noch schrecklicher, als sie es an der Friedhofsmauer gewesen waren. Er erschauerte bei ihrem Anblick; der Mensch, der er gewesen war, hatte Angst vor ihnen, der Todesjunge verging fast vor Wonne. Das waren die Soldaten seiner Armee: aufgerissene Augen, noch weiter aufgerissene Mäuler, Staub und Verlangen in einer einzigen heulenden Legion.

Der Barkeeper fing laut an zu beten, aber er verließ sich nicht auf Gebete allein. Er griff nach unten, hob Tommy-Ray mit einer Hand auf und zerrte ihn hoch. Nachdem er seine Geisel genommen hatte, wich er durch die Tür in das Sex-Zimmer zurück. Tommy-Ray hörte ihn etwas wiederholen, möglicherweise den Empfänger des Gebets? *Santo Dios! Santo Dios!* Aber weder Worte noch Geisel bremsten den tosenden Wind und seine Staubfracht. Sie folgten ihm und rissen die Tür weit auf.

Tommy-Ray sah, wie ihre Mäuler noch riesiger wurden, und dann waren die verschwommenen Gesichter über ihnen beiden. Er konnte nicht sehen, was als nächstes passierte. Der Staub drang ihm in die Augen, ehe er sie zumachen konnte. Aber er spürte, wie der Barkeeper ihn losließ, und im nächsten Augenblick folgte eine Woge feuchter Hitze. Das Heulen im Wind schwoll unverzüglich zu einem gellenden Kreischen an, vor dem er die Ohren verschließen wollte; aber er hörte es trotzdem und schraubte sich wie hundert Bohrer in seinen Schädelknochen.

Als er die Augen wieder aufmachte, war er rot. Brust, Arme, Beine, Hände: alles rot. Der Barkeeper, Ursprung der Farbe, war auf die Bühne gezerrt worden, wo Tommy in der Nacht zuvor die Frau und den Hund gesehen hatte. Sein Kopf lag verkehrt herum in einer Ecke; die Arme – die Hände ringend ineinander verkrampft – in einer anderen; der Rest von ihm lag in der Bühnenmitte, und der Hals pulsierte noch.

Tommy-Ray bemühte sich, keine Übelkeit zu empfinden – immerhin war er der Todesjunge –, aber das war einfach zuviel.

Und doch, sagte er sich, was hatte er erwartet, als er sie über die Schwelle gebeten hatte? Er hatte hier keinen Zirkus im Schlepptau. Es war geistig nicht gesund; es war nicht zivilisiert.

Zitternd, von Übelkeit erfüllt und ernüchtert stand er auf und schleppte sich in die Bar zurück. Das Wirken seiner Legion war hier so katastrophal wie in dem Nebenzimmer, dem er den Rükken gekehrt hatte. Alle drei Anwesenden in der Bar waren brutal abgeschlachtet worden. Er schenkte der Szene nur ganz am Rande seine Aufmerksamkeit, während er durch die Trümmer zur Tür schritt.

Die Geschehnisse in der Bar hatten unweigerlich ein Publikum draußen angezogen, obwohl es noch so früh war. Aber die Geschwindigkeit des Windes – in dem sich seine Geisterarmee wieder aufgelöst hatte – hinderte alle bis auf die Abenteuerlustigsten – Jugendliche und Kinder – daran, sich dem Schauplatz zu nähern; und selbst sie waren überzeugt davon, daß die Luft, die um sie herum heulte, nicht ganz leer war.

Sie sahen, wie der blonde, blutbefleckte Junge aus der Bar kam und zum Auto ging, machten aber keinen Versuch, ihn aufzuhalten. Unter ihren prüfenden Blicken wurde sich auch Tommy-Ray seines Gangs bewußt. Er schlurfte nicht mehr so, sondern ging aufrechter. Wenn sie sich an den Todesjungen erinnern, dachte er sich, sollen sie sich an jemand *Schrecklichen* erinnern.

Als er weiterfuhr, glaubte er allmählich, daß er die Legion zurückgelassen hatte; daß sie das Mord-Spiel aufregender fand, als einem Führer zu folgen, und dortgeblieben war, um auch die restlichen Stadtbewohner abzuschlachten. Es bekümmerte ihn nicht besonders, daß sie ihn verlassen hatte; er war sogar teilweise dankbar dafür. Die Offenbarungen, die in der vergangenen Nacht so erstrebenswert schienen, hatten einiges von ihrem Glanz verloren.

Er war klebrig und stank nach dem Blut eines anderen Mannes; er hatte blaue Flecken von der Behandlung, die er durch den Barkeeper erfahren hatte. Naiv, wie er war, hatte er geglaubt, daß ihn die Berührung des Nuncio unsterblich gemacht hatte. Welchen Sinn hatte es schließlich, der Todesjunge zu sein, wenn einen der Tod immer noch meistern konnte? Er hatte den Irrtum seiner Denkweise eingesehen und war dabei dem Tode nähergekommen, als ihm lieb war, und er wollte gar nicht weiter darüber nachdenken. Und was seine Retter anbelangte, seine *Legion* – er war gleichermaßen naiv gewesen zu glauben, er könnte sie beherrschen.

Sie waren nicht die schlurfenden, kriecherischen Flüchtlinge, für die er sie in der vergangenen Nacht gehalten hatte. Falls sie es gewesen waren, hatte ihr Zusammensein ihre Natur verändert. Jetzt waren sie tödlich, und früher oder später hätte er wahrscheinlich sowieso die Macht über sie verloren. Ohne sie war er besser dran.

Bevor er die Grenze überquerte, machte er Rast, um sich das Blut vom Gesicht zu wischen, krempelte das Hemd um, Innerstes nach außen, um die schlimmsten Flecken zu verbergen, dann fuhr er weiter. Als er die Grenze selbst erreichte, sah er die Staubwolke im Spiegel und wußte: Seine Freude darüber, daß er die Legion verloren hatte, war verfrüht gewesen. Welches Gemetzel sie auch immer aufgehalten haben mochte, jetzt waren sie damit fertig. Er trat das Gaspedal durch und hoffte, daß er sie abhängen könnte; aber sie hatten seine Witterung aufgenommen, folgten ihm wie eine Meute loyaler, aber tödlicher Hunde und schlossen zu dem Auto auf, bis sie wieder unmittelbar hinter ihm wirbelten.

Als sie die Grenze hinter sich gelassen hatten, beschleunigte die Wolke, so daß sie dem Auto nicht mehr folgte, sondern es statt dessen links und rechts einhüllte. Das Manöver hatte einen anderen Zweck als bloße Intimität. Geister bedrängten die Fensterscheiben und rasselten an der Beifahrertür, bis sie sie schließlich aufgezogen hatten. Tommy-Ray bückte sich, um sie wieder zuzumachen. Als er das tat, wurde der Kopf des Barkeepers, der nach der Reise mit dem Sturm reichlich mitgenommen war, aus dem Staub auf den Beifahrersitz geworfen. Dann wurde die Tür zugeschlagen, und die Meute nahm wieder pflichtschuldig ihren Platz hinter dem Auto ein. Sein Instinkt befahl ihm, anzuhalten und die Trophäe auf die Straße zu werfen; aber er wußte, wenn er das tat, würde er in der Einschätzung seiner Legion noch tiefer sinken. Sie hatten ihm den Kopf nicht nur gebracht, um ihm eine Freude zu machen. Es war eine Warnung dabei im Spiel, möglicherweise sogar eine Drohung. *Versuch nicht, sie zu betrügen,* sagte die staubige, blutige Kugel aus ihrem klaffenden Mund, *sonst werden du und ich Brüder sein.*

Er nahm sich die stumme Botschaft zu Herzen. Obwohl er vordergründig immer noch der Anführer war, veränderte sich die Dynamik. Alle paar Meilen beschleunigte die Wolke wieder und wies ihn auf Neuankömmlinge in ihrer Mitte hin; viele davon hatten an den unwahrscheinlichsten Orten gewartet: an verwahrlosten Straßenecken und unbefahreneren Kreuzungen – häufig an Kreuzungen; einmal auf dem Parkplatz eines Motels; einmal vor einer zugenagelten Tankstelle, wo ein Mann, eine Frau und ein Kind gemeinsam warteten, als hätten sie gewußt, daß dieses Transportmittel vorbeikommen würde.

Je größer die Zahl wurde, um so stärker wurde auch der Sturm, der sie trug, bis sein Ausmaß so groß war, daß er kleinere Schäden entlang des Highway anrichtete, Autos von der Fahrbahn abdrängte und Schilder knickte. Er schaffte es sogar bis in die Nachrichten. Tommy-Ray hörte beim Fahren die Meldungen. Er wurde als außergewöhnlicher Wind bezeichnet, der vom Meer hereingeweht worden war und sich in nördlicher Richtung auf Los Angeles County zubewegte.

Während er zuhörte, fragte er sich, ob jemand in Palomo Grove die Meldung hörte. Vielleicht der Jaff oder Jo-Beth. Er hoffte es. Er hoffte, daß sie es hörten und begriffen, was in ihre Richtung unterwegs war. Seit sein Vater aus dem Fels zurückgekehrt war, hatte die Stadt ein paar merkwürdige Dinge gesehen, aber ganz sicher nichts dem Wind Ebenbürtiges, den er im Schlepptau hatte, oder dem lebenden Staub, der auf dessen Rükken tanzte.

II

Der Hunger trieb William am Samstagmorgen aus dem Haus. Er ging widerwillig, wie ein Mann bei einer Orgie, der plötzlich merkt, daß er die Blase leeren muß, und mit vielen Blicken zurück. Aber Hunger ließ sich, wie der Drang zu pissen, nicht ewig ignorieren, und William hatte die wenigen Vorräte in seinem Kühlschrank ziemlich schnell verbraucht. Da er nun mal im Einkaufszentrum arbeitete, hortete er nie Lebensmittel, sondern nahm sich jeden Tag eine Viertelstunde Zeit, wanderte durch den Supermarkt und nahm alles mit, was ihm das Wasser im Mund zusammenlaufen ließ. Aber jetzt war er seit zwei Tagen nicht mehr einkaufen gewesen, und wenn er im Schoße der erlesenen, aber leider nicht eßbaren Köstlichkeiten hinter den zugezogenen Jalousien seines Hauses nicht verhungern wollte, mußte er sich etwas zu essen holen. Das war leichter gesagt als getan. Sein Denken kreiste so sehr um die Gesellschaft, die er hatte, daß das simple Problem, wie er sich für einen Auftritt in der Öffentlichkeit vorzeigbar machen und zum Einkaufszentrum hinuntergehen konnte, zu einer nicht unerheblichen Herausforderung wurde.

Bis vor kurzem war sein Leben so sehr durchorganisiert gewesen. Die Hemden der Woche wurden immer sonntags gewaschen und gebügelt und danach auf die Kommode gelegt, mit fünf Krawatten aus seiner Sammlung von über hundert, die zum Farbton des jeweiligen Hemdes paßten; seine Küche hätte man für eine Werbeanzeige fotografieren können, so makellos sauber war sie immer; die Spüle roch nach Zitrone; die Waschmaschine nach seinem Weichspüler mit Blumenduft; die Toilettenschüssel nach Fichtennadel. Aber in seinem Haus herrschte Babylon. Als er seinen besten Anzug zuletzt gesehen hatte, hatte ihn die berüchtigte bisexuelle Marcella St. John getragen, während sie breitbeinig auf einer ihrer Freundinnen saß. Seine Krawatten waren für einen Wettbewerb mißbraucht worden, bei dem es darum ging, auf welche Erektion man die meisten davon hängen konnte, ein Turnier, das Moses ›Der Schlauch‹ Jasper gewonnen hatte, der ganzen siebzehn Platz bot.

Anstatt den Versuch zu unternehmen, aufzuräumen und seine Habseligkeiten wiederzubekommen, beschloß William, den Feiernden ihren Willen zu lassen. Er kramte in seiner untersten Schublade und fand T-Shirt und Jeans, die er seit Jahren nicht mehr angehabt hatte, zog sie an und schlenderte zum Einkaufszentrum hinunter.

Etwa zur selben Zeit, als er das tat, wachte Jo-Beth mit dem ersten Kater ihres Lebens auf. Es war der schlimmste, eben weil es der erste war.

Ihre Erinnerungen an die Ereignisse der vergangenen Nacht waren unklar. Sie erinnerte sich natürlich daran, daß sie zu Lois gegangen war, an die Gäste und an Howies Eintreffen; aber sie war nicht mehr sicher, wie alles zu Ende gegangen war. Als sie aufstand, fühlte sie sich schwindlig und übel und ging ins Bad. Mama hörte sie und kam nach oben; als Jo-Beth aus dem Bad herauskam, wartete sie auf ihre Tochter.

»Alles in Ordnung?« fragte sie.

»Nein«, gab Jo-Beth offen zu. »Mir ist hundeelend.«

»Du hast gestern abend getrunken.«

»Ja«, sagte sie. Es hatte keinen Zweck zu leugnen.

»Wo warst du?«

»Bei Lois.«

»Lois hat keinen Alkohol bei sich zu Hause«, sagte Mama.

»Gestern abend schon. Und noch viel mehr.«

»Lüg mich nicht an, Jo-Beth.«

»Ich lüge nicht.«

»Lois würde dieses Gift niemals in ihrem Haus dulden.«

»Ich glaube, da solltest du sie selbst fragen«, sagte Jo-Beth, die Mamas vorwurfsvollem Blick standhielt. »Ich finde, wir sollten beide zum Laden runtergehen und mit ihr reden.«

»Ich verlasse das Haus nicht«, sagte Mama endgültig.

»Gestern nacht warst du im Garten. Heute kannst du bis zum Auto gehen.«

Sie redete mit Mama, wie sie es noch nie gemacht hatte, mit wütender Stimme, die teilweise daraus resultierte, daß Mama sie eine Lügnerin genannt hatte; teilweise war sie auch auf sich selbst wütend, weil es ihr nicht gelang, durch den Nebel der vergangenen Nacht zu dringen. Was hatte sich zwischen Howie und ihr abgespielt? Hatten sie gestritten? Sie war fast sicher. Sie hatten sich auf jeden Fall auf der Straße getrennt... aber warum? Auch das war ein Grund, mit Lois zu sprechen.

»Es ist mein völliger Ernst, Mama«, sagte sie. »Wir gehen beide runter ins Einkaufszentrum.«

»Nein, ich kann nicht...«, sagte Mama. »Wirklich nicht. Mir geht es heute so schlecht.«

»Das stimmt doch gar nicht.«

»Doch. Mein Magen...«

»*Nein*, Mama! Das reicht jetzt! Du kannst nicht dein Leben lang so tun, als wärst du krank, nur weil du Angst hast. *Ich* habe auch Angst, Mama.«

»Es ist gut, daß du Angst hast.«

»Nein, das ist nicht gut. Genau das will der Jaff. Davon ernährt er sich. Von der Angst im Inneren. Ich weiß es, weil ich selbst gesehen habe, wie es funktioniert, und es ist schrecklich.«

»Wir können beten. Gebete...«

»... nützen überhaupt nichts mehr. Sie haben dem Pastor auch nicht geholfen. Wieso sollten sie dann uns helfen?« Sie sprach mit lauter Stimme, was ihren Kopf zum Kreisen brachte, aber sie wußte, sie mußte das alles jetzt sagen, bevor sie wieder völlig nüchtern war und Angst davor hatte, ihre Mutter zu verletzen.

»Du hast immer gesagt, draußen wäre es gefährlich«, fuhr sie fort, obwohl es ihr nicht gefiel, Mama so weh zu tun, wie sie es sicher tun mußte, aber sie konnte den Strom ihrer Gefühle nicht eindämmen. »Nun, es *ist* gefährlich. Mehr als du gedacht hast. Aber *drinnen*, Mama...«, sie deutete auf die Brust und meinte ihr Herz, meinte Howie und Tommy-Ray und den Schrecken, weil sie sie beide verloren hatte, »... *drinnen* ist es noch schlimmer. Viel schlimmer. Wenn man... *Träume* hat... nur eine Weile... und sie einem dann weggenommen werden, bevor man sie richtig zu fassen bekommen kann.«

»Du faselst sinnloses Zeug, Jo-Beth«, sagte Mama.

»Lois wird dir alles erklären«, antwortete sie. »Ich bringe dich zu Lois, und dann wirst du mir glauben.«

Howie saß am Fenster und ließ sich von der Sonne den Schweiß auf der Haut trocknen. Der Geruch war ihm so vertraut wie der Anblick seines Gesichts im Spiegel, vielleicht noch vertrauter, weil sich sein Gesicht veränderte, aber der Schweißgeruch nicht. Er brauchte den Trost des Vertrauten jetzt um so mehr, in einer Welt, in der nichts sicher war, außer der Unsicherheit. Er wurde mit den Empfindungen in seinem Innersten nicht fertig. Was gestern noch einfach zu sein schien, als er hinter dem Haus mit Jo-Beth in der Sonne stand und sie küßte, war heute nicht mehr einfach. Fletcher war vielleicht tot, aber er hatte ein Erbe hier im Grove hinterlassen, ein Erbe von Traumgestalten, die ihn, Howie, irgendwie als Ersatz für ihren Schöpfer ansahen. Das konnte er nicht sein. Selbst wenn sie Fletchers Meinung über Jo-Beth nicht geteilt hätten, was nach der Konfrontation gestern nacht sicher der Fall war, hätte er ihre Erwartungen nie erfüllen können. Er war als Desperado hierhergekommen und war, wenn auch nur flüchtig, zum Liebhaber geworden. Jetzt wollten sie ihn zum General machen, wollten Marschordnungen und Schlachtpläne. Keins von beiden konnte er liefern. Auch Fletcher wäre nicht imstande gewesen, die Rettung aufzuzeigen. Die Armee, die er geschaffen hatte, mußte sich einen Anführer aus den eigenen Reihen wählen oder untergehen.

Er hatte seine Argumente mittlerweile so oft geprobt, daß er sie beinahe selbst glaubte; besser gesagt, er hatte sich fast selbst davon überzeugt, daß er kein Feigling war, weil er ihnen glauben *wollte.* Aber der Trick hatte nicht funktioniert. Er kam immer wieder zur selben unverrückbaren Tatsache zurück: einmal, im Wald, hatte Fletcher ihn gewarnt, eine Wahl zwischen Jo-Beth und seinem Schicksal zu treffen, und er war angesichts dieses Rats geflohen. Die Folge dieses Abwendens, ob direkt oder indirekt, spielte jetzt keine Rolle mehr, war Fletchers öffentliches Ableben gewesen, sein letzter verzweifelter Versuch, eine Hoffnung für die Zukunft zu retten. Und jetzt war er hier, der verlorene Sohn, der keinerlei Reue empfand, und kehrte den Folgen dieses Opfers absichtlich den Rücken zu.

Und doch – wenn er sich auf die Seite von Fletchers Armee schlug, dann wurde er damit zu einem Bestandteil des Krieges, mit dem Jo-Beth und er überhaupt nichts zu tun haben wollten. Was er mehr als alles auf der Welt wollte, jemals in seinem Leben – mehr als das Schamhaar, das er mit elf Jahren liebend gern zum Wachsen gezwungen hätte; mehr als das Motorrad, das er mit vierzehn gestohlen hatte; mehr, als seine Mutter nur zwei Minuten von den Toten auferstehen zu lassen, damit er ihr sagen konnte, wie leid es ihm tat, daß er sie so oft zum Weinen gebracht hatte; mehr, in diesem Augenblick, als selbst Jo-Beth – war *Gewißheit*. Wenn ihm nur jemand gesagt hätte, welches Vorgehen das richtige war, und wenn er den Trost gehabt hätte, daß es nicht seine Schuld war, wenn sich dieses Vorgehen dann doch als falsch erwies. Aber niemand konnte ihm das sagen. Er mußte sich selbst darüber klar werden. Er mußte in der Sonne sitzen, den Schweiß auf der Haut trocknen lassen und sich selbst darüber klar werden.

Das Einkaufszentrum war nicht so überfüllt wie gewöhnlich am Samstagvormittag, aber William traf auf dem Weg zum Supermarkt trotzdem ein halbes Dutzend Leute, die er kannte. Darunter auch seine Assistentin Valerie.

»Alles in Ordnung?« wollte sie wissen. »Ich habe bei Ihnen angerufen. Es nimmt nie jemand ab.«

»Ich war krank«, sagte er.

»Ich habe mir gar nicht erst die Mühe gemacht, gestern das Büro zu öffnen. Nicht nach dem Ärger in der Nacht zuvor. Es war ein echtes Chaos. Wissen Sie, daß Roger dort war, als die Sirene losging?«

»Roger?«

Sie sah ihn an. »Ja, Roger.«

»Ach ja«, sagte William, der nicht wußte, ob es sich dabei um Valeries Mann, Bruder oder Hund handelte, was ihm auch vollkommen einerlei war.

»Er war auch krank«, sagte sie.

»Ich glaube, Sie sollten sich ein paar Tage frei nehmen«, schlug William vor.

»Das wäre schön. Jede Menge Leute gehen momentan weg, ist Ihnen das auch aufgefallen? Einfach weg. Wir dürften kaum etwas verlieren.«

Er machte ein paar höfliche Bemerkungen, wie sie sich wieder auskurieren sollte, und verabschiedete sich von ihr.

Die Musik im Supermarkt erinnerte ihn daran, was er zu Hause zurückgelassen hatte: Sie hörte sich ganz so an wie die Soundtracks zu einigen seiner frühesten Filme, eine Flut nichtssagender Melodien, die überhaupt nichts mit den Bildern zu tun hatten, welche sie untermalten. Die Erinnerung trieb ihn an, an den Regalen entlangzuhasten und den Einkaufskorb mehr seinem Instinkt als sorgfältiger Planung folgend zu füllen. Er machte sich nicht die Mühe, auch für seine Gäste einzukaufen. Die lebten nur von Luft und Liebe.

Er war nicht der einzige Kunde im Laden, der praktische Einkäufe – Haushaltsreiniger, Waschpulver und dergleichen – zugunsten von Fertigmahlzeiten und Billigfraß vernachlässigte. Obwohl er so abgelenkt war, fiel ihm auf, daß andere sich genau wie er selbst verhielten und ihre Körbe und Einkaufswägelchen gleichgültig mit Plunder füllten, als hätten neue Gewißheiten die alten Rituale von Kochen und Essen verdrängt. Er sah in den Gesichtern der Käufer – die er einmal namentlich gekannt hatte, an die er sich jetzt aber kaum noch erinnern konnte – dieselben heimlichtuerischen Mienen, wie er sie selbst sein ganzes Leben lang zur Schau getragen hatte. Sie erledigten ihre Einkäufe und taten so, als bemerkten sie gar nichts, was auf seine Weise auch wieder ein Geheimnis war.

Als er an der Registrierkasse stand und zwei Handvoll Schokoriegel in den Wagen warf, sah er ein Gesicht, das er schon sehr lange nicht mehr gesehen hatte: Joyce McGuire. Sie kam Arm in Arm mit ihrer Tochter Jo-Beth herein. Wenn er sie überhaupt jemals zusammen gesehen hatte, dann mußte das gewesen sein, bevor Jo-Beth selbst eine Frau geworden war. Als er sie jetzt nebeneinander sah, machte ihn die Ähnlichkeit der beiden sprachlos. Er sah sie an und konnte nicht anders, er mußte an den Tag beim See denken, und wie Joyce ausgesehen hatte, als sie sich auszog. Er fragte sich, ob die Tochter unter der weiten Kleidung jetzt genauso aussah: kleine, dunkle Nippel, lange braungebrannte Schenkel?

Plötzlich stellte er fest, daß er nicht der einzige Kunde war, der die McGuires anstarrte; praktisch alle anderen taten es auch. Und es konnte kein Zweifel daran bestehen, daß allen anderen ähnliche Gedanken durch die Köpfe gingen: Hier hatte man leibhaftig einen ersten Hinweis auf die Apokalypse vor sich, die über den Grove hereingebrochen war. Vor achtzehn Jahren hatte Joyce McGuire ein Kind unter Umständen zur Welt gebracht, die lediglich skandalös erschienen waren. Und jetzt wagte sie sich wieder an die Öffentlichkeit, und das ausgerechnet zu einer Zeit, da sich die unglaublichsten Gerüchte im Zusammenhang mit dem Bund der Jungfrauen als zutreffend zu erweisen begannen. Es wandelten *wahrhaftig* Wesen im Grove – oder lauerten darunter –, die Macht über Menschen hatten. Ihr Einfluß hatte Kinder im Leib von Joyce McGuire Fleisch werden lassen. War es möglicherweise derselbe Einfluß, der seine Träume Wahrheit hatte werden lassen? Immerhin waren sie ja Fleisch aus seiner Seele. Er sah Joyce wieder an und begriff plötzlich etwas über sich, das ihm nie klar geworden war: daß er und die Frau – Betrachter und Betrachtete – für immer und ewig eine intime Beziehung zueinander hatten. Diese Erkenntnis dauerte nur einen Augenblick; es war zu schwer, sich länger auf etwas zu konzentrieren. Aber sie reichte aus, daß er den Einkaufskorb hinstellte, sich an der Schlange vor der Kasse vorbeidrängte und dann direkt auf Joyce McGuire zuging. Sie sah ihn kommen, und ein ängstlicher Ausdruck erschien auf ihrem Gesicht. Er lächelte ihr zu. Sie versuchte zurückzuweichen, aber ihre Tochter hielt sie an der Hand fest.

»Schon gut, Mama«, hörte er sie sagen.

»Ja...«, sagte er und streckte Joyce die Hand entgegen. »Ja, es ist gut. Wirklich. Ich... freue mich so sehr, Sie zu sehen.«

Diese schlichte, mit so einfachen Worten ausgedrückte Empfindung schien ihr die Angst zu nehmen; ihre Miene wurde milder. Sie lächelte sogar.

»William Witt«, sagte er und legte die Hand in ihre. »Sie werden sich wahrscheinlich nicht an mich erinnern, aber...«

»Ich erinnere mich an Sie«, sagte sie.

»Das freut mich.«

»Siehst du, Mama?« sagte Jo-Beth. »So schlimm ist es gar nicht.«

»Ich habe Sie schon so lange nicht mehr im Grove gesehen«, sagte William.

»Ich war... unwohl«, sagte Joyce.

»Und jetzt?«

Anfangs antwortete sie nicht. Dann sagte sie: »Ich glaube, es geht mir wieder besser.«

»Das freut mich zu hören.«

Während er sprach, hörten sie ein Schluchzen aus einem der Gänge. Jo-Beth bemerkte es mehr als alle anderen Kunden: Eine seltsame Spannung zwischen ihr und Mr. Witt – den sie jeden Morgen gesehen hatte, so lange sie zur Arbeit ging, aber nie so schlampig angezogen – nahm deren ganze Aufmerksamkeit in Anspruch; und alle anderen in der Schlange schienen sich ganz bewußt Mühe zu geben, das Schluchzen *nicht* zu hören. Sie ließ Mamas Arm los und machte sich auf die Suche nach der Ursache. Ruth Gilford, Sprechstundenhilfe bei Mamas Hausarzt, stand vor dem Regal der Frühstücksflocken und hielt die Packung einer Marke in der rechten und die einer anderen Marke in der linken Hand; Tränen liefen an ihrem Gesicht hinab. Der Einkaufswagen neben ihr war vollgeladen mit weiteren Frühstücksflokken, als hätte sie einfach von jeder Marke eine Packung genommen, während sie an dem Regal entlanggegangen war. »Mrs. Gilford?« erkundigte sich Jo-Beth.

Die Frau hörte nicht auf zu schluchzen, versuchte aber, durch die Tränen zu sprechen, was zu einem wäßrigen und manchmal unverständlichen Monolog führte.

»...ich weiß nicht, was er will...«, schien sie zu sagen.

»...nach so langer Zeit... weiß nicht, was er will...«

»Kann ich Ihnen helfen?« sagte Jo-Beth. »Soll ich Sie nach Hause bringen?«

Als sie die Worte *nach Hause* hörte, drehte sich Ruth zu Jo-

Beth um und versuchte, sie durch die Tränen hindurch zu erkennen.

»...ich weiß nicht, was er will...«, sagte sie wieder.

»Wer?« fragte Jo-Beth.

»...all die Jahre... und er verheimlicht mir etwas...«

»Ihr Mann?«

»Ich habe nichts gesagt, aber ich wußte... ich wußte immer... er liebt eine andere... und jetzt hat er sie ins Haus geholt...«

Die Tränenflut verdoppelte sich. Jo-Beth ging zu ihr, nahm ihr ganz vorsichtig die Packung Frühstücksflocken aus den Händen und stellte sie aufs Regal zurück. Daraufhin packte Ruth Gilford Jo-Beth fest.

»...hilf mir...«, sagte sie.

»Aber gerne.«

»Ich will nicht nach Hause. Er hat dort jemanden.«

»Schon gut. Wenn Sie nicht wollen, dann nicht.«

Sie versuchte, die Frau vom Frühstücksflockenregal wegzulocken. Als sie es hinter sich gelassen hatten, ließ auch ihre Ratlosigkeit etwas nach.

»Du bist Jo-Beth, richtig?« brachte sie heraus.

»Stimmt.«

»Bringst du mich zum Auto? Ich glaube nicht, daß ich allein dorthingehen kann.«

»Wir gehen, es wird schon alles wieder gut«, versicherte Jo-Beth und stellte sich rechts neben Ruth, um sie vor den Blicken der Wartenden in der Schlange abzuschirmen, sollten sie sich entschließen, sie anzustarren. Sie bezweifelte es aber. Ruth Gilfords Zusammenbruch war ein zu bewegender Anblick für sie; er würde sie nur um so deutlicher daran erinnern, welche Geheimnisse sie selbst kaum verbergen konnten.

Mama stand mit William Witt an der Tür. Jo-Beth beschloß, darauf zu verzichten, die Leute vorzustellen, zumal Ruth ohnehin nicht in der Verfassung gewesen wäre, zu reagieren, und sagte Mama statt dessen nur, daß sie sie beim Buchladen treffen würde, der immer noch geschlossen gewesen war, als sie ankamen. Lois machte zum ersten Mal in ihrem Leben zu spät auf. Aber Mama ergriff die Initiative.

»Mr. Witt bringt mich nach Hause, Jo-Beth«, sagte sie. »Mach dir keine Sorgen um mich.«

Jo-Beth sah Witt an, dessen Gesichtsausdruck beinahe hypnotisiert war.

»Bist du sicher?« sagte sie. Bisher hatte sie noch nie darüber nachgedacht, aber vielleicht war ja gerade der stets makellose Mr. Witt genau der Typ, vor dem Mama sie all die Jahre über gewarnt hatte. Ein stilles Wasser, dessen Geheimnisse immer die ruchlosesten waren. Aber Mama bestand darauf und winkte Jo-Beth fast achtlos fort.

Verrückt, dachte Jo-Beth, während sie Ruth zum Auto brachte, die ganze Welt ist verrückt geworden. Die Leute veränderten sich von einem Augenblick auf den anderen, als wäre ihr Verhalten die ganzen Jahre über nur vorgetäuscht gewesen: Mamas Krankheit, Mr. Witts Nettigkeit, Ruth Gilfords Beherrschung. Erfanden sie sich alle neu, oder waren sie schon immer so gewesen?

Als sie beim Auto waren, wurde Ruth von einem erneuten, noch herzzerreißenderen Weinkrampf geschüttelt; sie versuchte, wieder in den Supermarkt zurückzugehen, weil sie darauf bestand, sie könnte nicht ohne Frühstücksflocken nach Hause kommen. Jo-Beth überzeugte sie behutsam vom Gegenteil und bot sich an, mit ihr nach Hause zu fahren, ein Angebot, welches dankbar angenommen wurde.

Während sie Ruth nach Hause fuhr, mußte Jo-Beth wieder an Mama denken; aber sie wurde aus ihren Gedanken gerissen, als ein Konvoi aus vier schwarzen Limousinen sie überholte und den Hügel hinauffuhr; sie wirkten so fremd hier, als wären sie aus einer anderen Dimension gekommen.

Besucher, dachte sie. Als wären nicht schon genug hier.

III

»Aha, es geht los«, sagte der Jaff.

Er stand am höchsten Fenster von Coney Eye und sah auf die Einfahrt hinunter. Es war kurz vor Mittag; die Limousinen, die vorfuhren, verkündeten die Ankunft der ersten Partygäste. Er hätte Tommy-Ray gerne in diesen entscheidenden Stunden an seiner Seite gehabt, aber der Junge war noch nicht wieder von seinem Ausflug zur Mission zurückgekehrt. Einerlei. Lamar hatte sich als mehr als gleichwertiger Ersatz erwiesen. Es war ein unangenehmer Augenblick geweser, als der Jaff schließlich die Maske von Buddy Vance abgelegt und dem Komiker sein wahres Gesicht gezeigt hatte, aber er hatte nicht lange gebraucht, den Mann auf seine Seite zu ziehen. In mancher Hinsicht war er eine angenehmere Gesellschaft als Tommy-Ray; sinnlicher, zynischer. Und wichtiger noch war, er kannte die ganzen Gäste, die sich bald zum Gedenken von Buddy Vance versammeln würden; kannte sie sogar gründlicher als Rochelle, die Witwe. Seit dem vergangenen Abend war sie immer tiefer in eine drogeninduzierte Benommenheit versunken, die sich Lamar, sehr zum Vergnügen des Jaff, sexuell zunutze gemacht hatte. Früher einmal – vor langer Zeit – hätte er vielleicht selbst so gehandelt. Nein, nicht vielleicht, ganz *sicher*. Rochelle Vance war zweifellos wunderschön, und ihre Sucht, die von ständiger, unterschwelliger Wut genährt wurde, machte sie noch attraktiver. Doch das waren fleischliche Dinge, die zu einem anderen Leben gehörten. Er hatte wichtigere Angelegenheiten: beispielsweise die Kraft, die er aus den Gästen ziehen wollte, welche sich gerade unten versammelten. Lamar war die Liste mit ihm durchgegangen und hatte praktisch zu jedem die eine oder andere wüste Bemerkung machen können. Korrupte Anwälte, süchtige Schauspieler, bekehrte Huren, Zuhälter, Priapisten, bezahlte Killer, weiße Männer mit schwarzen Seelen, heiße Männer mit kalten, Arschlecker, Koksschnüffler, die verdorbenen oberen Zehntausend, die noch verdorbeneren unteren Zehntausend, Egoisten, Onanisten und Hedonisten bis auf den letzten Mann. Wo sollte er die Kraft besser finden, die ihn vor Schaden beschützen würde, wenn sich die ›Kunst‹ öffnete? In diesen süchtigen, ängstlichen Seelen mit ihren aufgeblähten Egos würde er Ängste finden, wie sie die gewöhnlichen Kleinbürger niemals haben konnten. Aus ihnen würde er Terata entstehen lassen, wie sie die Welt noch nicht gesehen hatte. Dann würde er bereit sein. Fletcher war tot, seine Armee hielt sich, so sie sich denn tatsächlich manifestiert hatte, im Verborgenen.

Nichts stand mehr zwischen dem Jaff und der Essenz.

Als er am Fenster stand und verfolgte, wie die Opfer ausstiegen, einander mit Lächeln wie Bergkristall und verkniffenen Küssen begrüßten, schweiften seine Gedanken – ausgerechnet – zum Zimmer der Postirrläufer in Omaha, Nebraska, wo er, vor so vielen Leben, zum ersten Mal etwas vom geheimen Leben Amerikas mitbekommen hatte. Er dachte an Homer, der ihm die Tür zu dieser Schatzkammer aufgemacht hatte und der später durch das Messer mit der kurzen, stumpfen Klinge, das der Jaff immer noch in der Tasche trug, ebendort gestorben war. Damals hatte der Tod noch etwas bedeutet. Er war ein Erlebnis gewesen, vor dem einem graute. Erst als er in der Schleife gewesen war, war ihm klar geworden, wie irrelevant dererlei Ängste waren, wenn selbst ein kleiner Scharlatan wie Kissoon die Zeit anhalten konnte. Wahrscheinlich war der Schamane immer noch sicher in seiner Zuflucht, so weit von seinen Gläubigern oder dem Lynchmob entfernt, wie es überhaupt nur ging. Er verweilte in der Schleife und plante, wie er Macht bekommen konnte. Oder sie von sich fernhielt.

Dieser letzte Gedanke kam ihm eben erst, wie die längst überfällige Lösung eines Rätsels, mit dem er sich, ohne es zu wissen, beschäftigt hatte. Kissoon hatte den Augenblick angehalten, denn wenn er ihn entgleiten ließ, würde er seinen eigenen Tod entfesseln...

»Nun...«, murmelte er.

Lamar stand hinter ihm. »Nun, was?«

»Ich überlege nur«, sagte der Jaff. Er wandte sich vom Fenster ab. »Ist die Witwe schon unten?«

»Ich versuche, sie zu wecken.«

»Wer begrüßt die Gäste?«

»Niemand.«

»Übernimm du das.«

»Ich dachte, ich sollte hierbleiben.«

»Später. Wenn sie alle angekommen sind, kannst du sie einen nach dem anderen heraufbringen.«

»Wie du wünschst.«

»Eine Frage.«

»Nur eine?«

»Warum hast du keine Angst vor mir?«

Lamar kniff die Augen zusammen. Dann sagte er: »Ich weiß immer noch, was lächerlich ist.«

Ohne einen Konter vom Jaff abzuwarten, machte er die Tür auf und ging hinunter, um seinen Pflichten als Gastgeber nachzukommen. Der Jaff drehte sich wieder zum Fenster um. Eine weitere Limousine stand am Tor, diesesmal eine weiße. Der Fahrer zeigte den Wachen die Einladung seines Passagiers.

»Einer nach dem anderen«, sagte der Jaff zu sich. »Ein Verkorkster nach dem anderen.«

Grillos Einladung zur Party in Coney Eye war am Vormittag persönlich abgegeben worden; Ellen Nguyen war die Überbringerin gewesen. Ihr Verhalten war freundlich, aber spröde; keine Spur der Intimität, die sich am vergangenen Nachmittag zwischen ihnen abgespielt hatte. Er lud sie in sein Hotelzimmer ein, aber sie bestand darauf, keine Zeit zu haben.

»Ich werde im Haus gebraucht«, sagte sie. »Rochelle scheint völlig weggetreten zu sein. Ich glaube kaum, daß du dir Gedanken machen mußt, du könntest erkannt werden. Aber die Einladung wirst du brauchen. Schreibe einen Namen rein, den du dir ausdenkst. Die Sicherheitsvorkehrungen sind streng, also verlier sie nicht. Das ist eine Party, zu der dir deine flinke Zunge keinen Zutritt verschaffen kann.«

»Wo wirst du sein?«

»Ich glaube nicht, daß ich überhaupt dort bin.«

»Ich dachte, du gehst gleich wieder rauf.«

»Nur für die Vorbereitungen. Sobald die Party anfängt, verschwinde ich. Ich will mit diesen Leuten nichts zu tun haben. Parasiten, alle miteinander. Keiner hat Buddy wirklich geliebt. Es ist alles nur Schau.«

»Nun, ich werde es beschreiben, wie ich es sehe.«

»Tu das«, sagte sie und wandte sich ab.

»Könnten wir uns nicht einen Augenblick unterhalten?« fragte Grillo.

»Worüber? Ich habe wirklich nicht viel Zeit.«

»Über dich und mich«, sagte Grillo. »Über das, was gestern passiert ist.«

Sie sah ihn an, ohne ihn direkt anzusehen. »Was passiert ist, ist passiert«, sagte sie. »Wir waren beide dabei. Was gibt es da zu reden?«

»Nun, zunächst einmal: Wie wäre es, wenn wir es noch einmal versuchen würden?«

Wieder der ausweichende Blick.

»Ich glaube nicht«, sagte sie.

»Du hast mir überhaupt keine Möglichkeit gegeben«, sagte er.

»O nein«, antwortete sie, um seinen Fehler zu korrigieren. »Du warst prima... aber seit gestern hat sich die Lage verändert.«

»Seit gestern?«

»Ja«, sagte sie. »Ich kann dir nicht sagen, wie...« Sie ließ den Satz unvollendet und griff einen neuen Gedanken auf. »Wir sind beide erwachsene Menschen. Wir wissen, wie so etwas passiert.«

Er wollte sagen, nein, er wüßte nicht mehr, wie so etwas, oder etwas anderes, passiert, aber nach dieser Unterhaltung war seine Selbstachtung schwach genug, auch ohne daß er sie mit weiteren Geständnissen zusätzlich auf die Knie prügeln mußte.

»Sei vorsichtig bei der Party«, sagte sie, als sie sich das zweite Mal zum Gehen wandte.

Er konnte nicht verhindern, daß er sagte: »Wenigstens danke dafür.«

Sie schenkte ihm ein kurzes, rätselhaftes Lächeln und ging.

IV

Die Rückfahrt zum Grove war für Tommy-Ray lang, aber für Tesla und Raul war sie noch länger, wenn auch aus nicht ganz so metaphysischen Gründen. Zunächst einmal war Teslas Auto nicht mehr das allerbeste und hatte schon auf der Herfahrt einiges einstecken müssen; jetzt war es in noch viel schlechterem Zustand. Und dann hatte die Berührung durch den Nuncio sie zwar von den Toten zurückgeholt; aber diese Berührung hatte auch Nebenwirkungen, deren volles Ausmaß ihr erst bewußt wurde, als sie über der Grenze waren. Sie fuhr zwar mit einem materiellen Auto über einen materiellen Highway, aber sie hatte diese Materie nicht mehr so fest im Griff wie früher. Sie spürte einen Sog von anderen Orten und anderen Daseinsformen. Sie war früher schon unter Drogen- oder Alkoholeinfluß gefahren, aber was sie momentan erlebte, war eine wildere Fahrt, so als hätte ihr Gehirn Bruchstücke jedes Trips heraufbeschworen, den sie je gehabt hatte, jedes Halluzinogens, jedes Betäubungsmittels, und würde nun in Gedanken alles abspulen und ihrem Verstand eine Dosis von allem geben. Eben noch heulte sie wie ein wildes Tier – sie konnte sich selbst hören, wie die Stimme einer anderen –, und im nächsten Augenblick schwebte sie im Äther, und der Highway löste sich vor ihren Augen auf; wenig später waren ihre Gedanken so schmutzig wie die New Yorker U-Bahn, und es kostete sie alle Anstrengung, dieser ganzen verdammten Farce des Lebens nicht mit einer einzigen raschen Bewegung des Lenkrads ein Ende zu machen. Bei allem aber war sie sich zweier Tatsachen bewußt. Einmal, daß Raul neben ihr saß und sich mit weißen Händen am Armaturenbrett festklammerte und stinkende Angst verströmte. Die andere war der Ort, den sie in ihren Nuncio-Träumen besucht hatte, Kissoons Schleife. Diese war zwar nicht ganz so real wie das Auto, in dem sie fuhr, und Rauls Geruch, aber deshalb nicht weniger beharrlich. Sie trug die Erinnerung daran mit jeder Meile, die sie zurücklegten, mit sich. Trinity, so hatte er es genannt, oder Kissoon selbst wollte, daß sie zurückkehrte. Sie spürte den Sog fast wie etwas körperlich Greifbares an sich. Sie leistete ihm Widerstand, wenn auch nicht ganz aus freien Stücken. Sie war zwar froh, daß sie wieder ins Leben gebracht worden war, aber was sie in der Zeit in Trinity gesehen und gehört hatte, machte sie neugierig darauf, wieder dorthin zurückzukehren; sogar begierig darauf. Je größer ihr Widerstand war, desto erschöpfter wurde sie, bis sie, als sie die Randbezirke von L. A. erreichten, so müde war wie jemand, der an Schlafmangel litt; Wachträume drohten jeden Augenblick, in die Beschaffenheit der Wirklichkeit hineinzuplatzen.

»Wir müssen eine Weile Rast machen«, sagte sie zu Raul und merkte, daß die Worte genuschelt waren. »Sonst werde ich uns noch beide umbringen.«

»Möchten Sie schlafen?«

»Ich weiß nicht«, sagte sie, weil sie befürchtete, der Schlaf würde ebenso viele Probleme aufwerfen, wie er lösen könnte. »Wenigstens ausruhen. Kaffee trinken und meine Gedanken ordnen.«

»Hier?« sagte Raul.

»Was hier?«

»Halten wir hier?«

»Nein«, sagte sie. »Wir fahren zu meiner Wohnung. Das ist eine halbe Stunde von hier. Das heißt, wenn wir fliegen...«

Das machst du doch schon, Baby, sagte ihr Verstand, und möglicherweise wirst du nie wieder aufhören. Du bist die wiederauferstandene Frau. Was erwartest du? Daß das Leben einfach weitergeht, als wäre nichts gewesen? Vergiß es. Nichts wird je wieder wie früher sein.

Aber West Hollywood hatte sich nicht verändert; immer noch die verschönerte Boy's Town: die Bars, die Modegeschäfte, wo sie ihren Schmuck kaufte. Sie fuhr vom Santa Monica links raus auf den North Huntley Drive, wo sie seit fünf Jahren lebte, seit sie in L. A. war. Es war fast Mittag, und der Smog brannte über der Stadt. Sie parkte das Auto in der Tiefgarage des Hauses und fuhr mit Raul hoch zum Apartment V. Die Fenster ihres Nachbarn direkt darunter, eines sauertöpfischen, unterdrückten kleinen Mannes, mit dem sie in fünf Jahren nicht mehr als drei Sätze gesprochen hatte, zwei davon Beschimpfungen, waren offen, und er sah sie zweifellos vorübergehen. Sie schätzte, daß er höchstens zwanzig Minuten brauchen würde, um den ganzen Block davon in Kenntnis zu setzen, daß Miß Lonelyhearts, wie sie hinter ihrem Rücken genannt wurde, wieder in der Stadt war, zum Kotzen aussah und Quasimodo bei sich hatte. Nun gut. Sie mußte sich um andere Dinge Gedanken machen, zum Beispiel, wie sie den Schlüssel ins Türschloß stecken konnte, ein Trick, der ihre bedrängten Sinne mehrmals überforderte. Raul kam ihr zu Hilffe, nahm den Schlüssel aus ihren zitternden Fingern und schloß für sie beide auf. Das Apartment war, wie üblich, ein Katastrophengebiet. Sie ließ die Tür offenstehen und riß die Fenster auf, um ein wenig nicht ganz so abgestandene Luft hereinzulassen, dann hörte sie den Anrufbeantworter ab. Ihr Agent hatte zweimal angerufen, beide Male, um ihr zu sagen, daß sich bezüglich ihres Drehbuchs über die Schiffbrüchigen nichts Neues ergeben hatte; Saralyn hatte angerufen und fragte an, ob sie wußte, wo Grillo steckte. Nach Saralyn: Teslas Mutter. Ihre Nachricht war mehr eine Litanei von Sünden als eine Botschaft – Verbrechen, die die Welt im allgemeinen und ihr Vater im speziellen begangen hatten. Schließlich eine Nachricht von Mickey de Falco, der sich zusätzliches Geld verdiente, indem er für Fickfilme stöhnte und grunzte und eine Partnerin für eine Session brauchte. Im Hintergrund ein bellender Hund. »Und sobald du wieder da bist«, sagte er abschließend, »komm her und hol den verdammten Hund wieder ab, bevor er mich arm frißt.« Sie sah Raul, der ihr zusah, wie sie die Nachrichten abhörte, und sein Unverständnis war nur allzu offenkundig.

»Meine Mitmenschen«, sagte sie, nachdem Mickey sich verabschiedet hatte. »Sind sie nicht toll? Hör zu, ich muß mich hinlegen. Es ist klar, wo alles ist, nicht? Kühlschrank; Fernseher; Toilette. Weck mich in einer Stunde, ja?«

»Eine Stunde.«

»Ich würde gerne Tee trinken, aber wir haben keine Zeit.« Sie sah, wie er sie anstarrte. »Drücke ich mich verständlich aus?«

»Ja...«, antwortete er zweifelnd.

»Nuschle ich?«

»Ja.«

»Dachte ich mir. O. K. Die Wohnung gehört dir. Geh nicht ans Telefon. Wir sehen uns in einer Stunde.«

Sie stolperte ins Badezimmer, ohne auf eine weitere Bestätigung zu warten, zog sich vollständig aus, überlegte, ob sie duschen sollte, begnügte sich dann aber mit einem Spritzer kaltes Wasser auf Gesicht, Arme und Brüste und ging weiter ins Schlafzimmer. Es war heiß in dem Zimmer, aber sie hatte Verstand genug, das Fenster nicht zu öffnen. Wenn ihr Nachbar Ron aufwachte, was etwa um diese Zeit geschah, würde er sofort Opern spielen. Entweder die Hitze im Zimmer oder *Lucia di Lammermoor.* Sie zog es vor zu schwitzen.

Raul, der sich selbst überlassen blieb, fand etwas Eßbares im Kühlschrank, nahm es heraus, trug es ans offene Fenster, setzte sich und zitterte. Er konnte sich nicht erinnern, daß er jemals solche Angst gehabt hatte, bevor Fletchers Wahnsinn anfing. Heute wie damals hatten sich die Gesetze der Welt mit einem Mal verändert, und er wußte nicht mehr, welches Ziel er haben sollte. Er hatte im Grunde seines Herzens die Hoffnung aufgegeben, Fletcher noch einmal wiederzusehen. Der Schrein, den er in der Mission errichtet hatte und der anfangs als Fanal gedacht gewesen war, war zu einem Denkmal geworden. Er war davon ausgegangen, daß er dort sterben würde, bis zuletzt als Schwachsinniger geduldet, was er in vielerlei Hinsicht auch war. Er konnte kaum schreiben, nur seinen eigenen Namen kritzeln. Er konnte nicht lesen. Die meisten Gegenstände im Zimmer der Frau waren ihm unbegreiflich. Er war völlig verloren.

Ein Schrei aus dem Nebenzimmer riß ihn aus dem Selbstmitlied.

»Tesla?« rief er.

Er bekam keine zusammenhängende Antwort – nur weitere gedämpfte Schreie. Er stand auf und folgte den Geräuschen. Die Tür zu ihrem Schlafzimmer war zu. Er zögerte mit einer Hand auf der Klinke, weil er nicht wußte, ob er unaufgefordert eintreten sollte. Dann hörte er neue Schreie. Er stieß die Tür auf.

Er hatte in seinem ganzen Leben noch keine nackte Frau gesehen. Der Anblick von Tesla, die auf dem Bett lag, faszinierte ihn. Sie hatte die Arme an den Seiten und hielt das Laken gepackt, ihr Kopf rollte von einer Seite auf die andere. Ihr Körper schien irgendwie dunstig, was ihn daran erinnerte, was auf der Straße unterhalb der Mission geschehen war. Sie ging wieder von ihm weg. Zurück zur Schleife. Ihre Schreie waren inzwischen zu einem Stöhnen geworden. Aber nicht der Lust. Sie ging unfreiwillig.

Er rief ihren Namen noch einmal, sehr laut. Plötzlich richtete sie sich kerzengerade auf und sah ihn mit aufgerissenen Augen an.

»Mein Gott!« sagte sie. Sie keuchte, als hätte sie gerade einen Wettlauf gemacht. *»Mein Gott. Mein Gott. Mein Gott.«*

»Sie haben geschrien...«, sagte er, um seine Anwesenheit im Zimmer zu erklären.

Erst jetzt schien ihr ihre Situation klarzuwerden: sie nackt, er verlegen und fasziniert. Sie griff nach einem Laken und wollte es über sich ziehen, aber was sie soeben erlebt hatte, lenkte sie ab.

»Ich war dort«, sagte sie.

»Ich weiß.«

»Trinity. Kissoons Schleife.«

Während der Rückfahrt hatte sie sich bemüht, ihm die Vision zu erklären, die sie gehabt hatte, während der Nuncio sie heilte, und zwar einerseits, um sich selbst die Einzelheiten einzuprägen, und andererseits, um eine Wiederholung zu vermeiden, indem sie die Erinnerung aus der versiegelten Zelle ihres Innenlebens herausholte und zu einem Erlebnis machte, das sie mit jemandem teilte. Sie hatte ein widerwärtiges Bild von Kissoon gezeichnet.

»Haben Sie ihn gesehen?« fragte Raul.

»Ich war nicht in der Hütte«, antwortete sie. »Aber er will, daß ich dorthinkomme. Ich kann spüren, wie er *zieht.*« Sie legte eine Hand auf den Bauch. »Ich spüre es in diesem Augenblick, Raul.«

»Ich bin da«, sagte er. »Ich lasse Sie nicht gehen.«

»Ich weiß, und ich bin froh darüber.«

Sie streckte den Arm aus. »Nimm meine Hand, hm?« Er kam zögernd zum Bett. *»Bitte«*, sagte sie. Er gehorchte. »Ich habe die Stadt wiedergesehen«, fuhr sie fort. »Sie wirkt richtig echt, nur ist niemand dort. Überhaupt niemand. Sie ist... wie... eine Bühne... als würde dort etwas aufgeführt werden.«

»Aufgeführt.«

»Ich weiß, das ergibt keinen Sinn; ich erzähle dir nur, was ich empfinde. Etwas Schreckliches wird dort passieren, Raul. Das Schlimmste, was man sich nur vorstellen kann.«

»Du weißt nicht, was?« Er ging wieder zur vertraulicheren Anrede über.

»Oder vielleicht ist es schon passiert?« sagte sie. »Vielleicht ist deshalb niemand in der Stadt. Nein. Nein. Das ist nicht der Grund. Es ist noch nicht vorbei, es wird in Kürze erst passieren.«

Sie versuchte, so gut sie konnte, einen Sinn in ihre Verwirrung zu bringen. Wenn sie in dieser Stadt die Szene eines Films ansiedeln müßte, was würde sie tun? Eine Schießerei auf der Hauptstraße? Die Einwohner hinter verschlossenen Türen, während die Guten und die Bösen es mit Pistolen unter sich ausmachten? Möglich. Oder eine verlassene Stadt, hinter der am Horizont ein alles niederstampfender Behemoth auftauchte? Das klassische Monster-Szenario der fünfziger Jahre: ein von Atombombentests gewecktes Ungeheuer...

»Das schon eher«, sagte sie.

»Was ist?«

»Vielleicht ist es ein Dinosaurierfilm. Oder eine Riesentarantel. Ich weiß nicht. Aber das trifft die Sache auf jeden Fall eher. Himmel, ist das frustrierend! Ich weiß etwas über diese Stadt, Raul, aber ich bekomme es einfach nicht auf die Reihe.«

Nebenan ertönte aus vollem Halse Donizettis Meisterwerk. Sie kannte es mitterweile so gut, daß sie hätte mitsingen können, wenn sie die Stimme dazu gehabt hätte.

»Ich mache Kaffee«, sagte sie. »Damit ich wach werde. Fragst du Ron nach etwas Milch?«

»Ja, natürlich.«

»Sag ihm einfach, du bist ein Freund von mir.«

Raul stand vom Bett auf und nahm die Hand aus ihrer.

»Ron hat Apartment Nummer vier«, rief sie hinter ihm her, dann ging sie wieder ins Bad und duschte verspätet, wobei ihr das Problem mit der Stadt nicht aus dem Kopf ging. Als sie sich abgetrocknet und ein sauberes T-Shirt und Jeans gefunden hatte, war Raul wieder in der Wohnung, und das Telefon klingelte. Am anderen Ende der Leitung waren die Oper und Ron.

»Wo hast du denn den gefunden?« wollte er wissen. »Und hat er einen Bruder?«

»Ist es unmöglich, hier ein Privatleben zu führen?« sagte sie.

»Hättest ihn eben nicht *vorführen* sollen, Mädchen«, antwortete Ron. »Was ist er? LKW-Fahrer? Soldat? Er ist so *kräftig.*«

»Das ist er.«

»Wenn ihm langweilig wird, dann schick ihn einfach rüber.«

»Er wird sich geschmeichelt fühlen«, sagte Tesla und legte den Hörer auf. »Du hast einen Bewunderer gefunden«, sagte sie zu Raul. »Ron findet, daß du ausgesprochen sexy bist.«

Rauls Miene war nicht so verwirrt, wie sie gedacht hatte, daher fragte sie: »Was meinst du, gibt es schwule Affen?«

»Schwul?«

»Homoxexuell. Männer, die gern mit anderen Männern ins Bett gehen.«

»Ist Ron das?«

»Ist Ron das?« Sie lachte. »Ja, das ist Ron. Ist eben so eine Gegend hier. Darum gefällt sie mir ja.«

Sie füllte Kaffee in die Tassen. Als sie hörte, wie die Körnchen vom Löffel rieselten, fing die Vision in ihr wieder an.

Sie ließ den Löffel fallen. Drehte sich zu Raul um. Er war weit von ihr entfernt, auf der anderen Seite eines Zimmers, das sich mit Staub zu füllen schien.

»Raul?« sagte sie.

»Was ist los?« sah sie ihn sagen. Sah, nicht hörte; in der Welt, aus der sie verschwand, war die Lautstärke auf Null gedreht worden. Panik machte sich breit. Sie griff mit beiden Händen nach Raul.

»Laß mich nicht gehen...«, schrie sie ihm zu. *...ich will nicht gehen! Ich will nicht...«*

Dann senkte sich der Staub zwischen sie und löschte ihn aus. Sie fiel nicht in seine feste Umarmung, sondern verfehlte seine Hände in dem Sturm und wurde in die Wüste zurückgeschleudert, wo sie mit Höchstgeschwindigkeit über das mittlerweile altbekannte Terrain sauste. Dieselbe verbrannte Erde, über die sie schon zweimal hinweggeflogen war.

Ihre Wohnung war völlig verschwunden. Sie war wieder in der Schleife und reiste durch die Stadt. Der Himmel über ihr war delikat getönt, wie bei ihrer ersten Reise hierher. Die Sonne stand immer noch tief am Horizont. Sie konnte sie deutlich sehen, anders als beim ersten Mal. Mehr als sehen, sie konnte sie anstarren, ohne den Blick abwenden zu müssen. Sie konnte sogar Einzelheiten erkennen. Sonneneruptionen stoben wie Arme aus Feuer von ihrem Rand weg. Eine Gruppe Sonnenflecken verunstaltete die brennende Oberfläche. Als sie wieder auf den Boden sah, näherte sie sich der Stadt.

Als der erste Ansturm von Panik vorbei war, versuchte sie, die Kontrolle über ihre Lage zu erhalten, und vergegenwärtigte sich nachdrücklich, daß sie immerhin schon zum dritten Mal hier war und mittlerweile eigentlich imstande sein sollte, den Trick zu kapieren. Sie wünschte sich, daß ihre Reise langsamer vonstatten gehen sollte, und sie wurde tatsächlich langsamer, was ihr mehr Zeit gab, die Stadt zu begutachten, als sie deren Rand erreichte. Als sie sie zum ersten Mal gesehen hatte, hatte ihr Instinkt ihr verraten, daß die Stadt irgendwie falsch war. Diese Ahnung wurde nun bestätigt. Die Bretter der Häuser waren nicht vom Wetter gezeichnet, nicht einmal gestrichen. Keine Vorhänge an den Fenstern, keine Schlüssellöcher in den Türen. Und hinter den Türen und Fenstern? Sie befahl ihrem schwebenden Geist, sich einem Haus zu nähern, und sah durchs Fenster. Das Dach des Hauses war nicht fertiggestellt worden; Sonnenschein fiel durch Fugen hinein und erhellte das Innere. Es war leer. Keine Möbel, nichts sprach dafür, daß es bewohnt war. Das Innere war nicht einmal in *Zimmer* unterteilt. Das Gebäude war eine vollkommene Attrappe. Und das nächste wahrscheinlich auch. Sie schwebte die Häuserzeile entlang, um ihren Verdacht zu bestätigen. Auch das nächste Haus war tatsächlich völlig leer.

Als sie sich vom zweiten Fenster zurückzog, verspürte sie wieder den Sog, den sie bereits in der anderen Welt erlebt hatte: Kissoon versuchte, sie zu sich zu bringen. Sie hoffte jetzt, daß Raul nicht versuchte, sie zu wecken, falls ihr Körper tatsächlich noch in der Welt war, die sie zurückgelassen hatte. Sie hatte zwar Angst vor dem Ort und hegte heftigen Argwohn gegenüber dem Mann, der sie dorthin rief, aber ihre Neugier war ein ebenso starker Einfluß. Die Geheimnisse von Palomo Grove waren bizarr genug gewesen, aber nichts in Fletchers hastiger Weitergabe von Informationen über den Jaff, die ›Kunst‹ und Essenz konnte diesen Ort erklären. Die Antworten lagen einzig und allein bei Kissoon, daran zweifelte sie nicht. Wenn sie zwischen den Zeilen seiner Konversation lesen konnte, so verblümt sie auch sein mochte, konnte sie vielleicht etwas verstehen. Und da sie neues Selbstvertrauen in diesem Zustand errungen hatte, nahm sie den Gedanken, zur Hütte zurückzukehren, auch nicht mehr so schwer. Wenn er sie bedrohte oder einen Steifen bekam, würde sie einfach wieder gehen. Es lag in ihrer Macht, wenn sie es sich sehnlich genug wünschte. Wenn sie in die Sonne sehen konnte, ohne geblendet zu sein, konnte sie sicherlich auch mit Kissoons linkischem Grapschen nach ihrem Körper fertig werden.

Sie machte sich auf den Weg durch die Stadt und stellte fest, daß sie plötzlich *ging* – oder sich zumindest entschieden hatte, sich dieser Illusion hinzugeben. Nachdem sie sich vorgestellt hatte, daß sie hier war, erfolgte der Prozeß, ihr Fleisch herzubringen, beinahe automatisch. Sie konnte den Boden unter den Füßen nicht spüren, und das Gehen bereitete ihr überhaupt keine Anstrengung, aber sie brachte aus jener anderen Welt die Vorstellung mit sich, wie man sich fortbewegte, und die wendete sie nun hier an, ob es erforderlich war oder nicht. Wahrscheinlich nicht. Wahrscheinlich reichte ein Gedanke aus, sie in Bewegung zu versetzen. Aber je mehr von der Wirklichkeit, welche sie am besten kannte, sie in diese Welt herüberbrachte, überlegte sie sich, desto mehr Kontrolle hatte sie darüber. Sie würde hier nach den Regeln vorgehen, die sie bis vor kurzem als allgemeingültig betrachtet hatte. Wenn diese sich dann veränderten, würde sie genau wissen, daß das nicht ihr Zutun war. Je eingehender sie darüber nachdachte, desto solider fühlte sie sich. Der Schatten unter ihr wurde dunkler; sie spürte allmählich den heißen Boden unter den Füßen. So beruhigend es war, hier natürliche Sinne zu haben, Kissoon mißfiel es offenbar. Sie spürte, wie sein Sog heftiger wurde, als hätte er mit der Hand in ihren Magen gegriffen und würde ziehen.

»Schon gut...«, murmelte sie, »...ich komme. Aber wenn *ich* will, nicht du.«

Es gab mehr als Gewicht und Schatten in dem Dasein, das sie gerade erlernte; es gab auch Geruch und Geräusche. Beide brachten Überraschungen mit sich; beide unangenehm. Sie roch einen ekelerregenden Gestank, den sie sofort erkannte: verwesendes Fleisch. Lag hier irgendwo ein totes Tier auf der Straße? Sie konnte nichts sehen. Aber die Geräusche lieferten ihr einen weiteren Hinweis. Ihre Ohren, die besser hörten als jemals zuvor, verrieten ihr, daß Insekten wuselten. Sie hörte genau hin, damit sie die Richtung erfuhr, und als sie sie erraten hatte, ging sie über die Straße zu einem anderen Haus. Es war ebenso konturlos wie die anderen Fenster, durch die sie hineingesehen hatte, aber dieses war nicht leer. Der immer stärkere Geruch und die Geräusche bestätigten diesen Verdacht. Hinter dieser banalen Fassade war etwas Totes. Viele tote Wesen, begann sie zu vermuten. Der Gestank wurde so durchdringend, daß sich ihr der Magen umdrehte. Aber sie mußte sehen, welche Geheimnisse diese Stadt verbarg.

Auf halbem Weg über die Straße verspürte sie wieder ein Ziehen im Magen. Sie wehrte sich, aber diesesmal ließ Kissoon sie nicht so bereitwillig vom Haken. Er zog fester, und sie spürte, wie sie gegen ihren Willen die Straße hinunterglitt. Eben noch ging sie auf das Haus des Gestanks zu, im nächsten Moment war sie zwanzig Meter davon entfernt.

»Ich will sehen«, sagte sie zwischen zusammengebissenen Zähnen und hoffte, daß Kissoon sie hören konnte.

Doch selbst wenn, er zog weiterhin. Diesmal war sie auf den Sog vorbereitet und wehrte sich aktiv dagegen; sie forderte, daß ihr Körper sich wieder dem besagten Haus näherte.

»Du wirst mich nicht aufhalten«, sagte sie.

Als Antwort zog er erneut und brachte sie trotz ihrer größten Anstrengung noch weiter von ihrem Ziel weg.

»Der Teufel soll dich holen!« schrie sie laut und wütend über seine Einmischung.

Er benutzte ihre Wut gegen sie. Während sie mit ihrem Ausbruch Energie verbrauchte, zog er weiter, und diesmal schleifte er sie fast die ganze Straße entlang bis zum Stadtrand. Sie konnte ihm keinen Widerstand leisten. Er war schlicht und einfach stärker als sie, und je wütender sie wurde, um so fester konnte er sie packen, bis sie sich mit nicht unerheblicher Geschwindigkeit von der Stadt entfernte und erneut Opfer seiner Willkür war, so wie bei ihrem ersten Ausflug in die Schleife.

Sie wußte, ihre Wut schwächte den Widerstand, daher ermahnte sie sich, ruhig und gelassen zu bleiben, sich zu beherrschen, während die Wüste vorübersauste.

»Beruhige dich, Frau«, sagte sie sich. »Er ist nur ein Kraftprotz. Nicht mehr. Nicht weniger. Bleib ganz kalt.«

Der Rat, den sie sich selbst gegeben hatte, funktionierte. Sie spürte, wie ihre innere Entschlossenheit wieder wuchs. Aber sie gönnte sich nicht den Luxus von Befriedigung. Sie machte sich die Kraft, die sie wiedererlangt hatte, einfach nur zunutze, um sich selbst etwas zu beweisen. Kissoon ließ sie selbstverständlich nicht los; sie spürte, wie seine Faust so stark wie eh und je in ihrem Magen zog. Es tat weh. Aber sie wehrte sich, und wehrte sich weiter, bis sie beinahe zum Stillstand gekommen war.

Immerhin eine seiner Absichten hatte er erfolgreich in die Tat umsetzen können. Die Stadt war nur noch ein Fleckchen am Horizont hinter ihr. Eine Reise dorthin zurück überstieg ihre momentanen Möglichkeiten. Sie war nicht sicher, ob sie seinem Sog über diese Strecke hinweg widerstehen konnte, selbst wenn sie es versuchte.

Sie gab sich wieder einen stummen Rat: diesmal kurze Zeit innehalten und eine Bestandsaufnahme ihrer Situation zu machen. Den Kampf in der Stadt hatte sie verloren, diesbezüglich brauchte sie sich nichts vorzumachen. Aber sie konnte Kissoon ein paar peinliche Fragen stellen, wenn sie ihm schließlich von Angesicht zu Angesicht gegenüberstand. Erstens, welche Ursache der Gestank tatsächlich hatte; zweitens, warum er so große Angst davor hatte, daß sie es sah. Aber sie wußte, sie mußte vorsichtig sein, denn welche Kraft er besaß, war selbst auf diese Entfernung nicht zu übersehen. Der größte Fehler, den sie machen konnte, war die Annahme, daß die Macht, die sie über sich selbst hatte, hier etwas Beständiges war. Sie war aufgrund von Kissoons Willen hier, und obwohl er behauptet hatte, daß er selbst Gefangener hier war, wußte er doch besser über die Grenze Bescheid als sie. Sie war jeden Augenblick seiner Macht ausgeliefert, und deren Ausmaß konnte sie nur ahnen. Sie mußte vorsichtiger sein, sonst lief sie Gefahr, das bißchen Einfluß auf ihren Zustand, das sie hatte, auch noch zu verlieren.

Sie kehrte der Stadt den Rücken zu und setzte sich in Richtung Hütte in Bewegung. Die Festigkeit, die sie in der Stadt bekommen hatte, war ihr nicht genommen worden, aber als sie sich wieder aufmachte, geschah es leichteren Schrittes, als sie es bislang jemals erlebt hatte. Wie ein Spaziergang auf dem Mond: Ihre Schritte waren ausgreifend und mühelos, die Geschwindigkeit selbst für den schnellsten Sprinter unmöglich zu erreichen. Kissoon spürte, daß sie kam, denn er zog nicht mehr, wahrte aber seine Präsenz, als wollte er sie daran erinnern, welche Kraftreserven er mobilisieren konnte, wenn er wollte.

Jetzt sah sie vor sich die zweite herausragende landschaftliche Gegebenheit der Gegend hier, den Turm. Der Wind heulte um die gespannten Drahtseile. Sie bremste wieder ab, damit sie das Gebilde eingehender betrachten konnte. Es gab ziemlich wenig zu sehen. Der Turm war etwa dreißig Meter hoch, aus Stahl und hatte oben auf der Spitze eine auf drei Seiten von Wellblech umgebene Holzplattform. Sie hatte keine Ahnung, welche Funktion er hatte. Als Aussichtsturm schien er sinnlos zu sein, gab es doch so wenig zu sehen. Und er schien auch keinem technischen Zweck zu dienen. Abgesehen vom Wellblech oben – und einer Art Päckchen, das in der Mitte hing – waren keinerlei Einrichtungen zu sehen, auch keine Überwachungsanlagen. Sie dachte ausgerechnet an Buñuel und ihren persönlichen Lieblingsfilm dieses Regisseurs, *Simon in der Wüste*, eine satirische Vision des heiligen Simon, der vom Teufel in Versuchung geführt wurde, während er zur Buße auf einer Säule im Niemandsland saß. Vielleicht war dieser Turm hier für einen ähnlich masochistischen Heiligen erbaut worden. Wenn ja, war er zu Staub zerfallen oder zum Gott geworden.

Sie entschied, daß es hier nichts mehr zu sehen gab, entfernte sich von dem Turm und überließ ihn seinem heulenden, geheimnisvollen Leben. Sie konnte Kissoons Hütte noch nicht sehen, wußte aber, sie konnte nicht mehr weit sein. Kein Staubsturm am Horizont verbarg sie; die Szenerie vor ihr – Wüstenboden und der Himmel droben – war genau so wie bei ihrem ersten Ausflug hierher. Das kam ihr einen Augenblick merkwürdig vor: daß sich nicht das Geringste verändert zu haben schien. Vielleicht veränderte sich hier ja überhaupt nie etwas, überlegte sie. Vielleicht war dieser Ort ewig. Oder wie ein Film, der immer wieder gespielt wurde, bis die Perforierung riß oder der Film im Projektor verbrannte.

Kaum hatte sie sich an den Gedanken des Unveränderlichen gewöhnt, kam ein unstetes Element in Sicht, das sie beinahe vergessen gehabt hatte. Die Frau.

Als Kissoon sie das letzte Mal zur Hütte gezogen hatte, hatte sie keine Möglichkeit gehabt, mit dieser anderen Akteurin auf der Wüstenbühne Kontakt aufzunehmen. Kissoon hatte sie sogar davon zu überzeugen versucht, daß die Frau ein Trugbild war, eine Projektion seiner erotischen Fantasien, der sie aus dem Weg gehen mußte. Nun, da die Frau so nahe war, daß sie ihr fast zurufen konnte, schien ihr eher die Erklärung ein Hirngespinst zu sein als die Frau selbst. So pervers Kissoon auch sein mochte, und sie zweifelte nicht daran, daß er seine Sternstunden hatte, die Gestalt vor ihr war keine Wichsvorlage. Zugegeben, sie war fast nackt, die Fetzen, die sie am Leib trug, waren erbarmenswert unzureichend. Zugegeben, Intelligenz leuchtete in ihrem Gesicht. Aber an manchen Stellen schien ihr langes Haar ausgerissen worden zu sein, auf Stirn und Wangen war Blut schmutzigbraun getrocknet. Ihr Körper war mager und übel zugerichtet, Kratzer auf Schenkeln und Armen nur zum Teil verheilt. Unter den Fetzen eines einstmals weißen Kleides vermutete Tesla eine ernstere Verletzung. Das Kleid klebte an ihrer Leibesmitte, sie drückte die Arme dagegen und ging vor Schmerzen ganz gebückt. Sie war kein Pin-up und kein Trugbild. Sie existierte auf derselben Daseinsebene wie Tesla und litt.

Kissoon hatte, wie nicht anders zu erwarten, gleicht gemerkt, daß seine Warnung in den Wind geschlagen worden war, und zog wieder an Tesla. Diesmal war sie jedoch gut darauf vorbereitet. Anstatt gegen seine Berührung zu wüten, blieb sie ganz still stehen und bewahrte Ruhe. Seine geistigen Finger tasteten nach Halt und rutschten schließlich an ihren Innereien ab. Er griff wieder danach, rutschte wieder ab und griff. Sie reagierte nicht im geringsten, sondern blieb einfach, wo sie war, und ließ kein Auge von der Frau.

Diese stand aufrecht und hielt sich nicht mehr den Bauch, sondern ließ die Hände an den Seiten herabhängen. Tesla ging sehr langsam auf sie zu, wobei sie sich nach besten Kräften bemühte, die Ruhe zu bewahren, die es Kissoon unmöglich machte, sie zu greifen. Die Frau kam weder näher, noch wich sie zurück. Tesla bekam mit jedem Schritt einen besseren Eindruck von ihr. Sie war um die fünfzig, die Augen waren, obschon tief in die Höhlen eingesunken, der lebhafteste Teil von ihr; der Rest war nur Erschöpfung. Sie trug eine Kette um den Hals, an der ein einfaches Kreuz hing. Das allein erinnerte an das Leben, das sie einmal geführt haben mochte, bevor sie sich in dieser Wildnis verirrt hatte.

Plötzlich machte sie den Mund auf, und ihr Gesicht nahm einen zornigen Ausdruck an. Sie versuchte zu sprechen, aber entweder waren die Stimmbänder nicht mehr stark genug oder die Lungen nicht groß genug, daß die Worte die Distanz zwischen ihnen beiden überwinden konnten.

»Warte«, sagte Tesla besorgt, die Frau könnte ihre letzten Kraftreserven vergeuden. »Ich komme näher.«

Die Frau achtete nicht auf die Ermahnung, selbst wenn sie sie verstanden hatte, sondern fing wieder an zu sprechen und wiederholte etwas immer und immer wieder.

»Ich kann dich nicht hören«, rief Tesla ihr zu und bemerkte, daß ihre Verzweiflung über den Zustand der Frau Kissoon Halt bot. »Warte, ja?« sagte sie und beschleunigte.

Als sie näher kam, bemerkte sie, daß der Gesichtsausdruck der Frau nicht zornig war, sondern ängstlich. Daß sie nicht mehr Tesla ansah, sondern etwas anderes. Und daß das Wort, das sie ständig wiederholte, »Lix! Lix!« war.

Sie wandte sich entsetzt um und sah, daß die Wüste hinter ihr von den Lix wimmelte: auf den ersten Blick ein Dutzend; auf den zweiten Blick zwei. Sie gleichen einander wie ein Ei dem anderen, wie Schlangen, denen jedes Wesensmerkmal genommen worden war, so daß sie zu drei Meter langen, zuckenden Muskeln wurden, die alle mit Höchstgeschwindigkeit auf sie zukamen. Sie hatte gedacht, daß diejenige, die sie damals vor der Tür der Hütte gesehen hatte, keinen Mund gehabt hätte. Sie hatte sich geirrt. Sie hatten Münder; weit aufgerissene schwarze Löcher mit schwarzen Zähnen. Sie wappneten sich bereits für den Angriff, als ihr – zu spät – klar wurde, daß sie nur als Ablenkung beschworen worden waren. Kissoon packte ihr Innerstes und zog. Die Wüste glitt unter ihr dahin, die Lix wichen auseinander, als sie durch ihre Mitte gezogen wurde.

Vor ihr war die Hütte. Innerhalb von Sekunden stand sie auf der Schwelle, und die Tür ging auf Kommando auf.

»Komm rein«, sagte Kissoon. »Es ist schon zu lange her.«

Raul, der in Teslas Wohnung zurückgeblieben war, konnte nur warten. Er hatte keine Zweifel, wohin sie gegangen war oder wer sie geholt hatte, aber ohne die Möglichkeit, auch dorthin zu gehen, war er hilflos. Was nicht heißen sollte, daß er sie nicht *spürte*. Sein Körper war zweimal mit dem Nuncio in Berührung gekommen; er wußte, sie war nicht weit von ihm entfernt.

Im Auto hatte Tesla versucht zu beschreiben, wie ihre Reise in die Schleife gewesen war, und er hatte sich verzweifelt bemüht, etwas in Worte zu kleiden, das er in den Jahren, die er in der Mission verbrachte, gelernt hatte. Aber sein Wortschatz hatte nicht für diese Aufgabe ausgereicht. Immer noch nicht. Aber was er gelernt hatte, hatte große Ähnlichkeit damit, wie er jetzt Tesla spürte.

Sie war an einem anderen Ort, aber dieser Ort war lediglich eine Daseinsform, und jede Ebene konnte, wenn die Möglichkeiten dazu gefunden wurden, mit jeder anderen Ebene sprechen. Affe mit Mensch, Mensch mit Mond. Das hatte nichts mit Technologie zu tun. Es hatte mit der Unteilbarkeit der Welt zu tun. So wie Fletcher den Nuncio aus einer Suppe verschiedenster Disziplinen geschaffen und sich nicht darum gekümmert hatte, wo

Wissenschaft zu Magie oder Logik zu Unsinn wurde; so wie Tesla wie ein träumender Nebel zwischen den Wirklichkeiten wechselte und etablierten Naturgesetzen trotzte; so wie er sich vom scheinbar Äffischen zum scheinbar Menschlichen entwikkelt und gar nicht gemerkt hatte, wo das eine zum anderen wurde oder ob das jemals geschah; genau so konnte er, das war ihm klar, wenn er die Klugheit oder die Worte besaß – was nicht der Fall war –, zu jenem Ort vordringen, wo sich Tesla jetzt befand. Er war sehr nahe, wie alle Orte und Zeiten; Teil derselben Landschaft des Geistes. Aber er konnte nichts von alledem in Taten umsetzen. Das war ihm noch nicht möglich.

Er konnte nur *wissen* und warten, was auf seine Weise wieder schmerzvoller war als zu glauben, daß er verloren war.

»Du bist ein Pißkopf und Lügner«, sagte sie, als sie die Tür zugemacht hatte.

Das Feuer loderte hell. Kaum Rauch. Kissoon saß auf der anderen Seite und sah zu ihr auf; seine Augen waren strahlender, als sie sie in Erinnerung hatte. Sie waren aufgeregt.

»Du wolltest zurückkommen«, sagte er zu ihr. »Leugne es nicht. Ich habe es in dir gespürt. Du hättest dich widersetzen können, solange du noch draußen im Kosmos warst, aber das wolltest du ja gar nicht. Sag mir, daß ich diesbezüglich lüge. Ich fordere dich heraus.«

»Nein«, sagte sie. »Ich gebe es zu. Ich bin neugierig.«

»Gut.«

»Aber das gibt dir nicht das Recht, mich einfach hierher zu verschleppen.«

»Wie hätte ich dir sonst den Weg zeigen sollen?« fragte er unbekümmert.

»Mir den Weg zeigen?« sagte sie und wußte, daß er sie absichtlich in Wut brachte, war aber außerstande, das Gefühl der Hilflosigkeit aus dem Kopf zu bekommen. Nichts mißfiel ihr mehr, als keine Kontrolle zu haben, und seine Macht über sie machte sie verdammt wütend.

»Ich bin nicht dumm«, sagte sie. »Und ich bin kein Spielzeug, das du einfach holen kannst, wenn es dir paßt.«

»Ich wollte dich auch nicht als eines von beiden behandeln«, sagte Kissoon. »Bitte, können wir nicht Frieden schließen? Schließlich stehen wir doch auf derselben Seite.«

»Tatsächlich?«

»Daran darfst du nicht zweifeln.«

»Nicht?«

»Nach allem, was ich dir gesagt habe«, sagte Kissoon. »Den Geheimnissen, in die ich dich eingeweiht habe.«

»Ich habe den Eindruck, es gibt genügend, in die du mich nicht einweihen willst.«

»Oh?« sagte Kissoon und sah von ihr weg in die Flammen.

»Zum Beispiel die Stadt.«

»Was ist damit?«

»Ich wollte sehen, was in dem Haus ist, aber du hast mich einfach weggezerrt.«

Kissoon seufzte. »Das will ich nicht leugnen«, sagte er. »Wenn ich dich nicht weggezerrt hätte, dann wärst du jetzt nicht hier.«

»Das verstehe ich nicht.«

»Spürst du die Atmosphäre dort denn nicht? Das kann ich mir nicht vorstellen. Das schiere *Grauen.*«.

Jetzt war es an ihr, leise zwischen den Zähnen hindurch auszuatmen.

»Ja«, sagte sie. »Ich habe etwas gespürt.«

»Die Iad Uroboros haben ihre Agenten überall«, sagte Kissoon. »Ich glaube, einer hat sich in dieser Stadt versteckt. Ich weiß nicht, welche Gestalt er annimmt, und ich will es auch nicht wissen. Aber es wäre fatal, sie sich anzusehen, vermute ich. Wie dem auch sei, ich werde das Risiko nicht eingehen, und du solltest es auch nicht, einerlei, wie *neugierig* du bist.«

Es war schwer, diesem Standpunkt zu widersprechen, deckte er sich doch weitgehend mit ihren eigenen Gefühlen. Erst vor wenigen Minuten hatte sie Raul in ihrer Wohnung gesagt, sie habe gespürt, daß auf dieser verlassenen Hauptstraße etwas passieren würde. Jetzt bestätigte Kissoon ihren Verdacht.

»Ich schätze, dann muß ich mich wohl bei dir bedanken«, sagte sie widerwillig.

»Mach dir keine Mühe«, antwortete Kissoon. »Ich habe dich

nicht um deinetwillen gerettet, ich habe dich wegen wichtigerer Pflichten gerettet.« Er stocherte einen Augenblick mit einem rußgeschwärzten Stock in der Glut des Feuers. Es loderte auf, die Hütte war heller denn je erleuchtet. »Es tut mir leid«, sagte er, »wenn ich dir bei deinem letzten Besuch angst gemacht habe. Was heißt hier: wenn. Ich *weiß*, daß ich dir angst gemacht habe, und ich kann mich gar nicht genug entschuldigen.« Er sah sie während dieser Entschuldigung, die sich einstudiert anhörte, nicht an. Aber aus dem Mund eines Mannes, der, wie sie vermutete, ein krankhaft übersteigertes Geltungsbedürfnis hatte, war sie eine doppelte Genugtuung. »Deine körperliche Anwesenheit hat mich... sagen wir einmal... auf eine Weise *bewegt*, die ich nicht vorhersehen konnte, und du hast meinen Motiven aus gutem Grund mißtraut.« Er griff sich mit einer Hand zwischen die Beine und nahm den Penis zwischen Daumen und Zeigefinger. »Jetzt bin ich keusch«, sagte er. »Wie du selbst sehen kannst.«

Sie sah ihn. Der Penis war schlaff.

»Entschuldigung akzeptiert«, sagte sie.

»Ich hoffe, dann können wir jetzt wieder zum Wesentlichen kommen.«

»Ich werde dir meinen Körper nicht geben, Kissoon«, sagte sie frei heraus. »Wenn du das mit dem ›Wesentlichen‹ meinst – nichts zu machen.«

Kissoon nickte. »Ich kann dir keinen Vorwurf machen. Manchmal reichen Entschuldigungen eben nicht aus. Aber du *mußt* verstehen, wie wichtig das ist. In diesem Augenblick bereitet sich der Jaff in Palomo Grove darauf vor, die ›Kunst‹ anzuwenden. Ich kann ihn aufhalten. Aber nicht von hier aus.«

»Dann bring es mir bei.«

»Keine Zeit.«

»Ich lerne schnell.«

Kissoon sah sie mit verbissenem Gesicht an.

»Das ist wahrhaftig eine monströse Arroganz«, sagte er. »Du gerätst mitten in eine Tragödie hinein, die sich seit Jahrhunderten auf ihren letzten Akt zubewegt, und glaubst, du kannst einfach mit ein paar Worten ihren Verlauf ändern. Dies ist nicht Hollywood. Es ist die Wirklichkeit.«

Seine kalte Wut schüchterte sie ein, aber nicht sehr.

»Also gut, manchmal werde ich eben übermütig. Erschieß mich doch dafür. Ich habe gesagt, ich werde dir helfen, aber auf diese Scheiße von wegen Körpertausch lasse ich mich nicht ein.«

»Vielleicht...«

»Was?«

»...kannst du dann ja jemanden finden, der bereit ist, sich mir zu fügen?«

»Das dürfte schwierig sein. Was soll ich ihnen denn sagen?«

»Du bist sehr überzeugend«, sagte er.

Sie dachte an die Welt, die sie hinter sich gelassen hatte. Das Mietshaus hatte einundzwanzig Bewohner. Konnte sie Ron oder Edgar oder einen ihrer Freunde, vielleicht Mickey de Falco, dazu bringen, mit ihr in die Schleife zu kommen? Sie bezweifelte es. Erst als sie an Raul dachte, sah sie einen Hoffnungsschimmer. Würde *er* wagen, was sie nicht wagte?

»Vielleicht kann ich dir helfen«, sagte sie.

»Schnell?«

»Ja. Schnell. Wenn du mich in meine Wohnung bringen kannst.«

»Kein Problem.«

»Aber denk daran, ich verspreche nichts.«

»Ich verstehe.«

»Und ich will etwas als Gegenleistung von dir.«

»Das wäre?«

»Die Frau, mit der ich sprechen wollte; die du als deine Sex-Hilfe bezeichnet hast.«

»Ich habe mich schon gefragt, wann du auf sie zu sprechen kommen würdest.«

»Sie ist verletzt.«

»Glaub das nicht.«

»Ich habe es selbst gesehen.«

»Das ist ein Trick der Iad!« sagte Kissoon. »Sie wandert jetzt schon eine ganze Weile hier herum und will mich dazu bringen, daß ich ihr die Tür aufmache. Manchmal tut sie so, als wäre sie verletzt, manchmal schnurrt sie nur wie ein Sex-Kätzchen. Reibt sich an der Tür.« Er erschauerte. »Ich höre sie, wie sie sich an der

Tür reibt und mich anfleht, sie hereinzulassen. Auch das ist nur ein Trick.«

Wie bei allen Erklärungen von Kissoon wußte Tesla auch jetzt nicht, ob sie sie glauben sollte oder nicht. Beim letzten Besuch hatte er ihr gesagt, daß die Frau höchstwahrscheinlich eine Traumgestalt war. Jetzt sagte er, sie wäre eine Agentin der Iad. Eins, aber nicht beides.

»Ich will selbst mit ihr sprechen, sagte sie. »Mir selbst eine Meinung bilden. So gefährlich sieht sie nicht aus.«

»Das weißt du nicht«, warnte Kissoon. »Der Schein trügt. Ich halte sie mit Hilfe der Lix fern, weil ich Angst davor habe, wozu sie fähig ist.«

Sie überlegte sich, ob sie ihn fragen sollte, was er von einer Frau zu befürchten hatte, die so offensichtlich Schmerzen hatte, entschied dann aber, daß das eine Frage für eine nicht ganz so verzweifelte Stunde war.

»Dann gehe ich jetzt zurück«, sagte sie.

»Du weißt, daß es dringend ist.«

»Das mußt du mir nicht sagen«, antwortete Tesla. »Ja, ich weiß es. Aber wie schon gesagt, du verlangst ziemlich viel. Weißt du, die Leute hängen an ihren Körpern. War nur ein Witz.«

»Wenn alles gutgeht und ich verhindern kann, daß die ›Kunst‹ benützt wird, dann bekommt der Spender ihn unversehrt zurück. Wenn es mir nicht gelingt, ist es sowieso das Ende der Welt, was soll es also schon ausmachen?«

»Bleib sauber«, sagte Tesla.

»Ich werde es versuchen.«

Sie drehte sich zur Tür um.

»Beeil dich«, sagte er. »Und laß dich nicht ablenken...«

Die Tür ging auf, ohne daß sie sie berührt hatte.

»Du bist immer noch ein überheblicher Wichser, Kissoon...«, waren Teslas Abschiedsworte. Dann trat sie in den unveränderten Frühmorgen-Sonnenschein hinaus.

Links von der Hütte schien sich ein Wolkenschatten über den Wüstensand zu bewegen. Sie studierte ihn einen Augenblick und stellte fest, daß der sonnenverbrannte Boden von Lix übersät war, ein kleiner See. Als sie ihre Anwesenheit spürten, hörten sie auf, sich zu bewegen, und sahen zu ihr herüber. Hatte Kissoon nicht gesagt, daß er diese Geschöpfe gemacht hatte?

»Geh schon, ja?« hörte sie ihn sagen. »Wir haben nicht viel Zeit.«

Hätte sie seinem Befehl unverzüglich Folge geleistet, dann hätte sie nicht gesehen, wie die Frau hinter den Lix auftauchte. Aber sie leistete ihm nicht unverzüglich Folge, und daher sah sie sie auch. Ihr Anblick hielt sie trotz Kissoons Warnung auf der Schwelle fest. Wenn sie tatsächlich eine Agentin der Iad Uroboros war, wie Kissoon behauptete, dann war es eine brillante Verkleidung, sich in so verwundbarer Erscheinung zu zeigen. So sehr sie es versuchte, sie konnte sich nicht vorstellen, daß etwas Böses, das so gewaltig und so ambitioniert war wie die Iad, sich in einer derart erbärmlichen Verfassung präsentieren würde. War das Böse nicht selbst in seinen Handlangern so sehr von sich überzeugt, daß es niemals derart unbekleidet gekommen wäre? Sie konnte ihre Instinkte nicht ignorieren, und diese sagten ihr, daß Kissoon zumindest diesbezüglich unrecht hatte. Die Frau war keine Agentin. Sie war ein Mensch, der Schmerzen litt. Tesla konnte vielem den Rücken kehren, aber so etwas nicht.

Sie achtete nicht auf eine weitere Aufforderung des Mannes in der Hütte und ging einen Schritt auf die Frau zu. Die Lix nahmen ihre Annäherung zur Kenntnis. Sie wandten sich, als sie auf sie zukam, und hoben die Köpfe wie Kobras. Der Anblick ließ sie eher schneller als langsamer dorthin eilen. Wenn das Gewürm Kissoons Befehlen folgte, und zu dieser Vermutung hatte sie guten Grund, schien eben die Tatsache, daß er versuchte, sie fernzuhalten, noch mehr darauf hinzudeuten, daß sie an der Nase herumgeführt werden sollte. Er versuchte zu verhindern, daß sie einander begegneten; *warum?* Weil diese erbarmenswerte, ängstliche Frau gefährlich war? Nein! Jede Faser von Teslas Körper lehnte diese Version ab. Er wollte sie voneinander fernhalten, weil sie einander etwas offenbaren konnten; sie konnten etwas sagen oder tun, das ihn in ein fragwürdiges Licht rücken würde.

Es schien, als hätten die Lix neue Anweisungen bekommen. Wenn sie Tesla etwas taten, würden sie die Botin daran hindern, ihrem Zweck nachzugeben; daher drehten sie die Köpfe nun statt dessen zu der Frau. Diese sah ihre Absicht, ihr Gesicht wurde angstverzerrt. Tesla überlegte, daß sie mit ihrer Bösartigkeit vertraut zu sein schien; als hätte sie schon einmal versucht, an ihnen vorbei zu Kissoon oder einem seiner Besucher zu gelangen. Sie schien in jedem Fall versiert darin zu sein, wie man die Lix am besten verwirren konnte, denn sie lief schnellstens hin und her, so daß sie sich verknoteten und sich nicht entscheiden konnten, in welche Richtung sie springen sollten. Die Frau ließ sich vom Eifer ihrer Retterin anstecken und bemühte sich, aus dem Klammergriff ihrer Angreifer zu entkommen.

Als sie spürte, daß der Sieg möglich und zum Greifen nah war, machte sie sich zur Flucht bereit. Sie wußte, sie konnte nicht alleine gehen. Die Frau mußte mit ihr kommen, in die Wohnung im North Huntley Drive, sonst wäre sie ein leichtes Opfer für weitere Angriffe; und nach diesem Überfall durfte sie kaum noch Kraftreserven haben, um ihnen Widerstand zu leisten. Kissoon hatte ihr beigebracht, wie sie sich kraft ihrer Vorstellungsgabe einen Weg *in* die Schleife schaffen konnte. Konnte sie dasselbe jetzt in umgekehrter Richtung machen, und zwar nicht nur für sich selbst, sondern auch für die Frau? Wenn nicht, würden sie beide den Lix zum Opfer fallen, die mittlerweile von allen Seiten näherzukommen schienen, als hätte ihr Schöpfer einen Alarmruf ausgestoßen. Sie versuchte, so gut sie konnte, nicht an sie zu denken, sondern stellte sich vor, wie sie und die Frau von diesem Ort an einen anderen verschwanden. Nicht irgendeinen. Nach West Hollywood, North Huntley Drive. Ihre Wohnung. Los doch, sagte sie zu sich. Wenn Kissoon es kann, kannst du es auch. Sie hörte die Frau aufschreien – der erste Laut, den sie tatsächlich von sich gab. Die Szenerie um sie herum erlebte eine Verzerrung, aber nicht die sofortige Versetzung aus Kissoons Schleife nach West Hollywood, auf die sie gehofft hatte; und die Lix versammelten sich in immer größeren Scharen um sie herum.

»Noch mal«, sagte sich Tesla. »Mach es noch mal.«

Sie konzentrierte sich auf die Frau vor ihr, der die Lix immer noch Teile vom Körper riß und aus dem Haar zog. Diesem Trugbild mußte sie ihre Aufmerksamkeit schenken. Den anderen Passagier, sich selbst, konnte sie sich leicht vorstellen.

»Los!« sagte sie. »Bitte, lieber Gott, los!«

Diesmal entstanden die Bilder in ihrem Kopf; sie sah nicht nur sich selbst und die Frau deutlich, sie sah sie beide im Flug, und die Welt rings um sie herum zerfiel und formierte sich neu wie ein Puzzle, das in seine Einzelteile verweht und als neues Puzzle wiedererschaffen wird.

Sie kannte die Szene. Es war eben die Stelle, die sie verlassen hatte. Der Kaffee war noch auf dem Boden verstreut; die Sonne schien zum Fenster herein; Raul stand mitten im Zimmer und wartete auf ihre Rückkehr. Sie konnte seinem Gesichtsausdruck entnehmen, daß es ihr gelungen war, die Frau mit sich zu bringen. Aber erst als sie selbst hinsah, stellte sie fest, daß sie nicht nur die Frau mitgebracht hatte, sondern das Gesamtbild, einschließlich der Lix, die sie bedrängt hatten. Sie waren zwar von Kissoon getrennt, aber ihr unnatürliches Leben war hier nicht weniger emsig als in der Schleife. Die Frau warf sie auf den Boden, wo sie sich immer noch wanden und ihr nach Scheiße stinkendes Blut auf den Boden vergossen. Aber es waren nur Bruchstücke: Köpfe, Schwänze, Mittelteile. Und ihre heftigen Bewegungen wurden bereits schwächer. Sie machte sich nicht die Mühe, auf sie zu treten, sondern rief Raul zu sich, brachte die Frau mit seiner Hilfe ins Schlafzimmer und legte sie auf das Bett.

Sie hatte hart gekämpft, und das sah man ihr auch an. Ihre Wunden waren wieder aufgebrochen. Aber sie schien nicht unbedingt Schmerzen zu haben, sondern wirkte nur völlig erschöpft.

»Paß auf sie auf«, sagte Tesla zu Raul. »Ich hole Wasser, damit wir sie waschen können.«

»Was ist passiert?« wollte er wissen.

»Fast hätte ich deine Seele einem Pißkopf und Lügner verkauft«, sagte Tesla. »Aber sei unbesorgt. Ich habe sie gerade zurückbekommen.«

V

Noch vor einer Woche hätte die Ankunft so vieler der berühmtesten Stars Hollywoods in Palomo Grove die Einwohner in Scharen auf die Straße gelockt, aber heute stand kaum ein Zeuge auf dem Gehweg, der sie sah. Die Limousinen fuhren unbemerkt den Hügel hinauf, die Passagiere fixten entweder oder richteten hinter getönten Scheiben ihr Make-up; die älteren fragten sich, wie lange es noch dauern würde, bis die Leute sich einfanden, um ihnen selbst scheinheiligen Tribut zu zollen, so wie jetzt Buddy Vance; die jüngeren gingen davon aus, daß ein Mittel gegen den Tod gefunden sein würde, bis ihre Sterblichkeit bedrohlich wurde. Die wenigsten der Versammlung hatten Buddy Vance wirklich gern gehabt. Viele hatten ihn beneidet; ein paar waren scharf auf ihn gewesen; fast alle hatten ihm gegönnt, daß er in Ungnade gefallen war. Doch Liebe fand sich in einer Gesellschaft wie dieser kaum einmal. Sie war ein Makel in der Rüstung, die abzulegen sie nicht riskieren konnten.

Die Passagiere in den Limousinen bemerkten, daß keine Bewunderer anwesend waren. Obwohl die meisten gar keinen Wunsch verspürten, erkannt zu werden, kränkte es ihre empfindlichen Egos, daß sie mit solcher Gleichgültigkeit begrüßt wurden. Sie drehten den Spieß jedoch ziemlich schnell um. In jedem Auto kam unweigerlich folgende Frage zur Sprache: warum der Verstorbene beschlossen hatte, sich in einem gottverlassenen Scheißloch wie Palomo Grove niederzulassen. Er hatte Geheimnisse gehabt, darum. Aber was für welche? Sein Alkoholproblem? Davon wußte jeder. Drogen? Wen kümmerte es? Frauen? Er war doch immer der erste gewesen, der mit seinem Schwanz und dessen Stehvermögen geprahlt hatte. Nein, er mußte ganz anderen Dreck am Stecken gehabt haben, der ihn in dieses Drecknest verschlagen hatte. Theorien flossen wie Säure, wenn die Trauernden über die Möglichkeiten nachdachten, ihre Mißgunst zurückstellten, um aus den Autos auszusteigen und der

Witwe auf der Schwelle von Coney Eye ihr Beileid auszusprechen, und dann rasch beiseite traten und das Thema erneut aufgriffen.

Buddys Sammlung von Jahrmarktsattraktionen wurde größte Aufmerksamkeit zuteil, und sie spaltete das Lager in zwei Hälften. Viele betrachteten sie als perfekte Verkörperung des Verstorbenen: vulgär, opportunistisch und jetzt, aus dem Zusammenhang gerissen, wertlos. Andere verkündeten, sie wäre eine Revolution, eine Seite des Verstorbenen, von der sie bislang überhaupt nichts gewußt hatten. Der eine oder andere ging zu Rochelle und fragte, ob bestimmte Stücke zu verkaufen waren. Sie sagte ihnen, bis jetzt wüßte noch niemand, wem sie testamentarisch vermacht worden waren, aber wenn sie sie bekam, würde sie sie mit Freuden verkaufen.

Showmaster Lamar schritt mit einem Lächeln durch die Versammelten, das von einem Ohr zum anderen reichte. In all den Jahren, seit er sich von Buddy getrennt hatte, hätte er sich nie träumen lassen, daß er einmal sein würde, wo er jetzt war, und in Buddys Palast Hof halten würde. Er gab sich keine Mühe, seine Genugtuung zu verheimlichen. Was hätte es auch für einen Sinn gehabt? Das Leben war so kurz. Man sollte das Vergnügen nehmen, wo man es bekam, bevor es einem genommen wurde. Der Gedanke an den Jaff, der nur zwei Stockwerke über ihm saß, verlieh dem Lächeln ein zusätzliches Funkeln. Er wußte nicht, welche Absichten der Mann genau verfolgte, aber er fand es erheiternd, diese Menschen als Kanonenfutter zu betrachten. Er empfand nur Verachtung für alle, hatte er doch selbst gesehen, wie sie und ihresgleichen moralische Drahtseilakte vollführten, die einen Papst beschämt haben würden, und das nur, um Profit, Position oder Profil zu erlangen. Manchmal alle drei. Er hatte gelernt, die Egozentrik seines Stammes zu verabscheuen, die Ambitionen, die so viele dazu verleiteten, Bessere zu Fall zu bringen und sämtliche menschliche Regungen in sich selbst zu ersticken. Aber er hatte diese Verachtung nie gezeigt. Er mußte unter ihnen arbeiten. Es war besser, seine Gefühle zu verheimlichen. Buddy, der arme Buddy, hatte diesen inneren Abstand nie gehabt. Wenn er genügend Alkohol intus gehabt hatte, hatte er lauthals über die

Narren gewettert, die er nicht ausstehen konnte. Mehr als alles andere war seine Indiskretion Ursache für seinen Sturz gewesen. In einer Stadt, wo Worte billig waren, konnte einen das Reden teuer zu stehen kommen. Sie konnten Unterschlagungen, Sucht, Verführung Minderjähriger, Vergewaltigung und gelegentlich sogar Mord verzeihen. Aber Buddy hatte sie *Narren* genannt. Das würden sie ihm niemals verzeihen.

Lamar schritt durchs Zimmer, küßte die Schönheiten, unterhielt sich mit den Kollegen, schüttelte ihrer aller Herren und Meister die Hände. Er stellte sich vor, welchen Ekel Buddy angesichts dieses Rituals empfinden würde. Als sie noch zusammen gearbeitet hatten, hatte er Buddy mehr als einmal von solchen Partys fortlocken müssen, weil dieser seine Beleidigungen nicht für sich behalten konnte. Und mehr als einmal war es ihm nicht gelungen.

»Siehst gut aus, Lam.«

Das feiste Gesicht vor ihm gehörte Sam Sagansky, einem der erfolgreichsten Geldscheffler aus Hollywood. Neben ihm stand ein Weibchen mit dicken Titten, die letzte einer langen Reihe von Weibchen mit dicken Titten, denen Sam zu Ruhm und Ehren verholfen hatte, um sie dann in öffentlichen Dramen fallenzulassen, die die Karrieren der Frauen vernichteten und seinen Ruf als Ladykiller noch steigerten.

»Wie ist es«, wollte Sagansky wissen, »an seiner Beerdigung teilzunehmen?«

»Nicht so ganz das Wahre, Sam.«

»Aber er ist tot, und du bist es nicht. Erzähl mir nicht, daß dir das nicht guttut.«

»Doch, schon.«

»Wir sind Überlebende, Lam. Wir haben das Recht, uns an den Eiern zu kratzen und zu lachen. Das Leben ist gut.«

»Ja«, sagte Lamar. »Das ist es wohl.«

»Wir alle hier sind Gewinner, was, Süße?« wandte er sich an seine Frau, die die Arbeit ihres Zahnarztes zur Schau stellte. »Ein besseres Gefühl kenne ich nicht.«

»Wir sehn uns später, Sam.«

»Ob es ein Feuerwerk gibt?« wollte das Weibchen wissen.

Lamar dachte an den Jaff, der oben wartete, und lächelte.
Nach einer Runde durch den Saal ging er nach oben, um mit seinem Herrn und Meister zu sprechen.

»Welch eine Versammlung.«

»Zufrieden?«

»Vollauf.«

»Ich wollte kurz reden, bevor es zu… hektisch wird.«

»Worüber?«

»Über Rochelle.«

»Aha.«

»Ich weiß, du planst etwas Gewaltiges, und keiner kann darüber glücklicher sein als ich. Wenn du sie alle vom Antlitz dieser Erde tilgst, wirst du der Welt einen großen Gefallen tun.«

»Tut mir leid, daß ich dich enttäuschen muß«, sagte der Jaff. »Sie werden nicht alle am großen Macht-Bankett im Himmel teilnehmen. Ich nehme mir ein paar Freiheiten mit ihnen, aber ich interessiere mich nicht für den Tod. Das ist mehr das Betätigungsfeld meines Sohnes.«

»Ich wollte mich nur vergewissern, ob man Rochelle aus allem heraushalten kann.«

»Ich werde sie nicht anrühren«, antwortete der Jaff. »Nun? Bist du damit zufrieden?«

»Durchaus. Danke.«

»Also. Sollen wir anfangen?«

»Was hast du vor?«

»Ich möchte nur, daß du die Gäste zu mir heraufbringst, einen nach dem anderen. Laß sie zuerst ein wenig Alkohol trinken, und dann… zeig ihnen das Haus.«

»Männer oder Frauen?«

»Bring mir zuerst die Frauen«, sagte der Jaff und ging ans Fenster zurück. »Die sind formbarer. Bilde ich es mir nur ein, oder wird es dunkel?«

»Nur bewölkt.«

»Regen?«

»Das bezweifle ich.«

»Schade. Aha, es sind neue Gäste am Tor. Du solltest besser nach unten gehen und sie begrüßen.«

VI

Howie wußte, es war eine bedeutungslose Geste, nochmals in den Wald am Rand von Deerdell zurückzukehren. Die Begegnung, die er dort gehabt hatte, ließ sich nicht wiederholen. Fletcher war fort, und mit ihm so viele Erklärungen. Aber er ging trotzdem hin, von der unbestimmten Hoffnung erfüllt, die Rückkehr zu der Stelle, wo er seinen Vater getroffen hatte, könnte eine Erinnerung entzünden, wie bruchstückhaft auch immer, die ihm helfen konnte, zur Wahrheit durchzudringen.

Die Sonne wurde von einer dunstigen Wolkenschicht verschleiert, aber unter den Bäumen war es so heiß wie bei seinen beiden letzten Besuchen hier. Möglicherweise noch heißer; auf jeden Fall feuchter. Obwohl er sich vorgenommen hatte, direkt zu der Stelle zu gehen, wo er Fletcher begegnet war, wurde sein Weg so verschlungen wie seine Gedanken. Er gab sich keine Mühe, den Kurs zu korrigieren. Hierherzukommen war seine Geste des Respekts gewesen; im übertragenen Sinne eine Verbeugung im Gedenken an seine Mutter und den Mann, der ihn widerwillig gezeugt hatte. Aber Zufall, oder ein Sinn, von dem er nicht einmal etwas wußte, brachte ihn auf den richtigen Weg zurück, und er trat, ohne es richtig zu bemerken, auf die kreisförmige Lichtung, wo sein Leben vor achtzehn Jahren gezaubert worden war. Das war genau das richtige Wort: *gezaubert.* Fletcher war eine Art Magier gewesen. Ein anderes Wort fiel Howie nicht ein, ihn zu beschreiben. Und er, Howie, war eines seiner Kunststücke. Aber statt Befehl und einem Blumenstrauß hatten sie alle – Howie, seine Mutter und der Magier – nur Elend und Leid geerntet. Er hatte kostbare Jahre vergeudet, weil er nicht früher hierhergekommen war und diese essentielle Tatsache über sich selbst gelernt hatte: daß er überhaupt kein Desperado war. Nur ein aus dem Zylinder gezogenes Kaninchen, das an den Ohren hochgehalten wurde und *zappelte.*

Er schlenderte zum Eingang der Höhle, der immer noch eingezäunt und mit Schildern der Polizei versehen war, die Abenteuerlustige ermahnten. Er stand an der Absperrung und sah in das klaffende Loch im Boden hinunter. Irgendwo da unten im Dunkeln hatte sein Vater gewartet und gewartet und seinen Gegner festgehalten wie der Tod persönlich. Jetzt war nur noch der Komiker unten, und soweit Howie gehört hatte, würde sein Leichnam nie geborgen werden.

Er sah auf, und sein ganzes Denken schlug Purzelbäume. Er war nicht allein. Auf der anderen Seite des Grabes stand Jo-Beth.

Er sah sie an und war überzeugt, daß sie verschwinden würde. Sie konnte nicht hier sein; nicht nach gestern nacht. Aber seine Augen sahen sie trotzdem.

Sie waren so weit voneinander entfernt, daß er sie nicht fragen konnte, was sie hier wollte, ohne zu brüllen, und das wollte er nicht. Er wollte den Zauber erhalten. Und außerdem – brauchte er wirklich eine Antwort? Sie war da, weil er da war, weil sie da war, und so weiter.

Sie bewegte sich zuerst, griff mit der Hand zum Knopf des dunklen Kleides, das sie anhatte, und machte ihn auf. Ihr Gesichtsausdruck schien sich nicht zu verändern, aber er war nicht sicher, ob ihm nicht Nuancen entgingen. Er hatte die Brille abgenommen, als er unter die Bäume getreten war, und jetzt konnte er nicht in den Taschen danach kramen, sondern nur dastehen und zusehen und hoffen, daß der Augenblick kommen würde, da sie sich einander nähern konnten. Inzwischen hatte sie das Oberteil des Kleides aufgeknöpft und machte die Gürtelschnalle auf. Er ging ihr immer noch nicht entgegen, obwohl es seine ganze Kraft erforderte, sich zu beherrschen. Jetzt ließ sie den Gürtel des Kleides fallen, überkreuzte die Arme, nahm den Saum in die Hände und zog das Kleid über den Kopf. Er wagte nicht zu atmen, weil er Angst hatte, ihm könnte auch nur eine Einzelheit dieses Rituals entgehen. Sie trug weiße Unterwäsche, aber ihre Brüste, die er endlich sehen konnte, waren entblößt. Sie hatte ihn steif gemacht. Er bewegte sich ein wenig, um seine Haltung zu verändern, und diese Bewegung nahm sie als Hinweis, ließ das Kleid zu Boden fallen und kam auf ihn zu. Ein Schritt reichte aus. Er ging ihr nun seinerseits entgegen, beide schritten dicht an der

Absperrung entlang. Er streifte beim Gehen die Jacke ab und ließ sie hinter sich fallen.

Als sie nur noch ein paar Schritte voneinander entfernt waren, sagte sie: »Ich wußte, daß du hier sein würdest. Ich weiß nicht, woher. Ich fuhr mit Ruth vom Einkaufszentrum...«

»Mit wem?«

»Das ist jetzt nicht wichtig. Ich wollte dir nur sagen, daß es mir leid tut.«

»Was?«

»Das gestern nacht. Ich habe dir nicht vertraut, aber ich hätte dir vertrauen sollen.«

Sie zog seine Hand auf ihr Gesicht.

»Verzeihst du mir?«

»Es gibt nichts zu verzeihen«, sagte er.

»Ich will mit dir schlafen.«

»Ja«, sagte er, als hätte sie ihm das gar nicht sagen müssen, was ja auch stimmte.

Es war leicht. Trotz allem, was geschehen war, um sie auseinanderzubringen, war es leicht. Sie waren wie Magneten. Was immer oder wer immer sie auseinanderzog, sie kamen unweigerlich wieder zusammen, so wie jetzt; sie konnten nicht anders. Und wollten auch nicht.

Sie zog ihm das Hemd aus der Hose. Er half ihr und streifte es über den Kopf. Zwei Sekunden Dunkelheit, während er es vor dem Gesicht hatte, aber ihr Bild, Gesicht, Brüste, Unterwäsche, waren so gestochen scharf in sein Gedächtnis eingebrannt wie eine vom Blitzschlag erhellte Szene. Dann war sie wieder da und machte seinen Gürtel auf. Er streifte die Schuhe ab, dann vollführte er einen Tanz auf jeweils einem Bein, während er die Socken auszog. Schließlich ließ er die Hose hinunterrutschen und stieg aus ihr heraus.

»Ich hatte Angst«, sagte sie.

»Jetzt nicht. Jetzt hast du keine Angst mehr.«

»Nein.«

»Ich bin nicht der Teufel. Ich bin nicht Fletcher. Ich bin dein.«

»Ich liebe dich.«

Sie legte ihm die Hände auf die Brust und glitt damit zur Seite, als würde sie ein Kissen glattstreichen. Er schlang die Arme um sie und zog sie zu sich.

Sein Schwanz machte Liegestütze in der Unterhose. Er beschwichtigte ihn, indem er sie küßte und mit den Händen an ihrem Rücken hinabstrich bis zum Saum der Unterhose, unter den er dann schlüpfte. Sie küßte seine Nase, das Kinn, er leckte ihre Lippen, als sie den Mund über seinen gleiten ließ. Sie drängte den Körper an ihn.

»Hier«, sagte sie leise.

»Wirklich?«

»Ja. Warum nicht? Niemand sieht uns. Ich will es, Howie.«

Er lächelte. Sie trat einen Schritt zurück, ging vor ihm auf die Knie und zog die Unterhose so weit herunter, daß sein Schwanz herausschnellte. Sie ergriff ihn sanft, dann plötzlich fester, und zog ihn behutsam auf den Boden herunter. Er kniete vor ihr. Sie ließ ihn immer noch nicht los, sondern rieb ihn, bis er die Hand auf ihre legte und sie wegschob.

»Nicht gut?« sagte sie.

»Zu gut«, stöhnte er. »Ich will noch nicht abdrücken.«

»Abdrücken?«

»Spritzen. Kommen. Es rauslassen.«

»Ich will, daß du es rausläßt«, sagte sie und legte sich vor ihm auf den Rücken. Sein Schwanz drückte steinhart gegen ihren Bauch. »Ich will, daß du es in mir rausläßt.«

Er beugte sich vornüber und legte ihr eine Hand auf die Hüfte, dann zog er ihren Slip nach unten. Das Haar um ihren Schlitz herum war dunkler als das Kopfhaar, aber nicht sehr viel. Er senkte das Gesicht darüber und leckte zwischen den Schamlippen. Ihr Körper verkrampfte sich unter ihm und entspannte sich wieder.

Er glitt mit der Zunge von ihrer Fotze zum Nabel, zu den Brüsten, von den Brüsten zum Gesicht, bis er ganz auf ihr lag.

»Ich liebe dich«, sagte er und drang in sie ein.

VII

Erst als Tesla das Blut vom Hals der Frau abwusch, konnte sie das Kreuz genauer ansehen. Sie erkannte es augenblicklich als Gegenstück des Medaillons, das Kissoon ihr gezeigt hatte. Dieselbe Gestalt mit gespreizten Gliedern in der Mitte; dieselben vier Balken mit Variationen des gekreuzigten Menschen.

»Schwarm«, sagte sie.

Die Frau schlug die Augen auf. Keine Periode des Erwachens. Eben noch hatte sie fest geschlafen. Im nächsten Augenblick waren ihre Augen offen und wachsam. Sie waren dunkelgrau.

»Wo bin ich?« fragte sie.

»Mein Name ist Tesla. Du bist in meiner Wohnung.«

»Im Kosm?« sagte die Frau. Ihre Stimme klang brüchig, von Hitze, Wind und Erschöpfung erodiert.

»Ja«, sagte Tesla. »Wir sind aus der Schleife heraus. Hier kann uns Kissoon nichts anhaben.«

Sie wußte, daß das nicht ganz zutreffend war. Der Schamane hatte Tesla zweimal in ihrer eigenen Wohnung erreicht. Einmal im Schlaf; einmal, als sie Kaffee gemacht hatte. Wahrscheinlich konnte ihn nichts daran hindern, es noch einmal zu machen. Aber sie spürte keinen Kontakt mit ihm; überhaupt nichts. Vielleicht war er zu sehr darauf aus, daß sie sich hier für seine Belange einsetzte, und mischte sich deshalb nicht ein. Vielleicht hatte er andere Pläne gefaßt. Wer konnte das schon sagen?

»Wie heißt du?« fragte sie.

»Mary Muralles«, antwortete die Frau.

»Du bist eine vom Schwarm«, sagte Tesla.

Mary sah zu Raul, der unter der Tür stand.

»Keine Bange«, sagte Tesla. »Wenn du mir vertrauen kannst, dann kannst du ihm auch vertrauen. Wenn du keinem von uns beiden traust, sind wir alle verloren. Also sag mir...«

»Ja. Ich bin eine vom Schwarm.«

»Kissoon hat mir gesagt, daß er der letzte ist.«

»Er und ich.«

»Die anderen wurden ermordet, wie er gesagt hat?«

Sie nickte. Ihr Blick fiel wieder auf Raul.

»Ich habe es dir doch gesagt«, begann Tesla.

»Er hat etwas Seltsames an sich«, sagte Mary. »Ein Mensch ist er nicht.«

»Keine Bange, das weiß ich«, sagte Tesla.

»Iad?«

»Affe«, sagte sie. Sie wandte sich an Raul. »Es macht dir doch nichts aus, wenn ich es ihr sage, oder?«

Raul sagte und tat nichts.

»Wie?« wollte Mary wissen.

»Das ist eine lange Geschichte. Ich dachte mir, du wüßtest mehr darüber als ich. Fletcher? Ein Mann namens Jaffe; oder der Jaff? Nein?«

»Nein.«

»Aha... dann haben wir beide einiges zu lernen.«

In der Wüste der Schleife saß Kissoon in seiner Hütte und rief um Hilfe. Die Muralles war entkommen. Ihre Verletzungen waren sicher ernster Natur, aber sie hatte Schlimmeres überstanden. Er mußte sie erreichen, was bedeutete, er mußte seinen Einfluß in die Echtzeit ausdehnen. Das hatte er natürlich früher schon gemacht. Er hatte Tesla auf diese Weise zu sich geholt. Und vor ihr hatte es ein paar andere gegeben, die auf der *Jornada del muerto* gewesen waren. Randolph Jaffe war so ein Wanderer gewesen, den er in die Schleife führen konnte. So schwer war das nicht. Aber der Einfluß, den er jetzt ausüben wollte, galt nicht einem menschlichen Verstand, sondern Kreaturen, die keinen Verstand hatten und eigentlich auch gar nicht am Leben waren.

Er stellte sich die Lix vor, die reglos auf einem Fliesenboden lagen. Sie waren vergessen worden. Gut. Sie waren keine besonders feinfühligen Tiere. Sie brauchten abgelenkte Opfer, wenn sie wirkungsvoll handeln wollten. Und das waren die Opfer momentan ganz bestimmt. Wenn er schnell genug war, konnte er die Zeugin immer noch mundtot machen.

Sein Ruf war erhört worden. Hilfe war unterwegs. Krabbelnde Hundertschaften unter der Tür. Käfer, Ameisen, Skorpione. Er spreizte die überkreuzten Beine und zog die Füße zu seinem Körper, damit das Heer freien Zugang zu seinen Genitalien hatte. Vor Jahren war es ihm möglich gewesen, allein durch Willenskraft eine Erektion und Ejakulation herbeizuführen, aber das Alter und die Schleife hatten ihren Tribut gefordert. Jetzt brauchte er Hilfe, und da die Regel in diesem Fall ausdrücklich besagte, daß der Magier sich nicht selbst anfassen durfte, war etwas fremde Unterstützung erforderlich. Sie wußten, was von ihnen verlangt wurde, sie krabbelten auf ihn, und die Bewegungen ihrer Beine, ihre Stiche und Bisse erregten ihn. So hatte er die Lix geschaffen, indem er auf seine eigenen Exkremente ejakuliert hatte. Samenzauber waren schon immer seine Stärke gewesen.

Während sie sich mit ihm beschäftigten, ließ er seine Gedanken wieder zu den Lix auf dem Boden schweifen und erlaubte den Gefühlswogen, die an seinem Schaft und den Eiern, auf denen es wuselte, hinaufrollten, seine Absichten zu dem Ort zu tragen, wo die Lix lagen.

Ein klein wenig Leben reichte aus, damit sie ein klein wenig Tod bringen konnten...

Mary Muralles hatte darum gebeten, daß Tesla ihre eigene Geschichte zuerst erzählte, bevor sie mit ihrer herausrückte, und sie sprach trotz ihrer leisen Stimme in dem Tonfall einer Frau, deren Bitten selten abgeschlagen werden. Diese ganz sicher nicht. Tesla erzählte ihre Geschichte mit Freuden, oder besser gesagt, *die* Geschichte – so wenig davon war ihre –, und zwar so gut sie es vermochte und in der Hoffnung, Mary könnte etwas Licht auf die verwirrenderen Einzelheiten werfen. Aber sie schwieg, bis Tesla fertig war, und das dauerte – bis sie alles über Fletcher, den Jaff, die Kinder der beiden, den Nuncio und Kissoon gesagt hatte – fast eine halbe Stunde. Es hätte länger gedauert, aber sie war geübt darin, knappe Umrisse zu schildern, weil sie häufig Exposés für Filmstudios anfertigen mußte. Sie hatte mit Shakespeare geübt – die Tragödien waren einfach, die Lustspiele hundsgemein schwer –, bis sie den Trick der Zusammenfassung von Grund auf beherrschte. Aber diese Geschichte ließ sich nicht so leicht abkürzen. Als Tesla anfing, sie zu erzählen, uferte sie nach allen Seiten aus. Es war eine Geschichte von Liebe und der Abstammung der Arten. Sie handelte von Wahnsinn, Apathie und einem verlorenen Affen. Wenn sie tragisch war, wie im Falle von Vance' Tod, war sie stets auch eine Farce. Wenn die Schauplätze am weltlichsten waren, beispielsweise das Einkaufszentrum, waren die Geschehnisse stets am visionärsten. Sie konnte die Geschichte nicht knapp erzählen. Sie widersetzte sich. Jedesmal, wenn sie dachte, sie hätte eine gerade Verbindung zum nächsten Punkt, kam etwas dazwischen.

Vielleicht konnte Mary die Zusammenhänge herstellen.

»Ich bin fertig«, sagte Tesla schließlich. »Jetzt bist du dran.«

Die andere Frau ließ sich einen Moment Zeit, um ihre Kräfte zu sammeln. Dann sagte sie: »Du bist gut über die jüngsten Ereignisse informiert, aber du wüßtest gerne, was geschehen ist, daß diese Ereignisse eingetreten sind. Selbstverständlich. Das ist ein Rätsel für dich. Aber ich muß gestehen, vieles ist auch für mich ein Rätsel. Ich kann nicht alle Fragen beantworten. Ich weiß vieles nicht. Wenn deine Schilderung etwas beweist, dann die Tatsache, daß es eine Menge gibt, was wir *beide* nicht wissen. Aber ich kann dir ein paar Fakten auf der Stelle erzählen. Erstens: Kissoon selbst hat den Rest des Schwarms ermordet.«

»Kissoon? Soll das ein Witz sein?«

»Vergiß nicht, ich gehörte auch dazu«, sagte Mary. »Er hat sich jahrelang gegen uns verschworen.«

»Verschworen? Mit wem?«

»Ist das so schwer zu erraten? Mit den Iad Uroboros. Oder ihren Repräsentanten im Kosm. Er hat vielleicht nach der Ausrottung des Schwarms vorgehabt, die ›Kunst‹ anzuwenden und die Iad durchzulassen.«

»Scheiße! Also ist alles wahr, was er mir über die Iad und die Essenz erzählt hat?«

»O ja. Er lügt nur, wenn er muß. Er hat dir die Wahrheit gesagt. Deshalb ist er ja so brillant...«

»Ich verstehe nicht, was brillant daran ist, sich in einer Hütte zu verstecken...«, sagte Tesla, dann: »Moment mal. Das paßt nicht zusammen. Wenn er für die Ausrottung des Schwarms verantwortlich ist, was hat er dann zu fürchten? Warum versteckt er sich überhaupt?«

»Er *versteckt* sich nicht. Er ist dort gefangen. Trinity ist sein Gefängnis. Er kann nur heraus, wenn ...«

»... er einen anderen Körper findet, in den er schlüpfen kann.«

»Genau.«

»Mich.«

»Oder Randolph Jaffe vor dir.«

»Aber wir sind beide nicht drauf reingefallen.«

»Und er bekommt nicht viele Besucher. Es sind äußerst außergewöhnliche Umstände erforderlich, um jemanden in Sichtweite der Schleife zu bringen. Er hat sie geschaffen, um sein Verbrechen zu verbergen. Und jetzt verbirgt *sie* ihn. Ab und zu kommt jemand wie der Jaff – halb wahnsinnig – an den Punkt, wo Kissoon Macht über ihn erlangen und in die Schleife locken kann. Oder dich mit dem Nuncio im Körper. Aber sonst ist er allein.«

»Warum ist er eingesperrt?«

»Ich habe ihn eingesperrt. Er hielt mich für tot. Er hat meinen Leichnam zusammen mit den anderen in die Schleife gebracht. Aber ich auferstand wieder. Stellte ihn zur Rede. Erboste ihn so sehr, daß er *mein* Blut an *seine* Hände brachte.«

»Und seine Brust«, sagte Tesla, die sich an die Vision von Kissoons blutverschmiertem Körper erinnerte, als sie ihm zum ersten Mal entkommen war.

»Die Regeln des Schleifenspruchs sind klipp und kar. Innerhalb der Schleife darf kein Blut vergossen werden, sonst wird ihr Schöpfer zum Gefangenen.«

»Was meinst du mit *Spruch?*«

»Zauberspruch. Manöver. Trick.«

»Trick? Eine Schleife in der Zeit machen, nennst du einen *Trick?*«

»Es ist ein uralter Spruch«, sagte Mary. »Eine Zeit außerhalb der Zeit. Man findet überall Berichte darüber. Aber es gibt Gesetze, die für alle Daseinsformen der Materie gelten, und ich habe ihn dazu gebracht, eines zu übertreten. Er wurde sein eigenes Opfer.«

»Und du warst auch dort gefangen?«

»Strenggenommen nicht. Aber ich wollte seinen Tod und wußte niemanden im Kosm, der das vollbringen konnte. Nicht nach der Ermordung aller anderen Mitglieder des Schwarms. Ich mußte bleiben und auf eine Gelegenheit hoffen, ihn zu töten.«

»Dann hättest du auch Blut vergossen.«

»Besser das und gefangen zu sein, als so weiterzuleben. Er hatte fünfzehn große Männer und Frauen getötet. Reine, gute Seelen. Einfach abgeschlachtet. Manche aus Spaß gefoltert. Natürlich nicht persönlich. Er hatte seine Handlanger. Aber er hatte sich die ganze Sache ausgedacht. Richtete es so ein, daß wir voneinander getrennt wurden, damit er einen nach dem anderen ausschalten konnte. Dann schaffte er die Leichen rechtzeitig nach Trinity, weil er wußte, daß keine Spuren dort zurückbleiben würden.«

»Wo sind sie?«

»In der Stadt. Was von ihnen übrig ist.«

»Mein Gott.« Tesla erinnerte sich an das Haus des Gestanks und erschauerte. »Ich hätte sie beinahe mit eigenen Augen zu sehen bekommen.«

»Kissoon hat dich selbstverständlich daran gehindert.«

»Nicht mit Gewalt. Es war mehr eine Frage des *Überzeugens.* Er kann sehr überzeugend sein.«

»Unbedingt. Er hat uns jahrelang getäuscht. Der Schwarm ist – ich meine war – die Gesellschaft aus der Welt, in die man am schwersten hineinkommt. Es gibt außerordentlich komplizierte Prüfungen, um potentielle Mitglieder auf die Probe zu stellen und zu läutern, bevor sie überhaupt wissen, daß der Bund existiert. Irgendwie ist es Kissoon gelungen, sich durch diese Prozeduren zu schummeln. Oder die Iad haben ihn irgendwie verändert, als er schon Mitglied war, was möglich wäre.«

»Ist über die Iad wirklich so wenig bekannt, wie er behauptet?«

»Aus dem Metakosm kommen so gut wie keine Informationen. Er ist eine versiegelte Daseinsform. Was wir über die Iad wissen, läßt sich mit ein paar Worten zusammenfassen. Es gibt viele; ihre Definition des Lebens ist anders als die von euch

Menschen – tatsächlich sogar die Antithese dazu; und sie wollen den Kosm.«

»Was meinst du mit *euch Menschen?*« sagte Tesla. »Du bist ein Mensch wie ich.«

»Ja und nein«, antwortete Mary. »Ich war auf jeden Fall einmal wie du. Aber der Prozeß der Läuterung veränderte die Natur. Als Mensch hätte ich nicht über zwanzig Jahre in Trinity überleben können, mit Skorpionen zu essen und Schlamm zu trinken. Ich wäre tot, wie es Kissoons Absicht war.«

»Wie kam es, daß du den Mordanschlag überlebt hast und die anderen nicht?«

»Glück. Instinkt. Verbissene Weigerung, den Dreckskerl gewinnen zu lassen. Es steht nicht nur die Essenz auf dem Spiel, obwohl das schon wertvoll genug wäre. Es geht um den Kosm. Wenn die Iad durchbrechen, wird auf dieser Daseinsebene nichts unversehrt bleiben. Ich glaube...« Sie hörte plötzlich auf zu sprechen und richtete sich im Bett auf.

»Was ist?« sagte Tesla.

»Ich habe etwas gehört. Nebenan.«

»Große Oper«, sagte Tesla. *Lucia di Lammermoor* war immer noch zu hören.

»Nein«, sagte Mary. »Etwas anderes.«

Raul machte sich auf die Suche nach der Ursache des Geräuschs, bevor Tesla ihn darum bitten konnte. Sie wandte Mary wieder ihre Aufmerksamkeit zu.

»Ich habe immer noch nicht alles verstanden«, sagte sie. »Sogar ziemlich viel. Zum Beispiel, warum sich Kissoon überhaupt die Mühe gemacht hat, die Leichen in die Schleife zu holen. Warum hat er sie nicht hier in der normalen Welt vernichtet? Und warum hast du dich von ihm dort hinbringen lassen?«

»Ich war verwundet; fast tot. Er und seine Meuchler haben mich sogar für tot gehalten. Erst als sie mich auf den Stapel der Leichen zerrten, kam ich wieder zu mir.«

»Und was ist aus seinen Meuchlern geworden?«

»Wie ich Kissoon kenne, hat er sie wahrscheinlich auf der Suche nach einem Ausweg aus der Schleife sterben lassen. Das hätte ihm Spaß gemacht.«

»Also waren du und ich über zwanzig Jahre lang die einzigen Menschen – oder Fast-Menschen – in der Schleife.«

»Ich halb verrückt. Und er ganz.«

»Und die verdammten Lix, was immer *die* sind.«

»Seine Scheiße und sein Samen, das sind sie«, sagte Mary. »Seine fett und toll gewordenen Scheißhäufchen.«

»Mein Gott.«

»Sie sind auch dort gefangen, so wie er«, sagte Mary voller Genugtuung. »Am Nullpunkt, wenn der Nullpunkt...«

Rauls Schrei aus dem Nebenzimmer unterbrach ihre Worte. Tesla war innerhalb von Sekunden aufgesprungen und in die Küche gelaufen, wo Raul mit einem von Kissoons Scheißewesen kämpfte. Ihre Vermutung, daß sie starben, wenn sie aus der Schleife gebracht wurden, hätte nicht falscher sein können. Die Bestie in seinen Händen sah kräftiger aus als die, gegen die sie und Mary gekämpft hatten, obwohl es sich nur um das Kopfende handelte. Sie hatte das Maul aufgerissen und näherte sich Rauls Gesicht. Er war bereits mindestens zweimal erwischt worden. Blut floß aus einer Verletzung auf der Stirn. Sie ging zu ihm und packte das Biest mit beiden Händen; jetzt, wo sie seine Herkunft kannte, ekelten Geruch und Berührung sie um so mehr. Es schien sich nicht einmal von vier Händen von seinem Tun abbringen lassen zu wollen. Es hatte die Kraft von drei seiner früheren Inkarnationen. Sie wußte, es war nur eine Frage der Zeit, bis es sie beide überwältigt haben und sich wieder auf Rauls Gesicht stürzen würde. Und dann würde es nicht nur sein Stirnrunzeln abbeißen.

»Ich lasse los«, sagte Tesla. »Und hole ein Messer. O. K.?«

»Beeil dich.«

»Worauf du dich verlassen kannst. Auf drei, ja? Mach dich fertig, das ganze Ding zu nehmen.«

»Ich bin bereit.«

»Eins... zwei... *drei!*«

Sie ließ bei drei los und rannte zur Spüle. Dort standen Berge ungespülten Geschirrs. Sie wühlte in dem Chaos und suchte nach einer geeigneten Waffe; die Teller rutschten in alle Richtungen, ein paar zerschellten am Boden. Aber der Erdrutsch legte Stahl frei; eines aus einem ganzen Set Küchenmesser, die ihre Mutter ihr vor zwei Jahren zu Weihnachten geschenkt hatte. Sie nahm es. Der Griff war klebrig von der Lasagne von letzter Woche und dem Schimmel, der sich seither darauf gebildet hatte, aber es lag gut in der Hand.

Als sie sich umdrehte, um Raul zu Hilfe zu kommen, fiel ihr ein, daß sie mehr als ein Lix-Stück aus der Schleife mitgebracht hatte – mindestens fünf oder sechs, dachte sie –, aber nur eines anwesend war. Die anderen waren vom Boden verschwunden. Aber sie hatte keine Zeit mehr, weiter darüber nachzudenken. Raul schrie auf. Sie kam ihm zu Hilfe und stach mit dem Messer auf den Körper des Lix ein. Das Tier reagierte sofort auf den Angriff, drehte den Kopf herum und entblößte die schwarzen Nadelzähne. Sie richtete einen Hieb auf dieses Gesicht und riß eine Wunde, aus der schmutziger gelber Schleim, den sie bis vor wenigen Minuten für Blut gehalten hatte, in großen Spritzern herausquoll. Die Zuckungen wurden zu einer Raserei, die Raul nur mühsam im Zaum halten konnte.

»Zähl bis drei…«, sagte sie zu ihm.

»Was diesmal?«

»Wirf es weg!«

»Es ist verdammt schnell.«

»Ich halte es auf«, sagte sie. »Mach nur, was ich dir sage! Auf drei! Eins… zwei… drei!«

Er folgte ihrem Befehl. Die Lix flog durch die Küche und landete auf dem Boden. Als sie sich bemühte, sich zum Angriff bereitzumachen, hob Tesla das Messer und ließ es mit beiden Händen auf die wütende Kreatur niedersausen. Mutter hatte einen guten Geschmack, was Messer anbelangte. Die Klinge schnitt durch die Kreatur und blieb im Boden stecken, wo sie sie unentrinnbar festnagelte, während ihr Lebenssaft weiterhin aus den Wunden floß.

»Hab' ich dich, du Pisser!« sagte sie und drehte sich zu Raul um. Er zitterte nach dem Angriff, und es floß immer noch Blut in Strömen über sein Gesicht.

»Du solltest die Wunden lieber auswaschen«, sagte sie. »Man kann nie wissen, welches Gift in diesen Bestien ist.«

Er nickte und ging ins Bad, während sie die Todeszuckungen der Lix verfolgte. Gerade als sie den Gedanken wieder aufgriff, den sie gehabt hatte, als sie mit dem Messer hereingekommen war – wo waren die anderen? –, hörte sie Raul sagen:

»... Tesla.«

Und sie wußte, wohin sie gegangen waren.

Er stand unter der Schlafzimmertür. Seinem entsetzten Gesichtsausdruck konnte man deutlich entnehmen, was er sah. Dennoch schluchzte sie vor Ekel, als sie sah, was Kissoons Bestien mit der Frau angestellt hatten, die auf ihrem Bett lag. Sie waren immer noch emsig mit deren Ermordung beschäftigt. Alles in allem sechs und wie diejenige, die Raul angegriffen hatte, stärker als die, denen sie in der Schleife begegnet war. Marys Widerstand hatte ihr nicht das Geringste genützt. Während Tesla nach dem Messer gesucht hatte, um Raul zu beschützen – ein vorsätzliches Ablenkungsmanöver –, waren sie zu Mary gekrochen und hatten sich ihr um Hals und Kopf geschlungen. Sie hatte sich heftig gewehrt und war dabei halb vom Bett gerutscht, wo der Leichnam, ein zerschlissener Sack voll Knochen, immer noch lag. Eine Lix löste sich von ihrem Gesicht. Sie hatte ihre Gesichtszüge bis zur Unkenntlichkeit zerdrückt.

Plötzlich bemerkte sie Raul wieder, der immer noch an ihrer Schulter zitterte.

»Wir können nichts mehr tun«, sagte sie. »Du solltest dich waschen gehen.«

Er nickte grimmig und ging weiter. Die Lix waren am Ende, ihre Bewegungen träge. Offenbar hatte Kissoon Besseres mit seiner Energie zu tun, als seine Agenten zu weiteren Teufeleien anzuhalten. Sie machte die Tür zu, weil der Anblick ihr unsagbare Übelkeit verursachte, dann sah sie unter den Möbeln nach, ob sich nicht noch andere versteckt hatten. Die Bestie, die sie am Boden festgenagelt hatte, war endgültig tot, zumindest aber reglos. Sie ging daran vorbei und suchte nach einer anderen Waffe, bevor sie den Rest der Wohnung durchsuchte.

Im Bad ließ Raul das blutige Wasser im Waschbecken ablaufen und betrachtete die Verletzung, die die Lix ihm zugefügt hatte.

Eine Fleischwunde. Aber etwas von dem Gift war in seinen Körper eingedrungen, wie Tesla befürchtet hatte. Er schien von Kopf bis Fuß zu zittern, und der Arm, der vom Nuncio berührt worden war, pulsierte, als hätte er ihn gerade in kochendes Wasser getaucht. Er sah nach unten. Der Arm vor ihm war substanzlos, das Waschbecken dahinter war solider als Fleisch und Knochen zu erkennen. Er sah voller Panik sein Spiegelbild an. Auch dieses wurde verschwommen, die Wände des Bades lösten sich auf, dahinter kam ein anderes Bild – schroff und grell – zum Vorschein und verlangte, gesehen zu werden.

Er machte den Mund auf, um nach Tesla zu rufen, aber bevor er das konnte, verschwand sein Ebenbild im Spiegel vollkommen; ebenso – einen Augenblick völliger Desorientierung später – der Spiegel selbst. Um ihn herum wurde die Helligkeit blendend grell, etwas packte ihn am Nuncio-Arm. Er erinnerte sich, wie Tesla ihm Kissoons Griff in ihre Eingeweide beschrieben hatte. Jetzt ergriff derselbe Geist seine Hand und zog.

Als die letzte Spur von Teslas Wohnung einem endlosen, sengenden Horizont wich, griff er mit dem unbeeinflußten Arm in die Richtung, wo das Waschbecken gewesen war. Er schien etwas in der Welt zu berühren, die er hinter sich gelassen hatte, war aber nicht sicher.

Dann war alle Hoffnung dahin, und er befand sich in Kissoons Schleife.

Tesla hörte, wie im Bad etwas auf den Boden fiel.

»Raul?« sagte sie.

Keine Antwort.

»Raul? Alles in Ordnung?«

Da sie das Schlimmste befürchtete, ging sie sofort mit gezücktem Messer hin. Die Tür war zu, aber nicht abgeschlossen.

»Bist du da?« sagte sie. Als sie auch beim dritten Mal keine Antwort bekam, machte sie die Tür auf. Ein blutiges Handtuch war auf den Boden gefallen oder geworfen worden und hatte ein paar Toilettenartikel mitgerissen – das war das Geräusch, das sie gehört hatte. Aber Raul war nicht da.

»Scheiße!«

Sie drehte den Hahn zu, der immer noch spritzte, machte kehrt, rief seinen Namen noch einmal und ging dann durch die Wohnung, wobei ihr mit jedem Schritt davor graute, er könnte demselben Schrecken zum Opfer gefallen sein wie Mary. Aber er war nirgends zu sehen; und auch keine weiteren Lix. Schließlich wappnete sie sich für den Anblick auf den Laken und machte die Schlafzimmertür auf. Auch dort war er nicht.

Als sie unter der Tür stand, fiel Tesla wieder sein entsetzter Gesichtsausdruck ein, als er Marys Leichnam gesehen hatte. War das einfach zuviel für ihn gewesen? Sie sperrte den Anblick des Leichnams auf dem Bett wieder aus und ging zur Eingangstür. Sie war angelehnt, wie sie sie gelassen hatte, als sie eingetreten waren. Sie ließ sie so und ging die Treppe hinunter und an der Seite des Hauses entlang, wobei sie seinen Namen rief und die Gewißheit in ihr wuchs, daß er diesen Wahnsinn einfach nicht mehr ertragen hatte und auf die Straße von West Hollywood geflohen war. Wenn ja, dann tauschte er einen Wahnsinn gegen einen anderen, aber das war seine Entscheidung, und sie konnte nicht für die Folgen verantwortlich gemacht werden.

Als sie zur Straße kam, war er nirgends zu sehen. Auf der Veranda des Hauses gegenüber saßen zwei junge Männer und genossen das letzte Sonnenlicht des Nachmittags. Sie kannte keinen der beiden, ging aber trotzdem hinüber und sagte: »Habt ihr einen Mann gesehen?« Worauf beide die Brauen hochzogen und lächelten.

»In letzter Zeit?« sagte einer von ihnen.

»Gerade eben. Er müßte aus dem Haus nebenan gelaufen sein.«

»Wir sind gerade eben rausgekommen«, sagte der andere. »Sorry.«

»Was hat er gemacht?« sagte der erste und betrachtete das Messer in Teslas Hand. »Zuviel oder nicht genug?«

»Nicht genug«, sagte Tesla.

»Vergiß ihn«, lautete die Antwort. »Es gibt noch andere.«

»Nicht wie ihn«, antwortete sie. »Glaubt mir. Nicht wie ihn. Trotzdem danke.«

»Wie hat er ausgesehen?« wurde gefragt, als sie bereits wieder die Straße überqueren wolte.

Ein kleiner, rachsüchtiger Teil in Tesla, auf den sie nicht besonders stolz war, der aber immer wieder zum Vorschein kam, wenn ihr jemand so einen Streich spielte, antwortete: »Wie ein verdammter Affe«, mit einer Stimme, die man bis Santa Monica und Melrose gehört haben mußte. »Er hat ausgesehen wie ein verdammter Affe.«

Also, Tesla-Baby, was nun?

Sie schenkte sich einen Tequila ein, setzte sich und machte sich ein Bild von der Lage. Raul war fort; Kissoon mit den Iad im Bunde; Mary Muralles tot im Schlafzimmer. Alles nicht sehr tröstlich. Sie schenkte sich einen zweiten Tequila ein und mußte daran denken, daß Trunkenheit, wie Schlaf, sie näher zu Kissoon bringen konnte, als ihr lieb war, brauchte das Brennen in Hals und Magen aber trotzdem.

Es war sinnlos, hier in der Wohnung zu bleiben. In Palomo Grove war der Teufel los.

Sie rief Grillo an. Er war nicht im Hotel. Sie bat die Telefonistin des Hotels, sie mit der Rezeption zu verbinden, und erkundigte sich, ob jemand wußte, wo er war. Niemand wußte es. Man sagte ihr, daß er am frühen Nachmittag ausgegangen war. Jetzt war es fünfundzwanzig Minuten nach vier. Sie schätzte, daß er schon mindestens eine Stunde weg war. Zur Party auf dem Hügel, schätzte sie.

Da sie im North Huntley Drive nichts anderes tun konnte, als um den Verlust sämtlicher Verbündeter zu trauern, war es das Beste, wenn sie versuchte, Grillo zu finden, bevor ihr die Umstände ihn auch noch nehmen konnten.

VIII

Grillo hatt keine angemessene Kleidung für die Party oben in Coney Eye mitgebracht, aber schließlich war dies Kalifornien, wo Jeans und Turnschuhe formelle Kleidung waren, und daher dachte er, daß er in Freizeitkleidung nicht auffallen würde. Das war der erste von zahlreichen Irrtümern dieses Nachmittags. Sogar die Torwachen trugen Fräcke und schwarze Krawatten. Aber er hatte die Einladung, auf die er einen falschen Namen geschrieben hatte – Jon Swift –, und daher wurden keine Fragen gestellt.

Er schlich sich nicht zum ersten Mal unter falschem Namen in eine Versammlung ein. Damals, in seiner Zeit als ermittelnder Reporter – im Gegensatz zu seiner momentanen Rolle als Schlammwühler –, hatte er einmal als entfernter Verwandter von Goebbels ein Treffen von Neo-Nazis in Detroit besucht. Ein andermal hatte er mehrere Sprechstunden bei einem aus der Kirche ausgeschlossenen Priester, dessen Scharlatanerei er später in einer Artikelserie entlarvte, die ihm eine Nominierung für den Pulitzer-Preis einbrachte. Am denkwürdigsten war eine Versammlung von Sado-Masochisten, aber der Artikel darüber war von einem Senator unterdrückt worden, den er eben dort in Ketten gelegt und Hundefutter essend gesehen hatte. Bei diesen verschiedenen Anlässen war er sich wie ein rechtschaffener Mann in gefährlicher Gesellschaft vorgekommen, der auf der Suche nach der Wahrheit war: ein Philip Marlowe mit Federhalter. Hier war ihm nur übel. Ein Bettler, den der Überfluß krank machte. Nach Ellens Schilderung war er darauf vorbereitet gewesen, berühmte Gesichter zu sehen; er hatte nicht mit der seltsamen Autorität gerechnet, die sie über ihn hatten und die in keinem Verhältnis zu ihren Fähigkeiten stand. Unter dem Dach von Buddy Vance hatten sich Dutzende der bekanntesten Gesichter der Welt versammelt; Legenden, Idole, Trendsetter. Um sie herum Gesichter, denen er keine Namen zuordnen konnte, die er aber von den Titelseiten von *Variety* und *Hollywood Reporter* kannte. Die Potentaten der Industrie – Agenten, Anwälte und Studiomanager. Bei ihren gelegentlichen Ausfälligkeiten gegen das Neue Hollywood hatte Tesla für sie nur gallige Abscheu übrig, für diese Absolventen von Wirtschaftsfachhochschulen, welche die alten Studiobosse wie Warner, Selznick und Goldwyn verdrängt hatten und mit ihren Meinungsumfragen und Kalkulationen die Traumfabrik beherrschten. Das waren die Männer und Frauen, die die Götter des nächsten Jahres erkoren und dafür sorgten, daß ihre Namen rund um die Welt in aller Mund waren. Natürlich klappte das nicht immer. Das Publikum war schwierig, manchmal eindeutig pervers. Manchmal beschloß es, einen Unbekannten gegen alle Erwartungen zu vergöttern. Aber auf derlei Anomalien war das System vorbereitet. Der Außenseiter wurde mit erstaunlicher Geschwindigkeit in das System hineingezogen, und hinterher behaupteten alle, sie hätten gleich gewußt, daß der Mann ein Star werden würde.

Auch unter den hier Versammelten befanden sich einige solche Stars, junge Schauspieler, die Buddy Vance kaum persönlich gekannt haben konnten und höchstwahrscheinlich nur deshalb gekommen waren, weil dies eben die Party der Woche war; der Ort, wo man gesehen und die Gesellschaft, mit der man gesehen werden mußte.

Er sah Rochelle auf der anderen Seite des Saals, aber sie war damit beschäftigt, sich schmeicheln zu lassen – ein ganzes Rudel Bewunderer scharte sich um sie und genoß ihre Schönheit. Sie sah nicht in Grillos Richtung. Und selbst wenn, bezweifelte er, daß sie ihn erkannt hätte. Sie hatte das abwesende, verträumte Gebaren von jemand, der nicht nur von Bewunderung high ist. Außerdem hatte ihn die Erfahrung gelehrt, daß sein Gesicht austauschbar war. Er hatte etwas Konturloses, das er der Tatsache zuschrieb, ein Mischling so vieler Rassen zu sein. Schwedische, russische, litauische, jüdische und englische Vorfahren konnte man in seinem Blut finden. Sie löschten einander gegenseitig wirksam aus. Er war alles und nichts. Das verschaffte ihm unter solchen Umständen ein merkwürdiges Selbstvertrauen. Er konnte sich als eine Vielzahl von Persönlichkeiten ausgeben und würde nicht entlarvt werden, wenn er sich nicht einen groben

Fauxpas leistete, und selbst dann konnte er sich meistens irgendwie herausreden.

Er nahm von einem Kellner ein Glas Champagner entgegen und mischte sich unter die Menge, wobei er sich im Geiste die Namen von Gesichtern einprägte, die er kannte; und die Namen der Begleiter/innen, die sie bei sich hatten. Obwohl außer Rochelle keiner im Saal eine Ahnung hatte, wer er war, nickte ihm fast jeder zu, dem er in die Augen sah, einer oder zwei winkten ihm sogar zu – wahrscheinlich Typen, die in ihrem Kreis Punkte sammelten, wie viele der anwesenden Berühmtheiten sie kannten. Er nährte die Fiktion, nickte ebenfalls, wenn ihm zugenickt wurde, winkte, wenn ihm zugewinkt wurde, und so kam es, daß niemand mehr an seiner Glaubwürdigkeit zweifelte, als er seine Runde durch den Saal gemacht hatte: Er war einer von den Jungs. Das führte wiederum dazu, daß eine Frau Mitte Fünfzig auf ihn zukam, die ihn mit einem Blick durchbohrte und schneidend sagte:

»Und wer sind Sie?«

Er hatte sich keine detaillierte Persönlichkeit ausgedacht, wie bei den Neo-Nazis und dem Wunderheiler, daher sagte er nur:

»Swift. Jonathan.«

Sie nickte, als würde sie ihn kennen.

»Ich bin Evelyn Quayle«, sagte sie. »Bitte nennen Sie mich Eve. Das machen alle.«

»Dann Eve.«

»Wie nennt man Sie?«

»Swift«, sagte er.

»Gut«, sagte sie. »Würden Sie sich einen Kellner greifen und mir ein Glas Champagner besorgen? Sie sind so verdammt schnell.«

Es war nicht das letzte, das sie trank. Sie wußte viel über die Gesellschaft, in der sie sich befanden, und sie gab immer mehr Einzelheiten preis, je mehr Champagner und Komplimente ihr Grillo verabreichte. Ein Kompliment war sogar aufrichtig. Er hatte Eve auf Mitte Fünfzig geschätzt. Sie gab zu, daß sie einundsiebzig war.

»Sieht man Ihnen überhaupt nicht an.«

»Beherrschung, mein Bester«, sagte sie. »Ich habe jedes Laster, aber keines exzessiv. Könnten Sie mir noch ein Glas greifen, bevor sie wieder vorübergeschwebt sind?«

Sie war die perfekte Klatschtante: gütig mit ihrem Tratsch. Es gab kaum einen Mann oder eine Frau im Saal, über die sie nicht irgendwelche schmutzigen Einzelheiten preisgeben konnte. Die Magersüchtige in Scharlachrot zum Beispiel war die Zwillingsschwester von Annie Kristol, Liebling der Quizsendungen mit Berühmtheiten. Sie welkte mit einer Geschwindigkeit dahin, die sich, so Eves Meinung, innerhalb der nächsten drei Monate als tödlich erweisen würde. Ganz im Gegensatz zu Merv Turner, der erst kürzlich in den Aufsichtsrat von Universal gewählt worden war; er war so fett geworden, seit er in den schwarzen Turm aufgerückt war, daß seine Frau sich weigerte, Sex mit ihm zu machen. Und Liza Andreatta, das arme Kind, war nach der Geburt ihres zweiten Babys drei Wochen im Krankenhaus gewesen, weil ihr Psychotherapeut sie davon überzeugt hatte, daß in der Natur die Mutter immer die Plazenta aß. Sie hatte ihre gegessen und einen solchen Schock davongetragen, daß sie ihr Kind beinahe zur Waisen gemacht hätte, noch bevor es überhaupt das Gesicht seiner Mutter gesehen hatte.

»Wahnsinn«, sagte sie und grinste von einem Ohr zum anderen. »Oder nicht?«

Grillo mußte zustimmen.

»Ein herrlicher Wahnsinn«, fuhr sie fort. »Ich habe mein ganzes Leben lang dazu gehört, und es geht heute noch so wild zu wie immer. Mir wird ziemlich warm, sollen wir ein Weilchen nach draußen gehen?«

»Gerne.«

Sie nahm Grillos Arm. »Sie hören gut zu«, sagte sie, als sie in den Garten hinaus gingen. »Das ist in dieser Gesellschaft ungewöhnlich.«

»Wirklich?« sagte Grillo.

»Was sind Sie, Schriftsteller?«

»Ja«, sagte er und war erleichtert, daß er die Frau nicht belügen mußte. Er mochte sie. »Kein nennenswertes Geschäft.«

»Keiner von uns hat ein nennenswertes Geschäft«, sagte sie.

»Seien wir ehrlich. Wir finden kein Heilmittel gegen den Krebs. Wir sind *Parasiten*, Süßer; nur Parasiten.«

Sie zog Grillo zu der Lokomotivenfassade, die im Garten stand. »Sehen Sie sich das an, ja? Häßlich, finden Sie nicht auch?»

»Ich weiß nicht. Irgendwie sind sie schon faszinierend.«

»Mein erster Mann hat amerikanische abstrakte Expressionisten gesammelt. Pollock, Rothko, Chilly und so weiter. Ich habe mich von ihm scheiden lassen.«

»Wegen der Bilder?«

»Wegen seiner Sammelleidenschaft, seiner unablässigen Sammelleidenschaft. Das ist eine Krankheit, Swift. Gegen Ende sagte ich zu ihm – Ethan, ich will nicht nur eines deiner Besitztümer sein. *Sie* gehen, oder *ich* gehe. Er entschied sich für die Sachen, die ihm keine Widerworte gaben. So ein Mann war er. Kultiviert, aber dumm.«

Grillo lächelte.

»Sie lachen mich aus«, schalt sie.

»Überhaupt nicht. Ich bin bezaubert.«

Sie strahlte über das Kompliment. »Sie kennen hier niemanden, oder?« bemerkte sie plötzlich.

Diese Feststellung brachte ihn aus der Fassung.

»Sie sind ein Eindringling. Ich habe Sie beobachtet, als Sie reingekommen sind. Sie haben die Gastgeberin angesehen, ob sie Sie möglicherweise wiedererkennt. Und ich dachte mir – endlich! – jemand, der *keinen* kennt und alle kennenlernen will, und ich, die *jeden* kennt und sich wünscht, es wäre nicht so. Eine Ehe, die im Himmel geschlossen worden ist. Und wie heißen Sie wirklich?«

»Ich habe Ihnen doch gesagt...«

»Beleidigen Sie mich nicht«, sagte sie.

»Mein Name ist Grillo.«

»Grillo.«

»Nathan Grillo. Aber bitte... nur Grillo. Ich bin Journalist.«

»Oh, wie langweilig. Ich dachte mir, vielleicht sind Sie ein Engel, der herabgestiegen ist, um über uns zu richten. Sie wissen schon... wie Sodom und Gomorrha. Weiß Gott, wir hätten es verdient.«

»Sie mögen die Leute hier nicht sehr«, bemerkte Grillo.

»O mein Bester, ich bin lieber hier als in Idaho, aber nur wegen des Wetters. Die Konversation ist beschissen.« Sie preßte sich dicht an ihn. »Sehen Sie jetzt nicht hin, aber wir bekommen Gesellschaft.«

»Wie heißt er?« flüsterte Grillo.

»Paul Lamar. Er war Buddys Partner.«

»Komiker?«

»Das behauptet sein Agent. Haben Sie einen seiner Filme gesehen?«

»Nein.«

»In *Mein Kampf* gibt's mehr zu lachen.«

Grillo bemühte sich immer noch, seine Fassungslosigkeit zu verbergen, als Lamar sich an Eve wandte.

»Du siehst bezaubernd aus«, sagte er. »Wie immer.« Er wandte sich an Grillo. »Und wer ist dein Freund?« fragte er.

Eve sah Grillo mit einem winzigen Lächeln im Gesicht an. »Mein sündiges Geheimnis«, sagte sie.

Lamar richtete sein Lächeln wie einen Scheinwerfer auf Grillo. »Tut mir leid, ich habe Ihren Namen nicht verstanden.«

»Geheimnisse sollten keinen Namen haben«, bemerkte Eve. »Das macht ihren Charme kaputt.«

»Ich gebe mich geschlagen«, sagte Lamar. »Gestatte mir, meinen Fehler wieder auszumerzen und dich durchs Haus zu führen.«

»Ich glaube nicht, daß ich die Treppe schaffe, Süßer«, sagte Eve.

»Aber dies war Buddys Palast. Er war außerordentlich stolz darauf.«

»Nicht stolz genug, mich einmal einzuladen«, antwortete sie.

»Es war seine Zuflucht«, sagte Lamar. »Darum hat er soviel Aufmerksamkeit darauf verwendet. Du solltest mitkommen und es dir seinetwegen ansehen. Ihr beide.«

»Warum nicht?« sagte Grillo.

Evelyn seufzte. »Diese Neugier«, sagte sie. »Also gut... geh voran.«

Lamar gehorchte und führte sie ins Wohnzimmer zurück, wo

sich die Atmosphäre der Versammlung subtil verändert hatte. Nachdem Drinks hinuntergekippt und das Buffet geplündert worden waren, befanden sich die Gäste in ruhigerer Stimmung, wozu auch eine Kapelle beitrug, die langsame Versionen von Evergreens darbot. Ein paar Leute tanzten. Die Unterhaltungen wurden nicht mehr lärmend geführt, sondern gedämpft. Geschäfte wurden abgeschlossen, Verschwörungen geplant.

Grillo fand die Atmosphäre nervtötend, und Evelyn offenbar auch. Sie nahm beim Spießrutenlauf durch die Flüsternden seinen Arm und folgte Lamar auf der anderen Seite hinaus zur Treppe. Die Eingangstür war geschlossen. Zwei Männer von der Torwache standen mit dem Rücken zu ihr und hatten die Fäuste vor den Lenden geballt. Trotz der hallenden Unterhaltungsmelodien hatte das Haus alles Festliche verloren. Übrig blieb nur Paranoia.

Lamar hatte bereits ein Dutzend Stufen zurückgelegt.

»Komm schon, Evelyn…«, sagte er und winkte ihr. »Ist nicht steil.«

»Es liegt an meinem Alter.«

»Du siehst keinen Tag älter aus als…«

»Hör auf, Süßholz zu raspeln«, sagte sie. »Ich komme, wenn es mir paßt.«

Sie ging mit Grillo an der Seite langsam die Treppe hinauf, und nun merkte man ihr zum ersten Mal ihr Alter an. Grillo sah, daß ein paar Gäste mit leeren Gläsern in den Händen oben an der Treppe standen. Keiner sagte etwas, nicht einmal flüsternd. Der Verdacht erhärtete sich, daß hier etwas durch und durch faul war; ein Instinkt, der bestätigt wurde, als er die Treppe hinuntersah. Rochelle stand unten und sah herauf. Sie sah ihn unverwandt an. Er war sicher, daß er erkannt worden war, und rechnete damit, daß sein Bluff aufflog. Aber sie sagte nichts. Sie sah ihn an, bis er wegsah. Als er wieder die Treppe hinunterschaute, war sie weggegangen.

»Hier stimmt was nicht«, flüsterte er Eve ins Ohr. »Ich glaube, wir sollten uns nicht auf die Führung einlassen.«

»Liebling, ich bin halb oben«, antwortete sie laut und zupfte an seinem Arm. »Laß mich jetzt nicht im Stich.«

Grillo sah nach oben zu Lamar und stellte fest, daß ihn der Komiker ebenso anstarrte wie Rochelle. *Sie wissen es,* dachte er. *Sie wissen es, und sie sagen nichts.*

Er versuchte wieder, Eve davon abzubringen. »Können wir nicht später gehen?« sagte er.

Sie wollte sich nicht aufhalten lassen. »Ich gehe auch alleine«, sagte sie und erklomm weiter die Stufen.

»Das ist der erste Absatz«, verkündete Lamar, als sie dort angekommen waren. Abgesehen von den seltsam stillen Gästen gab es nicht viel zu sehen, zumal Eve ihr Mißfallen gegenüber Vance' Kunstsammlung bereits zum Ausdruck gebracht hatte. Sie kannte ein paar der Herumlungernden persönlich und sagte hallo. Sie grüßten ebenfalls, aber nur abwesend. Ihr Verhalten erinnerte Grillo an Süchtige, die sich gerade einen Schuß gesetzt hatten. Aber Eve gehörte nicht zu denen, die sich so beiläufig behandeln ließen.

»Sagansky«, sagte sie zu einem aus ihrer Mitte. Er sah aus wie ein abgehalftertes Matinee-Idol. Neben ihm stand eine Frau, der jede Spur von Leben ausgesaugt worden zu sein schien. »Was treiben Sie denn hier oben?«

Sagansky sah zu ihr auf. »Pssst...«, sagte er.

»Ist jemand gestorben?« fragte Eve. »Außer Buddy.«

»Traurig«, sagte Sagansky.

»Geht uns allen so«, lautete Eves nüchterne Antwort. »Ihnen auch. Warten Sie's nur ab. Haben Sie auch die große Führung durchs Haus verpaßt bekommen?«

Sagansky nickte. »Lamar...«, sagte er. Er blickte in die Richtung des Komikers, schoß über das Ziel hinaus, drehte den Kopf und sah ihn direkt an. »Lamar hat uns herumgeführt.«

»Hoffentlich lohnt es sich«, sagte Eve.

»Unbedingt«, lautete Saganskys Antwort. »Wirklich... es lohnt sich. Besonders die oberen Zimmer.«

»Ah ja«, sagte Lamar. »Warum gehen wir eigentlich nicht gleich dorthin?«

Grillos Paranoia war nach der Begegnung mit Sagansky und dessen Frau kein Jota geringer geworden. Hier ging etwas zutiefst Unheimliches vor sich.

»Ich glaube, wir haben genug gesehen«, sagte Grillo zu Lamar.
»Oh, tut mir leid«, antwortete der Komiker. »Ich habe Eve ganz vergessen. Arme Eve. Das muß alles zuviel für dich sein.«
Seine gekonnt zur Schau gestellte Herablassung hatte genau den gewünschten Effekt.
»Mach dich nicht lächerlich«, schnaubte sie. »Ich komme vielleicht in die Jahre, aber ich bin nicht senil. Bring uns hinauf!«
Lamar zuckte die Achseln. »Bist du sicher?«
»Selbstverständlich bin ich sicher.«
»Nun, wenn du darauf bestehst...«, sagte er und führte sie an der Gruppe der Herumlungernden vorbei zur nächsten Treppenflucht. Grillo folgte ihnen. Als er an Sagansky vorbeiging, hörte er den Mann Bruchstücke seiner vorherigen Unterhaltung mit Eve murmeln, tote Fische, die im Brackwasser seines Kopfes herumschwanden.
»... unbedingt... wirklich... besonders die oberen Zimmer...«
Eve war bereits ein Stück die zweite Treppe hinaufgegangen; sie schien entschlossen zu sein, Lamar Schritt für Schritt zu folgen.
Grillo rief ihr nach: »Eve. Gehen Sie nicht weiter.«
Sie achtete nicht auf ihn.
»Eve?« sagte er noch einmal.
Diesmal drehte sie sich um.
»Kommen Sie, Grillo?« sagte sie.
Lamar ließ sich nicht anmerken, ob er den Namen ihres Geheimnisses, den sie nun verraten hatte, verstanden hatte. Er führte sie einfach weiter die Treppe hinauf und um eine Ecke herum.
Mehr als einmal in seiner Laufbahn war es Grillo gelungen, einer Schlägerei aus dem Weg zu gehen, indem er auf Gefahrensignale achtete, wie er sie empfing, seit sie die Treppe heraufgingen. Aber er wollte nicht mit ansehen, wie Eves Eitelkeit ihr zum Verhängnis wurde. Er war seit etwa einer Stunde in die Dame vernarrt. Er verfluchte sich selbst und sie gleichermaßen und folgte dorthin, wohin sie und ihr Verführer gegangen waren.

Draußen kam es zu einem unbedeutenden Aufruhr am Tor. Alles hatte mit einem Wind angefangen, der aus dem Nichts zu wehen angefangen hatte und durch die Bäume am Hügel sauste wie eine Flutwelle. Er war trocken und staubig und zwang verschiedene Spätankömmlinge wieder in die Limousinen zurück, wo sie das verwüstete Make-up erneuerten.

Aus diesem Tosen kam ein Auto heraus; in dem Auto saß ein schmutziger junger Mann, der beiläufig Zutritt zum Haus verlangte.

Die Wachen ließen sich nicht aus der Ruhe bringen. Sie hatten schon mit zahllosen Störenfrieden wie diesem zu tun gehabt – Bengel, die das Gehirn in den Hoden hatten und auch einmal das Highlife sehen wollten.

»Keine Einladung, Sohn«, sagte einer zu dem Jungen.

Der Störenfried stieg aus dem Auto aus. Er hatte Blut an sich; nicht sein eigenes. Und einen tollwütigen Ausdruck in den Augen, bei dem die Wachen verstohlen nach den Waffen unter den Jacketts griffen.

»Ich muß meinen Vater sprechen«, sagte der Junge.

»Ist er ein Gast?« wollte der Wachmann wissen. Es war nicht auszuschließen, daß dies ein reicher Bengel aus Bel-Air war, der sich den Kopf mit Drogen zugedröhnt hatte und Papa suchen gegangen war.

»Ja, er ist Gast«, sagte Tommy-Ray.

»Wie heißt er?« fragte der Wachmann. »Gib mir die Liste, Clark.«

»Er steht nicht auf Ihrer Liste«, sagte Tommy-Ray. »Er wohnt da.«

»Dann hast du das falsche Haus, Sohn«, sagte Clark, der über das Tosen des Windes in den Bäumen hinwegbrüllen mußte, der mit unverminderter Heftigkeit weiter wehte. »Dies ist das Haus von Buddy Vance. Es sei denn, du bist einer seiner Unehelichen!« Er grinste einem dritten Mann zu, der das Lächeln nicht erwiderte. Er sah zu den Bäumen selbst und zum Wind, der sie zerzauste. Er kniff die Augen zusammen, als könnte er etwas am staubgeschwängerten Himmel erkennen.

»Das wirst du bereuen, Nigger«, sagte der Junge zum ersten

Wachmann. »Ich komme wieder, und ich kann dir sagen... du bist der erste, der dran glauben wird.« Er deutete mit dem Finger auf Clark. »Hast du verstanden? Er ist der erste. Und du kommst gleich danach.«

Er stieg ins Auto ein, wendete und fuhr den Hügel wieder hinunter. Der Wind schien mit ihm nach Palomo Grove zurückzugehen.

»Verdammt seltsam«, sagte der Himmelsbeobachter, als die Bäume wieder zur Ruhe gekommen waren.

»Geh zum Haus«, sagte der erste Wachmann zu Clark. »Sieh nach, ob da oben alles o. k. ist...«

»Warum nicht?«

»Geh einfach, verdammt noch mal«, antwortete der Mann, der immer noch den Hügel hinabsah, dem Jungen und dem Wind hinterher.

»Reg dich wieder ab«, antwortete Clark und gehorchte.

Nachdem der Wind sich gelegt hatte, fiel den beiden wartenden Wachen auf, wie still es war. Kein Laut aus der Stadt unten. Kein Laut aus dem Haus oben. Und sie allein in der stillen Allee.

»Schon mal unter Feuer gewesen, Rab?« fragte der Himmelsbeobachter.

»Nee. Du?«

»Klar«, lautete die Antwort. Er schneuzte Staub in das Taschentuch, das seine Frau Marci für die Brusttasche des Fracks gebügelt hatte. Dann sah er schnüffelnd zum Himmel.

»Zwischen Gefechten...«, sagte er.

»Ja?«

»...ist es ganz genauso.«

Tommy-Ray, dachte der Jaff, wandte sich vorübergehend von seinen Geschäften ab und ging ans Fenster. Er war durch die Arbeit abgelenkt gewesen und hatte erst gemerkt, daß sein Sohn in der Nähe war, als dieser schon wieder den Hügel hinabfuhr. Er versuchte, dem Jungen eine Nachricht zu senden, aber die Botschaft wurde nicht empfangen. Die Gedanken, die der Jaff früher so mühelos kontrollieren konnte, waren nicht mehr so einfach zu lenken. Etwas hatte sich verändert; etwas von entscheidender

Bedeutung, das der Jaff nicht deuten konnte. Der Verstand des Jungen war kein offenes Buch mehr. Die Signale, die er empfing, waren bestürzend. Der Junge hatte eine Angst in sich, wie er sie bislang noch nie gespürt hatte; und eine *Kälte*, eine allumfassende Kälte.

Der Versuch, den Sinn der Signale zu entschlüsseln, war vergeblich, zumal ihn soviel anderes beschäftigte. Der Junge würde zurückkommen. Das war sogar die einzige Botschaft, die er deutlich empfangen hatte: daß der Junge die Absicht hatte zurückzukommen.

Derweil wurde die Zeit des Jaff von Wichtigerem in Anspruch genommen. Der Nachmittag hatte sich als äußerst profitabel erwiesen. Seine Ambitionen für diese Versammlung waren innerhalb von zwei Stunden übertroffen. Er hatte Verbündete von so durchdringender Reinheit hervorgebracht, wie es unter den Terata der Bewohner des Grove unmöglich gewesen wäre. Die Persönlichkeiten, die sie abgegeben hatten, hatten sich anfangs seinen Verlockungen widersetzt. Das war zu erwarten gewesen. Manche, die gedacht hatten, sie sollten ermordet werden, hatten die Brieftaschen gezückt und versucht, sich den Rückzug aus dem oberen Zimmer zu erkaufen. Zwei Frauen hatten die Silikonbrüste entblößt und ihre Körper angeboten, statt zu sterben; ein Mann hatte ein ähnliches Geschäft versucht. Aber ihr Narzißmus war wie ein Kartenhaus in sich zusammengestürzt, die Drohungen, Verhandlungen und Bitten waren verstummt, als sie anfingen, ihre Ängste auszuschwitzen. Er hatte sie alle gemolken und wieder zu der Party geschickt.

Die Versammlung, die jetzt an den Wänden aufgereiht stand, war aufgrund der neuesten Rekruten reiner; eine Botschaft der Entropie lief von einem Terata zum nächsten, und ihre Vielfalt verkam im Schatten zu etwas Älterem – sie wurden dunkler, einfacher. Sie wiesen keine individuellen Merkmale mehr auf. Er konnte ihnen nicht mehr die Namen ihrer Erzeuger zuordnen: Gunther Rothberry, Christine Seepard, Laurie Doyle, Martine Nesbitt: Wo waren sie jetzt? Sie waren zu einer einförmigen, lauernden Masse geworden.

Seine Legion war so groß, daß er sie gerade noch beherrschen konnte; noch einige mehr, dann würde die Armee aufmüpfig werden. Vielleicht war sie es ja bereits. Und doch schob er den Augenblick, an dem er seine Hände schließlich machen lassen wollte, wozu sie erschaffen worden waren, nämlich die ›Kunst‹ zu benützen, immer weiter hinaus. Es waren zwanzig Jahre seit jenem alles verändernden Tag vergangen, an dem er das Symbol des Schwarms gefunden hatte, das sich nach dem Verschicken in die Wüste von Nebraska verirrt hatte. Er war nie zurückgekehrt. Selbst als er mit Fletcher gekämpft hatte, hatte der Frontverlauf nie nach Omaha zurückgeführt. Er bezweifelte, daß noch jemand dort sein würde, den er kannte. Krankheit und Verzweiflung dürften gut die Hälfte weggerafft haben. Alter die andere Hälfte. Er war selbstverständlich von derlei Einflüssen unberührt geblieben. Über ihn hatten die verrinnenden Jahre keine Macht. Die hatte ausschließlich der Nuncio, und nach diesen Verwandlungen gab es kein Zurück. Er mußte immer vorwärts gehen, mußte die Erfüllung der Ambition erleben, welche ihm an jenem Tag eingegeben worden war, und an den darauffolgenden Tagen. Er war aus der Banalität seines Daseins in seltsame Gebiete aufgebrochen und hatte selten zurückgeblickt. Aber heute, während die Parade berühmter Gesichter vor ihm im oberen Zimmer erschienen war, geweint und gezittert und die Brüste und danach die Seelen für ihn entblößt hatte, da konnte er nicht anders, er mußte an den Mann denken, der er einstmals gewesen war, der niemals zu hoffen gewagt haben würde, sich einmal in so erlauchter Gesellschaft zu befinden. Und eben in dieser Situation fand er etwas in sich selbst, das er all die Jahre über fast erfolgreich verborgen hatte. Genau das, was er aus seinen Opfern herausschwitzte: Angst.

Obwohl er sich bis zur Unkenntlichkeit verändert hatte, war und blieb ein kleiner Teil von ihm immer noch Randolph Jaffe, und dieser Teil flüsterte ihm nun ins Ohr und sagte: *Es ist gefährlich. Du weißt nicht, worauf du dich einläßt. Es könnte dich das Leben kosten.*

Nach so vielen Jahren war es ein Schock, die alte Stimme in seinem Kopf zu hören, aber es war auch seltsam beruhigend. Und er konnte sie nicht völlig außer acht lassen, denn es stimmte, was sie sagte: Er wußte nicht, was kommen würde, nachdem er die ›Kunst‹ benützt hatte. Niemand wußte das. Er hatte alle Geschichten gehört, sämtliche Metaphern studiert. Die Essenz war nicht buchstäblich ein Meer; die Ephemeris war nicht buchstäblich eine Insel. Es waren Bilder von Materialisten, um einen *Geisteszustand* zu beschreiben. Vielleicht *den* Geisteszustand. Und jetzt war er nur noch Minuten davon entfernt, die Tür zu diesem Zustand aufzustoßen, und wußte praktisch überhaupt nichts über dessen wahre Natur.

Er konnte ebensogut zu Wahnsinn, Hölle und Tod führen wie zum Himmel und ewigen Leben. Er konnte es nur herausfinden, indem er die ›Kunst‹ tatsächlich anwendete.

Warum die ›Kunst‹ überhaupt anwenden? flüsterte der Mann, der er vor dreißig Jahren gewesen war, in ihm. *Warum genießt du nicht einfach die Macht, die du hast? Das ist doch mehr, als du dir je erträumt hättest, oder nicht? Frauen kommen hier herein und bieten dir ihre Körper an. Männer fallen vor dir auf die Knie, heulen Rotz und Wasser und bitten dich um Gnade. Was willst du noch? Was mehr könnte sich irgend jemand wünschen?*

Ursachen, lautete die Antwort. Einen Sinn hinter Titten und Tränen; einen Blick auf das größere Bild.

Du hast alles hier, sagte die alte Stimme. *Besser wird es nicht. Es gibt nicht mehr.*

Es klopfte leise an die Tür: Lamars Kode.

»Warte«, murmelte er und versuchte, sich auf das Streitgespräch zu konzentrieren, das in seinem Kopf ablief.

Vor der Tür klopfte Eve Lamar auf die Schulter.

»Wer ist da drinnen?« sagte sie.

Der Komiker lächelte ihr knapp zu.

»Jemand, den du kennenlernen solltest«, sagte er.

»Ein Freund von Buddy?« sagte sie.

»Könnte man sagen.«

»Wer?«

»Du kennst ihn nicht.«

»Warum sollte sie ihn dann kennenlernen?« sagte Grillo. Er ergriff Eves Arm. Sein Verdacht war jetzt Gewißheit geworden. Hier oben herrschte ein übler Geruch vor, und hinter der Tür waren mehr Geräusche als nur von einer Person zu hören.

Die Aufforderung einzutreten wurde ausgesprochen. Lamar drehte den Türknauf und öffnete.

»Komm, Eve«, sagte er.

Sie befreite den Arm aus Grillos Griff und ließ sich von Lamar einen Schritt in das Zimmer führen.

»Es ist dunkel«, hörte Grillo sie sagen.

»Eve«, sagte er, drängte sich an Lamar vorbei und streckte durch die Tür die Hand nach ihr aus. Es war tatsächlich dunkel, wie sie gesagt hatte. Der Abend hatte sich über den Hügel gesenkt, und das bißchen Licht, das durchs Fenster hereinfiel, reichte kaum aus, das Zimmer in Umrissen deutlich zu machen. Aber Eves Gestalt vor ihm war sichtbar. Er ergriff wieder ihren Arm.

»Genug«, sagte er und drehte sich wieder zur Tür um. Kaum hatte er das getan, traf ihn Lamars Faust mitten ins Gesicht, ein fester, unerwarteter Schlag. Seine Hand glitt von Eves Arm herunter; er fiel auf die Knie und schmeckte das eigene Blut in der Nase. Hinter ihm schlug der Komiker die Tür zu.

»Was geht hier vor?« hörte er Eve sagen. »Lamar! Was geht hier vor?«

»Kein Grund zur Beunruhigung«, murmelte der Mann.

Grillo hob den Kopf, worauf ihm ein heißer Schwall Blut aus der Nase lief. Er hielt die Hand vors Gesicht, um ihn einzudämmen, und sah sich in dem Zimmer um. Den kurzen Augenblick, als er das Innere gesehen hatte, war er der Meinung gewesen, es wäre mit Möbeln vollgestopft. Er hatte sich geirrt. Es waren Lebewesen.

»Lam…«, wiederholte Eve, aus deren Stimme jeglicher Schneid verschwunden war. »Lamar… wer ist hier oben?«

»Jaffe…«, sagte eine leise Stimme. »Randolph Jaffe.«

»Soll ich das Licht anmachen?« fragte Lamar.

»Nein«, kam die Antwort aus dem Schatten. »Nein, nicht. Noch nicht.«

Grillo kannte die Stimme und den Namen trotz seines Brummschädels. Randolph Jaffe: der Jaff. Und diese Tatsache verriet ihm die Identität der Gestalten, die in den dunkelsten Ekken dieses großen Zimmers lauerten. Es wimmelte von den Bestien, die er geschaffen hatte.

Eve hatte sie auch gesehen.

»Mein Gott...«, murmelte sie. »Mein Gott, mein Gott, was geht hier vor?«

»Freunde von Freunden«, sagte Lamar.

»Tun Sie ihr nicht weh«, forderte Grillo.

»Ich bin kein Mörder«, sagte die Stimme von Randolph Jaffe. »Alle, die hier hereingekommen sind, sind lebend wieder hinausgegangen. Ich will nur einen kleinen Teil von Ihnen...«

Seine Stimme klang nicht mehr so überzeugend wie damals, als Grillo ihn im Einkaufszentrum gehört hatte. Grillo hatte sein ganzes Berufsleben lang Menschen zugehört und nach Spuren von Leben unter dem Leben gesucht. Wie hatte es Tesla ausgedrückt? Etwa so, daß er ein Auge für verborgene Zusammenhänge hatte. Die Stimme des Jaff hatte inzwischen eindeutig einen Subtext. Eine Zweideutigkeit, die vorher nicht dagewesen war. Ließ das auf ein Entkommen hoffen? Oder wenigstens auf eine Verschiebung der Hinrichtung?

»Ich erinnere mich an Sie«, sagte Grillo. Er mußte den Mann aus der Reserve locken, Subtext zu Text machen. Ihn seine Zweifel aussprechen lassen. »Ich habe gesehen, wie Sie Feuer gefangen haben.«

»Nein...«, sagte die Stimme in der Dunkelheit, »das war ich nicht...«

»Mein Fehler. Und wer... wenn ich fragen darf...?«

»Nein, das dürfen Sie nicht«, sagte Lamar hinter ihnen. »Welchen der beiden möchtest du zuerst?« fragte er den Jaff.

Die Frage wurde nicht beachtet. Statt dessen sagte der Mann: »Wer ich bin? Seltsam, daß Sie das fragen.« Seine Stimme klang beinahe verträumt.

»Bitte«, murmelte Eve. »Ich kann hier oben nicht atmen.«

»Psst«, sagte Lamar. Er ging auf sie zu, um sie festzuhalten. Im Schatten bewegte sich der Jaff auf dem Stuhl wie ein Mann, der keine behagliche Sitzposition finden kann.

»Niemand weiß...«, begann er, »...wie schrecklich es ist.«

»Was denn?« fragte Grillo.

»Ich besitze die ›Kunst‹«, antwortete der Jaff. »Ich besitze die ›Kunst‹. Also muß ich sie benützen. Nach dem langen *Warten* und der *Veränderung* wäre es eine Verschwendung, es nicht zu tun.«

Er scheißt sich fast in die Hose, dachte Grillo. Er steht am Abgrund und hat schreckliche Angst hinunterzurutschen. In was hinein, das wußte er nicht, aber er war in einem Zustand, aus dem Grillo Kapital schlagen konnte. Er beschloß stehenzubleiben, wo er für den anderen Mann keine körperliche Bedrohung war. Er sagte ganz langsam: »Die ›Kunst‹. Was ist das?«

Falls der Jaff seine nächsten Worte als Antwort gedacht hatte, so war sie unverständlich.

»Alle sind verloren, wissen Sie. Das mache ich mir zunutze. Ich benütze die Angst in ihnen.«

»Sie nicht?« sagte Grillo.

»Ich nicht?«

»Verloren.«

»Ich dachte, ich hätte die ›Kunst‹ gefunden... aber vielleicht hat die ›Kunst‹ mich gefunden.«

»Das ist gut.«

»Wirklich?« sagte er. »Ich weiß nicht, was sie machen wird...«

Das ist es also, dachte Grillo. Er hat seinen Preis bekommen, und jetzt hat er Angst davor, ihn auszupacken.

»Sie könnte uns alle vernichten.«

»Das hast du nicht gesagt«, murmelte Lamar. »Du hast gesagt, wir würden Träume haben. Alle Träume, die Amerika jemals geträumt hat; die die *Welt* jemals geträumt hat.«

»Vielleicht«, sagte der Jaff.

Lamar ließ Eve los und kam einen Schritt auf seinen Herrn und Meister zu.

»Und jetzt sagst du, die Welt könnte *sterben?*« sagte er. »Ich will nicht sterben. Ich will Rochelle. Ich will das Haus. Ich habe eine Zukunft. Die gebe ich nicht auf.«

»Komm mir nicht mit Drohungen«, sagte der Jaff. Zum ersten Mal, seit der Wortwechsel angefangen hatte, hörte Grillo ein Echo des Mannes, den er im Einkaufszentrum gesehen hatte. Lamars Widerstand brachte den alten Kampfgeist zurück. Grillo verfluchte ihn für seine Rebellion. Sie trug nur eine nützliche Frucht: Eve konnte in Richtung Tür zurückweichen. Grillo wich nicht von der Stelle. Der Versuch, mit ihr zu gehen, würde nur die Aufmerksamkeit auf beide lenken und die Möglichkeit zu entkommen für jeden zunichte machen. Wenn sie hinausgelangte, konnte sie Alarm schlagen.

Derweil hatten sich Lamas Beschwerden verfielfacht.

»Warum hast du mich angelogen?« sagte er. »Ich hätte von Anfang an wissen müssen, daß du mir nichts Gutes bringst. Na gut, der Teufel soll dich holen...«

Grillo feuerte ihn stumm an. Die zunehmende Dämmerung hatte mit den Bemühungen seiner Augen Schritt gehalten, sie zu durchdringen; er konnte von ihrem Entführer nicht mehr erkennen als anfangs, als sie hereingekommen waren, aber er sah die Gestalt aufstehen. Die Bewegung löste Konsterniertheit in den Schatten aus, als die dort verborgenen Bestien auf das Unbehagen ihres Meisters reagierten.

»Wie kannst du es wagen?« sagte der Jaff.

»Du hast gesagt, wir wären in Sicherheit«, sagte Lamar.

Grillo hörte hinter sich die Tür quietschen. Er wollte sich umdrehen, widerstand der Versuchung aber.

»In Sicherheit, hast du gesagt!«

»So einfach ist das nicht!« sagte der Jaff.

»Ich verschwinde!« antwortete Lamar und drehte sich zur Tür um. Es war so dunkel, daß Grillo seinen Gesichtsausdruck nicht sehen konnte, aber ein Lichtstrahl hinter ihm, und die Laute von Eves Schritten, die den Flur entlang floh, waren Beweis genug. Grillo stand auf, während Lamar fluchend zur Tür eilte. Ihm war schwindlig von dem Schlag, und er stolperte beim Gehen, dennoch war er einen Schritt vor Lamar an der Tür. Sie stießen zusammen, rempelten beide gegen die Tür und schlugen sie mit ihrem gemeinsamen Gewicht wieder zu. Es folgte ein Augenblick der Verwirrung, beinahe eine Farce, während sie beide versuchten, den Türgriff in die Hand zu bekommen. Dann griff etwas ein, das hinter dem Komiker aufragte. Es war bleich in der Dunkelheit, grau vor schwarzem Hintergrund. Lamar gab einen leisen Kehllaut von sich, als die Kreatur ihn von hinten packte. Er streckte die Hand nach Grillo aus, der ihm zwischen den Fingern durchschlüpfte und in Richtung Zimmermitte auswich. Er konnte nicht erkennen, wie das Terata Lamar zusetzte, und darüber war er froh. Die rudernden Arme und kehligen Laute des Mannes genügten vollkommen. Er sah, wie der massige Leib des Komikers gegen die Tür fiel und daran hinabrutschte; sein Körper wurde immer mehr von dem des Terata verdeckt. Dann waren beide still.

»Tot?« hauchte Grillo.

»Ja«, sagte der Jaff. »Er hat mich einen Lügner genannt.«

»Das werde ich mir merken.«

»Sollten Sie auch.«

Der Jaff machte eine Gebärde in der Dunkelheit, deren Sinn Grillo nicht erkennen konnte. Aber sie hatte Folgen, die eine Menge deutlich machten. Perlen aus Licht strömten aus den Fingern des Mannes und beleuchteten sein Gesicht, das verbraucht aussah, seinen Körper, der gekleidet war wie im Einkaufszentrum, aber Dunkelheit zu verströmen schien, und das Zimmer selbst, in dem Terata, welche nicht mehr die komplexen Bestien von einst waren, sondern dornige Schatten an jeder Wand.

»Nun, Grillo...« sagte der Jaff, »...sieht so aus, als müßte ich es tun.«

IX

Nach dem Liebesakt kam der Schlaf. Sie hatten es beide nicht so geplant, aber weder Jo-Beth noch Howie hatten, seit sie einander kennengelernt hatten, mehr als eine Handvoll Stunden ununterbrochen schlafen können, und der Boden, auf dem sie sich geliebt hatten, war so weich, daß er sie in Versuchung führte. Sie wachten auch dann nicht auf, als die Sonne hinter die Bäume sank. Als Jo-Beth schließlich die Augen aufschlug, geschah es nicht wegen der Kälte: die Nacht war mild. Zikaden sangen im Gras rings um sie herum. Die Blätter waren in sanfter Bewegung. Aber hinter diesen beruhigenden Anblicken lag ein seltsames, unstetes Leuchten zwischen den Bäumen.

Sie weckte Howie so behutsam wie möglich aus dem Schlaf. Er machte widerwillig die Augen auf, bis er das Gesicht derjenigen erkennen konnte, die ihn geweckt hatte.

»Hi«, sagte er. Dann: »Wir haben verschlafen, hm? Wieviel Uhr ist...«

»Es ist jemand hier, Howie«, flüsterte sie.

»Wo?«

»Ich sehe nur Lichter. Aber sie sind rings um uns herum. Sieh doch!«

»Meine Brille«, flüsterte er. »Sie ist im Hemd.«

»Ich hole sie.«

Sie machte sich auf die Suche nach den Kleidungsstücken, die er ausgezogen hatte. Er sah sich blinzelnd um. Die Absperrungen der Polizei und die Höhle dahinter: der Abgrund, in dem Buddy Vance immer noch lag. Bei Tageslicht schien es völlig natürlich gewesen zu sein, hier miteinander zu schlafen. Jetzt wirkte es pervers. Irgendwo da unten in der Dunkelheit, in der ihre Väter jahrelang gewartet hatten, lag ein toter Mann.

»Hier«, sagte sie.

Ihre Stimme erschreckte ihn. »Schon gut«, murmelte sie. Er nahm die Brille aus der Hemdentasche und setzte sie auf. Zwischen den Bäumen waren tatsächlich Lichter zu sehen, aber ihr Ursprung war unbestimmt.

Jo-Beth hatte glücklicherwiese nicht nur sein Hemd, sondern auch ihre restlichen Kleidungsstücke gefunden. Sie zog die Unterwäsche an. Auch jetzt erregte ihn ihr Anblick, obwohl sein Herz aus ganz anderen Gründen heftig klopfte. Sie bemerkte seinen Blick und küßte ihn.

»Ich sehe niemanden«, sagte er mit gedämpfter Stimme.

»Vielleicht habe ich mich geirrt«, sagte sie. »Ich habe jedenfalls gedacht, ich hätte jemanden gehört.«

»Geister«, sagte er, aber dann bedauerte er, daß er sich selbst auf den Gedanken gebracht hatte. Er zog die Hose hoch. Als er das tat, sah er eine Bewegung zwischen den Bäumen. »O Scheiße«, murmelte er.

»Ich sehe etwas«, sagte sie. Er sah zu ihr. Sie schaute in die entgegengesetzte Richtung. Er folgte ihrem Blick und erkannte auch dort, in den Schatten des Baldachins, eine Bewegung. Und noch eine. Noch eine.

»Sie sind überall«, sagte er, zog das Hemd an und griff nach den Jeans. »Was immer sie sind, sie haben uns umzingelt.«

Er stand mit eingeschlafenen, kribbelnden und pieksenden Beinen auf und überlegte verzweifelt, wie er sich bewaffnen konnte. Konnte er vielleicht eine der Absperrungen zertrümmern und eines der Trümmer als Waffe benutzen? Er sah Jo-Beth an, die sich fast völlig angezogen hatte, dann wieder zwischen die Bäume.

Eine verstohlene Gestalt, die ein Geisterlicht hinter sich herzog, erschien unter dem Baldachin. Plötzlich war ihm alles klar. Die Gestalt war Benny Patterson, den Howie zuletzt auf der Straße vor Lois Knapps Haus gesehen hatte, wo er ihm etwas nachrief. Jetzt hatte er kein Sonnenscheinlächeln mehr im Gesicht. Tatsächlich war sein Gesicht irgendwie verschwommen, die Gesichtszüge, als wären sie von einem schlampigen Fotografen aufgenommen worden. Aber das Leuchten, das er aus seinem Fernsehdasein mitgebracht hatte, begleitete ihn. Das war der Schimmer, der zwischen den Bäumen spukte.

»Howie«, sagte er.

Seine Stimme hatte, wie das Gesicht, die Individualität verloren. Er klammerte sich an sein Benny-Dasein, aber nur gerade so.

»Was willst du?« fragte Howie.

»Wir haben dich gesucht.«

»Geh nicht zu ihm«, sagte Jo-Beth. »Er ist einer der Träume.«

»Ich weiß«, sagte Howie. »Sie wollen uns nichts zuleide tun. Oder, Benny?«

»Natürlich nicht.«

»Dann zeigt euch«, sagte Howie zu dem gesamten Kreis der Bäume. »Ich will euch sehen.«

Sie befolgten seine Anweisung und traten reihum aus ihren Verstecken hinter den Bäumen. Alle hatten, wie Benny, eine Veränderung durchgemacht, seit er sie im Haus der Knapps gesehen hatte; ihre geschniegelten und polierten Persönlichkeiten waren trübe geworden, die strahlenden Lächeln verschwunden. Sie sahen einander ähnlicher, verwaschene Lichtgestalten, die sich nur mühsam an die Überbleibsel ihrer Identitäten klammerten. Die Fantasie der Bewohner des Grove hatte sie hervorgebracht und geformt, aber wenn sie sich nicht mehr in Gesellschaft ihrer Schöpfer befanden, strebten sie einem einfacheren Dasein zu: dem des Lichts, das aus Fletchers Körper gekommen war, als er im Einkaufszentrum starb. Dies war seine Armee, seine Halluzigenien, und Howie mußte sie nicht fragen, wen sie hier suchten. Ihn. Er war das Kaninchen aus Fletchers Hut, die reinste Schöpfung des Magiers. Gestern nacht war er vor ihren Forderungen geflohen, aber sie hatten ihn unbeirrbar gesucht und waren entschlossen, ihn als ihren Anführer zu bekommen.

»Ich weiß, was ihr von mir wollt«, sagte er. »Aber ich kann es nicht geben. Dies ist nicht mein Krieg.«

Er betrachtete die Versammelten beim Sprechen und unterschied Gesichter, die er im Haus der Knapps gesehen hatte, obwohl sie dabei waren, zu Licht zu zerfallen. Cowboys, Chirurgen, Seifenopern-Königinnen und Quizmaster. Darüber hinaus waren viele da, die er nicht bei Lois' Party gesehen hatte. Eine Lichtgestalt war ein Werwolf; manche hätten Comic-Helden sein können; ein paar, genau vier, waren Inkarnationen von Christus, zwei davon bluteten Licht aus Stirn, Seiten, Händen und Füßen. Ein weiteres Dutzend sah aus, als wären sie aus einem Pornofilm gekommen; ihre Körper waren samen- und schweißfeucht. Da war ein scharlachroter, ballonförmiger Mann und Tarzan und Krazy Kat. Und unter diesen bekannten Göttern waren auch andere, private Fantasiegebilde, die, vermutete er, von der Wunschliste derer stammten, die von Fletchers Licht berührt worden waren. Verlorene Geliebte, deren Dahinscheiden kein anderer Mensch wiedergutmachen konnte; ein paar auf der Straße erblickte Gesichter, die anzusprechen die Träumenden nie gewagt hatten. Sie alle waren, wirklich oder unwirklich, farblos oder in Technicolor, *Prüfsteine*. Die wahren Objekte der Verehrung. Ihre Existenz hatte etwas unbestreitbar Rührendes. Aber er und Jo-Beth hatten sich nach ganzen Kräften bemüht, sich von diesem Krieg fernzuhalten; um das, was zwischen ihnen war, vor Befleckung und Leid zu beschützen. Dieser Vorsatz hatte sich nicht geändert.

Bevor er ihnen diesen Sachverhalt klarmachen konnte, trat eine Frau in mittleren Jahren, eine von denen, die er nicht kannte, aus den Reihen und fing an zu sprechen.

»Die Seele deines Vaters ist in uns allen«, sagte sie. »Wenn du uns im Stich läßt, dann läßt du auch ihn im Stich.«

»So einfach ist das nicht«, sagte er zu ihr. »Ich muß auch an andere Menschen denken.« Er streckte die Hand nach Jo-Beth aus, die aufstand und sich neben ihn stellte. »Ihr wißt, wer das ist. Jo-Beth McGuire. Tochter des Jaff. Fletchers Feind, und demzufolge, wenn ich euch richtig verstanden habe, *euer* Feind. Aber ich muß euch sagen... sie ist das erste Mädchen in meinem Leben... von dem ich wirklich sagen kann, daß ich sie liebe. Sie geht mir über alles; über euch, Fletcher, diesen verdammten Krieg.«

Jetzt wurde eine dritte Stimme aus den Reihen laut.

»Es war mein Fehler...«

Howie drehte sich um und erblickte den blauäugigen Cowboy, Mel Knapps Schöpfung, der nach vorne trat. »Mein Fehler zu denken, du wolltest sie getötet haben. Ich bedaure das. Wenn du nicht willst, daß ihr ein Leid getan wird...«

»*Nicht wünschen, daß ihr ein Leid getan wird?* Mein Gott,

sie ist zehn Fletchers wert! Bei allem, was sie *mir* wert ist, könnt ihr getrost alle zum Teufel gehen!«

Es herrschte vielsagendes Schweigen.

»Niemand bestreitet es«, sagte Benny.

»Das höre ich.«

»Dann wirst du uns führen?«

»Mein Gott.«

»Der Jaff ist auf dem Hügel«, sagte die Frau. »Kurz davor, die ›Kunst‹ zu benützen.«

»Woher weißt du das?«

»Wir sind Fletchers Seele«, sagte der Cowboy. »Wir kennen die Ziele des Jaff.«

»Und ihr wißt, wie man ihn aufhalten kann?«

»Nein«, antwortete die Frau. »Aber wir müssen es versuchen. Die Essenz muß bewahrt werden.«

»Und ihr glaubt, ich kann euch dabei helfen? Ich bin kein Stratege.«

»Wir zerfallen«, sagte Benny. Selbst in der kurzen Zeit, seit er hier war, waren seine Gesichtszüge noch verschwommener geworden. »Wir werden... verträumt. Wir brauchen jemanden, der uns an unseren Lebenszweck erinnert.«

»Er hat recht«, sagte die Frau. »Wir sind nicht mehr lange hier. Die meisten werden den Morgen nicht mehr überdauern. Wir müssen tun, was wir können. Schnell.«

Howie seufzte. Er hatte Jo-Beths Hand losgelassen, als das Mädchen aufgestanden war. Jetzt nahm er sie wieder.

»Was soll ich tun?« sagte er. »Hilf mir.«

»Das, was dir richtig erscheint.«

»Was mir richtig erscheint...«

»Du hast einmal zu mir gesagt, du hättest Fletcher gern besser gekannt. Vielleicht...«

»Was? Sprich es aus.«

»Mir gefällt die Vorstellung nicht, mit diesen... Träumen als Armee gegen den Jaff zu ziehen... aber wir können vielleicht nur im Sinne deines Vaters handeln, wenn wir tun, was er auch getan haben würde. Und uns so... von ihm *befreien*.«

Er sah sie mit neuerlichem Verständnis an. Sie begriff seine tiefste Verwirrung und sah den Weg durch das Labyrinth zu einem Ort, wo Fletcher und der Jaff keine Macht mehr über sie haben würden. Aber vorher mußte der Preis bezahlt werden. Sie hatte ihn bezahlt; sie hatte seinetwegen ihre Familie verloren. Jetzt war er an der Reihe.

»Also gut«, sagte er zu den Versammelten. »Wir gehen auf den Hügel.«

Jo-Beth drückte seine Hand.

»Gut«, sagte sie.

»Willst du mitkommen?«

»Ich muß.«

»Ich wollte so sehr, daß wir nicht hineingezogen werden.«

»Wir überwinden es«, sagte sie. »Und wenn wir nicht entkommen können... wenn uns beiden oder einem von uns etwas passiert... wir haben unsere schönen Stunden gehabt.«

»Sag das nicht.«

»Mehr als deine Mama hatte oder meine«, erinnerte sie ihn. »Mehr als die meisten Menschen hier. Howie, ich liebe dich.«

Er legte die Arme um sie, zog sie an sich und freute sich, daß Fletchers Seele, wenn auch in hundert verschiedenen Formen, hier war und es sehen konnte.

Ich glaube, ich bin bereit zu sterben, dachte er. So bereit, wie ich es nie mehr sein werde.

X

Eve war atemlos und voller Entsetzen aus dem Zimmer im Obergeschoß geflohen. Sie hatte noch gesehen, wie Grillo aufgestanden und zur Tür gegangen, aber von Lamar aufgehalten worden war. Dann wurde die Tür vor ihrer Nase zugeschlagen. Sie wartete noch so lange, bis sie das Todesröcheln des Witzemeisters gehört hatte, dann ging sie nach unten, um Alarm zu schlagen.

Dunkelheit hatte sich mittlerweile über das Haus gesenkt, aber draußen brannten mehr Lichter als drinnen: bunte Scheinwerfer strahlten die zahllosen Ausstellungsstücke an, zwischen denen sie und Grillo vorhin umhergestreift waren. Die bunten Lichter, rot, grün, gelb, blau und violett, leuchteten ihr den Weg zum Treppenabsatz aus, wo sie und Lamar Sam Sagansky begegnet waren. Er und seine Frau waren immer noch da. Sie schienen sich überhaupt nicht bewegt zu haben, davon abgesehen, daß sie jetzt zur Decke sahen.

»Sam!« sagte Eve und eilte zu ihm. »Sam!« Panik und der schnelle Abstieg die Treppe herunter hatten sie atemlos gemacht. Sie berichtete keuchend und abgehackt von den Schrecken, die sie im Zimmer über ihnen erlebt hatte.

»...Sie müssen ihn aufhalten... nie so etwas gesehen... schreckliche Wesen... Sam, sehen Sie mich an... Sam, sehen Sie!«

Sam gehorchte nicht. Seine ganze Haltung war die völliger Teilnahmslosigkeit.

»Um Gottes willen, Sam, was haben Sie *genommen?*«

Sie gab es auf und wandte sich den anderen Umstehenden zu. Etwa zwanzig Gäste hatten sich versammelt. Seit ihrem Eintreffen hatte sich keiner bewegt, weder um ihr zu helfen noch um sie aufzuhalten. Als sie sich jetzt umsah, sah nicht einmal jemand in ihre Richtung. Sie sahen, wie Sagansky und dessen Frau, alle zur Decke, als würden sie auf etwas warten. Die Panik hatte Eve nicht den Verstand genommen. Sie mußte die Menge nicht weiter ansehen, um sich darüber klarzuwerden, daß sie hier keinerlei

Hilfe zu erwarten hatte. Sie wußten ganz genau, was sich einen Stock über ihnen abspielte: Darum hatten sie die Blicke nach oben gerichtet wie Hunde, die auf ihre Bestrafung warteten. Der Jaff hatte sie an der Leine.

Sie ging hinunter ins Erdgeschoß, wobei sie sich am Geländer festhielt und die Stufen langsamer nahm, weil Kurzatmigkeit und steife Gelenke ihren Tribut forderten. Die Kapelle spielte nicht mehr, aber es saß noch jemand am Klavier, was sie beruhigte. Sie wollte ihre Energie nicht mit Rufen vergeuden, sondern wartete, bis sie die Treppe unten war, um jemanden direkt anzusprechen. Die Eingangstür war offen. Rochelle stand auf der Schwelle. Eine kleine Gruppe, Merv Turner und seine Frau, Gilbert Kind und seine derzeitige Freundin sowie zwei Frauen, die sie nicht kannte, verabschiedeten sich. Turner sah sie herunterkommen, und sein feistes Gesicht nahm einen mißfälligen Ausdruck an. Er sah Rochelle wieder an und leierte seine Abschiedsworte hastiger herunter.

»...so traurig«, hörte Eve ihn sagen. »Aber sehr bewegend. *Vielen* Dank, daß wir teilnehmen durften.«

»Ja...«, begann seine Frau, wurde aber, bevor sie weitere Plattheiten von sich geben konnte, von Turner unterbrochen, der mit einem letzten Blick in Eves Richtung ins Freie eilte.

»Merv...«, sagte seine Frau deutlich erbost.

»Keine Zeit!« antwortete Turner. »Es war *wunderbar*, Rochelle. Beeil dich, Gil. Die Limousinen warten. Wir gehen schon voraus.«

»Nein, wartet«, sagte die Freundin. »O Scheiße, Gilbert, er geht ohne uns.«

»Bitte entschuldigen Sie uns«, sagte Kind zu Rochelle.

»Warten Sie!« rief Eve hinter ihm her. »Gilbert, warten Sie!«

Sie hatte so laut gerufen, daß es nicht zu überhören gewesen war, aber als sich Kind zu ihr umdrehte, sah Eve seinem Gesichtsausdruck an, daß er es lieber überhört hätte. Er verbarg seine Gefühle mit einem alles andere als strahlenden Lächeln und breitete die Arme aus, aber nicht, um sie zu begrüßen, sondern um die Schultern zu zucken.

»Ist es nicht immer so?« rief er ihr zu. »Wir sind nicht dazu gekommen, uns zu unterhalten, Eve. Bedaure. Bedaure *außerordentlich*. Beim nächsten Mal.« Er nahm seine Freundin am Arm. »Wir rufen an«, sagte er. »Nicht, Liebes?« Er hauchte ihr einen Kuß zu. »Sie sehen großartig aus!« sagte er und eilte hinter Turner her.

Die beiden Frauen folgten ihnen und machten sich nicht einmal die Mühe, sich bei Rochelle zu verabschieden. Es schien ihr aber nichts auszumachen. Wenn der gesunde Menschenverstand Eve noch nicht davon überzeugt hatte, daß sie mit dem Monster oben im Bunde war, so wurde ihr der endgültige Beweis jetzt präsentiert. Kaum waren die Gäste weggegangen, verdrehte sie die Augen auf nur allzu deutlich erkennbare Weise nach oben und entspannte die Muskeln, so daß sie am Türrahmen lehnte und den Eindruck erweckte, als könnte sie sich kaum noch auf den Beinen halten. Von ihr war keine Hilfe zu erwarten, dachte Eve und ging weiter ins Wohnzimmer.

Auch hier kam die einzige Beleuchtung von draußen, von den bunten Lichtern der Jahrmarktsattraktionen. Das Licht war jedoch ausreichend, Eve zu zeigen, daß die Party in der halben Stunde, seit Lamar sie geholt hatte, so gut wie zum Erliegen gekommen war. Die Hälfte der Gäste war gegangen, möglicherweise hatten sie die Veränderung gespürt, die über die Versammlung gekommen war, als immer mehr Besucher von dem Bösen im oberen Stock berührt worden waren. Als sie zur Tür kam, war eine weitere Gruppe, die ihre Angst mit Getue und lauten Worten verbarg, gerade im Aufbruch begriffen. Sie kannte keinen, wollte sich davon aber nicht aufhalten lassen. Sie packte einen jungen Mann am Arm.

»Sie müssen mir helfen«, sagte sie.

Sie kannte das Gesicht von den Werbeplakaten am Sunset. Der Junge war Rick Lobo. Seine Schönheit hatte ihn über Nacht zum Star gemacht, obwohl seine Liebesszenen immer irgendwie lesbisch wirkten.

»Was ist denn los?« sagte er.

»Da oben ist etwas«, sagte sie. »Es hat einen Freund von mir...«

Das Gesicht konnte nur lächeln und verdrossen schmollen;

wenn beide Reaktionen unangemessen waren, konnte es nur nichtssagend in die Gegend starren.

»Bitte kommen Sie«, sagte sie.

»Sie ist betrunken«, sagte jemand aus Lobos Gruppe und bemühte sich nicht einmal, den Vorwurf verstohlen auszusprechen.

Eve sah zu dem Sprecher. Die ganze Bande war jung. Keiner über fünfundzwanzig. Und die meisten, schätzte sie, total high. Aber keiner war vom Jaff berührt worden.

»Ich bin nicht betrunken«, sagte Eve. »Bitte hören Sie mir zu...«

»Komm schon, Rick«, sagte ein Mädchen aus der Gruppe.

»Möchten Sie mit uns kommen?« fragte Lobo.

»Rick!« sagte das Mädchen.

»Nein. Ich möchte, daß Sie mit nach oben kommen...«

Das Mädchen lachte. »Kann ich mir denken«, sagte sie. »Komm schon, Rick.«

»Ich muß gehen. Tut mir leid«, sagte Lobo. »Sie sollten auch gehen. Diese Party ist ein Reinfall.«

Das Unverständnis des Jungen war solide wie eine Steinmauer, aber Eve wollte sich noch nicht geschlagen geben.

»Vertrauen Sie mir«, sagte sie. »Ich bin nicht betrunken. Hier geht etwas Schreckliches vor.« Sie sah die anderen an. »Sie spüren es doch alle«, sagte sie und kam sich wie eine Kassandra im Sonderangebot vor, wußte aber nicht, wie sie sich anders ausdrücken sollte. »Hier geht etwas vor...«

»Ja«, sagte das Mädchen. »Hier geht etwas vor. Wir gehen.«

Aber ihre Worte hatten einen Nerv in Lobo berührt.

»Sie sollten mit uns kommen«, sagte er. »Es wird immer unheimlicher hier.«

»Sie will nicht gehen«, sagte eine Stimme auf der Treppe. Sam Sagansky kam herunter. »Ich kümmere mich um sie, Ricky, keine Bange.«

Lobo war eindeutig froh, daß er die Verantwortung abgeben konnte. Er ließ Eves Arm los.

»Mr. Sagansky wird sich um Sie kümmern«, sagte er.

»Nein...«, beharrte Eve, aber die Gruppe ging bereits zur Tür, und dieselbe Angst beflügelte ihre Hast wie die, die auch Turners Gruppe zur Eile angetrieben hatte. Eve sah, wie Rochelle aus ihrem Tran erwachte, um den Dank der Gruppe entgegenzunehmen. Sam hinderte sie daran, ihnen zu folgen. Eve hatte nur noch eine Möglichkeit, im Zimmer hinter ihr nach Hilfe zu suchen.

Die Auswahl schien kümmerlich zu sein. Es waren noch etwa dreißig Gäste anwesend, und die meisten sahen aus, als könnten sie sich selbst nicht mehr helfen, geschweige denn ihr. Der Pianist spielte eine einlullende Melodie, und im Dunkeln tanzten ganze vier Paare, die einander umschlungen hielten und sich nur auf der Stelle bewegten. Die anderen im Zimmer schienen betrunken oder unter Drogen oder von der Berührung des Jaff gekennzeichnet zu sein; manche saßen, aber die meisten lagen auf den Möbeln und schienen überhaupt nichts mehr von ihrer Umgebung mitzubekommen. Die magersüchtige Belinda Bristol war unter ihnen, aber ihr verbrauchter Körper war keine Hilfe gegen die drohende Gefahr. Neben ihr auf dem Sofa, den Kopf in ihrem Schoß vergraben, lag der Sohn von Buddys Agent, der gleichermaßen weggetreten war.

Eve sah zur Tür zurück. Sagansky folgte ihr. Sie sah sich verzweifelt in dem Zimmer um und suchte nach der besten Möglichkeit mit ihren schlechten Karten. Sie entschied sich für den Pianisten. Sie lief zwischen den Tänzern hindurch, und ihre Panik gewann wieder die Oberhand.

»Hören Sie auf zu spielen«, sagte sie, als sie bei ihm war.

»Wollen Sie was anderes?« sagte er und drehte sich zu ihr um. Sein Blick war alkoholumnebelt, aber er hatte wenigstens nicht die Augen nach oben verdreht.

»Ja, etwas Lautes«, sagte sie. »Richtig laut. Und schnell. Bringen wir die Party auf Trab, ja?«

»Bißchen spät dafür«, sagte er.

»Wie heißen Sie?«

»Doug Frankl.«

»O. K., Doug. Spielen Sie weiter...« Sie sah wieder zu Sagansky, der hinter den Tänzern stand und sie beobachtete. »...ich brauche Ihre Hilfe, Doug.«

»Und ich brauch' was zu trinken«, nuschelte er. »Können Sie mir was bringen?«

»Gleich. Vorher: Sehen Sie den Mann auf der anderen Seite des Zimmers?«

»Ja, ich kenne ihn. Jeder kennt ihn. Er ist ein Pißkopf.«

»Er hat gerade versucht, mich anzugreifen.«

»Tatsächlich?« sagte Doug und sah stirnrunzelnd zu Eve auf. »Das ist ekelhaft.«

»Und mein Begleiter... Mr. Grillo... ist oben...«

»Das ist wirklich ekelhaft«, sagte Doug nochmals. »Sie könnten seine Mutter sein.«

»Danke, Doug.«

»Wirklich ekelhaft.«

Eve beugte sich zu ihrem ungewöhnlichen Ritter. *»Ich brauche Ihre Hilfe«*, flüsterte sie. *»Und ich brauche sie gleich.«*

»Muß spielen«, sagte Doug.

»Sie können weiterspielen, wenn wir einen Drink für Sie und Mr. Grillo für mich geholt haben.«

»Ich brauch' echt was zu trinken.«

»Ja. Das sehe ich. Und Sie haben es auch verdient. Sie spielen immerzu. Sie haben einen Drink verdient.«

»Ja. Wirklich.«

Sie streckte die Arme aus, nahm Frankls Handgelenke und hob ihm die Hände von der Tastatur. Er erhob keine Einwände. Die Musik hatte zwar aufgehört, aber die Tänzer schlurften ungerührt weiter.

»Stehen Sie auf, Doug«, flüsterte sie.

Er bemühte sich, auf die Beine zu kommen, und trat dabei den Klavierhocker um.

»Wo sind die Drinks?« sagte er. Er war weggetretener, als sie gedacht hatte. Er mußte per Automatik gespielt haben, denn er konnte kaum einen Fuß vor den anderen setzen. Aber er war immerhin ein Beschützer. Sie nahm seinen Arm und hoffte, Sagansky würde es dahingehend interpretieren, daß er sie stützte und nicht umgekehrt. »Hier entlang«, flüsterte sie ihm zu und führte ihn um die Tanzfläche herum zur Tür. Sie sah aus dem Augenwinkel, wie Sagansky in ihre Richtung kam, und bemühte sich, schneller zu gehen, aber er trat zwischen sie und die Tür.

»Keine Musik mehr, Doug?« sagte er.

Der Pianist gab sich größte Mühe, Sagansky ins Gesicht zu sehen.

»Scheiße, wer sind Sie denn?« fragte er.

»Es ist Sam«, sagte Eve zu ihm.

»Spielen Sie Musik, Doug. Ich will mit Eve tanzen.«

Sagansky streckte die Hände nach Eve aus, aber Frankl hatte seine eigenen Vorstellungen.

»Ich weiß, was Sie denken«, sagte er zu Sagansky. »Ich habe gehört, was Sie sagen, und wissen Sie was? Es ist mir scheißegal. Wenn ich Schwänze lutschen will, dann werde ich verdammt noch mal auch Schwänze lutschen, und wenn Sie mich nicht einstellen, dann wird es Fox tun! Also gehen Sie zum Teufel!«

Ein winziger Hoffnungsschimmer durchzuckte Eve. Hier kam ein Psychodrama ins Spiel, von dem sie nicht gewußt hatte. Sagansky war ein berüchtigter Schwulenhasser. Anscheinend hatte er Doug dadurch einmal vor den Kopf gestoßen.

»Ich will die Dame«, sagte Sagansky.

»Aber Sie werden sie nicht bekommen«, lautete die Antwort. Doug stieß Saganskys Arm weg. »Sie hat etwas Besseres vor.«

Aber so leicht gab Sagansky nicht auf. Er streckte die Hand ein zweites Mal nach Eve aus, wurde wieder weggestoßen und vergriff sich danach statt dessen an Doug, den er von ihr wegzog.

Eve nutzte die dargebotene Chance und schlüpfte in Richtung Tür davon. Hinter sich hörte sie die lauten wütenden Stimmen der beiden Männer, drehte sich um und sah, daß sie die Tänzer von der Tanzfläche vertrieben und mit erhobenen Fäusten einander umkreisten. Sagansky landete den ersten Treffer; Frankl fiel gegen das Klavier. Die Gläser, die er dort aufgereiht hatte, gingen laut klirrend zu Bruch. Sagansky lief hinter Eve her.

»Sie sollen hierbleiben«, sagte er und packte sie. Sie wich einen Schritt zurück, um ihm aus dem Weg zu gehen, und dabei stolperte sie. Bevor sie auf den Boden fiel, wurde sie von zwei Armen aufgefangen, und sie hörte Lobo sagen: »Sie sollten mit uns kommen.«

Sie versuchte zu protestieren, aber ihr Mund brachte die Worte nicht zwischen den keuchenden Atemzügen heraus. Sie wurde halb zur Tür getragen und versuchte zu erklären, daß sie nicht gehen, daß sie Grillo nicht im Stich lassen konnte, aber sie konnte es nicht verdeutlichen. Sie sah Rochelles Gesicht vorüberschweben, dann wehte ihr kalte Nachtluft ins Gesicht, und der Schock verschlimmerte ihre Desorientierung nur noch.

»Helft ihr... helft ihr...«, hörte sie Lobo sagen, und ehe sie richtig wußte, wie ihr geschah, war sie in seiner Limousine und lag ausgestreckt auf den Pelzimitatpolstern. Er stieg nach ihr ein.

»Grillo...«, brachte sie heraus, als die Tür zugeschlagen wurde. Ihr Verfolger stand unter der Tür, aber die Limousine fuhr bereits in Richtung Tor.

»Verdammt, das war die unheimlichste Party, bei der ich je gewesen bin«, sagte Lobo. »Machen wir, daß wir hier verschwinden.«

Tut mir leid, Grillo, dachte sie, bevor sie bewußtlos wurde. Geben Sie auf sich acht.

Am Tor winkte Clark Lobos Limousine durch und sah zum Haus zurück.

»Wie viele noch?« fragte er Rab.

»Vielleicht vierzig«, antwortete Rab, der die Liste überflog. »Wir werden nicht die ganze Nacht hier sein.«

Die Autos, die auf die verbleibenden Gäste warteten, hatten keinen Platz mehr auf dem Hügel gehabt, daher waren sie unten im Grove, drehten ihre Runden und warteten auf Funksprüche, die sie nach oben riefen, damit sie ihre Passagiere abholen konnten. Das war eine Routine, mit der sie alle vertraut waren, und deren Langeweile normalerweise durch Geplänkel von Auto zu Auto unterbrochen wurde. Aber heute wurde nicht über das Sexualleben der Passagiere getratscht, keine geilen Reden geschwungen, was die Chauffeure anstellen würden, wenn ihr Dienst vorbei war. Die meiste Zeit herrschte Funkstille, als wollten die Fahrer ihre Positionen nicht verraten. Wenn diese Stille doch einmal unterbrochen wurde, dann von jemand, der eine gekünstelt beiläufige Bemerkung über die Stadt machte.

»Arsch der Welt«, nannte einer sie. »Diese Stadt ist wie ein verdammter Friedhof.«

Rab brachte den Mann zum Schweigen. »Wenn Sie nichts Lohnendes zu sagen haben, dann halten Sie die Klappe«, wies er ihn zurecht.

»Was ist denn in Sie gefahren?« erkundigte sich der Mann. »Angst?«

Ein Funkruf aus einem anderen Auto unterbrach den Streit.

»Bist du da, Clark?«

»Ja. Wer spricht?«

»Bist du da?«

Die Verbindung war schlecht und wurde immer schlechter; die Stimme aus dem Auto wurde von Statik überlagert.

»Hier unten weht ein verdammter Sandsturm...«, sagte der Fahrer. »Weiß nicht, ob ihr mich hören könnt, aber es ist einfach aus dem Nichts gekommen.«

»Sag ihm, er soll dort verschwinden«, sagte Rab. »Clark! Sag es ihm!«

»Ja, ich hab's gehört! Fahrer? *Weg da! Weg da!*«

»Kann mich jemand hören?« schrie der Mann, und die Frage wurde beinahe vom Heulen des Windes übertönt.

»Fahrer! Machen Sie, daß Sie da wegkommen!«

»Kann mich jemand...«

Anstelle der Frage drangen die Geräusche des Autos, das zu Schaden kam, aus dem Funkgerät, und die Stimme des Fahrers wurde vom Lärm des Unfalls erstickt.

»Scheiße!« sagte Clark. »Weiß jemand von euch da draußen, wer das war? Oder *wo* er war?«

Die anderen Autos schwiegen. Auch wenn sie es wußten, keiner war bereit, zu Hilfe zu kommen. Rab sah zwischen den Bäumen am Wegrand entlang zur Stadt hinunter.

»Das reicht«, sagte er. »Genug von dieser Scheiße. Ich verschwinde.«

»Es sind nur noch wir hier«, rief ihm Clark ins Gedächtnis zurück.

»Wenn du Verstand hast, verschwindest du auch«, sagte Rab, der an der Krawatte zog, um den Knoten aufzumachen. »Ich weiß nicht, was hier vorgeht, aber sollen es die Reichen doch unter sich ausmachen.«

»Wir sind im Dienst.«

»Ich hatte gerade Feierabend!« sagte Rab. »Soviel verdiene ich nicht, daß ich diese Scheiße mitmachen müßte! Fang auf!« Er warf Clark sein Funkgerät zu. Weißes Rauschen kam heraus. »Hörst du das?« sagte er. »Chaos. Und das ist auf dem Weg hierher.«

Unten in der Stadt bremste Tommy-Ray und betrachtete das Wrack der Limousine. Die Gespenster hatten sie einfach gepackt und umgeworfen. Jetzt zerrten sie den Fahrer vom Sitz. Sie beeilten sich, ihn zu einem der ihren zu machen, falls er es nicht ohnedies schon war; ihre Brutalität zerriß die Uniform in Fetzen und den Körper darunter ebenso.

Er hatte den Zug der Gespenster vom Hügel weggeführt, damit er sich in Ruhe überlegen konnte, wie er in das Haus hineinkam. Er wollte nicht noch einmal eine Demütigung wie in der Bar erleben – daß die Wachen ihn zusammenschlugen, bevor die Hölle ausbrach. Wenn sein Vater ihn in seiner neuen Inkarnation als der Todesjunge sah, wollte er völlige Kontrolle haben. Doch diese Hoffnung schwand rapide. Je länger er zögerte, desto unbezähmbarer wurden sie. Sie hatten bereits die lutheranische Kirche Prince of Peace vernichtet, als hätte es eines Beweises bedurft, daß Stein ebenso reif für die Zerstörung war wie Fleisch. Ein Teil von ihm, der Teil, der Palomo Grove bis ins Innerste haßte, wollte sie Amoklaufen lassen. Sollten sie doch die ganze Stadt dem Erdboden gleichmachen. Aber wenn er diesem Impuls nachgab, dann würde er, wie er genau wußte, völlig die Macht über sie verlieren. Außerdem war irgendwo im Grove ein Lebewesen, das er vor Schaden beschützen wollte: Jo-Beth. Einmal entfesselt, würde der Sturm keine Unterscheidung mehr treffen. Ihr Leben wäre verwirkt, wie das aller anderen.

Er wußte, ihm blieb nur noch kurze Zeit, bis ihre Unschuld die Oberhand gewann und sie den Grove dennoch verwüsteten; daher fuhr er zum Haus seiner Mutter. Wenn Jo-Beth in der Stadt war, würde sie dort sein; und wenn es zum Schlimmsten kam, würde er sie schnappen und zum Jaff bringen, der sicher am besten wußte, wie man dem Sturm wieder Einhalt gebieten konnte.

Mamas Haus war dunkel, wie die meisten Häuser in der Straße, ja sogar im ganzen Grove. Er parkte und stieg aus dem Auto aus. Der Sturm, der sich nicht mehr damit zufriedengab, ihm zu folgen, brauste heran und umdrängte ihn.

»Zurück!« befahl er den gaffenden Gesichtern, die vor ihm schwebten. »Ihr bekommt, was ihr wollt. Was ihr wollt. Aber dieses Haus und alle, die darin sind, laßt ihr *in Ruhe.* Verstanden?«

Sie spürten das Ausmaß seiner Gefühle. Er hatte ihr Lachen gehört, wenn sie derlei erbärmliche Sensibilität verspotteten. Aber er war immer noch der Todesjunge. Sie brachten ihm schwindende Unterwürfigkeit entgegen. Der Sturm wich ein wenig die Straße hinab und wartete.

Er schlug die Autotür zu, ging zum Haus hinauf und sah noch einmal auf die Straße zurück, weil er sichergehen wollte, daß seine Armee ihn nicht verriet. Sie blieb auf Distanz. Er klopfte an die Tür.

»Mama?« brüllte er. »Ich bin es, Mama, Tommy-Ray. Ich habe einen Schlüssel, aber ich komme nur rein, wenn du mich darum bittest. Kannst du mich hören, Mama? Du mußt keine Angst haben. Ich werde dir nichts tun.« Er hörte ein Geräusch auf der anderen Seite der Tür. »Bist du das, Mama? Bitte antworte mir.«

»Was willst du?«

»Laß mich bitte das Haus sehen. Laß mich dich sehen.«

Die Tür wurde entriegelt und aufgemacht. Mama war in Schwarz gekleidet, das Haar offen. »Ich habe gebetet«, sagte sie.

»Für mich?« sagte Tommy-Ray.

Mama antwortete nicht.

»Also nicht, oder?« sagte er.

»Du hättest nicht zurückkommen sollen, Tommy-Ray.«

»Dies ist mein Zuhause«, sagte er. Ihr Anblick schmerzte ihn mehr, als er es für möglich gehalten hatte. Nach den Offenbarungen, die die Reise gebracht hatte – der Hund und die Frau –, den

Ereignissen in der Mission und den Schrecken der Rückfahrt, hatte er gedacht, daß er überwunden haben würde, was er jetzt empfand: erstickenden Kummer.

»Ich möchte reinkommen«, sagte er und wußte, noch während er es aussprach, daß es keinen Weg zurück gab. Er hatte den Kopf eigentlich nie an den Busen der Familie legen wollen. Jo-Beth dagegen schon. Jetzt schweiften seine Gedanken zu ihr ab. »Wo ist sie?« sagte er.

»Wer?«

»Jo-Beth.«

»Die ist nicht da«, antwortete Mama.

»Wo dann?«

»Das weiß ich nicht.«

»Erzähl mir keine Lügen. *Jo-Beth!*« schrie er. *»Jo-Beth!»*

»Selbst wenn sie hier wäre...«

Tommy-Ray ließ sie nicht zu Ende sprechen. Er drängte sich an ihr vorbei über die Schwelle. »Jo-Beth! Ich bin es, Tommy-Ray! Ich brauche dich, Jo-Beth! Ich brauche dich, Baby!«

Es spielte keine Rolle mehr, ob er sie Baby nannte und ihr sagte, daß er sie küssen und ihre Fotze lecken wollte: das war o. k. Es war Liebe, und Liebe war der einzige Schutz vor dem Staub und dem Wind und allem, was darin heulte, den er, oder sonst jemand, noch besaß; er brauchte sie mehr denn je. Er achtete nicht auf Mamas Einwände, sondern ging von Zimmer zu Zimmer durch das Haus und suchte nach ihr. Jedes Zimmer hatte seinen eigenen Geruch, und jeder Geruch eine Summe von Erinnerungen – was er an diesem oder jenem Ort gesagt, getan oder empfunden hatte –, die in ihn strömten, wenn er unter den Türen stand.

Jo-Beth war nicht unten, daher ging er nach oben und riß jede Tür im Flur auf; zuerst die von Jo-Beth, dann die von Mama; zuletzt seine eigene. Das Zimmer war, wie er es verlassen hatte: das Bett nicht gemacht, der Schrank offen, das Handtuch auf dem Boden. Er stand unter der Tür, und ihm wurde klar, daß er die Habseligkeiten eines Jungen betrachtete, der so gut wie tot war. Der Tommy-Ray, der in diesem Bett gelegen, geschwitzt, sich einen runtergeholt, geschlafen und von Zuma und Topanga geträumt hatte, war für immer dahin. Schmutz am Handtuch und Haare auf dem Kissen waren die letzten Spuren von ihm. Er würde in keiner guten Erinnerung bleiben. Tränen rannen ihm über die Wangen. Wie hatte es geschehen können, daß er vor nicht einmal einer Woche noch am Leben gewesen und seinen Angelegenheiten nachgegangen war und sich jetzt so verändert hatte, daß er nicht mehr hierhergehörte und niemals wieder hierhergehören konnte? Was hatte er so sehr gewollt, daß er sich selbst untreu geworden war? Nichts, das er bekommen hätte. Es war sinnlos, der Todesjunge zu sein: nur Angst und leuchtende Knochen. Und daß er seinen Vater kannte: Welchen Nutzen hatte das? Anfangs hatte ihn der Jaff gut behandelt, aber das war ein Trick gewesen, um ihn zum Sklaven zu machen. Nur Jo-Beth liebte ihn. Jo-Beth war ihm gefolgt, hatte versucht, ihn zu heilen, ihm zu sagen, was er nicht hören wollte. Nur sie konnte alles wieder gutmachen. Ihn verstehen. Ihn retten.

»Wo ist sie?« wollte er wissen.

Mama stand unten an der Treppe. Sie hatte die Hände vor sich gefaltet und sah zu ihm auf. Wieder Gebete. Ständig Gebete.

»Wo ist sie, Mama? Ich muß sie sprechen.«

»Sie gehört nicht dir«, sagte Mama.

»Katz!« kreischte Tommy-Ray und ging zu ihr hinunter. *»Katz hat sie!«*

»Jesus sagte... Ich bin die Auferstehung und das Leben...«

»Sag mir, wo sie sind, sonst weiß ich nicht, was ich tun werde...«

»Wer an mich glaubt...«

»Mama!«

»...und sei er tot...«

Sie hatte die Eingangstür offengelassen, und nun wehte Staub über die Schwelle, anfangs unbedeutende Mengen, aber zunehmend mehr. Er wußte, was das zu bedeuten hatte. Der Gespensterzug kam in Bewegung. Mama sah zur Tür und der tosenden Dunkelheit dahinter. Sie schien zu begreifen, daß etwas Tödliches vor sich ging. Als sie ihren Sohn wieder ansah, standen ihr Tränen in den Augen.

»Warum mußte es so kommen?« sagte sie leise.

»Ich wollte es nicht.«

»Du warst so schön, mein Sohn. Manchmal habe ich gedacht, das würde dich retten.«

»Ich bin immer noch schön«, sagte er.

Sie schüttelte den Kopf. Die Tränen quollen über die Lider und liefen an den Wangen hinab. Er sah wieder zur Tür, die der Wind und her warf.

»Bleibt draußen«, sagte er.

»Was ist da draußen?« sagte Mama. »Dein Vater?«

»Das sollte dich nicht interessieren«, sagte er.

Er eilte die Treppe vollends hinunter, um die Tür zuzumachen, aber der Wind stob mit zunehmender Heftigkeit ins Haus. Die Lampen fingen an zu wackeln. Nippes fiel von Simsen und Regalen. Als er unten angekommen war, barsten vorn und hinten am Haus Fensterscheiben.

»Bleibt draußen!« schrie er noch einmal, aber die Phantome hatten lange genug gewartet. Die Tür flog aus den Angeln und wurde den Flur entlang geweht, wo sie einen Spiegel zertrümmerte. Die Gespenster folgten ihr heulend. Mama schrie, als sie ihrer gewahr wurde, ihrer gierigen Gesichter, gleich Schlieren des Verlangens im Sturm. Klaffende Augenhöhlen, klaffende Mäuler. Als sie die fromme Frau schreien hörten, konzentrierten sie ihre Bösartigkeit in ihre Richtung. Tommy-Ray rief ihr eine Warnung zu, aber staubige Finger verwehten seine Worte zur Unkenntlichkeit und sausten dann an ihm vorbei zu Mamas Hals. Er wollte zu ihr gehen, aber der Sturm packte ihn und warf ihn zur Tür. Die Gespenster strömten immer noch zur Tür herein. Er wurde gegen den Strom durch ihre rasenden Gesichter geschoben, und dann über die Schwelle. Hinter sich hörte er Mama noch einen Schrei ausstoßen, als die letzten intakten Fenster im Haus mit einem ohrenbetäubenden Knall hinausflogen. Glas regnete um ihn herum herab. Er floh aus dem Regen, entkam aber nicht ohne Verletzungen.

Aber der Schaden war gering verglichen mit dem, den das Haus und seine Bewohnerin hinnehmen mußten. Als er zum Gehweg gestolpert war, in Sicherheit, drehte er sich um und sah, daß der Sturm wie eine entfesselte Geisterbahnfahrt zu jedem

Fenster und jeder Tür heraus und wieder hinein sauste. Das Bauwerk konnte dem Toben nicht standhalten. Risse zeigten sich in den Mauern, der Boden vor dem Haus tat sich auf, als die rasende Fahrt den Keller erreichte und dort ihre Verwüstungen anrichtete. Er sah zum Auto, weil er halb befürchtete, sie hätten auch das in ihrer Ungeduld vernichtet. Aber es war unversehrt. Er floh dorthin, während das Haus zu knurren anfing, das Dach hochgedrückt wurde und die Wände sich nach außen wölbten. Selbst wenn Mama noch am Leben war und nach ihm rief, er konnte sie bei dem Lärm nicht hören und in dem Trubel auch nicht sehen.

Er stieg schluchzend ins Auto ein. Er hatte Worte auf den Lippen, deren Sinn er erst erkannte, als er losfuhr:

»...ich bin die Auferstehung und das Leben...«

Er sah im Rückspiegel, wie das Haus endgültig aufgab und der Wirbel in seinem Inneren es nach außen schleuderte. Backsteine, Ziegel, Balken und Mörtel flogen in alle Richtungen.

»...wer an mich glaubt... *mein Gott, Mama, Mama*... wer an mich glaubt...«

Backsteintrümmer flogen gegen die Heckscheibe und zertrümmerten sie, andere fielen wie in einem Trommelwirbel auf das Dach. Er trat mit dem Fuß aufs Gaspedal und fuhr drauflos, von Tränen des Kummers und der Angst halb geblendet. Er hatte einmal versucht, ihnen davonzufahren, und es war ihm nicht gelungen. Dennoch hoffte er, es könnte ihm beim zweiten Mal gelingen, daher raste er auf dem umständlichsten Weg durch die Stadt und hoffte, daß er sie abhängen würde. Die Straßen waren nicht völlig verlassen. Er fuhr an zwei Limousinen, schwarzen Schemen, vorbei, die wie Haie durch die Straßen zogen. Und an der Ecke Oakwood stolperte jemand auf die Straße, den er kannte. So sehr es ihm mißfiel, daß er anhalten mußte, er brauchte jetzt mehr denn je den Trost eines vertrauten Gesichts, selbst wenn es William Witt war. Er bremste.

»Witt?«

William brauchte eine Weile, bis er ihn erkannt hatte. Tommy-Ray rechnete damit, daß er fliehen würde. Als sie einander zum letzten Mal begegnet waren, oben in dem Haus am Wild Cherry Glade, war Tommy-Ray im Pool gelandet und hatte mit dem Terata von Martine Nesbitt gekämpft, und Witt war um sein Leben gelaufen. Aber die dazwischenliegenden Ereignisse hatten von Witt ebensosehr ihren Tribut verlangt wie von Tommy-Ray. Er sah aus wie ein Penner, unrasiert, mit schmutziger, unordentlicher Kleidung und einem Gesichtsausdruck vollkommener Verzweiflung.

»Wo sind sie?« war seine erste Frage.

»Wer?« wollte Tommy-Ray wissen.

William streckte die Hand durchs Fenster und streichelte Tommy-Rays Gesicht. Seine Handfläche war klamm; sein Atem roch nach Bourbon.

»Hast du sie?« fragte er.

»Wen?« wollte Tommy-Ray wissen.

»Meine... Besucher«, sagte William. »Meine... Träume.«

»Tut mir leid«, antwortete Tommy-Ray. »Möchten Sie mitfahren?«

»Wohin fährst du?«

»Weg von hier«, sagte Tommy-Ray.

»Ja, ich will mitfahren.«

Witt stieg ein. Als er die Tür zugeschlagen hatte, sah Tommy-Ray einen vertrauten Anblick im Rückspiegel. Der Sturm folgte ihnen. Tommy-Ray sah William an.

»Es nützt nichts«, sagte er.

»Was nützt nichts?« fragte Witt, der Tommy-Ray überhaupt nicht wahrzunehmen schien.

»Sie folgen mir, wohin ich auch gehe. Nichts kann sie aufhalten. Sie kommen immer wieder.«

William sah über die Schulter zu der Staubwolke, die sich auf der Straße dem Auto näherte.

»Ist das dein Vater?« fragte er. »Ist der irgendwo da drinnen?«

»Nein.«

»Was dann?«

»Etwas Schlimmeres.«

»Deine Mama...«, sagte Witt. »...ich habe mit ihr gesprochen. Sie sagte, er sei der Teufel.«

»Ich wünschte, er wäre der Teufel«, sagte Tommy-Ray. »Dem Teufel kann man ein Schnippchen schlagen.«

Der Sturm holte immer mehr auf.

»Ich muß wieder auf den Hügel«, sagte Tommy-Ray mehr zu sich selbst als zu Witt.

Er riß das Lenkrad herum und fuhr in Richtung Windbluff.

»Sind dort die Träume?« fragte Witt.

»Dort ist alles«, antwortete Tommy-Ray und wußte nicht, wie sehr er die Wahrheit gesagt hatte.

XI

»Die Party ist vorbei«, sagte der Jaff zu Grillo. »Es wird Zeit, daß wir nach unten gehen.«

Seit Eves panischem Abgang hatten sie kaum ein Wort miteinander gesprochen. Der Mann hatte sich einfach wieder in den Sessel gesetzt, von dem er aufgestanden war, um sich mit Lamars Rebellion zu beschäftigen, und hatte abgewartet, während von unten laute Stimmen herauftönten, Limousinen vor dem Eingang vorfuhren, ihre Passagiere aufnahmen und wieder wegfuhren, und – schließlich – die Musik verstummt war. Grillo hatte keinen Fluchtversuch unternommen. Zum einen versperrte Lamars Leichnam immer noch die Tür, und bis er ihn weggeräumt haben würde, hätten ihn die Terata, so ununterscheidbar sie mittlerweile geworden waren, sicher erwischt gehabt. Zum anderen, und das war entscheidender, war er durch Zufall mit der *Ursache* in Kontakt gekommen, dem Wesen, das für die Geheimnisse verantwortlich war, die er seit seiner Ankunft in Palomo Grove gesehen hatte. Hier saß der Mann zusammengekauert vor ihm, der die Schrecken geformt hatte und demzufolge die Visionen begriff, die in der Stadt entfesselt worden waren. Ein Fluchtversuch wäre einer Pflichtvernachlässigung gleichgekommen. Sein kurzes Intermezzo als Liebhaber von Ellen Nguyen war zwar eine willkommene Ablenkung gewesen, aber er hatte bei alledem nur eine einzige Rolle zu spielen. Er war Reporter; Mittler zwischen der bekannten und der unbekannten Welt. Wenn er dem Jaff den Rücken drehte, beging er ein Verbrechen, das schlimmer war als alle, die er kannte: Er versäumte es, Augenzeuge zu sein.

Was immer der Mann sonst noch sein mochte – wahnsinnig; tödlich; monströs –, er war nicht, als was sich so viele Menschen entpuppt hatten, die Grillo im Laufe seines Berufslebens interviewt oder kennengelernt hatte: ein Schwindler. Grillo mußte sich nur in dem Zimmer umsehen und die Kreaturen betrachten, die der Jaff geschaffen oder deren Schöpfung er angeregt hatte, und er wußte, er befand sich in Gesellschaft einer Macht, die die Welt verändern konnte. Er wagte es nicht, einer solchen Macht den Rücken zu kehren. Er würde sie begleiten, wohin sie auch ging, und hoffen, daß er ihr Wirken besser begreifen konnte. Der Jaff stand auf.

»Unternehmen Sie keinen Versuch, sich einzumischen«, sagte er zu Grillo.

»Das werde ich nicht«, antwortete Grillo. »Aber ich möchte gerne mit Ihnen kommen.«

Der Jaff sah ihn zum ersten Mal seit Eves Flucht an. Es war so dunkel, daß Grillo die auf ihn gerichteten Augen nicht sehen konnte, aber er spürte sie so scharf wie Nadeln, die sich in ihn bohrten.

»Schaffen Sie den Leichnam weg«, befahl der Jaff.

Grillo sagte: »Klar«, und ging zur Tür. Er brauchte keinen Beweis für die Macht des Jaff mehr, aber als er Lamars Leichnam anfaßte, bekam er ihn dennoch. Der Leichnam war naß und heiß. Als Grillo ihn wieder fallen ließ, klebte das Blut des Komikers an seinen Händen. Die Empfindung und der Geruch verursachten Grillo Übelkeit.

»Vergessen Sie nicht...«, sagte der Jaff.

»Ich weiß«, antwortete Grillo. »Nicht einmischen.«

»Gut. Machen Sie die Tür auf.«

Grillo gehorchte. Er hatte nicht gemerkt, wie stickig es in dem Zimmer geworden war, bis er die Tür aufmachte und ihm kühle, frische Luft ins Gesicht wehte.

»Gehen Sie voraus«, sagte der Jaff.

Grillo trat auf den Treppenabsatz hinaus. Das Haus war vollkommen still, aber nicht verlassen. Unten, an der ersten Treppenflucht, sah er mehrere von Rochelles Gästen warten. Sie sahen alle zur Tür. Keiner sagte etwas oder bewegte sich. Grillo kannte viele Gesichter; sie hatten schon hier gewartet, als er und Eve nach oben gegangen waren. Jetzt war der lang erwartete Augenblick gekommen. Er ging die Treppe hinunter auf sie zu, und dabei kam ihm der Gedanke, der Jaff könnte ihn vorausgeschickt haben, damit seine Anhänger ihn in Stücke rissen. Aber er schritt in ihr Gesichtsfeld und wieder heraus, ohne daß ihre Blicke ihm folgten. Sie waren da, um den Leierkastenmann zu sehen, nicht den Affen. Aus dem Zimmer über ihm drangen die Geräusche zahlreicher Bewegungen. Die Terata kamen. Als er die Treppenflucht hinter sich gebracht hatte, drehte sich Grillo in die Richtung um, aus der er gekommen war. Die erste Kreatur kam durch die Tür. Er hatte gesehen, daß sie sich verwandelt hatten, aber auf das Ausmaß der Verwandlung war er nicht vorbereitet. Ihre emsige Schändlichkeit war geläutert worden. Sie waren schlichter geworden, ihre Wesensmerkmale wurden weitgehend von der Dunkelheit verborgen, die sie ausstrahlten.

Nach den ersten paar kam der Jaff. Die Ereignisse seit der letzten Konfrontation mit dem Jaff waren auch an ihm nicht spurlos vorbeigegangen. Er sah verbraucht aus, fast wie ein Gerippe. Er kam herunter, durch den Lichtschein der Scheinwerfer draußen, deren Buntheit über seine blassen Züge glitt. Der heutige Film war *Die Maske des roten Todes,* dachte Grillo; und *Der Jaff* war der Name, der über dem Titel stand.

Die Terata in den Nebenrollen folgten, sie zwängten ihre Leiber durch die Tür und schlurften ihrem Schöpfer hinterher die Treppe hinunter.

Grillo betrachtete die stumme Versammlung. Sie sahen den Jaff immer noch mit ihren kriecherischen Augen an. Er ging weiter, die zweite Treppenflucht herunter. Unten wartete eine zweite Gruppe, darunter auch Rochelle. Der Anblick dieser außergewöhnlichen Schönheit erinnerte Grillo kurz an ihre erste Begegnung, als sie die Treppe heruntergekommen war, so wie der Jaff jetzt. Es war eine Offenbarung gewesen, sie zu sehen. Mit dieser Schönheit hatte sie unberührbar gewirkt. Er hatte etwas anderes erfahren. Zuerst durch Ellens Schilderung über Rochelles früheren Beruf und ihre heutige Sucht; und jetzt mit eigenen Augen, mußte er doch miterleben, daß die Frau der Verderbtheit des Jaff ebenso anheimgefallen war wie die anderen Opfer auch. Schönheit war kein Schutz. Höchstwahrscheinlich *gab* es keinen Schutz. Er ging die Treppe ganz hinunter und wartete, daß der Jaff seinen Abstieg beendete und seine Legionen ihm folgten. In der kurzen Zeit, seit er auf der Treppe erschienen war, war eine Veränderung mit ihm vorgegangen – subtil, aber entnervend. Sein Gesicht, das Spuren von Reue gezeigt hatte, war jetzt so leer wie die Gesichter seiner Gemeinde, die Muskeln so völlig bar jeglichen Spiels, daß sein Herabschreiten kaum mehr als ein kontrollierter, gehender Sturz war. Sämtliche Kräfte seiner Macht waren in die linke Hand gewichen, die Hand, aus der – im Einkaufszentrum – die Energiesplitter geblutet hatten, welche Fletcher beinahe vernichteten. Jetzt geschah dasselbe; Perlen leuchtender Fäulnis troffen wie Schweiß von der herabhängenden Hand. Sie konnten nicht die Macht selbst sein, überlegte Grillo, lediglich deren Nebenprodukt, denn der Jaff unternahm keinen Versuch zu verhindern, daß sie auf den Stufen zu kleinen, dunklen Blumen zerplatzten.

Die Hand lud sich auf und sammelte Energie aus jedem anderen Körperteil ihres Besitzers – möglicherweise, wer konnte das wissen, aus der Versammlung selbst –, um ihre Kraft als Vorbereitung für kommende Aufgaben zu stärken. Grillo versuchte, im Gesicht des Jaff nach Spuren zu suchen, was der Mann empfand, aber er mußte immer wieder zu der Hand zurücksehen, als würden sämtliche Kraftlinien dorthin führen und alle anderen Elemente der Szene nebensächlich machen.

Der Jaff ging weiter ins Wohnzimmer. Grillo folgte ihm. Die Schattenlegion blieb auf der Treppe.

Das Wohnzimmer war noch weitgehend von herumliegenden Gästen bevölkert. Manche waren wie Jünger und ließen den Jaff nicht aus den Augen. Manche waren schlichtweg besinnungslos und lagen, von Ausschweifung gezeichnet, auf den Möbeln. Auf dem Boden lag Sam Sagansky, dessen Gesicht und Hemd blutig waren. Ein Stück von ihm entfernt lag ein anderer Mann, der Saganskys Jackett immer noch mit einer Hand umklammert hielt. Grillo hatte keine Ahnung, was die Ursache ihres Streits war, auf jeden Fall hatte er in beiderseitiger Bewußtlosigkeit geendet.

»Machen Sie das Licht an«, sagte der Jaff zu Grillo. Seine Stimme war so ausdruckslos, wie es sein Gesicht geworden war. »Machen Sie sie alle an. Keine Geheimnisse mehr. Ich will *deutlich* sehen.«

Grillo fand die Schalter im Halbdunkel und drückte auf alle.

Die Dramatik der Szene wurde unvermittelt zunichte gemacht. Ein oder zwei Schläfer knurrten protestierend über das Licht und schlugen die Arme vor die Augen, damit sie es nicht mehr sehen mußten. Der Mann, der Saganskys Jackett umklammerte, schlug die Augen auf und stöhnte, bewegte sich aber nicht, da er die Gefahr zu spüren schien, in der er schwebte. Grillo sah wieder zur Hand des Jaff. Jetzt tropften keine Energieperlen mehr davon herunter. Sie war gereift. Sie war bereit.

»Sinnlos, noch zu zögern...«, hörte er den Jaff sagen und sah, wie dieser den linken Arm auf Augenhöhe hob und die Hand aufmachte. Dann ging er zur gegenüberliegenden Wand und preßte die Handfläche dagegen.

Und dann ballte er ganz langsam, ohne die Hand von der festen Oberfläche zu nehmen, die Faust.

Unten am Tor sah Clark die Lichter im Haus angehen und atmete erleichtert auf. Das konnte nur das Ende der Party bedeuten. Er setzte einen allgemeinen Rundruf an die kreisenden Fahrer ab – an die, die keine Angst bekommen hatten und geflohen waren – und wies sie an, zum Hügel heraufzukommen. Bald würden ihre Passagiere herauskommen.

Als sie an der Ausfahrt Palomo Grove, von der noch vier Meilen zu fahren waren, den Freeway verließ, lief ein Schauer durch Tesla. Ihre Mutter hatte immer gesagt, das würde bedeuten, daß jemand über ihr Grab schritt. Heute nacht wußte sie es besser. Die Nachrichten waren noch schlechter.

Ich versäume das Hauptereignis, wurde ihr klar. Es hat ohne mich angefangen. Sie spürte, wie sich um sie herum etwas veränderte, etwas Unermeßliches, als hätten die Anhänger der Theorie, daß die Erde flach war, die ganze Zeit recht gehabt und die Erde wäre gerade ein paar Grad gekippt, so daß alles einem Ende entgegenrutschte. Sie schmeichelte sich keinen Augenblick damit, daß sie die einzige war, die das spüren konnte. Sie verfügte vielleicht über eine Perspektive, die es ihr ermöglichte, das Gefühl zuzuordnen; aber sie zweifelte nicht daran, daß in diesem Augenblick überall im Land, möglicherweise auf der ganzen

Welt, Menschen in kalten Schweiß gebadet aufwachten oder an ihre Liebsten dachten und Angst um sie hatten. Kinder weinten, ohne zu wissen warum. Alte Menschen glaubten, ihr letztes Stündlein habe geschlagen.

Sie hörte das Dröhnen einer Kollision auf dem Freeway, den sie gerade verlassen hatte, gefolgt von noch einem und noch einem – immer mehr Autos, deren Fahrer einen Augenblick des Entsetzens abgelenkt gewesen waren, rasten ineinander. Hupen ertönten in der Nacht.

Die Welt ist rund, sagte sie sich, wie das Lenkrad, das ich in Händen habe. *Ich kann nicht herunterfallen. Ich kann nicht herunterfallen.* Sie klammerte sich an diesen Gedanken ebenso verzweifelt wie an das Lenkrad und fuhr weiter Richtung Stadt.

Clark, der nach Scheinwerfern Ausschau hielt, sah Lichter den Hügel heraufkommen. Sie waren aber so langsam, daß es keine Scheinwerfer sein konnten. Weil er neugierig war, verließ er seinen Posten und ging ein Stückchen hinunter. Er kam etwa zwanzig Meter weit, da offenbarte eine Kurve der Straße die Ursache des Leuchtens. Es waren Menschen. Fünfzig, möglicherweise mehr, kamen zum Gipfel; ihre Körper und Gesichter waren verschwommen, aber alle leuchteten im Dunkeln wie Halloweenmasken. Der Menge voraus gingen zwei Jugendliche, die ganz normal aussahen. Aber wenn man die Meute betrachtete, die sie im Schlepptau hatten, mußte man daran zweifeln. Der Junge sah den Hügel herauf zu ihm. Clark wich zurück und drehte sich um, damit er etwas Distanz zwischen sich und den Mob bringen konnte.

Rab hatte recht gehabt. Er hätte schon viel früher verschwinden und die verdammte Stadt ihren eigenen Belangen überlassen sollen. Er war eingestellt worden, um Eindringlinge und Störenfriede von der Party fernzuhalten, nicht um Wirbelwinde und lebende Fackeln aufzuhalten. Genug war genug.

Er warf das Funkgerät weg und kletterte über den Zaun auf der anderen Seite des Hauses. Auf dieser Seite war das Gestrüpp dicht und der Boden fiel steil ab, aber er ließ sich in die Dunkelheit rutschen, und es war ihm einerlei, ob er die andere Seite des

Hügels in Fetzen erreichte; er wollte nur, wenn der Mob das Tor erreichte, so weit von dem Haus entfernt sein wie möglich.

Grillo hatte in den zurückliegenden Tagen Dinge gesehen, die ihm fast den Verstand geraubt hatten, aber er hatte Mittel und Wege gefunden, sie in sein Weltbild einzubauen. Doch jetzt hatte er einen Anblick vor sich, der so durch und durch jenseits eines jeglichen Verstehens war, daß er nur eines konnte, nämlich *nein* dazu sagen.

Nicht einmal, sondern ein dutzendmal.

»Nein... nein...«, und so weiter, *»nein.«*

Aber das Verneinen nützte nichts. Der Anblick ließ sich nicht beeindrucken. Er blieb. Und verlangte, gesehen zu werden.

Die Finger des Jaff waren in die solide Wand eingedrungen und hielten sie umklammert. Jetzt ging er einen Schritt zurück, dann noch einen, und zog die Substanz der Wirklichkeit mit sich, als wäre sie in der Sonne warm gewordene Schokolade. Die Jahrmarktsbilder, die an der Wand hingen, wurden verzerrt; die Kanten zwischen Wand und Decke sowie Wand und Boden verloren ihre Starre und wölbten sich zu den Fingern des Künstlers hin.

Es war, als würde das ganze Zimmer auf eine Leinwand projiziert werden, die der Jaff einfach ergriffen und zu sich herangezogen hatte. Das projizierte Bild, das vor Augenblicken noch so lebensecht ausgesehen hatte, wurde als die Täuschung offenbart, die es war.

Ein Film, dachte Grillo. *Die ganze verdammte Welt ist ein Film.*

Und die ›Kunst‹ ließ diese Täuschung auffliegen. Sie riß das Laken, das Leichentuch, die Leinwand fort.

Er war nicht der einzige, den diese Erkenntnis fassungslos machte. Ein paar der um Buddy Trauernden hatten sich aus ihrer Benommenheit geschüttelt und sahen einen Augenblick, wie ihn ihre schlimmsten Horrortrips nie geboten hatten.

Sogar der Jaff schien schockiert zu sein, wie leicht es ging. Ein Zittern lief durch seinen ganzen Körper, der noch nie so zerbrechlich, so verwundbar, so *menschlich* wie jetzt ausgesehen hatte. Welche Prüfungen er auch durchgemacht hatte, um seinen Geist auf diesen Augenblick vorzubereiten, sie waren unzureichend. Nichts konnte ausreichend sein. Dies war eine Kunst, die dem Dasein des Fleisches trotzte. In ihrem Angesicht verschwanden die profundesten Gewißheiten des Lebens. Irgendwo hinter der Leinwand hörte Grillo ein anschwellendes Geräusch, das wie ein Herzschlag in seinem Schädel dröhnte. Es rief die Terata. Er sah, wie sie zur Tür hereinkamen, um ihrem Meister, wo immer erforderlich, zur Verfügung zu stehen. Sie interessierten sich nicht für Grillo; er wußte, er konnte jeden Augenblick gehen und würde nicht aufgehalten werden. Aber er konnte dem hier nicht den Rücken zudrehen, so sehr es sein Innerstes auf den Kopf stellte. Gleich würde offenbart werden, was hinter der Leinwand der Welt gespielt wurde, und er würde den Blick nicht davon abwenden. Wenn er jetzt floh, was würde er tun? Zum Tor laufen und aus sicherer Entfernung zusehen? Mit seinem jetzigen Wissen *gab* es keine sichere Entfernung mehr. Er würde den Rest seines Lebens die solide Welt berühren und wissen: Wenn er die ›Kunst‹ in den Fingerspitzen hätte, würde sie schmelzen.

Nicht alle waren so fatalistisch. Viele, die hinreichend bei Bewußtsein waren, wollten zur Tür. Aber die Krankheit der Verformbarkeit, die die Wand befallen hatte, hatte sich über den halben Fußboden ausgebreitet. Er wurde unter den Füßen der Flüchtenden zäh, während der Jaff mittlerweile mit beiden Händen an der Materie des Zimmers zog.

Grillo suchte nach einem festen Platz in der veränderlichen Umgebung, fand aber nur einen Stuhl, der den neuen physikalischen Gesetzen ebensosehr ausgeliefert war wie alles andere im Zimmer. Er rutschte aus seinem Griff, und Grillo fiel auf die Knie. Der Aufprall setzte das Nasenbluten wieder in Gang. Er ließ es laufen.

Als er wieder aufsah, stellte er fest, daß der Jaff so fest am anderen Ende des Zimmers gezogen hatte, daß es mittlerweile bis zur völligen Unkenntlichkeit verzerrt war. Der Schein der Lichter draußen im Garten war trübe geworden, das Zimmer selbst war so straff gespannt und zu einer konturlosen Fläche geworden, daß es nicht mehr lange dauern konnte, bis es riß. Das Geräusch von der anderen Seite war nicht mehr lauter geworden, aber dafür innerhalb weniger Sekunden so unausweichlich, als wäre es immer da gewesen, nur gerade außerhalb der Hörweite.

Der Jaff zog eine weitere Handvoll der Substanz des Zimmers in die Faust, und damit überstrapazierte er die Dehnbarkeit der Leinwand. Sie riß nicht nur an einer Stelle, sondern gleich an mehreren. Der Raum kippte erneut. Grillo klammerte sich an dem wogenden Boden fest, während Gäste an ihm vorbeirollten. In dem Chaos sah er den Jaff, der im letzten Augenblick alles zu bedauern schien, was er angerichtet hatte, und sich mit der Rohmasse der Wirklichkeit, die er gesammelt hatte, abmühte, als wollte er sie wegwerfen. Aber entweder gehorchten seine Fäuste ihm nicht mehr und ließen sie nicht los, oder aber die Masse hatte jetzt ein Eigenleben entwickelt und öffnete sich ohne sein Zutun; ein Ausdruck wilden Entsetzens glitt über das Gesicht des Jaff, und er rief kreischend seine Legionen herbei. Sie gingen auf ihn zu, und ihre Anatomie schien Halt in dem wogenden Chaos zu finden. Grillo wurde zu Boden gepreßt, als sie über ihn hinwegtrampelten. Aber kaum hatten sie sich in Bewegung gesetzt, brachte etwas sie wieder zum Stillstand. Grillo hielt sich an denen rechts und links von sich fest – er hatte keine Angst mehr vor ihnen, gab es doch soviel Schlimmeres zu sehen –, zog sich aufrecht, jedenfalls so aufrecht wie möglich, und sah zur Tür zurück. Das Ende des Zimmers war immer noch mehr oder weniger intakt. Nur eine schwache Verzerrung der Architektur verriet ihm, was sich hinter ihm abspielte. Er konnte in die Diele sehen und weiter bis zur Eingangstür. Diese war offen. Und davor stand Fletchers Sohn.

Es gab größere Macht als die von Schöpfern und Meistern, das wußte Howie jetzt. Es gab einen Ruf, der Wesen zu ihrem Gegenteil zog, zum natürlichen Gegner. Das trieb die Terata jetzt an, als sie sich zur Tür herumdrehten und dem Jaff das Chaos überließen, das drinnen im Haus entfesselt zu werden schien.

»Sie kommen!« rief er Fletchers Armee zu und wich beiseite, als sich die Flut der Terata über die Schwelle ergoß. Jo-Beth, die mit ihm eingetreten war, zögerte. Er nahm ihre Hand und zog sie mit sich.

»Es ist zu spät«, sagte sie. »Siehst du, was er macht? Mein Gott! Siehst du es?«

Ob sie nun auf verlorenem Posten standen oder nicht, die Traumgeschöpfe waren bereit, sich den Terata entgegenzustellen, und schlugen zu, sobald die Flut aus dem Haus strömte. Während sie den Hügel heraufgekommen waren, hatte Howie erwartet, daß der Kampf irgendwie ein *geläuterter* sein würde, ein Kampf von Willens- oder Geisteskräften. Aber die Gewalt, die plötzlich um ihn herum entbrannte, war rein körperlich. Sie konnten nur die eigenen Körper ins Schlachtgetümmel werfen, und das taten sie mit einer Wut und Inbrunst, deren er die im Wald versammelten melancholischen Seelen – und noch weniger die zivilisierten Leute, die sie im Haus der Knapps gewesen waren – niemals für fähig gehalten hätte. Es herrschte kein Unterschied zwischen Kindern und Helden. Sie waren kaum mehr zu erkennen, die letzten Spuren der Leute, als die sie erträumt worden waren, verschwanden im Angesicht eines gleichermaßen gesichtslosen Gegners. Sie waren jetzt grundlegende Substanz. Fletchers Liebe zum Licht gegen die Leidenschaft, die der Jaff für das Dunkel empfand. Unter beidem hatten sie nur eine Absicht, die sie verband. Die Vernichtung des anderen.

Er hatte getan, was sie verlangt hatten, dachte er; er hatte sie den Hügel heraufgeführt, hatte nach den Streunern gerufen, wenn sie ihr Ziel vergessen hatten und anfingen, sich aufzulösen. Bei manchen, wahrscheinlich denjenigen, die schon von vorneherein nicht so kohärent beschworen worden waren, hatte er verloren. Ihre Körper hatten sich aufgelöst, bevor er sie in Sichtweite ihrer Gegner bringen konnte. Aber für die anderen war der Anblick der Terata stimulierend genug. Sie würden kämpfen, bis sie in Stücke gerissen wurden.

Es war bereits auf beiden Seiten zu ernsten Schäden gekommen. Bruchstücke glitschigen Dunkels waren aus den Leibern der Terata gerissen worden; Licht quoll aus den Körpern der Traumarmee, wenn sie verwundet wurden. Die Krieger zeigten keinerlei Anzeichen von Schmerzen. Kein Blut floß aus den

Wunden. Sie erduldeten einen Angriff nach dem anderen und kämpften mit Verletzungen weiter, die alles nur entfernt Lebende kampfunfähig gemacht haben würden. Erst wenn mehr als die Hälfte ihrer Substanz aus ihnen herausgerissen worden war, lösten sie sich auf und verschwanden. Und nicht einmal dann lösten sie sich ganz in Luft auf. Die Atmosphäre summte und knisterte, als würde der Kampf auf subatomarer Ebene weitergehen, negative und positive Energien, die bis zur Ausweglosigkeit oder gegenseitigen Auslöschung kämpften.

Wahrscheinlich letzteres, wenn man die Kräfte, die vor dem Haus rangen, als Modell nehmen konnte. Sie waren gleich stark und löschten einander einfach aus, konterten Verletzung mit Verletzung, und ihre Zahl schrumpfte zusehends.

Als Tesla auf dem Hügel angekommen war, hatte sich das Kampfgeschehen bis zum Tor ausgebreitet und schwappte auf die Straße über. Gestalten, die einmal unterscheidbar gewesen sein mochten, jetzt aber Abstraktionen waren, Schlieren aus Dunkelheit, Schlieren aus Licht, schlugen aufeinander ein. Sie brachte das Auto zum Stillstand und ging in Richtung Haus. Zwei Kontrahenten kamen unter den Bäumen am Rand des Weges hervor und fielen ein paar Meter entfernt zu Boden; die Gliedmaßen hatten sie um sich – und scheinbar auch *durch* sich – geschlungen. Sie wandte sich abgestoßen ab. Hatte die ›Kunst‹ das freigesetzt? Waren sie aus der Essenz entkommen?

»Tesla!«

Sie sah auf. Howie war zu sehen. Seine Erklärung war kurz und atemlos.

»Es hat angefangen« sagte er. »Der Jaff wendet die ›Kunst‹ an.«

»Wo?«

»Im Haus.«

»Und das hier?« sagte sie.

»Die letzte Verteidigung«, antwortete er. »Wir sind zu spät.«

Was nun, Baby? dachte sie. Du kannst es nicht mehr verhindern. Die Welt steht auf der Kippe, und alles rutscht abwärts.

»Wir sollten schnell verschwinden«, sagte sie zu Howie.

»Findest du?«

»Was können wir sonst tun?«

Sie sah zu dem Haus. Grillo hatte ihr gesagt, daß es ein Sammelsurium war, aber sie hatte trotzdem nicht mit einer derart amoklaufenden Architektur gerechnet. Die Winkel waren alle leicht schief, keine Gerade, die nicht ein paar Grad verzogen war. Dann begriff sie. Das war kein postmoderner Witz. Es war etwas *in* dem Haus, das es aus der Form zog.

»Mein Gott«, sagte sie. »Grillo ist immer noch da drinnen.«

Noch während sie sprach, krümmte sich die Fassade etwas mehr. Angesichts dieser seltsamen Erscheinung wurden die Kämpfer um sie herum bedeutungslos. Nur zwei Stämme, die wie tollwütige Hunde übereinander herfielen. Männerkram. Sie ging um das Geschehen herum und achtete nicht mehr darauf.

»Wohin gehst du?« fragte Howie.

»Rein.«

»Dort herrscht das Chaos.«

»Hier draußen etwa nicht? Ein Freund von mir ist da drinnen.«

»Ich komme mit dir«, sagte er.

»Ist Jo-Beth hier?«

»Sie war es.«

»Such sie. Ich hole Grillo, und dann hauen wir, so schnell es geht, hier ab.«

Sie ging, ohne auf eine Antwort zu warten, zur Tür.

Die dritte Macht, die in dieser Nacht im Grove entfesselt war, hatte den Hügel halb erklommen, als Witt klar wurde, so tief der Schmerz des Verlustes seiner Träume auch war, er wollte heute nicht sterben. Er mühte sich mit dem Türgriff ab und war bereit, sich aus dem fahrenden Auto zu werfen, aber der Staubsturm in ihrem Kielwasser belehrte ihn eines Besseren. Er sah Tommy-Ray an. Das Gesicht des Jungen hatte nie Intelligenz verraten, aber der leere Gesichtsausdruck jetzt war erschreckend. Speichel troff ihm von der Unterlippe, das Gesicht war schweißnaß. Aber er brachte beim Fahren einen Namen heraus.

»Jo-Beth«, sagte er.

Diesen Ruf hörte sie nicht, aber dafür einen anderen. Einen Ruf aus dem Inneren des Hauses, von Verstand zu Verstand, von dem Mann, der sie gemacht hatte. Sie vermutete, daß er nicht an sie gerichtet war. Der Jaff wußte nicht einmal, daß sie in der Nähe war. Aber sie empfing ihn: einen Ausdruck des Entsetzens, den sie nicht mißachten konnte. Sie ging durch die eingedickte Atmosphäre zur Eingangstür, deren Rahmen sich nach innen bog.

Drinnen war das Bild, das sich bot, noch schlimmer. Das gesamte Innere hatte die Festigkeit verloren und wurde auf einen zentralen Punkt zugezogen. Dieser Punkt war nicht schwer zu finden.

Die ganze weich gewordene Welt strebte ihm zu.

Der Jaff war natürlich in dessen Zentrum. Vor ihm ein Loch in der Grundsubstanz der Wirklichkeit, welches seinen Einfluß auf Lebendes und Nichtlebendes gleichermaßen geltend machte. Sie konnte nicht sehen, was auf der anderen Seite des Loches war, aber sie konnte es erraten: die *Essenz*; das Meer der Träume; und darin eine Insel, von der Howie und auch ihr Vater ihr berichtet hatten, wo Raum und Zeit lächerliche Gesetze waren und Geister wandelten.

Aber wenn das der Fall war – wenn er sein Ziel verwirklicht und die ›Kunst‹ erfolgreich angewendet hatte, um zu dem Wunder vorzustoßen, warum hatte er dann solche *Angst?* Warum versuchte er, vor dem Anblick zurückzuweichen, und riß mit den Zähnen an den eigenen Händen, damit sie die Materie losließen, in die seine Finger eingedrungen waren?

Ihre Vernunft sagte: Kehr um. Kehr um, solange du noch kannst.

Der Sog dessen, was sich auf der anderen Seite des Lochs befand, hatte sie bereits erfaßt. Sie konnte ihm eine Zeitlang widerstehen, doch dieses Fenster wurde immer kleiner. Aber sie konnte nicht dem Bedürfnis widerstehen, das sie überhaupt erst ins Haus gelockt hatte. *Sie wollte die Schmerzen ihres Vaters sehen.* Kein reizendes töchterliches Bedürfnis, aber er war auch nicht der reizendste Vater. Er hatte Leid über sie gebracht, und auch über Howie. Er hatte Tommy-Ray vollkommen verdorben. Er hatte Mama das Herz gebrochen und ihr das Leben zur Hölle gemacht. Jetzt wollte sie ihn leiden sehen und konnte den Blick nicht von ihm abwenden. Seine Selbstverstümmelung wurde immer panischer. Er spie Teile seiner Finger aus und schüttelte den Kopf hin und her, um zu leugnen, was er hinter dem Loch sah, das die ›Kunst‹ gerissen hatte.

Sie hörte, wie eine Stimme hinter ihr ihren Namen sagte, drehte sich um und sah eine Frau, der sie nie begegnet war, die ihr Howie aber beschrieben hatte und die sie zur Sicherheit der Schwelle winkte. Sie achtete nicht auf den Ruf. Sie wollte sehen, wie sich der Jaff selbst vernichtete; oder wie er fortgezerrt und von seinem eigenen Bösen erledigt wurde. Bis zu diesem Augenblick war ihr überhaupt nicht bewußt gewesen, wie sehr sie ihn haßte. Wieviel reiner würde sie sich fühlen, wenn er von der Welt verschwunden war.

Teslas Stimme war freilich nicht nur von Jo-Beth gehört worden. Grillo, der sich ein paar Meter hinter dem Jaff auf der letzten schwindenden Insel der Festigkeit um den Künstler herum an den Boden klammerte, hörte Teslas Ruf auch und drehte sich – gegen den Ruf der Essenz – zu ihr um. Sein Gesicht fühlte sich an wie von Blut geschwollen, weil das Loch sämtliche Körpersäfte in ihm emporzog. Sein Kopf dröhnte, als würde er jeden Moment platzen. Die Tränen wurden ihm aus den Augen gesogen, Wimpern abgerissen. Zwei blutige Rinnsale flossen aus seiner Nase direkt in das Loch hinein.

Er hatte mit angesehen, wie der größte Teil des Zimmers in die Essenz gezogen wurde. Rochelle war als erste darin verschwunden, ihr drogensüchtiger Körper hatte den geringsten Halt in der Wirklichkeit gehabt. Sagansky und sein niedergeschlagener Gegner waren fort. Die Partybesucher waren trotz ihrer Versuche, die Tür zu erreichen, verschwunden. Die Bilder waren von den Wänden gerissen worden, danach der Verputz von den Holzbalken; jetzt gaben die Balken selbst nach und wölbten sich dem Ruf entgegen. Grillo wäre ihnen längst gefolgt, hätte ihm nicht der Schatten des Jaff einen unsicheren Halt in diesem chaotischen Meer geboten.

Nein, nicht *Meer*. Ein Meer hatte er auf der anderen Seite des

Loches gesehen, und dieses Meer beschämte jedes andere Bild des Wortes.

Die Essenz war das wirkliche Meer; das erste, das unauslotbare. Er hatte alle Hoffnung aufgegeben, seinem Lockruf zu entkommen. Er war so dicht an sein Ufer gekommen, daß es kein Zurück mehr gab. Seine Strömung hatte bereits den größten Teil des Zimmers weggerissen. Bald würde sie ihn holen.

Aber als er Tesla sah, hatte er plötzlich Hoffnung, daß er überleben und seine Geschichte weitererzählen könnte. Wenn er die geringste Chance haben wollte, mußte er schnell handeln. Der geringe Schutz, den der Jaff bot, wurde jeden Augenblick kleiner. Als er sah, wie Tesla den Arm nach ihm ausstreckte, streckte er ihr den seinen entgegen. Die Entfernung war zu groß. Sie konnte nicht weiter ins Zimmer kommen, ohne den Halt in der relativen Festigkeit jenseits der Tür zu verlieren.

Sie gab den Versuch auf und trat von der Öffnung zurück.

Laß mich nicht im Stich, dachte er. Mach mir nicht Hoffnungen und laß mich dann im Stich.

Er hätte es besser wissen müssen. Sie war einfach zurückgetreten, um den Gürtel aus den Schlaufen der Hose zu ziehen; dann stand sie wieder unter der Tür und ließ den Gürtel vom Sog der Essenz aufrollen und in seine Reichweite wehen.

Er ergriff ihn.

Draußen auf dem Schlachtfeld hatte Howie die Überreste des Lichts gefunden, das Benny Patterson gewesen war. Er hatte fast keine Ähnlichkeit mehr mit dem Jungen, aber doch immerhin noch soviel, daß Howie ihn erkennen konnte. Er ließ sich daneben auf die Knie nieder und überlegte, daß es albern war, das Ende von etwas so Vergänglichem zu betrauern, aber dann korrigierte er diesen Gedankengang. Auch er war vergänglich und sich seines Sinns ebensowenig sicher wie es dieser Traum, Benny Patterson, gewesen war.

Er legte dem Jungen eine Hand aufs Gesicht, aber dieser löste sich bereits auf und verwehte wie Pollen unter seinen Fingern. Er wandte sich betrübt ab und sah Tommy-Ray, der am Tor von Coney Eye stand und zum Haus sah. Hinter ihm stand ein

Mann, den Howie nicht kannte. Und hinter beiden eine Mauer stöhnenden Staubs, die Tommy-Ray wie eine wirbelnde Wolke folgte.

Seine Gedanken wanderten von Benny Patterson zu Jo-Beth. Wo war sie? Er hatte sie im Durcheinander der vergangenen Minuten vollkommen vergessen. Aber er zweifelte nicht daran, daß sie Tommy-Rays Ziel war.

Er stand auf, um sich seinem Gegner entgegenzustellen, der so weit vom Bild des sonnengebräunten, strahlenden Helden, als der er sich im Einkaufszentrum präsentiert hatte, entfernt war, wie man es sich nur vorstellen konnte. Er war blutüberströmt, und die Augen lagen tief in den Höhlen. Er rief:

»Vater!«

Der Staub, der ihm auf den Fersen war, flog Howie entgegen, als sich dieser seinem Gegner bis auf Reichweite genähert hatte. Was auch immer darin spuken mochte, haßerfüllte Gesichter mit Mäulern wie Tunnel stießen ihn beiseite und strebten lohnenderen Zielen entgegen, ohne sich für sein bißchen Leben zu interessieren. Er ließ sich zu Boden fallen und bedeckte den Kopf mit den Händen, bis sie vorbei waren. Danach stand er wieder auf. Tommy-Ray und die Wolke, die ihm folgte, waren im Haus verschwunden.

Er hörte Tommy-Rays Stimme über den Lärm der ›Kunst‹ hinweg.

»Jo-Beth!« bellte er.

Howie wurde klar, daß sie im Haus sein mußte. Er verstand nicht, warum sie dorthingegangen war, aber er mußte sie vor Tommy-Ray finden, sonst würde der Dreckskerl sie bekommen.

Als er zur Eingangstür gelaufen war, sah er, wie der letzte Rest der Staubwolke von der Kraft im Inneren gepackt und fortgezogen wurde.

Die Macht, die ihn geholt hatte, war in dem Augenblick zu sehen, als er über die Schwelle getreten war; er sah, wie die letzten chaotischen Spuren der Wolke in einen Mahlstrom gerissen wurden, der das ganze Haus zu verschlingen drohte. Davor stand der Jaff mit kaum noch erkennbaren Händen. Howie sah die Szene nur ganz flüchtig, bevor Tesla ihn ansprach.

»Hilf mir! Howie? *Howie?* Um Himmels willen, hilf mir!«

Sie klammerte sich an der inneren Tür fest, deren Geometrie zum Teufel gegangen war; ihre andere Hand hielt jemanden fest, der fast in den Mahlstrom gesogen wurde. Er war mit drei Schritten bei ihr und ergriff ihre Hand, während Trümmer – die Schwelle, auf der er eben noch gestanden hatte – an ihm vorbeiflogen. Kaum hatte er das getan, erkannte er die Gestalt, die einen Meter neben Tesla und noch dichter an dem Maul stand, das der Jaff aufgerissen hatte. Jo-Beth!

Er stieß einen Schrei aus, als ihm das klar wurde. Sie drehte sich zu ihm um und wurde vom Trümmerregen halb geblendet. Als sie einander in die Augen sahen, merkte er gleichzeitig, wie Tommy-Ray auf sie zuging. Die Maschine hatte in letzter Zeit einiges mitmachen müssen, aber sie hatte immer noch Kraft. Er zog an Teslas Arm, zerrte sie und den Mann, den sie retten wollte, aus der chaotischsten Zone in die Diele. Dieser Augenblick reichte Tommy-Ray; er war bei Jo-Beth und warf sich mit solcher Wucht auf sie, daß sie von den Füßen gerissen wurde.

Er sah das Entsetzen in ihren Augen, als sie das Gleichgewicht verlor. Sah, wie Tommy-Ray sie fest in die Arme nahm und drückte. Dann forderte die Essenz sie beide, riß sie an ihrem Vater vorbei durch das Zimmer und mitten in das Geheimnis hinein.

Howie stieß ein Heulen aus.

Tesla rief hinter ihm seinen Namen. Er achtete nicht auf den Ruf. Er sah auf die Stelle, wo Jo-Beth verschwunden war, und machte einen Schritt auf die Tür zu. Die Kraft zog ihn weiter. Er machte noch einen Schritt und bekam am Rande mit, wie Tesla ihm zurief, er solle aufhören und umkehren, ehe es zu spät war.

Wußte sie nicht, daß alles in dem Augenblick, nachdem er Jo-Beth gesehen hatte, zu spät gewesen war? Schon da war alles verloren gewesen.

Ein dritter Schritt, und der Wirbelwind riß ihn empor. Das Zimmer drehte sich im Kreis. Er sah einen Augenblick den Feind seines Vaters mit offenem Mund, gefolgt von dem Loch, das noch weiter offen war.

Und dann war er fort, dorthin verschwunden, wohin seine wunderschöne Jo-Beth gegangen war, in die Essenz.

»Grillo?«

»Ja?«

»Kannst du aufstehen?«

»Ich glaube schon.«

Er versuchte es zweimal und schaffte es nicht, und Tesla hatte auch keine Kraft mehr, ihn hochzuheben und zum Tor hinunterzutragen.

»Laß mir einen Augenblick Zeit«, sagte er. Er sah nicht zum ersten Mal zu dem Haus zurück, aus dem sie gerade entkommen waren.

»Da ist nichts zu sehen, Grillo«, sagte sie.

Das stimmte in jeder Hinsicht. Die Fassade stand da wie eine Kulisse aus *Caligari,* die Tür nach innen gesogen, ebenso die Fenster.

Und drinnen, wer konnte das wissen?

Als sie zum Auto stolperten, kam eine Gestalt aus dem Chaos und torkelte ins Mondlicht. Es war der Jaff. Die Tatsache, daß er am Ufer der Essenz gestanden und ihren Wellen widerstanden hatte, war ein deutlicher Beweis für seine Macht, aber dieser Widerstand hatte seinen Preis gefordert. Von den Händen war nur noch abgenagtes Fleisch übrig, die Überreste der linken hingen in Fetzen vom freigelegten Knochen herunter. Sein Gesicht war ebenso brutal verwüstet, aber nicht von Zähnen, sondern von dem, was er gesehen hatte.

Er taumelte gebrochen und mit leerem Blick zum Tor hinunter. Wölkchen aus Dunkelheit, die letzten Reste der Terata, folgten ihm.

Tesla wollte Grillo unbedingt fragen, was er von der Essenz gesehen hatte, aber dies war nicht der geeignete Augenblick. Es genügte zu wissen, daß er am Leben war und es ihr später erzählen konnte. Fleisch in seiner Welt, in der das Fleisch jeden Augenblick verloren war. Am Leben, wo doch das Leben mit jedem Ausatmen zu Ende ging und mit jedem Einatmen aufs neue begann.

Im Wellental dazwischen herrschten solche *Gefahren.* Jetzt mehr denn je. Sie zweifelte nicht daran, daß das Schlimmste eingetreten war und irgendwo am fernsten Ufer der Essenz die Iad Uroboros ihren Neid schärften und die Reise über das Meer der Träume begannen.

Siebter Teil

Seelen am Nullpunkt

I

Präsidenten, Propheten, Schamanen, Päpste, Heilige und Wahnsinnige hatten – im Verlauf eines Jahrtausends – versucht, durch Bestechung, Mord, Drogen und Flagellantismus zur Essenz zu gelangen. Sie waren allesamt gescheitert. Das Meer der Träume war mehr oder weniger erhalten geblieben, seine Existenz war ein erlesenes Gerücht, unbewiesen und daher um so faszinierender. Die herrschende Rasse im Kosm bewahrte ihren Rest geistiger Gesundheit, indem sie das Meer der Träume dreimal während einer Lebensspanne besuchte, wieder verließ und stets noch mehr wollte. Dieses Verlangen war ihre Triebkraft. Es bereitete ihr Schmerzen, brachte sie in Wut. Ließ sie Gutes tun, und zwar häufig in der – unbewußten – Hoffnung, dadurch regelmäßigeren Zugang zu bekommen. Ließ sie aufgrund der idiotischen Mutmaßung Böses tun, ihre Feinde, die das Geheimnis kannten, aber nicht preisgaben, hätten sich gegen sie verschworen. Ließ sie Götter vernichten.

Die wenigen, welche die Reise unternommen hatten, die Howie, Jo-Beth, Tommy-Ray und zweiundzwanzig weitere Gäste aus Buddy Vance' Haus unternahmen, waren keine zufälligen Reisenden gewesen. Sie waren aus den Gründen von der Essenz auserwählt worden und – größtenteils – vorbereitet gegangen.

Howie dagegen war ebensowenig darauf vorbereitet wie die Möbelstücke, die in den Schlund des Schismas gesogen worden waren. Er wurde zuerst durch Energiewirbel geschleudert und danach mitten in eine Gewitterwolke, in der Blitze kurze, grelle

Feuer rings um ihn herum entzündeten. In dem Augenblick, als er in den Schlund geraten war, waren sämtliche Geräusche aus dem Haus verstummt. Und die Trümmer ringsum waren verschwunden. Er war hilflos und konnte weder manövrieren noch sich orientieren, sondern lediglich durch die Wolke taumeln; dabei wurden die Blitze immer seltener und die Intervalle der Dunkelheit immer länger, bis er sich schließlich fragte, ob seine Augen vielleicht zufielen und die Dunkelheit – ebenso wie das Gefühl des Fallens, das sie begleitete – nur in seinem Kopf war. Wenn ja, dann war er glücklich in ihrer Umarmung, denn seine Gedanken befanden sich inzwischen auch im freien Fall und konzentrierten sich immer ganz kurz auf Bilder, die aus der Dunkelheit auftauchten und vollkommen solide zu sein schienen, obwohl er überzeugt war, sie existierten ausschließlich vor seinem geistigen Auge.

Er rief sich immer wieder Jo-Beths Gesicht ins Gedächtnis zurück, das jedesmal über die Schulter zu ihm zurücksah. Er rezitierte Liebeserklärungen an sie, einfache Worte, und er hoffte, daß sie sie hören konnte. Jedenfalls brachten sie sie nicht in seine Nähe, auch wenn sie sie hörte. Was ihn nicht überraschen würde. Tommy-Ray war in derselben Gedankenwolke aufgelöst, durch die er und Jo-Beth fielen, und Zwillingsbrüder hatten Ansprüche auf ihre Schwestern, die bis in die Gebärmutter zurückreichten. Immerhin hatten sie gemeinsam in jenem allerersten Meer geschwebt, die Gedanken und Glieder ineinander verschlungen. Howie neidete Tommy-Ray nichts auf der Welt – nicht seine Schönheit, sein Lächeln, nichts –, nur diese gemeinsame Zeit der Intimität mit Jo-Beth, vor Sex, vor dem Verlangen, sogar vor dem Atmen. Er konnte nur hoffen, daß er am Ende ihres Lebens bei ihr sein würde, wie Tommy-Ray es am Anfang gewesen war – wenn das Alter ihnen den Sex, das Verlangen und schließlich auch das Atmen nahm.

Dann waren ihr Gesicht und der Neid verschwunden, und neue Gedanken füllten seinen Kopf aus – oder Schnappschüsse derselben. Diesmal keine Menschen, nur Orte, die auftauchten und wieder verschwanden, als würde sein Verstand sie sichten und nach einem bestimmten suchen. Er fand schließlich, wonach er suchte. Eine verschwommene blaue Nacht, die sich rings um ihn herum zur Festigkeit verdichtete. Das Gefühl des Fallens hörte binnen eines Herzschlags auf. Er war fest an einem festen Ort, lief auf hallenden Dielen, und ein frischer Wind wehte ihm ins Gesicht. Hinter sich hörte er Lem und Richie seinen Namen rufen. Er lief weiter und sah dabei über die Schulter. Dieser Blick löste das Rätsel, wo er sich befand. Hinter ihm war die Silhouette von Chicago zu sehen, deren Lichter in der Nacht gleißten, was bedeutete, daß der Wind in seinem Gesicht vom Lake Michigan wehte. Er lief an einem Pier entlang, wußte aber nicht, an welchem, und unten plätscherte das Wasser gegen die Pfosten. Das war das einzige Gewässer, mit dem er je vertraut gewesen war. Es beeinflußte das Wetter und die Luftfeuchtigkeit der Stadt; seinetwegen roch die Luft in Chicago anders als sonstwo im Land; es brütete Gewitter aus und schleuderte sie ans Ufer. Tatsächlich war der See *so* konstant, *so* unausweichlich, daß er selten darüber nachdachte. Wenn, dann betrachtete er ihn als einen Ort, wo Leute mit Geld ihre Boote hatten, und diejenigen, die ihr Geld verloren hatten, sich ertränkten.

Doch als er jetzt den Pier entlanglief und Lems Rufe hinter ihm leiser wurden, bewegte ihn der Gedanke an den am Ende des Piers wartenden See wie niemals zuvor in seinem Leben. Er war klein; der See war riesig. Er war voller Widersprüche; der See nahm einfach alles in sich auf und unterschied nicht zwischen Matrosen oder Selbstmördern.

Er lief schneller, spürte aber dennoch kaum den Druck der Fußsohlen auf den Brettern; wie wirklich sich die Szene auch immer darbieten mochte, sie war letztendlich nicht mehr als eine Erfindung seines Verstands, welche dieser aus Erinnerungsbruchstücken zusammensetzte, um ihm eine Empfindung zu erleichtern, die ihn andernfalls in den Wahnsinn getrieben haben würde: ein Trittbrett zwischen dem träumenden Wachsein des Lebens, das er hinter sich gelassen hatte, und dem wie auch immer gearteten Paradoxon vor ihm. Je näher er dem Ende des Piers kam, desto stärker wurde diese Überzeugung. Seine Schritte, die bereits leicht waren, wurden noch leichter und mit jedem Mal ausgreifender. Die Zeit wurde weich und dehnte sich. Er überlegte sich, ob das Meer der Träume tatsächlich existierte, jedenfalls in dem Sinne, wie Palomo Grove existierte, oder ob der Pier, den er geschaffen hatte, nur in seinen *Gedanken* Bestand hatte.

Wenn dem so war, so trafen sich viele Seelen dort; Zehntausende Lichter bewegten sich im Gewässer vor ihm, manche brachen wie ein Feuerwerk zur Oberfläche, andere tauchten in die Tiefe. Auch Howie selbst hatte zu leuchten angefangen, wie er jetzt feststellte. Nichts, mit dem er prahlen konnte, aber seine Haut glomm eindeutig, ein schwaches Echo von Fletchers Licht.

Die Barriere am Ende des Piers war nur noch wenige Schritte von ihm entfernt. Dahinter kam das Gewässer, das er jetzt nicht mehr als See betrachtete. Dies war die Essenz, und es würde in wenigen Augenblicken über seinem Kopf zusammenschlagen. Er hatte keine Angst. Ganz im Gegenteil. Er konnte gar nicht schnell genug zu der Barriere gelangen und warf sich ihr entgegen, statt Zeit mit Schritten zu vergeuden. Wäre noch ein weiterer Beweis vonnöten gewesen, daß dies alles nicht wirklich war, so hätte er ihn beim Aufprall bekommen; denn die Barriere zerschellte in lachende Bruchstücke, als er sie berührte. Auch er selbst flog. Ein Sturzflug ins Meer der Träume.

Das Element, in das er eintauchte, unterschied sich dergestalt von Wasser, daß es ihn weder naß machte noch abkühlte. Aber er trieb dennoch darin, und sein Körper stieg ohne eigene Anstrengung durch gleißende Bläschen zur Oberfläche. Er hatte keine Angst davor zu ertrinken. Nur das allumfassende Gefühl der Dankbarkeit, daß er hier sein durfte, wohin er gehörte.

Er sah über die Schulter – so viele Blicke zurück – zum Pier. Dieser hatte seinen Zweck erfüllt und aus einem möglichen Entsetzen ein Spiel gemacht. Jetzt zerbarst er in Bruchstücke wie die Barriere.

Er verfolgte das Dahinscheiden des Piers glücklich. Er war endgültig losgelöst vom Kosm und schwamm in der Essenz.

Jo-Beth und Tommy-Ray waren gemeinsam in das Schisma gestürzt, aber sie stellten sich die Reise und das Eintauchen im Geiste völlig verschieden vor.

Das Entsetzen, das Jo-Beth empfunden hatte, als sie fortgerissen worden war, hatte sich in der Wolke verzogen. Sie vergaß das Chaos und empfand große Ruhe. Es war nicht mehr Tommy-Ray, der ihre Arme hielt, sondern Mama in jüngeren Tagen, als sie noch imstande gewesen war, der Welt entgegenzutreten. Sie schritten in sanftem Dämmerlicht dahin und spürten Gras unter den Füßen. Mama sang. Es konnte ein Psalm sein, aber sie hatte die Verse vergessen. Sie dachte sich Unsinn aus, um die Lücken zu füllen, und dieser Unsinn schien den Rhythmus ihrer Schritte zu haben. Ab und zu sagte Jo-Beth etwas, das sie in der Schule gelernt hatte, damit Mama wußte, was für eine gute Schülerin sie war. Alle Lektionen handelten vom Wasser. Daß es überall Gezeiten gab, selbst in Tränen, wie alles Leben im Meer seinen Anfang genommen hatte und daß Körper zum überwiegenden Teil aus Wasser bestanden. Die Kontrapunkte von Fakten und Liedern gingen eine lange, mühelose Weile weiter, aber sie spürte subtile Veränderungen in der Luft. Der Wind wurde böiger, sie roch das Meer. Sie hielt dem Wind das Gesicht entgegen und vergaß, was sie gelernt hatte. Mamas Lied war sanfter geworden. Jo-Beth konnte nicht mehr spüren, ob sie einander noch an den Händen hielten. Sie ging weiter, ohne zurückzusehen. Der Boden war nicht mehr grasbewachsen, sondern kahl, und irgendwo weiter vorne fiel er zum Meer hinunter ab, wo sich zahllose Boote mit Lichtern an Bug und Masten zu wiegen schienen.

Der Boden kippte ganz plötzlich ab. Aber sie hatte keine Angst, nicht einmal, als sie fiel. Sie wußte nur mit Sicherheit, daß sie Mama zurückgelassen hatte.

Tommy-Ray befand sich in Topanga, wußte aber nicht, ob in der Abend- oder Morgendämmerung. Die Sonne stand zwar nicht am Himmel, aber er war nicht allein hier. Er hörte Mädchen im Dunst, die lachten und sich flüsternd miteinander unterhielten. Wo sie gelegen hatten, war der Sand unter seinen bloßen Füßen warm und von Sonnenöl klebrig. Er konnte die Brandung nicht sehen, wußte aber, wohin er laufen mußte. Er ging in Richtung Wasser und wußte, daß ihm die Mädchen zusahen. Wie immer. Er schenkte ihnen keine Aufmerksamkeit. Wenn er draußen auf den Wellen war, in Bewegung, würde er ihnen vielleicht strahlend zulächeln. Und auf dem Rückweg zum Strand hinauf würde er eine davon glücklich machen.

Aber als jetzt die Wellen vor ihm sichtbar wurden, merkte er, daß hier etwas nicht stimmte. Nicht nur war der Strand düster und das Meer dunkel, sondern es schienen auch Leichen in der Brandung zu treiben, deren Fleisch, was am schlimmsten war, phosphoreszierte. Er wurde langsamer, wußte aber, er konnte nicht anhalten und umkehren. Niemand am Strand sollte denken, daß er Angst hatte, schon gar nicht die Mädchen. Aber er hatte Angst; schreckliche Angst. Eine radioaktive Scheiße war im Meer. Die Surfer waren vergiftet von den Brettern gefallen und wurden von den Wogen ans Ufer gespült, auf denen sie reiten wollten. Er konnte sie jetzt deutlich sehen, ihre Haut war an manchen Stellen silbern und an anderen schwarz, ihre Haare wie blonde Heiligenscheine. Ihre Mädchen waren bei ihnen; auch sie waren tot, wie die Surfer in der verfärbten Gischt. Er wußte, ihm blieb keine andere Wahl, als sich zu ihnen zu gesellen. Die Schande, wenn er sich umdrehte, und wieder zum Strand hinaufging, wäre schlimmer als zu sterben. Hinterher würden sie alle Legenden sein. Er und auch die toten Wellenreiter, die von derselben Flutwelle getragen wurden. Er wappnete sich und trat ins Meer, das auf der Stelle tief wurde, als wäre der Strand einfach unter seinen Füßen weggekippt. Das Gift brannte bereits in seinem Körper; er konnte sehen, wie sein Körper heller wurde. Er fing an zu hyperventilieren, und jeder Atemzug wurde schmerzhafter als der vorhergehende. Etwas strich an seiner Seite entlang. Er drehte sich um und dachte, es wäre ein weiterer toter Surfer, aber es war Jo-Beth. Sie sagte seinen Namen. Er fand keine Worte, um ihr zu antworten. Er bemühte sich so sehr, seine Angst nicht zu zeigen, aber er konnte nicht anders. Jetzt pißte er ins Meer; seine Zähne klapperten.

»Hilf mir«, sagte er. »Jo-Beth. Du bist die einzige, die mir helfen kann. Ich sterbe.«

Sie sah ihm ins schlotternde Gesicht.

»Wenn du stirbst, sterben wir beide«, sagte sie.

»Wie bin ich hierhergekommen? Und warum bist du hier? Du magst den Strand doch gar nicht.«

»Dies ist nicht der Strand«, sagte sie. Sie nahm seinen Arm, die Bewegung brachte sie beide zum Torkeln wie Bojen. »Dies ist die Essenz, Tommy-Ray. Erinnerst du dich? Wir sind auf der anderen Seite des Lochs. Du hast uns durchgezogen.«

Noch beim Sprechen sah sie die Erinnerungen in seinem Gesicht.

»O mein Gott... O Jesus Christus...«, sagte er.

»Erinnerst du dich?«

»Ja. Mein Gott, ja.« Sein Schlottern wurde zu einem Schluchzen; er zog sie an sich und schlang die Arme um sie. Sie wehrte sich nicht. Es hatte wenig Sinn, rachsüchtig zu sein, wo sie doch beide in so großer Gefahr schwebten.

»Psst«, sagte sie und ließ ihn das heiße, betroffene Gesicht an ihre Schulter legen. »Pssst. Wir können nichts dagegen tun.«

Er mußte nichts tun. Die Essenz hatte ihn, und er würde treiben und treiben und möglicherweise – vielleicht einmal – Jo-Beth und Tommy-Ray einholen. Vorerst gefiel es ihm noch, in dieser Unermeßlichkeit verloren zu sein. Seine Ängste – sogar sein ganzes Leben – wirkten daneben unbedeutend. Er lag auf dem Rücken und sah zum Himmel hinauf. Es war kein Nachthimmel, wie er zuerst gedacht hatte. Es gab keine Sterne, keine Wolken, die einen Mond verbargen. Tatsächlich schien der Himmel anfangs vollkommen konturlos zu sein, aber als Sekunden verstrichen – oder Minuten; oder Stunden; er wußte es nicht genau, und es interessierte ihn auch nicht –, sah er Hunderte Meilen entfernt das subtilste Farbenspiel darüber hinweghuschen. Verglichen mit dieser Vorstellung war die Aurora Borealis ein Kinderspiel. Er glaubte, in Intervallen Formen schweben und steigen zu sehen, gleich Teufelsrochen mit einer halben Meile Spannweite, die in der Stratosphäre weideten. Er hoffte, sie würden ein Stück weiter herunterkommen, damit er sie deutlicher sehen konnte, aber möglicherweise, überlegte er, hatten sie nichts Deutlicheres zu zeigen. Nicht alles war für das Auge sichtbar. Manche Anblicke entzogen sich Wahrnehmung und Analyse. Zum Beispiel alles, was er für Jo-Beth empfand. Das war ebenso schwer zu erfassen wie die Farben über seinem Kopf und die Formen, die dort spielten. Sie zu sehen war ebenso eine Angelegenheit des Empfindens wie der Netzhäute. Der sechste Sinn war Sympathie.

Er war mit seiner Lage zufrieden, drehte sich behutsam im Äther und versuchte, darin zu schwimmen. Die Schwimmzüge funktionierten ausgezeichnet, aber er konnte kaum erkennen, ob er sich überhaupt von der Stelle bewegte, da er keinen Anhaltspunkt hatte, um die Bewegung daran zu messen. Die Lichter ringsum im Meer – Reisende wie er, vermutete er, obwohl sie keine Körper hatten – waren so undeutlich, daß er sie nicht als Markierungen benützen konnte. Waren sie möglicherweise träumende Seelen? Neugeborene, Geliebte und Sterbende, die alle im Schlaf in den Wassern der Essenz schwammen, um sich von einer Ruhe, die sie wie die Gezeiten durch den Sturm trug, in dem sie erwachen würden, wiegen und besänftigen zu lassen? Leben, die noch zu leben oder bereits verwirkt waren; Liebe, um die sie nach diesem Zwischenspiel ständig Angst haben würden, sie konnte schal werden oder vergehen. Er tauchte mit dem Gesicht unter die Oberfläche. Viele der Lichtgestalten waren weit unter ihm, manche so tief, daß sie nicht größer als die Sterne waren. Nicht alle bewegten sich in dieselbe Richtung wie er. Manche waren, wie die gewaltigen Rochen oben, in Gruppen, *Schwärmen*, die stiegen und sanken. Andere schwebten Seite an Seite. Die Liebenden, vermutete er; aber nicht allen der Träumenden hier, die neben der Liebe ihres Lebens schliefen, würde dieses Gefühl erwidert werden. Wahrscheinlich nur den wenigsten. Dieser Gedanke führte ihn zu dem Zeitpunkt zurück, als er und Jo-Beth hier geschwommen waren; und zu ihrem momentanen Aufenthaltsort. Er mußte aufpassen, daß die Ruhe ihn nicht lähmte, dafür sorgte, daß er sie vergaß. Er hob das Gesicht aus dem Meer.

Und weil er das tat, gelang es ihm, einem Zusammenstoß um Sekundenbruchteile auszuweichen. Ein paar Meter von ihm entfernt trieb ein gräßlich gefärbtes Bruchstück, wahrscheinlich eins der Trümmer aus Vance' Haus. Und wieder ein paar Meter dahinter ein Stück Treibgut, noch beunruhigender, das so häßlich war, daß es hier nichts verloren hatte, aber nicht als etwas aus dem Kosm zu erkennen war. Es ragte um die eineinhalb Meter über die Wasseroberfläche auf und mindestens ebensoweit unter sie; eine knorrige, wächserne Insel, die wie blasse Fäkalien in dem reinen Meer schwamm. Er streckte die Arme aus, packte das Bruchstück vor ihm, warf sich darauf und ruderte. Die Bewegung brachte ihn näher an das Rätsel heran.

Es lebte. Es war nicht einfach von etwas Lebendem bewohnt, sondern bestand voll und ganz aus lebender Materie. Er hörte das Pochen von zwei Herzschlägen daraus. Die Oberfläche besaß den unverwechselbaren Glanz von Haut oder einem Derivat von Haut. Aber was es tatsächlich *war*, wurde erst deutlich, als er beinahe daran entlangstrich. Erst dann sah er die dünnen Gestalten – zwei der Partygäste –, die einander mit wütenden Gesichtern gepackt hielten. Es war ihm nicht vergönnt gewesen, in Gesellschaft von Sam Sagansky zu sein oder die zierlichen Finger von Doug Frankl auf der Tastatur zu sehen. Er sah lediglich zwei Feinde, die im Herz einer Insel eingeschlossen waren, die aus ihnen herausgewachsen zu sein schien, aus den Rücken, wie gewaltige Höcker. Aus den Gliedmaßen wie weitere Gliedmaßen, die keinen Schutz gegen den Feind boten, sondern mit dessen Fleisch verschmolzen. Das Gebilde trieb immer noch weitere Auswüchse, die Anfänge neuer Gebilde, welche auf den Gliedern aufbrachen, sich aber nicht an den Ursprüngen orientierten – einem Arm, einer Wirbelsäule –, sondern jeweils an der unmittelbar vorausgegangenen Form, so daß jede sukzessive Variation weniger menschlich und weniger fleischlich wurde. Der Anblick war faszinierend, nicht beunruhigend, und wie sich die Kontrahenten aufeinander konzentrierten, deutete darauf hin, daß sie keinerlei Schmerzen bei dem Vorgang empfanden. Als er das Gebilde keimen und wachsen sah, begriff Howie vage, daß er hier die Geburt von Festland miterlebte. Vielleicht würden die Kämpfer schließlich sterben und verwesen, aber das Gebilde selbst war diesem Verfall nicht so leicht ausgesetzt. Die Ränder der Insel und ihre Höhe erinnerten bereits mehr an Korallen als an Fleisch, hart und verkrustet. Wenn die Kämpfer starben, würden sie zu Fossilien werden – im Inneren einer Insel begraben, die sie selbst geschaffen hatten. Die Insel selbst würde weiterschweben.

Er ließ das Trümmer-Floß los und ruderte weiter, an der Insel vorbei. Jetzt überzogen Treibgut und Wrackteile das Meer: Möbelstücke, Verputzbrocken, Lichtschalter. Er schwamm am Hals und Kopf eines Karussellpferds vorbei, dessen Glasaugen nach hinten sahen, als würden sie entsetzt die eigene Verstümmelung betrachten. Doch bei diesen Bruchstücken war keine Spur von Inselbildung zu erkennen. Es schien, als würde die Essenz nichts aus Dingen ohne Verstand erschaffen, aber er fragte sich, wie ihr Genie – mit der Zeit – auf Spuren des Denkens reagieren würde, welches die Gegenstände hervorgebracht hatte. Konnte die Essenz aus dem Kopf eines Holzpferds eine Insel erschaffen, die nach dem Schöpfer des Pferds benannt wurde? Alles war möglich.

Nie war etwas Zutreffenderes gesagt oder gedacht worden. *Alles war möglich.*

Jo-Beth wußte, sie waren nicht allein hier. Das war ein schwacher Trost, aber immerhin. Ab und zu hörte sie jemanden rufen, manchmal waren die Stimmen beunruhigt, aber ebenso häufig ekstatisch, als würde eine halb ehrfürchtige, halb entsetzte Gemeinde an der Oberfläche der Essenz treiben. Sie antwortete keinem Ruf. Zum einen, weil sie Formen vorübertreiben gesehen hatte – stets in der Ferne –, die darauf hindeuteten, daß Menschen hier keine Menschen blieben. Sie wurden zu Mißgestalten. Sie hatte genug damit zu tun, mit Tommy-Ray zurechtzukommen – der zweite Grund, weshalb sie nicht auf die Rufe antwortete –, sie mußte sich nicht noch zusätzliche Probleme aufhalsen. Er verlangte ihre ständige Aufmerksamkeit; er sprach mit ihr, während sie schwammen, und seine Stimme war vollkommen emotionslos. Er hatte zwischen Entschuldigungen und Schluchzen eine Menge zu erzählen. Manches wußte sie bereits. Wie schön es gewesen war, als ihr Vater zurückkehrte; wie verraten er sich fühlte, als Jo-Beth sie beide abgewiesen hatte. Aber er sagte noch viel mehr, und manches brach ihr das Herz. Er erzählte ihr zuerst von seinem Ausflug zur Mission; die Geschichte bestand anfangs weitgehend aus Bruchstücken, aber dann wurde sie zu einer Art innerem Monolog, als er die Schrecken beschrieb, die er erlebt und selbst vollbracht hatte. Sie wäre vielleicht versucht gewesen, das Allerschlimmste davon gar nicht zu glauben – die Morde, die Vision seiner eigenen Verwesung –, wenn er nicht so vollkommen bei klarem Verstand gewesen wäre. Sie hatte ihn in ihrem ganzen Leben noch nicht so klar erlebt wie jetzt, als er ihr schilderte, wie es war, der Todesjunge zu sein.

»Kannst du dich noch an Andy erinnern?« sagte er einmal. »Er war tätowiert... ein Schädel... auf der Brust, über dem Herzen?«

»Ich erinnere mich«, sagte sie.

»Er sagte immer, einmal würde er in Topanga auf den Wellen hinausgleiten – ein letzter Trip – und nie zurückkehren. Er sagte immer, er würde den Tod lieben. Aber das war gelogen, Jo-Beth...«

»Ja.«

»Er war ein Feigling. Er hat sich aufgeplustert, aber er war ein Feigling. Ich bin keiner, oder? Ich bin Mamas Junge...«

Er fing wieder an zu schluchzen, heftiger denn je. Sie versuchte, ihn zu beschwichtigen, aber diesesmal half keine ihrer Besänftigungsmethoden.

»Mama...«, hörte sie ihn sagen, »Mama...«

»Was ist mit Mama?« sagte sie.

»Es war nicht meine Schuld.«

»Was denn?«

»Ich habe nur nach dir gesucht. Es war nicht meine Schuld.«

»*Was*, habe ich gefragt«, sagte Jo-Beth und stieß ihn etwas von sich. »*Antworte mir*, Tommy-Ray. Hast du ihr weh getan?«

Sie dachte, daß er wie ein gescholtenes Kind aussah. Sein vorgeblicher Macho-Charakter war von ihm abgefallen. Er war ein eingeschüchtertes, rotznäsiges Kind. Erbarmenswert und gefährlich: die unausweichliche Mischung.

»Du hast ihr weh getan«, sagte sie.

»Ich will nicht der Todesjunge sein«, protestierte er. »Ich will niemanden umbringen.«

»Umbringen?« sagte sie.

Er sah sie unmittelbar an, als würde sein direkter Blick sie von seiner Unschuld überzeugen. »Ich war es nicht. Es waren meine

Toten. Ich habe nach dir gesucht, und sie sind mir gefolgt. Ich konnte sie nicht abschütteln. Ich habe es versucht, Jo-Beth. Wirklich.«

»Mein Gott!« sagte sie und stieß ihn aus ihrer Umarmung.

Ihre Bewegung war nicht heftig, aber sie wühlte das Element der Essenz in einem Ausmaß auf, das in keinem Verhältnis zu der Bewegung stand. Sie merkte am Rande, daß ihr Ekel die Ursache dafür war; die Essenz stellte ihrer Wut etwas Gleichwertiges entgegen.

»Wenn du bei mir geblieben wärst, wäre es gar nicht passiert«, protestierte er. »Du hättest bleiben sollen, Jo-Beth.«

Sie entfernte sich wassertretend von ihm; ihre Gefühlsaufwallung brachte die Essenz zum Kochen.

»Dreckskerl!« schrie sie. *»Du hast sie umgebracht! Du hast sie umgebracht!«*

»Du bist meine Schwester«, sagte er. »Du bist die einzige, die mich retten kann!«

Er streckte die Arme nach ihr aus, und sein Gesicht war ein Musterbeispiel des Kummers, aber sie konnte nur Mamas Mörder in ihm sehen. Er konnte seine Unschuld bis zum Ende der Welt beteuern – wenn sie das nicht schon hinter sich hatten –, sie würde ihm trotzdem nie verzeihen. Falls er ihren Ekel sah, so beschloß er, nicht darauf zu achten. Er rang mit ihr, griff mit den Händen nach ihrem Gesicht und dann nach ihren Brüsten.

»Verlaß mich nicht!« schrie er. »Ich dulde nicht, daß du mich verläßt!«

Wie oft hatte sie sein Benehmen entschuldigt, weil sie zwei Eier in derselben Gebärmutter gewesen waren? Seine Verderbtheit erkannt und ihm dennoch vergebend die Hand gereicht? Sie hatte sogar Howie dazu überredet, ihretwegen die Abscheu, die er für Tommy-Ray empfand, zu verleugnen. Es reichte. Dieser Mann mochte ihr Bruder sein, ihr Zwilling, aber er war des Muttermordes schuldig. Mama hatte den Jaff, Pastor John und Palomo Grove überlebt, um in ihrem eigenen Haus von ihrem eigenen Sohn getötet zu werden. Dieses Verbrechen konnte nicht vergeben werden.

Er griff wieder nach ihr, aber diesesmal war sie bereit. Sie schlug ihm einmal ins Gesicht, dann noch einmal, und zwar so fest sie konnte. Er war so schockiert über die Schläge, daß er sie vorübergehend losließ, und sie entfernte sich von ihm und kickte ihm das schäumende Wasser ins Gesicht. Er riß die Arme vor sich, um sich zu schützen, und schon war sie außerhalb seiner Reichweite und merkte am Rande, daß ihr Körper nicht mehr so wendig war wie vorher, sah den Grund dafür aber nicht. Jetzt war nur wichtig, so weit wie möglich von ihm entfernt zu sein; zu verhindern, daß er sie wieder berührte, *jemals* wieder. Sie ruderte heftig und achtete nicht auf sein Schluchzen. Diesmal sah sie nicht hinter sich, jedenfalls erst, als sein Heulen nicht mehr zu hören war. Dann schwamm sie langsamer und drehte sich um. Er war nicht zu sehen. Kummer erfüllte sie – quälte sie –, aber bevor ihr das volle Ausmaß von Mamas Tod bewußt geworden war, sah sie sich einem unmittelbareren Grauen gegenüber. Als sie die Arme aus dem Äther zog, fühlten sie sich schwer an. Vor Tränen halb blind hob sie die Hände vor die Augen. Sie sah verschwommen, daß die Finger verkrustet waren, als hätte sie die Hände in Öl und Paniermehl getaucht; auf ihren Armen wucherte ungestalt derselbe Schmutz.

Sie fing an zu weinen, weil sie nur allzugut begriff, was dieses Grauen zu bedeuten hatte. Die Essenz bearbeitete sie. Irgendwie machte sie ihre Wut *solide.* Das Meer hatte ihr Fleisch zu fruchtbarem Urschlamm gemacht. Formen wucherten auf ihr, die so häßlich waren wie die Wut, die sie erzeugt hatte.

Ihr Schluchzen wurde zum Schrei. Sie hatte beinahe vergessen, wie es war, so einen Schrei auszustoßen, war sie doch so viele Jahre lang Mamas häusliche Tochter und zahm gewesen und hatte am Montagmorgen für den Grove gelächelt. Jetzt war Mama tot, der Grove wahrscheinlich in Trümmern. Und Montag? Was war Montag? Nur ein Name, der willkürlich einem Tag und einer Nacht in der langen Abfolge von Tagen und Nächten, die das Leben der Welt bildeten, zugedacht worden war. Sie hatten keinerlei Bedeutung mehr: Tage, Nächte, Namen oder tote Mütter. Nur Howie ergab noch einen Sinn für sie. Sie hatte nur noch Howie.

Sie versuchte, an ihn zu denken, weil sie sich in diesem Wahnsinn verzweifelt an etwas klammern wollte. Anfangs entglitt ihr sein Bild wieder – sie konnte nur Tommy-Rays verzerrtes Gesicht sehen –, aber sie war beharrlich und beschwor ihn Stück für Stück anhand seiner Einzelheiten herauf. Die Brille, die blasse Haut, sein seltsamer Gang. Seine Augen, so voller Liebe. Sein gerötetes Gesicht, in das das Blut schoß, wenn er leidenschaftlich für etwas eintrat, was häufig vorkam. Sein Blut und seine Liebe in einem einzigen erhitzten Gedanken.

»Rette mich«, schluchzte sie und hoffte entgegen aller Vernunft, daß die seltsamen Wasser der Essenz ihre Verzweiflung zu ihm trugen. »Rette mich, sonst ist es aus.«

II

»Abernethy?«

In Palomo Grove war es noch eine Stunde bis zur Dämmerung, und Grillo hatte einen tollen Bericht durchzugeben.

»Ich bin überrascht, daß Sie noch unter den Lebenden weilen«, knurrte Abernethy.

»Enttäuscht?«

»Sie sind ein Arschloch, Grillo. Erst höre ich tagelang nichts von Ihnen, und dann rufen Sie mich eines verdammten Morgens um sechs Uhr an.«

»Ich habe eine Story, Abernethy.«

»Ich höre.«

»Ich werde sie so berichten, wie alles passiert ist. Aber ich glaube nicht, daß Sie sie drucken werden.«

»Lassen Sie mich das entscheiden. Spucken Sie sie aus.«

»Also los. In der stillen, ruhigen Stadt Palomo Grove, Ventura County, einer Gemeinde inmitten der sicheren Hügel des Simi Valley, wurde gestern nacht unsere Wirklichkeit, allen, die mit solchen Konzepten umgehen, als der Kosm bekannt, von einer Macht zerrissen, die diesem Reporter bewies, daß das ganze Leben ein Film ist...«

»Scheiße, was...?«

»Klappe halten, Abernethy. Ich erzähle das alles nur einmal. Wo war ich stehengeblieben? Ach ja... ein Film ist. Diese Macht, im Besitz eines Mannes namens Randolph Jaffe, sprengte die Grenzen dessen, was die meisten Angehörigen unserer Rasse als wahre und einzige Wirklichkeit betrachteten, und öffnete eine Tür zu einem anderen Daseinszustand: einem Meer mit Namen Essenz...«

»Ist das eine Kündigung, Grillo?«

»Sie wollten die Geschichte, die sonst niemand zu drucken wagt, richtig?« sagte Grillo. »Den echten Dreck. Dies ist sie. Dies ist die große Offenbarung.«

»Das ist lächerlich.«

»Vielleicht hören sich alle erderschütternden Nachrichten so an. Haben Sie schon einmal daran gedacht? Was hätten Sie getan, wenn ich einen Artikel über die Wiederauferstehung durchgegeben hätte? Gekreuzigter Mann rollt seinen Grabstein weg. Hätten Sie das gedruckt?«

»Das ist etwas anderes«, sagte Abernethy. »Das ist wirklich passiert.«

»Das auch. Ich schwöre es bei Gott. Und wenn Sie einen Beweis wollen, den werden Sie verdammt schnell bekommen.«

»Beweis? Von wo?«

»Hören Sie einfach zu«, sagte Grillo und setzte seinen Bericht wieder fort. »Diese Enthüllung über den zerbrechlichen Zustand unserer Daseinsebene fand inmitten eines der rauschendsten Feste der jüngsten Film- und Fernsehgeschichte statt, als sich etwa zweihundert Gäste – die Großen und Mächtigen von Hollywood – in dem auf dem Hügel gelegenen Haus von Buddy Vance versammelt hatten, der Anfang der Woche hier in Palomo Grove ums Leben gekommen ist. Sein unter ebenso tragischen wie geheimisvollen Umständen eingetretener Tod setzte eine Kette von Ereignissen in Gang, die ihren Höhepunkt darin fanden, daß gestern nacht eine Anzahl der Gäste der Gedenkfeier aus der uns bekannten Wirklichkeit gerissen wurden. Die vollständige Liste der Opfer ist noch nicht bekannt; aber Vance' Witwe Rochelle war mit Sicherheit darunter. Auch über das Schicksal der Verschwundenen kann man unmöglich Auskunft geben. Möglicherweise sind sie tot. Vielleicht leben sie auch in einer anderen Existenzebene weiter, in die sich nur die närrischsten Abenteurer vorwagen würden. Auf jeden Fall sind sie schlicht und einfach vom Antlitz der Erde verschwunden.«

Er rechnete damit, daß Abernethy ihn an dieser Stelle unterbrechen würde, aber am anderen Ende der Leitung herrschte Schweigen. Ein so langes Schweigen, daß Grillo sagte: »Sind Sie noch da, Abernethy?«

»Sie sind wahnsinnig, Grillo.«

»Dann legen Sie doch einfach auf. Das können Sie nicht, was? Hören Sie, wir haben hier ein echtes Paradoxon. Ich kann Sie nicht ausstehen, aber ich glaube, Sie sind der einzige Mann, der genügend Mumm hat, das zu drucken. Und die Welt muß es erfahren.«

»Sie *sind* wahnsinnig.«

»Sehen Sie sich heute die Nachrichten an. Sie werden sehen... heute morgen werden eine Menge berühmter Leute verschwunden sein. Studiobosse, Filmstars, Agenten...«

»Wo sind Sie?«

»Warum?«

»Ich muß ein paar Telefongespräche führen, dann rufe ich Sie zurück.«

»Weshalb?«

»Um festzustellen, ob es Gerüchte gibt. Geben Sie mir nur fünf Minuten Zeit. Mehr verlange ich nicht. Ich sage nicht, daß ich Ihnen glaube. Ich glaube Ihnen nicht. Aber es ist eine *verdammte* Geschichte.«

»Es ist die Wahrheit, Abernethy. Und ich will, daß die Leute sie erfahren. Sie müssen es wissen.«

»Wie schon gesagt, geben Sie mir fünf Minuten. Sind Sie noch unter derselben Nummer zu erreichen?«

»Ja. Aber Sie kommen vielleicht nicht durch. Der Ort ist praktisch verlassen.«

»Ich komme durch«, sagte Abernethy und legte den Hörer auf.

Grillo sah Tesla an.

»Ich habe es getan«, sagte er.

»Ich finde es trotzdem nicht klug, die Leute zu informieren.«

»Fang nicht schon wieder damit an«, sagte Grillo. »Tesla, ich wurde geboren, um diese Geschichte zu erzählen.«

»Sie war so lange ein Geheimnis.«

»Ja, für Menschen wie deinen Freund Kissoon.«

»Er ist nicht mein Freund.«

»Nicht?«

»Herrgott, Grillo, du hast doch gehört, was er getan hat...«

»Und warum klingt deine Stimme dann immer so neidisch, wenn du von ihm sprichst, hm?«

Sie sah ihn an, als hätte er sie gerade geschlagen.

»Willst du mich einen Lügner nennen?« sagte er.

Sie schüttelte den Kopf.

»Was fasziniert dich so?«

»Ich weiß nicht. Du warst derjenige, der dem Jaff einfach zugesehen hat. Du hast nicht versucht, ihn aufzuhalten. Was hat *dich* so fasziniert daran?«

»Du weißt genau, daß ich keine Chance gegen ihn gehabt hätte.«

»Du hast es nicht einmal versucht.«

»Wechsle nicht das Thema. Ich habe recht, oder nicht?«

Tesla war zum Fenster gegangen. Coney Eye war von Bäumen abgeschirmt. Von hier aus konnte man nicht sagen, ob sich der Schaden ausbreitete.

»Glaubst du, sie leben noch?« sagte sie. »Howie und die anderen.«

»Ich weiß nicht.«

»Du hast die Essenz gesehen, nicht?«

»Einen Blick«, sagte Grillo.

»Und?«

»Es war wie unsere Telefongespräche. Plötzlich unterbrochen. Ich konnte nur eine Wolke sehen. Keine Spur von der Essenz selbst.«

»Und keine Iad.«

»Keine Iad. Vielleicht existieren sie gar nicht.«

»Wunschdenken.«

»Sind deine Quellen zuverlässig?«

»Könnten nicht zuverlässiger sein.«

»Das gefällt mir«, bemerkte Grillo etwas verbittert. »Ich wühle tagelang herum, und mir wird nur ein kurzer Blick gegönnt. Aber *du* – du bist mittendrin.«

»Geht es nur darum?« sagte Tesla. »Daß du eine *Story* bekommst?«

»Ja. Vielleicht. Und, daß ich sie erzählen kann. Die Leute müssen begreifen, was in Happy Valley vor sich geht. Und ich habe den Eindruck, daß du das gar nicht willst. Du wärst glücklicher, wenn es unter uns Auserwählten bliebe. Du, Kissoon, der verdammte Jaff…«

»O. K., du willst über das Ende der Welt berichten? Nur zu, Orson. Die Zuhörer in Amerika warten nur darauf, in Panik zu geraten. Vorerst habe ich Probleme...«

»Arglistiges Miststück.«

»*Ich* bin arglistig! *Ich* bin arglistig! Hör mir zu, Mr. Hitzkopf Sag-ihnen-die-Wahrheit-oder-stirb-dabei Grillo! Ist dir klar, daß wir hier innerhalb von zwölf Stunden ein wahres Touristenparadies haben, wenn Abernethy publik macht, was hier los ist? Freeways in beiden Richtungen blockiert. Wäre das nicht toll für diejenigen, die aus dem Schlund herauskommen, hm? Essenszeit!«

»Scheiße.«

»Daran hast du nicht gedacht, was? Und wenn wir schon Tacheles reden...«

Das Telefon brachte sie mitten im Satz zum Schweigen. Grillo nahm ab.

»Nathan?«

»Abernethy.«

Grillo sah zu Tesla, die mit dem Rücken zum Fenster stand und ihn böse anfunkelte.

»Ich werde viel mehr als zwei Spalten brauchen.«

»Was hat Sie überzeugt?«

»Sie hatten recht. Eine Menge Leute sind nicht von der Party nach Hause gekommen.«

»War es heute morgen schon in den Nachrichten?«

»Nee. Sie sind am Ball. Ihre Erklärung, was aus ihnen geworden ist, ist natürlich Mist. Die beste Gruselgeschichte, die ich je gehört habe. Aber ein Reißer für die erste Seite.«

»Ich liefere Ihnen den Rest.«

»Eine Stunde.«

»Eine Stunde.«

Er legte den Hörer auf.

»Also gut«, sagte er und sah Tesla an. »Angenommen, ich halte die ganze Wahrheit bis Mittag zurück. Was können wir in dieser Zeit tun?«

»Ich weiß nicht«, gab Tesla zu. »Vielleicht den Jaff finden.«

»Und was, zum Teufel, kann der tun?«

»*Tun* nicht viel. Aber jede Menge *ungeschehen* machen.«

Grillo stand auf und ging ins Bad, drehte den Hahn auf und spritzte sich kaltes Wasser ins Gesicht.

»Glaubst du, daß man das Loch schließen kann?« sagte er, als er mit nassem, tropfendem Gesicht wieder hereinkam.

»Ich sagte doch, ich weiß es nicht. Andere Antworten habe ich nicht, Grillo.«

»Und was passiert mit den Menschen, die drüben sind? Die McGuire-Zwillinge. Katz. Die anderen.«

»Wahrscheinlich sind sie sowieso tot«, seufzte sie. »Wir können ihnen nicht helfen.«

»Leicht gesagt.«

»Nun, vor ein paar Stunden hat es noch so ausgesehen, als würdest du dich auch gerne hineinstürzen, also solltest du ihnen vielleicht folgen. Ich geb' dir ein Stück Schnur, an dem du dich festhalten kannst.«

»Schon gut«, sagte Grillo. »Ich habe nicht vergessen, daß du mir das Leben gerettet hast, und ich bin dir sehr dankbar dafür.«

»Herrgott, ich habe schon ganz andere Fehler gemacht.«

»Hör zu, es tut mir leid. Ich mache alles falsch. Ich weiß es. Ich sollte einen Plan machen. Ein Held sein. Aber weißt du… das bin ich nicht. Ich kann trotz allem nur derselbe alte Grillo sein. Ich kann mich nicht ändern. Ich sehe etwas und will, daß die Welt darüber informiert wird.«

»Das wird sie«, sagte Tesla rasch. »Das wird sie.«

»Aber du… *du* hast dich verändert.«

Sie nickte. »Da hast du recht«, sagte sie. »Als du Abernethy gesagt hast, er hätte die Geschichte von der Wiederauferstehung nicht gedruckt, da habe ich gedacht: Das bin *ich*. Wiederauferstanden. Und weißt du, warum ich fast ausflippe? Weil ich nicht ausgeflippt bin. Ich bin total *cool*. Mir geht es blendend. Ich gehe in einer verdammten Zeitschleife spazieren, Grillo, und es ist…«

»Wie?«

»… als wäre ich dafür geboren worden, Grillo. Als könnte ich etwas sein… ach, Scheiße, ich weiß auch nicht.«

»Sag es. Was immer dir durch den Kopf geht, sag es.«

»Weißt du, was ein Schamane ist?«

»Klar«, sagte Grillo. »Medizinmann. Hexendoktor.«

»Mehr als das«, sagte sie. »Er ist ein Geistheiler. Dringt in die kollektive Psyche ein. Rührt sie um. Ich glaube, die Hauptdarsteller in alledem hier – Kissoon, der Jaff, Fletcher – sind Schamanen. Und die Essenz... ist das Traumreich Amerikas. Vielleicht der ganzen Welt. Ich habe gesehen, wie diese Männer es versaut haben, Grillo. Sie waren alle auf ihrem eigenen Trip. Nicht einmal Fletcher konnte seine Scheiße zusammenhalten.«

»Also brauchen wir vielleicht einen Schamanenwechsel«, sagte Grillo.

»Ja. Warum nicht?« antwortete Tesla. »Schlechter als sie kann ich es auch nicht machen.«

»Darum willst du es für dich behalten.«

»Das ist sicher ein Grund, ja. Ich *kann* es, Grillo. Ich bin verschroben genug, und weißt du, sämtliche Schamanen waren ein wenig daneben. Alles für alle. Tierisch, pflanzlich und mineralisch. Ich will so sein. Das wollte ich schon immer...« Sie verstummte. »Du weißt, was ich schon immer wollte.«

»Bis heute nicht.«

»Nun, jetzt weißt du es.«

»Du siehst nicht sehr glücklich aus.«

»Ich habe die Wiederauferstehungsszene hinter mir. Das ist eines, das Schamanen durchmachen müssen. Sterben und wiederauferstehen. Aber ich denke... es ist noch nicht vorbei. Ich muß noch mehr beweisen.«

»Glaubst du, du mußt noch einmal sterben?«

»Ich hoffe nicht. Einmal war genug.«

»Das ist meistens so«, sagte Grillo.

Seine Bemerkung brachte sie, ohne es zu wollen, zum Lächeln.

»Was ist so komisch?« fragte er.

»Das. Du. Ich. Noch seltsamer kann es doch unmöglich werden, oder?«

»Schwer zu sagen.«

»Wie spät ist es?«

»Sechs.«

»Bald geht die Sonne auf. Ich denke, ich sollte mich auf die

Suche nach dem Jaff machen, bevor ihn das Licht in ein Versteck treibt.«

»Wenn er den Grove nicht schon verlassen hat.«

»Ich glaube nicht, daß er dazu imstande ist«, sagte sie. »Der Kreis schließt sich. Er wird enger und enger. Coney Eye ist plötzlich der Mittelpunkt des bekannten Universums.«

»Und des unbekannten.«

»Ich weiß nicht, ob es so unbekannt *ist*«, sagte Tesla. »Ich glaube, die Essenz ist mehr unser Zuhause als wir denken.«

Als sie das Hotel verließen, kündigte sich der Tag bereits an, und die Nacht wich einem unbehaglichen Niemandsland zwischen Monduntergang und Sonnenaufgang. Als sie über den Parkplatz des Hotels gingen, trat ein abgerissenes, schmutziges Individuum mit aschfahlem Gesicht aus der Düsternis.

»Ich muß mit Ihnen sprechen«, sagte der Mann. »Sie sind Grillo, nicht?«

»Ja. Und Sie?«

»Mein Name ist Witt. Ich habe ein Büro im Einkaufszentrum. Und Freunde hier im Hotel. Sie haben mir von Ihnen erzählt.«

»Was wollen Sie?« sagte Tesla.

»Ich war oben in Coney Eye«, sagte er. »Als Sie herausgekommen sind. Ich wollte da schon mit Ihnen sprechen, aber ich hatte mich versteckt... ich konnte mich nicht bewegen.« Er sah an der Vorderseite seiner Hose hinunter, die feucht war.

»Was ist hier los?«

»Ich rate Ihnen, verschwinden Sie, so schnell Sie können, aus dem Grove«, riet Tesla. »Es kommt noch schlimmer.«

»Es gibt keinen Grove mehr, den man verlassen könnte«, antwortete Witt. »Der Grove ist dahin. Am Ende. Die Leute sind in Urlaub gefahren, und ich glaube nicht, daß sie noch einmal zurückkommen. Aber ich gehe nicht. Ich kann nirgends hin. Außerdem...« Er sah aus, als wäre er den Tränen nahe, während er sprach, »...ist dies meine Stadt. Wenn sie irgendwie verschluckt wird, will ich dabei sein, wenn es passiert. Auch wenn der Jaff...«

»Moment mal!« sagte Tesla. »Was wissen Sie über den Jaff?«

»Ich... ich bin ihm begegnet. Tommy-Ray McGuire ist sein Sohn, haben Sie das gewußt?« Tesla nickte. »Nun, McGuire hat mich dem Jaff vorgestellt.«

»Hier im Grove?«

»Sicher.«

»Wo?«

»Wild Cherry Glade.«

»Dann fangen wir dort an«, sagte Tesla. »Können Sie uns hinbringen?«

»Natürlich.«

»Glaubst du, er ist wieder dorthin zurückgekehrt, einfach so?« sagte Grillo.

»Du hast gesehen, in welcher Verfassung er war«, antwortete Tesla. »Ich glaube, er sucht nach einer Umgebung, die er *kennt.* Wo er sich hinreichend sicher fühlt.«

»Klingt logisch«, sagte Grillo.

»Wenn«, sagte Witt, »dann ist es heute nacht das erste, das logisch ist.«

Die Dämmerung zeigte ihnen, was William Witt bereits beschrieben hatte: eine praktisch verlassene Stadt, deren Bewohner geflohen waren. Eine Meute Hunde streifte durch die Stadt; sie waren entweder davongelaufen oder von Einwohnern freigelassen worden, die nur panische Flucht im Kopf hatten. Sie waren innerhalb von einem oder zwei Tagen zu einem wilden Rudel geworden. Witt erkannte die Hunde. Mrs. Duffins Pudel gehörten zu der Meute; ebenso zwei Dackel, die Blaze Hebbard gehörten, Ur-Ur-Ur-Ur-Enkel von Hunden, die einem Bewohner des Grove gehört hatten, der gestorben war, als William noch ein Junge war, ein gewisser Edgar Lott. Er war gestorben und hatte verfügt, daß sein Geld dazu verwendet wurde, dem Bund der Jungfrauen ein Denkmal zu setzen.

Außer den Hunden waren andere, möglicherweise beunruhigendere Spuren überhasteten Aufbrechens zu sehen. Garagentore waren offengelassen worden; Spielzeuge waren auf Gehwege oder Einfahrten gefallen, wenn verschlafene Kinder mitten in der Nacht ins Auto gesetzt wurden.

»Alle haben es gewußt«, sagte Witt beim Fahren. »Sie haben es die ganze Zeit gewußt, aber niemand hat etwas gesagt. Darum sind die meisten einfach mitten in der Nacht davongeschlichen. Sie haben gedacht, sie wären die einzigen, die den Verstand verlieren. Sie haben *alle* gedacht, sie wären die einzigen.«

»Sie haben hier gearbeitet, haben Sie gesagt?«

»Ja«, sagte Witt zu Grillo. »Grundstücksmakler.«

»Sieht so aus, als würde das Geschäft morgen blühen. Jede Menge Häuser zu verkaufen.«

»Und wer sollte sie kaufen?« sagte Witt. »Dies wird verfluchter Boden sein.«

»Der Grove ist nicht schuld daran, daß das alles passiert ist«, warf Tesla ein. »Es war Zufall.«

»Tatsächlich?«

»Selbstverständlich. Fletcher und der Jaff sind hier gelandet, weil ihnen die Kräfte ausgegangen sind, und nicht, weil der Grove irgendwie *auserwählt* war.«

»Ich glaube trotzdem, daß es verfluchter Boden sein wird«, begann Witt, wechselte dann aber das Thema und gab Grillo Anweisungen. »Die nächste Ecke ist der Wild Cherry Glade. Und Mrs. Lloyds Haus ist das vierte oder fünfte rechts.«

Von außen sah es unbewohnt aus. Als sie einbrachen, wurde das bestätigt. Der Jaff war nicht in dem Haus gewesen, seit er Witt im Obergeschoß verspottet hatte.

»Es war einen Versuch wert«, sagte Tesla. »Wir werden uns wohl einfach weiter umsehen müssen. So groß ist die Stadt nicht. Wir gehen einfach von Straße zu Straße, bis wir seine Witterung aufgenommen haben. Hat jemand einen besseren Vorschlag?« Sie sah zu Grillo, dessen Blick und Aufmerksamkeit anderswo waren. »Was ist denn?« sagte sie.

»Hm?«

»Jemand hat das Wasser laufen lassen«, sagte Witt, der Grillos Blick folgte.

Es lief tatsächlich Wasser unter der Eingangstür eines Hauses gegenüber dem von Mrs. Lloyd hervor, ein unablässiger Strom, der die schräge Einfahrt herunterfloß, und weiter über den Gehweg in den Rinnstein.

»Was ist daran so interessant?« fragte Tesla.

»Mir ist eben etwas aufgegangen...«, sagte Grillo.

»Was?«

Er starrte das Wasser an, das im Gully verschwand. »Ich glaube, ich weiß, wo er ist.«

Er drehte sich um und sah Tesla an.

»Du hast gesagt, einen Ort, den er kennt. Der Ort im Grove, den er am besten kennt, ist nicht hier oben, sondern *unterirdisch.*«

Tesla strahlte. »Die Höhlen. Klar. Das klingt vollkommen logisch.«

Sie stiegen wieder ins Auto ein, ließen sich von Witt den kürzesten Weg zeigen und fuhren durch die Stadt – ohne auf rote Ampeln und Einbahnstraßen zu achten – Richtung Deerdell.

»Es wird nicht mehr lange dauern, bis die Polizei eintrifft«, bemerkte Grillo. »Und nach den Filmstars sucht.«

»Ich sollte zum Haus hinaufgehen und sie warnen«, sagte Tesla.

»Du kannst nicht an zwei Orten gleichzeitig sein«, sagte Grillo. »Es sei denn, das wäre wieder eine Begabung, von der ich nichts weiß.«

»Haha. Wie witzig.«

»Sie werden es selbst herausfinden müssen. Wir haben Wichtigeres zu tun.«

»Stimmt«, gab Tesla zu.

»*Wenn* der Jaff in den Höhlen ist«, sagte Witt, »wie kommen wir dann zu ihm hinunter? Ich glaube nicht, daß er einfach kommen wird, wenn wir rufen.«

»Kennen Sie einen Mann namens Hotchkiss?« sagte Grillo.

»Selbstverständlich. Carolyns Vater?«

»Ja.«

»Er kann uns helfen. Ich wette, er ist noch in der Stadt. Er kann uns hinunterbringen. Ob er uns wieder heraufbringen kann, ist ein anderes Problem, aber vor ein paar Tagen schien er recht überzeugt zu sein. Er hat mich zu überreden versucht, mit ihm in die Höhlen hinabzusteigen.«

»Warum?«

»Dinge, die unter dem Grove *begraben* sind, sind seine Obsession.«

»Das verstehe ich nicht.«

»Ich bin nicht sicher, ob ich es verstehe. Soll er es selbst erklären.«

Sie kamen zum Wald. Kein Dämmerungschor war zu hören, nicht einmal vereinzelte Stimmen. Und zwischen den Bäumen war die Stille drückend.

»Er war hier«, sagte Tesla.

Niemand mußte fragen, woher sie das wußte. Es war auch ohne vom Nuncio geschärfte Sinne deutlich, daß die Atmosphäre im Wald erwartungsvoll aufgeladen war. Die Vögel waren nicht weggeflogen, sie hatten einfach Angst davor zu singen.

Witt führte sie zu der Lichtung; er schritt aus, als würde er den Weg genau kennen.

»Kommen Sie oft hierher?« fragte Grillo halb scherzhaft.

»So gut wie nie«, antwortete Witt.

»Halt«, flüsterte Tesla plötzlich.

Die Lichtung lag dicht vor ihnen, sie war bereits zwischen den Bäumen zu erkennen. Sie nickte in diese Richtung.

»Seht doch«, sagte sie.

Einen oder zwei Meter hinter der Polizeiabsperrung befand sich der lebende Beweis, daß der Jaff tatsächlich hier Zuflucht gesucht hatte. Ein Terata, das so schwach war, daß es die letzten paar Meter bis zur Sicherheit der Höhle nicht mehr zurücklegen konnte, lag in den letzten Zügen, und seine Auflösung verströmte eine kränkliche Lumineszenz.

»Es wird uns nichts tun«, sagte Grillo und wollte schon die Deckung verlassen.

Tesla hielt ihn am Arm fest. »Es könnte den Jaff benachrichtigen«, sagte sie. »Wir wissen nicht, was für einen Kontakt er zu den Biestern hat. Wir müssen nicht näher rangehen. Wir wissen, daß er da ist.«

»Stimmt.«

»Gehen wir Hotchkiss suchen.«

Sie traten den Rückweg an.

»Wissen Sie, wo er wohnt?« wandte sich Grillo an Witt, als sie ein gutes Stück von der Lichtung entfernt waren.

»Ich weiß von jedem, wo er wohnt«, antwortete Witt. »Oder gewohnt hat.«

Der Anblick der Höhle schien ihn erschüttert zu haben, was Grillos Verdacht erhärtete, daß sie trotz seiner Beteuerungen, wie selten er hierherkam, eine Art Pilgerstätte für ihn war.

»Bringen Sie Tesla zu Hotchkiss«, sagte Grillo. »Ich stoße dort wieder zu euch.«

»Wo gehst du hin?« wollte Tesla wissen.

»Ich will mich nur vergewissern, ob Ellen den Grove verlassen hat.«

»Sie ist eine vernünftige Frau«, lautete die Antwort. »Ich bin ganz sicher, daß sie weg ist.«

»Ich sehe trotzdem nach«, sagte Grillo, der sich nicht davon abbringen lassen wollte.

Er trennte sich beim Auto von ihnen und stapfte in Richtung von Ellen Nguyens Haus davon; es blieb Tesla überlassen, Witt vom Anblick des Waldes loszureißen. Als Grillo um die Ecke bog, war ihr das immer noch nicht gelungen. Er sah zu den Bäumen, als würde die Lichtung ihn in eine gemeinsame Vergangenheit zurückrufen und er hätte größte Mühe, dem Lockruf zu widerstehen.

III

Nicht Howie kam Jo-Beth in ihrem unvergleichlichen Entsetzen zu Hilfe, sondern die Flut, die sie ergriff und – während sie meist die Augen geschlossen hatte, und wenn sie offen waren, dann tränenverschleiert – zu dem Ort trug, den sie nur allzu kurz erblickt hatte, als sie mit Howie in der Essenz schwamm: Ephemeris. Eine schwache Strömung begann in dem Element, das sie trug, aber die bemerkte sie ebensowenig wie die Nähe der Insel. Andere waren nicht so ahnungslos. Hätte sie mehr auf ihre Umgebung geachtet, wäre ihr eine subtile, aber unbestreitbare Aufregung unter den Seelen aufgefallen, die durch den Äther der Essenz schwebten. Ihre Bewegung war nicht mehr so konstant. Manche – die möglicherweise empfindsamer für die Gerüchte waren, welche der Äther übermittelte – hielten inne und hingen wie ertrunkene Sterne in der Dunkelheit. Andere sanken tiefer und hofften, der Katastrophe zu entgehen, von der geflüstert wurde. Wieder andere, noch sehr wenige, verschwanden völlig, wachten in ihren Betten auf und waren froh, daß sie der Gefahr entkommen waren. Aber für die meisten war die Botschaft so gedämpft, daß sie sie nicht hörten; und wenn sie sie hörten, war die Wonne, in der Essenz zu sein, größer als die Angst. Sie stiegen und sanken, stiegen und sanken, und ihr Weg führte sie in den häufigsten Fällen dorthin, wo auch Jo-Beth hintrieb: zu der Insel im Meer der Träume.

Ephemeris.

Der Name hallte in Howies Kopf, seit er ihn zum ersten Mal gehört hatte – von Fletcher.

Was ist auf Ephemeris? hatte er gefragt und sich dabei ein paradiesisches Eiland vorgestellt. Die Antwort seines Vaters war nicht besonders erleuchtend gewesen. *Die große und geheime Show,* hatte er gesagt, eine Antwort, die ein Dutzend weitere Fragen nach sich zog. Als er die Insel nun vor sich auftauchen sah, wünschte er sich, er wäre der Frage beharrlicher nachgegangen. Selbst auf große Entfernung war offensichtlich, daß seine Vorstellung von dem Ort deutlich an der Wirklichkeit vorbeiging. So wie die Essenz nicht im gewöhnlichen Sinne ein Meer war, so war auch für Ephemeris eine Neudefinition des Wortes Insel erforderlich. Zunächst einmal handelte es sich nicht um eine zusammenhängende Landmasse, sondern um viele, möglicherweise Hunderte kleiner Inseln, die von Felsbrücken zusammengehalten wurden; die ganze Struktur erinnerte an eine gewaltige schwebende Kathedrale, mit den Brücken als Strebepfeilern. Die Türme der Insel wurden zur Landesmitte hin zunehmend größer; dort stiegen auch solide Rauchsäulen himmelwärts. Die Ähnlichkeit war so auffällig, daß sie kein Zufall sein konnte. Dieses Bildnis war ganz bestimmt die unterbewußte Inspiration von Architekten auf der ganzen Welt. Erbauer von Kathedralen, Baumeister von Türmen, vielleicht sogar – wer konnte es wissen? – Kinder, die mit Bauklötzen spielten, hatten diesen Ort der Träume irgendwo im Hinterkopf und schufen, so gut sie konnten, Nachbildungen davon. Aber ihre Meisterwerke konnten nur Annäherungen sein, Kompromisse mit der Schwerkraft und den Grenzen ihres Mediums. Und keiner konnte jemals eine derart massive Arbeit vollbringen. Howie schätzte, daß Ephemeris viele Meilen im Durchmesser maß, und kein Teil davon schien nicht von einem Genie gestaltet worden zu sein. Wenn dies ein natürliches Phänomen war – und wer wußte schon, was an einem Ort des Geistes *natürlich* war? –, dann hatte es die Natur in einem Erfindungswahn geschaffen. Sie spielte Spielchen mit fester Materie, wie sie in der Welt, die er hinter sich gelassen hatte, ausschließlich Licht und Wolken möglich gewesen wären. Sie schuf Türme so dünn wie Grashalme, auf denen Kugeln so groß wie Häuser ruhten; sie erschuf steile Klippenwände, die wie Canyons ausgewaschen waren und sich wie Vorhänge an einem Fenster zu bauschen schienen; sie schuf spiralförmige Berge; schuf Felsen wie Brüste oder Hunde oder Abfälle von einem riesigen Tisch. So viele Ähnlichkeiten, aber er konnte nicht sicher sein, ob sie beabsichtigt waren. Ein Bruchstück, in dem er ein Gesicht gesehen hatte, gehörte ebenfalls zu den Ähnlichkeiten, welche auf den ersten Blick vorhanden waren; aber jedwede Interpretation war schon binnen eines Augenblicks Gegenstand von Veränderung. Vielleicht stimmten alle Ähnlichkeiten, vielleicht waren sie alle beabsichtigt. Vielleicht auch keine einzige, vielleicht war dieses Spiel der Vergleiche lediglich eine Methode seines Verstandes, mit dem Unermeßlichen fertig zu werden, so wie die Erschaffung des Piers, auf dem er sich der Essenz genähert hatte. Wenn dem so war, so konnte er einen Anblick jedenfalls nicht meistern, nämlich die Insel im Mittelpunkt des Archipels, die senkrecht aus der Essenz emporstieg; und auch der Rauch, der aus sämtlichen Spalten und Öffnungen quoll, strebte vertikal in die Höhe. Der Gipfel war völlig hinter Rauch verborgen, doch das Geheimnis, das er barg, war Nektar für die Seelenlichter, die ohne die Last von Fleisch und Blut dorthin emporstiegen, aber nicht in den Rauch eintauchten, sondern an seinen Blüten grasten. Er fragte sich, ob Angst sie davon abhielt, in den Rauch einzutauchen, oder ob dieser Rauch eine festere Barriere war, als es den Anschein hatte. Wenn er näherkam, würde er die Antwort vielleicht erfahren. Da er begierig war, möglichst schnell dort zu sein, unterstützte er die Flut mit eigenen Schwimmbewegungen, so daß er sich zehn oder fünfzehn Minuten, nachdem er die Ephemeris zum ersten Mal gesehen hatte, an ihr Ufer ziehen konnte. Sie war dunkel, aber nicht so dunkel wie die Essenz, und fühlte sich rauh unter seinen Handflächen an, kein Sand, sondern Verkrustungen, wie Korallen. War es möglich, überlegte er, daß der Archipel so erschaffen worden war wie die Insel, die er im Treibgut aus dem Vanceschen Haushalt gesehen hatte? Wenn ja, wie lange mußten sie schon im Meer der Träume sein, daß sie derart massiv geworden waren?

Er schritt am Strand entlang und wählte den Weg nach links, weil er sich grundsätzlich immer für den linken Weg entschied, wenn er an eine Kreuzung kam und nicht wußte, welche Richtung er einschlagen sollte. Er hielt sich ganz dicht am Ufer, weil er hoffte, Jo-Beth wäre von derselben Flut angespült worden und er könnte sie finden. Nachdem er aus den beruhigenden Wassern gestiegen war und sein Körper nicht mehr gewiegt und getragen wurde, überkamen ihn Ängste, die ihm das Meer genommen hatte. Die erste, daß er den Archipel tagelang, vielleicht sogar wochenlang absuchen konnte, ohne Jo-Beth zu finden. Die zweite: Selbst wenn er sie fand, mußten sie sich immer noch mit Tommy-Ray befassen. Und Tommy-Ray war nicht alleine; er war mit Phantomen zum Haus von Vance gekommen. Die dritte – die in gewisser Weise seine geringste Sorge war, aber immer wichtiger wurde –, daß sich etwas in der Essenz veränderte. Es war ihm längst einerlei, welche Worte für diese Realität angemessen waren: Ob es sich um eine andere Dimension oder um einen Geisteszustand handelte, spielte keine Rolle. Wahrscheinlich war beides ohnehin ein und dasselbe. Entscheidend war das *Heilige* dieses Ortes. Er zweifelte keinen Augenblick daran, daß alles, was er über die Essenz und die Ephemeris erfahren hatte, der Wahrheit entsprach. Dies war der Ort, wo man alles schauen konnte, was seine Rasse vom Erhabenen wußte. Ein beständiger Ort; ein Platz des Trostes, wo der Körper vergessen war – abgesehen von Eindringlingen wie ihm selbst – und die träumende Seele das Fliegen und andere Geheimnisse erfahren konnte. Aber es gab subtile Anzeichen – manche so subtil, daß er sie nicht hätte bezeichnen können –, daß der Ort der Träume nicht sicher war. Die kleinen Wellen, die mit ihrer bläulichen Gischt ans Ufer schlugen, waren nicht mehr so rhythmisch wie zu Beginn, als er aus dem Meer gekommen war. Auch die Bewegungen der Lichter in der Essenz schienen sich verändert zu haben, als würde etwas, das darin passierte, das System stören. Er bezweifelte, daß das simple Eindringen von Fleisch und Blut aus dem Kosm der Grund dafür war. Die Essenz war riesig und konnte mit denjenigen fertig werden, die die Ruhe seiner Gewässer störten: Er hatte gesehen, wie dieser Prozeß vonstatten ging. Nein, was die Ausgeglichenheit störte, das mußte bedeutsamer sein als seine Anwesenheit oder die der anderen Eindringlinge von der anderen Seite.

Er fand Spuren dieser Eindringlinge, die ans Ufer gespült worden waren. Ein Türrahmen, Bruchstücke zertrümmerter Möbel, Kissen und, unvermeidlich, Teile von Vance' Sammlung. Ein Stück von diesem erbärmlichen Sammelsurium entfernt, nach einer Biegung der Küste, kam die Hoffnung auf, die Flut könnte Jo-Beth angespült haben: eine weitere Überlebende. Sie stand am

Ufer der Essenz und sah aufs Meer hinaus. Sie sah nicht in seine Richtung, auch wenn sie ihn gehört hatte. Ihre Haltung – Hände schlaff an den Seiten, Schultern eingesunken – und ihr starrer Blick deuteten auf eine Art Hypnose hin. So sehr er es verabscheute, sie aus ihrer Trance zu reißen, die sie gewählt haben mochte, um den Schock der Entwurzelung zu überwinden, er hatte keine andere Wahl.

»Entschuldigen Sie«, sagte er, obwohl er wußte, daß seine Höflichkeit unter diesen Umständen bemitleidenswert wirken mußte, »sind Sie die einzige hier?«

Sie drehte sich zu ihm um, und da erlebte er eine zweite Überraschung. Er hatte ihr Gesicht schon hundertmal im Fernsehen gesehen, wo sie die Vorteile eines Haarshampoos anpries. Er kannte ihren Namen nicht. Sie war einfach nur die Silksheen-Frau. Sie sah ihn stirnrunzelnd an, als hätte sie Mühe, sich auf sein Gesicht zu konzentrieren. Er versuchte es noch einmal, formulierte die Frage aber etwas anders.

»Gibt es noch andere Überlebende?« sagte er. »Aus dem Haus?«

»Ja«, sagte sie.

»Wo sind sie?«

»Gehen Sie einfach weiter.«

»Danke.«

»Das passiert doch alles gar nicht, oder?« sagte sie.

»Ich fürchte doch«, sagte er.

»Was ist mit der Welt passiert? Haben sie die Bombe abgeworfen?«

»Nein.«

»Was dann?«

»Die Welt ist irgendwo da hinten», sagte er. »Jenseits der Essenz. Des Meeres.«

»Oh«, sagte sie, aber es war deutlich, daß sie diese Information nicht ganz begriffen hatte. »Haben Sie Koks?« fragte sie. »Oder Tabletten? Irgend etwas.«

»Leider nein.«

Sie sah wieder über die Essenz hinaus und überließ es ihm, ihren Anweisungen zu folgen und am Strand entlangzugehen. Die

Wellen schlugen mit jedem seiner Schritte heftiger ans Ufer. Entweder das, oder er wurde einfach empfänglicher dafür. Möglicherweise letzteres, denn er bemerkte noch andere Zeichen außer dem Rhythmus der Wellen. Eine Rastlosigkeit in der Luft um seinen Kopf herum, als würden Unsichtbare gerade außerhalb seiner Hörweite Unterhaltungen führen. Die Farbenwogen am Himmel lösten sich zu Flecken auf, die Fischgrätenwölkchen glichen, ihr ruhiges Flackern wich derselben Hektik, die auch die Essenz ergriffen hatte. Immer noch zogen Lichter in Richtung der Rauchsäule über ihm dahin, aber es wurden immer weniger. Die Träumenden wachten ganz eindeutig auf.

Vor ihm wurde der Strand teilweise von einer Formation kettenförmiger Felsblöcke verdeckt, zwischen denen er hindurchklettern mußte, ehe er seine Suche fortsetzen konnte. Aber die Silksheen-Frau hatte ihm einen guten Tip gegeben. Ein Stück weiter entfernt, hinter einer weiteren Biegung des Strands, fand er mehrere Überlebende, Männer und Frauen. Keinem schien es gelungen zu sein, mehr als ein paar Schritte vom Strand wegzugehen. Einer lag noch mit den Füßen in den Wellen, ausgestreckt, als wäre er tot. Niemand kam ihm zu Hilfe. Viele waren von derselben Trägheit befallen wie die Silksheen-Frau, die nur über das Meer sah, aber manche waren auch aus anderen Gründen reglos. Sie hatten sich *verwandelt* aus den strömenden Wassern der Essenz gezogen. Ihre Körper waren verkrustet und mißgestaltet, als hätte derselbe Prozeß an ihnen gewirkt, der die kämpfenden Gäste in eine Insel verwandelt hatte. Er konnte nur vermuten, welche Eigenschaften, beziehungsweise das Fehlen derselben, diese Menschen auszeichneten. Warum hatten er und ein halbes Dutzend andere hier dieselbe Strecke in diesem Medium zurückgelegt und waren unverändert aus der Essenz herausgestiegen? Waren die Opfer mit heftigen Gefühlsaufwallungen eingetaucht, welche die Essenz aufgegriffen hatte, wohingegen er dahintrieb wie die Träumenden und sein Leben mit all seinen Ambitionen und Obsessionen hinter sich gelassen hatte und nichts weiter empfand als die große Ruhe, die die Essenz bewirkte? Diese hatte ihn sogar so sehr eingelullt, daß er den Wunsch vergessen hatte, Jo-Beth zu finden, aber nicht lange. Jetzt war es sein einziger Gedanke. Er trat zwischen die Überlebenden und suchte nach ihr, wurde aber enttäuscht. Sie war nicht unter ihnen; und auch Tommy-Ray nicht.

»Gibt es noch andere?« fragte er einen beleibten Mann, der am Ufer lag.

»Andere?«

»Sie wissen schon... wie uns.«

Der Mann wirkte ebenso geistesabwesend und zerstreut wie die Silksheen-Frau. Es schien ihm Mühe zu bereiten, den Sinn der Worte, die er gehört hatte, zu begreifen.

»Uns«, sagte Howie. »Aus dem Haus.«

Er bekam keine Antwort. Der Mann starrte einfach nur mit glasigen Augen vor sich hin. Howie gab auf, machte sich auf die Suche nach einer nützlicheren Informationsquelle und wandte sich schließlich an den einzigen Mann, der nicht auf die Essenz hinaussah. Dieser stand statt dessen am höchsten Punkt des Strands und sah zu der Rauchsäule im Zentrum des Archipels empor. Die Reise hierher hatte ihre Spuren an ihm hinterlassen. An Hals und Gesicht sah man die Zeichen des Wirkens der Essenz, die an der Wirbelsäule hinabzulaufen schienen. Er hatte das Hemd ausgezogen und um die linke Hand gewickelt. Howie ging zu ihm. Diesesmal keine Entschuldigung, nur eine nüchterne Feststellung: »Ich suche ein Mädchen. Sie ist blond. Ungefähr achtzehn. Haben Sie sie gesehen?«

»Was ist da oben?« antwortete der Mann. »Dort will ich hin. Ich will es sehen.«

Howie versuchte es noch einmal. »Ich suche...«

»Ich habe schon verstanden.«

»Haben Sie sie gesehen?«

»Nein.«

»Wissen Sie, ob noch irgendwo Überlebende sind?«

Die Antwort bestand aus derselben tonlosen Silbe. Howie wurde wütend.

»Verdammt, was ist denn mit den Leuten los?« sagte er.

Der Mann sah ihn an. Sein Gesicht war pockennarbig und alles andere als schön, aber er hatte ein schiefes Lächeln, das nicht einmal das Wirken der Essenz verunstalten konnte.

»Werden Sie nicht wütend«, sagte er. »Das lohnt sich nicht.«

»Für *sie* lohnt es sich.«

»Warum? Wir sind doch sowieso alle tot.«

»Nicht unbedingt. Wir sind reingekommen, wir können auch wieder raus.«

»Was meinen Sie damit, etwa *schwimmen?* Ich gehe nicht mehr in diese verdammte Suppe. Lieber sterbe ich. Irgendwo da oben.«

Er sah wieder am Berg hinauf. »Da oben ist etwas. Etwas Wunderbares. Ich weiß es.«

»Vielleicht.«

»Möchten Sie mit mir kommen?«

»Sie meinen klettern? Das schaffen Sie nie.«

»Vielleicht nicht bis ganz hinauf, aber näher auf jeden Fall. Vielleicht kann ich mal dran schnuppern.«

Seine Neugier auf das Geheimnis des Turms war begrüßenswert, wo doch alle anderen derart lethargisch waren, und Howie bedauerte es, daß er sich von ihm trennen mußte. Aber wo Jo-Beth auch immer sein mochte, auf dem Berg sicher nicht.

»Kommen Sie doch ein Stückchen mit«, sagte der Mann. »Von da oben sehen Sie besser. Vielleicht sehen Sie ja Ihre Freundin.«

Das war keine schlechte Idee, zumal sie so wenig Zeit hatten. Mit jeder verstreichenden Minute wurde die Unrast in der Luft schlimmer.

»Warum nicht?« sagte Howie.

»Ich habe nach dem leichtesten Weg gesucht. Ich glaube, wir sollten ein Stück am Strand entlanggehen. Übrigens, wer sind Sie eigentlich? Ich bin Garrett Byrne. Zwei r, kein u. Nur für den Fall, daß Sie den Nachruf schreiben müssen. Sie sind?«

»Howie Katz.«

»Ich würde Ihnen ja die Hand schütteln, aber meine ist nicht mehr zum Schütteln geeignet.« Er hob den mit dem Hemd verbundenen Arm. »Ich weiß nicht, was da draußen passiert ist, aber ich werde keinen Vertrag mehr abfassen. Vielleicht kann ich mich glücklich schätzen, wissen Sie? War sowieso ein blöder Job.«

»Was denn?«

»Staranwalt. Kennen Sie den Witz? Was haben Sie, wenn drei Staranwälte bis zu den Hälsen in Scheiße stecken?«

»Was?«

»Nicht genug Scheiße.«

Byrne lachte lauthals darüber.

»Wollen Sie es sehen?« sagte er und wickelte die Hand aus. Sie war kaum mehr als solche erkennbar. Finger und Daumen waren geschwollen und zusammengewachsen.

»Wissen Sie was?« sagte er. »Ich glaube, sie versucht, sich in einen Pimmel zu verwandeln. Ich habe mit dieser Hand jahrelang Leute mit meinen Verträgen in den Arsch gefickt, und endlich hat sie die Botschaft begriffen. Sieht aus wie ein Pimmel, finden Sie nicht? Nein, sagen Sie es mir nicht. Gehen wir.«

Tommy-Ray spürte, wie das Meer der Träume an ihm arbeitete, aber er vergeudete keine Anstrengung damit, sich anzusehen, welche Veränderungen es bewirkte. Er ließ der Wut, die die Veränderungen nährte, einfach freien Lauf.

Vielleicht brachte das – Wut und Rotz – die Phantome zurück. Er wurde ihrer zuerst als Erinnerung gewahr, als sein Geist sich vorstellte, wie sie ihn die verlassenen Highways von Südkalifornien entlang verfolgt hatten, ihre Wolke wie Blechdosen, die man am Schwanz eines Hundes festgebunden hatte. Kaum gedacht, da *spürte* er sie auch schon. Ein kalter Wind wehte ihm ins Gesicht, den einzigen Teil von ihm, der über die Wasseroberfläche hinausragte. Er wußte, was zu ihm kam. Er roch den Geruch der Gräber und den Staub aus den Gräbern. Aber erst als das Meer um ihn herum zu brodeln anfing, schlug er die Augen auf und sah die Wolke über sich kreisen. Sie war nicht mehr der gewaltige Sturm wie im Grove; Vernichter von Kirchen und Mamas. Sie war eine irre kreisende Spirale aus Dreck. Aber das Meer wußte, daß sie zu ihm gehörte, und bearbeitete seinen Körper aufs neue. Er spürte, wie seine Glieder schwerer wurden. Sein Gesicht brannte teuflisch. Er wollte sagen: Das ist nicht meine Legion. Gib mir nicht die Schuld an dem, was sie empfinden. Aber welchen Sinn hatte es zu leugnen? Er war der Todesjunge, jetzt und für immer. Die Essenz wußte es und richtete sein Wirken danach aus. Hier gab es keine Lügen. Keine Anmaßungen. Er sah zu, wie die Geister zur Wasseroberfläche herabstießen und ihn immer enger umkreisten. Das Brodeln des Äthers der Essenz wurde ungestümer. Er wurde wie ein Korken herumgewirbelt und umgedreht. Er versuchte, die Arme über den Kopf zu heben, aber sie waren bleischwer, und das Meer schlug einfach über dem Kopf zusammen. Er hatte den Mund offen. Essenz strömte in seinen Hals, in den Körper. In der Verwirrung erfüllte ihn eine felsenfeste Überzeugung – welche die Essenz, die er nun in ihrem bitteren Ganzen geschluckt hatte, zu ihm trug. Daß etwas Böses des Wegs kam, wie er es noch niemals erlebt hatte. Er spürte es zuerst in der Brust, dann in Magen und Eingeweiden. Schließlich im Kopf, gleich einer erblühenden Nacht. Sie hieß *Iad*, diese Nacht, und die Kälte, die sie mit sich brachte, hatte auf keinem Planeten des Sonnensystems ihresgleichen; nicht einmal auf denen, welche so weit von der Sonne entfernt waren, daß sie kein Leben hervorbringen konnten. Keinem war so eine tiefe, so eine mörderische Dunkelheit eigen.

Er stieg wieder zur Oberfläche empor. Die Phantome waren gegangen, aber nicht fort, sonndern *in* ihn gedrungen; sie waren als Teil des Wirkens der Essenz in seine verwandelte Anatomie eingegliedert worden. Plötzlich war er auf perverse Weise froh darüber. In der bevorstehenden Nacht gab es keine Rettung, es sei denn für jene, die ihre Verbündeten waren. Daher war es besser, ein Tod unter vielen Toden zu sein, wenn er die Hoffnung hatte, beim Holocaust übergangen zu werden.

Er holte Atem, stieß ihn als Gelächter wieder aus und hob die neugestalteten Hände, so schwer sie waren, zum Gesicht. Es hatte endlich die Form seiner Seele angenommen.

Howie und Byrne kletterten ein paar Minuten, aber so hoch sie auch kamen, der beste Ausblick war immer ein Stück über ihnen: das Schauspiel der Rauchsäule. Je näher sie ihr kamen, um so rührender fand es Howie, wie Byrne von dem Anblick besessen war. Er fragte sich langsam, wie damals, als ihn die Flut erstmals in Sichtweite von Ephemeris gebracht hatte, was für ein großes Unbekanntes sich da oben verbergen mochte, das so gewaltig war, daß es die Schlafenden der Welt zu seiner Schwelle lockte. Byrne war keineswegs behende, zumal er nur eine Hand gebrauchen konnte. Er rutschte mehrmals ab. Aber er beschwerte sich nie, obwohl er nach jedem Sturz mehr Kratzer und Schürfwunden am nackten Körper hatte. Er ließ den höchsten Berggipfel nicht aus den Augen und kletterte weiter, und es schien ihm völlig einerlei zu sein, welchen Schaden er sich selbst zufügte, so lange er nur die Entfernung zwischen sich und dem Geheimnis überwand. Howie konnte mühelos mit ihm Schritt halten, aber er mußte alle paar Minuten innnehalten und die Szenerie unter sich von einem neuen Blickwinkel aus betrachten. Auf den sichtbaren Strandabschnitten war keine Spur von Jo-Beth zu sehen, und allmählich bezweifelte er, ob es so klug gewesen war, Byrne zu begleiten. Das Vorankommen wurde immer gefährlicher, die Felsformationen, die sie überwinden mußten, zunehmend steiler, die Brücken schmaler. Rechts und links von den Brücken fiel es steil und senkrecht ab, normalerweise bis auf nackten Fels. Manchmal jedoch konnte man die Essenz auf dem Grund einer Felsspalte funkeln sehen, und das Wasser war ebenso tosend wie am Ufer.

Es waren immer weniger Seelen in der Luft, aber als sie über eine Brücke gingen, die nicht breiter als eine Planke war, schwebten ein paar direkt über sie hinweg, und Howie sah, daß sich in jedem Licht eine einzige Sinuskurve befand, einer hellen Schlange nicht unähnlich. Das Buch der Genesis, dachte er, hätte nicht irregeführter oder irreführender sein können, das Bild der unter dem Absatz zertretenen Schlange zu propagieren. Die Seele war diese Schlange, und sie konnte fliegen.

Der Anblick brachte ihn zum Stillstand und zu einer Entscheidung.

»Ich gehe nicht weiter«, sagte er.

Byrne drehte sich zu ihm um. »Warum nicht?«

»Einen besseren Ausblick über den Strand als von hier werde ich nirgends haben.«

Der Ausblick war keineswegs umfassend, aber wenn er noch weiter hinaufkletterte, würde er nicht besser werden. Außerdem waren die Gestalten am Strand mittlerweile so klein, daß sie kaum mehr zu erkennen waren. Noch ein paar Minuten des Aufstiegs, und er würde Jo-Beth nicht mehr von den anderen Überlebenden am Strand unterscheiden können.

»Wollen Sie nicht sehen, was da oben ist?« sagte Byrne.

»Doch, selbstverständlich«, antwortete Howie. »Aber ein andermal.« Er wußte, die Antwort war lächerlich. Diesseits vom Totenbett würde es kein andermal mehr geben.

»Dann trennen sich unsere Wege«, sagte Byrne. Er vergeudete keine Zeit für ein Lebewohl, freundlich oder sonstwie. Statt dessen wandte er sich wieder dem Aufstieg zu. Schweiß und Blut strömten ihm vom Körper, und er stolperte inzwischen bei jedem zweiten Schritt, aber Howie wußte, es wäre vergebliche Liebesmüh, ihn zur Umkehr überreden zu wollen. Vergeblich und anmaßend. Was immer er für ein Leben geführt haben mochte – und es hatte sich angehört, als hätte es keine Barmherzigkeit darin gegeben –, Byrne ergriff gerade seine letzte Chance, vom Heiligen berührt zu werden. Vielleicht war der Tod die unausweichliche Folge dieses Unterfangens.

Howie betrachtete wieder die Szene unten. Er sah am Strand entlang und suchte nach Spuren von Bewegung. Links von ihm lag der Strandabschnitt, wo sie ihren Aufstieg begonnen hatten. Er konnte immer noch die Gruppe der Überlebenden am Ufer sehen; sie schienen wie ehedem hypnotisiert zu sein. Rechts von ihnen die einsame Gestalt der Silksheen-Frau. Die Wellen, die ans Ufer brandeten und deren Dröhnen er bis hierher hören konnte, waren so hoch, daß sie sie fortzuspülen drohten. Und hinter ihr wiederum der Strandabschnitt, wo er an Land gegangen war.

Dieser war nicht verlassen. Sein Herz schlug doppelt so schnell. Jemand taumelte am Ufer entlang und hielt sich achtsam fern vom verkrustenden Meer. Das Haar leuchtete selbst auf diese Entfernung. Es konnte nur Jo-Beth sein. Mit der Erkenntnis kam auch die Angst um sie. Es sah aus, als würde ihr jeder Schritt, den sie machte, Schmerzen bereiten.

Er ging sofort wieder den Weg hinab, den er gekommen war. An manchen Stellen waren die Felsen rot von Byrnes Blut. Nach zehnminütigem Abstieg blieb er an so einer Stelle stehen und sah zurück, ob er den Mann erkennen konnte, aber die Höhen waren dunkel und, soweit er erkennen konnte, verlassen. Die letzten Seelen waren verschwunden, und mit ihnen der Großteil des Lichts. Byrne war nirgends zu sehen.

Aber als er sich umdrehte, sah er ihn. Der Mann stand zwei oder drei Meter tiefer als der Felsvorsprung. Die Vielzahl der Verletzungen, die er sich auf dem Weg nach oben geholt hatte, waren nichts verglichen mit seiner neuesten. Sie verlief von der Schläfe bis zur Hüfte und hatte ihn bis zu den Eingeweiden aufgerissen.

»Ich bin abgestürzt«, sagte er nur.

»Bis hier unten?« sagte Howie und staunte über die Tatsache, daß der Mann überhaupt stehen konnte.

»Nein. Ich bin alleine heruntergekommen.«

»Wie?«

»Das war leicht«, antwortete Byrne. »Ich bin jetzt *larvae*.«

»Was?«

»Geist. Seele. Ich hatte gedacht, Sie hätten mich vielleicht stürzen gesehen.«

»Nein.«

»Es war ein langer Sturz, aber er fand ein gutes Ende. Ich glaube nicht, daß schon einmal jemand auf der Ephemeris gestorben ist. Das heißt, ich bin der einzige. Ich kann meine eigenen Regeln aufstellen. Spielen, wie ich will. Und ich dachte mir, ich sollte zurückkommen und Howie helfen...« Seine besessene Hitzköpfigkeit war einer ruhigen Autorität gewichen. »Sie müssen sich beeilen«, sagte er. »Ich verstehe plötzlich eine ganze Menge, und die Nachrichten sind nicht gut.«

»Etwas geht hier vor, nicht?«

»Die Iad«, sagte Byrne. »Sie kommen über die Essenz herüber.« Ausdrücke, die er vor Minuten noch nicht gekannt hatte, kamen ihm nun vertraut über die Lippen.

»Was sind die Iad?« fragte Howie.

»Unbeschreiblich böse«, sagte Byrne, »daher werde ich es gar nicht erst versuchen.«

»Auf dem Weg in den Kosm?«

»Ja. Vielleicht können Sie vor ihnen dort sein.«

»Wie?«

»Vertrauen Sie dem Meer. Es will, was Sie wollen.«

»Und das wäre?«

»Sie, *draußen*«, sagte Byrne. »Also gehen Sie. Rasch.«

»Schon verstanden.«

Byrne trat beiseite, um Howie durchzulassen. Er hielt Howie mit der heilen Hand fest.

»Sie wollten wissen...«, sagte er.

»Was?«

»Was auf dem Berg ist. Es ist *wunderbar.*«

»Lohnt es sich, dafür zu sterben?«

»Hundertmal.«

Er ließ Howie los.

»Das freut mich.«

»Wenn die Essenz überlebt«, sagte Byrne. »Wenn *Sie* überleben, suchen Sie nach mir. Ich möchte ein paar Worte mit Ihnen reden.«

»Das werde ich«, sagte Howie und eilte so schnell den Hang hinunter, wie er konnte, und sein Abstieg schwankte zwischen Ungeschicktem und Selbstmord. Sobald er glaubte, in Hörweite zu sein, rief er Jo-Beths Namen, aber seine Rufe blieben ungehört. Der blonde Kopf sah nicht von seinen Studien auf. Vielleicht war das Dröhnen der Wellen lauter als er. Er kam stolpernd, verschwitzt und benommen zum Strand hinunter und lief ihr entgegen.

»*Jo-Beth!* Ich bin es! *Jo-Beth!*«

Diesesmal hörte sie ihn und sah auf. Obwohl noch ein paar Meter zwischen ihnen lagen, konnte er den Grund für ihr Stolpern sehen. Er bremste entsetzt ab, merkte aber kaum, daß er es tat. Die Essenz hatte an ihr gearbeitet. Das Gesicht, in das er sich in Butrick's Steak House verliebt hatte, das Gesicht, nach dessen Anblick er sein Leben neu datierte, war eine Masse dorniger Auswüchse, die an Hals und Armen hinabliefen. Es folgte ein Augenblick, den er sich nie ganz verzeihen sollte, als er sich wünschte, sie würde ihn nicht erkennen, so daß er an ihr vorübergehen konnte. Aber sie erkannte ihn, und die Stimme, die ihn hinter der Maske ansprach, war dieselbe, die ihm ihre Liebe gestanden hatte.

Jetzt sagte sie: »Howie... hilf mir...«

Er breitete die Arme aus und ließ sie zu sich kommen. Ihr Körper war fiebrig und schlotterte.

»Ich dachte, ich würde dich nie wiedersehen«, sagte sie und hielt die Hände vors Gesicht.

»Ich hätte dich nicht im Stich gelassen.«

»Wenigstens können wir jetzt zusammen sterben.«

»Wo ist Tommy-Ray?«

»Fort«, sagte sie.

»Wir müssen auch fort«, sagte er. »So schnell wie möglich von der Insel verschwinden. Etwas Schreckliches ist auf dem Weg.«

Sie wagte es, zu ihm aufzusehen, und ihre Augen waren so klar und blau wie immer und sahen ihn an wie leuchtende Juwelen im Schlamm. Als er sie erblickte, zog er sie fester an sich, als wollte er ihr – und sich selbst – beweisen, daß er den Schrecken gemeistert hatte. Aber das hatte er nicht. Ihre Schönheit hatte ihm als erstes die Fassung geraubt. Jetzt war sie dahin. Er mußte durch ihr Fehlen hindurch die Jo-Beth sehen, die er später lieben gelernt hatte. Das würde schwer werden.

Er sah von ihr weg zum Meer. Die Wellen waren wie Donner.

»Wir müssen wieder in der Essenz schwimmen«, sagte er.

»Das können wir nicht!« sagte sie. »*Ich* kann es nicht!«

»*Wir* haben keine andere Wahl. Es ist der einzige Weg zurück.«

»Sie hat mir das angetan«, sagte sie. »Sie hat mich verwandelt!«

»Wenn wir jetzt nicht gehen«, sagte Howie, »dann können wir überhaupt nicht mehr gehen. So einfach ist das. Wenn wir hierbleiben, sterben wir hier.«

»Das wäre vielleicht nicht das Schlechteste«, sagte sie.

»Wie könnte das sein?« sagte Howie. »Wie könnte das Sterben nicht das Schlechteste sein?«

»Das Meer wird uns sowieso umbringen. Es wird uns verändern.«

»Nicht, wenn wir ihm vertrauen. Uns ihm ergeben.«

Er erinnerte sich kurz an seine Reise hierher, wie er sich auf dem Rücken treiben ließ und die Lichter betrachtet hatte. Die Rückreise würde nicht so ruhig verlaufen. Die Essenz war kein ausgeglichenes Meer der Seelen mehr. Aber hatten sie eine andere Wahl?

»Wir können bleiben«, sagte Jo-Beth wieder. »Wir können hier zusammen sterben. Selbst wenn wir zurückkommen...« Sie fing wieder an zu schluchzen. »... wenn wir zurückkommen, ich könnte nicht so leben.«

»Hör auf zu weinen«, sagte er zu ihr. »Und hör auf, vom Sterben zu reden. Wir werden zum Grove zurückkehren. Wir beide. Wenn schon nicht für uns selbst, dann wenigstens, um die Menschen zu warnen.«

»Wovor?«

»Etwas kommt über die Essenz. Eine Invasion. Auf dem Weg in unsere Heimat. Darum ist das Meer so wild.«

Der Aufruhr am Himmel über ihnen war ebenso wild. Weder am Himmel noch im Meer waren noch Anzeichen der Seelenlichter zu sehen. So kostbar die Augenblicke auf Ephemeris auch sein mochten, alle Träumenden hatten die Reise abgebrochen und waren aufgewacht. Er beneidete sie um ihre mühelose Reise. Wenn er doch auch einfach nur aus diesem Entsetzen entkommen und in seinem Bett aufwachen könnte. Vielleicht verschwitzt; sicher verängstigt. Aber daheim. Behaglich und ruhig. Doch das kam für Eindringlinge wie ihn nicht in Frage; Fleisch und Blut an einem Ort des Geistes. Und auch nicht, dachte er jetzt, für die anderen hier. Er mußte sie warnen, das war er ihnen schuldig, obwohl er vermutete, daß seine Worte keine Aufmerksamkeit finden würden.

»Komm mit mir«, sagte er.

Er nahm Jo-Beths Hand und ging mit ihr gemeinsam am Strand entlang zu der Stelle, wo die anderen Überlebenden sich versammelt hatten. Es hatte sich sehr wenig verändert, aber der Mann, der im Wasser gelegen hatte, war nicht mehr da; er war, vermutete Howie, vom tosenden Meer fortgerissen worden. Offenbar war ihm niemand zu Hilfe gekommen. Sie standen oder saßen wie zuvor und sahen immer noch über die Essenz hinweg. Howie ging zum ersten, einem Mann, der nicht viel älter als er selbst war und dessen Gesicht für den derzeitigen leeren Ausdruck wie geschaffen schien.

»Sie müssen hier verschwinden«, sagte er. »Wir müssen alle fort.«

Das Drängen in seiner Stimme riß den Mann ein wenig aus seiner Benommenheit, aber nicht sehr. Er brachte ein müdes »Ja?« heraus, unternahm aber nichts.

»Wenn Sie bleiben, sterben Sie«, sagte Howie zu ihm und sprach dann mit lauter Stimme über das Dröhnen der Wellen hinweg zu ihnen allen. *»Ihr werdet sterben!«* sagte er. »Ihr müßt in der Essenz schwimmen und euch zurückbringen lassen.«

»Wohin?« sagte der junge Mann.

»Was soll das heißen, *wohin?*«

»*Wohin* zurück?«

»In den Grove. Wo ihr hergekommen seid. Erinnert ihr euch nicht?«

Keiner gab darauf eine Antwort. Vielleicht konnte er sie nur zur Flucht bewegen, wenn er mit gutem Beispiel voranging, überlegte Howie.

»Jetzt oder nie«, sagte er zu Jo-Beth.

Sie leistete immer noch Widerstand. Er mußte ihre Hand ganz fest nehmen und sie zu den Wellen führen.

»Vertraue mir«, sagte er.

Sie antwortete ihm nicht, kämpfte aber auch nicht mehr darum, am Strand zu bleiben. Eine beunruhigende Gleichgültigkeit war über sie gekommen, deren einziges Verdienst vielleicht war, dachte er, daß die Essenz sie diesmal in Ruhe lassen würde. Er war nicht sicher, ob sie ihn mit solcher Gleichgültigkeit behandeln würde. Er war keineswegs so frei von Gefühlen wie während der Reise hierher. Alle möglichen Empfindungen tobten in ihm, und möglicherweise wollte die Essenz mit einer oder allen ihr Spiel treiben. Zuerst kam natürlich Angst um ihr Leben. Dicht gefolgt von der Verwirrung des Ekels angesichts von Jo-Beths Zustand – und Schuldgefühlen wegen dieses Ekels. Aber die Botschaft, die in der Luft lag, war so dringend, daß er trotz dieser Ängste weiter zum Strand hinunterging. Sie war mittlerweile beinahe eine körperliche Empfindung, was ihn an eine andere Zeit seines Lebens erinnerte, und natürlich an einen anderen Ort; eine Erinnerung, die er nicht ganz zu fassen bekam. Einerlei. Die Botschaft war ohne jeden Zweifel. Was immer die Iad waren, sie brachten Schmerzen: unablässige, unerträgliche Schmerzen. Einen Holocaust, bei dem jeder Aspekt des Todes erforscht und gefeiert werden würde, nur nicht das Dahinscheiden selbst; dieses würde hinausgezögert werden, bis der gesamte Kosm ein einziges menschliches Schluchzen nach Erlösung sein würde. Irgendwo hatte er schon einmal einen Vorgeschmack davon verspürt, in einer Ecke von Chicago. Vielleicht tat sein Verstand ihm einen Gefallen, weil er die Erinnerung daran nicht preisgeben wollte.

Die Wellen waren noch einen Meter entfernt, sie schwollen langsam an und dröhnten, wenn sie brachen.

»Es geht los«, sagte er zu Jo-Beth.

Ihre einzige Reaktion – wofür er außerordentlich dankbar war – bestand darin, daß sie seine Hand ganz fest nahm, worauf sie gemeinsam in das verwandelnde Meer stiegen.

IV

Als er an Ellen Nguyens Haustür klingelte, kam nicht sie, um aufzumachen, sondern ihr Sohn.

»Ist deine Mama da?« fragte er.

Der Junge sah keineswegs gesund aus, hatte aber keinen Schlafanzug mehr an, sondern schmutzige Jeans und ein noch schmutzigeres T-Shirt.

»Ich dachte, du bist weggegangen«, sagte er zu Grillo.

»Warum?«

»Weil alle weg sind.«

»Das stimmt.«

»Willst du reinkommen?«

»Ich würde gerne mit deiner Mama sprechen.«

»Die ist beschäftigt«, sagte Philip, machte aber trotzdem die Tür auf. Das Haus war noch chaotischer als beim ersten Besuch; die Überreste mehrerer Fertiggerichte lagen herum. Die Kreationen eines kindlichen Gourmets, dachte Grillo: Hot Dogs und Eiskrem.

»Wo *ist* denn deine Mama?« wandte sich Grillo an Philip.

Er deutete zur Schlafzimmertür, nahm einen Teller mit halb aufgegessenen Speisen und entfernte sich.

»Warte«, sagte Grillo. »Ist sie krank?«

»Nee«, sagte der Junge. Er sah aus, als hätte er seit Wochen keine acht Stunden mehr durchgeschlafen, überlegte Grillo. »Sie kommt nicht mehr raus«, fuhr er fort. »Nur nachts.«

Er wartete, bis Grillo mit einem Nicken geantwortet hatte, dann ging er in sein Zimmer, weil er sämtliche Informationen gegeben hatte, deren er fähig war. Grillo hörte, wie der Junge die Tür zumachte und es ihm überließ, alleine über das Problem nachzudenken. Die jüngsten Ereignisse hatten ihm nicht viel Zeit für erotische Tagträume gelassen, aber die Stunden, die er dort verbracht hatte, in eben dem Zimmer, in das sich Ellen zurückgezogen hatte, übten eine starke Faszination auf sein Denken und seine Lenden aus. Trotz der frühen Morgenstunde, seiner generellen Müdigkeit und der verzweifelten Lage im Grove wollte ein Teil von ihm die Sache zu Ende bringen, die beim letzten Mal unvollendet geblieben war: nur einmal richtig mit Ellen schlafen, bevor er zu der Reise unter die Erde aufbrach. Er ging zur Schlafzimmertür und klopfte. Er hörte nur ein Stöhnen von drinnen.

»Ich bin's«, sagte er. »Grillo. Kann ich reinkommen?«

Er drehte, ohne auf eine Antwort zu warten, den Knauf. Die Tür war nicht abgeschlossen – sie ging einen Zentimeter auf – aber etwas verhinderte, daß er sie weiter aufmachte. Er drückte etwas fester, dann noch fester. Ein Stuhl, der auf der anderen Seite unter den Knauf gestellt worden war, fiel lärmend um. Grillo stieß die Tür auf.

Zuerst dachte er, sie wäre allein im Zimmer. Krank und allein. Sie lag im Morgenmantel auf dem ungemachten Bett, der Gürtel war nicht zugebunden, der Mantel offen. Darunter war sie nackt. Sie drehte das Gesicht nur ganz langsam in seine Richtung, und als sie es tat – mit in der Düsternis glitzernden Augen –, brauchte sie ein paar Sekunden, bis sie auf sein Eintreten reagierte.

»Bist du es wirklich?« sagte sie.

»Natürlich. Ja. Wer sonst...?«

Sie richtete sich ein wenig im Bett auf und zog den Morgenmantel über den Körper. Er sah, daß sie sich nicht mehr rasiert hatte, seit er hier gewesen war. Er bezweifelte überhaupt, daß sie das Zimmer oft verlassen hatte. Es roch nach überlangem Aufenthalt.

»Du solltest nicht... *sehen*«, sagte sie.

»Ich habe dich schon nackt gesehen«, murmelte er. »Ich wollte dich wieder so sehen.«

»Ich meine nicht *mich*«, antwortete sie.

Er verstand ihre Bemerkung nicht, bis sie den Blick von ihm abwandte und in die entfernteste Ecke des Zimmers sah. Er folgte dem Blick. Dort, tief in der Ecke, stand ein Stuhl. Auf diesem Stuhl lag etwas, das er beim Eintreten für ein Bündel Kleidungsstücke gehalten hatte. Aber das war es nicht. Die Blässe war nicht Wäsche, sondern bloße Haut, die Falten eines Mannes, der nackt auf dem Stuhl saß und den Oberkörper so weit vornübergebeugt hatte, daß die Stirn auf den gefalteten Händen lag. Sie waren an den Handgelenken zusammengebunden. Das Seil verlief bis zu den Knöcheln hinab, die ebenfalls gefesselt waren.

»Das«, sagte Ellen leise, »ist Buddy.«

Als er seinen Namen hörte, hob der Mann den Kopf. Grillo hatte nur die allerletzten Überbleibsel von Fletchers Armee gesehen, aber er wußte denoch, wie sie aussahen, wenn ihr Halbleben abzulaufen begann. Diesen Anblick sah er jetzt vor sich. Es war nicht der echte Buddy Vance, sondern eine Ausgeburt von Ellens Fantasie, die ihre Begierde heraufbeschworen und geformt hatte. Das Gesicht war noch weitgehend intakt: vielleicht hatte sie es sich präziser als den Rest seiner Anatomie vorgestellt. Es wies tiefe Runzeln auf – beinahe Furchen –, war aber unbestreitbar charismatisch. Als er sich ganz aufrichtete, wurde der zweite und detaillierteste Teil von ihm sichtbar. Teslas Klatsch war – wie immer – zuverlässig gewesen. Das Halluzigen hatte ein Gehänge wie ein Esel. Grillo starrte es an und wurde erst aus seinem Neid gerissen, als der Mann zu sprechen anfing.

»Wer sind Sie, daß Sie einfach hier hereinkommen?« sagte er.

Die Tatsache, daß dieses Ding soviel eigenen Willen hatte, daß es sprechen konnte, schockierte ihn.

»Psst«, sagte Ellen zu ihm.

Der Mann sah zu ihr und wehrte sich gegen die Fesseln.

»Er wollte gestern nacht gehen«, sagte sie zu Grillo. »Ich weiß nicht, warum.«

Grillo wußte es, sagte aber nichts.

»Ich habe ihn selbstverständlich nicht weggehen lassen. Es gefällt ihm, wenn er so gehalten wird. Dieses Spiel haben wir oft gespielt.«

»Wer ist das?« sagte Vance.

»Grillo«, antwortete Ellen. »Ich habe dir doch von Grillo erzählt.« Sie stützte sich auf dem Bett auf, bis sie mit dem Rücken an der Wand lehnte und die Arme auf den hochgezogenen Knien liegen hatte. Sie bot Vance' Blick ihre Fotze dar. Dieser betrachtete sie dankbar, während sie weitersprach. »Ich habe dir von Grillo erzählt«, sagte sie. »Wir haben es miteinander getrieben, oder nicht, Grillo?«

»Warum?« sagte Vance. »Warum bestrafst du mich?«

»Sag es ihm, Grillo«, sagte Ellen. »Er will es wissen.«

»Ja«, sagte Vance, dessen Tonfall plötzlich zögernd war. »Erzählen Sie es mir. Bitte erzählen Sie es mir.«

Grillo wußte nicht, ob er kotzen oder lachen sollte. Er dachte, die letzte Szene, die er in diesem Zimmer gespielt hatte, wäre pervers genug gewesen, aber das hier war wieder etwas anderes. Ein Traum von einem toten Mann in Fesseln, der darum bettelte, mit einer Schilderung von Sex mit seiner Geliebten kasteit zu werden.

»Sag es ihm«, meinte Ellen.

Der seltsame Unterton ihres Befehls brachte Grillo wieder zu sich.

»Das ist nicht der echte Vance«, sagte er und genoß den Gedanken, ihr ihren Traum zu nehmen. Aber sie war ihm einen Schritt voraus.

»Das weiß ich«, sagte sie und ließ den Kopf kreisen, während sie ihren Gefangenen ansah. »Er kommt aus meinem Kopf. Ich bin wahnsinnig.«

»Nein«, sagte Grillo.

»Er ist tot«, antwortete sie leise. »Er ist tot, aber er ist immer noch da. Ich weiß, er ist nicht wirklich, aber er ist da, also muß ich verrückt sein.«

»Nein, Ellen... das liegt an dem, was im Einkaufszentrum geschehen ist. Erinnerst du dich? Der brennende Mann? Du bist nicht die einzige.«

Sie nickte und machte die Augen halb zu.

»Philip...«, sagte sie.

»Was ist mit ihm?«

»Er hatte auch Träume.«

Grillo dachte wieder an den Jungen. Der verkniffene Ausdruck, der Verlust in seinen Augen. »Wenn du weißt, daß dieser... *Mann* nicht echt ist, warum dann die Spielchen?« sagte er dann.

Sie machte die Augen ganz zu.

»Ich weiß nicht mehr...«, begann sie, »...was echt ist und was nicht.« *Das* war Selbstmitleid, das einen Nerv berührte, dachte Grillo. »Als er auftauchte, da wußte ich, er war nicht da, wie er *früher* da war. Aber vielleicht spielt das keine Rolle.«

Grillo hörte zu, weil er Ellens Gedankengang nicht unterbrechen wollte. Er hatte in jüngster Zeit so vieles gesehen, was ihn in Verwirrung stürzte – Wunder und Geheimnisse –, und im Bemühen, bei allem Zeuge zu sein, hatte er sich selbst auf Distanz gehalten. Paradoxerweise machte es gerade das zum Problem, die Geschichte zu erzählen. Und es war auch nur *sein* Problem. Er war der ewige Beobachter, hielt Gefühle auf Distanz, weil er Angst hatte, sie könnten ihn zu sehr berühren und dadurch sein sauer erkämpftes Desinteresse zunichte machen. Hatten die Dinge, die in diesem Bett stattgefunden hatten, deshalb so eine Macht über seine Fantasie? Am Akt selbst nicht beteiligt zu sein; zur Funktion der Begierde von jemand anderem zu werden, der Leidenschaft und Absicht von jemand anderem? War er darauf neidischer als auf die fünfundzwanzig Zentimeter von Buddy Vance?

»Er war ein großartiger Liebhaber, Grillo«, sagte Ellen. »Besonders dann, wenn er verbrennt, weil jemand anders dort ist, wo er gerne sein möchte. Rochelle hat dieses Spiel nicht gerne gespielt.«

»Hat den Witz nicht begriffen«, sagte Vance, der immer noch ansah, was Grillo nicht sehen konnte. »Sie hat nie...«

»Mein Gott!« sagte Grillo, dem plötzlich etwas klar wurde. »Er war *hier*, nicht? Er war hier, als wir beide...« Die Vorstellung machte ihn sprachlos. Er brachte nur noch heraus: »...vor der Tür.«

»Damals wußte ich das noch nicht«, sagte Ellen leise. »Ich hatte es nicht so geplant.«

»Herrgott!« sagte Grillo. »Alles war eine Vorstellung für ihn. Du hast mich zur Schau gestellt. Du hast mich zur Schau gestellt, damit dein Fantasiegebilde in Wallung kommt.«

»Vielleicht... hatte ich einen Verdacht«, gab sie zu. »Warum bist du so wütend?«

»Liegt das nicht auf der Hand?«

»Nein«, sagte sie in durch und durch vernünftigem Tonfall. »Du liebst mich nicht. Du kennst mich nicht einmal, sonst wärst du nicht so schockiert. Du hast nur etwas von mir gewollt, und das hast du bekommen.«

Ihre Darstellung war akkurat; und sie tat weh. Sie machte Grillo böse.

»Du weißt, daß dieses *Ding* nicht ewig hierbleibt«, sagte er und deutete mit dem Daumen auf Ellens Gefangenen; oder genauer, auf den Knüppel.

»Ich weiß«, sagte sie, und ihre Stimme verriet, daß sie darüber ein wenig traurig war. »Aber das bleibt keiner von uns, richtig? Nicht einmal du.«

Grillo sah sie an; er wollte, daß sie sich zu ihm umdrehte und seinen Schmerz sah. Aber sie hatte nur Augen für das Fantasiegespinst. Er gab auf und überbrachte die Botschaft, wegen der er hergekommen war.

»Ich rate dir, den Grove zu verlassen«, sagte er. »Nimm Philip und geh.«

»Warum?« sagte sie.

»Vertraue mir. Die Möglichkeit besteht, daß es den Grove morgen schon gar nicht mehr gibt.«

Jetzt ließ sie sich herab, sich zu ihm umzudrehen.

»Ich verstehe«, sagte sie. »Mach die Tür zu, wenn du gehst, ja?«

»Grillo.« Tesla machte die Tür von Hotchkiss' Haus auf. »Du kennst vielleicht seltsame Leute.«

Er hatte Hotchkiss nie als seltsam betrachtet. Ein Mann in Trauer, ja. Gelegentlich betrunken, aber wer war das nicht? Aber er war nicht auf das Ausmaß der Besessenheit des Mannes vorbereitet.

Im hinteren Teil des Hauses befand sich ein Zimmer, das ausschließlich dem Grove und dem Boden, auf dem er erbaut worden war, gewidmet war. Geologische Karten hingen an den Wänden, zusammen mit im Lauf der Jahre aufgenommenen, sorgfältig datierten Fotos, die Risse in Straßen und Gehwegen zeigten. Daneben waren Zeitungsausschnitte gepinnt. Ihr einziges Thema: Erdbeben.

Der Besessene selbst saß unrasiert inmitten seiner Informationen und hielt eine Tasse Kaffee in der Hand; sein Gesichtsausdruck war erschöpft, aber zufrieden.

»Habe ich es nicht gesagt? Die wahre Geschichte liegt unter unseren Füßen. Dort war sie immer.«

»Wollen Sie es machen?« fragte Grillo ihn.

»Was? Hinunterklettern? Klar doch.« Er zuckte die Achseln. »Scheiß drauf. Es wird uns alle umbringen, aber scheiß drauf. Die Frage ist: Wollen *Sie* es machen?«

»Nicht unbedingt«, sagte Grillo. »Aber ich habe ein brennendes Interesse daran. Ich will die ganze Geschichte.«

»Hotchkiss hat Informationen, die du nicht kennst«, sagte Tesla.

»Und die wären?«

»Noch Kaffee?« wandte sich Hotchkiss an Witt. »Ich muß nüchtern werden.«

Witt ging pflichtschuldigst hinaus, um den Kaffee zu holen.

»Konnte den Kerl nie leiden«, bemerkte Hotchkiss.

»Was war er, der Dorftrottel?«

»Scheiße, nein. Er war Herr Saubermann. Verkörperte alles, was ich am Grove verabscheut habe.«

»Er kommt zurück«, sagte Grillo.

»Na und?« fuhr Hotchkiss fort, als Witt das Zimmer betrat. »Er weiß es. Oder nicht, William?«

»Was?« sagte Witt.

»Was für ein Pißkopf Sie waren.«

Witt nahm die Beleidigung ohne mit der Wimper zu zucken hin.

»Sie konnten mich nie leiden, richtig?«

»Richtig.«

»Und ich konnte Sie nie richtig leiden«, konterte Witt. »Falls das noch eine Rolle spielt.«

Hotchkiss lächelte. »Freut mich, daß wir uns ausgesprochen haben«, sagte er.

»Ich will diese *Informationen* haben«, sagte Grillo.

»Nichts leichter als das«, sagte Hotchkiss. »Ich habe mitten in der Nacht einen Anruf aus New York erhalten. Ein Schnüffler, den ich angeheuert hatte, als meine Frau mich verließ. Um sie zu finden. Oder es wenigstes zu versuchen. Sein Name ist D'Amour. Er hat sich – glaube ich – auf übernatürliche Phänomene spezialisiert.«

»Warum haben Sie ihn angeheuert?«

»Nach dem Tod unserer Tochter hat sich meine Frau mit ein paar merkwürdigen Leuten eingelassen. Sie hat nie richtig akzeptiert, daß Carolyn von uns gegangen war. Sie hat versucht, durch Spiritisten mit ihr Verbindung aufzunehmen. Schließlich ist sie einer Spiritistenkirche beigetreten. Dann lief sie weg.«

»Und warum haben Sie in New York nach ihr gesucht?« fragte Grillo.

»Sie wurde dort geboren. Es schien mir am wahrscheinlichsten, daß sie dorthin zurückkehrt.«

»Und hat D'Amour sie gefunden?«

»Nein. Aber er hat jede Menge über die Kirche zutage gefördert, der sie beigetreten war. Ich meine... der Bursche verstand sein Handwerk.«

»Und warum hat er Sie angerufen?«

»Darauf kommt er gerade«, sagte Tesla.

»Ich weiß nicht, wer D'Amours Kontaktleute sind, aber der Anruf war eine *Warnung.*«

»Wovor?«

»Vor dem, was hier im Grove passiert.«

»Das hat er gewußt?«

»O ja, das hat er gewußt.«

»Ich glaube, ich sollte mit ihm reden«, sagte Tesla. »Wie spät ist es in New York?«

»Kurz nach Mittag«, sagte Witt.

»Trefft ihr beide die Vorbereitungen, die für den Abstieg erforderlich sind«, sagte sie. »Wo finde ich D'Amours Telefonnummer?«

»Hier«, sagte Hotchkiss und gab Tesla einen Notizblock. Sie riß das oberste Blatt ab, auf dem die Nummer und der Name standen (Harry M. D'Amour, hatte Hotchkiss geschrieben), und überließ die Männer ihrer Unterhaltung. In der Küche war ein Telefon. Sie setzte sich und wählte die elf Ziffern. Ein Anrufbeantworter schaltete sich ein.

»Augenblicklich kann leider niemand Ihren Anruf entgegennehmen. Bitte hinterlassen Sie nach dem Pfeifton eine Nachricht.«

Sie gehorchte. »Hier spricht eine Freundin von Jim Hotchkiss in Palomo Grove. Mein Name ist...«

Eine Stimme unterbrach sie.

»Hotchkiss hat Freunde?« fragte die Stimme.

»Spricht dort Harry D'Amour?«

»Ja. Wer ist da?«

»Tesla Bombeck. Und ja, er *hat* Freunde.«

»Man lernt jeden Tag etwas Neues. Was kann ich für Sie tun?«

»Ich rufe aus Palomo Grove an. Hotchkiss sagt, Sie wissen, was hier los ist.«

»Ja, ich habe eine ungefähre Vorstellung.«

»Wie?«

»Ich habe Freunde«, sagte D'Amour. »Leute, die am Ball sind. Sie sagen seit Monaten, daß an der Westküste etwas ausbrechen würde, daher ist niemand besonders überrascht. Viele beten, aber überrascht ist keiner. Was ist mit Ihnen? Sind Sie eine Auserwählte?«

»Sie meinen mit übersinnlichen Fähigkeiten? Nein.«

»Was haben Sie dann damit zu tun?«

»Das ist eine lange Geschichte.«

»Dann schneiden Sie die Verfolgungsjagd«, sagte D'Amour. »Das ist ein Ausdruck aus der Filmbranche.«

»Ich weiß«, sagte Tesla. »Ich arbeite in der Filmbranche.«

»Ach ja? Als was?«

»Ich schreibe Drehbücher.«

»Haben Sie eines geschrieben, das ich kenne? Ich sehe mir viele Filme an. Lenkt mich von der Arbeit ab.«

»Vielleicht lernen wir uns einmal kennen«, sagte Tesla. »Dann können wir uns über Filme unterhalten. Bis dahin muß ich einiges von Ihnen wissen.«

»Zum Beispiel?«

»Nun, zunächst einmal: Haben Sie je etwas von den *Iad Uroboros* gehört?«

Es folgte ein langes Schweigen in der Leitung.

»D'Amour? Sind Sie noch da? *D'Amour?*«

»Harry«, sagte er.

»Harry. Also... haben Sie von ihnen gehört oder nicht?«

»Zufällig ja.«

»Von wem?«

»Ist das wichtig?«

»Zufällig ja«, erwiderte Tesla. »Es gibt solche und solche Quellen. Das wissen Sie auch. Menschen, denen man vertraut, und Menschen, denen man nicht vertraut.«

»Ich arbeite mit einer Frau namens Norma Paine zusammen«, sagte D'Amour. »Sie gehört zu den Leuten, von denen ich eingangs gesprochen habe. Sie ist am Ball.«

»Was weiß sie über die Iad?«

»Erstens«, sagte D'Amour. »Kurz vor Dämmerung ist an der Ostküste etwas passiert, im Traumland. Wissen Sie, warum?«

»Ich kann es mir denken.«

»Norma spricht ständig von einem Ort namens Essig.«

»Essenz«, verbesserte Tesla ihn.

»Also kennen Sie ihn?«

»Sie müssen mir keine Fangfragen stellen. Ja, ich kenne ihn. Und ich muß unbedingt wissen, was sie über die Iad zu sagen hat.«

»Daß sie diejenigen sind, die ausbrechen werden. Sie weiß aber nicht, wo. Sie bekommt widersprüchliche Meldungen.«

»Haben sie irgendwelche Schwächen?« fragte Tesla.

»Soweit ich weiß nicht.«

»Wieviel wissen Sie eigentlich über sie? Ich meine, wie wird eine Invasion der Iad sein? Werden sie eine Armee über die Essenz einschiffen? Bekommen wir Maschinen zu sehen, Bomben, *was?* Sollte nicht jemand versuchen, das Pentagon zu informieren?«

»Das Pentagon ist bereits informiert«, sagte D'Amour.

»Tatsächlich?«

»Meine Dame, wir sind nicht die einzigen Menschen, die von den Iad gehört haben. Völker überall auf der Welt haben ihr Ebenbild in ihre Kultur eingebaut. Sie sind der *Feind.*«

»Sie meinen, wie der Teufel? Kommt der zu uns herüber? Satan?«

»Das bezweifle ich. Ich glaube, wir Christen sind immer ein wenig naiv gewesen«, sagte D'Amour. »Ich habe Dämonen kennengelernt, und sie sehen nie so aus, wie man es erwartet.«

»Wollen Sie mich auf den Arm nehmen? Dämonen? Leibhaftig? In New York?«

»Hören Sie, für mich hört sich das nicht vernünftiger an als für Sie, meine Dame...«

»Ich heiße Tesla.«

»Jedesmal, wenn ich so eine verdammte Ermittlung abgeschlossen habe, denke ich mir: Vielleicht ist das alles gar nicht passiert. Bis zum nächsten Mal. Und dann passiert dieselbe Narretei. Man leugnet die Möglichkeit, bis sie einem fast das Gesicht abbeißt.«

Tesla dachte an alles, was sie in den vergangenen Tagen gesehen hatte: Terata, Fletchers Tod, die Schleife und Kissoon in der Schleife; die Lix, die sich auf ihrem eigenen Bett geschlängelt hatten; zuletzt Vance' Haus und das Schisma, das sich darin befand. Nichts davon konnte sie leugnen. Sie hatte alles deutlich gesehen. War fast davon getötet worden. D'Amours Gerede von Dämonen war nur deshalb so schockierend, weil die Wortwahl so archaisch war. Sie glaubte nicht an den Teufel oder die Hölle. Daher war die Vorstellung von Dämonen in New York vollkommen absurd. Aber angenommen: Was er *Dämonen* nannte, waren die Erzeugnisse von Macht korrumpierter Männer, so wie Kissoon? Wesen wie die Lix, die aus Scheiße, Samen und den Herzen von Babys bestanden? An *die* würde sie glauben, oder nicht?

»Also gut«, sagte sie. »Wenn *Sie* es wissen und das Pentagon es weiß, warum ist dann jetzt niemand im Grove, um die Iad aufzuhalten? Wir halten das Fort mit vier Gewehren, D'Amour...«

»Niemand wußte, wo der Durchbruch stattfinden würde. Ich bin sicher, irgendwo existiert eine Akte über den Grove als Ort, wo es nicht ganz *geheuer* ist. Aber das ist eine lange, lange Liste.«

»Also können wir bald mit Hilfe rechnen?«

»Ich würde sagen, ja. Aber meiner Erfahrung zufolge kommt sie immer zu spät.«

»Was ist mit Ihnen?«

»Was ist mit mir?«

»Könnten Sie helfen?«

»Ich habe Probleme hier«, sagte D'Amour. »Hier ist die Hölle los. Allein in Manhattan wurden in den letzten acht Stunden einhundertfünfzig Doppelselbstmorde gemeldet.«

»Liebende?«

»Ja. Die zum erstenmal miteinander geschlafen haben. Von der Ephemeris träumten und einen Alptraum bekamen.«

»Mein Gott.«

»Vielleicht haben sie richtig gehandelt«, sagte D'Amour. »Wenigstens haben sie es überstanden.«

»Was soll das heißen?«

»Ich glaube, wir vermuten alle, was diese armen Teufel *gesehen* haben, richtig?«

Sie erinnerte sich an die Schmerzen, die sie empfunden hatte, als sie gestern abend vom Freeway heruntergefahren war. Als würde die Welt in Richtung eines Mauls kippen.

»Ja«, sagte sie. »Wir vermuten es.«

»Wir werden in den nächsten Tagen miterleben, wie jede Menge Leute darauf reagieren. Unser Geist ist sehr fein ausbalanciert. Es ist nicht viel erforderlich, ihn aus dem Gleichgewicht zu bringen. Ich bin in einer Stadt voller Menschen, die zum Absturz bereit sind. Ich muß hierbleiben.«

»Und wenn die Kavallerie nicht kommt?« sagte Tesla.

»Dann ist jemand, der im Pentagon Befehle gibt, ein Ungläubiger – davon gibt es viele –, oder er arbeitet für die Iad.«

»Sie haben Agenten?«

»O ja. Nicht viele, aber genug. Es hat immer Menschen gegeben, die die Iad, selbstverständlich unter anderem Namen, angebetet haben. Für sie ist dies die Zweite Wiederkunft.«

»Gab es eine erste?«

»Das ist eine andere Geschichte, aber ja, offensichtlich gab es schon einmal eine.«

»Wann?«

»Es gibt keine zuverlässigen Überlieferungen, falls Sie das meinen. Niemand weiß, wie die Iad aussehen. Ich glaube, wir sollten beten, daß sie nicht größer als Mäuse sind.«

»Ich bete nicht«, sagte Tesla.

»Sollten Sie aber«, antwortete D'Amour. »Sie wissen jetzt ja, wieviel es außer uns noch da draußen gibt, da wäre es vielleicht sinnvoll. Hören Sie, ich muß weg. Ich wünschte, ich könnte Ihnen mehr helfen.«

»Das wünschte ich auch.«

»Aber soweit ich gehört habe, sind Sie ja nicht völlig allein.«

»Ich habe Hotchkiss und ein paar...«

»Nein. Ich meine, Norma sagt, es ist ein Erlöser draußen.«

Tesla behielt ihr Lachen für sich.

»Ich sehe keinen Erlöser«, antwortete sie. »Wonach sollte ich denn suchen?«

»Sie ist nicht sicher. Manchmal sagt sie, es ist ein Mann, manchmal eine Frau. Manchmal gar kein Mensch.«

»Das nenne ich einmal eine exakte Beschreibung.«

»Wer immer es sein mag – er, sie oder es könnte das Pendel in die andere Richtung ausschlagen lassen.«

»Und wenn nicht?«

»Verschwinden Sie aus Kalifornien. Schnell.«

Jetzt lachte sie, und zwar laut. »Vielen herzlichen Dank«, sagte sie.

»Bleiben Sie fröhlich«, sagte D'Amour. »Wie mein Vater immer zu sagen pflegte. Sie hätten nicht teilnehmen sollen, wenn Sie keinen Spaß verstehen.«

»Woran teilnehmen?«

»Am Rennen«, sagte D'Amour und legte den Hörer auf. Die Leitung summte. Sie lauschte den Geräuschen, in denen ferne Unterhaltungen zu hören waren. Grillo trat in die Tür.

»Sieht mehr und mehr nach einem Kamikazeunternehmen aus«, verkündete er. »Wir haben nicht die entsprechende Ausrüstung und keine Karte von dem Höhlensystem, in das wir vordringen.«

»Warum nicht?«

»Es existieren keine. Offenbar ist die ganze Stadt auf Boden erbaut, der sich ständig verändert.«

»Haben wir Alternativen?« sagte Tesla. »Der Jaff ist der einzige Mensch ...« Sie verstummte plötzlich.

»Was?« sagte Grillo.

»Er ist eigentlich gar kein Mensch, nicht?« sagte sie.

»Ich verstehe nicht.«

»D'Amour sagte, wir hätten einen Erlöser in der Gegend. Kein Mensch. Das muß der Jaff sein, richtig? Sonst paßt die Beschreibung auf niemanden.«

»Ich kann ihn mir nicht als Erlöser vorstellen«, sagte Grillo.

»Dann müssen wir ihn eben überzeugen«, lautete die Antwort.

V

Als Tesla, Witt, Hotchkiss und Grillo das Haus verließen, um ihren Abstieg zu beginnen, war die Polizei im Grove eingetroffen. Oben auf dem Hügel sah man die Blinklichter; Sirenen von Krankenwagen heulten. Trotz des Lärms und der Geschäftigkeit war keine Spur von den Einwohnern der Stadt zu sehen, obwohl ein paar offenbar noch hier wohnten. Sie hatten sich entweder mit ihren verfallenden Träumen eingesperrt, so wie Ellen Nguyen, oder verbarrikadiert. Der Grove war de facto eine Geisterstadt. Als das Heulen der Sirenen aufhörte, senkte sich ein umfassenderes Schweigen als in jeder Mitternachtsstunde über die vier Ortsteile. Die Sonne schien auf verlassene Gehwege, verlassene Gärten, verlassene Einfahrten. Keine Kinder spielten auf den Schaukeln; kein Fernseher war zu hören, kein Radio, Rasenmäher, Küchenmixer oder Klimaanlage. Die Ampeln an den Kreuzungen wechselten noch die Farben, aber es war niemand mehr auf den Straßen – abgesehen von Polizeiautos und Krankenwagen, die ohnehin nicht auf sie achteten. Sogar die Hundemeuten, die sie vor Einbruch der Dämmerung sehen konnten, hatten sich Belangen zugewandt, die sie nicht ins offene Gelände führten. Der Anblick der gleißenden Sonne, die auf die verlassene Stadt herabschien, hatte sogar sie das Gruseln gelehrt.

Hotchkiss hatte eine Liste von Gegenständen zusammengestellt, die sie brauchten, wenn sie den bevorstehenden Abstieg erfolgreich bewerkstelligen wollten: Seile, Fackeln und ein paar Kleidungsstücke. Daher war das Einkaufszentrum die erste Station des Unternehmens. Als sie dort eintrafen, war William am betroffensten über den Anblick, der sich ihnen bot. Seit er arbeitete, hatte er das Einkaufszentrum jeden Tag vom frühen Morgen bis zum frühen Abend emsig gesehen. Jetzt war niemand da. Die neuen Scheiben der Geschäfte glänzten; die hinter den Scheiben aufgestapelten Produkte lockten, aber es waren weder Käufer noch Verkäufer anwesend. Die Türen waren alle verschlossen; die Geschäfte stumm.

Mit einer Ausnahme: die Tierhandlung. Diese hatte, ganz im Gegensatz zu den anderen Läden des Zentrums, wie üblich geöffnet; die Tür stand offen, die Waren kläfften, krächzten und erzeugten ganz allgemein ein wahres Tohuwabohu. Während sich Grillo und Hotchkiss auf den Weg machten, die Einkaufsliste abzuhaken, nahm Witt Tesla mit in die Tierhandlung. Ted Elizando arbeitete, er füllte gerade die Tropfwasserflaschen an den Katzenkäfigen auf. Es überraschte ihn nicht, Kundschaft zu sehen. Er zeigte überhaupt keinen Gesichtsausdruck. Nicht einmal, daß er Witt kannte, obwohl Tesla nach den Begrüßungsworten vermutete, daß dem so war.

»Ganz allein heute morgen, Ted?« sagte Witt.

Der Mann nickte. Er hatte sich seit zwei oder drei Tagen nicht mehr rasiert. Und nicht geduscht. »Ich... wollte eigentlich gar nicht aufstehen... aber ich mußte es. Wegen der Tiere.«

»Natürlich.«

»Sie würden sterben, wenn ich mich nicht um sie kümmere«, fuhr Ted fort und sprach langsam und einstudiert wie jemand, der Mühe hat, seine Gedanken zu behalten. Er machte beim Sprechen den Käfig neben sich auf und holte ein Kätzchen aus einem Nest aus Zeitungspapierschnipseln heraus. Es lag in seinem Arm, den Kopf in der Armbeuge. Er streichelte es. Dem Tier gefiel die Aufmerksamkeit, es krümmte den Rücken jeder langsamen Bewegung der Hand entgegen.

»Ich glaube nicht, daß noch jemand in der Stadt ist, der sie kauft«, sagte William.

Ted betrachtete das Kätzchen.

»Was soll ich nur machen?« sagte er. »Ich kann sie nicht ewig füttern, oder?« Er sprach mit jedem Wort leiser, bis er nur noch flüsterte. »Was ist nur mit den Leuten los?« sagte er. »Wohin sind sie gegangen? Wohin sind alle gegangen?«

»Fort, Ted«, sagte William. »Sie haben die Stadt verlassen. Und ich glaube nicht, daß sie zurückkommen werden.«

»Glaubst du, ich sollte auch gehen?« sagte Ted.

»Das solltest du vielleicht«, antwortete William.

Der Mann schien am Boden zerstört zu sein.

»Was wird aus den Tieren?« fragte er.

Als sie Zeugin von Ted Elizandos Elend wurde, wurde Tesla zum ersten Mal das ganze Ausmaß der Tragödie des Grove bewußt. Als sie zum ersten Mal durch die Straßen gegangen war und Botin für Grillo gespielt hatte, da hatte sie das Handlungsgerüst für das fiktionale Ende der Stadt erstellt. Das Bombe-im-Koffer-Drehbuch, in dem die apathischen Bewohner des Grove die Prophetin in dem Augenblick aus der Stadt jagten, als der große Knall kam. Die Geschichte war gar nicht so weit von der Wahrheit entfernt. Die Explosion war langsam und subtil gewesen, nicht schnell und heftig, aber sie hatte dennoch stattgefunden. Sie hatte die Straßen leergefegt und nur ein paar – wie Ted – verschont, die durch die Ruinen stolperten und die letzten vereinzelten Überreste von Leben einsammelten. Das Drehbuch war eine Art fantasierter Rache an der behaglichen, sorglosen Existenz der Stadt gewesen. Aber in der Retrospektive war sie ebenso sorglos wie die Stadt selbst gewesen und war sich ihrer moralischen Überlegenheit ebenso sicher wie die Stadt sich ihrer Unverwundbarkeit. Hier wurden echte Schmerzen erduldet. Echter Verlust. Die Menschen, die im Grove gelebt hatten und geflohen waren, waren nicht aus Pappe ausgeschnitten. Sie hatten geliebt und gelebt, hatten Familien und Haustiere; sie hatten sich hier niedergelassen in dem Glauben, sie hätten einen Platz an der Sonne gefunden, wo sie sicher waren. Sie hatte nicht das Recht, über sie zu richten.

Sie ertrug es nicht mehr, Ted weiter anzusehen, der das Kätzchen mit einer solchen Zärtlichkeit streichelte, als wäre es sein einziges Bindeglied zur geistigen Gesundheit. Sie überließ es Witt, mit ihm zu sprechen, und ging auf den hellen Parkplatz, um herauszufinden, ob sie Coney Eye zwischen den Bäumen erkennen konnte. Sie studierte die Hügelkuppe so lange, bis sie die Reihe struppiger Palmen erkennen konnte, die die Einfahrt säumten. Die grellbunte Fassade von Buddy Vance' Traumhaus war gerade zwischen ihnen zu erkennen. Es war ein schwacher Trost, aber wenigstens das Gebäude selbst stand noch. Sie hatte schon befürchtet, das Loch in der Mitte würde einfach immer größer werden und die Wirklichkeit auflösen, bis es das Haus verzehrt hatte. Sie wagte nicht zu hoffen, daß es sich einfach wieder geschlossen hatte – sie wußte tief im Innersten, daß das nicht so war. Aber solange es stabil blieb, war immerhin etwas gewonnen. Wenn sie rasch genug waren und den Jaff fanden, konnten sie vielleicht eine Möglichkeit finden, den Schaden zu beheben, den er angerichtet hatte.

»Siehst du etwas?« fragte Grillo sie. Er kam mit Hotchkiss um die Ecke; beide waren von ihren Lasten niedergedrückt: Seilschlingen, Fackeln, Batterien, ein Sortiment Pullover.

»Da unten ist es kalt«, erklärte Hotchkiss, als sie deswegen fragte. »Verdammt kalt. Und wahrscheinlich feucht.«

»Immerhin haben wir die Wahl«, sagte Grillo mit Galgenhumor. »Ertrinken, erfrieren oder abstürzen.«

»Ich habe gerne die Wahl«, sagte sie und fragte sich, ob das Sterben beim zweiten Mal ebenso widerlich wie beim ersten Mal sein würde. Daran solltest du nicht einmal denken, sagte sie. Eine zweite Wiederauferstehung wird es nicht für dich geben.

»Wir sind bereit«, sagte Hotchkiss. »Eine bessere Gelegenheit kommt nicht mehr. Wo ist Witt?«

»In der Tierhandlung«, sagte sie. »Ich hole ihn.«

Sie ging wieder um die Ecke und stellte fest, daß Witt die Tierhandlung verlassen hatte und in ein anderes Schaufenster sah.

»Etwas geschehen?« fragte sie.

»Das sind meine Büros«, sagte er. »Waren es. Ich habe *dort* gearbeitet.« Er deutete mit einem Finger durchs Glas. »An dem Schreibtisch mit der Pflanze.«

»Tote Pflanze«, stellte sie fest.

»Alles ist tot«, antwortete Witt vehement.

»Seien Sie nicht so defätistisch«, sagte sie zu ihm und eilte mit ihm zum Auto, wo Hotchkiss und Grillo die Ladung bereits verstaut hatten.

Während der Fahrt teilte Hotchkiss ihnen mit einfachen Worten seine Bedenken mit.

»Ich habe Grillo schon gesagt«, meinte er, »daß dies für uns alle ein Kamikazeunternehmen ist. Besonders für Sie«, sagte er und betrachtete Tesla im Rückspiegel. Er ging nicht weiter auf diese Bemerkung ein, sondern fuhr mit der nüchternen Aufzählung fort. »Wir haben nicht die erforderliche Ausrüstung. Was wir in den Geschäften gefunden haben, ist für den Hausgebrauch; in einer Krisensituation wird es uns nicht das Leben retten. Und wir sind untrainiert. Alle. Ich bin ein paarmal geklettert, aber das ist schon lange her. Eigentlich bin ich nur Theoretiker. Und dies ist kein einfaches Höhlensystem. Es gibt gute Gründe, warum Vance' Leichnam nicht heraufgeholt wurde. Es sind Menschen da unten gestorben...«

»Das lag nicht an den Höhlen«, sagte Tesla. »Es war der Jaff.«

»Aber sie sind nicht wieder runtergegangen«, legte Hotchkiss dar. »Weiß Gott, niemand wollte einen Menschen ohne anständiges Begräbnis da unten lassen, aber es reichte einfach.«

»Sie waren bereit, mich runterzubringen«, erinnerte Grillo ihn. »Das ist erst ein paar Tage her.«

»Das waren Sie und ich«, sagte Hotchkiss.

»Soll das heißen, Sie hatten keine Frau dabei«, schaltete sich Tesla ein. »Damit eines völlig klar ist. Ich kann mir auch etwas Schöneres vorstellen, als in die Erde zu klettern, wenn es aussieht, als würde die halbe Welt einstürzen; aber ich bin bei allem, wozu man keinen Schwanz braucht, so gut wie jeder Mann. Ich bin kein größeres Risiko als Grillo. Tut mir leid, Grillo, aber es ist so. Wir werden sicher hinuntergelangen. Das Problem sind nicht die Höhlen, sondern das, was sich da unten verbirgt. Und ich habe eine bessere Chance, mit dem Jaff fertig zu werden, als ihr. Ich habe Kissoon gesehen; er hat mir dieselben Lügen erzählt wie dem Jaff. Ich habe eine ungefähre Vorstellung, warum er geworden ist, was er geworden ist. Wenn wir ihn überzeugen wollen, dann muß ich ihn überzeugen.«

Hotchkiss antwortete nicht darauf. Er hüllte sich in Schweigen, jedenfalls bis sie das Auto geparkt hatten und anfingen, die Ausrüstung auszuladen. Erst dann gab er wieder Anweisungen. Diesmal ohne deutliche Seitenhiebe auf Tesla.

»Ich schlage vor, ich übernehme die Führung«, sagte er. »Witt folgt mir. Danach Sie, Miss Bombeck. Grillo bildet den Schluß.«

Perlenkette, dachte Tesla, und ich in der Mitte, weil Hotchkiss wahrscheinlich kein Vertrauen in meine Muskeln hat. Sie widersprach nicht. Er leitete dieses Unternehmen, und sie zweifelte nicht daran, daß es in jeder Hinsicht so närrisch war, wie er behauptet hatte; es wäre eine lausige Politik, seine Autorität zu untergraben, wo der Abstieg unmittelbar bevorstand.

»Wir haben Fackeln«, fuhr er fort. »Jeder zwei. Eine stecken wir ein, die andere hängen wir uns um den Hals. Wir konnten keinen geeigneten Kopfschutz finden; Strickmützen müssen genügen. Wir haben Handschuhe, Stiefel, zwei Pullover und zwei Paar Socken für jeden. Fangen wir an.«

Sie trugen die Ausrüstung zwischen den Bäumen durch zur Lichtung und zogen sie dort an. Der Wald war jetzt ebenso still wie am frühen Morgen. Die Sonne schien heiß auf ihre Rücken, so daß ihnen der Schweiß ausbrach, kaum hatten sie die zusätzlichen Kleidungsstücke angelegt, aber sie brachte keinen einzigen Vogel zum Singen. Nachdem sie sich angezogen hatten, seilten sie sich an, etwa sechs Schritte auseinander. Der Theoretiker Hotchkiss kannte seine Knoten und band sie, besonders die von Tesla, mit theatralischer Beiläufigkeit. Grillo war der letzte, der angekettet wurde. Er schwitzte mehr als alle anderen, und die Adern an den Schläfen waren beinahe so dick wie das Seil um seine Taille.

»Alles O. K.?« sagte Tesla zu ihm, als Hotchkiss am Rand der Spalte saß und die Beine über den Abgrund schwang.

»Bestens«, antwortete Grillo.

»Bist nie ein überzeugender Lügner gewesen«, antwortete sie.

Hotchkiss gab eine letzte Anweisung.

»Wenn wir da unten sind«, sagte er, »wollen wir so wenig wie möglich reden, hm? Wir müssen unsere Energie sparen. Vergessen wir nicht, der Abstieg ist nur der halbe Weg.«

»Der Heimweg geht immer schneller«, sagte Tesla.

Hotchkiss bedachte sie mit einem zurechtweisenden Blick und begann den Abstieg.

Die ersten paar Meter waren vergleichsweise einfach, doch kaum waren sie drei Meter unten, fingen die Probleme an, als sie sich durch eine Felsspalte manövrierten, die ihnen gerade eben Platz bot, und das Sonnenlicht so plötzlich und unvermittelt verschwand, als hätte es nie existiert. Die Fackeln waren ein schwacher Ersatz.

»Wir warten einen Augenblick hier«, rief Hotchkiss von unten. »Bis sich unsere Augen an die Dunkelheit gewöhnt haben.«

Tesla konnte hören, wie Grillo hinter ihr schwer, fast keuchend, atmete.

»Grillo«, murmelte sie.

»Alles O. K. Alles O. K.«

Das war leicht gesagt, aber ihm war ganz anders zumute. Er kannte die Symptome von früheren Anfällen: in Fahrstühlen, die steckengeblieben waren, oder in der überfüllten U-Bahn. Das Herz schlug ihm heftig in der Brust, und ihm war, als würde sich eine Drahtschlinge um seinen Hals zusammenziehen. Aber das waren nur Äußerlichkeiten. Er hatte echte Angst vor einer Panik, die ein so unerträgliches Ausmaß annehmen konnte, daß sein Denken einfach abschaltete wie eine Lampe und es innen wie außen dunkel wurde. Er verfügte über ein ganzes Regiment von Gegenmaßnahmen – Tabletten; tiefes Durchatmen; in Extremfällen Gebete –, aber die nützten ihm jetzt überhaupt nichts. Er konnte nur leiden. Er sagte das Wort laut. Tesla hörte es.

»Hast du Freuden gesagt?« meinte sie. »Schöner Vergnügungsausflug.«

»Seid still da hinten!« polterte Hotchkiss von unten. »Wir gehen weiter.«

Sie kletterten stumm weiter; das Schweigen wurde nur von einem Grunzen unterbrochen, und einmal rief Hotchkiss, daß der Abstieg weiter vorne steiler wurde. Aus dem zickzackförmigen Abstieg, als sie sich zwischen Felsbrocken durchzwängen mußten, die der Geysir der beiden Nunciaten aufgerissen hatte, wurde bald ein schnurgerades Abseilen in einen Schacht, dessen Boden die Fackeln nicht erhellen konnten. Es war bitter kalt, und sie waren froh um die Kleidungsstücke, die sie auf Befehl von Hotchkiss angezogen hatten, obwohl die dicken Schichten das Vorankommen erschwerten. Die Felsen unter ihren Handschuhen waren an manchen Stellen naß, zweimal spritzte ihnen Wasser entgegen, das auf einen Sims auf der anderen Seite des Schachts tropfte. Die Summe allen Unbehagens brachte Tesla zu der Überlegung, was für ein bizarrer Impuls Männer – sicher handelte es sich nur um Männer; Frauen waren nicht so pervers – dazu trieb, sich dies als Freizeitsport auszusuchen. Lag es daran, daß sich, wie Hotchkiss gesagt hatte, als sie mit Witt zu ihm ins Haus gekommen war, daß alle großen Geheimnisse *unter* der Erde lagen? Wenn ja, dann war sie in bester Gesellschaft. Drei Männer, die keinen besseren Grund haben konnten, eines dieser Geheimnisse zu sehen und möglicherweise eines ans Licht zu bringen. Grillo mit seiner Besessenheit, der Welt die ganze Geschichte zu berichten. Hotchkiss, der immer noch von der Erinnerung an seine Tochter gequält wurde, die aufgrund von Ereignissen in dieser Spalte gestorben war. Und Witt, der den Grove der Länge und Breite nach kannte, nicht aber der Tiefe, bekam hier eine fundamentale Vision von der Stadt, die er liebte wie eine Frau. Hotchkiss rief wieder etwas herauf, diesmal etwas Willkommenes.

»Da unten ist ein Sims«, sagte er. »Wir können ein Weilchen ausruhen.« Sie kletterten einer nach dem anderen zu ihm hinunter. Der Sims war feucht und schmal und bot ihnen gerade eben ausreichend Platz. Sie kauerten sich schweigend darauf. Grillo holte ein Päckchen Zigaretten aus der Tasche und zündete eine an.

»Ich dachte, du hättest aufgehört«, bemerkte Tesla.

»Habe ich auch«, sagte er. Er reichte ihr die Zigarette. Sie machte einen Lungenzug und genoß den Geschmack, dann gab sie sie Grillo zurück.

»Haben wir eine Ahnung, wie weit hinunter wir müssen?« fragte Witt.

Hotchkiss schüttelte den Kopf.

»Aber irgendwo da unten ist ein Boden.«

»Nicht einmal das kann ich mit Bestimmtheit sagen.«

Witt ging auf die Hacken und tastete in der Dunkelheit auf dem Sims umher.

»Was suchen Sie?« fragte Tesla.

Er stand wieder auf und präsentierte ihr die Antwort. Ein Felsbrocken so groß wie ein Tennisball, den er in die Dunkelheit warf. Mehrere Sekunden Stille, dann hörte man, wie er unten auf

Fels prallte und zersprang; die Bruchstücke rollten in sämtliche Richtungen davon. Es dauerte lange, bis die Echos verstummten, was es beinahe unmöglich machte, die Entfernung bis hinunter zu schätzen.

»Guter Versuch«, sagte Grillo. »Im Film klappt das immer.«

»Seid mal still«, sagte Tesla. »Ich höre Wasser.«

Im darauffolgenden Schweigen wurde ihre Bemerkung bestätigt. In der Nähe floß Wasser.

»Ist das unter uns oder hinter uns an einer Wand?« sagte Witt. »Ich kann es nicht erkennen.«

»Könnte beides sein«, sagte Hotchkiss. »Zwei Dinge können verhindern, daß wir ganz hinunterkommen. Ein Hindernis, das den Weg versperrt, und Wasser. Wenn das System geflutet ist, können wir unmöglich weiter.«

»Seien wir nicht pessimistisch«, sagte Tesla. »Klettern wir einfach weiter.«

»Wir scheinen schon seit Stunden hier zu sein«, bemerkte Witt.

»Hier unten vergeht die Zeit anders«, sagte Hotchkiss. »Wir haben nicht die üblichen Signale. Zum Beispiel die Sonne, die sich am Himmel bewegt.«

»Ich bestimme die Zeit nicht nach der Sonne.«

»Aber Ihr Körper.«

Grillo wollte sich eine zweite Zigarette anzünden, aber Hotchkiss sagte: »Keine Zeit«, und ließ sich über den Rand des Simses hinunter. Die Felswand fiel keineswegs mehr senkrecht ab. In diesem Fall wären sie aufgrund ihrer mangelnden Erfahrung und der schlechten Ausrüstung wahrscheinlich nach wenigen Schritten abgestürzt. Aber die Wand war immer noch ziemlich steil und wurde mit jedem Schritt steiler; an manchen Stellen boten Risse und Vorsprünge Halt, andere waren glatt, schlüpfrig und tückisch. An diesen kletterten sie beinahe Zentimeter für Zentimeter hinunter, wobei Hotchkiss Witt die besten Stellen nannte, dieser sie an Tesla weitergab, und diese schließlich an Grillo. Sie machten diese Bemerkungen so knapp wie möglich: Atmen und Konzentration hatten absoluten Vorrang.

Sie kamen gerade am Ende einer solchen Strecke an, als Hotchkiss einen Halt befahl.

»Was ist denn?« sagte Tesla und sah zu ihm hinunter. Die Antwort bestand aus einem einzigen grimmigen Wort:

»Vance«, sagte er.

Sie hörte, wie Witt in der Dunkelheit *Mein Gott* sagte.

»Dann sind wir unten«, sagte Grillo.

»Nein«, lautete die Antwort. »nur ein Sims.«

»Scheiße.«

»Können wir ihn umgehen?« rief Tesla.

»Lassen Sie mir Zeit«, fauchte Hotchkiss zurück, und seine Stimme verriet den Schock, den er empfand.

Scheinbar mehrere Minuten – in Wirklichkeit aber wahrscheinlich weniger als eine – hielten sie sich fest, so gut sie konnten, während Hotchkiss die möglichen Routen sondierte. Als er sich für eine entschieden hatte, rief er ihnen zu, den Abstieg fortzusetzen.

Das schwache Licht der Fackeln war sonst ein Ärgernis, aber nun zeigte es plötzlich zuviel. Als sie über den Sims hinunterkletterten, war es unmöglich, nicht zu der besagten Stelle zu sehen. Dort, auf dem glitzernden Felsen, lag ein Bündel totes Fleisch. Der Kopf des Mannes war auf dem Felsen aufgebrochen wie eine Eierschale. Die Gliedmaßen waren in den unmöglichsten Winkeln verkrümmt und ganz sicher von einem Gelenk bis zum anderen gebrochen. Eine Hand lag mit nach oben gerichteter Handfläche auf dem Halsansatz. Die andere war direkt vor seinem Gesicht, die Finger leicht geöffnet, als würde er Verstecken spielen.

Der Anblick war eine Erinnerung daran, wozu ein einziges Abrutschen führen konnte – falls überhaupt eine Erinnerung daran notwendig gewesen wäre. Danach setzten sie den Abstieg um so vorsichtiger fort.

Das Geräusch fließenden Wassers war eine Zeitlang verschwunden gewesen, aber nun fing es wieder von vorne an. Diesmal wurde es nicht von der Felswand gedämpft. Es war eindeutig unter ihnen. Sie kletterten weiter hinunter, hielten aber alle zehn Schritte inne, damit Hotchkiss das Dunkel unter ihnen sondieren konnte. Erst beim vierten Halt hatte er etwas zu berichten, als er über das Tosen des Wassers rief, daß es eine gute und eine schlechte Nachricht gab. Die gute, daß der Schacht hier aufhörte. Die schlechte, daß er überflutet war.

»Gibt es keinen festen Boden da unten?« wollte Tesla wissen.

»Nicht viel«, antwortete Hotchkiss. »Und das bißchen sieht nicht sehr stabil aus.«

»Wir können nicht einfach wieder hinaufklettern«, antwortete Tesla.

»Nein?« lautete die Antwort.

»Nein«, beharrte sie. »Wir sind bis hierher gekommen.«

»Er ist nicht hier unten«, rief Hotchkiss zurück.

»Davon will ich mich selbst überzeugen.«

Er antwortete nicht, aber sie konnte sich vorstellen, wie er sie in der Dunkelheit verfluchte. Aber nach wenigen Augenblicken setzte er den Abstieg fort. Das Tosen des Wassers wurde so laut, daß eine weitere Unterhaltung unmöglich wurde, bis sie sich schließlich alle unten eingefunden hatten und dicht zusammen stehen konnten.

Hotchkiss' Meldung war zutreffend gewesen. Die winzige Plattform am Ende des Schachts war nicht mehr als eine Anhäufung von Geröll, die die Strömung zusehends mit sich riß.

»Das ist erst in jüngster Zeit entstanden«, sagte Hotchkiss. Wie um seiner Beobachtung Nachdruck zu verleihen, bröckelte, noch während er sprach, durch die Gewalt des Wassers ein Stückchen von der Felswand ab, aus der es hervorsprudelte, und wurde in die tosende Dunkelheit gerissen. Das Wasser strömte mit neuerlicher Wucht über das schmale Ufer, auf dem sie standen.

»Wenn wir nicht zusehen, daß wir hier verschwinden«, schrie Witt über den Lärm der Flut hinweg, »werden wir alle fortgespült.«

»Ich finde auch, wir sollten wieder hinaufklettern«, stimmte Hotchkiss zu. »Wir haben einen weiteren Weg vor uns. Und wir sind alle kalt und müde.«

»Halt!« protestierte Tesla.

»Er ist nicht hier!« antwortete Witt.

»Das glaube ich nicht.«

»Und was schlagen Sie vor, Miss Bombeck?« schrie Hotchkiss.

»Nun, wir könnten damit anfangen, daß wir diese Scheiße von wegen *Bombeck* sein lassen. Ist es nicht möglich, daß dieser Strom einmal versiegt?«

»Vielleicht. Nach ein paar Stunden. Aber wenn wir warten, erfrieren wir. Und selbst wenn er aufhört...«

»Ja?«

»Selbst wenn er aufhört, haben wir keinen Hinweis, in welche Richtung der Jaff gegangen ist.« Hotchkiss ließ die Fackel im Schacht kreisen. Sie reichte gerade aus, die vier Wände anzuleuchten, aber man konnte sehen, daß verschiedene Tunnel von der Stelle wegführten. »Möchten Sie raten?« brüllte Hotchkiss.

Die Möglichkeit, daß ihre Mission gescheitert war, drängte sich Tesla nun auf. Sie gab sich beste Mühe, nicht darauf zu achten, aber das war schwer. Sie war zu blauäugig gewesen, als sie gedacht hatte, der Jaff würde einfach hier unten sitzen – wie ein Frosch im Brunnen – und auf sie warten. Er konnte in jeden Tunnel auf der anderen Seite des reißenden Stroms verschwunden sein. Manche waren wahrscheinlich Sackgassen, andere führten in trockene Höhlen. Selbst wenn sie auf dem Wasser gehen könnten – ihr selbst fehlte die Übung –, welchen Weg sollten sie einschlagen? Sie zündete ihre eigene Fackel an, um die Tunnel persönlich in Augenschein zu nehmen, aber ihre Finger waren kalt und ungelenk, und als sie die Fackel drehen wollte, fiel sie ihr aus der Hand, auf den Felsen und rollte zum Wasser. Sie bückte sich, um sie nicht zu verlieren, und verlor beinahe das Gleichgewicht, weil ihr Fuß abrutschte, den sie am Rand der Plattform auf nassen Fels gestellt hatte. Grillo griff nach ihr, packte sie am Gürtel und zog sie in die Höhe. Die Fackel fiel ins Wasser. Sie sah ihr nach, dann drehte Tesla sich um, um ihm zu danken, aber als sie seinen panischen Gesichtsausdruck sah, blickte sie statt dessen zu Boden, und aus ihrem Dank wurde ein Aufschrei. Doch nicht einmal den brachte sie heraus, denn die Flut spielte mit ihrem kleinen Geröllufer und fand einen entscheidenden Stein, der, einmal fortgerissen, den ganzen Rest zur Kapitulation brachte.

Sie sah, wie sich Hotchkiss zu einer Wand des Schachts warf, um Halt zu finden, ehe das Wasser sie mit sich reißen konnte. Aber er war nicht schnell genug. Der Boden brach unter ihm weg, unter ihnen allen, und sie wurden in grausam kaltes Wasser geworfen. Es war ebenso brutal wie kalt, packte sie binnen eines Augenblicks, riß sie mit sich und warf sie in der Dunkelheit zwischen seinen groben Fluten und noch gröberen Felsen hin und her.

Tesla gelang es, sich in der Sturzflut an einem Arm festzuhalten; Grillo, dachte sie. Sie konnte sich zwei Sekunden daran festklammern – keine Höchstleistung –, dann stürzte eine Kurve im Stollen den Strom in neuerliche Wildheit, und sie wurden wieder getrennt. Es folgte ein Abschnitt unbändiger Wildheit, spritzende Gischt um sie herum, und dann wurde das Wasser ganz plötzlich still, floß in eine breite, seichte Höhle und strömte nur noch so langsam, daß Tesla die Arme auf beide Seiten ausstrekken und sich abstützen konnte. Es war keinerlei Licht vorhanden, aber sie spürte das Gewicht der anderen am Seil und hörte Grillo hinter sich keuchen.

»Lebst du noch?« fragte sie.

»Gerade so.«

»Witt? Hotchkiss? Sind Sie da?«

Witt stöhnte, und Hotchkiss prustete als Antwort.

»Ich habe das geträumt...«, hörte sie Witt sagen. »Ich habe geträumt, ich würde schwimmen.«

Sie wollte nicht darüber nachdenken, was es für sie alle bedeutete, daß Witt vom Schwimmen geträumt hatte – von der Essenz –, aber der Gedanke stellte sich trotzdem ein. Dreimal zum Meer der Träume: Geburt, Liebe und auf der Schwelle des Todes.

»Ich habe davon geträumt...«, wiederholte er, diesmal etwas leiser.

Bevor sie seine Prophezeiungen zum Schweigen bringen konnte, stellte sie fest, daß die Geschwindigkeit des Wassers wieder zugenommen hatte und es in der Dunkelheit vor ihnen immer lauter dröhnte.

»O Scheiße«, sagte sie.

»Was?« rief Grillo.

Jetzt kam das Wasser wirklich in Bewegung, das Dröhnen wurde zunehmend lauter.

»Wasserfall«, sagte sie.

Ein Ruck am Seil, gefolgt von einem Schrei von Hotchkiss, aber nicht der Warnung, sondern des Entsetzens. Sie konnte gerade noch denken, *tu so, als wäre es Disneyland,* dann wurde aus dem Ruck ein heftiges Ziehen, und ihre dunkle Welt kippte um. Das Wasser umfing sie, eine Zwangsjacke aus Eis, die Atem und Bewußtsein aus ihr herauspreßte. Als sie zu sich kam, zog Hotchkiss gerade ihr Gesicht aus dem Wasser. Der Wasserfall, den sie herabgestürzt waren, dröhnte neben ihnen, seine Wut machte das Wasser weiß. Sie registrierte gar nicht, daß sie sehen konnte, erst als Grillo prustend neben ihr zur Oberfläche kam und sagte:

»Licht!«

»Wo ist Witt?« keuchte Hotchkiss. *»Wo ist Witt?«*

Sie sahen über die Oberfläche des Sees, in den sie gestürzt waren. Keine Spur von ihm. Aber sie sahen festen Boden. Sie schwammen, so gut sie konnten, darauf zu; ungleichmäßige, verzweifelte Züge, die sie auf trockenen Fels brachten. Hotchkiss war als erster draußen und zog sie mit sich. Irgendwo unterwegs war das Seil zwischen ihnen gerissen. Ihr Körper war eine gefühllose, zitternde Last, die sie kaum bewegen konnte.

»Etwas gebrochen?« sagte Hotchkiss.

»Ich weiß nicht«, sagte sie.

»Jetzt sind wir erledigt«, murmelte Grillo. »Mein Gott, wir sind in den Eingeweiden der verdammten Erde.«

»Von irgendwo kommt Licht«, keuchte Tesla. Sie nahm den letzten Rest Muskelkraft zusammen, um den Kopf zu heben und sich nach der Lichtquelle umzusehen. Die Bewegung zeigte ihr, daß mit ihr nicht alles in Ordnung war. Sie hatte ein Ziehen im Nacken, das bis zur Schulter verlief. Sie schrie auf.

»Verletzt?« sagte Hotchkiss.

Sie richtete sich zörgernd auf. »Überall«, sagte sie. An einem Dutzend Stellen drangen Schmerzen durch die Taubheit: Kopf, Hals, Arme, Bauch. Wollte man Hotchkiss' Stöhnen beim Aufstehen glauben, hatte er dasselbe Problem. Grillo sah einfach in das Wasser, das Witt verschlungen hatte; seine Zähne klapperten.

»Es ist hinter uns«, sagte Hotchkiss.

»Was denn?«

»Das Licht. Es kommt von hinter uns.«

Sie drehte sich um, und die Schmerzen in der Seite wurden zu kurzen, heftigen Stichen. Sie bemühte sich, ihre Beschwerden für sich zu behalten, aber Hotchkiss war ihr kurzes, heftiges Einatmen nicht entgangen.

»Können Sie gehen?« sagte er.

»Können Sie es?«

»Wettlauf?«

»Klar.«

Sie warf ihm einen kurzen Seitenblick zu. Blut floß aus einer Stelle beim rechten Ohr, und er hielt sich den linken Arm mit dem rechten.

»Sie sehen beschissen aus«, sagte sie.

»Sie auch.«

»Grillo? Kommst du?«

Keine Antwort; nur Zähneklappern.

»Grillo?« sagte sie.

Er hatte die Augen von der Wasseroberfläche abgewandt und sah zum Dach der Höhle hinauf.

»Sie ist über uns«, hörte sie ihn murmeln. »Die ganze Erde ist über uns.«

»Sie fällt nicht herunter«, sagte Tesla. »Wir kommen hier raus.«

»Nein, wir kommen nicht hier raus! Wir sind begraben! Lebendig begraben!«

Plötzlich war er auf den Beinen, und aus dem Zähneklappern war hallendes Schluchzen geworden. »Bringt mich hier raus! Bringt mich hier raus!«

»Seien Sie still, Grillo!« sagte Hotchkiss, aber Tesla wußte, keine Worte würden die Panik aufhalten können. Sie ließ ihn schluchzen und ging auf den Riß in der Felswand zu, aus dem das Licht schien.

Das ist der Jaff, dachte sie beim Gehen. Es kann kein Tageslicht sein, daher muß es der Jaff sein. Sie hatte sich zurechtgelegt, was sie zu ihm sagen wollte, aber die Argumente waren aus ihrem Kopf herausgepreßt worden. Sie konnte es nur darauf ankommen lassen. Dem Mann gegenüberzutreten und zu hoffen, daß ihre Zunge den Rest erledigte.

Sie hörte, wie Grillos Schluchzen hinter ihr aufhörte und Hotchkiss sagte: »Da ist Witt.«

Sie drehte sich um. Witts Leichnam war aus dem See emporgestiegen und trieb mit dem Gesicht nach unten ein Stück vom Ufer entfernt an der Oberfläche. Sie betrachtete ihn nicht, sondern drehte sich wieder um und ging weiter auf den Riß zu, allerdings mit schmerzhaften, langsamen Schritten. Sie hatte das Gefühl, als würde sie auf das Licht *zugezogen* werden, und das Gefühl wurde um so stärker, je näher sie kam, als würden ihre vom Nuncio berührten Zellen die Anwesenheit von jemandem spüren, der gleichermaßen berührt worden war. Das verlieh ihrem erschöpften Körper die erforderliche Beschleunigung, daß sie es bis zu dem Riß schaffte. Sie lehnte sich gegen den Fels und sah hinein. Die Höhle auf der anderen Seite war kleiner als die, die sie hinter sich ließ. In der Mitte war etwas, das sie auf den ersten Blick als Feuer ansah, aber es bestand doch nur eine entfernte Verwandtschaft. Das Licht, das es abgab, war kalt, das Flackern alles andere als konstant. Von seinem Erzeuger war keine Spur zu sehen. Sie trat ein und tat ihre Anwesenheit kund, damit er ihr Auftauchen nicht als Angriff einstufte.

»Ist jemand hier?« sagte sie. »Ich möchte mit... *Randolph Jaffe* sprechen.«

Sie beschloß, ihn mit diesem Namen anzusprechen, weil sie hoffte, dadurch den Mann anzusprechen, und nicht den Künstler, der aus ihm geworden war. Es funktionierte. Aus einer Spalte im entlegensten Winkel der Höhle sprach eine Stimme, die ebenso erschöpft wie ihre eigene klang.

»Wer sind Sie?«

»Tesla Bombeck.«

Sie ging auf das Feuer zu, das sie als Ausrede benützte, um einzutreten. »Es macht Ihnen doch nichts aus?« sagte sie, zog die durchnäßten Handschuhe aus und streckte der freudlosen Flamme die Hände entgegen.

»Es gibt keine Wärme ab«, sagte der Jaff. »Es ist kein echtes Feuer.«

»Das sehe ich«, sagte sie. Der Brennstoff schien eine Art verwester Materie zu sein. Terata. Das rauchige Leuchten, das sie für Flammen gehalten hatte, war das letzte Zeichen ihres Verfalls.

»Sieht aus, als wären wir allein«, sagte sie.

»Nein«, sagte er. »*Ich* bin allein. Sie haben Menschen mitgebracht.«

»Ja, das habe ich. Einen kennen Sie. Nathan Grillo.«

Der Name lockte den Jaff aus seinem Versteck.

Sie hatte zweimal den Wahnsinn in seinen Augen gesehen. Einmal im Einkaufszentrum, wo Howie sie darauf hingewiesen hatte. Das zweite Mal, als er aus Vance' Haus getaumelt war und das Schisma, das er aufgerissen hatte, brüllend hinter sich zurückließ. Jetzt sah sie ihn zum dritten Mal, aber noch intensiver.

»Grillo ist hier?« sagte er.

»Ja.«

»Warum?«

»Warum was?«

»Warum sind Sie hier?«

»Um Sie zu finden«, erklärte sie. »Wir brauchen... wir brauchen Ihre Hilfe.«

Die Augen des Irren sahen in Teslas Richtung. Eine vage andere Gestalt schwebt um ihn, dachte sie, wie ein Schatten, der durch Rauch geworfen wird. Ein zu grotesken Proportionen angeschwollener Kopf. Sie versuchte, nicht zu angestrengt darüber nachzudenken, was es war oder was sein Auftauchen zu bedeuten hatte. Es ging hier nur um eines: diesen Wahnsinnigen dazu zu bringen, seine Geheimnisse preiszugeben. Vielleicht war es am besten, wenn sie gleich zu Beginn ihr eigenes preisgab.

»Wir beide haben etwas gemeinsam«, sagte sie. »Eigentlich ein paar Dinge, aber eines ganz besonders.«

»Der Nuncio«, sagte er. »Fletcher hat Sie zu ihm geschickt, und Sie konnten nicht widerstehen.«

»Das stimmt«, sagte sie, weil sie es vorzog, ihm zuzustimmen, anstatt zu widersprechen und seine Aufmerksamkeit möglicherweise zu verlieren. »Aber das ist nicht wichtig.«

»Was dann?«

»Kissoon«, sagte sie.

Seine Augen flackerten.

»*Er* hat Sie geschickt«, sagte er.

Scheiße, dachte sie, damit hab' ich's versaut.

»Nein«, sagte sie hastig. »Überhaupt nicht.«

»Was will er von mir?«

»Nichts. Ich bin nicht seine Botschafterin. Er hat mich aus denselben Gründen in die Schleife geholt wie Sie vor Jahren. Können Sie sich daran erinnern?«

»O ja«, sagte er mit vollkommen farbloser Stimme. »Schwer zu vergessen.«

»Aber Sie wissen, warum er Sie in die Schleife holte?«

»Er brauchte einen Schüler.«

»Nein. Er brauchte einen *Körper.*«

»O ja. Den wollte er auch.«

»Er ist ein Gefangener dort, Jaffe. Er kann nur heraus, indem er einen Körper stiehlt.«

»Warum sagen Sie mir das?« fragte er. »Haben wir vor dem Ende nichts Besseres zu tun?«

»Dem Ende?«

»Der Welt«, sagte er. Er lehnte den Rücken an die Felswand und ließ sich von der Schwerkraft auf die Hacken ziehen. »Das wird passieren, oder nicht?«

»Wie kommen Sie darauf?«

Jaffe hob die Hände vors Gesicht. Sie waren überhaupt nicht verheilt. Das Fleisch war an mehreren Stellen bis auf die Knochen durchgebissen. Zwei Finger und der Daumen der rechten Hand fehlten völlig.

»Ich habe Visionen«, sagte er, »von Dingen, die Tommy-Ray sieht. Etwas *ist auf dem Weg...*«

»Können Sie sehen, *was* es ist?« fragte sie ihn, weil sie unbedingt einen Hinweis auf die Natur der Iad haben wollte. Kamen sie mit Tand oder mit Bomben?

»Nein. Nur eine schreckliche Nacht. Eine immerwährende Nacht. Ich will sie nicht sehen.«

»Sie müssen hinsehen«, sagte Tesla. »Müssen Künstler das nicht immer tun? Hinsehen, immer wieder hinsehen, auch wenn das, was sie ansehen, fast unerträglich ist? Sie sind ein Künstler, Randolph…«

»Nein. Das bin ich nicht.«

»Sie haben das Schisma aufgetan, oder nicht?« sagte sie. »Ich will nicht sagen, daß ich Ihren Methoden zustimme, nein, aber Sie haben etwas getan, was kein anderer *gewagt* hat. Vielleicht, was kein anderer konnte.«

»Kissoon hatte alles so geplant«, sagte Jaffe. »Das ist mir jetzt klar. Er hat mich zu seinem Lehrling gemacht, ohne daß ich es gemerkt habe. Er hat mich benützt.«

»Das glaube ich nicht«, sagte Tesla. »Ich glaube, nicht einmal er hätte etwas so Byzantinisches planen können. Wie hätte er wissen sollen, daß Sie und Fletcher den Nuncio entdecken würden? Nein. Was mit Ihnen geschehen ist, war nicht geplant… Sie waren Ihr eigener Agent, nicht der von Kissoon. Die Macht liegt bei Ihnen. Und auch die Verantwortung.«

Sie ließ das Argument eine Weile einwirken, auch, weil sie so erschöpft war. Jaffe ging aber nicht darauf ein. Er sah einfach in das Pseudofeuer, das bald erlöschen würde, und dann auf seine Hände. Erst nach einer ganzen Weile sagte er:

»Sie sind hier heruntergestiegen, um mir das zu sagen?«

»Ja. Sagen Sie mir nicht, daß ich umsonst gekommen bin.«

»Was wollen Sie von mir?«

»Daß Sie uns helfen.«

»Es gibt keine Hilfe.«

»Sie haben das Loch aufgerissen, Sie können es auch wieder schließen.«

»Ich gehe nicht einmal in die Nähe dieses Hauses.«

»Ich dachte, Sie wollten Essenz«, sagte Tesla. »Ich dachte, es wäre Ihre größte Ambition, dort zu sein.«

»Ich habe mich geirrt.«

»Sie haben das durchgemacht, nur um herauszufinden, daß Sie sich *geirrt* haben? Warum haben Sie Ihre Meinung geändert?«

»Das würden Sie nicht verstehen.«

»Versuchen Sie es.«

Er sah wieder ins Feuer. »Das war das letzte«, sagte er. »Wenn das Licht erlischt, sind wir wieder vollkommen im Dunkeln.«

»Es muß andere Wege hier heraus geben.«

»Die gibt es.«

»Dann nehmen wir einen davon. Aber zuerst... *zuerst*... erzählen Sie mir, warum Sie Ihre Meinung geändert haben.«

Er ließ sich einen trägen Augenblick lang Zeit und dachte darüber nach, was oder ob er überhaupt antworten sollte.

Dann sagte er: »Als ich anfing, nach der ›Kunst‹ zu suchen, drehten sich alle Hinweise um Kreuzwege. Nein, nicht alle. Aber viele. Ja, viele. Diejenigen, die ich verstand. Und daher habe ich nach einem Kreuzweg gesucht. Ich dachte, dort würde ich die Antwort finden. Dann zog mich Kissoon in seine Schleife, und ich dachte, da ist er, der letzte des Schwarms, in einer Hütte mitten im Nirgendwo, und überhaupt kein Kreuzweg. Und alles, was seither geschehen ist – in der Mission, im Grove... – nichts ist an einem Kreuzweg geschehen. Ich habe es *buchstäblich* genommen, wissen Sie. Ich war immer so *buchstäblich*. Körperlich. Tatsächlich. Fletcher dachte an Luft und Himmel, und ich an Macht und Knochen. Er machte Wesen aus den Träumen der Menschen, ich aus ihren Eingeweiden und ihrem Schweiß. Dachte immer das Offensichtliche. Und die ganze Zeit...« Seine Stimme klang plötzlich belegt und voller Emotionen, darunter auch Haß, gegen sich selbst gerichtet. »...ich habe die ganze Zeit nicht *verstanden*. Bis ich die ›Kunst‹ benützt habe und mir klar geworden ist, was die Kreuzwege sind...«

»Was?«

Er schob die nicht so schlimm verletzte Hand unter das Hemd und tastete darunter. Er hatte ein Medaillon an einer feinen Kette um den Hals. Er zog fest daran. Die Kette riß, und er warf Tesla das Symbol zu. Sie wußte, noch bevor sie es fing, was es sein würde. Sie hatte dieselbe Szene schon einmal mit Kissoon gespielt. Aber damals hatte sie noch nicht begreifen könen, was sie jetzt begriff, als sie das Zeichen des Schwarms in der Hand hielt.

»Die Kreuzwege«, sagte sie. »Das ist ihr Symbol.«

»Ich weiß nicht mehr, was Symbole sind«, antwortete er. »Alles ist eins.«

»Aber dieses hier *steht* für etwas«, sagte sie und studierte nochmals die Formen, die in die Arme des Kreuzes eingeritzt waren.

»Es *verstehen* heißt es *haben*«, sagte Jaffe. »In dem Augenblick, wo man es versteht, ist es kein Symbol mehr.«

»Dann... erklären Sie es mir, damit ich es verstehe«, sagte Tesla. »Denn ich betrachte es, und es ist immer noch ein Kreuz. Ich meine, es ist wunderschön, aber es bedeutet nicht viel. Da ist ein Mann in der Mitte, sieht aus, als wäre er gekreuzigt, aber es sind keine Nägel da. Und dann diese merkwürdigen Wesen.«

»Hat es *gar keinen* Sinn?«

»Vielleicht, wenn ich nicht so müde wäre.«

»Raten Sie.«

»Ich bin nicht in der Stimmung für Ratespiele.«

Das Gesicht von Jaffe nahm einen verschlagenen Ausdruck an. »Sie wollen, daß ich mit Ihnen komme – Ihnen helfe, das aufzuhalten, was über die Essenz kommt –, aber Sie haben keine Ahnung, was los ist. Wenn Sie die hätten, dann wüßten Sie nämlich, was Sie da in der Hand haben.«

Ihr wurde klar, was er vorschlug, ehe er es ausgesprochen hatte.

»Und wenn ich dahinterkomme, dann begleiten Sie mich?«

»Ja. Vielleicht.«

»Lassen Sie mir ein paar Minuten Zeit«, sagte sie und betrachtete das Symbol des Schwarms mit neuen Augen.

»Ein paar?« sagte er. »Was sind ein paar? Vielleicht *fünf*. Sagen wir *fünf*. Mein Angebot gilt fünf Minuten lang.«

Sie drehte das Medaillon in den Händen und war mit einem Mal unsicher.

»Starren Sie mich nicht an«, sagte sie.

»Ich starre gerne.«

»Sie lenken mich ab.«

»Sie müssen ja nicht hierbleiben«, antwortete er.

Sie nahm ihn beim Wort, stand mit unsicheren Beinen auf und ging zum Riß zurück, durch den sie gekommen war.

»Verlieren Sie es nicht«, sagte er beinahe ätzend. »Es ist das einzige, das ich habe.«

Hotchkiss stand einen Meter hinter dem Zugang.

»Mitgehört?« fragte sie ihn.

Er nickte. Sie machte die Handfläche auf und ließ ihn das Medaillon ansehen. Die einzige Lichtquelle, das verendende Terata, war unzuverlässig, aber ihre Augen hatten sich inzwischen gut daran gewöhnt. Sie konnte den verwirrten Gesichtsausdruck von Hotchkiss sehen. Von dieser Quelle waren keine Offenbarungen zu erwarten.

Sie nahm ihm das Medaillon aus den Fingern und sah zu Grillo, der sich nicht bewegt hatte.

»Er ist völlig im Eimer«, sagte Hotchkiss. »Klaustrophobie.«

Sie ging trotzdem zu ihm. Er sah nicht mehr zur Decke und auch nicht mehr zur Leiche. Er hatte die Augen geschlossen. Seine Zähne klapperten.

»Grillo.«

Er klapperte weiter.

»*Grillo.* Ich bin es, Tesla. Ich brauche deine Hilfe.«

Er schüttelte den Kopf; eine knappe, heftige Bewegung.

»Ich muß wissen, was das hier bedeutet.«

Er machte nicht einmal die Augen auf, um herauszufinden, wovon sie sprach.

»Vielen Dank, Grillo«, sagte sie.

Auf dich allein gestellt, Baby. Keine Hilfe zu erwarten. Grillo kapiert es nicht, Grillo ist weggetreten; und Witt treibt tot im Wasser. Sie sah kurz zu der Leiche. Gesicht nach unten, Arme ausgebreitet. Armer Kerl. Sie hatte ihn überhaupt nicht gekannt, aber er hatte einen anständigen Eindruck gemacht. Sie wandte sich ab, öffnete die Hand und sah das Medaillon wieder an, aber aufgrund der Tatsache, daß die Sekunden verstrichen, war ihre Konzentration völlig im Arsch.

Was bedeutete es?

Die Gestalt in der Mitte war ein Mensch. Die Formen, die davon ausgingen, nicht. Waren sie möglicherweise Bekannte? Oder

Kinder der zentralen Figur? Das schien logischer zu sein. Zwischen den gespreizten Beinen befand sich eine Kreatur wie ein stilisierter Affe; darunter etwas Reptilienhaftes; darunter...

Scheiße! Es waren keine Kinder, es waren *Vorfahren.* Devolution. Der Mensch in der Mitte; darunter der Affe; darunter Echse, Fisch und Protoplasma – ein Auge, oder ein Einzeller. *Die Vergangenheit ist unter uns,* hatte Hotchkiss einmal gesagt. Vielleicht hatte er recht gehabt.

Angenommen, diese Vermutung war zutreffend, was war dann mit den Zeichen auf den drei anderen Balken? Über der Gestalt schien etwas mit riesigem Kopf zu tanzen. Darüber dieselbe Gestalt, nur vereinfacht; darüber wieder eine Vereinfachung, die ihren Abschluß wieder in einem Auge – oder einem Einzeller – fand, was zu dem Ebenbild ganz unten paßte. Im Licht der ersten Interpretation war das nicht so schwer zu verstehen. Unten waren Bilder des Lebens, die zum Menschen führten, oben bestimmt solche, die über den Menschen hinausführten, wenn die Rasse zum perfekten geistigen Dasein gelangte.

Zwei von vier.

Wie lange hatte sie noch Zeit?

Denk nicht an die Zeit, sagte sie zu sich. Lös einfach das Rätsel.

Von rechts nach links auf dem Medaillon war die Abfolge keineswegs so einfach wie von Süden nach Norden. Ganz links befand sich ein Kreis mit einer Art Wolke darin. Daneben, näher beim ausgestreckten Arm der Gestalt, ein in vier Abschnitte unterteiltes Quadrat; noch näher etwas, das wie ein Blitz aussah; dann eine Art Klecks – Blut von der Hand? –, dann die Hand selbst. Auf der anderen Seite eine Reihe noch unverständlicherer Symbole. Wieder ein möglicher Klecks aus der Hand der Gestalt; dann eine Welle oder vielleicht Schlangen – beging sie hier die Sünde von Jaffe, war sie zu buchstäblich? Dann etwas, das man nur als Krakel beschreiben konnte, als wäre ein Zeichen ausgekratzt worden, und schließlich der vierte und letzte Kreis, ein ins Medaillon gebohrtes Loch. Vom Stofflichen zum Nichtstofflichen. Von einem Kreis mit Wolke zu leerem

Raum. Was, zum Teufel, bedeutete das? Tag und Nacht? Nein. Vielleicht das Bekannte und das Unbekannte? Das schien logischer zu sein. *Beeil dich, Tesla, beeil dich.* Was war rund und wolkig und *bekannt*?

Rund und wolkig. Die Welt. Und bekannt. Ja. Die Welt; der *Kosm*! Was bedeutete, der leere Raum auf dem anderen Balken, das *Unbekannte*, war der Metakosm! Blieb die Gestalt in der Mitte: die Crux des ganzen Symbols.

Sie ging wieder zur Höhle zurück, wo Jaffe auf sie wartete, und sie wußte, sie hatte nur noch Sekunden.

»Ich hab's!« rief sie zu ihm hoch. »Ich hab's!« Das stimmte nicht ganz, aber der Rest würde Instinkt sein müssen.

Das Feuer in der Höhle war fast niedergebrannt, aber in den Augen Jaffes war eine schreckliche Helligkeit.

»Ich weiß, was es ist«, sagte sie.

»Tatsächlich?«

»Auf einer Achse die Evolution, vom Einzeller zum Göttlichen.«

Sie sah seinem Gesichtsausdruck an, daß sie zumindest diesen Teil richtig hatte.

»Weiter«, sagte er. »Was ist auf der anderen Achse?«

»Das sind der Kosm und der Metakosm. Was wir wissen und was wir nicht wissen.«

»Sehr gut«, sagte er. »Sehr gut. Und in der Mitte?«

»Wir. Menschen.«

Sein Lächeln wurde breit. *»Nein«*, sagte er.

»Nein.«

»Das ist ein alter Fehler, nicht? So einfach ist es nicht ganz.«

»Aber es ist doch überdeutlich ein menschliches Wesen!« sagte sie.

»Sie sehen immer noch das Symbol.«

»Scheiße. Das stinkt mir! Und Sie sind so verdammt schadenfroh. Helfen Sie mir.«

»Die Zeit ist abgelaufen!«

»Ich bin dicht dran. Wirklich dicht dran, oder nicht?«

»Sehen Sie, wie es ist? Sie kommen nicht darauf. Nicht einmal mit etwas Hilfe von Ihren Freunden.«

»Ich habe keine Hilfe bekommen. Hotchkiss kann es nicht. Grillo hat den Verstand verloren. Und Witt…«

Witt liegt im Wasser, dachte sie. Aber sie sagte es nicht, denn das Bild war ihr plötzlich mit der Wucht einer Offenbarung ins Gedächtnis gekommen. Er lag mit ausgebreiteten Armen und offenen Händen im Wasser.

»Mein Gott«, sagte sie. »Es ist die Essenz. Es sind unsere Träume. Nicht Fleisch und Blut sind am Kreuzweg, es ist der *Verstand.*«

Jaffes Lächeln verschwand, das Licht in seinen Augen wurde heller; eine paradoxe Helligkeit, die nicht leuchtete, sondern das Licht im Rest der Höhle in sich aufzunehmen schien.

»So ist es, oder nicht?« sagte sie. »Die Essenz ist im Mittelpunkt von allem. Es ist der *Kreuzweg.*«

Er antwortete ihr nicht. Was auch nicht nötig war. Sie wußte ohne jeden Zweifel, daß sie recht hatte. Die Gestalt *schwebte;* in der Essenz, die Arme ausgebreitet, während er, sie oder es im Meer der Träume träumte. Und dieses Träumen war irgendwie der Ort, wo alles seinen Ursprung hatte: die Ursache.

»Kein Wunder«, sagte sie.

Jetzt sprach er wie aus dem Grab.

»Kein Wunder, was?«

»Kein Wunder, daß Sie es nicht tun konnten«, antwortete sie. »Als Ihnen klar wurde, was Sie mit der Essenz vor sich hatten. Kein Wunder.«

»Sie bedauern dieses Wissen vielleicht«, sagte er.

»Ich habe in meinem Leben noch nie bedauert, etwas zu wissen.«

»Sie werden Ihre Meinung ändern«, sagte er. »Das verspreche ich Ihnen.«

Sie gestattete ihm seine sauren Trauben. Aber abgemacht war abgemacht, und sie hatte vor, darauf zu bestehen.

»Sie haben gesagt, Sie würden mit uns kommen.«

»Ich weiß.«

»Sie kommen doch, oder nicht?«

»Es ist sinnlos«, sagte er.

»Versuchen Sie nicht, sich rauszureden. Ich weiß so gut wie Sie, was hier auf dem Spiel steht.«

»Und was sollen wir dagegen tun? Was schlagen Sie vor?«

»Wir kehren zum Haus von Vance zurück und versuchen, das Schisma wieder zu schließen.«

»Wie?«

»Vielleicht müssen wir den Rat eines Experten einholen.«

»Es gibt keine.«

»Es gibt Kissoon«, sagte sie. »Er schuldet uns einen Gefallen. Er schuldet uns sogar mehrere. Aber zuerst müssen wir hier raus.«

Jaffe sah sie lange an, als wäre er nicht sicher, ob er sich fügen sollte oder nicht.

»Wenn Sie es nicht tun«, sagte sie, »enden Sie hier unten in der Dunkelheit, wo Sie – wie lange? – zwanzig Jahre verbracht haben. Die Iad werden durchbrechen, und Sie sind hier, unter der Erde, und wissen, daß der Planet übernommen worden ist. Vielleicht finden sie Sie gar nicht. Sie essen nicht, oder? Nein, Sie haben das Essen überwunden. Sie können vielleicht hundert, vielleicht tausend Jahre überleben. Aber Sie werden allein sein. Nur Sie und die Dunkelheit und das Wissen, was Sie angerichtet haben. Klingt Ihnen das verlockend genug? Ich persönlich würde lieber bei dem Versuch sterben, die Invasion zu verhindern...«

»Sie sind nicht sehr überzeugend«, sagte er. »Ich durchschaue Sie. Sie sind ein geschwätziges Flittchen, aber die Welt ist voll davon. Sie halten sich für schlau. Aber das sind Sie nicht. Sie haben nicht die geringste Ahnung, was auf uns zukommt. Und *ich?* Ich kann es sehen, ich habe die Augen meines verfluchten Sohns. Er nähert sich dem Metakosm, und ich kann spüren, was vor ihm liegt. Kann es nicht sehen. Will es auch nicht. Aber ich spüre es. Und ich will Ihnen sagen, wir haben nicht die geringste Chance.«

»Ist das ein letzter Versuch, sich zu drücken?«

»Nein. Ich komme mit. Und sei es nur, um Ihren Gesichtsausdruck zu sehen, wenn Sie scheitern; darum komme ich mit.«

»Dann gehen wir«, sagte sie. »Sie kennen einen Weg hier heraus?«

»Ich kann einen finden.«

»Gut.«

»Aber vorher...«

»Ja?«

Er streckte die weniger schlimm verletzte Hand aus.

»Mein Medaillon.«

Bevor sie mit dem Aufstieg anfangen konnten, mußte sie Grillo aus einer Katatonie locken. Als sie nach ihrer Unterhaltung mit Jaffe zurückkam, saß er immer noch mit geschlossenen Augen am Ufer.

»Wir gehen hier raus«, sagte sie leise zu ihm. »Grillo, hast du mich gehört? Wir gehen hier raus.«

»Tot«, sagte er.

»Nein«, sagte sie zu ihm. »Wir werden überleben.« Sie schob den Arm unter seinen, und die Schmerzen in der Seite pieksten sie mit jeder Bewegung, die sie machte. »Steh auf, Grillo. Ich friere, und es wird bald wieder dunkel.« Tatsächlich wurde es sogar pechschwarz; das Leuchten des verfallenen Teratas wurde immer schwächer. »Oben ist die Sonne, Grillo. Wärme. Licht.«

Als er ihre Worte hörte, machte er die Augen auf.

»Witt ist tot«, sagte er.

Die Wellen des Wasserfalls hatten den Leichnam ans Ufer gespült.

»Wir werden sein Schicksal nicht teilen«, sagte Tesla. »Wir werden überleben. Also setz deinen Arsch in Bewegung und steh auf.«

»Wir... können nicht... hinauf*schwimmen*...«, sagte er und sah den Wasserfall an.

»Es gibt andere Wege hinaus«, sagte Tesla. »Leichtere Wege. Aber wir müssen uns beeilen.«

Sie sah durch die Höhle, wo Jaffe die Risse in den Felswänden untersuchte und, so vermutete sie, nach dem besten Ausgang suchte. Er war in ebenso schlechter Verfassung wie sie alle, und eine anstrengende Kletterpartie kam nicht in Frage. Sie sah, wie er Hotchkiss zu sich rief und ihm befahl, Geröll wegzuschaffen. Dann machte er sich daran, andere Löcher auszuheben. Tesla ging durch den Kopf, daß der Mann ebensowenig Ahnung hatte, wie sie hier herauskommen konnten, wie sie selbst, aber sie lenkte sich von dieser Befürchtung ab, indem sie sich wieder der Aufgabe zuwandte, Grillo auf die Füße zu bekommen. Es war noch etwas gutes Zureden erforderlich, aber schließlich gelang es ihr. Er stand auf, und die Beine gaben fast unter ihm nach, bis er wieder ein wenig Leben in diese hineingerieben hatte.

»Gut«, sagte sie. »Gut. Und jetzt laß uns gehen.«

Sie sah Witts Leichnam ein letztes Mal an und hoffte, wo immer er war, es würde ein schöner Ort sein. Wenn jeder seinen eigenen Himmel bekam, dann wußte sie, wo Witt jetzt war: in einem himmlischen Palomo Grove; einer kleinen, sicheren Stadt in einem kleinen, sicheren Tal, wo die Sonne immer schien und das Grundstücksgeschäft einträglich war. Sie wünschte ihm stumm alles Gute, wandte sich wieder ab, drehte seinen sterblichen Überresten den Rücken zu und fragte sich, ob er die ganze Zeit gewußt hatte, daß er heute sterben würde, und glücklicher war, Teil des Fundaments des Grove zu sein, als im Rauch eines Krematoriums vergeudet zu werden.

Hotchkiss war von seinen Geröllarbeiten an einem Riß abkommandiert worden, um dieselbe Aufgabe an einem anderen durchzuführen, was Teslas unerwünschten Argwohn, daß der Jaff auch nicht wußte, wie man hier herauskam, neue Nahrung verlieh. Sie kam Hotchkiss zu Hilfe und riß Grillo aus seiner Lethargie, damit er ebenfalls mithalf. Die Luft aus dem Loch schmeckte abgestanden. Kein frischer Atem von oben kam herunter. Aber vielleicht waren sie dafür zu tief.

Die Arbeit war hart und wurde in der zunehmenden Dunkelheit noch härter. Sie hatte sich in ihrem ganzen Leben einem völligen Zusammenbruch noch nie so nahe gefühlt. Sie hatte überhaupt keinerlei Gefühl mehr in den Händen; ihr Gesicht war taub geworden, der Körper träge. Sie war sicher, daß die meisten Leichen wärmer waren. Aber vor einem ganzen Zeitalter, oben in der Sonne, hatte sie Hotchkiss gesagt, daß sie so gut wie jeder Mann war, und sie war verbissen entschlossen zu beweisen, daß diese Behauptung zutreffend war. Sie verlangte sich das Äußerste ab und machte sich so fest wie er über die Felsen her. Grillo tat den Großteil der Arbeit; sein Eifer wurde zweifellos von Verzweiflung genährt. Er räumte die größten Felsbrocken mit einer Kraft weg, die sie ihm überhaupt nicht zugetraut hätte.

»Gut«, sagte sie zu Jaffe. »Gehen wir?«

»Ja.«

»Ist das der Weg hinaus?«

»Er ist so gut wie jeder andere«, sagte er und übernahm die Führung.

Es begann ein Aufstieg, der auf seine Weise schrecklicher als der Abstieg war. Zunächst einmal hatten sie nur eine einzige Fakkel zur Verfügung, die Hotchkiss trug, der nach Jaffe kam. Die Fackel war schmerzlich unzureichend, ihr Leuchten mehr ein Signal, dem Tesla und Grillo folgen konnten, als ein Mittel, den Pfad zu erhellen. Sie stolperten und fielen und stolperten wieder, und in gewisser Weise waren sie froh darum, daß sie nichts mehr spürten, weil dadurch die Erkenntnis, welche Verletzungen sie sich beibrachten, hinausgeschoben wurde.

Der erste Teil der Route führte sie nicht einmal nach oben, sondern wand sich durch eine Reihe kleinerer Höhlen, und rings um sie herum dröhnte Wasser in den Felsen. Sie kamen durch einen Tunnel, der eindeutig bis vor kurzem ein Wasserlauf gewesen war. Schlamm reichte ihnen bis zu den Schenkeln und tropfte von der Decke auf ihre Köpfe herunter, wofür sie nach einer Weile dankbar waren, als sie schließlich an einen Punkt kamen, wo es ihnen schwergefallen wäre, sich durch den schmalen Tunnel zu zwängen, hätte der Schlamm sie nicht schlüpfrig gemacht. Nach diesem Punkt ging es aufwärts, anfangs eine schwache Steigung, doch dann zunehmend steiler. Jetzt war das Geräusch des Wassers zwar schwächer geworden, aber dafür war eine neue Bedrohung in den Wänden zu hören: das Knirschen von Erde auf Erde. Niemand sagte etwas. Sie waren zu erschöpft, um kostbaren Atem für das Offensichtliche zu verschwenden, nämlich daß der Boden, auf dem der Grove erbaut war, sich im Umsturz befand. Je höher sie kamen, desto lauter wurden die Geräusche, und manchmal fiel Staub von der Tunneldecke in der Dunkelheit auf sie herab.

Hotchkiss spürte die Brise als erster.

»Frischluft«, sagte er.

»Natürlich«, sagte Jaffe.

Tesla drehte sich zu Grillo um. Ihre Sinne waren so kaputt, daß sie ihnen nicht mehr traute.

»Spürst du es?« sagte sie zu ihm.

»Ich glaube«, antwortete er mit kaum hörbarer Stimme.

Die Aussicht verlieh ihnen Flügel, obwohl das Vorankommen immer schwerer wurde und die Tunnel an manchen Stellen buchstäblich bebten, so gewaltig waren die Erdverschiebungen um sie herum. Doch mittlerweile wurden sie von mehr als nur einem Hauch frischer Luft gelockt; jetzt sahen sie schwachen Lichtschein über sich, der nach und nach immer mehr zu Gewißheit wurde, bis sie tatsächlich den Fels sehen konnten, an dem sie hinaufkletterten. Jaffe zog sich mit einer Hand und einer beinahe schwebenden Anmut daran empor, als würde sein Körper so gut wie nichts wiegen. Die anderen kletterten ihm hinterher und waren trotz des Adrenalins, das durch ihre erschöpften Körper gepumpt wurde, kaum imstande, mit ihm Schritt zu halten. Das Licht wurde heller, und das trieb sie voran. Sie blinzelten in die Helligkeit. Und immer noch wurde es heller und heller. Sie kletterten dem Licht, jetzt von neuem Eifer erfüllt, entgegen, und sie vergaßen jegliche Vorsicht bei der Wahl ihres Halts für Hände und Füße.

Teslas Gedanken waren ein wirres Bündel unzusammenhängender Bilder, mehr Tagträume als bewußtes Denken. Sie war so erschöpft, daß sie sie nicht auf die Reihe bringen konnte. Aber sie kehrten immer wieder zu den fünf Minuten zurück, die sie Zeit gehabt hatte, das Rätsel des Medaillons zu lösen. Warum, wurde ihr erst klar, als der Himmel schließlich zu sehen war: Dieser Aufstieg aus der Dunkelheit war, als würden sie aus der Vergangenheit emporklettern; und auch aus dem Tod. Vom Kaltblütigen zum Warmblütigen. Vom Blinden und Unmittelbaren zum Weitsichtigen. Sie dachte vage: Darum klettern Männer unter die Erde. Damit sie sich erinnern, warum sie an der Sonne leben.

Ganz zuletzt, als die Helligkeit von oben überwältigend wurde, trat Jaffe beiseite und überließ Hotchkiss die Führung der Gruppe.

»Haben Sie es sich anders überlegt?« fragte Tesla.

Aber sein Gesicht drückte mehr als Zweifel aus.

»Wovor haben Sie Angst?« fragte sie ihn.

»Vor der Sonne«, sagte er.

»Geht ihr beiden weiter?« sagte Grillo.

»Einen Moment noch«, sagte Tesla zu ihm. »Geh du voran.«

Er drückte sich an ihnen beiden vorbei und erklomm die letzten paar Schritte bis zur Oberfläche. Hotchkiss war schon dort. Sie hörte, wie er vor sich hin lachte. Es fiel ihr schwer, das Vergnügen hinauszuschieben, sich zu ihnen zu gesellen, aber sie waren nicht so weit gekommen, um ihre Beute jetzt zurückzulassen.

»Ich hasse die Sonne«, sagte Jaffe.

»Warum?«

»Weil sie mich haßt.«

»Sie meinen, sie tut Ihnen weh? Sind Sie eine Art von Vampir?«

Jaffe blinzelte zum Licht hinauf.

»Fletcher hat den Himmel geliebt.«

»Nun, vielleicht sollten Sie etwas von ihm lernen.«

»Es ist zu spät.«

»Nein, das ist es nicht. Sie haben eine Menge Mist gebaut, aber Sie haben die Möglichkeit, es wieder gutzumachen. Es ist Schlimmeres auf dem Weg als Sie. Denken Sie darüber nach.«

Er antwortete nicht.

»Sehen Sie«, fuhr sie fort, »der Sonne ist es einerlei, was Sie getan haben. Sie scheint auf alle, Gute und Böse. Ich wünschte mir manchmal, es wäre anders, aber es ist so.«

Er nickte. »Habe ich Ihnen je...«, sagte er, »...von Omaha erzählt?«

»Keine Hinhaltemanöver, Jaffe. Wir gehen hinauf.«

»Ich sterbe«, sagte er.

»Dann haben Ihre Sorgen alle ein Ende, oder nicht?« sagte sie. *»Kommen Sie schon.«*

Er sah sie durchdringend an, und der Glanz, den sie in der Höhle in seinen Augen gesehen hatte, war vollkommen verschwunden. Tatsächlich hatte er nichts an sich, das auf seine übernatürlichen Fähigkeiten hindeutete. Er war durch und durch unscheinbar: eine graue, kaputte Menschenhülle, die sie auf der Straße keines zweiten Blickes gewürdigt hätte, es sei denn, um sich zu fragen, was für eine Tragödie ihn derart ins Elend gestürzt hatte. Sie hatten viel Zeit, Anstrengung – und Witts Leben – geopfert, um ihn aus der Erde zu holen. Er sah nicht aus, als wäre er der Mühe wert gewesen. Er senkte den Kopf vor dem Leuchten und erklomm die letzten paar Schritte in die Sonne. Sie folgte ihm, und das Licht wurde schwindel-, beinahe übelkeiterregend. Sie machte die Augen zu, bis Gelächter sie bewegte, sie wieder zu öffnen.

Mehr als Erleichterung brachte Hotchkiss und Grillo zum Kichern. Die Route hatte sie mitten auf den Parkplatz des Terrace Motel geführt.

»Willkommen in Palomo Grove«, stand auf dem Schild. *»Dem blühenden Hafen.«*

VI

Wie Carolyn Hotchkiss ihren drei besten Freundinnen vor so vielen Jahren immer wieder ins Gedächtnis gerufen hatte – die Erdrinde war dünn, und der Grove war auf einer fehlerhaften Stelle in dieser Rinde erbaut worden, die eines Tages durchbrechen und die ganze Stadt in den Abgrund reißen würde. In den zwei Jahrzehnten, seit sie ihre Prophezeiungen mit Schlaftabletten zum Schweigen gebracht hatte, war die Technologie, diesen Augenblick vorherzusagen, deutlich verbessert worden. Man konnte haarfeine Risse kartographieren und ihre Aktivitäten genauestens überwachen. Im Falle eines großen Erdbebens würden die Warnungen hoffentlich schnell genug eintreffen, um das Leben von Millionen zu retten, und zwar nicht nur in San Francisco und Los Angeles, sondern auch in kleineren Gemeinden wie dem Grove. Aber kein Monitor oder Kartograph hätte die Schnelligkeit der Ereignisse oben in Coney Eye vorhersagen können oder das Ausmaß ihrer Konsequenzen. Die Verzerrung im Inneren des Vanceschen Hauses hatte eine subtile, aber unmißverständliche Botschaft in den Hügel gesandt und von dort aus durch die Höhlen und Tunnel unter der Stadt, und diese Botschaft brachte ein System, das seit Jahren murmelte, schließlich, dazu, brüllend aufzuschreien. Die spektakulärsten Folgen dieses Aufstands ereigneten sich in den unteren Abschnitten des Hügels, wo sich der Boden auftat, als wäre tatsächlich das große Beben auf dem Weg, und eine der Crescent-Straßen in einen zweihundert Meter langen und zwanzig Meter breiten Riß hinabzog; auch sämtliche umliegenden Gemeinden trugen Schaden davon. Die Zerstörung hörte auch nicht nach der ersten Schockwelle auf, wie man bei einem konventionellen Erdbeben erwarten konnte. Sie eskalierte; die Botschaft der Anarchie wurde verbreitet, unbedeutende Senkungen wurden so gewaltig, daß sie Häuser, Garagen, Gehwege und Geschäfte verschlangen. In Deerdell mußten die nahe am Wald gelegenen Straßen als erste unter den Auswirkungen leiden. Die wenigen Einwohner, die noch geblieben waren, wurden durch einen Massenexodus von Tieren vor der kommenden Katastrophe gewarnt, die flohen, bevor die Bäume versuchten, die Wurzeln aus dem Boden zu ziehen und ihnen zu folgen. Weil den Bäumen das nicht gelang, stürzten sie um. Die Häuser folgten kurz danach, Straße für Straße kippten sie um wie Dominosteine. Stillbrook und Laureltree trugen ähnlich gravierende Schäden davon, aber ohne Vorwarnung oder erkennbares Muster. Risse taten sich unvermittelt in Straßen und Gärten auf. Innerhalb von Sekunden floß das Wasser aus Swimmingpools ab; Einfahrten verwandelten sich in Modelle des Grand Canyon. Aber ob zufällig oder systematisch, plötzlich oder mit Vorankündigung, letztendlich lief es in jedem Ortsteil auf dasselbe hinaus. Der Grove wurde von dem Boden verschluckt, auf dem er erbaut worden war.

Es gab natürlich Tote; viele Tote. Aber sie blieben größtenteils unbemerkt, weil es sich um Menschen handelte, die sich seit Tagen in ihren Häusern verbarrikadiert hatten und einen Argwohn gegenüber der Welt hegten, den sie nicht ans Licht zu bringen wagten. Niemand vermißte sie, weil niemand wußte, wer die Stadt verlassen hatte und wer geblieben war. Nach der ersten Nacht im Einkaufszentrum hatten die Bewohner des Grove Solidarität gezeigt, aber das war reine Maskerade gewesen. Keine Krisensitzungen der Gemeinde waren anberaumt worden, keine gemeinsamen Ängste wurden ausgesprochen. Je schlimmer die Lage geworden war, desto mehr Familien hatten sich einfach bei Nacht und Nebel fortgeschlichen, häufig ohne den Nachbarn Bescheid zu sagen. Die Einsamen, die geblieben waren, wurden unter den Trümmern ihrer Dächer begraben, ohne daß jemand wußte, daß sie überhaupt dagewesen waren. Bis den Behörden das wahre Ausmaß der Schäden klar wurde, waren viele der Straßen unzugängliche Gelände geworden, und die Opfer zu finden, war eine Aufgabe für einen anderen Tag, wenn das drängendere Problem, was sich im Haus von Buddy Vance abgespielt hatte – und noch abspielte –, nicht mehr ganz so drängend war.

Schon den ersten Ermittlern – erfahrenen Streifenbeamten, die glaubten, sie hätten schon alles gesehen – war klar geworden, daß in Coney Eye eine Macht entfesselt worden war, die man nicht so leicht definieren konnte. Eineinhalb Stunden nachdem das erste Auto vor Coney Eye vorgefahren war und die Streifenpolizisten ihren Vorgesetzten den Zustand des Hauses meldeten, waren mehrere FBI-Agenten auf der Bildfläche erschienen, und zwei Professoren – ein Physiker und ein Geologe – waren auf dem Weg von L. A. Man betrat das Haus und kam zu dem Ergebnis, daß das Phänomen im Inneren, das sich nicht so leicht erklären ließ, potentiell tödlich war. Eindeutig – unter zahlreichen Unklarheiten – stand fest: Die Bewohner des Grove hatten irgendwie gemerkt, daß eine nachhaltige Störung in ihrer Mitte stattfand oder kurz bevorstand. Sie hatten ihre Heimatstadt schon Stunden oder Tage vorher verlassen. Warum niemand sich die Mühe gemacht hatte, jemanden außerhalb der Grenzen des Grove auf die bevorstehende Gefahr aufmerksam zu machen, das war nur eines von zahllosen Rätseln, die die Unglücksstelle präsentierte.

Hätten die ermittelnden Beamten gewußt, wo sie suchen mußten, hätten sie ihre Antworten von jedem der Individuen bekommen können, die sich vor dem Terrace Motel aus dem Boden kämpften. Wahrscheinlich hätten sie die Erklärungen als Ausgeburten von Wahnsinnigen abgetan, aber selbst Tesla – die sich so leidenschaftlich dafür eingesetzt hatte, daß Grillo die Geschichte nicht erzählte – hätte sie mittlerweile mit Freuden geschildert, wenn sie die Kraft dazu gehabt hätte. Die Wärme der Sonne, ja allein ihr Anblick, hatte Tesla etwas wiederbelebt; aber sie hatte auch den Schlamm und das Blut auf ihrem Gesicht getrocknet und die große Kälte in ihren Knochen versiegelt. Jaffe war der erste gewesen, der in den Schatten des Motels geflohen war. Sie folgte ihm nach wenigen Minuten. Das Motel war von Gästen und Personal gleichermaßen verlassen worden, und das mit gutem Grund. Der Riß im Parkplatz war nur einer von vielen, und der größte teilte die Eingangstür und zog sich an der Fassade hinauf wie ein aus der Erde geborener Blitz. Drinnen war deutlich zu sehen, wie hastig die Bewohner aufgebrochen waren, Gepäck und persönliche Habseligkeiten lagen auf den Treppen; die Türen, die das Erdbeben nicht zerstört hatte, waren weit aufgerissen. Sie ging an der Reihe der Zimmer entlang, bis sie ein paar vergessene Kleidungsstücke gefunden hatte, drehte eine Dusche auf, das Wasser, so heiß sie es aushalten konnte, zog sich aus und stellte sich darunter. Die Wärme machte sie verträumt, und es kostete sie größte Überwindung, sich von dieser Wonne loszureißen und abzutrocknen. Unglücklicherweise waren Spiegel in dem Bad. Ihr zerschundener, schmerzender Körper war ein erbarmenswerter Anblick. Sie bedeckte ihn so rasch wie möglich – mit Kleidungsstücken, die weder paßten noch zusammenpaßten, was ihr gefiel: Hobo war schon immer ihr bevorzugter Stil gewesen. Beim Anziehen gönnte sie sich einen kalten Kaffee, der in dem Zimmer stehengelassen worden war. Als sie wieder herauskam, war es halb vier; fast sieben Stunden waren verstrichen, seit sie zu viert nach Deerdell gefahren waren, um den Abstieg zu bewerkstelligen.

Grillo und Hotchkiss waren im Büro. Sie hatten heißen Kaffee gemacht. Sie hatten sich auch gewaschen, freilich nicht so gründlich wie sie. Außerdem hatten sie die tropfnassen Pullover ausgezogen und sich Jacketts gesucht. Beide Männer rauchten.

»Wir haben alles«, sagte Grillo im Tonfall eines Mannes, der zutiefst beschämt und entschlossen ist, alles wieder gutzumachen. »Kaffee. Zigaretten. Trockene Krapfen. Fehlen nur noch harte Drogen.«

»Wo ist Jaffe?« wollte Tesla wissen.

»Keine Ahnung«, sagte Grillo.

»Was soll das heißen, keine Ahnung?« sagte Tesla. »Um Himmels willen, Grillo, wir sollten ihn nicht aus den Augen lassen.«

»Er ist bis hierher mitgekommen, oder etwa nicht?« antwortete Grillo. »Jetzt wird er uns auch nicht mehr davonlaufen.«

»Vielleicht«, lenkte Tesla ein. Sie schenkte sich Kaffee ein. »Zucker?«

»Nein, aber Gebäck und Käsekuchen. Abgestanden, aber genießbar. Irgend jemand war ein Süßschnabel. Möchtest du?«

»Ich möchte«, sagte Tesla. Sie trank Kaffee. »Ich glaube, du hast recht...«

»Wegen dem Süßschnabel?«

»Wegen Jaffe.«
»Dem liegt ein Scheißdreck an uns«, sagte Hotchkiss. »Macht mich krank, wenn ich ihn nur ansehe.«
»Dazu haben Sie guten Grund«, sagte Grillo.
»Verdammt richtig«, sagte Hotchkiss. Er sah Tesla schnell an. »Wenn dies überstanden ist«, sagte er, »will ich ihn für mich haben. O. K.? Wir haben noch Rechnungen zu begleichen.«
Er wartete nicht auf eine Antwort. Er nahm seinen Kaffee und ging wieder hinaus in die Sonne.
»Weswegen?« sagte Tesla.
»Carolyn«, sagte Grillo.
»Natürlich.«
»Er gibt Jaffe die Schuld daran, was mit ihr passiert ist. Und er hat recht.«
»Er muß die Hölle durchmachen.«
»Ich glaube nicht, daß das etwas Neues für ihn ist«, sagte Grillo.
»Wohl nicht.« Sie trank die Kaffeetasse leer. »Das hat mich wieder auf Vordermann gebracht«, sagte sie. »Jetzt gehe ich Jaffe suchen.«
»Vorher...«
»Ja?«
»Ich wollte nur sagen... was da unten mit mir los war... tut mir leid, daß ich keine Hilfe war. Ich hatte immer diese Panik davor, lebendig begraben zu sein.«
»Scheint mir nicht unvernünftig«, sagte Tesla.
»Ich will es wiedergutmachen. Will helfen, so gut ich kann. Du mußt es nur sagen. Ich weiß, du hast den Durchblick. Ich nicht.«
»Ich eigentlich auch nicht.«
»Du hast Jaffe davon überzeugt, mit uns zu kommen. Wie hast du das gemacht?«
»Er hatte ein Rätsel. Ich habe es gelöst.«
»Hört sich so einfach an.«
»Ich glaube, die ganze Sache ist möglicherweise einfach. Wir haben es mit etwas so Großem zu tun, Grillo, daß wir einfach unseren Instinkten vertrauen müssen.«

»Deine waren schon immer besser als meine. Ich ziehe Fakten vor.«

»Auch die sind denkbar einfach«, sagte sie. »Wir haben ein Loch, und etwas kommt von der anderen Seite durch, das sich Menschen wie du und ich nicht vorstellen können. Wenn wir das Loch nicht zumachen können, sind wir im Arsch.«

»Und der Jaff weiß wie?«

»Was wie?«

»Wie man das Loch zumacht.«

Tesla sah ihn an.

»Willst du meine Vermutung hören? Nein.«

Sie fand ihn ausgerechnet auf dem Dach, und das war buchstäblich der allerletzte Platz im Motel, wo sie nachgesehen hatte. Darüber hinaus gab er sich der letzten Tätigkeit hin, die sie bei ihm vermutet hätte. Er saß in der Sonne.

»Ich dachte schon, Sie hätten uns unserem Schicksal überlassen«, sagte sie.

»Sie hatten recht«, sagte er, sah sie aber nicht an. »Sie scheint auf alle, die Guten und die Bösen. Aber sie wärmt mich nicht. Ich habe vergessen, wie es ist, Wärme oder Kälte zu empfinden. Oder Hunger. Oder satt zu sein. Das fehlt mir so sehr.«

Das gallige Selbstbewußtsein, das er in der Höhle zur Schau gestellt hatte, war vollkommen von ihm gewichen. Er war fast demütig.

»Vielleicht bekommen Sie die menschlichen Eigenschaften zurück«, sagte sie. »Vielleicht können Sie ausmerzen, was der Nuncio getan hat.«

»Das würde mir gefallen«, sagte er. »Ich wäre gern wieder Randolph Jaffe aus Omaha, Nebraska. Ich würde gerne die Uhr zurückdrehen und das Zimmer gar nicht betreten.«

»Welches Zimmer?«

»Das Zimmer für die Postirrläufer im Postamt«, sagte er, »wo alles angefangen hat. Ich sollte Ihnen davon erzählen.«

»Das würde ich gerne hören. Aber vorher...«

»Ich weiß. Ich weiß. Das Haus. Das Schisma.«

Jetzt sah er sie an, oder besser gesagt, an ihr vorbei zum Hügel.

»Früher oder später müssen wir dort hinauf«, erinnerte sie ihn. »Ich würde es vorziehen, wenn wir es gleich machen, solange wir noch Licht haben und meine Energie nicht nachgelassen hat.«

»Und wenn wir dort sind?«

»Hoffen wir auf eine göttliche Eingebung.«

»Die muß von irgendwo kommen«, sagte er. »Und keiner von uns hat Götter, oder? Damit habe ich all die Jahre zu tun gehabt. Mit Menschen, die gottlos sind. Und jetzt sind wir es selbst.«

Sie erinnerte sich, was D'Amour gemeint hatte, als sie ihm sagte, daß sie nicht betete. Etwas darüber, daß Beten sinnvoll war, wenn man wußte, was da draußen ist.

»Ich werde allmählich zur Gläubigen«, sagte sie. »Langsam.«

»Und *woran* glauben Sie?«

»An höhere Mächte«, sagte sie mit einem leicht verlegenen Achselzucken. »Der Schwarm hatte sein höheres Streben. Warum sollte ich es nicht haben?«

»Tatsächlich?« sagte er. »Hat der Schwarm die ›Kunst‹ gehütet, weil die Essenz erhalten werden mußte? Das glaube ich nicht. Sie hatten nur Angst vor dem, was durchbrechen könnte. Sie waren Wachhunde.«

»Vielleicht haben ihre Pflichten sie erhoben.«

»Zu was? Heiligen? Kissoon hat das wenig genützt, nicht? Er hat nur sich selbst angebetet. Und die Iad.«

Das war ein grimmiger Gedanke. Gab es einen perfekteren Kontrapunkt zu D'Amours Gerede vom Glauben an die Geheimnisse als Kissoons Offenbarung, daß alle Religionen Masken für den Schwarm waren; Mittel, um die Hitzköpfigen vom Geheimnis aller Geheimnisse abzuhalten?

»Ich bekomme Eindrücke«, sagte Jaffe, »vorn dort, wo Tommy-Ray ist.«

»Wie ist es?«

»Immer dunkel«, antwortete Jaffe. »Er war lange Zeit in Bewegung, aber jetzt ist er still. Vielleicht hat sich die Flut gedreht. Ich glaube, etwas kommt aus der Dunkelheit. Oder es *ist* die Dunkelheit. Ich weiß nicht. Aber es kommt immer näher.«

»Lassen Sie mich den Augenblick wissen, wenn er etwas sieht«, sagte Tesla. »Ich möchte Einzelheiten.«

»Ich will nicht hinsehen, weder mit seinen Augen noch mit meinen.«

»Vielleicht haben Sie keine andere Wahl. Er ist Ihr Sohn.«

»Er hat mich immer wieder enttäuscht. Ich schulde ihm überhaupt nichts. Er hat seine Phantome.«

»Perfekte Familie«, sagte Tesla. »Vater, Sohn und...«

»...Heiliger Geist«, sagte Jaffe.

»Ganz recht«, antwortete sie, und wieder fiel ihr ein Echo aus der Vergangenheit ein. *»Trinitiy.«*

»Was ist damit?«

»Davor hatte Kissoon solche Angst.«

»Der Trinity? Der Dreieinigkeit?«

»Ja. Als er mich zum ersten Mal in die Schleife holte, hat er diesen Namen fallenlassen. Ich glaube, es war ein Fehler. Als ich ihn damit herausgefordert habe, war er so eingeschüchtert, daß er mich gehen ließ.«

»Ich habe Kissoon nie für einen Christen gehalten«, bemerkte Jaffe.

»Ich auch nicht. Vielleicht meinte er einen anderen Gott. Oder *Götter.* Eine Macht, die der Schwarm beschwören konnte. Wo ist das Medaillon?«

»In meiner Tasche. Sie müssen es selbst herausholen. Meine Hände sind sehr schwach.«

Er nahm sie aus den Taschen. Im Halbdunkel der Höhle waren die Verstümmelungen schon ekelerregend gewesen, aber hier, im hellen Sonnenlicht, waren sie noch abstoßender, das Fleisch schwarz und eitrig, die Knochen darunter verwesend.

»Ich verfalle«, sagte er. »Fletcher hat Feuer benützt, ich meine Zähne. Wir sind beide Selbstmörder. Er war nur schneller.«

Sie griff in seine Tasche und holte das Medaillon heraus.

»Es scheint Ihnen nichts auszumachen«, sagte sie.

»Was?«

»Daß Sie verfallen.«

»Nein, das macht mir nichts aus«, gab er zu. »Ich würde gerne sterben. Wie es geschehen wäre, wäre ich in Omaha geblieben und einfach alt geworden. Ich will nicht ewig leben.

Was hat es für einen Sinn, immer weiter zu leben, wenn man überhaupt nichts begreift?«

Die Freude, die sie empfunden hatte, als sie das Rätsel des Medaillons gelöst hatte, fiel ihr wieder ein, während sie es studierte. Aber es war auch bei Tageslicht nichts darauf zu sehen, was sie als Trinity – als Dreieinigkeit – interpretieren konnte. Quartette jede Menge. Vier Arme, vier Kreise. Aber keine Trios.

»Sinnlos«, sagte sie. »Wir könnten Tage damit vergeuden, dahinterzukommen.«

»Hinter was?« sagte Grillo, der ins Sonnenlicht heraustrat.

»Trinity«, sagte sie. »Hast du eine Ahnung, was das bedeutet?«

»Vater, Sohn und…«

»Außer dem Offensichtlichen.«

»Dann *nein*. Keine Ahnung. Warum?«

»Ich hatte eben eine kleine Hoffnung.«

»Wie viele Dreieinigkeiten kann es denn geben?« fragte er. »Das dürfte doch nicht so schwer herauszukriegen sein.«

»Aber bei wem? Abernethy?«

»Ich könnte bei ihm anfangen«, sagte Grillo. »Er ist ein gottesfürchtiger Mann. Behauptet er jedenfalls. Ist es wichtig?«

»In unserer Lage ist alles wichtig«, sagte sie.

»Ich kümmere mich darum«, sagte er, »wenn die Telefonleitungen noch funktionieren. Du willst einfach…«

»Alles über Trinity wissen. *Alles.*«

»Fakten, das mag ich«, sagte er. »Fakten.«

Er ging die Treppe hinunter. Während er das tat, hörte Tesla Jaffe murmeln: »Sieh weg, Tommy. Sieh einfach weg…«

Er hatte die Augen zugemacht. Jetzt fing er an zu zittern.

»Können Sie sie sehen?« fragte sie ihn.

»Es ist so dunkel.«

»Können Sie sie sehen?«

»Ich kann etwas sehen, das sich bewegt. Etwas Riesiges. So *riesig*. Warum *bewegst* du dich nicht, Junge? Verschwinde, bevor sie dich sehen. *Beweg dich!*«

Er riß plötzlich die Augen auf.

»Genug!« sagte er.

»Haben Sie ihn verloren?« fragte Tesla.

»Ich sagte doch: *Genug!*«

»Er ist doch nicht tot?«

»Nein, er… reitet die Wellen.«

»Er surft auf der Essenz?« sagte sie.

»Er gibt sich größte Mühe.«

»Und die Iad?«

»Sind hinter ihm. Die Flut hat gewechselt. Sie kommen.«

»Beschreiben Sie, was Sie gesehen haben«, sagte sie.

»Wie schon gesagt. Sie sind riesig.«

»Das ist alles?«

»Wie wandelnde Berge. Berge, die mit Heuschrecken bedeckt sind. Oder mit Flöhen. Groß und klein. Ich weiß nicht. Es ergibt keinen Sinn.«

»Wir müssen das Schisma schließen, so schnell wir können. Berge kann ich ertragen. Aber lassen wir die Flöhe weg, hm?«

Als sie nach unten kamen, war Hotchkiss an der Eingangstür. Grillo hatte schon mit ihm über Trinity – die Dreieinigkeit – gesprochen, und er hatte einen besseren Vorschlag, als Abernethy anzurufen.

»Im Einkaufszentrum ist ein Buchladen«, sagte er. »Soll ich dort die Dreieinigkeiten nachschlagen?«

»Kann nicht schaden«, sagte Tesla. »Wenn Trinity Kissoon Angst gemacht hat, dann vielleicht auch seinen Meistern. Wo ist Grillo?«

»Draußen, er sieht sich nach einem Auto um. Er fährt Sie den Hügel rauf. Sie gehen beide dorthin?« Er sah mit ekelerfülltem Gesichtsausdruck zu Jaffe.

»Dorthin gehen wir«, sagte Tesla. »Und dort bleiben wir. Also wissen Sie, wo Sie uns finden können.«

»Bis zum Ende?« sagte Hotchkiss, ohne den Blick von Jaffe abzuwenden.

»Bis zum Ende.«

Grillo hatte ein Auto gefunden und kurzgeschlossen, das auf dem Parkplatz des Motels stehengeblieben war.

»Wo hast du das gelernt?« sagte sie zu ihm, während sie den

Hügel emporfuhren. Der Jaff saß mit geschlossenen Augen zusammengesunken auf dem Rücksitz.

»Damals, während meiner Zeit als seriöser Journalist, habe ich einen Artikel geschrieben...«

»Über Autodiebe?«

»Ganz recht. Ich habe ein paar Tricks der Branche gelernt und nie wieder vergessen. Ich bin eine Fundgrube nutzloser Informationen. Grillo hat immer wieder etwas Neues auf Lager.«

»Aber nichts über Trinity?«

»Du kommst immer wieder darauf zurück.«

»Verzweiflung«, sagte sie. »Wir haben sonst keine Anhaltspunkte.«

»Vielleicht hat es etwas damit zu tun, was D'Amour über den Erlöser gesagt hat.«

»In letzter Minute ein Eingreifen von jemand ganz oben?« sagte Tesla. »Ich werde nicht den Atem anhalten und warten.«

»Scheiße.«

»Problem?«

»Da oben.«

Auf der Kreuzung, der sie sich näherten, hatte sich ein Riß aufgetan. Er ging über Straße und Gehweg. Es führte kein Weg daran vorbei den Hügel hinauf.

»Wir müssen einen anderen Weg versuchen«, sagte Grillo. Er legte den Rückwärtsgang ein, wendete und nahm nach drei Blocks eine Seitenstraße. Überall waren Anzeichen der zunehmenden Instabilität des Grove zu sehen. Laternenpfähle und Bäume waren umgestürzt, Gehwege aufgebrochen, Wasser floß aus gebrochenen Rohren.

»Alles wird hochgehen«, sagte Tesla.

»Wenn das nicht die Wahrheit ist.«

Die nächste Straße, die er versuchte, führte ohne Hindernisse bis zum Hügel hinauf. Auf dem Weg dorthin sah Tesla ein zweites Auto, das vom Freeway-Zubringer kam. Es war kein Polizeiauto, es sei denn, die Polizei wäre auf neongelb bemalte Volkswagen umgestiegen.

»Närrisch«, sagte sie.

»Was?«

»Jemand kommt in die Stadt zurück.«

»Wahrscheinlich eine Plünderungsaktion«, sagte Grillo. »Leute, die mitnehmen, *was* sie können, *solange* sie es können.«

»Ja.«

Die Farbe des Autos, die so geschmacklos und unangemessen war, blieb ihr eine Weile im Gedächtnis. Sie war nicht sicher, warum; möglicherweise, weil diese Farbe so typisch für West Hollywood war und sie bezweifelte, daß sie ihre Wohnung im North Huntley Drive jemals wiedersehen würde.

»Sieht aus, als hätten wir ein Begrüßungskomitee«, sagte Grillo.

»Perfektes Film-Timing«, sagte Tesla. »Drück drauf, Fahrer.«

»Beschissene Dialoge.«

»Fahr einfach nur.«

Grillo scherte aus, um einen Zusammenstoß mit dem Streifenwagen zu vermeiden, trat mit dem Fuß aufs Gaspedal und war an dem Fahrzeug vorbei, bevor der Fahrer die Möglichkeit hatte, ihm den Weg zu versperren.

»Oben werden noch mehr sein«, sagte er.

Tesla drehte sich zu dem Auto um, das sie hinter sich gelassen hatten. Kein Versuch, sie zu verfolgen. Der Fahrer würde lediglich den Rest der Einheit von ihrer Anwesenheit in Kenntnis setzen.

»Tu, was du tun mußt«, sagte Tesla zu Grillo.

»Das heißt?«

»Das heißt, fahr sie über den Haufen, wenn sie sich uns in den Weg stellen. Wir haben keine Zeit für Artigkeiten.«

»In dem Haus wird es von Bullen nur so wimmeln«, warnte er sie.

»Das bezweifle ich«, sagte sie. »Ich glaube, sie werden sich davon fernhalten.«

Sie hatte recht. Als sie sich Coney Eye näherten, wurde dies deutlich; die Streifenpolizisten hatten beschlossen, daß die ganze Sache zu groß für sie war. Die Autos waren ein gutes Stück vom Tor entfernt geparkt, die Männer selbst wiederum standen weit hinter den Fahrzeugen. Die meisten sahen einfach nur zum Haus hinauf, aber ein Kontingent von vier Offizieren wartete an einer Barrikade, die errichtet worden war, um den Hügel abzusperren.

»Soll ich einfach durchfahren?« sagte Grillo.

»Verdammt richtig!«

Er trat das Gaspedal durch. Zwei des Quartetts griffen nach den Waffen; die beiden anderen warfen sich beiseite. Grillo rammte die Barrikade mit hoher Geschwindigkeit. Das Holz splitterte und brach, ein Stück zertrümmerte die Windschutzscheibe. Er glaubte, in dem Durcheinander einen Schuß zu hören, aber da er immer noch fuhr, ging er davon aus, daß er nicht getötet worden war. Das Auto rammte einen Streifenwagen, das Heck schlitterte und traf ein zweites Auto, dann hatte Grillo wieder die Herrschaft über das Fahrzeug und fuhr zum offenen Tor von Buddy Vance' Haus. Sie rasten mit heulendem Motor die Einfahrt entlang.

»Niemand folgt uns«, sagte Tesla.

»Kann ich ihnen nicht verübeln«, antwortete Grillo. Als sie die Kurve der Einfahrt erreichten, trat er auf die Bremse. »Das ist nahe genug«, sagte er. »Mein Gott. *Sieh dir das an.*«

»Ich sehe es.«

Die Fassade des Hauses sah aus wie ein Kuchen, der die ganze Nacht bei heftigem Regen draußen stehengelassen worden war, ganz aufgeweicht und formlos. Keine geraden Linien mehr an den Türrahmen, keine rechten Winkel an den Fenstern – nicht einmal an denen des obersten Stocks. Die Macht, die Jaffe hier entfesselt hatte, hatte alles in ihren Schlund gezogen und Backsteine, Fliesen und Glasscherben verzerrt; das ganze Haus *neigte* sich dem Schisma entgegen. Als Tesla und Grillo zur Tür herausgestolpert waren, war das Gebäude ein Mahlstrom gewesen, aber das entstandene Loch schien besänftigt zu sein. Von weiterer Brutalität keine Spur. Aber an der Nähe des Schismas konnte kein Zweifel bestehen. Als sie aus dem Auto ausstiegen, spürten sie seine Energie in der Luft. Ihre Nackenhärchen stellten sich auf, ihre Eingeweide bebten. Es war so still wie im Auge des Hurrikans. Eine erhabene Stille, die geradezu danach schrie, unterbrochen zu werden.

Tesla betrachtete durch das Seitenfenster ihren Passagier. Jaffe spürte, daß er beobachtet wurde, und schlug die Augen auf. Seine Angst war deutlich zu sehen. So geschickt er seine Gefühle früher verborgen hatte – und sie vermutete, daß ihm das gut gelungen war –, jetzt war er zu solchen Vorstellungen nicht mehr fähig.

»Wollen Sie kommen und es sich ansehen?« sagte sie.

Er ging nicht auf das Angebot ein, daher ließ sie ihn, wo er war. Sie mußte eine Pflicht erfüllen, bevor sie hineingingen, und während sie die erledigte, konnte sie ihm Zeit lassen, seinen Mut zusammenzunehmen. Sie ging in die Richtung zurück, aus der sie gekommen waren, bis sie hinter der Reihe der Palmen an der Einfahrt herauskam. Die Polizisten waren ihnen bis ans Tor gefolgt, aber nicht weiter. Sie überlegte, daß vielleicht nicht nur Angst sie an einer Verfolgung hinderte, sondern Befehle ihrer Vorgesetzten. Sie wagte nicht gerade zu hoffen, daß die Kavallerie in den nächsten Minuten den Hügel heraufgeritten kommen würde, aber vielleicht sammelten sie sich bereits, und diese Infanteristen hatten Anweisung erhalten, auf Distanz zu bleiben, bis die Truppe eintraf. Nervös waren sie eindeutig. Sie trat mit erhobenen Händen vor eine Reihe angelegter Gewehre.

»Das Gelände ist abgesperrt«, rief jemand von unten. »Kommen Sie mit erhobenen Händen herunter. Alle.«

»Das kann ich leider nicht tun«, antwortete Tesla. »Aber sehen Sie zu, daß es abgesperrt *bleibt,* ja? Wir haben hier etwas zu tun. Wer ist der Befehlshaber?« sagte sie und kam sich dabei vor wie eine Besucherin aus dem All.

Ein Mann im Maßanzug trat hinter einem der Fahrzeuge hervor.

Sie vermutete, daß er kein Polizist war. Höchstwahrscheinlich vom FBI.

»Ich bin der Befehlshaber«, sagte er.

»Bekommen Sie Verstärkung?« fragte sie.

»Wer sind Sie?« wollte er wissen.

»Bekommen Sie Verstärkung?« wiederholte sie. »Glauben Sie mir, Sie werden mehr als ein paar Streifenwagen brauchen. Aus diesem Haus wird eine gewaltige Invasion erfolgen.«

»Wovon sprechen Sie?«

»Lassen Sie den Hügel umstellen. Und riegeln Sie den Grove ab. Wir werden keine zweite Chance bekommen.«

»Ich frage nur noch ein einziges Mal...«, sagte der Befehlshaber, aber sie unterbrach ihn und entfernte sich wieder, ehe er seine Frage zu Ende stellen konnte.

»Das machst du ziemlich gut«, sagte Grillo.

»Du weißt ja, was ein bißchen Übung macht«, sagte sie.

»Sie hätten dich erschießen können«, stellte Grillo fest.

»Haben sie aber nicht«, sagte sie, ging wieder zum Auto und machte die Tür auf. »Können wir?« sagte sie zu Jaffe. Zunächst achtete er nicht auf die Einladung. »Je früher wir anfangen, desto früher sind wir fertig«, sagte sie. Er stieg seufzend aus. »Ich möchte, daß du hierbleibst«, sagte sie zu Grillo. »Wenn sich einer von denen bewegt, schreist du.«

»Du willst mich nur nicht drinnen haben«, sagte er.

»Das auch.«

»Hast du eine Ahnung, was du da drinnen machen willst?«

»Wir werden so tun, als wären wir zwei Kritiker«, sagte sie. »Wir machen die ›Kunst‹ zur Sau.«

Als er noch jünger war, hatte Hotchkiss viel gelesen, aber Carolyns Tod hatte seinen Appetit nach Dichtung verkümmern lassen. Weshalb sollte er sich die Mühe machen und Thriller von Leuten lesen, die noch nie Gewehrfeuer gehört hatten? Alles nur Lügen. Nicht nur die Romane. Auch diese Bücher, dachte er, während er die Regale im Mormon Book Store durchging. Ganze Bände über Offenbarung und Gottes Wirken auf Erden. Ein paar listeten *Dreieinigkeit* im Index auf, aber die Hinweise waren stets nur flüchtig und enthüllten gar nichts. Die Suche bereitete ihm nur eine einzige Freude, nämlich, daß er den Laden auseinandernehmen und die Bücher beiseite werfen konnte. Ihre selbstgefälligen Überzeugungen erbosten ihn. Hätte er Zeit gehabt, hätte er sie vielleicht alle in Brand gesteckt.

Als er sich tiefer in den Laden begab, sah er einen neongelben Volkswagen auf den Parkplatz fahren. Zwei Männer stiegen aus. Sie hätten nicht unterschiedlicher sein können. Einer hatte eine staubige Lumpensammlung schlechtsitzender Kleidungsstücke an und – selbst auf diese Entfernung – ein Gesicht, das so häßlich war, daß es jede Mutter zum Weinen gebracht haben würde. Sein Gefährte war im Vergleich dazu ein braungebrannter Adonis, der Freizeitkleidung so buntschillernd wie ein Pfau trug. Keiner der beiden, vermutete Hotchkiss, wußte, wo sie sich befanden, noch in welcher Gefahr sie schwebten. Sie sahen sich verwirrt auf dem verlassenen Parkplatz um. Hotchkiss ging zur Tür.

»Sie sollten von hier verschwinden«, rief er ihnen zu.

Der Pfau sah in seine Richtung.

»Ist das Palomo Grove?«

»Ja?«

»Was ist passiert? Ein Erdbeben?«

»Es steht eins bevor«, sagte Hochtkiss. »Hören Sie, tun Sie sich selbst einen Gefallen und verschwinden Sie von hier.«

Jetzt sprach der Häßliche, dessen Gesicht mißgestalteter aussah, je näher er kam.

»Tesla Bombeck«, sagte er.

»Was ist mit ihr?« fragte Hotchkiss.

»Ich muß sie sprechen. Mein Name ist Raul.«

»Sie ist oben auf dem Hügel«, sagte Hotchkiss. Er hatte gehört, wie Tesla den Namen *Raul* erwähnte, aber nicht in welchem Zusammenhang.

»Ich bin gekommen, um ihr zu helfen«, sagte Raul.

»Und Sie?« fragte Hotchkiss den Adonis.

»Ron«, lautete die Antwort. »Ich bin nur der Chauffeur.« Er zuckte die Achseln. »He, wenn Sie wollen, daß ich von hier verschwinde, mit Vergnügen.«

»Das liegt bei Ihnen«, sagte Hotchkiss und ging wieder in den Laden. »Hier ist es nicht sicher. Mehr kann ich nicht sagen.«

»Wir nehmen es zur Kenntnis«, sagte Ron.

Raul hatte das Interesse an der Unterhaltung verloren und betrachtete die Geschäfte. Er schien dabei zu schnuppern.

»Was soll ich machen?« rief Ron ihm zu.

»Geh nach Hause«, sagte er.

»Soll ich dich nicht den Hügel hinauffahren und Tesla suchen?« antwortete Ron.

»Ich finde sie schon.«

»Es ist ein weiter Weg, Mann.«

Raul warf Hotchkiss einen Blick zu. »Wir einigen uns«, sagte er.

Hotchkiss meldete sich nicht freiwillig für die Aufgabe, sondern machte sich wieder an die Suche und hörte der Unterhaltung auf dem Parkplatz nur mit halbem Ohr zu.

»Bist du sicher, daß wir Tesla nicht gemeinsam suchen sollen? Ich dachte, es wäre wichtig.«

»War es. *Ist* es. Aber ... ich muß zuerst ein wenig Zeit hier verbringen.«

»Ich kann warten. Das macht mir nichts aus.«

»Ich habe nein gesagt.«

»Soll ich dich nicht zurückfahren? Ich habe mir gedacht, wir könnten heute nacht einen draufmachen. Du weißt schon, ein paar Bars besuchen ...«

»Vielleicht ein andermal.«

»Morgen?«

»Eben ein andermal.«

»Ich verstehe. Nein danke, richtig?«

»Wenn du das sagst.«

»Mann, du bist echt unheimlich. Erst machst du mich an. Jetzt willst du nichts mehr mit mir zu tun haben. Der Teufel soll dich holen. Ich kann mir den Schwanz überall lutschen lassen.«

Hotchkiss drehte sich um und sah, wie der Adonis zum Auto zurückkehrte. Der andere Mann war nicht mehr zu sehen. Er war zufrieden, daß die Störung vorüber war, und wandte sich wieder seiner Suche in den Regalen zu. Die Abteilung der Bücher über Mutterschaft schien nicht sehr vielversprechend zu sein, aber er ging sie trotzdem durch. Wie er erwartet hatte, nur Gefasel und Plattheiten. Kein Hinweis, nicht einmal der entfernteste, auf eine Dreieinigkeit. Nur Geschwätz über Mutterschaft, die ein göttlicher Ruf war, Frauen, die in Partnerschaft mit Gott neues Leben in die Welt brachten, ihre größte und edelste Aufgabe. Und für die Nachkommen ein abgedroschener Rat: *»Kinder, gehorcht euren Eltern und dem Herrn, denn so ist es recht!«*

Er überflog pflichtschuldigst jeden Titel und warf die einzelnen Bände fort, wenn sie sich als nutzlos erwiesen hatten, bis er das Regal leergeräumt hatte. Blieben nur noch zwei Abteilungen, die er durchsuchen mußte. Keine schien allzu vielversprechend zu sein. Er stand auf, streckte sich und sah auf den sonnigen Parkplatz hinaus. Ein übelkeitserregendes Gefühl der Vorahnung drehte ihm den Magen um. Die Sonne schien, aber wie lange noch?

Hinter dem Parkplatz – ein gutes Stück dahinter – sah er den gelben Käfer, der aus dem Grove hinaus Richtung Freeway fuhr. Er beneidete den Adonis nicht um seine Freiheit. Er verspürte nicht den Wunsch, in ein Auto einzusteigen und wegzufahren. Was Orte zum Sterben anbelangte, da war der Grove so gut wie jeder andere: behaglich, vertraut, verlassen. Wenn er schreiend starb, würde niemand seine Feigheit hören. Wenn er stumm starb, würde niemand um ihn trauern. Sollte der Adonis gehen. Wahrscheinlich hatte er irgendwo sein Leben zu leben. Und es würde kurz sein. Wenn ihre Mission hier im Grove scheiterte – und die Nacht aus dem Jenseits in die Welt kam –, würde es *sehr* kurz sein. Und selbst wenn sie Erfolg hatten – eine geringe Hoffnung –, würde es immer noch kurz sein.

Und am Ende immer besser als am Anfang, wußte man doch, wie sich der Zeitraum dazwischen gestaltete.

Wenn das Äußere von Coney Eye das Auge eines Hurrikans war, dann war das Innere ein Funkeln in diesem Auge. Eine durchdringendere Stille, die Tesla auf jedes Zucken in Wangen und Stirn und auf jede kleinste Ungleichmäßigkeit ihres Atmens aufmerksam machte. Sie trat mit Jaffe im Schlepptau ein und begab sich ins Wohnzimmer, wo er sein Verbrechen wider die Natur begangen hatte. Die Spuren dieses Verbrechens waren rings um sie herum zu sehen, aber mittlerweile erkaltet, die Verzerrungen erstarrt wie geschmolzenes Wachs.

Sie betrat das Zimmer selbst. Das Schisma war noch an Ort und Stelle: Die gesamte Umgebung wurde auf ein Loch zugezogen, das kaum zwei Meter Durchmesser hatte. Es war ruhig. Nichts deutete darauf hin, daß es sich breiter machen wollte. Wenn die Iad die Schwelle zum Kosm erreichten, würden sie einzeln durchsteigen müssen, es sei denn, sie konnten es, nachdem das Gefüge einmal aufgebrochen war, erweitern, bis es weit klaffte.

»Sieht nicht so gefährlich aus«, sagte sie zu Jaffe. »Wir haben eine Chance, wenn wir schnell genug sind.«

»Ich weiß nicht, wie ich es verschließen soll.«

»*Versuchen* Sie es. Sie wußten auch, wie man es aufreißt.«

»Das war Instinkt.«

»Und was sagen Ihnen Ihre Instinkte jetzt?«

»Daß ich keine Kraft mehr in mir habe«, sagte er. Er hob die verstümmelten Hände. »Ich habe sie abgebissen und ausgespuckt.«

»Sie war nur in Ihren Händen?«

»Ich glaube ja.«

Sie erinnerte sich an den Anblick im Einkaufszentrum: Der Jaff spritzte Gift in Fletchers Körper aus Fingern, die Energie zu schwitzen schienen. Jetzt waren eben diese Hände verwesende Stümpfe. Aber sie konnte nicht glauben, daß Kraft eine Frage der Anatomie war. Kissoon war kein Halbgott, und doch war sein ausgemergelter Körper ein Reservoir der erschreckendsten Zaubersprüche. *Wille* war der Schlüssel zur Macht, und Jaffe schien keinen mehr zu haben.

»Sie können es also nicht«, sagte sie nur.

»Nein.«

»Dann kann ich es vielleicht.«

Er kniff die Augen zusammen. »Das bezweifle ich«, sagte er mit einem leicht herablassenden Unterton in der Stimme. Sie tat so, als hätte sie es nicht bemerkt.

»Ich kann es versuchen«, sagte sie. »Der Nuncio ist auch in mir, wissen Sie noch? Sie sind nicht der einzige Gott in der Mannschaft.«

Diese Bemerkung zeitigte genau das Ergebnis, das damit bezweckt worden war.

»*Sie?*« sagte er. »Sie haben nicht die geringste Chance.« Er betrachtete seine Hände, dann wieder das Schisma. »Ich habe es aufgemacht. Ich bin der einzige, der das jemals gewagt hat. Und ich bin der einzige, der es wieder verschließen kann.«

Er ging an ihr vorbei auf das Schisma zu, und sein Schritt war wieder so leicht wie zuvor, als sie aus der Höhle geklettert waren. Das ermöglichte ihm, den unebenen Boden mit relativer Leichtigkeit zu überqueren. Erst als er noch einen oder zwei Meter von dem Loch entfernt war, wurde er langsamer. Dann blieb er stehen.

»Was ist denn?« sagte sie.

»Sehen Sie selbst.«

Sie ging durch das Zimmer auf ihn zu. Dabei stellte sie fest, daß nicht nur die sichtbare Welt verzerrt und zu dem Loch hin gekrümmt war, sondern auch die unsichtbare. Die Luft und die darin enthaltenen winzigen Staub- und Schmutzteilchen waren verzogen. Der Raum selbst war verschlungen, die Falten derart eingedickt, daß man sich nur mit Mühe hindurchbewegen konnte. Dieser Effekt war um so stärker, je näher sie dem Loch kam. Ihr Körper, der ohnedies bis aufs äußerste belastet war, war der Anforderung kaum gewachsen. Aber sie war beharrlich. Und sie kam ihrem Ziel Schritt für Schritt näher, bis sie so dicht an dem Loch war, daß sie in seinen Schlund sehen konnte. Es war kein leicht zu ertragender Anblick. Die Welt, die sie ihr ganzes Leben lang als vollständig und verständlich angesehen hatte, war dort vollkommen aus den Fugen geraten. Ein solches Unbehagen hatte sie nicht mehr empfunden, seit jemand – wer, das wußte sie nicht mehr – ihr in ihrer Kindheit den Trick beigebracht hatte, durch zwei einander gegenüber aufgestellte Spiegel in die Unendlichkeit zu schauen. Damals war sie zwölf gewesen, höchstens dreizehn, und durch und durch verängstigt angesichts dieser Leere, die Leere wiedergab, hin und her, hin und her, bis zum Ende des Lichts. Sie hatte sich jahrelang an diesen Augenblick erinnert, als sie mit der physikalischen Repräsentanz von etwas konfrontiert worden war, wogegen ihr Verstand aufbegehrte. Hier lag derselbe Prozeß vor. Das Schisma stand in krassem Widerspruch zu ihren sämtlichen Vorstellungen von der Welt. Wirklichkeit als vergleichende Wissenschaft.

Sie sah in den Schlund. Nichts, was sie dort erblickte, war sicher. Wenn es eine Wolke war, dann eine bereits halb zu Regen gewordene Wolke. Wenn es Regen war, dann Regen, der im Begriff war, zu entflammen und zu Feuer zu werden. Und jenseits von Wolke, Regen und Feuer ein gänzlich anderer Ort, aber ebenso zweideutig wie das Chaos der Elemente, das ihn halb verbarg: ein Meer, das ohne Horizont zum Himmel wurde. Die *Essenz.*

Sie wurde von dem heftigen, beinahe unwiderstehlichen Verlangen gepackt, dort zu *sein*, durch das Schisma zu klettern und das Geheimnis drüben zu kosten. Wie viele Suchende, die in Fieber- oder Drogenträumen der Möglichkeit gewahr wurden, hier zu sein, wo sie jetzt stand, waren aufgewacht und wollten lieber sterben als eine Stunde mit dem Wissen weiterleben, daß ihnen der Zutritt immer und ewig verwehrt war? Waren erwacht, hatten getrauert und auf die schmerzvolle, heroische Weise, die ihrer Rasse eigen war, gehofft, daß Wunder möglich waren; daß die Epiphanien von Musik und Liebe mehr als Selbsttäuschung waren, nämlich Hinweise auf ein höheres Dasein, wo Hoffnung mit Schlüsseln und Küssen belohnt wurde und sich Türen zum Immerwährenden auftaten.

Die Essenz war dieses Immerwährende. Sie war der Äther, in dem das *Sein* entstanden war, so wie die Menschheit aus der Suppe eines einfacheren Meeres entstanden war. Der Gedanke, daß die Essenz von den Iad befleckt wurde, war mit einem Mal unerträglicher für sie als die Vorstellung der bevorstehenden Invasion. Die Worte, die sie erstmals von Kissoon gehört hatte, fielen ihr wieder ein. *Essenz muß erhalten werden.* Mary Muralles hatte bestätigt, daß Kissoon nur log, wenn es unbedingt notwendig war. Das machte einen Großteil seines Genies aus; daß er sich an die Wahrheit hielt, solange sie seinem Ziel dienlich war. Und die Essenz mußte *unbedingt* erhalten werden. Ohne Träume war das Leben nichts. Vielleicht wäre es ohne sie überhaupt gar nicht erst entstanden.

»Ich glaube, ich muß es versuchen«, sagte Jaffe, ging noch einen Schritt auf den Schlund zu und brachte sich damit in Reichweite davon. Seine Hände, die vor einer Minute noch völlig kraftlos ausgesehen hatten, waren vom Glanz der Kraft umgeben, die um so deutlicher zu sehen war, weil sie aus so schlimm verletztem Fleisch troff. Er streckte sie dem Schisma entgegen.

Daß es seine Anwesenheit und seine Absicht bemerkte, wurde offenkundig, noch ehe er den Kontakt hergestellt hatte. Ein Zukken lief über seinen Rand und über das Zimmer, das es in sich selbst verzerrt hatte. Die gefrorenen Verzerrungen erbebten und wurden wieder weicher.

»Es spürt uns«, sagte Jaffe.

»Wir müssen es trotzdem versuchen«, antwortete Tesla. Plötzlich war der Boden unter ihren Füßen schlüpfrig; Verputzstücke fielen von den Wänden und der Decke. Im Inneren des Schlunds erblühten die Wolken feurigen Regens in Richtung Kosm.

Jaffe legte die Hände auf die tauende Verbindung, aber das Schisma hatte keine Geduld mit Gegnern. Ein weiteres Zucken lief hindurch, diesesmal so heftig, daß Jaffe in Teslas Arme geschleudert wurde.

»Sinnlos!« sagte er. »Sinnlos!«

Schlimmer als sinnlos. Falls sie einen Beweis brauchten, daß die Iad kamen, dann bekamen sie ihn jetzt, denn die Wolke wurde dunkler, ihre Bewegungen unmißverständlich. Die Flut hatte gewechselt, wie Jaffe vermutet hatte. Der Schlund des Schismas war nicht mehr bestrebt, etwas zu verschlingen, sondern auszuwürgen, was immer ihn erstickte. Um das zu bewerkstelligen, ging er weiter auf.

Und mit dieser Bewegung begann der Anfang vom Ende.

VII

Das Buch, das Hotchkiss in Händen hielt, trug den Titel *Vorbereitung auf Armageddon* und war ein Handbuch mit Anweisungen für die Gläubigen. Ein Führer, wie man die bevorstehende Apokalypse Schritt für Schritt überstehen konnte. Es gab Kapitel über Vieh, über Wasser und Getreide, über Bekleidung und Unterkunft, Treibstoff, Wärme und Licht. Es enthielt eine fünfseitige Liste mit dem Titel *Gebräuchliche Lebensmittel*, die von Zuckersirup bis Wildbretdörrfleisch alles enthielt. Zusätzlich waren, um Angst in allen Zweiflern zu erzeugen, die versucht sein mochten, ihre Vorbereitungen hinauszuschieben, Fotos von Katastrophen eingefügt, die sich überall in Amerika ereignet hatten. Bei den meisten handelte es sich um Naturerscheinungen. Waldbrände, die uneindämmbar loderten; Hurrikane, die im Vorüberziehen ganze Städte dem Erdboden gleichmachten. Mehrere Seiten waren einer Flutkatastrophe in Salt Lake City im Mai 1983 gewidmet, mit Bildern von Einwohnern Utahs, die Sandsäcke aufschichteten, um das Wasser aufzuhalten. Doch das Bild, das am deutlichsten über diesen endgültigen Katastrophen aufragte, war das des Atompilzes. Es waren mehrere Fotos dieser Wolke abgebildet; unter einem fand Hotchkiss folgende Legende:

Die erste Atombombe wurde am 16. Juli 1945 um 05.30 Uhr vom Erfinder der Bombe, Robert Oppenheimer, an einem Ort namens Trinity gezündet. Mit dieser Detonation begann das letzte Zeitalter der Menschheit.

Keine weitere Erklärung. Es war nicht Ziel des Buches, die Atombombe und ihre Funktionsweise zu erklären, sondern eine Anleitung, wie die Mitglieder der Kirche Jesu Christi der Heiligen der Letzten Tage sie und ihre Folgen überleben konnten. Einerlei. Er brauchte keine Einzelheiten. Er brauchte nur das eine einzige Wort, *Trinity* – Dreieinigkeit –, in einem anderen Zusammenhang als Vater, Sohn und Heiliger Geist. Hier war es.

Die Drei-in-Einem auf einen einzigen Ort reduziert – sogar ein einziges Ereignis. Das war die Trinität, die alle anderen überragte. In der Fantasie des zwanzigsten Jahrhunderts war die Pilzwolke gewichtiger als Gott.

Er stand auf, *Vorbereitung auf Armageddon* in der Hand, und ging durch das Chaos weggeworfener Bücher zum Eingang des Ladens. Draußen wartete ein Anblick auf ihn, bei dem er wie vom Schlag getroffen stehenblieb. Dutzende Tiere liefen frei auf dem Parkplatz herum. Welpen tollten, Mäuse liefen, von Kätzchen verfolgt, um ihr Leben; Schlangen wärmten sich auf dem heißen Asphalt. Er sah an den Fassaden der Geschäfte entlang. Ein Papagei kam durch die offene Tür von Ted Elizandos Tierhandlung geflogen. Hotchkiss kannte Ted nicht, wohl aber die Geschichten, die man sich von dem Mann erzählte. Da er selbst ein Thema des Klatschs war, hatte er immer genauestens darauf geachtet, was man sich von anderen berichtete. Elizando hatte den Verstand, seine Frau und das Baby verloren. Jetzt verlor er auch noch seine kleine Arche im Einkaufszentrum, deren Tiere er freiließ.

Die Aufgabe, die Nachricht von Trinity zu Tesla zu bringen, war wichtiger als Worte des Trostes oder der Warnung für Elizando, selbst wenn ihm solche Worte eingefallen wären. Der Mann wußte offenbar, in welcher Gefahr er schwebte, andernfalls hätte er sein Inventar nicht freigelassen. Und was den Trost betraf: Was konnten Worte schon ausrichten? Nachdem er diese Entscheidung getroffen hatte, ging Hotchkiss über den Parkplatz zu seinem Auto, wurde unterwegs aber wieder aufgehalten, diesesmal jedoch nicht von einem Anblick, sondern von einem Laut: dem kurzen, wütenden Schrei eines Menschen. Er kam aus der Tierhandlung.

Er war innerhalb von zehn Sekunden an der offenen Tür. Drinnen wuselten noch mehr Tiere auf dem Boden herum, aber von ihrem Befreier war keine Spur zu sehen. Er rief den Namen des Mannes.

»Elizando? Alles O. K.?«

Er bekam keine Antwort, und Hotchkiss fragte sich, ob der Mann Selbstmord begangen hatte. Die Tiere freigelassen und sich dann die Pulsadern aufgeschlitzt. Er sputete sich, schritt zwischen Schaukästen, den Käfigen und Körben dahin. Als er den Laden halb durchquert hatte, sah er Elizandos Leichnam auf der anderen Seite eines großen Käfigs. Dessen Bewohner, ein kleiner Schwarm Kanarienvögel, waren in Panik, flatterten hin und her und hatten ganz zerrupfte Flügel, weil sie dauernd gegen den Käfig prallten.

Hotchkiss ließ das Buch fallen und kam Ted zu Hilfe.

»Was haben Sie getan?« sagte er näherkommend. »Mein Gott, Mann, was haben Sie getan?«

Als er bei dem Leichnam war, wurde ihm sein Irrtum klar. Dies war kein Selbstmord. Die Verletzungen des Gesichts – das gegen das Gitter gedrückt war –, hatte dieser Mann sich nicht selbst zugefügt. Sie waren schlimm; ganze Fleischfetzen waren aus Wangen und Hals herausgerissen worden. Blut war durch das Drahtgitter gespritzt und bedeckte den Boden des Vogelkäfigs, aber es strömte nicht mehr so heftig. Er war seit ein paar Minuten tot.

Hotchkiss stand ganz langsam auf. Wenn er nicht Elizandos Schrei gehört hatte, wessen dann? Er machte einen Schritt auf das Buch zu, um es wieder aufzuheben, aber da lenkte ihn eine Bewegung zwischen den Käfigen ab. Dicht hinter Elizandos Leichnam glitt eine Art schwarze Schlange über den Boden. Sie bewegte sich rasch und hatte eindeutig die Absicht, zwischen ihn und den Ausgang zu kommen. Hätte er nicht das Buch aufheben müssen, wäre er vielleicht schneller als sie gewesen, aber als er *Vorbereitung auf Armageddon* wieder in Händen hielt, war sie bei der Tür. Jetzt, wo sie deutlich zu sehen war, wurden mehrere Einzelheiten deutlich. Dies war kein Flüchtling aus dem Laden; kein Haushalt im Grove hätte ihm ein Heim gegeben. Es hatte ebensoviel Ähnlichkeit mit einer Moräne wie mit einer Schlange, aber selbst dieser Vergleich hinkte; in Wahrheit hatte Hotchkiss etwas Ähnliches noch nie gesehen. Und zuletzt bemerkte er, daß es eine Blutspur auf den Bodenfliesen hinterließ; und daß sein Mund ebenfalls blutverschmiert war. Dies war der Mörder von Elizando. Er wich davor zurück und beschwor den Namen des Erlösers, von dem er sich schon vor langer Zeit losgesagt hatte:

»Jesus Christus.«

Das Wort löste Gelächter irgendwo im hinteren Teil des Ladens aus. Er drehte sich um. Die Tür von Eds Büro stand weit offen. Das angrenzende Zimmer hatte zwar keine Fenster, und das Licht war nicht eingeschaltet, aber er konnte die Gestalt eines Mannes sehen, der mit überkreuzten Beinen auf dem Boden stand. Er konnte sogar erraten, um wen es sich handelte: die ungeschlachten Gesichtszüge von Tesla Bombecks Freund Raul waren selbst in der Dunkelheit nicht zu übersehen. Er war nackt. Diese Tatsache – seine Nacktheit und damit Verwundbarkeit – verführten Hotchkiss, einen Schritt auf die offene Tür zuzugehen. Vor die Wahl gestellt, die Schlange oder ihren Beschwörer zu bekämpfen – sie steckten ganz sicher unter einer Decke –, entschied er sich für den Beschwörer. Ein kauernder nackter Mann war keine fürchterliche Bedrohung.

»Scheiße, was ist denn hier los?« wollte Hotchkiss wissen, während er näher kam.

Der Mann grinste in der Dunkelheit. Sein Lächeln war feucht und breit.

»Ich mache Lix«, antwortete er.

»Lix?«

»Hinter Ihnen.«

Hotchkiss mußte sich nicht umdrehen, um zu wissen, daß sein Fluchtweg immer noch versperrt war. Er hatte keine andere Wahl, als stehenzubleiben, obwohl ihn der Anblick vor sich in zunehmendem Maße abstieß. Der Mann war nicht nur nackt, auf seinem Körper wimmelte es auch von der Brust bis zu den Oberschenkeln vor Insekten – die gesamten Vorräte an Fisch- und Echsenfutter des Ladens, die hier einem anderen Appetit dienlich waren. Ihre Bewegungen hatten das Glied des Mannes steif gemacht, und der gekrümmte Pimmel war das Zentrum ihrer Aufmerksamkeit. Aber auf dem Boden vor ihm war ein Anblick, der ebenso ekelerregend, wenn nicht noch schlimmer war: ein kleiner Haufen Tierexkremente aus den Käfigen, in dessen Mitte eine Kreatur nistete. Nein, nicht nistete, sondern *geboren* wurde; sie schwoll vor Hotchkiss an und entrollte sich. Sie hob den Kopf aus der Scheiße, und er sah, daß es sich wieder um ein Exemplar der Gattung handelte, die ihr Erzeuger Lix genannt hatte. Es war bei weitem nicht die einzige. Glänzende Leiber wanden sich in allen Ecken des Zimmers, allesamt schlängelnde Muskeln, deren zuckende Bewegungen das Böse zum Ausdruck brachten. Zwei tauchten hinter ihrem Schöpfer auf. Eine weitere kroch an der Theke rechts von Hotchkiss hinauf und schlängelte sich auf ihn zu. Um ihr auszuweichen, wich er einen Schritt zurück und bemerkte zu spät, daß diese Bewegung ihn in Reichweite einer anderen Bestie gebracht hatte. Diese war in zwei Herzschlägen an seinen Füßen und wand sich beim drittenmal an den Beinen hinauf. Er ließ *Armageddon* zum zweiten Mal fallen und bückte sich, um nach der Kreatur zu schlagen, aber der klaffende Mund biß zuerst zu; beide Bewegungen zusammen brachten Hotchkiss aus dem Gleichgewicht. Er taumelte gegen eine Reihe von Käfigen zurück und riß mit den rudernden Armen ein paar davon herunter. Sein zweiter Griff, diesesmal nach dem Regal selbst, war ebenso wirkungslos. Da es nur für Kätzchen und deren Käfige gedacht war, hielt es nicht stand; er fiel auf den Boden, und das Regal hinterher. Wären die Käfige nicht gewesen, wäre er vielleicht auf der Stelle getötet worden; aber sie hielten die Lix auf, die von allen Seiten auf ihn losstürmten. Zehn Sekunden wurden ihm gegönnt, während sie versuchten, sich zwischen den Käfigen durchzuschlängeln, und in dieser Zeitspanne gelang es ihm, sich umzudrehen und Anstalten zu treffen, auf die Beine zu kommen, aber die Kreatur, die sich in seinem Bein festgebissen hatte, machte diesen Hoffnungen ein Ende, indem sie losließ und ihn in die Hüfte biß. Die Schmerzen machten ihn einen Augenblick blind, und als er wieder sehen konnte, waren auch die anderen Bestien zu ihm vorgedrungen. Er spürte eine im Nacken; eine weitere wickelte sich um seinen Oberkörper. Er wollte um Hilfe rufen, aber die Luft wurde ihm aus den Lungen gequetscht.

»Außer mir ist keiner hier«, lautete die Antwort.

Er sah zu dem Mann namens Raul auf, der nicht mehr im Schneidersitz kauerte, sondern aufgestanden war – immer noch steif, immer noch von Insekten übersät – und eine Lix um den Hals geschlungen hatte. Er hatte die beiden ersten Finger der Hand in ihrem Maul und streichelte ihr den Rachen.

»Sie sind nicht Raul«, keuchte Hotchkiss.

»Nein.«

»Wer...?«

Das letzte Wort, das er hörte, bevor die Lix, die sich um seine Brust geschlungen hatte, den Druck verstärkte, war die Antwort auf diese Frage. Ein aus zwei sanften Silben bestehender Name. *Kiss* und *soon.* An diese Worte dachte er zuletzt, wie an eine Prophezeiung. Kiss soon – küsse bald. Carolyn wartete auf der anderen Seite des Todes und hatte die Lippen gespitzt, um ihn auf die Wangen zu küssen. Das machte die letzten Augenblicke nach all den Schrecken erträglich.

»Ich glaube, wir stehen hier auf verlorenem Posten«, sagte Tesla zu Grillo, als sie aus dem Haus kam.

Sie zitterte von Kopf bis Fuß, die Stunden der Entbehrungen und Schmerzen forderten ihren Tribut. Sie sehnte sich nach Schlaf, aber sie hatte Angst, sie könnte denselben Traum haben wie Witt in der Nacht zuvor: die Reise zur Essenz, die bedeutete, daß ihr Tod sehr nahe war. Vielleicht war es so, aber sie wollte es nicht wissen.

Grillo nahm ihren Arm, aber sie winkte ihn fort.

»Du kannst mich ebensowenig stützen wie ich dich...«

»Was geht da drinnen vor sich?«

»Das Loch öffnet sich wieder. Es ist wie kurz vor einem Dammbruch.«

»Scheiße.«

Mittlerweile ächzte das ganze Haus; die Palmen entlang der Einfahrt schüttelten abgestorbene Blätter ab, und die Einfahrt bekam Sprünge, als würde von unten mit Preßlufthämmern dagegengehämmert werden.

»Ich sollte die Bullen warnen«, sagte Grillo. »Sie darauf aufmerksam machen, was bevorsteht.«

»Ich glaube, wir haben verloren, Grillo. Weißt du, was aus Hotchkiss geworden ist?«

»Nein.«

»Ich hoffe, er kann weg, bevor sie durchbrechen.«

»Er wird nicht gehen.«

»Sollte er aber. Keine Stadt ist es wert, für sie zu sterben.«
»Ich glaube, es wird Zeit für meinen Anruf, findest du nicht?«
»Was für einen Anruf?« sagte sie.
»Abernethy? Ihm die schlechte Nachricht überbringen.«
Tesla seufzte leise. »Ja, warum eigentlich nicht? Die letzte Reportage.«
»Ich komme wieder«, sagte er. »Glaub nicht, du könntest alleine von hier verschwinden. Nein. Wie gehen gemeinsam.«
»Ich gehe nicht.«
Er stieg ins Auto ein und merkte erst, als er versuchte, mit der Hand die Zündung in Gang zu bringen, wie stark das Beben im Boden geworden war. Als es ihm schließlich gelungen war, das Auto anzulassen und die Einfahrt entlang zum Tor zu fahren, stellte er fest, daß es überflüssig war, die Polizisten zu warnen. Die Mehrzahl hatte sich ein gutes Stück den Hügel hinunter zurückgezogen, nur ein Fahrzeug mit zwei Männern als Beobachtungsposten stand noch vor dem Tor. Sie beachteten Grillo kaum. Ihre einzigen Sorgen – eine beruflich, eine persönlich – galten der Beobachtung des Hauses und einer raschen Flucht, sollten sich die Risse in ihre Richtung ausbreiten. Grillo fuhr an ihnen vorbei den Hügel hinunter. Einer der Beamten weiter unten am Hügel unternahm einen halbherzigen Versuch, ihn aufzuhalten, aber er fuhr einfach an ihm vorbei Richtung Einkaufszentrum. Er hoffte, daß er dort eine öffentliche Telefonzelle finden würde, um Abernethy anzurufen. Dort würde er auch Hotchkiss finden und warnen, sollte er nicht bereits wissen, was die Stunde geschlagen hatte. Während er durch das Rattenlabyrinth von versperrten, aufgerissenen und in Schluchten verwandelten Straßen manövrierte, experimentierte er mit Schlagzeilen für seine letzte Reportage. *Das Ende der Welt ist nahe* war zu gewöhnlich. Er wollte nicht einer in einer langen Reihe von Propheten sein, die die Apokalypse versprochen hatten, auch wenn sie diesesmal – endlich – eintraf. Als er ins Einkaufszentrum einbog, kurz bevor er das Tohuwabohu der Tiere zu sehen bekam, hatte er eine Inspiration. Die Erinnerung an Buddy Vance' Sammlung hatte sie ausgelöst. Er wußte, es würde ihn teuflische Mühe kosten, Abernethy die Schlagzeile zu verkaufen, aber es gab keine ange-

messenere für die Story als *Die Fahrt ist vorbei.* Die Rasse hatte Spaß an ihrem Abenteuer gehabt, aber jetzt ging es zu Ende.

Er stellte das Auto am Rand des Parkplatzes ab, stieg aus und betrachtete das bizarre Schauspiel des Tierkarnevals. Er konnte nicht anders, er mußte lächeln. Wie wonniglich war ihr Leben; sie wußten nichts. Sie spielten in der Sonne und hatten keine Ahnung, wie knapp ihre Lebensspanne noch bemessen war. Er ging über den Parkplatz zur Buchhandlung, aber Hotchkiss war nicht dort. Das Inventar lag auf dem Boden verstreut, Beweis für eine Suche, die wahrscheinlich vergeblich gewesen war. Er ging weiter zur Tierhandlung, weil er hoffte, dort auf menschliche Gesellschaft zu treffen und ein Telefon zu finden. Von drinnen ertönte Lärm von Vögeln: die letzten Gefangenen des Geschäfts. Wenn er Zeit gehabt hätte, hätte er sie selbst freigelassen. Kein Grund, warum sie nicht auch einmal die Sonne sehen sollten.

»Jemand zu Hause?« sagte er und steckte den Kopf durch die Tür.

Ein Gecko lief zwischen seinen Beinen durch. Er sah ihm nach und hatte dieselbe Frage auf den Lippen. Aber er sprach sie nicht mehr aus. Der Gecko war auf dem Weg heraus durch Blut gelaufen; überall, wo er hinsah, war Blut verschmiert. Er sah Elizandos Leichnam zuerst, dann den anderen, der halb unter Käfigen begraben war.

»Hotchkiss?« sagte er.

Er zerrte die Käfige von dem Mann herunter. Nicht nur der Geruch von Blut lag in der Luft, auch der Gestank von Scheiße. Dieser färbte auf seine Hände ab, aber Grillo hörte trotzdem nicht auf, bis er sich vergewissert hatte, daß Hotchkiss tatsächlich tot war. Die Bestätigung dafür bekam Grillo, als er den Kopf freigelegt hatte. Der Schädel war zertrümmert worden, Knochenbruchstücke waren in die Gallertmasse seines Verstandes und seiner Sinne eingedrungen und ragten wie Scherben heraus. Kein Tier in einem Laden dieser Größe hätte derartige Verletzungen zufügen können. Es war auch nicht ersichtlich, was für eine Waffe benützt worden war. Er hielt sich nicht lange damit auf, über dieses Problem nachzudenken, zumal die Möglichkeit bestand, daß die Verantwortlichen sich noch in der Nähe aufhielten. Er sah sich um und suchte nach einer Waffe. Eine Peitsche, ein Stachelhalsband, irgend etwas, mit dem er einen Attentäter abwehren konnte. Dabei sah er ein Buch, das ein Stück von Hotchkiss' Leichnam entfernt auf dem Boden lag.

Er las den Titel laut.

»Vorbereitung auf Armageddon.«

Dann hob er es auf und blätterte hastig die Seiten durch. Es schien sich um einen Ratgeber zu handeln, wie man die Apokalypse überleben konnte. Es waren Worte der Weisheit von gläubigen Mormonen an Mitglieder der Kirche, die ihnen sagten, daß alles gut werden würde; daß sie Gottes lebende Orakel, den Ersten Präsidenten und den Rat der zwölf Apostel, auf ihrer Seite hatten, damit sie sie beraten und über sie wachen konnten. Sie mußten nur die Ratschläge, die seelischen und praktischen, befolgen, dann konnten sie alles überleben, was die Zukunft brachte.

»Seid ihr vorbereitet, so müsset ihr nichts fürchten«, war die Hoffnung – nein, *Gewißheit* – dieser Seiten. *»Seid reinen Herzens, liebt eure Nächsten, seid rechtschaffen und haltet euch an heiligen Orten auf. Und hortet euren Jahresvorrat.«*

Er blätterte weiter. Warum hatte Hotchkiss gerade dieses Buch mitgenommen? Hurrikane, Waldbrände und Sturmfluten? Was hatten sie mit der Dreieinigkeit zu tun?

Und dann sah er es: das körnige Foto einer Atompilzwolke und darunter Worte, die den Ort nannten, wo sie zur Detonation gebracht worden war.

Trinity, New Mexico.

Er las nicht weiter. Er lief mit dem Buch in der Hand über den Parkplatz, wobei Tiere vor ihm herstoben, und stieg ins Auto ein. Der Anruf bei Abernethy würde warten müssen. Er wußte nicht, wie sich die Tatsache ins Gesamtbild fügte, daß Trinity der Geburtsort der Atombombe war, aber vielleicht wußte es Tesla. Und selbst wenn nicht, hatte er die Befriedigung, daß er ihr die Nachricht überbrachte. Er wußte, es war absurd, daß er plötzlich so *zufrieden* mit sich war, als würde diese Information etwas Entscheidendes verändern. Die Welt ging ihrem Ende entgegen – *Die Fahrt ist vorbei* –, aber die Tatsache, daß er dieses winzige

Bruchstück einer Information in Händen hielt, nahm diesem Sachverhalt vorübergehend seinen Schrecken. Er kannte keine größere Freude, als Überbringer von Neuigkeiten zu sein, ein Bote, ein *Nuncio.* Näher war er dem Glück noch niemals gewesen.

In der kurzen Zeit – nicht mehr als vier oder fünf Minuten –, die er im Einkaufszentrum verbracht hatte, hatte sich die Stabilität des Grove deutlich verschlechtert. Zwei Straßen, die auf dem Weg vom Hügel herunter noch befahrbar gewesen waren, waren es jetzt nicht mehr. Eine war buchstäblich ganz verschwunden – die Erde hatte sich einfach aufgetan und sie verschlungen –, auf der anderen lagen die Trümmer von zwei eingestürzten Häusern. Er fand eine dritte Route, die noch passierbar war, und raste bergauf, doch die Erdstöße wurden manchmal so heftig, daß er beinahe die Herrschaft über das Fahrzeug verlor. Während seiner Abwesenheit waren ein paar Schaulustige auf der Bildfläche erschienen, drei Helikopter ohne Kennzeichen, von denen einer unmittelbar über dem Haus von Vance schwebte, während seine Passagiere sich zweifellos um eine Einschätzung der Lage bemühten. Mittlerweile mußten sie erkannt haben, daß es sich hier nicht um ein Naturereignis handelte. Vielleicht kannten sie sogar die Ursache. D'Amour hatte Tesla gesagt, daß die Existenz der Iad den Höchsten der Hohen bekannt war. Wenn dem so war, dann hätten eigentlich schon vor Stunden Artilleristen das Haus umstellen müssen, und nicht eine Handvoll verängstigter Polizisten. Hatten die Politiker und Generäle den Beweisen in ihren Händen nicht getraut? Waren sie so pragmatisch, daß sie sich nicht vorstellen konnten, ihr Reich könnte von etwas bedroht werden, das von jenseits der Träume kam? Er konnte ihnen keinen Vorwurf machen. Vor zweiundsiebzig Stunden hätte er diese Tatsache selbst noch nicht geglaubt. Er hätte sie als Unsinn abgetan, wie das Geschwafel von Gottes lebenden Orakeln in dem Buch, das neben ihm auf dem Sitz lag, als Ausgeburt einer überhitzten Fantasie. Wenn die Beobachter blieben, wo sie waren, direkt über dem Schisma, dann würden sie die Möglichkeit bekommen, ihre Meinung zu ändern. Sehen hieß glauben. Und sie würden sehen.

Die Pforten von Coney Eye waren umgestürzt, ebenso die Mauer. Er ließ das Auto vor dem Geröll stehen, packte das Buch und kletterte auf das Haus zu, auf dem etwas, das er für den Schatten einer Wolke hielt, zu ruhen schien. Die Beben hatten die Risse in der Einfahrt vergrößert, und er mußte aufpassen, wohin er trat, obwohl eine beunruhigende Eigenart der Atmosphäre um das Haus herum seine Konzentration erschwerte. Je näher er der Tür kam, desto dunkler schien der Schatten zu werden. Die Sonne schien ihm immer noch auf den Hinterkopf, und auch auf die Kuchen-im-Regen-Fassade von Coney Eye, trotzdem war die Szene rußig verfärbt, als wäre eine Schicht schmutziger Tünche über alle gestrichen worden. Er bekam Kopfschmerzen vom Hinsehen; seine Stirnhöhlen kribbelten, in den Ohren heulte es. Noch beunruhigender als diese kleinen Unbehaglichkeiten war das greifbare Gefühl des Grauens, das mit jedem Schritt stärker wurde. Ekelerregende Bilder kamen ihm ins Gedächtnis zurück, die aus seiner jahrelangen Erfahrung in Redaktionen von einem Dutzend Zeitungen stammten, wo er Fotos gesehen hatte, die kein Redakteur, und wäre er noch so dickfellig gewesen, für den Druck freigegeben hätte. Selbstverständlich Autounfälle und Flugzeugabstürze – Leichen in Stücken, die nie wieder zusammengesetzt werden konnten. Unweigerlich auch Mordszenen. Doch sie alle waren nicht die Spitze des Eisbergs. Das waren Bilder von Unschuldigen und dem Leid, das ihnen zugefügt worden war. Babys und Kinder, geschlagen, verstümmelt, auf den Müll geworfen; Gewalt gegen Alte und Kranke; Demütigung von Zurückgebliebenen. So viele Grausamkeiten, und alle in seinem Kopf.

»Die Iad«, hörte er Tesla sagen und drehte sich in die Richtung ihrer Stimme um. Die Luft zwischen ihnen schien dick geworden zu sein, ihr Gesicht war grobkörnig, wie auf einem schlechten Foto. Nicht echt. Nichts war echt. Bilder auf einer Leinwand.

»Die Iad kommen«, sagte sie. »Das spürst du. Du solltest von hier weg. Es hat keinen Zweck, wenn du bleibst...«

»Nein«, sagte er. »Ich habe... eine Nachricht.«

Es fiel ihm schwer, sich an diesen Gedanken zu klammern.

Die Flut der Unschuldigen nahm kein Ende, einer nach dem anderen, und sie hatten alle Arten von Verletzungen.

»Was für eine Botschaft?«

»Trinity.«

»Was ist damit?«

Sie schrie, wurde ihm klar, und trotzdem war ihre Stimme kaum zu hören.

»Du hast Trinity gesagt, Grillo.«

»Ja?«

»Was ist damit?«

So viele Augen sahen ihn an. Er konnte an nichts anderes mehr denken; ihr Leid und ihre Ohnmacht.

»Grillo!«

Er konzentrierte seine Aufmerksamkeit, so gut er konnte, auf die Frau, die flüsternd seinen Namen brüllte.

»Trinity«, sagte sie wieder.

Er wußte, in dem Buch, das er in der Hand hielt, stand die Antwort auf ihre Fragen, aber die Augen, und das Elend in diesen Augen, lenkten ihn ab. Trinity. Was war Trinity? Er hob das Buch und gab es ihr, aber als sie es entgegennahm, fiel es ihm wieder ein.

»Die Bombe«, sagte er.

»Was?«

»Trinity ist der Ort, wo sie die erste Atombombe gezündet haben.«

Sie sah, wie ein Ausdruck des Verstehens über ihr Gesicht huschte.

»Verstehst du es?« sagte er.

»Ja. Mein Gott! *Ja!*«

Sie machte sich nicht die Mühe, das Buch aufzuschlagen, das er mitgebracht hatte, sondern sagte ihm nur, er solle wieder zurückgehen, zur Straße. Er hörte zu, so gut es ging, wußte aber, er mußte ihr noch eine Information weitergeben. Etwas, das fast ebenso wichtig war wie Trinity; auch etwas über den Tod. Aber so sehr er sich auch bemühte, es fiel ihm nicht mehr ein.

»Kehr um«, sagte sie noch einmal zu ihm. »Verschwinde aus diesem Dreck.«

Er nickte, weil er wußte, er war ihr nicht mehr von Nutzen, und stolperte durch die verschmutzte Luft davon. Mit jedem Schritt, den er sich vom Haus entfernte, wurde der Sonnenschein heller, und die Bilder toter Unschuldiger beherrschten sein Denken nicht mehr. Als er um die Ecke der Einfahrt bog und den Hügel sehen konnte, fiel ihm die Information wieder ein, die er nicht weitergegeben hatte. *Hotchkiss war tot;* ermordet; Schädel zertrümmert. Jemand oder etwas hatte diesen Mord begangen und war immer noch auf freiem Fuß im Grove. Er mußte umkehren und es ihr sagen; sie warnen. Er wartete einen Augenblick, um die Bilder aus dem Kopf zu bekommen, die die Nähe der Iad erzeugt hatte. Sie verschwanden nicht völlig, und er wußte, in dem Augenblick, wo er zum Haus zurückging, würden sie mit erneuter Heftigkeit über ihn herfallen. Die verpestete Luft, die sie hervorgebracht hatte, breitete sich aus und hatte ihn bereits eingeholt. Bevor sie ihn wieder verwirren konnte, holte er einen Kugelschreiber heraus, den er aus dem Motel mitgebracht hatte für den Fall, daß er sich Notizen machen mußte. Er hatte auch Papier vom Empfang mitgebracht, doch die Parade der Scheußlichkeiten bedrängte ihn wieder, und er hatte Angst, den Gedanken zu verlieren, während er nach dem Block kramte, daher kritzelte er das Wort einfach auf den Handrücken.

»Hotchk...«, weiter kam er nicht. Dann konnten seine Finger nicht mehr schreiben, und in seinem Denken waren nur noch Trauer um die toten Unschuldigen und das Wissen, daß er Tesla noch einmal sehen mußte. Er drehte sich um und stolperte wieder in den Einflußbereich der Iad. Aber als er die Stelle erreichte, wo die Frau, die flüsternd brüllte, gestanden hatte, war diese noch weiter zur Quelle der Grausamkeiten vorgedrungen, und er fürchtete um seine geistige Gesundheit, wenn er ihr weiter folgte.

Plötzlich begriff Tesla so viel, nicht zuletzt das Gefühl der Vorahnung, das sie immer in der Schleife gespürt hatte, besonders wenn sie durch die Stadt gekommen war. Sie hatte Filme von der Detonation der Bombe und der Vernichtung der Stadt in Dokumentarfilmen über Oppenheimer gesehen. Die Häuser und Geschäfte, die sie gesehen hatte, waren nur erbaut worden, damit sie zu Asche verbrannt wurden und die Erfinder der Bombe den Zorn ihres Babys am lebenden Objekt studieren konnten. Sie selbst hatte versucht, einen Dinosaurierfilm dort anzusiedeln. Ihr dramaturgisches Gespür hatte den Nagel auf den Kopf getroffen. Es *war* eine Stadt, die auf den Jüngsten Tag wartete. Nur bei dem Monster hatte sie sich geirrt. Gab es einen besseren Platz für Kissoon, die Beweise für seine Verbrechen zu verstecken? Wenn die Bombe hochging, würden die Leichen völlig vernichtet werden. Sie konnte sich gut vorstellen, was für ein perverses Vergnügen es ihm bereitet haben mußte, eine derart weitreichende Schöpfung zu verwirklichen; denn er wußte, die Wolke, die den Schwarm vernichtete, war eines der beständigsten Symbole des zwanzigsten Jahrhunderts.

Aber er war überlistet worden. Mary Muralles hatte ihn in der Schleife eingesperrt, und bis er einen neuen Körper finden konnte, um zu entkommen, hielt er den Augenblick der Detonation ewig auf Distanz. Er hatte wie ein Mann gelebt, der den Finger auf den Riß eines Damms drückt und weiß, in dem Augenblick, wenn er seine Pflicht vernachlässigt, bricht der Damm und begräbt ihn unter sich. Deshalb hatte ihn das Wort Trinity in solche Panik gestürzt. Es war der Name seines Schreckens.

Gab es einen Weg, dieses Wissen gegen die Iad einzusetzen? Während sie ins Haus zurückging, kam ihr ein bizarrer Einfall, aber dazu brauchte sie die Unterstützung von Jaffe.

In der Schlammgrube, die aus dem Schisma herausquoll, fiel es schwer, sich an zusammenhängende Gedanken zu klammern, aber sie hatte schon früher gegen Beeinflussungen gekämpft, von Filmproduzenten und Schamanen, und daher gelang es ihr, das Allerschlimmste von sich abzuwenden. Aber es wurde immer schwerer, je näher die Iad der Schwelle kamen. Sie wagte nicht, an das ganze Ausmaß ihrer Verderbtheit zu denken, wenn schon allein die ersten Vorboten ihres Erscheinens solche Auswirkungen auf die Psyche hatten. Bei allen Überlegungen, wie die Invasion wohl aussehen würde, war sie nie auf die Idee gekommen, daß Wahnsinn ihre Waffe sein könnte. Aber vielleicht war es so. Es gelang ihr zwar, die Einflüsse des Bösen eine Zeitlang von sich abzuhalten, sie wußte aber, früher oder später würde sie davor kapitulieren. Kein menschliches Gehirn konnte das alles ewig von sich fernhalten und hatte angesichts solcher Schrecken gar keine andere Wahl, als sich in den Wahnsinn zu flüchten. Die Iad Uroboros würden über einen Planeten voller Irrer herrschen.

Jaffe war selbstverständlich bereits auf halbem Weg zum geistigen Zusammenbruch. Sie fand ihn an der Tür des Zimmers, wo er die ›Kunst‹ angewendet hatte. Der Raum hinter ihm wurde inzwischen völlig vom Schisma eingenommen. Als sie durch die Tür sah, begriff sie zum ersten Mal richtig, wieso die Essenz ein Meer genannt wurde. Wogen dunkler Energie brandeten gegen das Ufer des Kosm, ihre Gischt spritzte durch das Schisma. Dahinter sah sie eine weitere Bewegung, die nur flüchtig zu erkennen war. Jaffe hatte von wandelnden Bergen gesprochen, und von Flöhen. Doch Teslas Verstand beschwor ein anderes Bild, um die Invasoren zu charakterisieren. Sie waren Riesen. Die zum Leben erwachten Schrecken ihrer frühesten Alpträume. Bei diesen Begegnungen in der Kindheit hatten sie häufig die Gesichter ihrer Eltern gehabt, eine Tatsache, aus der ihr Analytiker eine Menge machte. Aber dies waren Riesen einer anderen Prägung. Wenn sie überhaupt Gesichter hatten, was sie bezweifelte, so waren diese nicht als solche zu identifizieren. Nur eines war ganz sicher: fürsorgliche Eltern waren sie nicht.

»Sehen Sie?« sagte Jaffe.

»O ja«, sagte sie.

Er stellte die Frage noch einmal, und seine Stimme war gelöster, als er sie jemals gehört hatte.

»Siehst du, Papa?«

»Papa?« sagte sie.

»Ich habe keine Angst, Papa«, fuhr die Stimme, die aus dem Jaff kam, fort. »Sie werden mir nicht weh tun. Ich bin der Todesjunge.«

Jetzt begriff sie. Jaffe sah nicht nur mit Tommy-Rays Augen, er sprach auch mit der Stimme des Jungen. Sie hatte den Vater an den Sohn verloren.

»Jaffe!« sagte sie. »Hören Sie mir zu. Ich brauche Ihre Hilfe! *Jaffe?«* Er antwortete nicht. Sie vermied es, so gut sie konnte, in das Schisma hineinzusehen, ging zu ihm, packte ihn an seinem zerfetzten Hemd und zerrte ihn zur Eingangstür. *»Randolph!«* sagte sie. »Sie müssen mit mir reden!«

Der Mann grinste. Das war kein Ausdruck, der jemals zu diesem Gesicht gehört hatte. Es war das breite, zähnefletschende Grinsen eines kalifornischen Prinzen. Sie ließ ihn los.

»Sie sind mir eine große Hilfe«, sagte sie.

Sie durfte keine Zeit mehr mit dem Versuch vergeuden, ihn aus dem Abenteuer zu locken, das er mit Tommy-Ray teilte. Sie mußte alleine durchführen, was sie vorhatte. Es war ein Unterfangen, das leicht zu planen und, vermutete sie, verdammt schwer – wenn nicht gar unmöglich – auszuführen war. Aber sie hatte keine andere Wahl. Sie war keine große Schamanin. Sie konnte das Schisma nicht verschließen. Aber sie konnte es vielleicht *versetzen.* Sie hatte schon zweimal bewiesen, daß sie die Macht hatte, in die Schleife und wieder heraus zu gehen. Sich selbst – und andere – in Gedanken aufzulösen und nach Trinity zu bringen. Konnte sie auch leblose Materie transportieren? Holz und Mörtel? Zum Beispiel den Teil eines Hauses? *Diesen* Teil *dieses* Hauses? Konnte sie das Scheibchen des Kosm, das sie und das Schisma ausfüllten, auflösen und zum Punkt Null bringen, wo eine Kraft tickte, welche die Riesen zu Fall bringen konnte, bevor sie ihren Wahnsinn verbreiten konnten?

Sie würde keine Antworten auf diese Fragen bekommen, wenn sie den Zauber nicht versuchte. Gelang es ihr nicht, lautete die Antwort nein. So einfach war das. Sie würde nur ein paar Augenblicke Zeit zur Erkenntnis haben, bevor Weisheit, ihr Scheitern und ihr Anspruch, eine Schamanin zu sein, rein akademisch wurden.

Tommy-Ray hatte wieder angefangen zu sprechen, und sein Monolog wurde zu einem zusammenhanglosen Stammeln.

»...hoch wie Andy...«, sagte er, »...nur noch höher... siehst du mich, Papa?... hoch wie Andy... ich kann das Ufer sehen! Ich kann das Ufer sehen!«

Immerhin ergab das einen Sinn. Er war in Sichtweite des Kosm, was bedeutete, die Iad waren beinahe ebenso nahe.

»... Todesjunge ...«, fing er wieder an. »... ich bin der Todesjunge ...«

»Können Sie ihn nicht abschalten?« sagte sie zu Jaffe, wußte aber schon vorher, daß ihre Worte auf taube Ohren stoßen würden.

»Juuuu-huuu!« brüllte der Junge. »Wir kommen. Wir – *kommen!*«

Sie drehte sich nicht zu dem Schisma um, um festzustellen, ob die Riesen zu sehen waren, obwohl sie sich ernsthaft versucht fühlte. Der Augenblick würde kommen, da würde sie ihm ins Auge sehen müssen, aber sie war noch nicht bereit; sie war nicht ruhig, sie war nicht *gewappnet.* Sie ging einen Schritt zur Eingangstür zurück und hielt sich im Türrahmen fest. Er fühlte sich so verdammt solide an. Ihr gesunder Menschenverstand wehrte sich gegen die Vorstellung, daß sie etwas derart Solides durch Gedankenkraft an einen anderen Ort und in eine andere Zet versetzen konnte. Sie sagte ihrem gesunden Menschenverstand, er solle sie am Arsch lecken. Ihr gesunder Menschenverstand und der Wahnsinn, der aus dem Schisma drang, waren keine Gegensätze. Vernunft konnte grausam sein, Logik Wahnsinn. Es gab einen anderen Geisteszustand, der derart naive Zweiteilungen beiseite fegte; der Energie dadurch erzeugte, daß er *zwischen* Daseinsformen war.

Alles für alle Menschen.

Plötzlich erinnerte sie sich daran, wie D'Amour gesagt hatte, man würde von einem Erlöser in der Gegend munkeln. Sie hatte gedacht, er würde Jaffe meinen, aber sie hatte den Wald vor lauter Bäumen nicht gesehen. *Sie* war dieser Erlöser. Tesla Bombeck, die wilde Frau von West Hollywood, spiegelverkehrt und wiederauferstanden.

Diese Erkenntnis verlieh ihr neuen Glauben; und mit diesem Glauben begriff sie auf einmal mühelos, wie sie den Zauber in die Tat umsetzen konnte. Sie versuchte nicht, Tommy-Rays idotische Juhu-Rufe zu verdrängen, oder den Anblick des schlaffen und besiegten Jaffe oder den ganzen Unsinn, daß das Solide zu Gedanken wurde und Gedanken das Solide bewegten. Alles war ein Teil von ihr, auch die Zweifel. Die vielleicht ganz besonders.

Sie durfte die Verwirrung und die Widersprüche nicht leugnen, um Macht zu bekommen; sie mußte sie akzeptieren. Sie mußte sie mit dem Mund ihres Verstandes verschlingen, kauen, schlucken. Sie waren alle genießbar. Stoffliches und Nichtstoffliches, diese und jene Welt, alles war ein genießbarer und beweglicher Schmaus, und nichts konnte sie von dieser Tafel fernhalten.

Sie sah direkt in das Schisma hinein.

»Nicht einmal du«, sagte sie und fing an zu essen.

Als Grillo noch zwei Schritte von der Eingangstür entfernt war, waren die Unschuldigen zurückgekehrt und beanspruchten ihn, und so nahe am Schisma war ihr Angriff unbarmherziger denn je. Er konnte sich weder vorwärts noch rückwärts bewegen, als Grausamkeiten um ihn herum emporstiegen. Er schien auf kleinen, blutigen Leibern zu gehen. Sie wandten ihm die schluchzenden Gesichter zu, aber er wußte, es gab keine Hilfe für sie. Nicht mehr. Der Schatten, der sich über die Essenz bewegte, brachte das Ende der Barmherzigkeit mit sich. Und seine Herrschaft würde nie zu Ende gehen. Er würde niemals gerichtet, niemals zur Rechenschaft gezogen werden.

Jemand ging an ihm vorbei zur Tür, eine Gestalt, die in einer vom Leiden eingedickten Atmosphäre kaum zu erkennen war. Grillo bemühte sich sehr, den Mann genauer anzusehen, doch wurde ihm lediglich ein kurzer Blick in ein wulstiges Gesicht mit derben Knochen und kantigem Kiefer gewährt. Dann ging der Fremde ins Haus. Bewegung auf dem Boden unter seinen Füßen lenkte den Blick von der Eingangstür weg. Die Gesichter der Kinder waren immer noch zu sehen, aber jetzt hatte das Grauen eine neue Variante. Schwarze Schlangen, so dick wie sein Unterarm, krochen über die Gesichter hinweg, während sie dem Mann nach drinnen folgten. Er ging angewidert einen Schritt weiter und gab sich der vergeblichen Hoffnung hin, er könnte eine oder alle zertreten. Der Schritt brachte ihn näher an den Rand des Wahnsinns, was seinem Kreuzzug paradoxerweise mehr Nachdruck verlieh. Er machte einen zweiten Schritt, dann einen dritten und versuchte, die schwarzen Bestien mit dem Absatz zu zertreten. Der vierte Schritt führte ihn über die Schwelle des Hauses und in einen völlig andersartigen Wahnsinn hinein.

»Raul?«

Ausgerechnet Raul.

Gerade als sie sich auf die vor ihr liegende Aufgabe konzentriert hatte, kam er durch die Tür, und sein Auftauchen war so ein Schock, daß sie es einer Fehlfunktion ihres Denkens zugeschrieben haben würde, wäre sie sich der Funktion ihres Verstandes jetzt nicht so sicher gewesen wie noch niemals vorher in ihrem Leben. Dies war keine Halluzination. Er stand leibhaftig vor ihr, hatte ihren Namen auf den Lippen und einen freundlichen Gesichtsausdruck zur Begrüßung.

»Was machst du denn hier?« sagte sie und spürte, wie sie die Macht über den Zauber verlor.

»Ich bin deinetwegen gekommen«, lautete seine Antwort. Dann folgte die grimmige Erkenntnis, was er damit meinte. Lix schlängelten sich über die Schwelle ins Haus.

»Was hast du getan?« sagte sie.

»Wie schon gesagt«, antwortete er, »ich bin deinetwegen gekommen. Wir alle.«

Sie wich einen Schritt vor ihm zurück, aber da das Schisma das halbe Haus einnahm und die Lix die Eingangstür bewachten, war der einzige Fluchtweg die Treppe hinauf. Das war bestenfalls eine vorübergehende Zuflucht. Sie würde da oben festsitzen und darauf warten, daß sie sie holten, wenn es ihnen paßte, aber die Mühe konnten sie sich sparen. In wenigen Minuten würden die Iad im Kosm sein. Und danach war der Tod vielleicht erstrebenswert. Sie mußte bleiben, mit oder ohne Lix. Ihre Aufgabe lag hier, und sie mußte sie rasch erledigen.

»Bleib mir vom Leibe«, sagte sie zu Raul. »Ich weiß nicht, warum du hier bist, aber *bleib mir vom Leibe!*«

»Ich bin gekommen, um die Ankunft zu sehen«, antwortete Raul. »Wir können gemeinsam hier warten, wenn du magst.«

Raul hatte das Hemd aufgeknöpft; sie sah, daß er einen vertrauten Gegenstand an einer Kette um den Hals trug: das Medaillon des Schwarms. Dieser Anblick weckte einen Verdacht in ihr: Das war überhaupt nicht Raul. Er benahm sich auch nicht wie der ängstliche Nunciat, den sie in der Misión de Santa Catrina kennengelernt hatte. Hinter seinem Halbaffengesicht versteckte sich jemand anders: der Mann, der ihr das rätselhafte Symbol des Schwarms zum erstenmal gezeigt hatte.

»Kissoon«, sagte sie.

»Jetzt hast du mir meine Überraschung verdorben«, sagte er.

»Was hast du mit Raul gemacht?«

»Enteignet. Aus dem Körper vertrieben. Das war nicht schwer. Er hatte eine Menge Nuncio in sich. Das machte ihn verfügbar. Ich habe ihn in die Schleife gezogen, so wie dich. Nur war er eben nicht schlau genug, mir Widerstand zu leisten, so wie du oder Randolph. Er hat sich ziemlich schnell ergeben.«

»Du hast ihn ermordet.«

»O nein«, antwortete Kissoon unbekümmert. »Seine Seele ist am Leben und bei bester Gesundheit. Bewahrt mein Fleisch vor dem Feuer, bis ich zurückkomme. Ich werde meinen Körper wieder bewohnen, sobald er aus der Schleife ist. *Darin* will ich ganz sicher nicht bleiben. Das ist widerlich.«

Plötzlich stürmte er ihr entgegen, so behende, wie nur Raul es sein konnte, und packte sie am Arm. Sie schrie, so fest war sein Griff. Er lächelte ihr wieder zu, kam mit zwei schnellen Schritten dicht an sie heran, und binnen eines Herzschlags war sein Gesicht ganz dicht an ihrem.

»Ich hab' dich«, sagte er.

Sie sah an ihm vorbei zur Tür, wo Grillo stand und in das Schisma starrte; die Wellen der Essenz brandeten mit zunehmender Häufigkeit und Heftigkeit. Sie schrie seinen Namen, aber er reagierte nicht. Schweiß lief ihm übers Gesicht; Speichel troff ihm aus dem offenen Mund. Wo immer er sein und wandern mochte, zu Hause war er jedenfalls nicht.

Wäre sie imstande gewesen, in Grillos Kopf zu sehen, hätte sie seine Faszination verstanden. Als er über die Schwelle getreten war, waren die Unschuldigen vor seinem geistigen Auge verschwunden und einem beißenderen Unwohlsein gewichen. Sein Blick wurde zur Brandung gezogen, und dort erblickte er das

Grauen. Zwei Menschen waren ganz dicht am Ufer, sie wurden angespült und von der Brandung, die sie zu ertränken drohte, wieder fortgerissen. Er kannte sie, obwohl ihre Gesichter stark verändert waren. Eine war Jo-Beth McGuire. Der andere Howie Katz. Weiter draußen glaubte er eine dritte Gestalt zwischen den Wellen zu sehen, blaß vor dunklem Himmel. Den kannte er nicht. Er schien kein Fleisch mehr am Schädel zu haben. Er war ein wellenreitender Totenschädel.

Aber der wahre Schrecken fing erst noch weiter draußen an. Gewaltige, verwesende Formen, die Luft um sie herum vor Aktivität knisternd, als würden sich Fliegen so groß wie Vögel an ihrer Fäulnis laben. Die Iad Uroboros. Selbst jetzt, in seiner Faszination, suchte sein Verstand – von Swift inspiriert – nach Worten, um den Anblick zu beschreiben; aber wenn es um das Böse ging, war das Vokabular unzureichend. Verderbtheit, Niedertracht, Gottlosigkeit: was waren so simple Zustände im Angesicht von derart heillosem Grauen? Hobbys und Unterhaltungen. Appetitanreger zwischen garstigeren Hauptgängen. Er beneidete diejenigen, die den Verirrungen näher waren, beinahe um das Verständnis, das diese Nähe bringen mußte...

Der in den Tumult der Wellen geworfene Howie hätte ihm das eine oder andere erzählen können. Als sich die Iad ihnen genähert hatten, war ihm wieder eingefallen, wo er dieses Entsetzen schon einmal gespürt hatte: im Schlachthof von Chicago, wo er vor zwei Jahren gearbeitet hatte. Erinnerungen an diesen Monat gingen ihm nicht mehr aus dem Kopf. Der Schlachthof im Sommer, in den Rinnsteinen gerinnendes Blut, Tiere, die die Blasen und Därme leerten, wenn sie die Todesschreie derjenigen vor ihnen in der Reihe hörten. Leben, das mit einem einzigen Schuß in Fleisch verwandelt wurde. Er versuchte, durch diese gräßlichen Bilder hindurch zu Jo-Beth zu sehen, mit der er so weit gekommen war, auf dieser Flut, die sich verschworen hatte, sie vereint zu lassen, sie aber nicht schnell genug ans Ufer bringen konnte, damit sie den Schlächtern entkommen konnten, die ihnen im Nacken saßen. Ihr Anblick, der ihm die letzten verzweifelten Augenblicke versüßt haben könnte, wurde ihm nicht gewährt. Er konnte nur das Vieh sehen, das zu den Rampen getrieben wurde, und die Scheiße und das Blut, die mit Schläuchen weggespritzt wurden, und zuckende Kadaver, die an einem gebrochenen Bein in die Höhe gezogen und zum Ausweiden über das Fließband geschickt wurden. Dasselbe Grauen erfüllte seinen Kopf für ewig und alle Zeiten.

Den Ort jenseits der Brandung konnte er ebensowenig sehen wie Jo-Beth, daher hatte er keine Ahnung, wie fern – oder wie *nahe* – sie dem Ufer waren. Hätte er sehen können, hätte er Jo-Beths Vater erblickt, der besessen war und mit Tommy-Rays Stimme sprach:

»... wir kommen!... wir kommen...«

Und Grillo, der die Iad anstarrte; und Tesla, deren Leben von einem Mann bedroht wurde, einem Mann namens –

»*Kissoon!* Bei der Barmherzigkeit! Sieh sie doch an! Sieh sie an!«

Kissoon sah zum Schisma und der Fracht, die die Flut brachte.

»Ich sehe sie«, sagte er.

»Glaubst du, die kümmern sich einen Scheißdreck um dich? Wenn sie durchkommen, dann bist du tot, wie wir alle!«

»Nein«, sagte er. »Sie bringen eine neue Welt, und ich habe meinen Platz darin verdient. Einen hohen Platz. Weißt du, wie viele Jahre ich darauf gewartet habe? Geplant habe? Gemordet habe? Sie werden mich belohnen.«

»Du hast einen Vertrag unterschrieben, ja? Hast du es schriftlich?«

»Ich bin ihr Befreier. Ich habe das möglich gemacht. Du hättest damals in der Schleife zum Team stoßen sollen. Hättest mir eine Weile deinen Körper leihen sollen. Ich hätte dich beschützt. Aber nein. Du hattest deine eigenen Ambitionen. So wie *er*.« Er sah Jaffe an. »Genau dasselbe. Ihr mußtet unbedingt euer Stück vom Kuchen haben. Und ihr seid beide daran erstickt.« Er wußte, Tesla würde nicht fliehen, da sie keinen Ausweg mehr hatte, daher ließ er sie los und ging Jaffe einen Schritt entgegen. »Er war näher dran als du, aber dann fehlte ihm der *Mumm*.«

Jaffe gab nicht mehr Tommy-Rays ausgelassene Schreie von sich. Nur ein leises Stöhnen, das vom Vater kommen konnte oder vom Sohn oder von beiden.

»Du solltest *sehen*«, sagte Kissoon zu dem gequälten Gesicht. »Jaffe. Sieh mich an. *Ich möchte, daß du siehst!*«

Tesla sah zu dem Schisma. Wie viele Wellen konnten noch brechen, bis die Iad das Ufer erreichten? Ein Dutzend? Ein halbes Dutzend?

Kissoon wurde immer wütender auf Jaffe. Er fing an, den Mann zu schütteln.

»Sieh mich an, verdammt!«

Tesla ließ ihn toben. Dadurch bekam sie einen Augenblick Zeit; einen Augenblick, den sie nutzen und versuchen konnte, die Versetzung in die Schleife erneut zu bewerkstelligen.

»Wach auf und sieh mich an, Pisser. Ich bin Kissoon. Ich bin draußen! *Ich bin draußen!*«

Sie machte sein Wüten zu einem Teil der Szene, die sie sich vorstellte. Sie konnte nichts ausklammern. Jaffe, Grillo, die Tür zum Kosm und natürlich die Tür zur Essenz – das alles mußte verschlungen werden. Auch sie, die Verschlingerin, mußte Teil der Versetzung sein. Zerkaut und in eine andere Zeit gespuckt.

Plötzlich hörte Kissoon auf zu schreien.

»Was machst du?« sagte er und drehte sich zu ihr um. Seine gestohlenen Gesichtszüge, die nicht daran gewöhnt waren, Wut auszudrücken, waren auf groteske Weise verzerrt. Sie ließ sich nicht von dem Anblick ablenken. Auch das war Teil der Szene, die sie verschlingen mußte. Sie war ihm ebenbürtig.

»Wage es nicht!« sagte Kissoon. *»Hast du mich verstanden?«*

Sie hörte ihn und aß weiter.

»Ich warne dich«, sagte er und kam wieder auf sie zu. *»Wage es nicht!«*

Irgendwo im hintersten Winkel von Randolph Jaffes Erinnerungen lösten diese drei Worte und der Tonfall, in dem sie ausgesprochen wurden, ein Echo aus. Er war einmal in einer Hütte gewesen, mit einem Mann, der sie genauso ausgesprochen hatte. Er erinnerte sich an die abgestandene Hitze in der Hütte und an den Geruch seines eigenen Schweißes. Er erinnerte sich an den dürren alten Mann, der auf der anderen Seite des Feuers saß. Aber am allerdeutlichsten erinnerte er sich an den Wortwechsel, der ihm jetzt aus der Vergangenheit wieder ins Gedächtnis kam:

»Wage es nicht!«

»Es ist, als würde man ein rotes Tuch vor einem Stier wedeln, wenn man ›Wage es nicht!‹ zu mir sagt. Ich habe Dinge gesehen... getan...«

Nach den Worten erinnerte er sich an eine Bewegung. Seine Hand griff zur Jackentasche, wo er ein Messer mit stumpfer Klinge fand, das dort wartete. Ein Messer mit Appetit darauf, versiegelte und geheime Dinge zu öffnen. Wie Briefe; wie Schädel.

Er hörte die Worte noch einmal –

»Wage es nicht!«

– und öffnete seine Wahrnehmung für die Szene, die sich vor ihm abspielte. Sein Arm, eine Parodie der kräftigen Gliedmaßen, die er einmal gehabt hatte, griff in die Tasche. Er hatte das Messer all die Jahre über nie aus seinem Besitz gegeben. Es war immer noch stumpf. Es war immer noch hungrig. Er schloß die verwesten Stümpfe um den Griff. Er sah den Hinterkopf des Mannes an, der aus seinen Erinnerungen gesprochen hatte. Dieser war ein leichtes Ziel.

Tesla sah die Bewegung von Jaffes Kopf aus den Augenwinkeln; sah, wie er sich von der Wand abstieß und die rechte Hand von der Jackentasche hob. Sie sah nicht, was er hielt, erst im letzten Augenblick, als Kissoon die Finger schon fest um ihren Hals gelegt hatte und die Lix sich um ihre Beine schlangen. Sie hatte die Versetzung nicht durch seinen Angriff aufhalten lassen. Auch er wurde zu einem Teil des Bildes, das sie verschlang. Und jetzt Jaffe. Der die Hand hob. Und das Messer, das sie endlich in der erhobenen Hand funkeln sah. Und wie es heruntersauste und sich in Kissoons Nacken bohrte.

Der Schamane schrie, ließ die Hände von ihrem Hals sinken und streckte sie hinter den Kopf, um sich zu schützen. Sein Schrei gefiel ihr. Er war der Schmerz ihres Feindes, und ihre Macht schien mit seinem Bogen zu steigen; plötzlich war die Aufgabe, die sie sich gestellt hatte, leichter denn je, als würde ein Teil von Kissoons Stärke mit dem Schrei zu ihr herübergetragen werden. Sie schmeckte den ganzen Raum, in dem sie sich befanden, im Mund ihres Geistes und kaute darauf. Das Haus erbebte, als ein großes Stück davon abgebrochen und in die geschlossenen Augenblicke der Schleife transportiert wurde.

Sofort: Licht.

Das Licht der ewigen Dämmerung in der Schleife, das zur Tür hereinfiel. Und damit auch derselbe Wind, der ihr jedesmal, wenn sie hier gewesen war, ins Gesicht geweht hatte. Er wehte durch die Diele und riß einen Teil des Einflusses der Iad mit sich fort und über die Wüste davon. Als der Einfluß schwächer wurde, sah sie, wie Grillo den starren Gesichtsausdruck verlor. Er hielt sich am Türrahmen fest, blinzelte ins Licht und schüttelte den Kopf wie ein Hund, den Flöhe zum Wahnsinn treiben.

Da ihr Meister verwundet war, hatten die Lix ihren Angriff eingestellt, aber sie wagte nicht zu hoffen, daß sie sie lange in Ruhe lassen würden. Bevor er ihnen neue Anweisungen geben konnte, hastete sie zur Tür und hielt nur einmal an, um Grillo vor sich herzuschubsen.

»Was, in Gottes Namen, hast du getan?« sagte er, als sie auf den ausgebleichten Wüstenboden traten.

Sie drängte ihn von den versetzen Zimmern weg, die kein Gebäude mehr um sich herum hatten, das die Brecher der Essenz dämpfen konnte, und bereits langsam an jeder Ecke auseinanderbrachen.

»Möchtest du die gute oder die schlechte Nachricht hören?« sagte sie.

»Die gute.«

»Dies ist die Schleife. Ich habe einen Teil des Hauses hierher versetzt...«

Jetzt, nachdem sie es getan hatte, konnte sie kaum glauben, daß es ihr gelungen war.

»Ich habe es getan«, sagte sie, als hätte Grillo ihr widersprochen. »Teufel noch mal, *ich hab's geschafft!*«

»Einschließlich der Iad?« sagte Grillo.

»Das Schisma und alles, was auf der anderen Seite ist, sind auch mitgekommen.«

»Und was ist die schlechte Nachricht?«

»Das ist Trinity, weiß du nicht mehr? Punkt Null.«

»Mein Gott.«

»Und das...« Sie deutete auf den Stahlturm, der nicht mehr als eine Viertelmeile von ihnen entfernt war. »...ist die Bombe.«
»Wann geht sie hoch? Haben wir Zeit...«
»Ich weiß nicht«, sagte sie. »Vielleicht detoniert sie nicht, so lange Kissoon noch am Leben ist. Immerhin hat er diesen Augenblick all die Jahre über festgehalten.«
»Gibt es einen Weg hinaus?«
»Ja.«
»In welche Richtung? Gehen wir.«
»Verschwende keine Zeit mit Wunschdenken, Grillo. Wir kommen hier nicht lebend raus.«
»Du kannst uns hinaus*denken.* Du hast uns ja auch hereingedacht.«
»Nein. Ich bleibe. Ich muß alles bis zum Ende sehen.«
»Das *ist* das Ende«, sagte er und deutete auf das Bruchstück des Hauses. »Sieh doch.«
Die Wände brachen zusammen und wurden zu Staub, als die Wellen der Essenz dagegenschlugen. »Wieviel Ende willst du denn noch? Sehen wir zu, daß wir abhauen.«
Tesla sah nach einer Spur von Kissoon oder Jaffe in dem Durcheinander, aber der Äther des Meers der Träume ergoß sich jetzt in alle Richtungen und war inzwischen so dick, daß er nicht mehr vom Wind verweht werden konnte. Sie waren irgendwo da drinnen, aber nicht zu sehen.
»Tesla? Hörst du mir zu?«
»Die Bombe detoniert erst, wenn Kissoon tot ist«, sagte sie. »Er hält den Augenblick fest...«
»Das hast du gesagt.«
»Wenn du zum Ausgang läufst, schaffst du es vielleicht. Er liegt in dieser Richtung.« Sie deutete über die Wolke zur Stadt und auf der anderen Seite hinaus. »Aber du solltest dich rasch auf den Weg machen.«
»Denkst du, ich bin ein Feigling?«
»Habe ich das gesagt?«
Eine Ätherwoge kräuselte sich ihnen entgegen.
»Wenn du gehen willst, dann *geh*«, sagte sie, ohne einen Blick von den Trümmern der Diele und des Wohnzimmers von Coney

Eye zu nehmen. Darüber, in den Fluten der Essenz gerade noch zu erkennen, war das Schisma, das in der Luft hing. Es riß immer weiter auf. Sie machte sich für den Anblick der Riesen bereit. Aber sie sah zuerst Menschen, zwei, die an diese trockene Küste geworfen wurden.

»Howie?« sagte sie.

Er war es. Und neben ihm Jo-Beth. Sie sah, daß ihnen etwas zugestoßen war. Ihre Gesichter und Körper waren eine Masse von Wucherungen, als hätte ihr Gewebe bösartige Geschwülste hervorgebracht. Sie wartete die nächste Ätherwoge ab, dann lief sie ihnen entgegen und rief dabei ihre Namen. Jo-Beth sah als erste auf. Sie nahm Howie bei der Hand und gesellte sich durch das Chaos zu Tesla.

»Hier entlang«, sagte Tesla. »Ihr müßt von dem Loch weg...«

Der befleckte Äther induzierte Alpträume. Sie brannten darauf, gesehen zu werden. Aber Jo-Beth schien imstande zu sein, sich durch sie hindurch zu denken und eine einfache Frage zu formulieren.

»Wo sind wir?«

Darauf gab es keine einfache Antwort.

»Grillo wird es euch erzählen«, sagte sie. »Später. *Grillo?*«

Er war da, bekam aber denselben abwesenden Gesichtsausdruck, den sie schon unter der Tür von Coney Eye bei ihm gesehen hatte.

»Kinder«, sagte er. »Warum immer Kinder?«

»Ich weiß nicht, wovon du sprichst«, sagte sie zu ihm. »Hör mir zu, Grillo.«

»Ich... höre«, sagte er.

»Du wolltest raus. Ich habe dir den Weg gezeigt. Erinnerst du dich?«

»Durch die Stadt.«

»Durch die Stadt.«

»Auf der anderen Seite hinaus.«

»Richtig.«

»Nimm Howie und Jo-Beth mit. Vielleicht kommt ihr immer noch davon.«

»Davon?« sagte Howie, der nur mit Mühe den Kopf heben konnte. Monströse Wucherungen drückten ihn nieder.

»Vielleicht entgeht ihr den Iad oder der Bombe«, sagte Tesla zu ihm. »Was euch lieber ist. Könnt ihr laufen?«

»Wir können es versuchen«, sagte Jo-Beth. Sie sah Howie an. »Wir können es versuchen.«

»Dann geht. Alle miteinander.«

»Ich verstehe... immer noch... nicht...«, begann Grillo, dessen Stimme den Einfluß der Iad verriet.

»Warum ich bleiben muß?«

»Ja.«

»Ganz einfach«, sagte sie. »Dies ist die letzte Prüfung. Alles für alle Menschen, erinnerst du dich?«

»Verdammt dumm«, sagte er und trotzte ihrem Blick, als würde ihr Anblick ihm helfen, den Wahnsinn fernzuhalten.

»Verdammt richtig«, sagte sie.

»So vieles...«, sagte er.

»Was?«

»Habe ich dir nicht gesagt.«

»Ebenso wie ich dir. Aber im Grunde war das auch nicht nötig.«

»Du hattest recht.«

»Nur eines. Eines hätte ich dir sagen sollen.«

»Was?«

»Ich hätte sagen sollen...«, begann sie; dann grinste sie ein breites, beinahe ekstatisches Grinsen, das sie nicht vortäuschen mußte, weil es von einem zufriedenen Ort in ihr selbst kam. Und damit unterbrach sie ihren Satz, wie sie so viele Telefongespräche mit ihm unterbrochen hatte, drehte sich um und lief in die nächste Woge, die aus dem Schisma herausschwappte, wohin er ihr, wie sie genau wußte, nicht folgen konnte.

Jemand kam in ihre Richtung; ein weiterer Schwimmer im Meer der Träume, der ans Ufer geworfen wurde.

Tommy-Ray, der Todesjunge. Die Veränderungen, die mit Howie und Jo-Beth vonstatten gegangen waren, waren tiefgreifend, aber verglichen mit dem, was er durchgemacht hatte, waren sie barmherzig. Sein Haar war immer noch Malibugold, das Gesicht zeigte immer noch das Lächeln, das einst mit seinem Charme Palomo Grove in die Knie gezwungen hatte. Aber nicht nur seine Zähne glänzten an ihm. Die Essenz hatte sein Fleisch gebleicht, so daß es wie Knochen aussah. Brauen und Wangen waren aufgequollen, die Augen eingesunken. Er sah wie ein lebender Totenschädel aus. Er wischte sich mit dem Handrücken einen Speichelfaden vom Kinn und richtete den Blick an Tesla vorbei zu der Stelle, wo seine Schwester stand.

»Jo-Beth...«, sagte er und schritt durch die Schwaden dunkler Luft. Tesla sah, wie Jo-Beth zu ihm blickte und sich dann einen Schritt von Howie entfernte, als wäre sie bereit, sich von ihm zu trennen. Sie hatte zwar dringende Angelegenheiten zu erledigen, mußte aber zusehen, wie Tommy-Ray seine Schwester für sich forderte. Die Liebe zwischen Howie und Jo-Beth hatte diese ganze Geschichte in Gang gebracht, zumindest aber ihre letzten Kapitel. War es möglich, daß die Essenz diese Liebe zunichte gemacht hatte?

Einen Herzschlag später bekam sie die Antwort, als Jo-Beth noch einen Schritt von Howie wegging, bis sie auf Armeslänge auseinander waren und sie mit der rechten Hand immer noch seine linke hielt. Dann sah Tesla, vom Kitzel der Erkenntnis erfüllt, was Jo-Beth ihrem Bruder zeigte. Sie und Howie Katz hielten einander nicht nur an den Händen. *Sie waren zusammengewachsen.* Die Essenz hatte sie zusammengeschweißt und ihre ineinander verschlungenen Finger zu einem Knoten gemacht, der sie verband.

Worte waren unnötig. Tommy-Ray stieß einen Aufschrei des Ekels aus und blieb unvermittelt stehen. Tesla konnte seinen Gesichtsausdruck nicht sehen. Höchstwahrscheinlich hatte er keinen. Der Totenschädel konnte nur grinsen und Grimassen schneiden; Gegensätze kollidierten in einem Ausdruck. Aber sie sah Jo-Beths Miene auch durch den Dunst zwischen ihnen. Sie drückte ein klein wenig Mitleid aus. Aber nur ein klein wenig. Der Rest war Gleichgültigkeit.

Tesla sah, wie Grillo Worte sprach, um die Liebenden zum Aufbruch zu bewegen. Sie gingen auf der Stelle, alle drei. Tommy-Ray traf keinerlei Anstalten, ihnen zu folgen.

»Todesjunge?« sagte sie.

Er drehte sich zu ihr um. Der Totenschädel war noch fähig zu weinen. Tränen rannen über die Krümmung seiner Augenhöhlen.

»Wie weit sind sie hinter dir her?« fragte sie. »Die Iad?«

»Iad?«

»Die Riesen.«

»Da sind keine Riesen. Nur Dunkelheit.«

»Wie weit?«

»Ganz nahe.«

Als sie wieder zum Schisma sah, begriff sie, was er mit Dunkelheit meinte. Klumpen von Dunkelheit kamen durch das Loch; sie wurden von den Wellen herausgespült wie Teerklumpen, so groß wie Boote, die dann über der Wüste in die Luft stiegen. Sie besaßen eine Art Leben und trieben sich mit rhythmischen Bewegungen Dutzender von Gliedmaßen vorwärts, die an ihren Flanken abstanden. Fasern der Materie, die ebenso dunkel waren wie ihre Körper, hingen wie Schlingen verwesender Eingeweide unter ihnen herab. Sie wußte, das waren nicht die Iad selbst; aber diese konnten nicht mehr weit entfernt sein.

Sie wandte sich von dem Anblick ab und sah zu dem Stahlturm und der Plattform darauf. Die Bombe war die allerletzte Dummheit ihrer Rasse, aber sie rechtfertigte ihre Existenz vielleicht, wenn sie schnell genug detonierte. Aber kein Flackern war auf der Plattform zu sehen. Die Bombe hing in ihrer Wiege wie ein gewickeltes Baby und weigerte sich zu erwachen.

Kissoon lebte immer noch und hielt den Augenblick immer noch fest. Sie ging zu den Trümmern in der Hoffnung, ihn zu finden, und in der noch vergeblicheren Hoffnung, seinem Leben mit ihren eigenen Händen ein Ende zu bereiten. Je näher sie kam, desto deutlicher wurde ihr bewußt, daß die Aufwärtsbewegung der Klumpen zielstrebig war. Sie ordneten sich zu Schichten und schlangen die Auswüchse so ineinander, daß sie einen riesigen Vorhang bildeten. Er stand bereits neun Meter hoch in der Luft, und mit jeder Welle, die herüberschwappte, kamen mehr Klumpen – ihre Zahl wuchs exponential zum Durchmesser des Schismas.

Sie suchte in dem Mahlstrom nach einer Spur von Kissoon und fand ihn und Jaffe auf der anderen Seite der Trümmer, die die Zimmer gewesen waren. Sie standen einander von Angesicht zu Angesicht gegenüber und hatten die Hände um den Hals des jeweils anderen gelegt. Jaffe hielt immer noch das Messer in der Faust, wurde aber von Kissoon daran gehindert, es zum Einsatz zu bringen. Dennoch war es schon emsig gewesen. Rauls ehemaliger Körper war mit Stichwunden übersät, aus denen Blut strömte. Die Schnitte schienen Kissoon nicht geschwächt zu haben. Während sie ihnen entgegenging, riß der Schamane an Jaffes Hals. Fleischfetzen lösten sich. Kissoon hakte sofort nach und riß die Wunde weiter auf. Sie lenkte ihn mit einem Schrei von seinem Angriff ab.

»Kissoon!«

Der Schamane sah in ihre Richtung.

»Zu spät«, sagte er. »Die Iad sind fast da.«

Sie tröstete sich, so gut es ging, mit diesem *fast*.

»Ihr habt beide verloren«, sagte er und versetzte Jaffe einen Schlag mit der Rückhand, der diesen von ihm weg und zu Boden schleuderte. Der zerbrechliche, knochige Körper landete nicht schwer; dazu wog er nicht genug. Aber er rollte ein Stück weg, und das Messer fiel Jaffe aus der Hand. Kissoon warf seinem Gegner einen verächtlichen Blick zu, dann lachte er.

»Armes Flittchen«, sagte er zu Tesla. »Was hast du erwartet? Eine Atempause? Einen grellen Blitz, der sie alle vernichtet? Vergiß es. Das wird nicht geschehen. Der Augenblick ist festgehalten.«

Er kam auf sie zu, während er sprach, aber er kam, bedingt durch die zahlreichen Wunden, langsamer als gewohnt.

»Du hast eine Offenbarung gewollt«, sagte er. »Und jetzt hast du sie. Sie ist fast da. Ich finde, du solltest deine Unterwürfigkeit zeigen. Das wäre nur recht und billig. Laß sie deine Haut sehen.«

Er hob die Hände, die blutig waren, wie damals in der Hütte, als sie zum ersten Mal das Wort Trinity gehört und ihn mit dem Blut von Mary Muralles befleckt gesehen hatte.

»Die Brüste«, sagte er. »Zeig ihnen die Brüste.«

Tesla sah, wie Jaffe ein gutes Stück hinter ihm aufstand.

Kissoon entging die Bewegung. Er hatte nur Augen für Tesla.

»Ich glaube, ich sollte sie für dich entblößen«, sagte er. »Gestatte mir, daß ich dir diesen *Gefallen* tue.«

Sie wich nicht zurück, leistete keinen Widerstand. Statt dessen machte sie ihr Gesicht vollkommen ausdruckslos, wußte sie doch, wie sehr ihm das Fügsame gefiel. Seine blutigen Hände waren ekelerregend, der Ständer, der gegen den nassen Stoff seiner Hose drückte, war noch ekelerregender, aber es gelang ihr, den Ekel zu verbergen.

»Gutes Mädchen«, sagte er. »Gutes Mädchen.«

Er legte die Hände auf ihre Brüste.

»Was würdest du sagen, wenn wir aus gegebenem Anlaß ficken?« sagte er.

Es gelang ihr nicht ganz, das Zittern zu unterdrücken, das sie bei seiner Berührung und dem Gedanken überkam.

»Gefällt es dir nicht?« sagte er plötzlich argwöhnisch. Er sah nach links und begriff die Verschwörung. Eine Andeutung von Angst stand ihm in den Augen. Er wollte sich umdrehen. Jaffe war zwei Meter von ihm entfernt und kam näher; er hatte die Klinge über den Kopf gehoben, und ihr Glanz war ein Echo von Kissoons glänzenden Augen. Zwei Lichter, die zusammengehörten.

»Nicht...«, begann Kissoon, aber das Messer sauste herunter, bevor er es verhindern konnte, und stieß in sein aufgerissenes rechtes Auge. Diesmal schrie Kissoon nicht, sondern stieß Atem in Form eines langgezogenen Stoßseufzers aus. Jaffe zog das Messer heraus und stach noch einmal zu; der zweite Stich war so akkurat wie der erste und drang ins linke Auge ein. Er stieß das Messer bis zum Heft hinein und zog es wieder heraus. Kissoon schlug um sich, sein Stöhnen wurde zum Schluchzen, er fiel auf die Knie. Jaffe umklammerte das Messer mit beiden Händen und richtete einen dritten Hieb auf den Kopf des Schamanen; dann stieß er immer wieder zu und riß durch die Wucht seiner Stöße eine Wunde nach der anderen. Kissoon hörte so plötzlich zu schluchzen auf, wie er angefangen hatte. Seine Hand, die er zum Kopf gehoben hatte, um weitere Hiebe abzuwehren, sank herunter. Der Körper blieb noch zwei Herzschläge aufrecht. Dann kippte er um.

Ein Beben der Freude lief durch Tesla, das nicht von größter Lust zu unterscheiden war. Sie wollte, daß die Bombe in diesem Augenblick detonierte und die Erfüllung gleichzeitig mit der ihren fand. Kissoon war tot, und es wäre nicht schlecht, jetzt auch zu sterben, mit der Gewißheit, daß die Iad im selben Augenblick hinweggefegt werden würden.

»Los doch«, sagte sie zu der Bombe und versuchte, die Lust, die sie empfand, zu erhalten, bis ihr das Fleisch von den Knochen gebrannt wurde. *»Los doch, ja? Warum gehst du nicht hoch?«*

Aber es gab keine Explosion. Sie spürte, wie die Lust aus ihr wich und von der Erkenntnis verdrängt wurde, daß sie einen entscheidenden Faktor in alledem übersehen hatte. Da Kissoon tot war, mußte doch sicher das Ereignis eintreten, das er all die Jahre lang mit soviel Schweiß verhindert hatte? Jetzt; ohne Verzögerung. Aber es geschah nichts. Der Stahlturm stand immer noch.

»Was habe ich übersehen?« fragte sie sich. »Was in Gottes Namen habe ich übersehen?«

Sie sah zu Jaffe, der immer noch auf Kissoons Leichnam hinuntersah.

»Synchronizität«, sagte er.

»Was?«

»Das hat ihn umgebracht.«

»Das scheint das Problem aber nicht gelöst zu haben.«

»Welches Problem?«

»Dies ist Punkt Null. Dort ist eine Bombe, die nur darauf wartet zu detonieren. Er hat diesen Augenblick aufgehalten.«

»Wer?«

»*Kissoon!* Ist das nicht offensichtlich?«

Nein, Baby – sagte sie zu sich – das ist es nicht. Selbstverständlich nicht. Plötzlich dachte sie daran, daß Kissoon die Schleife in Rauls Körper verlassen hatte und zurückkommen wollte, um seinen eigenen zurückzufordern. Draußen im Kosm konnte er diesen Augenblick nicht aufgehalten haben. Jemand anders mußte es an seiner Statt getan haben. Und dieser jemand, diese *Seele*, tat es immer noch.

»Wohin gehen Sie?« wollte Jaffe wissen, als sie sich in Richtung der Wüste jenseits des Turms in Bewegung setzte. Konnte sie die Hütte überhaupt finden? Er folgte ihr und stellte unablässig Fragen.

»Wie haben Sie uns hierher gebracht?«

»Ich habe alles verschlungen und wieder ausgespuckt.«

»Wie meine Hände?«

»Nein, nicht wie Ihre Hände. Ganz und gar nicht.«

Die Sonne wurde vom Schirm der Klumpen verdeckt, nur an manchen Stellen schien ihr Licht durch.

»Wohin gehen wir?« wiederholte er.

»Zur Hütte. Kissoons Hütte.«

»Warum?«

»Kommen Sie einfach mit. Ich brauche Hilfe.«

Ein Schrei in der Dunkelheit bremste ihr Vorankommen.

»Papa?«

Sie drehte sich um und sah Tommy-Ray, der aus dem Schatten auf eine beleuchtete Stelle trat. Die Sonne war seltsam gnädig mit ihm und überstrahlte mit ihrem Schein die schlimmsten Details seines verwandelten Zustands.

»Papa?«

Jaffe folgte Tesla nicht mehr.

»Kommen Sie«, drängte sie ihn, aber sie wußte bereits, daß sie ihn zum zweiten Mal an Tommy-Ray verloren hatte. Das erste Mal an seine Gedanken. Nun an seine Präsenz.

Der Todesjunge stolperte auf seinen Vater zu.

»Hilf mir, Papa«, sagte er.

Der Mann breitete die Arme aus und sagte nichts, was auch nicht erforderlich war. Tommy-Ray fiel in die Umarmung und hielt seinerseits Jaffe umklammert.

Tesla bot ihm eine letzte Gelegenheit, ihr zu helfen.

»Kommen Sie jetzt mit oder nicht?«

Die Antwort war einfach. –

»Nein«, sagte er.

Sie vergeudete keine Atemluft mehr für das Thema. Der Junge hatte ältere Rechte, Ur-Rechte. Sie sah, wie sie einander fester drückten, als wollten sie einander die Luft aus den Lungen pressen, dann drehte sie sich wieder zu dem Turm um und fing an zu laufen.

Sie verbot sich zwar Blicke zurück, doch als sie an den Turm kam – ihre Lungen schmerzten bereits, und es war immer noch weit bis zur Hütte –, sah sie trotzdem hin. Vater und Sohn hatten sich nicht bewegt. Sie standen auf einem hellen Fleck und hielten einander umarmt, und hinter ihnen versammelten sich die Klumpen immer noch. Aus dieser Entfernung sah ihre Konstruktion wie die Arbeit eines gewaltigen Leichentuchmachers aus. Sie studierte den Vorhang einen Augenblick und überlegte fieberhaft, bis sie schließlich einen Grund für seine Existenz gefunden hatte, der lächerlich und plausibel zugleich war: dies war der Vorhang, hinter dem die Iad Uroboros erscheinen würden. Tatsächlich schien bereits Bewegung hinter den Falten zu herrschen; eine gewaltigere Dunkelheit, die sich versammelte.

Sie riß sich von dem Anblick los, sah kurz zu dem Turm und seiner tödlichen Last hinauf und ging dann wieder weiter in Richtung Hütte.

Die Reise in die Gegenrichtung, durch die Stadt und zur Grenze der Schleife, war nicht leichter als die von Tesla. Sie hatten alle zu viele Reisen hinter sich: in die Erde, ins Meer, zu Inseln und Höhlen und an die Grenzen ihrer geistigen Gesundheit. Diese letzte Reise verlangte ihnen Energien ab, über die sie kaum noch verfügten. Mit jedem Schritt wollten ihre Körper aufgeben, und der harte Wüstenboden sah behaglich aus, verglichen mit der Mühsal, sich weiter dahinzuschleppen. Aber die älteste Angst der Menschheit trieb sie voran: die vor der verfolgenden Bestie. Diese hatte selbstverständlich weder Krallen noch Fangzähne, doch war sie um so tödlicher. Eine Bestie des Feuers. Erst als sie die Stadt selbst erreicht hatten, gingen sie langsamer und wechselten ein paar keuchende Worte.

»Wie weit noch?« wollte Jo-Beth wissen.

»Auf der anderen Seite der Stadt.«

Howie sah zum Vorhang der Iad zurück, der mittlerweile dreißig Meter und höher war.

»Glauben Sie, daß sie uns sehen?«

»Wer?« sagte Grillo. »Die Iad? Wenn ja, zu folgen scheinen sie uns jedenfalls nicht.«

»Das sind sie nicht«, sagte Jo-Beth. »Das ist nur ihr Vorhang.«

»Also haben wir noch eine Chance«, sagte Howie.

»Nutzen wir sie«, sagte Grillo und ging ihnen voran die Hauptstraße entlang.

Es war kein Zufall. In Teslas Verstand, so umnebelt er war, war der Weg durch die Wüste bis zur Hütte fest eingegraben. Beim Gehen – zum Laufen war sie nicht mehr fähig – dachte sie an die Unterhaltung, die sie im Motel mit Grillo gehabt hatte, als sie ihm das Ausmaß ihrer spirituellen Ambitionen dargelegt hatte. Selbst wenn sie hier in der Schleife starb – und das war so gut wie unvermeidlich –, wußte sie, daß sie in den Tagen seit ihrer Ankunft in Palomo Grove mehr über die Wege der Welt erfahren hatte als in all den Jahren zuvor. Sie hatte Abenteuer außerhalb ihres Körpers erlebt. Sie hatte Inkarnationen von Gut und Böse kennengelernt und vieles über ihr Dasein erfahren. Wenn sie bald aus diesem Leben scheiden mußte, entweder im Augenblick der Detonation oder bei Ankunft der Iad, hatte sie keinen Grund, sich zu beklagen.

Aber es gab so viele Seelen, die ihren Frieden mit der Auslöschung noch nicht gemacht hatten und es auch nicht sollten. Säuglinge, Kinder, Liebende. Friedliche Menschen überall auf der Welt, deren Leben sich noch entwickelte, die, sollte sie jetzt scheitern, morgen aufwachen würden und keine Chance mehr hatten, dieselben Abenteuer der Seele zu erleben. Sklaven der Iad. Wo war dabei die Gerechtigkeit? Bevor sie nach Palomo Grove gekommen war, hatte sie die Antwort des zwanzigsten Jahrhunderts auf diese Frage gegeben. Es gab keine Gerechtigkeit, weil Gerechtigkeit eine Erfindung der Menschen war, die im System der Materie keinen Platz hatte. Aber der Verstand war immer in Materie. Das war die Offenbarung der Essenz. Vor dem Leben, der Traum vom Leben. Vor dem Soliden, das geträumte Solide. Und der Verstand, ob träumend oder wach, wußte, was Gerechtigkeit war, und demzufolge war sie so natürlich wie Materie, und wenn sie fehlte, verdiente das mehr als ein fatalistisches Achselzucken. Es verdiente einen entrüsteten Aufschrei; und eine leidenschaftliche Frage nach dem *Warum*. Wenn sie den bevorstehenden Holocaust überleben wollte, dann nur, um diese Frage hinauszuschreien. Um herauszufinden, welches Verbrechen ihre Rasse gegen den universellen Geist begangen hatte, daß sie nun vor der Auslöschung stand. Es lohnte sich zu überleben, um das herauszufinden.

Die Hütte war zu sehen. Ein Blick zurück bestätigte ihren Verdacht, daß die Iad hinter dem Vorhang der Klumpen emporstiegen. Die Riesen aus ihren Kindheitsalpträumen kamen aus dem Schisma und würden den Schleier bald wegreißen. Wenn sie das taten, würden sie sie ganz bestimmt sehen und mit wenigen donnernden Schritten herkommen, um sie zu zertreten. Aber sie sputeten sich nicht. Ihre hünenhaften Gliedmaßen brauchten Zeit, um sich aus der Essenz herauszuziehen; ihre Köpfe – so groß wie Häuser mit erleuchteten Fenstern – waren gewaltig und brauchten die gesamte Maschinerie der Körper, bevor sie sich erheben konnten. Als sie sich wieder der Hütte zuwandte, löste sich der Anblick der Invasoren vor ihrem geistigen Auge auf, und ihr Verstand versuchte, einen Zusammenhang in ihr titanisches Geheimnis zu bringen.

Die Tür der Hütte war selbstverständlich geschlossen. Aber nicht *ver*schlossen. Sie machte sie auf.

Kissoon wartete auf sie. Sie bekam keine Luft mehr, so schlimm war der Schock seines Anblicks, und sie wollte gerade wieder in die Sonne zurückweichen, als ihr klar wurde, daß der Körper, der an der gegenüberliegenden Wand lehnte, keine Seele mehr in sich hatte und nur noch der Stoffwechsel darin tickte, um ihn vor dem Verfall zu bewahren. Hinter den glasigen Augen war niemand. Die Tür schlug zu, und sie vergeudete keine Zeit mehr, sondern wandte sich unverzüglich an die einzig mögliche Seele, die den Augenblick anstelle von Kissoon festhalten konnte.

»Raul?«

Eine unsichtbare Präsenz wimmerte in der abgestandenen Luft der Hütte.

»Raul? Um Gottes willen, ich weiß, daß du hier bist. Ich

weiß, daß du Angst hast. Aber wenn du mich hören kannst, dann zeig es mir irgendwie, ja?«

Das Wimmern wurde intensiver. Sie hatte den Eindruck, als würde er in der Hütte kreisen wie eine im Glas gefangene Fliege.

»Raul, du mußt loslassen. Vertraue mir und *laß los.*«

Das Wimmern fing an, ihr Schmerzen zu bereiten.

»Ich weiß nicht, was er dir angetan hat, damit du deinen Körper aufgibst, aber ich weiß, es war nicht deine Schuld. Er hat dich überlistet. Er hat dich belogen. Dasselbe hat er mit mir gemacht. Verstehst du? Dich trifft keine Schuld.«

Die Luft wurde ein wenig ruhiger. Sie holte tief Luft und begann erneut mit ihren Beschwörungen; sie erinnerte sich daran, wie sie ihn damals dazu gebracht hatte, mit ihr zusammen die Mission zu verlassen.

»Wenn jemand Schuld hat, dann ich«, sagte sie. »Verzeih mir, Raul. Wir sind beide am Ende angelangt. Aber wenn es ein Trost für dich ist – Kissoon auch. Er ist tot. Er kommt nicht mehr zurück. Dein Körper... kommt nicht mehr zurück. Er wurde zerstört. Es gab keine andere Möglichkeit, Kissoon zu töten.«

Der Schmerz des Winselns war einem anderen, tiefer empfundenen Leid gewichen: dem Wissen, wie sehr seine Seele leiden mußte, losgelöst und ängstlich und außerstande, den Augenblick loszulassen. Kissoons Opfer, das waren sie alle beide. In gewisser Weise waren sie einander so ähnlich. Beide Nunciaten, die lernten, ihre Grenzen zu überwinden. Seltsame Bettgenossen, aber nichtsdestotrotz eben doch Bettgenossen. Dieser Gedanke führte zu einem anderen.

Sie sprach ihn aus.

»Können zwei Seelen im selben Körper wohnen?« sagte sie. »Wenn du Angst hast... *komm in mich hinein.*«

Sie ließ diesen Vorschlag wirken und bedrängte ihn nicht weiter, weil sie befürchtete, seine Panik könnte eskalieren. Sie wartete neben der kalten Asche des Feuers und wußte, jede Sekunde, die ungenutzt verstrich, verbesserte die Position der Iad, aber sie hatte keine Argumente oder Angebote mehr. Sie hatte ihm mehr geboten als jedem anderen in ihrem Leben: den uneingeschränkten Besitz ihres Körpers. Wenn er darauf nicht einging, hatte sie keine Argumente mehr.

Nach ein paar atemlosen Sekunden schien etwas über ihren Nacken zu streichen, wie die Finger eines Liebhabers, doch aus der Zärtlichkeit wurden unvermittelt Nadelstiche.

»Bist du es?« sagte sie.

Im selben Augenblick, als sie die Frage stellte, richtete sie sie auch schon an sich selbst, da seine Seele in ihren Kopf eindrang.

Keine Worte wurden gewechselt, und es war auch nicht nötig, Worte zu wechseln. Sie waren Zwillingsgeister in derselben Maschine, und im Augenblick seines Eindringens in völliger Übereinstimmung miteinander. Sie las in seinen Erinnerungen, wie Kissoon ihn überlistet hatte, wie er ihn aus dem Badezimmer im North Huntley Drive in die Schleife gezogen und seine Verwirrung dazu benützt hatte, ihn zu überwältigen. Er war leichte Beute gewesen. Bleischwerer Rauch hatte ihn niedergedrückt, und er war hypnotisiert worden, eine, und nur eine einzige, Pflicht zu erfüllen, nämlich den Augenblick festzuhalten, und danach war er aus seinem Körper gerissen worden und erledigte diese Pflicht in blindem Entsetzen, bis sie die Tür aufgemacht hatte. Sie mußte ihm ebensowenig sagen, welche Tat sie als nächstes gemeinsam begehen mußten, wie er ihr seine Geschichte erzählen mußte. Er verstand alles, wie sie.

Sie ging zur Tür zurück und machte sie auf.

Der Vorhang der Iad war mittlerweile so hoch, daß sein Schatten über die Hütte fiel. Immer noch fielen ein paar Sonnenstrahlen hindurch, aber keiner in der Nähe der Schwelle, auf der Tesla stand. Hier herrschte nur Dunkelheit. Sie sah zu dem Schleier und erkannte die Iad, die sich dahinter versammelten. Ihre Umrisse glichen Gewitterwolken, ihre Gliedmaßen waren wie Peitschen, die gedacht waren, Berge damit zu prügeln.

Jetzt, dachte sie. *Oder nie. Laß den Augenblick los.*

Laß – ihn – los.

Sie spürte, wie Raul gehorchte, seine Willenskraft gab den Halt frei und streifte die Last ab, die Kissoon ihm auferlegt hatte. Eine Woge schien von ihnen zu dem Turm zu verlaufen, hinter dem die Iad aufragten. Nach jahrelangem Aufhalten wurde die Zeit freigesetzt. Fünf Uhr dreißig am sechzehnten Juli war nur noch Augenblicke entfernt, ebenso das Ereignis, welches diesen unschuldigen Augenblick als Anfang des letzten Wahnsinns der Menschheit kennzeichnete.

Sie mußte an Grillo, Jo-Beth und Howie denken und drängte sie förmlich durch den Ausgang und in die Sicherheit des Kosm, aber ihr Gedankengang wurde unterbrochen, als Helligkeit im Herzen der Schatten aufleuchtete. Sie konnte den Turm nicht sehen, wohl aber die Schockwelle, die von seiner Plattform ausging, den Feuerball, der sichtbar wurde, und den zweiten Blitz, der einen Sekundenbruchteil später aufleuchtete, das grellste Licht, das sie je gesehen hatte, binnen eines Augenblicks von Gelb zu Weiß...

Wir können nichts mehr tun, dachte sie, während das Feuer obszön anschwoll. *Ich könnte nach Hause gehen.*

Sie stellte sich vor, wie sie – Frau, Mann und Affe in einer Person – auf der Schwelle der Hütte stand und das Licht der Bombe ihr ins Gesicht schien. Dann stellte sie sich dasselbe Gesicht und den Körper an einem anderen Ort vor. Sie hatte nur Sekunden Zeit. Aber Gedanken waren schnell.

Jenseits der Wüste sah sie, wie die Handlanger der Iad den Schleier beiseite zogen, doch die grelle Wolke dehnte sich aus und verdeckte sie. Ihre Gesichter waren wie Blumen, so groß wie Berge, deren Kelche und Schlünde sich öffneten, öffneten, immer weiter öffneten. Es war ein erschreckender Anblick, ihre Unermeßlichkeit schien Labyrinthe zu enthalten, deren Innerstes nach außen gekehrt wurde, während sie sich enthüllten. Tunnel wurden zu Türmen aus Fleisch, wenn sie Fleisch hatten, und veränderten sich wieder und wieder, so daß jeder Teil von ihnen konstanter Verwandlung unterlag. Wenn ihre Gier tatsächlich Einmaligkeit war, dann als Erlösung von diesem unablässigen Strom.

Berge und Flöhe, hatte Jaffe gesagt, und jetzt sah sie, was er damit gemeint hatte. Die Iad waren entweder eine Rasse von Leviathans, auf denen eine Unzahl Parasiten hausten, weswegen sie immerzu ihre Eingeweide öffneten und sich der vergeblichen

Hoffnung hingaben, sie könnten sie loswerden, oder aber sie waren die Parasiten selbst – so zahlreich, daß sie Berge nachahmten. Was von beidem zutraf, würde sie diesseits des Lebens oder Trinity nicht mehr erfahren. Bevor sie die zahlreichen Gestalten interpretieren konnte, die sie annahmen, verbarg die Explosion sie und brannte ihr Geheimnis aus.

Im selben Augenblick verschwand Kissoons Schleife, die ihre Aufgabe in einer Weise erfüllt hatte, die ihr Schöpfer niemals vorhersehen konnte. Wenn die Errungenschaft auf dem Turm die Iad nicht völlig vernichtete, so waren sie dennoch dahin, ihr Wahnsinn und ihre Gier in einem einzigen Augenblick verlorener Zeit eingeschlossen.

VIII

Als Howie, Jo-Beth und Grillo die Region an der Grenze der Schleife erreicht hatten, die winzige Zeitspanne diesseits oder jenseits von 5.30 Uhr am 16. Juli 1945, die Kissoon erschaffen und beherrscht hatte und deren Gefangener er gewesen war, erblühte hinter ihnen ein Licht. Nein, nicht erblühte. Pilze hatten keine Blüten. Keiner drehte sich um, aber sie verlangten ihren erschöpften Körpern eine letzte übermenschliche Anstrengung ab, die sie, mit dem Feuer im Rücken, in die Sicherheit der Echtzeit brachte. Sie lagen auf dem Wüstenboden und konnten sich lange Zeit nicht bewegen; und sie rappelten sich erst auf die Füße, als sie das Risiko nicht mehr auf sich nehmen konnten, in der Sonne gebraten zu werden.

Es war ein langer und schwieriger Rückweg nach Kalifornien. Nachdem sie eine Stunde herumgeirrt waren, fanden sie einen Highway, und wieder eine Stunde später eine verlassene Garage an diesem Highway. Dort ließ Grillo die Liebenden zurück, weil er wußte, es war unmöglich, mit solchen Freaks im Schlepptau eine Mitfahrgelegenheit zu bekommen. Er selbst wurde nach geraumer Zeit mitgenommen und kaufte mit seiner gesamten Barschaft aus der Brieftasche und sämtlichen Kreditkarten einen alten, verbeulten Lieferwagen, dann fuhr er zu der Garage zurück, holte Jo-Beth und Howie ab und fuhr mit ihnen ins Ventura County zurück. Sie lagen tief schlafend auf der Pritsche des Lieferwagens und waren so erschöpft, daß nichts sie aufwecken konnte. Kurz vor der Dämmerung des nächsten Tages waren sie wieder in Palomo Grove, aber es war unmöglich hineinzugelangen. Dieselben Mächtigen, die so langsam oder gar nicht reagiert hatten und den Grove – wegen Komplizenschaft, vermutete Grillo – nicht gegen die Mächte verteidigten, die in seiner Mitte durchbrechen wollten, wurden nun geradezu besessen vorsichtig. Die Stadt war abgesperrt. Grillo widersprach der Anordnung nicht. Er wendete einfach, als er die Absperrungen sah, und fuhr den Highway zurück, bis er eine Stelle gefunden hatte, wo er den Wagen parken und schlafen konnte. Ihr Schlaf wurde nicht gestört. Stunden später, als er wieder zu sich kam, war er allein. Er stand mit schmerzenden Gliedmaßen auf, ging pissen und machte sich dann auf die Suche nach den Liebenden. Er fand sie an einem Hügel, wo sie saßen und in die Sonne sahen. Die Veränderungen, die die Essenz an ihnen beiden bewirkt hatte, bildeten sich bereits zurück. Ihre Hände waren nicht mehr zusammengewachsen, die bizarren Wucherungen, die ihre Gesichter entstellt hatten, waren weggebrannt, bis sie kaum mehr als Narben auf vormals makelloser Haut waren. Mit der Zeit würden wahrscheinlich auch sie verschwinden. Er bezweifelte jedoch, daß der Ausdruck in ihren Augen jemals verschwinden würde, den er wahrnahm, als sie ihn ansahen: die Blicke von zwei Menschen, die etwas erlebt hatten, was niemand sonst auf der Welt erlebt hatte, und die durch dieses gemeinsame Erlebnis untrennbar aneinandergekettet waren. Kaum hatte er mehr als eine Minute in ihrer Gegenwart verbracht, fühlte er sich wie ein Eindringling. Die drei unterhielten sich kurz darüber, wie man am besten weiter verfahren sollte, und kamen zu dem Ergebnis, daß es am besten wäre, in der Gegend des Grove zu bleiben. Sie erwähnten mit keinem Wort die Ereignisse in der Schleife oder der Essenz, obwohl Grillo darauf brannte zu erfahren, wie es gewesen war, im Meer der Träume zu schwimmen. Nachdem sie einen vorläufigen Plan gemacht hatten, ging Grillo zum Lieferwagen zurück und wartete auf sie. Sie kamen ein paar Minuten später Hand in Hand.

Es mangelte keineswegs an Zeugen, die miterlebt hatten, wie Tesla einen Teil von Coney Eye versetzte. Beobachter und Fotografen auf dem Hügel und in den Hubschraubern darüber sahen, wie die Fassade dunstig wurde, dann durchsichtig, und schließlich völlig verschwand. Nachdem ein großer Teil seiner Struktur nicht mehr existierte, ergab sich das gesamte Haus der Schwerkraft. Wären nur zwei oder drei Zeugen anwesend gewesen, hätte man den Wahrheitsgehalt der Aussagen wahrscheinlich in Zweifel gezogen. Nur auf den Seiten des *National Enquirer* mit ihrer fantasievollen Druckerschwärze wurden Holz und Mörtel in eine andere Existenzebene gezogen. Aber es waren alles in allem zweiundzwanzig Zuschauer. Alle hatten ihr eigenes Vokabular, um zu beschreiben, was sie gesehen hatten – manche derb, manche blumig –, aber die essentiellen Fakten waren stets dieselben. Ein großer Teil von Buddy Vance' Museum der wahren Kunst Amerikas war in eine andere Wirklichkeit gerissen worden.

Einige der Zeugen – die aufmerksamsten der Gruppe – behaupteten sogar, sie hätten diese andere Wirklichkeit ganz kurz sehen können. Ein weißer Horizont und ein strahlender Himmel; Staub, der verweht wurde. Vielleicht Nevada, oder Utah. Einer von vielen tausend möglichen weiten, offenen Orten. Davon besaß Amerika nicht wenige. Das Land war riesig und dennoch voller Leere. Orte, wo ein Haus wieder auftauchen konnte und dennoch nie gefunden wurde; wo jeden Tag der Woche Geheimnisse geschehen konnten, ohne daß es jemand mitbekam. Ein paar Zeugen, die den Anblick gesehen hatten, überlegten sich zum ersten Mal, daß ein Land möglicherweise *zu groß* sein konnte, mit *zuviel* offenem Raum. Jetzt war ihnen der Gedanke gekommen, und er sollte sie fortan quälen.

Ein solcher Raum würde, zumindest in absehbarer Zeit, das Gelände sein, auf dem Palomo Grove erbaut worden war.

Die schleichende Zerstörung hörte nicht auf, als ein Teil von Coney Eye in die Schleife versetzt wurde. Im Gegenteil. Die Erde hatte nur auf das Signal gewartet, und sie bekam es. Risse wurden zu Sprüngen, Sprünge zu Spalten, die ganze Straßen verschlangen. Windbluff und Deerdell wurden am meisten in Mitleidenschaft gezogen, letzteres wurde von den Schockwellen aus dem Wald buchstäblich dem Erdboden gleichgemacht; der Wald selbst verschwand völlig von der Erdoberfläche und ließ nur aufgewühlte, rauchende Erde zurück. Der Hügel und seine stattlichen Anwesen mußten ähnlich schwere Schläge einstecken. Aber nicht die Häuser, die direkt an Coney Eye angrenzten, bekamen die Hauptlast der Verwüstung zu spüren – was auch weiter keine Rolle gespielt haben würde; ihre Besitzer waren als erste weggezogen und hatten sich geschworen, sie würden nie wieder zurückkommen. Es waren die Crescents. Emerson rutschte zweihundert Meter nach Süden, die Häuser dort wurden dabei wie Ziehharmonikas zusammengedrückt. Whitman rutschte nach Westen ab, und durch eine Laune der Geographie kippten die Häuser dort in ihre eigenen Pools. Die anderen drei Crescents wurden einfach in Trümmer gelegt, und der größte Teil der Trümmer rutschte am Hügel herunter und verwüstete die angrenzenden Häuser. Das alles war völlig unwichtig. Niemand würde kommen und etwas aus den Häusern retten; die gesamte Gegend galt sechs Tage lang als instabil, und in dieser Zeit wüteten unkontrollierte Feuer und vernichteten einen Großteil der Anwesen, die nicht eingestürzt oder verschluckt worden waren. Diesbezüglich war Stillbrook der unglücklichste Ortsteil; dort hätten die einstigen Bewohner mit der Zeit vielleicht ihre Habseligkeiten geborgen, wäre nicht in einer Nacht, in der der Wind wehte – welcher die Bewohner des Grove manchmal auf die Straße gelockt hatte, damit sie die Luft riechen konnten, die vom Meer hereinwehte –, in einem Haus in der Fellowship Street ein Feuer ausgebrochen, das die Böen mit vernichtender Geschwindigkeit durch das ganze Viertel wehten. Am Morgen bestand der halbe Ortsteil nur noch aus Asche. Am Abend desselben Tages auch die andere Hälfte.

In dieser Nacht, der Nacht, in der Stillbrook niederbrannte, sechs Tage nach den Ereignissen auf dem Hügel, kehrte Grillo in den Grove zurück. Er hatte die Hälfte der verstrichenen Zeit verschlafen, fühlte sich aber kaum erfrischter. Schlaf war nicht mehr die Erleichterung, die er einmal gewesen war. Er wurde nicht mehr von ihm besänftigt, getröstet und wiederbelebt. Wenn er die Augen zumachte, spulte sein Kopf eine Szene aus der Vergangenheit nach der anderen ab. Den größten Teil der Vorführungen nahmen jüngste Ereignisse ein. Ellen Nguyen spielte eine Hauptrolle; sie bat ihn immer wieder, mit dem Küssen aufzuhören und die Zähne zu gebrauchen; ebenso ihr Sohn, der von Ballon-Männern umgeben im Bett saß. In einer Nebenrolle trat mehrmals Rochelle Vance auf, die nichts tat und nichts sagte, aber der Parade ihre Schönheit darbot. Da war der gute Mann Fletcher, unten im Einkaufszentrum. Da war der Jaff im oberen Zimmer von Coney Eye, der Energie ausschwitzte. Und Witt lebend; und Witt tot, mit dem Gesicht nach unten im Wasser.

Aber der Star der Geschichte war Tesla, die ihm den letzten Streich gespielt und gelächelt und nicht Lebewohl gesagt hatte, obwohl sie wußte, daß es eines war. Sie waren keine Liebenden gewesen; nicht einmal annähernd. In gewisser Weise hatte er nie richtig begriffen, was er für sie empfand. Ganz sicher Liebe, aber eine Art Liebe, die schwer zum Ausdruck zu bringen war; möglicherweise unmöglich. Was es ebenso problematisch machte, um sie zu trauern.

Dieses Gefühl, daß zwischen ihm und Tesla noch etwas unerledigt war, brachte ihn dazu, keinen der Anrufe zu beantworten, die Abernethy auf seinen Anrufbeantworter zu Hause sprach, obwohl die Geschichte ihm, weiß Gott, in den Fingern juckte. Sie hatte immer Zweifel daran ausgedrückt, wenn er sie der Öffentlichkeit bekanntgeben wollte, auch wenn sie es am Ende genehmigt hatte. Aber das war nur gewesen, weil sie das Thema ohnedies als akademisch einstufte, da die Welt fast am Ende war und so gut wie keine Aussicht bestand, sie zu retten. Aber das Ende war nicht gekommen, und sie war gestorben, weil sie die Welt gerettet hatte. Er fühlte sich bei seiner Ehre verpflichtet zu schweigen. Doch so diskret er war, er mußte zum Grove zurückkehren und herausfinden, wie sein Untergang vonstatten ging.

Als er eintraf, war die Stadt immer noch unzugängliches Gelände und von Polizeiabsperrungen umgeben. Doch diese waren nicht schwer zu umgehen. Seit der Grove abgeriegelt worden war, waren die Bewacher nachlässig geworden, zumal nur wenige Menschen – Schaulustige, Plünderer oder Einwohner – närrisch genug gewesen waren, zu den instabilen Straßen zurückkehren zu wollen. Er schlüpfte mühelos durch den Kordon und begann, die Stadt zu erkunden. Der Wind, der gestern noch das Feuer durch Stillbrook getrieben hatte, hatte sich völlig gelegt. Der Rauch des Großfeuers war heruntergesunken, sein Geruch war beinahe süß wie Holz, wie der Rauch von feinem Feuerholz. Unter anderen Umständen wäre er vielleicht elegisch gewesen, aber er wußte zuviel über den Grove und seine Tragödie, sich derlei Gefühlsduselei hinzugeben. Es war unmöglich, die Verwüstungen zu betrachten, ohne das Ende des Grove zu bedauern. Seine größte Sünde war die Scheinheiligkeit gewesen – daß er sein heiteres, sonniges Leben geführt und absichtlich sein geheimes Selbst verborgen hatte. Dieses Selbst hatte Ängste ausgeschwitzt und eine Zeitlang Träume Wirklichkeit werden lassen, und diese Träume und Ängste, nicht Jaffe und Fletcher, hatten den Untergang des Grove schließlich besiegelt. Die Nunciaten hatten die Stadt zu ihrer Arena erkoren, aber sie hatten in ihrem Krieg nichts erfunden, was der Grove nicht ohnehin schon in seinem Herzen gehegt und genährt hatte.

Während er sich umsah, fragte er sich, ob es vielleicht nicht eine andere Möglichkeit gab, die Geschichte des Grove zu erzählen, ohne sich über Teslas Gebot hinwegzusetzen. Wenn er Swift vergaß und vielleicht nach einer poetischen, dichterischen Weise suchte, alles Erlebte in Worte zu kleiden. Das war ein Vorgehen, über das er schon einmal nachgedacht hatte, aber er wußte heute wie damals, daß er scheitern würde. Er war als Buchstabengetreuer in den Grove gekommen, und nichts, was ihm der Grove gezeigt hatte, würde ihn jemals vom Kult nüchtern wiederzugebender Fakten abbringen.

Er machte einen Rundgang durch die Stadt und vermied lediglich die Gegenden, wo ein Spaziergang auf Selbstmord hinausgelaufen wäre; er machte sich im Geiste Notizen über die Verwüstungen, obwohl er wußte, er würde sie nicht gebrauchen können. Dann schlich er sich wieder unerkannt davon und kehrte nach L. A. zurück, zu weiteren Nächten voller Erinnerungen.

Bei Jo-Beth und Howie war es anders. Sie hatten ihre dunkle Nacht der Seele in den Fluten der Essenz erlebt, und die anschließenden Nächte im Kosm waren ohne Träume. Jedenfalls konnten sie sich an keine erinnern, wenn sie erwachten.

Howie wollte Jo-Beth davon überzeugen, daß sie am besten nach Chicago zurückkehrten, aber sie bestand darauf, daß derartige Pläne verfrüht waren. Sie wollte die Gegend nicht verlassen, solange der Grove noch zur Gefahrenzone erklärt und die Leichen nicht geborgen worden waren. Sie zweifelte nicht daran, daß Mama tot war. Aber bevor sie aus dem Grove gebracht worden war und ein christliches Begräbnis bekommen hatte, war an ein gemeinsames Leben jenseits dieser Tragödie überhaupt nicht zu denken.

Derweil mußten sie ihre Verletzungen heilen lassen, und das taten sie hinter den verschlossenen Türen eines Motels in Thousand Oaks, das so nahe am Grove lag, daß Jo-Beth unter den ersten sein konnte, die dorthin zurückkehrten, wenn der Ort wieder als sicher galt. Die Male, die die Essenz ihnen zugefügt hatte, wurden bald zu Erinnerungen, und die beiden lebten in einem seltsamen Limbo. Alles war beendet, aber nichts Neues konnte anfangen. Und während sie warteten, wuchs eine Distanz zwischen ihnen, die keiner befürwortete oder ermutigte, die aber auch keiner verhindern konnte. Die Liebe, die in Butrick's Steak House angefangen hatte, hatte eine Reihe Katastrophen ausgelöst, für die man sie, wie sie wußten, nicht verantwortlich machen konnte, die sie aber dennoch quälten. Während sie in Thousand Oaks warteten, lag die Schuld schwer auf ihnen, und je mehr ihre Wunden heilten, desto schwerer wurde die Last, weil ihnen bewußt wurde, daß sie, anders als viele Bewohner des Grove, ohne körperliche Schäden aus der Sache herausgekommen waren.

Am siebenten Tag nach den Ereignissen in Kissoons Schleife erfuhren sie aus den Nachrichten, daß Suchtrupps in die Stadt vordrangen. Die Vernichtung des Grove war selbstverständlich eine aufsehenerregende Geschichte gewesen, und es wurden die verschiedensten Theorien aufgestellt, weshalb nur diese Stadt für derlei Verwüstungen ausgesucht worden war, wogegen der ganze Rest des Tals mit einigen schwachen Erdstößen und ein paar Rissen in den Straßen davongekommen war. Kein Bericht brachte etwas über die Ereignisse in Coney Eye; Druck von seiten der Regierung hatte alle zum Schweigen gebracht, die das Unmögliche mit eigenen Augen gesehen hatten.

Anfangs kehrten die Leute nur zögernd in den Grove zurück, aber am Ende dieses Tages war eine große Zahl Überlebender in der Stadt und versuchte, Andenken und Souvenirs aus den

Trümmern zu retten. Manche hatten Glück. Die meisten nicht. Auf jeden Einwohner des Grove, der zurückkehrte und sein Haus unversehrt fand, kamen sechs, die völlige Verwüstung vorfanden. Alles eingestürzt, zertrümmert oder schlicht und einfach im Erdboden verschwunden. Das Viertel mit den wenigsten Schäden war paradoxerweise das mit den wenigsten Einwohnern: das Einkaufszentrum und seine unmittelbare Umgebung. Das polierte Schild *Einkaufszentrum Palomo Grove* neben der Einfahrt des Parkplatzes war in ein Loch gestürzt, ebenso ein Teil des Parkplatzes selbst, aber die Geschäfte waren weitgehend unbeschädigt, was natürlich zur Folge hatte, daß Ermittlungen wegen zweier Mordfälle aufgenommen wurden – die nie aufgeklärt werden sollten –, als man die Leichen in der Tierhandlung fand. Abgesehen von den Leichen jedoch, hätte das Einkaufszentrum an diesem Tag nach etwas Abstauben aufmachen können, wären noch Bewohner dagewesen, um einzukaufen. Marvin jr. von Marvin's Food and Drug war der erste, der für den Abtransport der unverdorbenen Ware sorgte. Sein Bruder besaß einen Laden in Pasadena, und der Kundschaft war es egal, woher die Ware kam. Er entschuldigte sich nicht dafür, mit welcher Hast er sich an die Plünderung machte; Geschäft war schließlich Geschäft.

Was sonst noch aus dem Grove weggeschafft wurde, und das war eine grimmigere Aufgabe, waren natürlich die Leichen. Hunde und schallempfindliche Ausrüstung wurden gebracht, um nach möglichen Überlebenden zu suchen, aber sämtliche Bemühungen blieben ergebnislos. Danach kam das grausige Unternehmen, die Toten zu bergen. Aber nicht alle Einwohner, die ums Leben gekommen waren, wurden gefunden. Als fast zwei Wochen nach Beginn der Suchaktion erste Berechnungen angestellt wurden, blieben einundvierzig Bewohner der Stadt verschollen. Die Erde hatte sie für sich beansprucht und sich über ihren Leichen geschlossen. Oder die fraglichen Personen hatten sich in der Nacht davongeschlichen und die Gelegenheit genützt, irgendwo ein neues Leben anzufangen. Zur letzteren Gruppe, munkelte man, gehörte William Witt, dessen Leichnam nie gefunden wurde, in dessen Haus man aber eine Pornosammlung entdeckte, die ausgereicht haben würde, die Rotlichtbezirke mehrerer Großstädte wochenlang zu versorgen. Er hatte ein geheimes Leben geführt, dieser William Witt, und es herrschte allgemeine Übereinstimmung, daß er weggegangen war, um dieses Leben anderswo fortzusetzen.

Als eine der beiden Leichen in der Tierhandlung als die von Jim Hotchkiss identifiziert wurde, merkten ein oder zwei der gewissenhafteren Journalisten, daß dies ein Mann war, dessen Leben von Tragödien überschattet gewesen war. Seine Tochter, erinnerten sie ihre Leser, hatte zum sogenannten Bund der Jungfrauen gehört, und als sie darüber berichteten, schrieben sie auch einen Absatz darüber, wieviel Kummer der Grove in seiner kurzen Existenz erlebt hatte. War er von Anfang an zum Untergang verurteilt gewesen, fragten die fantasievollen Berichterstatter, da auf verfluchtem Boden erbaut? Dieser Gedanke spendete einen gewissen Trost. Wenn es nicht so war, wenn der Grove nur das Opfer des Zufalls war, wie viele Orte überall in Amerika konnten dann Opfer ähnlicher Verwüstungen werden?

Am zweiten Tag der Suche wurde der Leichnam von Joyce McGuire in den Ruinen ihres Hauses gefunden, das deutlich schlimmere Schäden als die restlichen Bauwerke der Gegend davongetragen hatte. Sie wurde, wie die anderen Toten, zur Identifizierung in eine behelfsmäßige Leichenhalle in Thousand Oaks gebracht. Diese traurige Pflicht fiel Jo-Beth zu, deren Bruder zu den einundvierzig Vermißten gehörte. Nach der Identifizierung wurden Vorbereitungen für ein Begräbnis getroffen. Die Kirche von Jesus Christus der Heiligen der Letzten Tage kümmerte sich um die ihren. Pastor John hatte den Untergang des Grove überlebt – tatsächlich hatte er die Stadt am Morgen nach dem Angriff des Jaff gegen das Haus der McGuires verlassen und war erst zurückgekehrt, als sich der Staub gesenkt gehabt hatte –, und er war es, der Mamas Beerdigung organisierte. Er und Howie liefen sich während dieser Zeit nur einmal über den Weg, und Howie beeilte sich, ihn an die Nacht zu erinnern, als er stammelnd neben dem Kühlschrank gelegen hatte. Der Pastor bestand darauf, daß er sich nicht an dieses Ereignis erinnern konnte.

»Zu schade, daß ich kein Foto davon habe«, sagte Howie.

»Um Ihre Erinnerung ein wenig anzuregen. Aber hier oben habe ich eines.« Er deutete auf die Schläfe, wo die letzten Spuren seiner von der Essenz verunstalteten Haut verschwanden. »Nur für den Fall, daß ich jemals in Versuchung geführt werde.«

»Wieso in Versuchung geführt?« fragte der Pastor.

»Zu glauben.«

Mama McGuire wurde zwei Tage nach diesem Gespräch der Obhut ihres erwählten Gottes anvertraut. Howie nahm nicht an der Zeremonie teil, wartete aber auf Jo-Beth, bis alles vorbei war. Vierundzwanzig Stunden später brachen sie nach Chicago auf.

Aber ihr Anteil an den Geschehnissen war noch längst nicht erschöpft. Den ersten Beweis dafür, daß die Abenteuer zwischen Kosm und Essenz sie zu Mitgliedern einer sehr erlesenen Gruppe Auserwählter gemacht hatten, bekamen sie vier Tage nach ihrer Ankunft in Chicago, als ein großer, ehemals hübscher, aber abgemagerter Fremder vor ihrer Tür stand, der für das Wetter zu leicht angezogen war und sich als D'Amour vorstellte.

»Ich würde mich gerne mit Ihnen darüber unterhalten, was in Palomo Grove geschehen ist«, sagte er zu Howie.

»Wie haben Sie uns gefunden?«

»Es ist mein Job, Leute zu finden«, erklärte Harry. »Sie haben vielleicht gehört, daß Tesla Bombeck mich erwähnt hat?«

»Nein, ich glaube nicht.«

»Nun, Sie können sie ja fragen.«

»Nein, das kann ich nicht«, erinnerte Howie ihn. »Sie ist tot.«

»Das ist sie«, sagte D'Amour. »Das ist sie. Mein Fehler.«

»Und selbst wenn Sie sie kennen würden, Jo-Beth und ich haben nichts zu erzählen. Wir wollen den Grove einfach vergessen.«

»Die Chance ist gering«, stellte eine Stimme hinter ihm fest. »Wer ist es, Howie?«

»Er sagt, er kannte Tesla.«

»D'Amour«, sagte der Fremde. »Harry D'Amour. Ich würde mich wirklich freuen, wenn Sie mir ein paar Minuten zuhören würden. Nur ein paar Minuten. Es ist sehr wichtig.«

Howie sah Jo-Beth an.

»Warum nicht?« sagte sie.

»Hier draußen ist es verdammt kalt«, stellte D'Amour fest, als er eintrat. »Was ist nur aus dem Sommer geworden?«

»Es sieht überall schlecht aus«, sagte Jo-Beth.

»Ist Ihnen das auch aufgefallen«, kommentierte D'Amour.

»Wovon sprecht ihr beiden?«

»Von den Nachrichten«, sagte sie. »Ich habe sie verfolgt, falls du es nicht getan hast.«

»Es ist, als wäre jede Nacht Vollmond«, sagte D'Amour. »Eine Menge Menschen benehmen sich reichlich seltsam. Seit dem Durchbruch im Grove hat sich die Selbstmordrate verdoppelt. Im ganzen Land kommt es zu Aufständen in Irrenhäusern. Und ich halte jede Wette, daß wir nur einen kleinen Teil des Gesamtbildes sehen. Eine Menge wird geheimgehalten.«

»Von wem?«

»Der Regierung. Der Kirche. Bin ich der erste, der Sie gefunden hat?«

»Ja«, sagte Howie. »Warum? Glauben Sie, es werden noch andere kommen?«

»Ganz bestimmt. Ihr beide seid der Mittelpunkt von allem...«

»Es war nicht unsere Schuld!« protestierte Howie.

»Das habe ich auch nicht gesagt«, antwortete D'Amour. »Bitte. Ich bin nicht hergekommen, um Ihnen Vorwürfe zu machen. Und ich bin sicher, Sie haben es verdient, daß Sie Ihr Leben in Ruhe leben können. Aber es wird anders kommen. Das ist die Wahrheit. Sie sind zu wichtig. Sie haben zuviel gesehen. Das wissen unsere Leute, und ihre auch.«

»Ihre?« sagte Jo-Beth.

»Die Agenten der Iad. Die Infiltranten, die die Armee zurückgehalten haben, als die Iad durchbrechen wollten.«

»Woher wissen Sie soviel über das alles?« wollte Howie wissen.

»Momentan muß ich meine Quellen noch geheimhalten; aber ich hoffe, ich werde Sie Ihnen einmal enthüllen können.«

»Das hört sich ganz so an, als würden wir gemeinsam mit Ihnen in dieser Sache stecken«, sagte Howie. »Aber so ist das nicht. Sie haben recht, wir wollen unser Leben in Ruhe weiterleben.

Und wir werden hingehen, wohin wir müssen, um das zu tun – Europa, Australien, wohin auch immer.«

»Man wird Sie finden«, sagte D'Amour. »Der Grove hat sie dem Erfolg so nahe gebracht, daß sie keine Ruhe mehr geben werden. Sie wissen, sie haben uns Angst gemacht. Und die Essenz ist verschmutzt. Von jetzt an wird niemand mehr angenehme Träume haben. Wir sind leichte Beute, und das wissen sie. Sie möchten vielleicht ein normales Leben führen, aber das können Sie nicht. Nicht mit Ihren Vätern.«

Jetzt war es Jo-Beth, die über seine Worte erschrocken war.

»Was wissen Sie von unseren Vätern?« sagte sie.

»Sie sind nicht im Himmel, das weiß ich«, sagte D'Amour. »Tut mir leid. War geschmacklos. Wie ich schon sagte, ich habe meine Quellen, und ich kann Sie Ihnen hoffentlich schon bald enthüllen. Vorerst muß ich aber besser verstehen, was im Grove passiert ist, damit wir etwas daraus lernen können.«

»Das hätte ich machen sollen«, sagte Howie leise. »Ich hatte die Möglichkeit, von Fletcher zu lernen, aber ich habe die Gelegenheit nicht genutzt.«

»Sie sind Fletchers Sohn«, sagte D'Amour. »Seine Seele ist in Ihnen. Sie müssen nur auf sie hören.«

»Er war ein Genie«, sagte Howie zu Harry. »Das glaube ich wirklich. Ich bin sicher, er war meistens auf Meskalin und völlig weggetreten, aber er war trotzdem ein Genie.«

»Ich will alles hören«, sagte D'Amour. »Wollen Sie es mir erzählen?«

Howie sah ihn lange an, dann seufzte er und sagte mit einem Tonfall, der Überraschung gleichkam:

»Ja. Ich glaube schon.«

Grillo saß im 50's Café am Van Nuys Boulevard in Sherman Oaks und versuchte sich zu erinnern, wie es war, wenn einem das Essen schmeckte, als jemand kam und ihm gegenüber in der Nische Platz nahm. Es war Nachmittag, das Café war fast leer. Er hob den Kopf, weil er in Ruhe gelassen werden wollte, sagte aber statt dessen:

»Tesla?«

Sie war ganz auf Bombecksche Weise gekleidet: ein Schwarm Schwäne aus Keramik auf eine mitternachtsblaue Bluse gesteckt, roter Rock, dunkle Brille. Ihr Gesicht war blaß, aber der Lippenstift, der überhaupt nicht zum Rock paßte, war lebhaft. Als sie die Brille an der Nase herunterzog, sah er, daß ihr Make-up denselben Farbenaufstand zur Schau stellte.

»Ja«, sagte sie.

»Ja was?«

»Ja *Tesla.*«

»Ich dachte, du wärst tot.«

»Den Fehler habe ich auch gemacht. Kommt vor.«

»Ist dies keine Illusion?«

»Nun, die ganze verdammte Sache ist eine, oder nicht? Nur eine Show. Aber wir, sind wir illusorischer als ihr? Nein.«

»Wir?«

»Darauf komme ich gleich. Zuerst zu dir? Wie ist es dir ergangen?«

»Da gibt es nicht viel zu erzählen. Ich war ein paarmal im Grove, um herauszufinden, wer überlebt hat.«

»Ellen Nguyen?«

»Sie wurde nicht gefunden. Philip auch nicht. Ich habe die Trümmer persönlich untersucht. Weiß Gott, wohin sie verschwunden ist.«

»Sollen wir nach ihr suchen? Wir haben jetzt *Kontakte.* Was die Heimkehr anbelangt, die war nicht spaßig. Ich hatte eine Leiche in der Wohnung. Und eine Menge Leute haben schwierige Fragen gestellt. Aber wir haben jetzt ein wenig Einfluß, und den mache ich mir zunutze.«

»Wer ist *wir*?«

»Ißt du diesen Cheeseburger?«

»Nein.«

»Gut.« Sie zog den Teller auf ihre Seite des Tischs. »Erinnerst du dich an Raul?« sagte sie.

»Die Seele habe ich nie kennengelernt, nur den Körper.«

»Nun, dann lernst du sie jetzt kennen.«

»Pardon?«

»Ich habe ihn in der Schleife gefunden. Jedenfalls seine Seele.«

Sie lächelte mit Ketchup am Mund. »Es ist schwer, das vernünftig zu erklären, aber er ist *in* mir. Er und der Affe, der er gewesen ist, und ich, alle in einem Körper.«

»Dein Traum ist Wirklichkeit geworden«, sagte er. »Alles für alle Menschen.«

»Ja, dem könnte ich zustimmen. Ich meine, dem könnten *wir* zustimmen. Ich vergesse immer, uns alle einzuschließen. Vielleicht sollte ich es gar nicht versuchen.«

»Du hast Käse am Kinn.«

»So ist's recht. Mach uns nur fertig.«

»Versteh mich nicht falsch. Ich bin froh, dich zu sehen. Aber... ich habe mich gerade an die Tatsache gewöhnt, daß du nicht mehr unter uns bist. Soll ich dich noch Tesla nennen?«

»Warum nicht?«

»Weil du es nicht mehr bist, oder? Du bist mehr als sie.«

»Tesla ist gut. Ein Körper wird so genannt, wie er zu sein scheint, richtig?«

»Wohl schon«, sagte Grillo. »Sehe ich aus, als würde ich gleich ausflippen?«

»Nein. Flippst du aus?«

Er schüttelte den Kopf. »Mir ist komisch zumute, aber sonst bin ich die Ruhe selbst.«

»Das ist mein alter Grillo.«

»Du meinst: *unser* alter Grillo.«

»Nein. Ich meine: mein alter Grillo. Du kannst sämtliche Schönheiten in Los Angeles ficken und gehörst trotzdem mir. Ich bin die große Unberechenbare in deinem Leben.«

»Das ist eine Verschwörung.«

»Gefällt es dir nicht?«

Grillo lächelte. »Ist gar nicht so schlecht«, sagte er.

»Sei nicht verdrossen«, sagte sie. Sie nahm seine Hand. »Es liegt einiges vor uns, und ich muß wissen, ob ich mich auf dich verlassen kann.«

»Das weißt du.«

»Gut. Wie schon gesagt, die Fahrt ist noch nicht vorbei.«

»Gut. Woher hast du das? Das sollte meine Schlagzeile werden.«

»Synchronizität«, sagte Tesla. »Wo war ich denn stehengeblieben? D'Amour meint, sie werden es als nächstes in New York versuchen. Sie haben Brückenköpfe dort. Schon seit Jahren. Also treibe ich die Hälfte der Mannschaft auf, und er die andere Hälfte.«

»Was kann ich tun?« sagte Grillo.

»Wie gefällt dir Omaha, Nebraska?«

»Nicht besonders.«

»Dort hat die letzte Phase angefangen, ob du es glaubst oder nicht. Im Postamt.«

»Du verarschst mich.«

»Dort hat der Jaff seine unausgegorenen Vorstellungen von der ›Kunst‹ bekommen.«

»Was meinst du damit: unausgegoren?«

»Er hat nur einen Teil der ganzen Sache gesehen. Nicht alles.«

»Das verstehe ich nicht.«

»Nicht einmal Kissoon wußte, was die ›Kunst‹ ist. Er hatte Hinweise. Aber eben nur Hinweise. Sie ist unermeßlich. Sie überwindet Zeit und Raum. Sie *vereint* alles. *Vergangenheit, Zukunft und den Augenblick des Traums dazwischen... ein unsterblicher Tag...*«

»Wunderschön«, sagte Grillo.

»Würde Swift das gefallen?«

»Swift soll ficken gehen.«

»Wenn es es nur getan hätte.«

»Also... *Omaha*?«

»Dort fangen wir an. Dort landen sämtliche Postirrläufer von Amerika, und dort finden wir vielleicht Hinweise. Es gibt Leute, die viel wissen, Grillo. Sie wissen es, ohne es selbst zu erkennen. Das macht uns so wunderbar.«

»Und dann schreiben sie es auf?«

»Ja. Und dann schicken sie die Briefe ab.«

»Und die landen in Omaha.«

»Manche. Bezahl den Cheeseburger. Ich warte draußen.«

Er bezahlte, sie wartete.

»Ich hätte ihn essen sollen«, sagte er. »Ich habe plötzlich Hunger.«

D'Amour ging erst am späten Abend wieder, und dann ließ er zwei erschöpfte Geschichtenerzähler zurück. Er machte sich genaue Notizen und blätterte ständig die Seiten seines Blocks um, weil er erfahren wollte, in welchem Zusammenhang Bruchstücke von Informationen standen.

Als Howie und Jo-Beth sich alles von der Seele geredet hatten, gab er ihnen seine Karte mit einer New Yorker Adresse und Telefonnummer, und auf die Rückseite kritzelte er eine private Nummer.

»Zieht um, so schnell ihr könnt«, sagte er. »Sagt keinem, wohin ihr zieht. Keinem. Und wenn ihr dort seid – wo immer das sein mag –, ändert eure Namen. Tut so, als wärt ihr verheiratet.«

Jo-Beth lachte.

»Altmodisch, aber warum nicht?« sagte D'Amour. »Die Leute klatschen nicht über verheiratete Paare. Und sobald ihr euch niedergelassen habt, ruft mich an und sagt mir, wo ich euch finden kann. Danach werde ich mit euch in Kontakt bleiben. Ich kann euch keine Schutzengel versprechen, aber es gibt Mächte, die über euch wachen können. Ich habe eine Bekannte namens Norma, der ich euch gerne vorstellen würde. Sie ist gut darin, Wachhunde zu finden.«

»Wir können uns selbst Hunde kaufen«, sagte Howie.

»Nicht solche wie ihre. Danke, daß ihr mir alles erzählt habt. Ich muß los. Es ist eine lange Fahrt.«

»Sie fahren nach New York?«

»Ich hasse das Fliegen«, sagte er. »Ich hatte einmal ein schlimmes Erlebnis in der Luft, ohne Flugzeug. Erinnert mich daran, daß ich euch einmal davon erzähle. Ihr solltet von dem Dreck wissen, den ich am Stecken habe, schließlich kenne ich euren jetzt ja auch.«

Er ging zur Tür hinaus, und in der kleinen Wohnung blieb der Geruch europäischer Zigaretten zurück.

»Ich brauche frische Luft«, sagte Howie zu Jo-Beth, als D'Amour gegangen war. »Gehst du mit mir spazieren?«

Es war bereits nach Mitternacht, und die Kälte, aus der D'Amour vor fünf Stunden hereingekommen war, war schlimmer geworden, aber sie nahm ihnen die Erschöpfung. Als sich ihre Stimmung verbessert hatte, unterhielten sie sich miteinander.

»Du hast D'Amour eine Menge erzählt, was ich nicht gewußt habe«, sagte Jo-Beth.

»Zum Beispiel?«

»Was auf der Ephemeris passiert ist.«

»Du meinst Byrne?«

»Ja. Ich frage mich, was er da oben gesehen hat.«

»Er sagte, er würde zurückkehren und mir alles erzählen, wenn wir überleben.«

»Ich will keine Schilderungen aus zweiter Hand«, sagte sie. »Ich will es mit eigenen Augen sehen.«

»Zur Ephemeris zurückkehren?«

»Ja. Solange ich mit dir dort hinkann, würde ich es gerne tun.«

Ihr Weg hatte sie vielleicht unvermeidlich zum See geführt. Der Wind war beißend, aber sein Atem frisch.

»Hast du keine Angst davor, was die Essenz mit uns machen könnte, wenn wir jemals dorthin zurückkehren?« fragte er.

»Eigentlich nicht. Nicht, wenn wir gemeinsam gehen.«

Sie ergriff seine Hand. Plötzlich schwitzten beide trotz der Kälte, und ihr Innerstes war in Aufruhr wie beim ersten Mal, als sie sich in Butrick's Steak House in die Augen gesehen hatten. Seither war ein kleines Zeitalter vergangen, das sie beide verändert hatte.

»Jetzt sind wir beide Desperados«, murmelte Howie.

»Das sind wir wohl«, sagte Jo-Beth. »Aber das macht nichts. Niemand kann uns mehr trennen.«

»Ich wünschte, das wäre wahr.«

»Es *ist* wahr. Das weißt du.«

Sie hob die Hand, die immer noch seine umschlungen hielt, zwischen sie.

»Erinnerst du dich?« sagte sie. »Das hat uns die Essenz gezeigt. Sie hat uns vereint.«

Ihr Beben lief durch die Hand, durch den Schweiß auf den Handflächen, in seine.

»Daran müssen wir uns halten.«

»Heiratest du mich?« sagte er.

»Zu spät«, antwortete sie. »Das habe ich schon getan.«

Sie standen jetzt am Ufer des Sees, aber sie sahen selbstverständlich nicht den Lake Michigan, als sie in die Nacht hinaussahen, sondern die Essenz. Es tat weh, an diesen Ort zu denken. Derselbe Schmerz, den jedes Lebewesen empfindet, wenn ein Flüstern vom Meer der Träume an die Grenze des Bewußtseins dringt. Um so schlimmer war er für diejenigen, die das Sehnen nicht vergessen konnten, sondern wußten, daß die Essenz real war; ein Ort, wo Liebe Kontinente zeugen konnte.

Die Dämmerung war nicht mehr fern, und wenn die Sonne ihre ersten Strahlen zeigte, würden sie schlafen gehen müssen. Doch bis das Licht kam – bis sich die Wirklichkeit über ihre Fantasie hinwegsetzte –, standen sie da, sahen in die Dunkelheit und warteten, halb in Hoffnung und halb in Angst, daß das andere Meer aus den Träumen emporsteigen und sie vom Ufer fortreißen würde.